Sehnsucht nach Freiheit

Heidi König

Impressum:

Titelbild: © Julia Siomuha -Fotolia (Percheron);
Rückseite: IVASHstudio - Fotolia
Die Namen von Personen, Pferden und Schauplätzen sind frei erfunden!

Herausgeber und Lektorat:
© Tierbuchverlag Irene Hohe
www.tierbuchverlag.de
1. Auflage 2017
ISBN: 978-3-944464-50-3

TIERBUCHVERLAG
Irene Hohe

Veränderungen

„Hast du Wünsche oder Träume?", fragte mich Dr. Monrath, mein Therapeut, Ende Januar und ich zuckte gelangweilt mit den Schultern. Klar hatte ich Wünsche. Natürlich hatte ich Träume. Aber warum sollte ich sie aussprechen? Meine Träume erstickte ich im Keim, denn die Hoffnung, dass sie auch nur in Bruchteilen Realität werden könnten, hatte ich längst aufgegeben. Warum also von Dingen träumen, die so weit entfernt lagen wie der Mond, oder gar wie die Sonne?

„Falk, du musst doch etwas haben, das dich hier aufrecht hält?", bohrte Dr. Monrath nach.

Wieder zuckte ich mit den Schultern. Eigentlich hatte ich nichts, was mich aufrecht hielt und ich stand auch gar nicht aufrecht. Eher kroch ich schwerfällig über den Boden, kraftlos, mutlos, aussichtslos. Ich tat das, was man von mir verlangte: Ich aß, obwohl mir danach oft speiübel wurde und ich oft stundenlang Magenkrämpfe hatte. Ich arbeitete im Sägewerk, obwohl der Spanstaub entsetzlich in der Lunge kratzte und ich manchmal die halbe Nacht hustete. Ich schlief, obwohl mir gar nicht zum Schlafen zumute war, und ich benahm mich, wie man von mir erwartete. Wenn ich hin und wieder geschlagen oder getreten wurde, wehrte ich mich nicht. Beschimpfungen ließ ich an mir abprallen. Ich war wirklich ein Waschlappen, tat, was man mir vorschrieb, lehnte mich nicht auf, machte keinen Stress.

In mir gab es keine Gefühle. Keine Wut, wenn man mich schikanierte, keine Freude, wenn die Sonne durch mein vergittertes Fenster schien und es nicht regnete, wenn wir Hofgang hatten. Früher, vor zwei oder drei Jahren, war ich immer froh gewesen, wenn es bei Hofgang trocken war, hatte die Sonne geliebt, ihr mit geschlossenen Augen mein Gesicht entgegengehalten und mich ein wenig frei gefühlt. Aber Gefühle gab es jetzt nicht mehr. Jedenfalls nicht Gefühle dieser Art.

Da ich nichts sagte, war unser Gespräch nur ein Monolog des Gefängnistherapeuten, bestehend aus von mir unbeantworteten Fragen und seinen gut gemeinten Ratschlägen, die scheinbar an mir abprallten. Zumindest vermittelte ich ihm das durch meine Ignoranz, aber irgendwo erreichten sie mich doch ein bisschen. Nicht aufgeben ... ja, es wäre schön, wenn man stark genug wäre, sich nicht aufzugeben. Aber was hatte ich? Meine Mutter hatte mich zu meinem mir bis dato völlig

1

unbekannten Vater abgeschoben, als ich zehn Jahre alt war und seither nichts mehr von sich hören lassen. Mein Erzeuger hatte mich dann notgedrungen bei sich aufgenommen, wogegen ich rebellierte. Seine Erziehungsversuche bestanden nur aus Prügel, was mich noch aggressiver machte. Seit ich im Jugendgefängnis war, hatte er sich nicht gemeldet. Kein Besuch, keine Nachfrage, nichts. Ob sich ein Tier im Tierheim auch so fühlte? Aber kein Tier war so hinterhältig, falsch und brutal, wie ich es gewesen war. Es war schon korrekt, mich wegzusperren.

Die vorgeschriebene Zeit mit Dr. Monrath war nun endlich um und ich durfte gehen, was ich grußlos tat, ohne mich noch einmal umzuschauen. Wortlos wie immer. Manchmal schien mir meine Stimme ganz fremd, wenn ich in einer Situation doch mal etwas sagen musste, weil es sich nicht vermeiden ließ. Meistens geschah das während der Arbeit im Sägewerk. Aber ansonsten kam ich oftmals mit einem Nicken durchs Knastleben.

In meiner Zelle gab es dann bald Abendessen - Brot mit Käse. Ich wusste, dass mir vom Käse schlecht wurde und das Brot für die bald folgenden Magenschmerzen verantwortlich war. In meinem Kopf führte ich eine imaginäre ‚Grüne Liste‘ der Nahrungsmittel, die mich nicht peinigten, aber dazu gehörten bestenfalls Kartoffeln und Reis. Danach hörte es fast schon auf. Mangels Alternativen aß ich, was mir vorgesetzt wurde. Kurz darauf lag ich im Bett, krümmte mich vor Schmerzen und zwang mich, den aufkommenden Brechreiz zu unterdrücken.

Der schweigende Falke hieß ich unter den anderen Häftlingen. Abgeleitet aus meinem Vornamen Falk und schweigend, weil ich kein Wort zu viel sagte. Vielleicht hätte ich ein paar Dinge sagen sollen, zum Beispiel, dass es mir nach dem Essen oft so schlecht ging, vielleicht hatte ich etwas am Magen? Ein Geschwür? Aber eigentlich war das auch egal. Manchmal, wenn ich dem Tagestrott ergeben folgte, hoffte ich, einfach zusammenzusacken, und das alles wäre vorbei. Vielleicht war das der Grund, warum ich mich schicksalsergeben schikanieren ließ? Vielleicht würde mich ja einer mal derart zusammenschlagen, dass ich daran sterben würde? Nein, das war Wunschdenken und Wünsche brauchte ich nicht. Nein, hier in der JVA würde es derartige schlimme Übergriffe nicht geben. Es ging hier verhältnismäßig gesittet zu. Zwar gab es mal

2

Tritte und Hiebe, wenn niemand zusah, aber wenn man mich fragte, warum ich Nasenbluten hatte, zuckte ich mit den Schultern. Das Blut wischte ich nicht weg. Sollte es doch laufen. Ich hatte nicht einmal das Bedürfnis, zurückzuschlagen, wenn man mir einen Hieb verpasste. Ich ging einfach weiter, als wäre nichts gewesen.

Richtig gewalttätig war niemand in meinem Umkreis und lediglich ein einziges Mal, das war aber schon eine Weile her, da hatte Georg mich heftig verprügelt, doch auch er war nun friedlich. Es kam mir so vor, als hätten die anderen Häftlinge genauso resigniert. Wie ich, hatten sich aufgegeben, gaben sich dem Alltagstrott hin, lehnten sich nicht mehr auf und nur, wenn der Frust zu groß wurde, musste mal irgendjemand eins auf die Klappe kriegen. Kurz, zack, erledigt, weitermachen.

Irgendwann musste ich wohl weggedämmert sein, denn als ich das nächste Mal die Augen aufschlug, fiel durch das hohe kleine Fenster Mondlicht in meine Zelle und warf verzerrte Schatten der Gitterstäbe auf den Fußboden.

Mein Magen rumorte noch immer. Mein Puls schlug viel zu schnell. Ich war nervös und eigentlich todmüde, aber dennoch viel zu wach, um wieder einzuschlafen. Es war unerträglich still. Ich hatte keine Ahnung, wie spät es war, aber meist weckte mich eine innere Uhr, fünf Minuten bevor das Deckenlicht angeschaltet wurde und einer der Wärter lauthals zum Aufstehen alarmierte.

So war es auch an diesem Tag. Licht an, Lärm. Wenig später wurde das Frühstück gereicht. Schlaffer Toast und Marmelade. Bauchschmerzen, fertigmachen für die Arbeit und dann ab ins Sägewerk.

In der Kantine hatte ich mittags die Wahl zwischen Nudeln mit Tomatensoße oder Reis mit Gemüse. Ich entschied mich für Reis, der stand auf meiner ‚grünen' Liste. Danach galt es, noch ein paar Stunden im Sägewerk abzureißen.

Später hatte ich noch eine Stunde Hofgang. Es war kalt und windig, Ende Januar. Ich latschte Runde um Runde stumpf an der Mauer entlang. Einige joggten und überholten mich mehrere Male. Zum Joggen konnte ich mich nicht aufraffen, dazu fehlte mir die Energie. Ich fühlte mich so deprimiert, dass ich mich sowieso zu nichts mehr aufraffen konnte. Ich tat meine Pflicht und das war es.

Obwohl die Türen noch nicht verschlossen waren, saß ich in meiner Zelle. Ich hatte keinen Nerv auf die anderen. Der Fernseher im

Aufenthaltsraum war von Thomas und Steve belegt, die hier die Hoheit über die Programmwahl im Trakt hatten. Auf deren gewählte Sendungen hatte ich keinen Bock.

Ich stand auf, ging zum Fenster, lehnte meine Stirn gegen die kalten Gitterstäbe und blickte die 300 Meter hinüber bis zu der Mauer, die das gesamte JVA-Gelände umgab. Sie war bestimmt fünf Meter hoch und oben mit NATO-Draht eingefasst. Noch dreieinhalb Monate standen mir bevor, auf Tage umgerechnet 107. Eine lange Zeit, aber verglichen mit den verstrichenen 1536 Tagen waren das nicht einmal mehr 10 % meiner gesamten Haftstrafe. Das hörte sich wiederum sehr wenig an. Zu wenig. Ich seufzte und verwarf den Gedanken auf den unweigerlich kommenden letzten Tag hier, so wie ich fast alle Gedanken an etwas in der Zukunft liegende schnell verwarf.

Er machte mir Angst, der Gedanke an die bevorstehende Freiheit. Freiheit? Was wollte ich da draußen? Wollte ich überhaupt nach draußen? Sollte sich mein beschissenes Leben wirklich ändern? Da draußen musste ich mich aufraffen, aber ich konnte nicht. Schwerfällig ging ich zu meiner Pritsche, kroch unter die Decke, starrte an die kahlen Wände, die nicht mit einer einzigen Verzierung versehen waren. Kein Poster, keine Malerei. Mattgelbe Wände ohne Tapete. Frisch renoviert vor meinem Einzug.

So lange starrte ich diese Wände schon an ... und alles nur, weil ich cool sein wollte, so sein wollte wie Roger und Andreas. Ich war nur so blöd gewesen, mein Abrutschen auf die schiefe Bahn nicht zu raffen. Wie dämlich kann man denn sein?

Verurteilt zu viereinhalb Jahren Haft. Ich stöhnte, ging in Gedanken mein dickes Vorstrafenregister durch, das aus kleinen und größeren Diebstählen sowie diversen Fällen von Körperverletzung bestand. Eigentlich war ich nicht wirklich gewalttätig – es nicht immer gewesen. Der große Schlamassel hatte mit Mutproben angefangen: das Bestehlen und das Einschüchtern von Mitschülern, um ihnen ihr Hab und Gut abzuzocken. Wer nicht sofort die Jacke, den Rucksack, die neuen Turnschuhe oder sonst etwas, was man zu Geld machen konnte, hergab, der wurde halt ein bisschen gehauen. Anfangs nicht schlimm. Ein paar Ohrfeigen, den ein oder anderen Boxhieb, oder einen Tritt. Von daheim wusste ich ja, wo man hinschlagen musste, damit es schmerzhaft war. Meist reichte ein einziger Hieb, ein gezielter Tritt und spätestens dann

4

wurden die jungen Mitschüler gebefreudig. Wie asozial, sich an 11-Jährigen derart zu vergehen. Was für ein Schwein war ich eigentlich geworden? Wieso hatte sich in meinem Kopf nicht eine Alarmglocke gemeldet? Im Gegenteil, aus dem ‚bisschen Verhauen' wurde bald mehr. Immer gröber, fester, unfairer und gnadenloser schlug und trat ich zu. Es war wie eine Sucht geworden. Hatte ich die Möglichkeit, nutzte ich sie und trat auch noch nach, wenn mein Gepeinigter auf dem Boden lag. Ich hatte die Macht über andere. Besser wäre gewesen, ich hätte Macht über mich gehabt, über meinen schlechten Charakter. Stattdessen hatten Roger und Andreas Macht über mich und ich merkte es nicht, begriff es nicht.

Das Geld, was ich beim Verkaufen der abgezockten Sachen via Internet erzielte, wurde brüderlich mit Roger und Andreas geteilt und in Alkohol und Drogen umgesetzt. Mir war nie aufgefallen, dass sie mich ausnutzten. Sie hatten mir imponiert, als ich sie die ersten Male in meiner Straße gesehen hatte. Sie waren cool und ich wollte auch so sein: cool.

Wahrscheinlich – nein ganz sicher - war es nicht einmal ihre eigene Schuld, dass ich mich von ihnen ausnutzen ließ. Es war mein labiler Charakter, der Wunsch, dazuzugehören. Und wenn man irgendwo akzeptiert werden wollte, tat man Dinge, die den anderen besonders gut gefielen. Jüngere zu schikanieren, war ihr Lieblingsspiel und so spielte ich es mit Euphorie mit, wenn sie mal wieder einen Kleinen aus der Nachbarstraße im Visier hatten.

Und so war es dann auch gekommen, dass ich bald mal ‚aufn Bier' mit Andreas bei Roger daheim war. Andreas war zwei Jahre älter als ich, Roger hatte schon den Führerschein. Und er hatte eine eigene Wohnung, da ihm bis auf den Abstellraum der komplette Keller seines Elternhauses gehörte. Er hatte einen separaten Eingang, einen stets mit Getränken gefüllten Kühlschrank, einen großen Fernseher und eine beachtliche DVD-Sammlung. Immer öfter hing ich mit Andreas bei Roger ab, trank Bier und Schnaps, schaute irgendwelche dämlichen Filme und ‚gehörte dazu'.

Kein normal-denkender Mensch wäre auf die beiden Idioten reingefallen, die sich natürlich über so ein dämliches Bürschchen wie mich gefreut hatten.

Es war schon richtig, dass man mich so lange verknackt hatte. Verdient hatte ich es allemal, denn die Dunkelziffer meiner kriminellen Taten war der Polizei längst nicht bekannt. Ich war nur für das verurteilt worden, was sie wussten. Wahrscheinlich war es für die Menschheit wirklich das Beste, mich wegzusperren. Und für mich war es auch das Beste.

Diese Nacht konnte ich nicht schlafen. Der Vortrag von Dr. Monrath raste in meinem Kopf umher. Nichts prallte mehr an mir ab, die Gedanken quollen unaufhaltsam hervor. 106 Tage noch, dreieinhalb Monate. So schnell war die Zeit auf einmal vergangen? Ich hatte längst Tag und Datum vergessen. Die Jahreszeiten konnte ich grob der Natur nachempfinden und dass Wochenende war, merkten wir daran, dass etwas später geweckt wurde und keine Arbeit anstand. Doch als der Therapeut jetzt meine Entlassung angesprochen hatte, kam unweigerlich das Nachrechnen. Als ich nach der Verurteilung meine Zelle bezog, hatte ich anfangs jeden Tag abgezählt, mein sehnlichster Wunsch war, wieder draußen zu sein.

Jetzt, nach den Jahren im Knast, wollte ich nicht mehr raus. Das hier war mein Leben geworden. Ich vegetierte vor mich hin, ging stumpf dem Tagesablauf nach, aber das reichte mir. Draußen musste ich aktiv leben! Aber das konnte ich nicht.

Zum ersten Mal kam mir der Gedanke, mich umzubringen. Aber wie und womit? Erhängen? Mit dem Bettuch? Blödsinn, wie und wo? Aber vielleicht war es gar nicht nötig, mich selbst zu töten. Ich bräuchte draußen nur die erstbeste Bank zu überfallen und dann würde man mich wieder einbuchten.

Über diese Gedanken ging das Licht an, Lärm, die Zelle wurde aufgeschlossen; es gab Frühstück. Ich löffelte die Marmelade, starrte auf das labberige weiße Brot und im nächsten Moment schmiss ich es in die Kloschüssel, zog ab. Das war mein Frühstück gewesen. Nach langer Zeit wich ich dem Trott erstmals aus. Heute wollte ich keine Magenschmerzen haben.

Während der Arbeit knurrte mein Magen. Es war der Hohn - frühstückte ich, tat er weh, frühstückte ich nicht, beschwerte er sich ebenfalls.

Mittags gab es wahlweise Pizza oder Nudeln Carbonara. Beides stand auf meiner roten Liste, aber dennoch - irgendetwas musste ich jetzt essen, mein Magen hing schon auf dem Boden. Ich entschied mich für die Pizza und der Nachmittag schleppte sich mit Magenschmerzen und Übelkeit dahin. Es war ätzend. Ich überlegte, wann das Ganze angefangen hatte,

6

und konnte mich nicht mehr erinnern. Aber zwei oder drei Jahre war es bestimmt schon so.

Auch diese Nacht konnte ich nicht gut schlafen. Zwar hatte ich keine wilden Gedanken, aber einen hohen Puls und der hielt mich wach. Ich hörte mein Herz schlagen. Es pumpte schnell und kräftig und das machte mir Angst. Und je mehr ich horchte, desto lauter wurde es. Später hatte ich Hunger, aber es war noch stockfinster. Ich wartete, horchte, wartete. Das Licht ging an und mit drei Bissen verschlang ich das Frühstück.

Im Sägewerk gab es heute viel zu tun. Sascha, der sonst auch hier arbeitete, war krank und so musste seine Arbeit zusätzlich erledigt werden. Der Stress war gut für mich. Ich war so eingespannt, dass ich keine Zeit hatte, mich um die nächtlichen Ängste zu kümmern und zum Nachmittag hatte sich das alles gelegt.

Nach der Arbeit ging ich in meine Zelle und wartete auf den Hofgang.

Es goss in Strömen, kaum einer war auf dem Gelände unterwegs, nur ich schlurfte an der Mauer entlang, Minute um Minute, Runde um Runde, bis die Zeit um war und das Ende des Hofgangs durch Lautsprecher angekündigt wurde. Meine Kleidung war klatschnass und ich fröstelte.

Die Tage vergingen so schleppend wie eh und je und in dem gleichen Trott wie immer. Dann stand die nächste Therapiestunde an, doch im Zimmer von Dr. Monrath war niemand, als ich eintrat. Unschlüssig blieb ich stehen, schaute auf die alte Wanduhr, überlegte. Hatte ich mich vertan? Die Uhrzeit stimmte. Und welcher Tag war heute? Laut dem Kalender dort war Mittwoch. Also offensichtlich auch richtig. Bevor ich noch größere Zweifel bekommen konnte, hörte ich hinter mir Schritte, und als ich mich umdrehte, sah ich einen jungen Mann, der zwei Kaffeetassen und einem Teller Gebäck balancierte.

„Hallo, entschuldige, ich bin aufgehalten worden." Mit einem netten Lächeln bat er mich in den Raum. Wie üblich setzte ich mich auf das Sofa, lehnte mich an und streckte die Beine von mir. Wo war Dr. Monrath?

Der junge Mann stellte Tassen und Teller auf den alten Holztisch und schaute mich kurz an. Er zögerte, setzte sich dann mir gegenüber auf den Sessel, schlug die Beine übereinander und musterte mich.

„Ich bin Dr. Schindelwick und für die nächste Zeit die Vertretung von Dr. Monrath. Er ist erkrankt und das dauert eine Weile, bis er wieder kommt. Bis dahin bin ich dein Ansprechpartner", begann er und beugte sich nach vorne, schob mir den Gebäckteller und eine Tasse zu. „Magst du einen Kaffee?"

Ich schüttelte den Kopf und blickte mich im Zimmer um.

Dr. Schindelwick musterte mich weiterhin.

„Hast du Wünsche? Ziele?", fragte er nach einer Weile und ich rührte mich nicht. Nahezu die gleiche Frage wie letztens Dr. Monrath gestellt hatte. Eine Standardfrage, an dessen Antwort die Psychofritzen mit Sicherheit nicht interessiert waren. Jeder machte seinen Job, dazu gehörte das Übliche.

„Ich weiß, das ist eine saublöde Frage. Natürlich hast du Wünsche. Dein größter ist mit Sicherheit, hier endlich rauszukommen. Das ist sicherlich dein nächstes Ziel. Tja, und da wären wir schon beim Thema. So allmählich müssen wir nämlich wirklich anfangen", begann er und mein Blick war offensichtlich sehr fragend, denn er lächelte mir aufmunternd zu, „deine Rückkehr zu planen." Dabei lächelte er sympathisch und es war ein ehrliches Lächeln, durch und durch, da war ich mir 100%ig sicher.

Doch auch wenn er so nett lächelte, das Wort ‚Rückkehr' saß wie einer von Saschas Magenhieben. Kurz, unverhofft, präzise gezielt, und es blieb einem die Luft weg, egal wie sehr man sich anstrengte. Ich wollte keine Rückkehr. Es sollte alles so bleiben, wie es war!

„Weißt du, was dich da draußen erwartet?", fragte Dr. Schindelwick sanft und lehnte sich über den Tisch.

Ich schwieg. Nein, ich wusste nicht, was mich dort erwartete. Es war mir nur klar, dass mich NIEMAND erwartete. Nicht meine Mutter, von der ich seit fast zehn Jahren nichts mehr gehört hatte und mein Vater sowieso nicht. Der war wahrscheinlich froh, mich los zu sein. Wie ein alter Film kamen die Bilder wieder in meinen Kopf, wie meine Mutter mich ins Auto gebeten hatte, um nach einer ziemlich langen Fahrt an einem großen Wohn-Betonklotz anzuhalten. Dort drückte sie diverse Klingelknöpfe, auf dass irgendeiner der vielen Mieter den Türöffner betätigte, ohne nachzufragen. Dann stiegen wir ein muffiges Treppenhaus hinauf und blieben vor einer der Türen stehen, sie klingelte und ein Mann in Jogginganzug öffnete.

8

„Hallo Oliver, das ist dein Sohn Falk. Die ersten zehn Jahre, habe ich mich um ihn gekümmert, du bist die nächsten zehn dran. Tschüss!"

Das waren ihre letzten Worte gewesen, bevor sie mich zur Tür schob und die Treppe hinunterrannte. Ich war so perplex gewesen, dass ich vor diesem wildfremden Mann stehenblieb, ohne mich zu regen. Bis dato wusste ich nichts von meinem Vater, weder seinen Namen, noch hatte ich je ein Foto von ihm gesehen.

Nach einer anfänglich harten Eingewöhnungsphase mit unendlich vielen Ohrfeigen, die mein Erzeuger mir für was auch immer erteilte, kam ich mit meinem neuen Leben erstaunlich gut klar, obwohl es Mist war. Das Verhältnis zu meinem Vater blieb eiskalt. Er hatte nie die Vaterrolle angenommen, sondern war mehr so wie ein ‚Nachbar'. Bald verlor er seine Arbeit, das war richtig übel. Er schlug sich mit irgendwelchen Nebenjobs durch und mich schlug er, wenn er schlechte Laune hatte, was immer öfter vorkam. Aus den anfänglichen Ohrfeigen waren nun derbe Prügel geworden. Prügel, wenn er zu viel Schnaps getrunken hatte, weil sein aktueller Job mies war oder weil er ihn just wieder verloren hatte. Frauengeschichten gab es bei ihm nicht, jedenfalls nicht in der Wohnung. Vielleicht holte er sich eine Frau von der Straße, ich hatte keine Ahnung. Um möglichst wenig daheim zu sein, zog ich also viel mit Roger und Andreas aus der Nachbarschaft umher.

Wir machten viel lustigen Blödsinn, aber auch wirklich groben Unfug. Im Nachhinein ist man natürlich schlauer. Es ist unfair, Schwächere nur, weil man gerade ‚Bock drauf hat', in die nächstbeste Altpapiertonne zu werfen, kopfüber versteht sich. Als Roger einen Jungen in eine schwarze Tonne werfen wollte, ging ich dazwischen. Das war ein Fehler. Man stellte sich nicht gegen Roger und seine Meinung. Mein Versuch, die Sache ins Lächerliche zu ziehen, dass der Kleine die Hosen ja schon voll hätte, wenn er ihn ins Altpapier stopfen würde, gelang halbwegs, aber daraufhin ging es los mit den miesen Mutproben. Wenn ich noch zu der Gang gehören wollte, dann müsse ich zeigen, dass ich keine Memme sei. Ansonsten könne ich die künftigen Nachmittage getrost bei Daddy verbringen.

Und so nahm das Übel seinen weiteren Lauf, beim Schikanieren blieb es nicht.

„An was denkst du?", hörte ich eine entfernte Stimme und starrte verwirrt auf den Doktor, schwieg. Niemals die Wahrheit sagen, niemals die Namen Roger und Andreas verwenden! Am besten sowieso die Fresse halten.

„Also, noch einmal. Was meinst du, was dich da draußen erwartet? Weißt du schon, wo du hingehen willst?" Dr. Schindelwicks Stimme war ruhig, freundlich und aufmunternd, doch in mir bahnte sich der Wahnsinn an. Ich hatte plötzlich Angst, zitterte innerlich, fing an zu schwitzen, mein Puls schlug hart im Hals und ich dachte, mir drückt einer die Lungen zusammen, weil ich kaum noch Luft bekam.

„Hm, bis nächste Woche kannst du dir ja ein paar Gedanken machen: Wo willst du wohnen? Willst du zu deinem Vater zurück oder lieber alleine eine kleine Wohnung beziehen? Zur Wiedereingliederung haben wir ein paar Übergangswohnungen zur Verfügung. Klein, aber wirklich nett. Es besteht auch die Möglichkeit, in eine betreute WG zu ziehen, da hast du in etwa Gleichaltrige um dich herum. Du brauchst einen Job, was stellst du dir vor? Wir haben Beziehungen zu Werkstätten verschiedenster Art, wo schon viele vor dir untergekommen sind. Manche sind heute, nach Jahren, noch dort, andere haben sich später anderweitig umgeschaut und sind weggezogen. Du arbeitest hier in der Schreinerei, würde dir das auch für den Einstieg in die Arbeitswelt vorschweben, oder hast du die Nase voll und suchst etwas anderes?" Er machte eine Pause, erwartete sicherlich eine Antwort, aber ich hatte keine.

„Das klingt jetzt zwar nach dem Paradies von 1001 Möglichkeiten", fuhr er dann weiter fort, „Das ist es nun aber nicht. Es ist nur so, dass wir dir den Einstieg da draußen so leicht wie möglich machen wollen. Je besser und eher du dich integrierst, desto geringer ist die Wahrscheinlichkeit, dich bald wieder zu sehen." Er lächelte aufmunternd und ich nickte nur wie in Zeitlupe, stand auf und ging aus dem Zimmer. In meiner Zelle beugte ich mich über die Toilette und übergab mich, dann legte ich mich in mein Bett und zog mir die Decke über den Kopf. Mir war schlecht, schwindelig, mein Puls beruhigte sich nicht und ich hatte Angst.

Angst, vor dem, was mich erwarten könnte. Angst vor Veränderungen, Angst vor allem außerhalb dieser langen Mauer da draußen. Ja, es waren noch drei 3 Monate, dann war ich frei, aber bisher hatte ich den Gedanken ‚was wird dann' erfolgreich verdrängt. Es machte mir wahnsinnige Angst! Aber das wollte ich definitiv nicht zugeben.

10

Die Tage plätscherten dahin wie eh und je, aber die Nächte waren grausam lang, weil ich oft wach lag. Die Gedanken, die ich tagsüber weit gehend verdrängen konnte, strömten nachts hervor und machten mich nervös. Ich versuchte, wieder einzuschlafen, aber nach gefühlten drei Minuten war ich wieder wach. Manchmal stellte ich mich dann ans Fenstergitter und starrte hinaus, fummelte an meinen Fingern, zog an der Hornhaut, knibbelte an den Nägeln. Immer wieder zwang ich mich, dieses nervöse Hampeln zu unterlassen, aber es gelang mir nicht.

Dr. Schindelwick stand am Fenster, als ich zur Therapiestunde in der darauffolgenden Woche den Raum betrat. Er schaute mich aufmunternd an und wies auf das hellbraune Sofa. Steif nahm ich Platz, spielte schon wieder mit meinen Fingern, dabei waren die Nägel schon bis aufs Nagelbett abgefummelt. Drei Finger hatten schon blutige Stellen.

„Nervös?", fragte der Doktor.

Ich zuckte mit den Schultern – bloß nichts zugeben!

„Oder freust du dich?"

Ich atmete tief ein und schnell wieder aus – ich wusste keine eindeutige Antwort. Ja und nein. Eher nein wegen der Ungewissheit und wegen …

„Hast du Angst?"

Er hatte es erkannt. Ja, ich hatte wahnsinnige Angst, aber ich würde es nicht zugeben. Niemals. Und so blieb meine Antwort aus.

Er redete noch eine Menge, ähnlich wie Dr. Monrath, aber irgendwie war das, was er sagte, was er fragte, sehr persönlich. Längst nicht so ein heruntergespultes allgemeines Konzept.

„Glaubst du an ein Leben nach dem Knast?", fragte er plötzlich und ich blickte ihn irritiert an. Eigentlich hätte ich statt ‚Knast' das Wort ‚Tod' erwartet.

„Ja, sag es ruhig, glaubst du, dass du draußen wieder ein normales Leben führen kannst?"

Wieder presste mir jemand die Lungen zusammen. Derart, dass ich wirklich Atemnot bekam.

„In wenigen Wochen wirst du durch die Hauptpforte gebracht. Die Pforte wird hinter dir geschlossen … und dann?", fragte der Doktor und blickte mich forschend an.

11

Ich musste aufpassen, dass ich nicht zu japsen anfing. Ich wollte nicht, dass er meinen körperlichen Zustand mitbekam. Ich schwieg und konzentrierte mich auf meine Atmung, ein, aus, ein, aus, es war schwierig. Und es fiel mir sehr schwer, geräuschlos zu atmen. Am liebsten hätte ich geröchelt, um mehr Luft zu bekommen.

Der Doktor schüttelte den Kopf. „Der schweigende Falke", seufzte er, stand auf, ging ans Fenster und blickte hinaus.

„Was wirst du dann tun? Stehen bleiben? Wirst du nach rechts gehen? Oder nach links? Wird jemand am Tor sein, um dich abzuholen? Gehst du zu deinem Vater?"

Jetzt wurde mir zu der Atemnot auch noch schlecht, urplötzlich. Ich musste hier raus! Jetzt und sofort! Hastig stand ich auf, der ganze Raum drehte sich, es wurde dunkler und in meinen Ohren pulsierte das Blut so laut, dass ich nichts mehr hörte, außer diesem lauten Summen, was immer stärker wurde. Das Zimmer schrumpfte zusammen, ich riss die Augen auf, stolperte Richtung Tür, wollte sie öffnen, aber ich bekam die Klinke nicht zu fassen, tastete, blieb mit der Schulter am Rahmen hängen, polterte mit dem Kopf gegen das Türblatt, konnte mich nicht mehr halten und sackte zusammen. Ich machte mich auf einen harten Aufprall gefasst, aber stattdessen ging es langsam abwärts. Behutsam erreichte ich den Boden und begriff, dass Dr. Schindelwick mich von hinten aufgefangen hatte, damit ich nicht stürzte. Er beugte sich über mich. Mir stand der Schweiß auf dem ganzen Körper. Mir war heiß und eiskalt zugleich. Ich zitterte und jetzt japste ich heftig nach Luft. Die Worte vom Doktor verstand ich nicht, nur seine Stimme drang durch das immer noch viel zu laute Surren in meinen Ohren. Ich griff panisch nach seiner Hand, drückte sie, versuchte, ihn anzuschauen, aber sein Gesicht drohte zu verschwimmen. „Hilf mir", röchelte ich und verlor für kurze Zeit das Bewusstsein.

Als ich wieder zu mir kam, lag ich auf dem Rücken, eines der Sofakissen unter dem Kopf und die Beine hoch an das Türblatt angelehnt.

Dr. Schindelwick kniete neben mir, strich mir die verschwitzten Haare aus dem nassen Gesicht. Er hatte eine Decke über mich gebreitet. Jetzt war mir nicht mehr kalt, doch ich zitterte immer noch. Mein Puls hatte sich normalisiert und auch das Summen hatte aufgehört, aber ich fühlte mich, als würde eine schwere Last auf meiner Brust liegen.

„Ganz ruhig, keine Panik. Alles wird gut, wir kriegen das zusammen hin, versprochen", murmelte Dr. Schindelwick und ich merkte, dass er meine Hand hielt, mir beruhigend über den Arm streichelte.

„Du wirst nicht allein gelassen", fuhr er fort. „Es tut mir leid, dass ich dir dieses Gefühl gegeben hatte."

Ich drückte seine Hand und merkte, wie mir heiße Tränen aus den Augen liefen. Sie brannten in meinem Gesicht. Dr. Schindelwick erwiderte meinen Händedruck und fasste mich an der Schulter, ganz väterlich. So, wie ich mir das von meinem Vater immer gewünscht hatte, stattdessen gab es – wenn überhaupt körperlichen Kontakt – nur Schläge. Entweder er hatte mich ignoriert oder verprügelt. Dazwischen gab es nichts. Und ich wusste nicht, was mir lieber gewesen war, diese seelischen Prügel der Ignoranz oder die körperlichen.

Nachdem offensichtlich vor wenigen Minuten mein Kreislauf zusammengebrochen war, brach jetzt mein Inneres zusammen. Ich fing an zu heulen wie ein Schlosshund. Ich zog die Beine an, rollte mich auf die Seite und hatte unkontrollierbare Zuckungen, als würde mir jemand Stromschläge verpassen. Es war mir nicht einmal peinlich. Ich war einfach nur fix und fertig. Meine Seele, die ich die letzten Jahre in eine dunkle Ecke gesperrt hatte, bäumte sich auf. Meine Gefühle, die hinter einer Falltür begraben waren, schossen heraus, wie aus einer zu stark geschüttelten Sprudelflasche.

Ich spürte das beruhigende Streicheln vom Doktor auf meiner Schulter, meinem Rücken.

Es klopfte an der Tür und automatisch zog ich die Beine noch enger Schutz suchend an mich.

Männer mit einer Trage traten ein, stellten sie neben mir ab, versuchten behutsam, mich umzudrehen. Ich ließ es widerwillig zu.

Es folgte eine kurze Untersuchung mit Blutdruckmessgerät und Stethoskop. Dann wurde ich auf die Trage gehoben und Dr. Schindelwick fasste noch einmal meine Hand, beugte sich über mich.

„Ich bin für dich da, du musst nur mit mir reden, ich höre dir zu, stundenlang, versprochen", flüsterte er und ich spürte, wie ich plötzlich Platz in den Lungen hatte, ganz viel Platz. Das Atmen ging so leicht, die schwere Last war wie weggenommen. Ich drückte seine Hand, dann ließ er mich los, aber er folgte uns.

Es war ein merkwürdiges Gefühl, durch die Gänge getragen zu werden, die Neonleuchten an der Decke zu sehen. Die Sanitäter brachten mich in ein kleines Behandlungszimmer. Dr. Schindelwick unterhielt sich leise mit einem Arzt, während mir eine Krankenschwester eine Kanüle legte.

„Sie bekommen jetzt erst einmal eine Infusion", erklärte sie mir. Was auch immer sie mir da verabreichten – es würde mir helfen. Vielleicht war es ein Beruhigungsmittel für meine gereizten Nerven? Oder ein Schlafmittel? Ich fühlte mich auf einmal besser, aber gleichzeitig zu Tode erschöpft und so dämmerte ich weg.

Als die Schwester mir zu späterer Stunde mein Abendessen brachte, war ich nahe dran, nach einer Untersuchung zu fragen, weil mir so oft schlecht nach dem Essen sei, aber ich brachte den Mut nicht auf, obwohl die Gelegenheit perfekt gewesen wäre.

Es gab eine Suppentasse mit Gemüsebrühe, in der nur ein paar kleine Muschelnudeln schwammen. Dazu eine Tasse Kamillentee und eine Scheibe Graubrot mit Butter und Käse.

Den Kamillentee trank ich gierig, verbrannte mir dabei den Mund. Sorgfältig angelte ich danach die Nudeln aus der Suppe und ließ sie in meine leere Teetasse fallen, den Rest der ‚gereinigten' Brühe trank ich. Es tat gut im Bauch und ich hoffte, die üblen Krämpfe würden nicht einsetzen.

Die Tür ging auf, Dr. Schindelwick kam ins Zimmer. Er lächelte sanft. Ich mochte ihn wirklich gerne.

„Na, kein Hunger?", fragte er, als er meine Reste in der Tasse liegen sah und bevor ich überlegte, was ich sagen wollte, hörte ich mich schon antworten: „Hunger schon, aber ich vertrag das nicht."

Der Doktor sah prüfend von mir auf meinen Teller.

„Was davon verträgst du nicht?"

„Brot, Nudeln und Käse", antwortete ich artig und konnte meine plötzliche Unsicherheit kaum verbergen. Wieso hatte ich damit angefangen? Warum hatte ich nicht wie üblich wortlos mit den Schultern gezuckt?

„Seit wann?" Dr. Schindelwick dachte nach, das merkte ich und als ich keine Antwort gab, wiederholte er seine Frage.

„Schon seit langer Zeit", antwortete ich dann ziemlich leise.

„Und was passiert, wenn du es isst?"

Ich zuckte mit den Schultern und schwieg, aber Dr. Schindelwick ließ nicht locker und wiederholte seine Frage.

„Von Käse wird mir speiübel und Brot und Nudeln verursachen Magenkrämpfe." Ich kam mir albern vor, das zu sagen.

„Hast du eine Lebensmittelallergie?", bohrte Dr. Schindelwick weiter und ich stöhnte. Hörte die Ausfragerei denn niemals auf?

„Ich hatte auf ein Magengeschwür getippt", hörte ich mich leise sagen und hätte die Worte am liebsten wieder zurückgenommen. Das wollte ich doch gar nicht aussprechen!

„In deiner Akte ist nichts davon vermerkt. Warum hast du bislang nie etwas gesagt?", kam sofort die besorgte Rückfrage, die ich nur wieder mit einem Schulterzucken beantwortete.

„Weißt du, was du essen kannst, ohne, dass es dir schlecht geht?", fuhr er fort und ich zuckte abermals mit den Schultern. „Weißt du es nicht, oder willst du es nicht sagen?", löcherte er mich.

Ich stöhnte. Langsam ging mir das auf den Keks. „Das ist doch alles nur peinlich und saudoof. Schlimm genug, dass ich in Ihrem Büro schlappgemacht habe. Tut mir wirklich leid und die Heulerei wollte ich auch nicht. Es ist echt todpeinlich", murrte ich.

„Nein ist es nicht. Im Gegenteil, das war dringend mal nötig. Du vergewaltigst dich selbst mit deinem ewigen Abschotten. Ich habe mehrmals mit deinen Mithäftlingen gesprochen. Dass Sascha gerne mal einen Schlag verteilt, ist ja hinlänglich bekannt. Aber heute Nachmittag hat Georg berichtet, dass man dich zusammenschlagen kann, ohne dass du auch nur die geringste Gegenwehr zeigst. Warum?"

Es klang besorgt und ich seufzte. Er hatte mit anderen gesprochen? Klar, woher sollte er sonst den Spitznamen ‚der schweigende Falke' kennen? Einerseits war mir unwohl bei dem Gedanken, dass der Doktor andere über mich ausfragte, andererseits war es erstaunlich, wie sehr er sich für jemanden einsetze. Er wollte offensichtlich wirklich helfen. Ganz anders als Dr. Monrath, der sich – wahrscheinlich genau so ergeben wie ich – seinem Tagestrott hingab.

Was hatte Dr. Monrath eigentlich für eine Krankheit, dass er ‚für länger' ausfallen würde?

„Warum wehrst du dich nicht?", kam von Dr. Schindelwick. Er hatte eine penetrante Art, Antworten auf seine Fragen zu bekommen. Ich musste darüber innerlich grinsen. Er war mir sehr sympathisch.

„Stimmt es, dass Georg dich vor langer Zeit mal heftig zusammengeschlagen hat?"

Ich schwieg, wollte Georg nicht reinreißen, auch wenn der das Thema ja selbst angesprochen hatte. Ja, es stimmte, Georg hatte mich damals, als er hier neu angekommen war, kräftig zwischen gehabt. Ich glaube, er wollte nur, dass ich mich wehre und deswegen schlug und trat er immer weiter. Aber irgendwann hatte er sich zu mir runtergebeugt und mich herumgedreht. „Sag mal, lebst du noch?", hatte er gefragt und es klang plötzlich äußerst besorgt. Ich hatte „Leider ja" geantwortet. Dann waren wir gemeinsam in den Waschraum gegangen. Seitdem hatte er mich nie mehr angefasst. Seine Blicke mir gegenüber waren merkwürdig und ich wich ihm aus.

„An was denkst du?", hörte ich die Stimme des Doktors und stöhnte.

„Nichts, was ich sagen will", antwortete ich. „Kartoffeln und Reis", fügte ich hinzu.

„Wie? Du hast an Kartoffeln und Reis gedacht? Und das willst du mir nicht sagen?" Dr. Schindelwick war total irritiert, ich musste darüber grinsen.

„Nein, Kartoffeln und Reis kann ich essen. Nachgedacht habe ich über Georg. Punkt."

„Georg ist gar nicht so übel, oder?"

„Nein und ich will nicht weiter über ihn reden, okay?"

„Er hat über dich geredet."

Ich zuckte mit den Schultern.

„Er erzählte, du hättest keinen Lebenswillen mehr."

Wieder zuckte ich mit den Schultern.

„Ist es nur Käse, der dir Probleme bereitet oder allgemein alles, was irgendwie mit Milch zu tun hat? Joghurt, Pudding, Milchkaffee?", schwenkte Dr. Schindelwick um.

Wieder zuckte ich mit den Schultern, aber eine Stimme sagte: „Alles". Es war meine.

Der Doktor klingelte nach der Schwester und bat um einen Teller Kartoffeln oder Reis mit Butter ohne sonstige Soße.

Wenige Minuten später wurde mir das bestellte Essen serviert. Mein Magen zog sich vor Hunger schmerzhaft zusammen, aber ich wollte keinesfalls vor dem Doktor zu essen anfangen. Das war mir unangenehm.

„So wie ich dich einschätze, magst du lieber alleine essen, ohne dass dir dabei jemand zuschaut." Dr. Schindelwick zwinkerte mir zu. „Kommst du heute Nacht alleine klar?"

„Ich war die letzten vier Jahre nachts allein, warum sollte es plötzlich nicht mehr gehen?", murrte ich. „Tschuldigung, war nicht böse gemeint", folgte dann aber direkt. „Tut mir leid."

Ein liebes Lächeln war die Antwort. Er hob die Hand zum Abschiedsgruß und verschwand mit einem „Bis morgen, stell nichts an."

Die Tür war noch nicht richtig ins Schloss gefallen, da zog ich den Teller zu mir aufs Bett, matschte die Kartoffeln in die Butter und musste bei dem leckeren Geruch fast sabbern. Es kostete viel Mühe, mich zusammenzureißen und nicht alles eilig runterzuschlingen. So kaute ich ganz bewusst, obwohl das bei dem dicken Brei nicht nötig gewesen wäre. Es dauerte seine Zeit, bis ich den Teller leer hatte und mit einem Glücksgefühl ließ ich mich zurück ins Kissen fallen, strich mir über den wohlig gefüllten Magen und schlief ein.

In dieser Nacht träumte ich von einer Kuhweide, auf der ganz viel Wiesenschaumkraut wuchs. Ich beobachtete die Kühe, hörte ihr Muhen, stand am Stacheldrahtzaun. Sie bemerkten mich und kamen zum Zaun, machten ihre Hälse lang und reckten mir ihre großen Köpfe entgegen. Einerseits waren Kühe sehr neugierig, andererseits dann im letzten Moment doch ängstlich. Aber ich schaffte es, sie mit Geduld so weit zu bringen, dass sie sich streicheln ließen. Ihr Fell fühlte sich merkwürdig an und die Zunge wie ein Reibeisen, wenn mich eine Kuh am Arm leckte.

Ich blickte über die saftigen Weiden zum Wald und ging am Zaun entlang, tief in den Wald hinein. Hier roch es nach nassem Laub. Ich pflückte wilde Brombeeren, und die stacheligen Ranken zerkratzten meine Arme. Ein Bach gluckerte und ich folgte dem Bachbett bis zu einer riesigen Buche. Ich umarmte den Stamm, konnte meine Finger aber nicht zusammenführen, weil der Stamm so dick war. Die Rinde rieb an meinen nackten Armen, aber das störte mich nicht.

Der Arzt weckte mich am frühen Morgen aus diesem schönen Traum. Zuerst war ich irritiert. Lag ich nicht in meiner Zelle? Dann kam die Erinnerung zurück - mein Zusammenbruch. Ich war noch in der gefängniseigenen Krankenstation in einem Einzelzimmer. Nachdem der

Arzt mich abgehorcht und Blutdruck gemessen hatte, ging er mit mir ein paar Atemübungen durch, die ich lächerlich fand, jedoch ohne Auflehnung mitmachte. Er erklärte mir, wozu das gut sei und als er zufrieden damit war, beschloss er: „Du kannst nachher gehen."

Ich nickte und drehte mich wieder um, wollte weiterschlafen, doch da kam eine Schwester herein. Sie brachte mir Frühstück und zeigte auf das Brot.

„Das ist ohne Gluten und der der Käse ist laktosefrei, probier bitte, ob du das verträgst."

Damit verließ sie mich und ich blickte ihr verwirrt hinterher. Ohne Gluten? Laktosefrei? Ich aß das Brot mit dem Käse, trank den Tee dazu und aß die zweite Brotscheibe mit der dunklen Marmelade.

Als ich fertig war, legte ich mich zurück und machte mich auf Magenkrämpfe und Übelkeit gefasst, doch es blieb beides aus. Es vergingen zwei Stunden und ich fühlte mich bestens.

Dann kam Dr. Schindelwick mit dem Wärter meines Traktes.

Sie brachten mich zurück in meine Zelle und als die schwere Tür hinter mir geschlossen wurde, war es plötzlich wie beim ersten Mal: Mir wurde alles zu eng. Die Gewissheit, eingesperrt zu sein, war die Hölle. Auf einmal konnte ich den kleinen Raum mit den kahlen Wänden, einem vergitterten Fenster und einer Tür, die von außen abgeschlossen war, nicht mehr ertragen.

Hastig stand ich auf, ging zum Fenster, hielt mich an den Gitterstäben fest und blickte hinaus auf die lange Mauer mit dem NATO-Draht. Dahinter war meine Welt! Da wollte ich hin! Plötzlich spürte ich lange verdrängte Gefühle. Auf einmal hatte ich ein Ziel, auch wenn es mir wahnsinnige Angst machte. Was würde mich da draußen erwarten?

Würde ich dann am Tag X vor dem Gelände-Tor nach rechts oder nach links gehen? Das hatte Dr. Schindelwick doch gefragt?

Ich würde den nächstbesten Weg in einen Wald nehmen.

Das Mittagessen wurde mir in die Zelle gebracht, denn für diesen Tag war ich noch krankgeschrieben. Es gab Reis mit Gemüse und wieder aß ich betont langsam. Das wohlige Gefühl danach in meinem gefüllten Magen war einfach göttlich. Es ging mir gut und wenn Dr. Schindelwick mich das nächste Mal sprechen wollte, ich würde ihm alle meine Wünsche und Träume offenbaren. Dass ich gerne draußen arbeiten würde, am liebsten immer draußen, in der Natur. Im Wald vielleicht, aber nicht als Holzfäller, nicht die schönen Bäume kaputtmachen. Also wohl doch nicht im Wald. Aber draußen. Dachdecker? Nein, das hatte ich nicht gelernt, da müsste ich eine Lehre machen. Wäre aber auch nicht schlimm. Als Schreiner, was ich ja gelernt hatte, konnte man sicherlich nicht so viele Jobs finden, die nur draußen zu tätigen waren. Ich wollte keinesfalls in einer Halle arbeiten und nur Neonlicht um mich haben, acht Stunden täglich. Und ich wollte weit weg von hier. Wo mir niemand über den Weg laufen konnte, der mich kannte. Keiner, den ich mal schikaniert oder verprügelt hatte. Es sollte ein neues Leben sein. Und es sollte ein kleiner Ort sein. Am liebsten ein Bauerndorf, drei Höfe, siebzehn Einwohner. Ja, auf einem Bauernhof konnte ich mir vorstellen zu arbeiten. Zwar hatte ich keine Ahnung, was man da alles machen musste, aber man war sicherlich viel draußen und hatte mit Tieren zu tun. Aber ... auf einem Bauernhof wurden Tiere geschlachtet. Nein, da wollte ich auch nicht arbeiten. Ich stöhnte bei den Gedanken und nahm mir fest vor, dem lieben Doktor Schindelwick dieses ganze chaotische Wirrwarr vor die Füße zu schmeißen. Sollte er doch daraus das Passende basteln. War das nicht sein Job?

Mein Vorhaben setzte ich in der nächsten Therapiestunde in die Tat um und überflutete Dr. Schindelwick. Er lächelte, nickte, dachte nach, überlegte, wägte ab. Er hörte zu, machte sich Notizen und stellte seine allererste Frage zu der Sache erst, nachdem ich mir alles vom Herzen geredet hatte und wir eine Minute geschwiegen hatten. Dann folgte ein langer Dialog und ich fühlte mich gut. Es war richtig, ihm alles anzuvertrauen. Er hatte Recht, der Nervenzusammenbruch war die Notbremse meines gepeinigten Inneren gewesen.

Zum Schluss gab er mir noch zwei Bücher, eines über Weizen-unverträglichkeit und das andere über Laktoseintoleranz.

„Beides schränkt dein Leben ein, aber es sind keine bedrohlichen Krankheiten. Du wirst lernen, damit umzugehen. Andere haben Heu-schnupfen, Neurodermitis oder eine Tierhaarallergie." Mit einem Lächeln öffnete er die Zimmertür und ich spürte seine aufmunternde Berührung an meinem Schulterblatt. Diese kleine Berührung tat gut, machte mir Mut.

In meiner Zelle las ich in den Büchern, schweifte mit meinen Gedanken ab zu Dr. Schindelwick. Gut, dass Dr. Monrath immer noch krank war. Mit dem hätte ich nie so ein gutes Verhältnis haben können. Dr. Monrath war knapp 60 Jahre alt und arbeitete in seinen Sitzungen die Punkte ab, die er bei jedem anwendete. Standardfragen und - so schien es mir - auch Standardbehandlungen.

Dr. Schindelwick war Individualist - für ihn gab es keine Schienen. Er gab keinen festen Weg vor, bevor er nicht ein Stück auf dem Weg des Patienten mitgegangen war.

Vor meinem inneren Auge sah ich mich vor der Hauptpforte stehen. Dr. Monrath stand mir gegenüber, wies nach rechts. „Da gehst du lang, da gehen alle lang."

Dr. Schindelwick stand neben mir, ließ mir die Wahl. Gemeinsam gingen wir links bis zur nächsten Kreuzung, dort wählte ich abermals links. Das entpuppte sich aber als eine Sackgasse und gemeinsam gingen wir zurück und den richtigen Weg.

Ich schüttelte den Kopf wegen der absurden Bilder in meinem Kopf. War das jetzt der beginnende Wahnsinn?

Zurück in meinem Buch über Laktoseintoleranz las ich, dass man jedes Produkt, was rein aus Ziegen- oder Schafmilch bestand, bedenkenlos essen konnte. Ebenso gab es Sojamilch und ‚Minus L'-Produkte aus Kuhmilch, die für die Geplagten ebenfalls gut verträglich waren.

Die Sache mit der Weizenallergie war schwieriger, aber auch hier gab es viele Tipps.

Mein Gefängnisessen war seit dem Bekanntwerden meiner Probleme sofort umgestellt worden. Es gab spezielles Brot für mich, spezielle Milchprodukte und meistens Kartoffeln oder Reis. Es ging mir so gut wie lange nicht mehr. Und all das hätte ich schon früher haben können, hätte ich nur den Mund aufgemacht. Ironie des Schicksals.

Beim nächsten Hofgang schien die Sonne. Ich setzte mich auf eine der Bänke, lehnte mich zurück, schloss die Augen und ließ mir die Sonnenstrahlen ins Gesicht scheinen. Ich stellte mir einen plätschernden Bach vor und hatte das Bedürfnis, kaltes Quellwasser zu trinken. Einerseits konnte ich kaum erwarten, diesen Traumgedanken umzusetzen, andererseits überkam mich wieder die Angst vor dem, was mich ‚da draußen' erwarten möge. Viereinhalb Jahre Knast waren auch viereinhalb Jahre vorgeschriebenes Leben. Da draußen musste ich mein eigenes Leben leben. War frei, aber auch irgendwie gefangen, gefangen in meiner Angst, in meinen Zweifeln. Mein Puls beschleunigte sich und ich machte die mir vom Arzt vorgeschriebenen Atemübungen, um wieder runterzukommen. Noch wenige Wochen, zu wenige und dennoch zu viele.

Selbstzweifel – Zukunftsangst – Angst, zu versagen.

Ich bemerkte, dass ein Schatten auf mich fiel. Georg. Er setzte sich neben mich.

„Hallo, geht es dir besser?", fragte er leicht besorgt und ich zögerte erst, doch dann nickte ich.

„Als ich erfahren habe, dass man dich auf die Krankenstation gebracht hat, dachte ich, du hättest versucht, dich umzubringen. Ehrlich", meint er leise. Ich spürte seinen Blick von der Seite. „Dr. Schindelwick hat mich über dich ausgefragt ...", fuhr er behutsam fort.

„Ich weiß, ist doch okay. Dr. Monrath hat niemals jemanden gefragt. Ich hoffe, der Schindelwick bleibt uns noch lange erhalten", gab ich zur Antwort.

„Uns wohl nicht", meinte Georg. „Du bist bald draußen und ich folge dir dann zwei Wochen später."

Verblüfft blickte ich hinüber zu ihm. Er war irgendwann nach mir gekommen, das wusste ich, aber ich hatte mir nie Gedanken gemacht, wie lang er noch zu verbüßen hatte. Ebenso wusste ich nicht, weswegen er saß. Er war zu der Zeit gekommen, wo ich schon nicht mehr ‚aktiv' lebte, nur noch vegetierte.

„Weißt du schon, wo du hingehst? Bleibst du im Ort?", fragte Georg vorsichtig. „Du brauchst nicht zu antworten, wenn du nicht magst."

Das Angebot, zu schweigen, wollte ich gerne annehmen, aber mein Zusammenbruch hatte eine Veränderung in mir bewirkt, hatte mich von innen umgekrempelt. All das, was ich in die hinterste Ecke gedrängt hatte, ließ sich nicht weiter verdrängen, kam hervor, daher gab es jetzt auch Wünsche und Träume. Sogar Tagträume. Es fühlte sich an, als hätte sich eine Knospe nach Jahren ewigen Frostes endlich den Weg durch die Erde ans Tageslicht zur Sonne gefunden. „Ich weiß noch nichts", sagte ich schließlich, da ich ihm eine Antwort schuldig war, zumindest nach meinem neuen Empfinden.

Georg nahm es mit einem unverständlichen Laut zur Kenntnis.

„Und du?", kam meine Gegenfrage. Irgendetwas in mir wollte das Gespräch nicht einfach so versickern lassen, sondern weiterführen.

„Ich werde in eine Werkstatt für Landwirtschaftsmaschinen gehen und dort Trecker reparieren, andere Gerätschaften zur Ackerbewirtschaftung instandsetzen und auch Mähdrescher oder Rübenerntefahrzeuge wieder in Gang bringen, was halt so anfällt."

Erstaunt schaute ich ihn an. Ich weiß nicht, was ich als Antwort von ihm erwartet hatte, aber diese Pläne bestimmt nicht.

„Mir würde die Arbeit auf einem Bauernhof gut gefallen", murmelte ich und erntete einen ebenso erstaunten Blick von Georg.

„Auf einem Bauernhof?"

„Ja." Unsicher zuckte ich mit den Schultern. „Irgendwas, wo man viel draußen ist. Ich will nicht mehr eingesperrt sein, will Natur um mich haben. Und gerne auch Tiere. Ein Bauernhof wär schon gut.

„Kuhscheiße schippen?", fragte Georg und musste dabei lachen.

„Ich hab so viel Scheiße gemacht, da kann ich jetzt auch welche wegmachen", antwortete ich und musste ebenfalls lachen.

„Das ist das erste Lachen, was ich von dir sehe."

Ich zuckte mit den Schultern, wollte ihm noch etwas sagen, aber über die Lautsprecher ertönte der Hinweis über das Ende unseres Hofganges und es brach diese Stimmung zwischen uns. Mir war nicht mehr danach, ihm etwas über meine Gedanken und Gefühle zu sagen. Stattdessen gingen wir gemeinsam in den Bau und dort trennten sich unsere Wege.

In der Nacht dachte ich lange über Georg nach und auch über ein paar andere Häftlinge. Ich stellte fest, dass keiner mehr von denen da war, mit denen ich am Anfang viel Kontakt hatte. Keiner war mehr da, von dem ich wusste, weswegen er saß.

Es dauerte noch einige Tage, bis ich wieder meine Gesprächsstunde mit Dr. Schindelwick hatte und die Zeit bis dahin verbrachte ich mit Überlegungen, die so weit gingen, dass ich nachts nicht richtig schlafen konnte und bei der Holzverarbeitung manchmal zu sehr abgelenkt war. Bisher konnte ich Fehler vermeiden, aber teilweise war es wirklich knapp. Beim Hofgang schlenderte ich an der Mauer entlang und sah Georg in der Ferne, aber irgendetwas ließ uns auf Abstand bleiben. Aber da wir zuvor kaum zusammen herumgehangen hatten, war das vielleicht einfach normal? Er hatte mich doch nur angesprochen, weil er dachte, ich hätte einen Selbstmord versucht. Es war nett, dass er mich angesprochen hatte.

Als dann endlich das ersehnte Gespräch mit Dr. Schindelwick anstand, erzählte er mir tatsächlich von einem Bauernhof, auf dem er vielleicht eine Stelle für mich ausfindig gemacht hatte. Es gab dort eine Menge verschiedener Tiere: Kühe, Pferde, Ponys, Ziegen, Schafe, Kaninchen, Meerschweinchen und Hühner. Insgesamt an die 50 Tiere. Dazu gab es große Obstwiesen und es war eben immer eine Hand zu wenig da, die beim Versorgen und Arbeiten mithalf. Das hörte sich ziemlich perfekt an und ich stimmte zu, dass Dr. Schindelwick auf dem Hof nachfragte, ob ich dort arbeiten könne.

Es klang fast zu gut, um wahr zu sein, so dass ich mir keine Hoffnungen machte. Ich wagte es nicht, daran zu glauben, dass so etwas Realität werden könne.

Doch einmal im Leben sollte ich Glück haben - Dr. Schindelwick gratulierte mir bei der nächsten Sitzung. Ich hatte eine Zusage bekommen.

Von dem Moment an, schlief ich kaum noch, konnte mich im Sägewerk nur noch ganz schlecht konzentrieren und zählte nicht nur die bevorstehenden Tage, sondern auch die noch abzureißenden Knaststunden bis zur Entlassung. Ich freute mich schon darauf, aber die Angst blieb. Die Angst, es draußen nicht zu schaffen und so war das Ergebnis meines Abzählens immer mit Bauchschmerzen und Panikattacken bis hin zur drohenden Ohnmacht verbunden. Nicht selten ging ich in den verbleibenden Tagen im Sägewerk auf die Toilette und lehnte mich an die abgeschlossene Tür, weil mir so schwindelig war. Was, wenn ich versagen würde?

Die letzte Nacht war die längste meines Lebens. Ich lag auf meiner Pritsche und sie bebte, so sehr zitterte ich. Der Schweiß stand zentimeterdick auf meiner Haut, meine Klamotten waren klatschnass. Plötzlich wurde mir übel. Ich stand auf, übergab mich und blieb auf dem Boden liegen, röchelte, zitterte. Das Atmen wurde fast unmöglich, weil ich das Gefühl hatte, dass ein zwei Tonnen schwerer Eisenklotz auf mir lag. Ich konnte, mich nicht bewegen.

So lag ich dann auch, als am nächsten Morgen die Zelle aufgeschlossen und das Frühstück gereicht wurde. Noch bevor ich den Versuch starten konnte, mich aufzurappeln, stand schon Dr. Schindelwick in der Tür und blickte besorgt auf mich herab, hockte sich neben mich und erklärte mir ganz in Ruhe den bevorstehenden Tagesablauf, machte mir Mut. Inzwischen ging es mir etwas besser und ich kroch auf meine Pritsche. Da ich bestimmt die halbe Nacht in meinen verschwitzten Sachen, die nun klamm und kalt waren, auf dem Fußboden gelegen hatte, fror ich erbärmlich.

Dr. Schindelwick verließ kurz meine Zelle, ich zog mich um, und wickelte mich in meine Bettdecke ein. Als er kurz darauf wieder kam, hatte er eine Tasse mit dampfendem Getränk dabei und ich roch schon von Weitem, dass es Kamillentee war. Der heiße Tee tat gut.

Dr. Schindelwick setzte sich neben mich, überreichte mir die Bahnfahrkarte und einen Zettel mit den nötigen Informationen. Er hatte noch viele gute Worte für mich und als ich gefrühstückt hatte, gingen wir gemeinsam Richtung Ausgang. Georg stand dort und wartete neben einem Wärter auf mich. Man hatte ihm erlaubt, mich zu verabschieden. Die Geste fand ich lieb. Sowohl von den Wärtern, als auch von Georg.

Meine paar Habseligkeiten hatte ich in meinem alten Rucksack verstaut und war abreisebereit. Nachdem die letzten Formalitäten geklärt waren, ging das Tor auf und ich trat hinaus. Nach links musste ich gehen, Richtung Bahnhof. Dr. Schindelwick winkte mir noch hinterher.

„Meld dich, wenn was ist", rief er und ich nickte. Seine Telefonnummer stand auf dem Zettel, den er mir mitgegeben hatte. Ich hob ebenfalls meine Hand zum Abschied und ging los. Meine Knie zitterten und mein Kopf fühlte sich heiß an. Ich war aufgeregt und erschöpft zugleich.

Tief sog ich die ‚fremde' Luft ein, denn hier draußen unter den blühenden Bäumen des Frühlings roch es definitiv anders als auf der stets gemähten blumen- und baumlosen Wiese im Knast.

Auf dem Weg zum Bahnhof blickte ich stur geradeaus, mied es, vorbeigehende Leute anzuschauen. Irgendwie hatte ich den Eindruck, sie starrten mich alle an. Ob sie mich erkannten? Ob sie tuschelten? „Da ist der Mistkerl. Jetzt ist er wieder frei, bringt eure Kinder in Sicherheit."

Ich hatte ein ungutes Gefühl und schon wieder umschlang eine kalte Eisenhand mein Inneres. „Meld dich, wenn was ist!", hatte mir Dr. Schindelwick mit auf den Weg gegeben. Und in der Zelle hatte er mir zuvor gesagt: „Ich habe immer ein offenes Ohr für dich, Entlassung heißt nicht, dass ich nicht mehr für dich da bin."

Seufzend ging ich weiter. Es war schön, zu wissen, dass man jemanden hatte, den man in der Not anrufen konnte. Und wie meine Not aussehen würde, konnte ich mir lebhaft ausmalen: ein neuer Nerven-zusammenbruch. Mir stand schon wieder der Schweiß auf der Stirn, mein Puls raste. Mein Hals fühlte sich so staubtrocken an, als hätte ich drei Wochen nichts getrunken.

Ich gelangte an eine Gabelung und schaute auf den kleinen Faltplan von Dr. Schindelwick mit dem eingezeichneten Weg, schwenkte nach links und erreichte den Bahnhof ohne Umwege. Es gab drei Gleise, ich wählte wie angegeben Gleis 2 und setzte mich dort auf eine Bank, wartete. Noch zehn Minuten bis zur Einfahrt des Zuges; die Sekunden tropften in Zeitlupe. Die Bahnhofsuhr schien stehen geblieben zu sein, so langsam verging die Zeit.

Leute gingen an mir vorbei, blieben wartend stehen. Ein älterer Herr setzte sich neben mich und ich mied Blickkontakt. Bloß niemanden anschauen. Nun konnte ich nicht mehr auf die Bahnhofsuhr sehen, also zählte ich im Kopf die Sekunden ab. Dann fiel mir meine Armbanduhr ein, die ich die ich bei meiner Entlassung wiederbekommen hatte. Es war so ungewohnt, eine Uhr am Handgelenk zu haben, dass ich sie total vergessen hatte. Sie zeigte sieben Uhr dreizehn - war also stehen geblieben. Die Batterie war leer. Kein Wunder nach viereinhalb Jahren. Nervös fummelte ich an meinen Fingern, unterdrückte diesen Drang, schaute auf die aufgerissenen Stellen an den Kuppen und am Rande des Nagelbettes - meine Finger sahen furchtbar aus.

Der Zug fuhr endlich ein und der ältere Herr stand auf. Ich stieg hinter ihm in das Abteil, suchte mir einen Zweier-Sitz und blickte aus dem Fenster. Die Landschaft zog an mir vorbei, Ortschaften, Felder und Wälder, wieder Ortschaften. Ich konnte mich gar nicht sattsehen an der Umgebung. Dr. Schindelwick hatte mir erzählt, dass der Hof in einem kleinen Dorf sei, ganz ähnlich so, wie ich es mir vorgestellt hatte. Noch immer konnte ich mein Glück nicht fassen und ein unwohles Gefühl machte sich in mir breit, dass es doch nicht alles so klappen würde, wie erhofft.

Bald wurde die Gegend städtischer.

„Nächster Halt, Köln Hauptbahnhof", erklang es schließlich aus den Lautsprechern. „Ausstieg rechts. Ihre nächsten Reisemöglichkeiten ...", fuhr der Zugbegleiter fort und nannte diverse Bahnsteige, Bahnlinien und Ortsnamen.

Hier musste ich umsteigen. Ich raffte meine Sachen zusammen und reihte mich in die Menschenschlange ein, die sich zum Aussteigen bereithielt. Es dauerte, stockte immer wieder. Dann stand ich endlich draußen auf dem Bahnsteig inmitten einer Schar anderer Reisender. Ich entschied mich, mich mit dem Menschenstrom fließen zu lassen und landete treppab in einer überfüllten Bahnhofshalle. Lautsprecheransagen tönten, ein Stimmenwirrwarr ringsumher. Das machte mich schon wieder nervös. Ich schaute mich nach dem Zugang zu den anderen Gleisen um, aber es war so viel los hier! Schon wieder erwischte ich mich, wie ich an meinen kaputten Fingern fummelte.

Hektische Leute drängelten durch die Menschenmassen. Mir schnürte dieses Treiben die Luft ab. Ich spürte, wie wieder Panik in mir aufstieg, schaute gehetzt nach den Gleisnummern und schob mich durch das Gewühl, atmete hektisch und flach.

Auf dem neuen Bahnsteig war es nicht wesentlich besser. Von den Treppen strömten immer weiter Leute nach. Ich stand schon wieder zentimeterdick in meinem Schweiß.

Schließlich wurde mein Zug angesagt. Ich seufzte erleichtert, als ich den Triebwagen ankommen sah und stieg mit der Menschentraube um mich herum ein. Es gab keine Zweier-Plätze, also setzte ich mit auf einen Vierer. Wenigstens einen Fensterplatz konnte ich ergattern. Sofort saßen drei weitere Leute bei mir, ein Herr in Anzug und zwei junge Mädels, die sich offensichtlich gut kannten, denn sie schnatterten unentwegt, was mich noch nervöser machte.

Draußen zogen triste, zum Teil heruntergekommene Stadtgebäude vorbei. Drei Bahnhöfe später stiegen die Mädels aus und ich atmete einmal tief durch. Jetzt saß nur noch der Herr in Anzug da und der las still in einer Zeitung. Allmählich beruhigte ich mich ein bisschen.

Der Zug fuhr endlos lang und ebenso langsam. Längst waren wir im ländlichen Bereich angekommen, wo die Bahnhöfe nicht wesentlich größer waren als eine Bushaltestelle.

Irgendwann stieg auch der Mann im Anzug aus und ich nestelte meinen Zettel hervor, den Dr. Schindelwick mir mitgegeben hatte - es waren noch zwei Haltestellen bis zu meinem Zielbahnhof, von dem ich abgeholt werden sollte.

Ankunft in Girreshausen

„Nächster Halt ...", hörte ich die monotone Frauenstimme der Bandansage zum letzten Mal. Ich hatte mein Ziel erreicht. Was war ich froh - aber gleichzeitig stieg meine Nervosität wieder ins Unermessliche.

Dieser Bahnhof war nicht viel größer als die vorherigen und ziemlich schäbig. Man musste die Gleise zu Fuß queren - eine Unterführung oder Brücke gab es nicht. Aber da nur jede Stunde ein Zug fuhr, war eine Überquerungshilfe gar nicht nötig.

Unschlüssig stand ich am Bahnübergang, blickte zurück. Niemand mehr da. Ich schaute nach vorne, einige Leute stiegen in ihre Autos, einige gingen über den Parkplatz, aber keiner schien auf jemanden zu warten. Jemanden wie mich. Ein Schmerz durchzog meine Brust. Hatte man mich versetzt?

Es hätte mich nicht gewundert, wenn die Leute einen Rückzieher gemacht hätten. Viereinhalb Jahre Knast bekam ein Jugendlicher nicht, weil er eine Packung Kaugummi geklaut und dem Nachbarsjungen in den Hintern getreten hatte. Viereinhalb Jahre Jugendknast war eine Strafe für schwerere Taten. Und wer wollte so einen asozialen Halbstarken aufnehmen? Warum sollte man so einen wie mich überhaupt in sein Haus lassen? Man kannte mich doch gar nicht. Sie hatten zugestimmt, ohne mit mir zu reden. Es war alles über Dr. Schindelwick gelaufen, der hatte das eingefädelt.

Der Parkplatz leerte sich, bald stand ich alleine da.

Ich atmete tief ein, spürte den Schmerz in meiner Brust, als eine kalte Eisenhand innerlich nach mir griff und alles an sich reißen wollte. Verzweiflung machte sich breit. Die Nervosität brachte meinen Puls zum Rasen. Fünfzehn Minuten stand ich nun schon herum, wie bestellt und nicht abgeholt und mir wurde kalt. Eine kriechende Kälte, die von dieser Eisenhand ausgestrahlt wurde. Mir war plötzlich zum Heulen zumute. 20 Minuten. Ich musste mich hinsetzen und ließ mich neben dem Parkautomaten auf den Kiesboden des Parkplatzes sinken, stellte die Knie auf, legte meine Arme drum herum und wartete. Eine Stunde wollte ich mir geben. Wenn bis dahin keiner käme, würde ich losgehen, mich in dem Ort umschauen, denn dann würde garantiert keiner mehr kommen.

25 Minuten. Ich zögerte. Nein, schon jetzt würde niemand mehr kommen. Eigentlich konnte ich losgehen. Aber uneigentlich konnte ich auch hier sitzen bleiben, die Zeit weiter ‚davontropfen' lassen, wie einen Wasserhahn, den man nicht richtig zugedreht hatte. Zeit hatte ich genug. Resigniert legte ich den Kopf auf die Knie. Was war das für eine Schnapsidee gewesen mit dem Bauernhof? Ich hätte in so eine blöde WG ziehen sollen, wo noch mehr Knastis, beziehungsweise Ex-Knastis wohnten und ich hätte irgendwo in einer Fabrik arbeiten sollen, wo man anonym bleiben konnte.

Ein Motorgeräusch kam plötzlich näher und erschreckte mich in der sonstigen Stille auf der Parkfläche. Es war ein kleiner schmutziger alter Geländewagen. Er bog in die Einfahrt, fuhr nach rechts, drehte und kam wieder zurück. Die Tür flog auf, der Motor blieb an.

Eine schlanke Frau in Jeans und Holzfällerhemd stieg aus, schien etwas zu jemandem im Wagen zu sagen und rannte zu den Gleisen, den Bahnsteig entlang und zögerlich stand ich auf, ging die paar Meter zum Bahnübergang, wo mir die Frau nun entgegenkam. Unsere Blicke trafen sich. Mein unsicherer, ihr wütender.

„Bist du Falk?", fragte sie und ich nickte mechanisch, musste unweigerlich schlucken, wünschte mir eine Falltür, wünschte mir, wieder im Knast zu sein. Jetzt tat in mir plötzlich alles weh. Dieser wütende Blick. Ich war unerwünscht, das war mir klar und ich konnte sie verstehen, so gut verstehen. Einen wie mich wollte niemand mehr, das brauchte ich mir nicht schönzureden.

„Ein Glück", stöhnte die Frau und reichte mir die Hand, drückte fest zu. „Hallo Falk, wunderbar, dass du noch da bist. Tut mir leid, dass ich so wahnsinnig viel zu spät bin. Ich bin übrigens Anne. Und das da ist die blöde Zicke Sissi. Ihr ist es zu verdanken, dass du so lange warten musstest. Es tut mir wirklich leid."

Ich wusste nicht, wie mir geschah. Sie sah ziemlich geschafft aus und lächelte nun erleichtert. Bei den rüden Worten über diese gewisse Sissi war ihre Wut deutlich spürbar. Ich traute mich gar nicht, in den Geländewagen zu sehen, wer diese Sissi war. Das konnte eine heitere Fahrt werden. Anne hielt meine Hand immer noch gefasst und lächelte, deutete zum Wagen. Erst jetzt ließ sie mich los.

„Komm, du willst sicherlich endlich ankommen nach der langen Bahnfahrt und der unliebsamen Warterei." Sie deutete auf die Beifahrertür und ich wischte mir den Hosenboden ab, bevor ich die Tür öffnete. Auf meinem Sitz lag fein säuberlich eine Decke mit Schottenmuster. Der Fußraum sah gefegt aus, zeigte aber lehmige Stiefelspuren auf der Fußmatte. Der Wagen roch nach, Heu, Kartoffeln, irgendetwas süßlich-vergorenem und nach Leder, aber er war leer.

„Und wehe, du machst noch mehr Mucken, ich vertick dich!", grollte Anne und klopfte mit dem Zeigefinger auf das Armaturenbrett. In dem Moment verstand ich. Sissi war der kleine grüne Geländewagen.

„Die Tucke ist nicht angesprungen und das Starterspray tat seinen Dienst nicht sofort. Ich brauchte drei Anläufe. Ich krieg noch die Motten mit der Montags-Karre", schnaufte Anne und fuhr ruckelnd an. Nicht nur das Starten schien ein Problem zu sein, auch die Kupplung war wohl nicht mehr ganz fit, vom Getriebe ganz zu schweigen.

„Falk, erzähl mal etwas über dich", meinte Anne nach einer Zeit des gemeinsamen Schweigens und fuhr zielsicher durch den regen Verkehr des kleinen Ortes.

„Hm, ich bin 20 und habe einen Hauptschulabschluss und eine Ausbildung als Schreiner gemacht", sagte ich und überlegte, was ich noch hinzufügen sollte. Dass ich gerade aus dem Gefängnis kam, wusste sie vermutlich. Das hatte Dr. Schindelwick hoffentlich nicht verheimlicht?

„Du arbeitest also gerne mit Holz. Matthias sagte, du würdest Tiere mögen und wärst deswegen gerne Helfer auf einem Hof?"

Matthias? Das musste Dr. Schindelwick sein. Soweit ich mich erinnern konnte, hieß er so mit Vornamen. Die zwei schienen sich gut zu kennen. Ob das positiv für mich war? Anne schaute kurz zu mir hinüber und ihr Blick fragte nach einer Antwort.

„Ja, ich mag Tiere, habe aber ehrlich gesagt keine Ahnung von Haltung und Pflege und so", gab ich zu.

„Macht nichts, die kriegst du. Hast du Angst vor großen Tieren?"

„Was ist groß?", fragte ich dämlich.

„Wir haben zwei Percherons, die sind 1,70 Meter groß und ziemlich massig, aber total brav und absolut ehrlich."

Was konnten Percherons sein? Ich wagte nicht, zu fragen. 1,70 Meter ... war das die Kopfhöhe? Von den Kühen? Ich wusste, dass es auf dem Hof Kühe gab und irgendwelche Ponys aus Norwegen.

„Ich denke, du solltest Fritz und Frieda kurz kennen lernen, wo wir gerade unterwegs sind, dann kann ich direkt rasch Heu füttern und muss diese Mistgurke nicht nachher noch einmal anschmeißen.

Vorsichtig musterte ich Anne von der Seite. Ihr Alter konnte ich nur schwer schätzen. Die blonden Haare waren zu einem wilden Pferdeschwanz zusammengebunden, der Pony stand in alle Himmelsrichtungen. Unter den Augen hatte sie dunkle Schatten. Sie sah müde aus. Vielleicht war sie knapp über 30? Aber damit konnte ich total daneben liegen.

Wir fuhren über eine von Wald umgebene kurvige Landstraße, von der in unregelmäßigen Abständen immer wieder eine schmale Straße zu einem Dorf mit ein paar dahingewürfelten Häusern abzweigte.

Am Ende des Waldes fuhren wir an einem großen See vorbei. Im nächsten Wald bogen wir rechts auf eine asphaltierte Straße ab. Der Weg war als Sackgasse gekennzeichnet, aber wir fuhren weiter, bis der Weg mit tiefen Furchen an einer Böschung endete.

Anne hielt an und schaltete einen Hebel um, gab wieder Gas und ich blickte sie entsetzt an.

„Ich brauche die Günguntersetzung, sonst kommen wir die drei Meter hier nicht hoch. Ein Erdrutsch im März hat den Weg verschüttet. Wir haben es noch nicht geschafft, ihn frei zu baggern. Nicht nur Sissi macht Mucken, auch unser Deutz lässt uns manchmal im Stich."

Ich ließ mich durch die Steigung in den Sitz drücken und bemerkte, wie die Motorhaube in den Himmel zeigte. Vom Weg war nichts mehr zu sehen. Mir wurde schlecht. Achterbahnfahren war dagegen Kinderkacke. Zum Glück war der Hügel rasch bewältigt und gab auf der anderen Seite den Blick auf üppige, eingezäunte Wiesen und in einiger Entfernung einen Schuppen frei.

Anne schaltete die Ganguntersetzung wieder aus und brauste den letzten Rest des Weges ziemlich ruppig. Sie hielt, ließ den Wagen an, sprang hinaus, betrachtete argwöhnisch eine Lücke im Zaun und rief laut: „Frie-da! Fri-hitz!"

Ihre Stimme war kräftig. In der Ferne hoben sich zwei weiße Pferdeköpfe aus dem Gras.

„Die sind ausgebüxt, die Schlingel", schimpfte sie und deutete auf den durchgebrochenen morschen Zaunpfahl, der als Torpfosten gedient hatte und nun in zwei Teilen auf dem Boden lag. „Neben Sissi und Deutz lässt uns auch dieser Zaun im Stich. Du siehst, bei uns geht es drunter und drüber. Es werden alle Hände gebraucht." Sie nickte mir zu und rief noch einmal lauthals nach den Pferden, bis diese sich endlich in Bewegung setzten. Sie kamen zielstrebig den Weg entlanggelaufen und ich zuckte erschrocken zusammen, als Anne mich an den Schultern fasste und eng zu sich an den Zaun zog.

Fast wollte ich mich ihrem Griff entziehen, aber die beiden weißen Pferde kamen mittlerweile im Galopp immer näher und was von Ferne wie Ponys aussah, wurde immer größer. Mit 1,70 Meter konnte nicht die Kopfhöhe gemeint sein, die war bei geschätzten 2,50 Metern. Einer dieser Kolosse wieherte imposant aus breiter Brust. Mir schien, dass zwei Dampfloks auf uns zurollten. Ihre Hufe waren riesig wie Teller und der Boden bebte.

Ein Pferd stoppte vor Anne, das andere walzte mit nicht einmal einen halben Meter Abstand an mir vorbei und setzte mit einem kleinen Sprung über das kaputte Tor in die Weide. Mir lief ein Schauer über den Rücken.

„Das ist Frieda. Du erkennst sie an der rosafarbigen Raute zwischen den Nüstern", begann Anne und stellte mir das bei sich stehende weiße Pferd vor, das sanft an ihren Händen schnupperte und den mächtigen Hals mit dem großen Kopf gesenkt hatte. Was für ein Pferd! Was für ein kraftvolles Tier! Niemals hatte ich so etwas gesehen. Ich war kurz davor, zu fragen, ob ich sie mal streicheln durfte, aber in letzter Sekunde kam mir die Frage total blöde vor. Mir wurde heiß, bei dem Gedanken, wie peinlich es gewesen wäre, hätte ich die Frage ausgesprochen. Die besagte Raute konnte ich sehen, aber was waren Nüstern? Sicherlich die Nase, denn dort befand sich jene Raute. Wie sehr sich die Nasenlöcher bewegten, wenn das Pferd schnüffelte. Es sah faszinierend aus.

„Und der, der sich jetzt in dem Unterstand versteckt, ist Fritz", fuhr Anne fort und deutete auf den Schuppen, in dem der andere Weiße nun stand. „Ich hoffe, er schämt sich, denn auf ihn ist mit Sicherheit der kaputte Zaun zurückzuführen. Er findet jede Schwachstelle im Zaun", erklärte sie und wandte sich dann wieder an Frieda, die ihren Kopf nun auf Annes Schulterhöhe hob und ihr sanft ins Gesicht blies. Anne schloss die Augen und streichelte mit beiden Händen den Pferdekopf. „Ja mein Mädchen, alles ist gut", flüsterte Anne und strich ihr durch die lange wellige Mähne. „Geh rein", fügte sie dann fordernd hinzu, drückte den breiten Hals von sich weg und zeigte auf das kaputte Tor. Das große Tier marschierte langsam mit gezielten Tritten über die Überreste des Tores und in die Weide hinein.

Notdürftig flickten wir den Zaun mit ein paar neben dem Misthaufen herumstehenden Latten und verrammelten das Tor, so gut es ging. Dann eilte Anne außen am Zaun entlang zu dem Schuppen und stieg eine Leiter hinauf zu einer grünen Holztür. Sie öffnete diese und verschwand in dieser Luke und kurz darauf fiel im Schuppen in einer Ecke Heu herunter. Die Pferde senkten sofort ihre Köpfe und begannen zu fressen.

Wieder bei mir meinte Anne: „Also, du siehst, Frieda und Fritz sind ganz schöne Brummer. Wenn du momentan Angst vor ihnen hast, kann ich das gut verstehen, aber das brauchst du nicht." Sie zwinkerte sie mir zu. „Ich dachte, ich stelle sie dir direkt vor, weil es sicherlich ein Schreck ist, wenn sie plötzlich mitten im Hof stehen und du sie noch nicht kennst."

Wir stiegen in den Geländewagen, dessen Motor immer noch gleichmäßig lief, wendeten und fuhren bis zur Böschung. Die Motorhaube tauchte ab und es drückte mich in den Gurt. Den Wall hinunterzufahren war definitiv noch schlimmer als das Hochfahren und ich war froh, als wir sicher auf dem zerfurchten Waldweg weiterfuhren.

Es ging ein kleines Stück die Straße zurück, die wir gekommen waren, dann bogen wir auf einen asphaltierten Feldweg ab und parkten bald rechts am Rand in einer Nische, die offensichtlich häufig als Parkplatz genutzt wurde. Wenige Meter weiter führte ein schmaler Kiesweg durch einen mit Gestrüpp überwucherten Torbogen aus Metall, dessen Tür quietschte. Der Kiespfad schlängelte sich nun etwa 100 Meter bis zum Haus durch eine kleine Blumenwiese, auf der ein paar Laubbäume standen.

„Willkommen in unserem Chaos", meinte Anne und stieß die Tür auf - sie war nicht abgeschlossen gewesen.

Ich musste an mich halten, keine Reaktion zu zeigen, denn das Wort Chaos hatte seine Berechtigung: Wir standen in einer großen heruntergekommenen Waschküche. Die verblassten blauen Wandfliesen waren in einer Ecke weggemeißelt, die freigelegte Wand ließ auf einen Rohrbruch schließen. Auf dem Boden knirschten braune Fliesen unter unseren Tritten. Die meisten davon waren kaputt. Überall lagen Gegenstände herum und die beiden Türen, die aus diesem Raum hinausführten, hingen schief in den Angeln. Die rechte ließ einen Blick auf einen Raum frei, der bis auf die Grundmauern abgerissen war.

„Tja, ich hoffe, Matthias hat dich vorgewarnt?"

„Nein, hat er nicht. Aber ich hoffe, er hat Ihnen reinen Wein eingeschenkt?"

„Ich bin Anne, wir duzen uns", meinte sie freundlich. „Reinen Wein?" Sie zögerte. „Ach so. Ja klar. Wir haben für heute Abend Gulasch mit Kartoffeln und ich habe einen Kuchen mit Dinkelmehl für morgen früh gebacken." Sie sah mich skeptisch an. „Alternativ haben wir Haferflocken, Cornflakes und Rosinen für Müsli. Minus-L-Milch haben wir auch da."

Ich blickte total verstört. Dr. Schindelwick hatte sie über meine Lebensmittelallergien informiert? Einerseits sehr schön, andererseits fühlte ich mich jetzt noch lästiger, als eh schon.

„Es tut mir leid, dass ich solche Umstände mache", murmelte ich schuldbewusst.

„Ach Blödsinn! Mir ist es egal, ob ich Reis, Kartoffeln oder Nudeln esse. Auch, ob eine oder zwei Milchtüten im Kühlschrank stehen. Du solltest nur nicht die falsche Tüte nehmen." Sie lachte kurz. „Komm weiter, dann zeige ich dir das ganze Drama hier …"

Wir gingen links durch die Tür in einen Raum mit alten zerkratzten rotbraun gestrichenen Holzdielen. Zwei Wände waren noch zur Hälfte gefliest; die Tapeten über dem Fliesenspiegel waren bereits abgerissen. Die anderen beiden Wände waren bis auf die Außenmauersteine abgestemmt, auch hier war in einer Ecke ein Wasserschaden nicht zu übersehen, aber in der Ecke blinkte bereits ein nagelneues Wasserrohr.

Früher hatte der Raum vermutlich als Küche gedient, denn ein Loch in einem großen Wandvorsprung sah stark nach einem alten Anschluss für ein Ofenrohr aus.

Der verbliebene Fliesenspiegel hatte drei verschiedene Farben. Im unteren Bereich ein ausgewaschenes Rot, darüber gelb, und im hinteren Bereich waren die Überreste von schmutzig weißen Fliesen zu sehen. Von der Decke hing eine Lüsterklemme, Licht gab es in diesem Raum offensichtlich nicht. Steckdosen waren ebenfalls lediglich als leere Löcher in der Wand zu erkennen. Rechts schien spärlich das Sonnenlicht durch ein vor Dreck völlig blindes Fenster. Was sich hinter diesem Fenster befand oder abspielte, blieb daher völlig verborgen. Das Fenster zur Linken zeigte nach vorne auf die Laubbäume hinaus. Geradeaus führte eine weitere Tür in die Scheune mit gestampftem Lehmboden. Eine auf dem Boden liegende Europalette sorgte dafür, dass man dort mit sauberen Schuhen stehen konnte, denn direkt daneben führte eine steile ausgetretene Holztreppe ins nächste Stockwerk.

Wir stiegen hinauf und die Treppe endete in einer Art Holzverschlag, gerade mal einen Quadratmeter groß. Anne öffnete die provisorische Tür und dahinter verbarg sich zu meiner Überraschung ein großes halb renoviertes Wohnzimmer. In den vier Dachgauben waren neue Fenster eingesetzt und auf den Fensterbrettern standen einige Topfblumen. Die Wände waren lindgrün gestrichen. Der Fußboden hatte noch keinen richtigen Belag, aber immerhin saubere, verschraubte Spanplatten.

Ich staunte über die Raumhöhe, die in der Mitte geschätzte vier Meter bis zur Dachspitze betrug, denn die Decke war nicht abgehängt.

Das Wohnzimmer war durch die Dachschräge ziemlich schmal, aber dafür unheimlich lang. In der Mitte war ein offenes Fachwerk aus dicken Balken sichtbar. Das diente sicherlich zur Stabilisation, so reimte ich mir das zumindest mit meinem Laienverstand zusammen und diente gleichzeitig als Raumteiler. Dahinter stand ein antiker Holztisch mit ebensolchen Stühlen. In der Mitte der langen Seite befand sich ein gemauerter offener Kamin und unweit davon eine große Schatzkiste mit schwarzen Beschlägen und flachem Deckel. Diese Dinge waren die einzigen Möbelstücke in dem riesigen Raum und sie wirkten sowohl verloren als auch deplatziert, denn außer ihnen standen ungefähr 100 Umzugskartons rundherum an den Wänden entlang aufgestapelt. Alle ordentlich mit dickem Edding beschriftet und immer zwei übereinander.

„Wir hatten uns den Umzug etwas anders vorgestellt", meinte Anne nur und war wohl meinem Blick gefolgt.

„Ihr wohnt noch nicht lange hier, oder?"

„Wie man es nimmt. Ein halbes Jahr, aber es haben sich immer mehr Baustellen ergeben und die geplanten Umbaumaßnahmen zogen sich endlos in die Länge, weil immer irgendetwas anderes dazwischen kam. Ich hoffe, du kannst dich damit irgendwie arrangieren?"

Ich nickte eifrig und schaute mich weiter um. Anne deutete auf eine Zimmertür. Wir gingen rechts herum das kürzere Stück bis zum Ende des Wohnzimmers, denn die Treppe von unten hatte uns nicht mittig in den Raum geführt. Zu dieser Zimmertür aus Kiefernholz führten fünf neue hölzerne Treppenstufen hinauf.

„Darf ich dich bitten, die Schuhe auszuziehen?", bat Anne und schlüpfte aus ihren derben Halbschuhen, ohne sich die Senkel aufzuschnüren. Auf Socken ging es dann diese Stufen hinauf. Hinter der

Tür war wieder das Dach bis zum Giebel offen und wir standen in einem winzigen Flur mit schön gemasertem Laminatfußboden und weiteren drei Kieferntüren, von denen eine ein kleines Milchglasfenster hatte, so dass in diese enge Diele ein wenig Außenlicht fiel. Rechts und links ging es in zwei identische kleine frisch renovierte Zimmer. Geradeaus hinter der Tür mit dem Milchglasfenster befand sich ein modernisiertes Bad mit Badewanne und Duschecke. Alles war auf kleinstem Raum vorteilhaft untergebracht und wirkte von daher nicht zu eng. Auch die Zimmer waren geschickt möbliert und aufgeteilt. Die Breite der Zimmer betrug nur etwas mehr als zwei Meter, denn das Bett passte längs gerade hinein. Ein Schrank war vorhanden und unter dem Giebelfenster hing ein heruntergeklapptes Holzbrett an der Wand, gegen das ein Holzklappstuhl gelehnt war.

Anne hob den Holzstuhl weg und zeigte mir den Mechanismus, wie man aus diesem Wandbrett mit zwei Handgriffen einen kleinen Tisch baute.

Das Zimmerchen war eigentlich nicht viel größer als meine Zelle, aber durch die Dachschräge mit den Holzbalken und den hellen Kiefernmöbel extrem gemütlich.

„Du kannst dir aussuchen, ob du mit Blick zum Innenhof oder mit Blick zum Wald schlafen willst", meinte Anne und wir gingen in das zweite Zimmer, das ebenso eingerichtet war, nur spiegelverkehrt.

Ich schaute aus beiden Fenstern hinaus, dem Zimmer rechts mit Blick in den Innenhof, und aus dem des linken Zimmers mit Waldblick. Hofblick war so ‚dazugehörend‘, Waldblick so ‚frei‘." Ich konnte mich nicht entscheiden.

„Du kannst gerne beide Zimmer ausprobieren. Bettzeug ist auf beiden Betten frisch bezogen." Anne hatte offensichtlich meine Zerrissenheit bemerkt und legte mir die Hand auf die Schulter. Diese Geste machte mich innerlich ganz warm. Eine wohlige Wärme, ein Stück Geborgenheit. Doch gleichzeitig hatte ich Sorge, dass ich es hier vermasseln würde.

„Wir schlafen dort hinten auf der anderen Seite." Anne drehte sich um und wies durch das Wohnzimmer in Richtung der anderen Tür, zu der ebenfalls fünf Treppenstufen hinaufführten.

Wir schlüpften wir wieder in die Schuhe, wanderten durch das lange schmale Wohnzimmer zur Treppe, zogen dort die Schuhe noch einmal aus.

„Nachdem wir erfahren haben, dass du kommst, haben wir uns rangehalten, das Bad und die Zimmer hinten im Anbau fertigzumachen. Bis dato war dort noch Rohbau." Anne deutete auf den unfertigen Wohnzimmerfußboden. „Wenn hier auch schon Laminat verlegt wäre, könnte man einfach unten die Schuhe auszuziehen, aber so ..." Sie machte eine entschuldigende Geste.

Sie hatten extra wegen mir so viel Extra-Arbeit erledigen müssen? Ich war also ein weiteres Hindernis, das den eigentlich geplanten Umbau in die Länge zog.

„Tut mir leid, solche Umstände zu machen", murmelte ich schuldbewusst.

„Was? Wieso?" Anne drehte sich um, blickte mich erstaunt an. „Blödsinn, ist gut, wenn die Zimmer da hinten fertig sind. Eine Sache weniger zu tun. Es ist ein schönes Gefühl, jetzt beide Anbauten fertig zu haben, zumindest oben", lächelte sie. „Komm bloß nicht auf den dummen Gedanken, du hättest an irgendetwas Schuld."

Wir stiegen die fünf Stufen hinauf. Erneut standen wir in einem winzigen Flur mit drei Türen, geradeaus wieder eine mit Milchglasfenster.

„Du kannst gerne einen Blick in alle Zimmer reinwerfen, aber mach dir nichts aus der Unordnung, okay?" Anne räusperte sich kurz und grinste verschmitzt.

Rechts und links waren wieder kleine Schlafzimmer und geradeaus ein Bad, alles identisch mit den Räumen auf der anderen Hausseite. Lediglich in den Schlafzimmern war die Wandfarbe anders. Hier waren sie mattblau und mattorange, drüben waren beide Räume in einem warmen Beige gehalten.

„Ich könnte mir vorstellen, du möchtest dich erstmal frisch machen?", fragte sie.

Wie peinlich. Sicherlich stank ich auf mehrere Meter nach Schweiß von der ganzen Panikschieberei.

„Drüben habe ich noch keine Duschsachen, aber du kannst dir von hier alles mitnehmen, was du möchtest. Ich kann dir das Kräuterbad empfehlen. Mit Eukalyptus - sehr entspannend", meinte sie und drückte mir schon die Flasche in die Hand, öffnete einen kleinen Schrank und reichte mir ein knallrotes flauschiges Badetuch.

„Du kannst gerne ausgiebig baden, das tut bestimmt gut."

„Ich verstehe. Ich stinke wie ein Iltis", meinte ich leise.

Anne blickte mich erschrocken an. „Nein! Das habe ich damit nicht sagen wollen."

„Aber es ist die Wahrheit."

Nun druckste sie. „Na ja, nicht wie ein Iltis, aber man merkt deine lange Anreise." Sie zwinkerte mir zu. „Den Rest des Hofes zeige ich dir später und ... es sollte kein Angriff sein. Ich weiß nur, dass ich mich in meiner eigenen Haut nicht wohl fühle, wenn ich nicht so ganz frisch bin", meinte sie sanft und ich nickte.

„Wie wahr. Mir ist das total peinlich", gab ich zu und merkte erst, nachdem ich's ausgesprochen hatte, was ich gesagt hatte. Und das war mir noch peinlicher.

„Bekommt ihr eigentlich Geld, dass ihr mich hier aufnehmt?", fragte ich, während ich meine Schuhe wieder anzog.

„Nein wieso?"

„Na, weil niemand so jemand wie mich freiwillig nehmen würde", erklärte ich.

„Hey Falk, warte bitte kurz", kam freundlich und ich hörte Annes Schritte hinter mir. Ich drehte mich um und schaute in ihr freundliches Gesicht. „Falk, wir brauchen dringend Hilfe, die Arbeit wächst uns über den Kopf und Matthias hat sehr nett von dir gesprochen. Du wärst fleißig, nicht mäkelig und ein bisschen zu zurückhaltend. Das klang sehr gut. Und das mit dem zu viel zurückhaltend kriegen wir noch aus dir raus", beteuerte sie. „Wenn du fertig bist, komm unten in die Scheune, dort findest du uns. Du weißt, hier die Stiege runter."

Ich nickte, bedankte mich noch einmal und ging wieder auf Socken das Treppchen hinauf und in ‚mein' Bad, ließ Wasser in die Wanne, zog mich aus und nestelte an meinem Rucksack. Ich würde dringend Anziehsachen brauchen, denn im Knast wurde uns Arbeitskleidung gestellt. Kleidung ... ich stöhnte auf und erinnerte mich an meine schäbigen Zeiten, wo es für mich tägliche Routine war, anderen Kindern und Teens die teuren Klamotten abzuzocken, um sie im Internet zu verkaufen. Das Geld brauchte ich für Drogen und Alkohol oder eben die neuste Stereoanlage, was gerade ‚cool' war.

Das Badewasser war ziemlich heiß und es tat fast weh, einzusteigen, aber anstatt kaltes Wasser nachzugießen, biss ich die Zähne zusammen und legte mich langsam in die wohlige Wärme. Die ätherischen Öle des Kräuterbades drangen tief in meine Lungen und ich hätte vor

Behaglichkeit einschlafen können. Bevor es allerdings so weit kommen konnte, rappelte ich mich auf und entstieg der Wanne, rubbelte mich mit dem weichen Badetuch genüsslich ab und stand dann vor meinem Klamottenknäuel. Das T-Shirt konnte ich definitiv nicht mehr anziehen, ebenso wenig das Sweatshirt, denn dann hätte das Baden nichts genützt, die Sachen stanken. Die Jeans hingegen war noch okay, ebenso die Unterhose und die Socken, auch wenn ich beides gerne frisch angezogen hätte. Unschlüssig stand ich da, schlang mir schließlich das Badetuch wie einen Umhang um die Schultern und wickelte meinen Oberkörper damit ein, ging hinunter in die Scheune. Ich würde um ein Shirt bitten müssen. Einen Schlafanzug hatte ich auch nicht. Ich hatte nichts! Gar nichts. Das war alles so peinlich. Ich wünschte, mich würde jemand aus dieser unschönen Situation retten, aber da musste ich jetzt wohl durch.

In der Scheune folgte ich den Geräuschen aus einem mit Sperrholz abgetrennten Raum. An einer Wand standen zwei Böcke auf dem Lehmboden, darüber lag eine abgeschabte alte breite Planke. Ich blickte Anne verstört an, die in einem Kochtopf rührte. Auf dieser Planke standen eine Mikrowelle, ein Wasserkocher und eine elektrische Doppelkochplatte, wie man sie vom Campingplatz kannte. In einer Ecke stand ein alter Bundeswehrspind, in einer anderen ein Kühlschrank auf einem kleinen Holzpodest.

„Willkommen in meiner Pseudoküche", sagte Anne und wies auf eine Sitzgruppe und einen Tisch aus Kunststoff.

„Und hier wohnt ihr seit einem halben Jahr?", fragte ich und setzte mich auf einen der Stühle.

„Es war anders geplant", erklärte Anne und deckte den Tisch, indem sie aus dem Spind die Gedecke holte.

„Wenigstens haben wir alles, was man braucht, sogar einen kleinen Herd."

„Und wo wäscht du ab?", fragte ich und blickte mich in dem winzigen Raum um. Eine Spüle gab es definitiv nicht.

„Derzeit im Innenhof. Im Winter habe ich aber hier drinnen abgewaschen mit einer Waschschüssel. Wie gesagt, es war alles anders gedacht." Sie stutzte und blickte auf das Badetuch. „Hast du nichts drunter?"

Ich zog das Badetuch enger um mich, da es mir unbemerkt hinuntergerutscht war. Sicherlich hatte Anne die nackte Schulter gesehen und deswegen ihre Frage gestellt. Ich wünschte mir eine Falltür, aber die gab es nicht. Es war so peinlich. „N... das ist aber nicht obszön gedacht, es ist nur so" ... druckste ich ... „ich ... ich habe nichts Frisches anzuziehen.

„Es tut mir sehr leid", kam von Anne. „Mir ist das nicht weniger unangenehm, ich meine, weil ich keine Ahnung habe, dass du, nun ja, ... wahrscheinlich nur eine einzige Wäschegarnitur hast, oder?"

Ich nickte und stöhnte. Aufwachen! Ich will aufwachen! In meiner Zelle, wenn es sein muss, aber aufwachen aus dieser endlosen Peinlichkeit hier.

„Nach dem Essen hoffen wir auf Sissis Gnade, dann kannst du in die Stadt fahren und dir was besorgen. Das Geld kannst du uns später zurückzahlen."

Wieder stöhnte ich und schüttelte den Kopf. „Geld habe ich für den Anfang, aber keinen Führerschein."

„Oje. Schon wieder ein Fettnapf, in den ich getreten bin. Stimmt. Woher solltest du auch einen Führerschein haben. Ach Falk", seufzte sie. „Du, das ist nicht böse gemeint, das ist einfach ..."

„Das Zusammentreffen von zwei Welten", beendete ich den Satz und sie nickte.

„Ich kann dir ein T-Shirt von mir geben, müsste dir halbwegs passen", meinte sie, stand auf, stellte die zwei Kochtöpfe auf Korkuntersetzer auf den Campingtisch und verschwand.

Kurz darauf kam sie wieder mit einem hellgrauen T-Shirt. „Hier, das passt bestimmt." Sie hielt es mir entgegen.

Ich nahm das T-Shirt und stand auf. Wo konnte ich mich am geschicktesten umziehen? „Ich geh mal eben hinter die Tür", sagte ich und meine Stimme klang ganz dünn.

Hinter dieser Tür lag der Rest der Scheune. Alte Abtrennungen ließen auf einen ehemaligen Kuhstall schließen.

Das Shirt passte hervorragend, nicht zu eng, nicht zu weit. Mit einem Durchatmen drehte ich mich um und öffnete wieder die Sperrholztür zur Pseudoküche, setzte mich wieder auf meinem Platz.

„Steht dir, Grau ist deine Farbe", nickte Anne und reichte mir den Schöpflöffel für das Gulasch.

„Du isst nichts?", fragte ich und blickte auf ihren leeren Teller.

Anne zögerte. „Ich warte auf Achim."

„Kann ich auch."

„Musst du nicht, du hast doch bestimmt Hunger?"

Ein Trecker fuhr am Haus vorbei, das konnte man in der Scheune gut hören. Das war bestimmt Achim? Wie zur Bestätigung stand Anne auf und deckte noch einen Teller und Besteck. Kurz darauf kam ein großer, gut gebauter dunkelblonder Mann mit Piratenbart herein. Auf den ersten Blick schien er etwas jünger zu sein als Anne, aber auch da konnte ich mich täuschen.

„Hallo Kleine", grüßte er sie und legte seine Hände auf ihre Schultern. Dann kam er zu mir, reichte mir seine Hand. Höflich stand ich auf und schüttelte sie. Einen festen Händedruck hatte er.

„Ich bin Achim, hast sicherlich schon von mir gehört."

„Ich bin Falk."

„Weiß ich." Achim grinste. „Willkommen im Chaos. Ich hoffe, du türmst nicht bei nächstbester Gelegenheit."

Der Satz saß wie ein Schlag im Magen. Türmen? Mit irgendwelchen Gegenständen von hier? Dachte er, ich würde ihnen etwas stehlen?

„Ich könnt ihn zum Mond schießen", stöhnte Achim und setzte sich an seinen Platz, nahm von dem Essen.

„Tu es nicht, wir brauchen ihn", meinte Anne und reichte mir den Schöpflöffel. „Gib ihm ein paar Wochen, noch eine Chance."

Ein Grummeln war die Antwort. „Ich kann mir so einen Heckmeck nicht leisten."

„Und wir können uns einen anderen nicht leisten", kam von Anne. „Es muss vorangehen."

„Brauchst du mir nicht zu sagen", stöhnte Achim.

Mir wurde heiß und kalt bei dem Dialog. Irgendetwas sagte mir, dass ich mit diesem Dialog gemeint war. Während Anne Partei für mich ergriff, war Achim gegen mich. Das konnte ich ihm nicht verübeln. Ich überlegte, aber kam nur zu dem Ergebnis, dass ich so einen asozialen Kerl wie mich nicht auf meinen Hof lassen würde. Waren sie Dr. Schindelwick etwas schuldig, dass sie ihm diese Bitte nicht ausschlagen konnten? In meinem Hals schwoll ein Kloß der Wut, Wut über mich selbst. Warum war ich so ein Arschloch geworden?

„Was gibt es für Neuigkeiten?", fragte Achim, nachdem er eine Weile schweigend gegessen hatte.

„Das Tor bei den Perchs ist kaputt. Sissi zickt wie blöde, aber das ist ja

41

nichts Neues. Doch heute habe ich fast eine halbe Stunde gebraucht, sie anzukriegen."

Ein Stöhnen war die Antwort. „Wir sind verdammt", murmelte Achim schließlich und schob den leer gegessenen Teller von sich weg. „Ich fahr zu den Perchs, so Sissi es will."

„Wir müssen noch in die Stadt", kam von Anne.

„Was willst du denn in der Stadt?"

„Wir brauchen Klamotten."

„Bitte?"

„Ich bin mal wieder das Übel", meinte ich leise und legte mein Besteck auf meinen ebenfalls leeren Teller.

„Du?" Achim schaute verwirrt von Anne zu mir und zurück.

„Falk hat keinen Führerschein und braucht ein paar Anziehsachen", klärte Anne auf und ich wünschte mir nichts anderes, als in meiner Zelle aus diesem Albtraum aufzuwachen.

„Warum hast du keinen Führerschein? Das gibt es nicht, du bist doch 20?"

Falltür, bitte eine Falltür! Ich spürte, wie die Verzweiflung in mir aufstieg, und dass ich kurz vorm Heulen war. Ich musste mich auf jeden Fall zusammenreißen!

„Du bist so ein Trampel", stöhnte Anne. „Glaubst du, er war die letzten Jahre im Vergnügungspark mit Einkaufscenter und Fahrschule?"

„Komm mit", meinte Achim und winkte mich zu sich, ging zu dieser Tür des Verschlags.

Ich trottete ergeben hinter ihm her, machte mich auf alles gefasst.

„Du hast nicht zufällig einen Achtziger-Führerschein?", fragte er fast resigniert.

„Schon, aber ich bin seit einigen Jahren nicht mehr gefahren."

„Aber den Lappen haste, oder?"

„Ja, hab ich", gab ich ehrlich zur Antwort. Im Grunde genommen war ich nach meinem Führerschein nur drei Mal gefahren. Aber bevor ich den Schein hatte, war ich oft genug schwarz auf dem Moped von Andreas unterwegs gewesen.

„Gut, dann fährste meine alte Möhre." Mit diesen Worten lotste er mich vor einen Schuppen und öffnete eines der riesigen Tore. In einer Ecke stand ein Moped, das mit einem alten Laken abgedeckt war.

„Wie muss ich denn fahren?", flüsterte ich.

„Wie du ein Moped fahren musst?"

„Nein, ich mein, in die Stadt.“

Achim stöhnte und ich war nur einen Fingerbreit davon entfernt, einfach wegzulaufen, am besten auf eine stark befahrene Straße und vor den nächstbesten LKW. Bumm, aus die Maus. Weg von diesem ätzenden Leben, in dem ich nur lästig war und nur Fehler machte.

„Ich werde den nächsten Bus nehmen“, sagte ich und kämpfte mit meiner Stimme, die nicht mehr wollte.

„Da fährt heute aber wohl keiner mehr zurück nach deinem Einkaufsbummel. Halb sechs fährt der letzte.“

Einkaufsbummel, das tat wirklich weh. „Wenn es dich nicht stört, komme ich nicht wieder, dann habt ihr mit mir lästigem Übel nichts mehr zu tun“, meinte ich leise.

„Spinnst du?“

„Das war doch bekannt.“

„Mann Falk“, stöhnte Achim. „Komm mal mit.“ Er winkte mich zu sich. „Siehst du das da oben?“ Er zeigte auf ein eingebrochenes Dach einer der vielen Scheunen.

„Ja, ein eingebrochenes Dach.“

„Genau. Diese Nacht mit einem Höllenlärm. Wir haben neun verletzte Pferde, teilweise durch das einstürzende Dach, teilweise weil sie in Panik geraten waren“, erklärte Achim ruhig. „Der Deutz hat ständig Aussetzer am Frontlader und hinten an der Hydraulik, Sissi springt nicht zuverlässig an und in den letzten sechs Monaten habe ich geschuftet wie ein Tier, teilweise rund um die Uhr. Wenn meine Nerven jetzt blank liegen und ich ungenießbar bin, dann hat das rein gar nichts mit dir zu tun, okay? Ich habe einfach keine Kraft mehr. Nächsten Monat soll der Hof eröffnet werden, irgendwie habe ich das Gefühl, dass er nicht mal nächstes Jahr um diese Zeit eröffnet werden kann.“ Achim ließ sich an der Schuppenwand nieder und stöhnte laut.

„Und dann kommt noch ein ungebetener Gast mit Sonderwünschen“, fügte ich leise hinzu und setzte mich neben ihn.

„Eigentlich bist du ein Geschenk des Himmels, wenn ich das mal so formulieren darf“, seufzte Achim. „Wenn du dich mit dem Chaos hier arrangieren kannst und mir hilfst, ein bisschen anpackst und ab und an erträgst, wenn ich mich über die Katastrophe hier auskotze, dann bist du genau der, den wir hier brauchen. Und erwähne Anne gegenüber nicht, dass ich kurz vorm Resignieren bin. Für sie bin ich der Fels in der Brandung. Also, lass ihr bitte weiterhin diese Illusion, das stärkt sie.“

Ich blickte Achim überrascht an und er nickte zur Bestätigung.

„Komm, lass uns auf Sissis Gnade hoffen. Ich muss mir das Desaster bei den Perchs anschauen, Ersatzteile im Baumarkt holen und auf dem Hinweg zum Baumarkt schmeiß ich dich beim C&A raus. Am besten gibst du mir deine Handynummer, dass ich anrufen kann, falls die Tucke uns wieder versetzt."

„Mein Handy ist im Rucksack und nicht aufgeladen, vielleicht geht es gar nicht mehr aufzuladen", murmelte ich unsicher. Schon wieder machte ich Probleme. „Aber ich kann vorm Geschäft warten und wenn´s länger dauert, dann dauert´s halt länger", merkte ich ergeben an.

„Abgemacht. Dann lass uns losziehen."

Sissi sprang erst an, nachdem Achim ein Startspray in den Luftfilter gesprüht hatte. Aber dann fuhr sie ganz normal und zuverlässig. Als wir in den schmalen Waldweg zu den Percherons abbogen, graute es mir schon wieder vor der steilen Böschung.

„Ein Erdrutsch", seufzte Achim und kroch wie Anne vorhin über den Abhang. Ich schloss die Augen, riss sie aber im nächsten Moment wieder auf - ‚blind' war die Rallye noch schlimmer zu ertragen!

An der Weide angelangt stiegen wir beide aus. Während Achim den Motor laufen ließ, prüfte er das Tor, beziehungsweise das, was davon noch übrig war, denn die verrammelte Konstruktion von Anne und mir war nicht als Tor zu gebrauchen, aber es hielt wenigstens.

Achim zog aus seiner Hose Zettel und Stift, machte sich Notizen.

Fritz kam gemütlich angeschlendert und pustete dem gerade in der Hocke sitzenden Achim über die kurzen Haare.

„Aha, ist das eine Entschuldigung?", knurrte er, richtete sich auf und griff an das Pferdeohr. „Du Rotzlöffel", murrte er, aber die Geste und die Worte waren lieb gemeint. Nun strubbelte er dem Weißen über die Stirn und blickte mich seufzend an.

„Ist ja nicht so, dass wir nicht schon genug Baustellen hätten."

Es ging die Böschung wieder hinunter und es war genauso beängstigend wie bei der ersten Abfahrt.

Auf der Landstraße war nur mäßiger Betrieb, aber in dem Städtchen ging es lebhaft zu.

„Was ein Verkehr. Ist heut schönes Wetter oder was?" Achim wirkte ungeduldig. „So, ich werfe dich hier raus und sammle dich hier wieder ein. Sollte ich schneller sein als du, kann ich hier nämlich ein paar Minuten auf dich warten. Der Laden ist dort, da siehst du schon das Logo."

Ich nickte, bedankte mich und stieg aus.

„Hey, warte, welche Schuhgröße hast du?", rief mir Achim noch nach und ich hielt inne.

„42, wieso?"

„Gut, bis nachher."

Er winkte. Ich schmiss die Tür zu und ging grübelnd in die zugewiesene Richtung. Warum brauchte er meine Schuhgröße? Egal, nicht aufhalten lassen, denn meinen Einkauf wollte ich so rasch wie möglich erledigen. Niemand sollte gezwungen sein, auf mich warten zu müssen. Nachdem ich mir ein paar Jeans, T-Shirts, Holzfällerhemden sowie natürlich einige Packungen Unterwäsche und Socken gekauft hatte, stand ich mit Tüten bepackt am Treffpunkt. Achim war noch nicht da. Ich atmete erleichtert auf und setzte mich auf die oberste Stufe einer Treppe. Es war der Eingang zu einer Kneipe, die noch geschlossen hatte. Ich hätte gerne gewusst, wie spät es war, aber meine Armbanduhr war ja stehen geblieben und von hier aus konnte ich keine städtische Uhr erspähen. Aber dann fiel mir ein, dass auf dem Kassenbon des Geschäfts eine Uhrzeit stehen musste. Da stand 17:37 drauf. Achim hatte Recht gehabt, ich hätte den letzten Bus nicht bekommen. Die Zeit war davongerast.

Es dauerte eine Weile, dann fuhr der alte Geländewagen auf den Kneipenparkplatz und ich bugsierte mich mitsamt meinen Tüten hinein.

„Warst du erfolgreich?" Achim lächelte mir zu und ich nickte.

„Prima. Willst du erst daheim raus oder sollen wir direkt zu den Perchs fahren?"

„Direkt, das macht am wenigsten Umstände", sagte ich schnell. „Kann mir ja dort eben ein anderes Shirt anziehen und die olle Hose kann ich gut anlassen."

„Oll", Achim musterte meine Jeans. „So oll sieht die nicht aus."

„Oller als die neuen", sagte ich verlegen und Achim lachte.

„Wenn du das so siehst, stimmt. Olle Sachen kann man selten kaufen." Er lachte herzlich, doch mir konnte das meine Unsicherheit nicht nehmen. Nur keinen weiteren Fehler machen. Aber woher wusste ich, was richtig und was falsch war?

Achim blickte mich an, das merkte ich, doch ich tat, als wäre es mir nicht aufgefallen, starrte auf die Straße.

Aber war das richtig? Kam es ihm so vor, als wäre ich stur? Ich atmete unhörbar tief ein, weil mir jemand die Lungen zusammendrückte. Ich würde es vermasseln auf dem Hof. Bisher hatte ich doch alles vermasselt. Aber ich würde kämpfen und mich redlich bemühen! Auch wenn es schlussendlich umsonst sein würde, denn so einen wie mich wollte man nicht haben und wenn ich mich nicht so benahm, wie sie es sich vorstellten, würden sie mich schneller entlassen, als mir lieb war. Und dann?

Wieder ging es den engen Waldweg hinauf, wieder zur Böschung. Achim schaltete die Banguntersetzung ein.

„Wenn der Deutz funktionieren würde, hätten wir den Weg schon längst freigegraben, aber sobald der Frontlader zu viel Gewicht hat, streikt er. Den Fehler habe ich noch nicht gefunden."

„Und die Werkstatt?", flutschte mir aus dem Mund und ich hätte mich dafür auf die Zunge beißen mögen. Ich sah doch, dass sie kaum Geld hatten. Achim hatte mit Sicherheit keine Arbeit, woher sollte dann das Geld kommen?

Achim tat, als hätte er den Kommentar überhört. Darüber war ich froh, auch wenn ich genau wusste, dass ich ihn damit getroffen hatte. Fehler Nummer 13 oder so. Dabei war ich noch keinen kompletten Tag auf dem Hof.

Bei den Pferden angekommen setzte ich mein Vorhaben in die Tat um, zog Annes graues Shirt aus und eines meiner neuen an, während Achim ein paar Pfosten und Latten auslud.

„Hier, das hab ich dir aus dem Baumarkt mitgebracht." Damit reichte er mir einen Karton mit schwarzen Arbeitsschuhen. „Falls sie nicht passen sollten, tauschen wir sie um, also probier sie im Gras an, nicht, dass sie dreckig werden", fügte er lächelnd hinzu.

Ich zögerte. Das verblüffte mich.

Achim musterte mich. „Alles klar?"

„Ja, äh, Moment." Eifrig zog ich meine halbhohen Turnschuhe aus, schlüpfte in die Arbeitsschuhe. Sie passten prima, und schienen sogar bequem zu sein. „Die sind toll", sagte ich anerkennend. „Was kosten die?"

46

„Ein Lächeln", meinte Achim und klopfte mir anerkennend auf die Schultern.

Irritiert schaute ich ihn an.

„Ein Lächeln", wiederholte er und grinste mich an.

Ich stand völlig auf dem Schlauch.

„Kein Lächeln?", fragte er und zog eine gespielte traurige Grimasse, die mich dann doch zum Lachen brachte.

„Ah, so ist es schon besser. Fein, dann kriegst du noch das hier, sind die besten Arbeitshandschuhe, die ich bisher hatte. Ich nehme an, sie passen auch? Mir waren sie zu eng, so dachte ich, dass sie das richtige Maß für dich haben müssten."

Auch die Handschuhe probierte ich an. Sie sahen starr und steif aus, waren aber innen weich und man konnte die Finger wunderbar bewegen.

„Die sind klasse, die Schuhe auch."

„Gut, das ist meine Grundausrüstung für dich." Achim nickte zum Tor. „Ran an den Speck."

Wir werkelten. Achim hatte flinke Finger und wusste genau, wann welcher Handgriff nötig war. Gemeinsam war das Tor innerhalb einer Viertelstunde wie neu und um einiges stabiler.

„So Rabauke, das kriegste jetzt nicht so schnell wieder kaputt, Schuft, du!", raunte er zu dem Weißen, der uns den mächtigen Hintern zudrehte und tat, als hätte er nichts gehört.

„Dann lass uns auf Sissis Gnade hoffen und heimfahren, da wartet noch genug Arbeit auf uns."

Zu unserer Verblüffung sprang Sissi direkt an. Achim rutschte ein „unglaublich" heraus und wir fuhren den beängstigenden ‚Achterbahn-Hügel' wieder hinunter.

Achim lehnte sich entspannt im Sitz zurück. „Tut mir leid, dass ich vorhin meinen Frust an dir ausgelassen habe. Du hast dir deinen ersten Tag sicherlich anders vorgestellt."

„Ehrlich gesagt habe ich mir gar nichts vorgestellt. Mir ist nur klar, dass man jemanden wie mich sowieso nirgendwo haben will."

„Blödsinn. Du hast deine Jugendsünden verbüßt."

„Viereinhalb Jahre bekommt man nicht für ein paar Ohrfeigen."

„Für was dann?" Achims Frage war leise und sein Blick vorsichtig, so, als wäre es kein Zwang, dass ich antworten müsse.

„Erpressung, Raub, Diebstahl, Körperverletzung mit Knochenbrüchen und das alles im Überfluss", zählte ich leise auf. Einerseits fühlte ich mich elend, weil die alten Bilder hochkamen, andererseits war es nur fair, dass sie wussten, mit wem sie es zu tun hatten.

„Du siehst gar nicht aus wie ein Verbrecher", stellte Achim fest.

Ich zuckte mit den Schultern.

„Weißt du, wie vielen du etwas gebrochen hast?"

Ich schüttelte den Kopf. „Die meisten haben mich nicht angezeigt, weil sie Angst hatten. Hab mich nur an denen vergriffen, denen ich haushoch überlegen war."

„Keine Vorstellung, wie viele das sein könnten?", hakte Achim vorsichtig nach.

„Vielleicht vierzig", flüsterte ich.

Jetzt blickte er mich entsetzt an und ich hielt seinem Blick stand.

„Tut mir leid. Dr. Schindelwick wusste nicht, wie viele ich auf dem Gewissen habe, weil man mich nur für den Bruchteil meiner Untaten verknackt hat. Der Rest ist nie ans Tageslicht gekommen. Eigentlich hätte ich es verdient, locker für 20 Jahre in den Bau zu wandern. Besser, ich gehe ...", meinte ich schuldbewusst.

„Wo willst du denn hin?", fragte Achim ruhig. Wir waren auf dem Hof angekommen.

„Zum See. Ich bin kein besonders guter Schwimmer."

„Mach keinen Fehler", raunte Achim mit besorgter Stimme.

„Eher ist es ein Fehler, es nicht zu tun. Kein Mensch braucht so jemanden wie mich."

„Blödsinn. Du hast dich mit Sicherheit verändert, dazu ist eine Justizvollzugsanstalt schließlich da. Ansonsten hätten wir bei der kosten-günstigeren Todesstrafe wie im Mittelalter bleiben können."

Achims Worte trafen mich. Stimmt, ich hatte die Jahre auf Steuerkosten in Vollpension gewohnt. Dann war ich der Welt nur schuldig, mich jetzt nicht umzubringen, sondern etwas Sinnvolles zu tun. Aber was war sinnvoll?

„Außerdem", fuhr Achim langsam fort. „Wir brauchen dich." Er blickte sich um und breitete einen Arm aus, deutete auf den maroden Hof und mir wurde schlagartig klar, dass es unfair war, sich so billig aus dem Staub zu machen! Ich war so ein Idiot! Meine Bestimmung war es, den Hof hier mit zu sanieren. Anzupacken, zu arbeiten, zu helfen.

„Ich bin echt der letzte Arsch, tut mir leid, dass ich so eine Scheiße gequatscht habe. Natürlich braucht ihr hier Hilfe, Entschuldigung."

„Ach komm", meinte Achim versöhnlich, „Dein erster Tag draußen ist sicherlich der schwerste. Und mit mir ists auch nicht einfach. Schwamm drüber, okay? Hast du die anderen Tiere schon kennengelernt?"

„Nee, nur die Pesche... Pesche ... die weißen Pferde." Fettnapf, tipp tapp, reingetappt.

„Percherons", verbesserte Achim mit betont französischer Aussprache. „Ein wunderschönes Wort, klingt so edel, so erhaben." Nun lachte er. „Allerdings, Fritz und Frieda sind im Sauerland gezüchtet, Deutsch bis hinter die Uroma im Stammbaum. „Aber ... das interessiert dich wahrscheinlich nicht."

„Doch, ich ... ich habe nur überhaupt keine Ahnung von Pferden. Wahrscheinlich kann ich nicht mal nen Maulesel von einem Pferd unterscheiden."

„Macht doch nichts. Gibt nichts, was man nicht lernen kann. Gut, also bis auf die Schimmel kennst du noch nichts. Dann stelle ich dir hier gleich unsere ausgebüxten Hühner vor." Damit deutete er auf das Flattervolk, was über den Hof verteilt herumrannte.

„Eigentlich haben die ihren Verschlag da hinten mit einem Wiesenstück und Maschendraht drumherum. Es ist zu gefährlich, wenn sie uns bei den Bauarbeiten zwischen den Füßen rumlaufen, außerdem ... wer weiß, wo die dann unsere Frühstückseier verstecken?"

Als Nächstes gingen wir zu den Ziegen und Schafen. Eine bunte Herde aus völlig unterschiedlichen Rassen, das sah selbst ich als Laie sofort, denn kaum ein Tier glich dem anderen. Achim erklärte mir, dass dies alles Tiere seien, die Anne über das Tierheim vermittelt bekommen hatte. Ich erfuhr, dass Anne Tierarzthelferin war und die letzten Jahre in diesem Tierheim gearbeitet hatte, bis sie den Hof gekauft hatten.

Weiter ging es zu einer großen Wiese mit Stacheldraht. Dort standen drei rotbraune Zottelpelzkühe mit großen Hörnern, dazu zwei Kälbchen, die aussahen, als hätte man sie mit einem Teddybären gekreuzt. Zwei aschgraue kurzhaarige Kühe standen noch mit dabei. Sie waren etwas weniger auffällig gehörnt, hatten dafür hübsche große Ohren.

„Das ist unsere Rinderherde. Die zwei grauen alten Damen sind Tiroler und stammen aus einer Bauernhofauflösung. Die mit dem langen Pelz sind Hochlandrinder.

Die Wiese daneben war mit einem doppelten Zaun eingefasst. Erst der

Stacheldraht wie bei den Kühen, dahinter mit einigem Abstand ein Zaun aus weißen Plastikstäben, zwischen denen weiße Bänder gespannt waren. Auf der Weide standen graue und hellbraune stämmige Ponys.

„Das sind Annes Fjordpferde. Sie züchtet seit einigen Jahren und ist sehr erfolgreich. Komm mal mit", damit hob er die obere Drahtreihe hoch und ließ mich hindurchkriechen.

„Die Litze führt Strom, aber wenn du schnell durchhuschst, kriegst du keinen gezinkt", warnte er, doch zu spät, ich hatte das obere weiße Band bereits angefasst und hochgezogen, um Achim hindurchkriechen zu lassen. Es brannte im Finger und gab einen heftigen Schlag im Herz, dass mir kurz die Luft wegblieb.

„Alles klar?", fragte er.

Erschrocken hielt ich meinen Finger immer noch fest, als wäre er verletzt, aber natürlich war da nichts.

Achim zeigte mir, wie man geschickt durch den Stromzaun huschte und ich atmete kurz durch, tat es ihm nach.

„Nur der Schreck, oder mehr?", fragte er und ich schüttelte den Kopf.

„Schon gut, ist nur ein komisches Gefühl."

Wir gingen auf eines der zwei grauen Pferde zu. Er zeigte mir ein paar aufgeschürfte Stellen an den Hinterbeinen der Tiere, die mit lila Spray bedeckt waren und erklärte, woher die Verletzungen kamen: „Wenn neun Pferde gleichzeitig durch die Tür wollen, wo nur zwei durchpassen, dann geschieht so etwas." Er zeigte auf eines der hellbraunen Pferde, das eine unschöne Wunde am Hüftknochen hatte. „Der da ist im Türrahmen hängen geblieben, als sich zwei weitere Pferde mit durchgequetscht hatten. Sie sind bei der Aktion ziemlich in Panik geraten. Manche hatten Risswunden, die genäht werden mussten."

Achim nannte mir alle neun Namen, aber ich konnte mir die Namen weder merken, noch sie bestimmten Pferden zuordnen. Es gab zwei aschgraue, die anderen unterschieden sich nur durch Farbnuancen.

„Das hier ist der Hengst", erklärte Achim, aber das Pferd, auf das er deutete, sah eigentlich genauso aus wie die anderen. Sein Kopf war vielleicht etwas breiter, der Körper etwas kräftiger. Ob ich diese Fjordpferde jemals auseinanderhalten konnte?

Die letzte Station in Sachen Tiere waren die Nager: Kaninchen und Meerschweinchen. Eine kunterbunte Bande, von denen einige sehr

50

zutraulich waren. Auch diese Racker waren über das Tierheim vermittelt worden.

Den Rest des fortgeschrittenen Tages verbrachten wir dann damit, das Chaos in dem Schuppen zu bändigen, wo das Dach eingestürzt war. Achim hatte - wie er berichtete - am Morgen das Dach bereits so weit abgestützt, dass es nicht weiter einstürzen konnte, aber nun hieß es, den ganzen Boden des Schuppens aufzuräumen, damit man ihn bald wieder als Pferdestall nutzen konnte, ohne Gefahr, auf Scherben und Nägel zu treten.

Die Dämmerung lag bald hinter uns und ich war dankbar über das provisorische Flutlicht, das mit abenteuerlicher Verkabelung die Gebäude verband und den gesamten Hof erhellte. Es gab zwei Schubkarren und während Achim den Unrat sortierte und in eine Schubkarre füllte, beförderte ich den Inhalt auf verschiedene Haufen. Es gab zum Beispiel einen ‚Berg' mit Bauschutt, der bald abtransportiert werden musste. Achim sagte, er habe für morgen einen entsprechenden Baucontainer bestellt, den es dann zu füllen galt. Deshalb wollte er heute noch die alten Dielen in der unteren Etage abzureißen, denn darunter befand sich weiterer Bauschutt. Außerdem müsse morgen die alte Waschküche bis auf die Bodenplatte abgestemmt werden, eine entsprechende ‚Wumme' habe er sich kürzlich gekauft, nachdem die alte den Dienst quittiert hatte.

Der Pferdestall war spätabends ‚besenrein' fertig und wenn der Dachdecker seine Arbeit vollbracht hatte, konnten die Pferde wieder einziehen. Bis dato mussten sie draußen ohne Unterstand bleiben.

Achim gab mir ein großes Brecheisen, Mundschutz und Ohrstöpsel. Danach wies er mich ein, wie man es schaffte, die alten Holzdielen möglichst unbeschädigt herauszunehmen, denn sie sollten später als Zaunlatten ihre weitere Verwendung finden.

Anne kam irgendwann vorbei und schüttelte nur den Kopf, gestikulierte und ermahnte uns, Pause zu machen und zum Essen zu kommen. Achim winkte ab, brummte ein ‚gleich' und wir machten weiter.

Unter den alten Dielen kamen neben dem Schutt das eine oder andere Mäusenest und etliche tote Mäuse hervor.

Achim nahm seinen Mundschutz ab und rief mir zu: „Kannst du dir jetzt vorstellen, warum ich den Bau kernsanieren möchte?"

Ich nickte und dann wandte sich Achim schon wieder der nächsten Diele zu.

Anschließend ging es ans Herausbringen und Wegstapeln der Dielen und Kanthölzer. Er wies mir einen Platz neben einem der Schuppen an, wo bereits eine beachtliche Anzahl an diversen Holzlatten ordentlich aufgestapelt und sortiert lag. Ich legte die hiesigen mit dazu.

Als die letzten Dielen weggestapelt waren, zog sich Achim bis auf die Unterwäsche aus. An der alten Holzstiege, die ins obere Geschoss führte, meinte er: „Lass deine Sachen bitte unten, die sind extrem staubig. Ich geh jetzt duschen, danach was essen, du kannst es gerne umgekehrt machen.

Ich nickte und überlegte. Mein Magen hing mir bis sonst wo. Imaginär war ich schon einige Male darüber gestolpert. Aber komischerweise hatte ich keinen Appetit. Ich war einfach nur fix und fertig und sehnte mich nach einem Bett. Der Gedanke, jetzt noch duschen zu müssen, war grausam, weil ich mich kaum noch auf den Beinen halten konnte. Die ganze Zeit hatte ich durchgeackert und es hatte gut geklappt. Aber kaum hatte ich ein paar Minuten Ruhe, fühlte ich mich wie gelähmt und entsprechend langsam und schwerfällig zog ich mir die Sachen aus und kroch auf allen vieren die Stiege hinauf, stolperte durch das halb fertige Wohnzimmer und musste mich an der Türklinke festhalten, weil ich die oberste Stufe zu meinem Zimmertrakt verfehlt hatte. Im Bad angekommen, ließ ich mich in die Badewanne sinken und angelte nach der Brause, hielt mir den warmen Wasserstrahl über den Kopf und den Rücken. Mit langsamen unkoordinierten Bewegungen strich ich mir das Duschgel über den Körper und das Shampoo in die Haare, wusch mir den Dreck ab und trocknete mich notdürftig ab.

Jetzt wusste ich, was ich vergessen hatte: In der Sissi waren noch meine eingekauften Klamotten. Und mir fiel auf, dass ich vergessen hatte, einen Schlafanzug zu kaufen. Fast hoffnungslos öffnete ich den einen Schrank im Bad. Ob dort vielleicht zufällig noch ein Badetuch lag? Meins war jetzt ziemlich nass.

In der Tat, dort lagen jede Menge Badetücher, schöne große flauschige! Hervorragend. Ich nahm eins heraus und wickelte mich darin ein. Jetzt sah ich aus, als wolle ich zur Sauna. Egal, für diese Nacht musste das reichen. Ich ging um die Ecke in das Zimmer mit Waldblick und ließ mich todmüde ins Bett sinken, stöhnte auf, weil ein Schmerz wie ein Säbelhieb in meinen Rücken fuhr.

Der Tag war überaus anstrengend gewesen, das spürte ich jetzt in jedem einzelnen Gelenk und Muskel.

Mein Blick wanderte aus dem Fenster, das keine Gitter hatte und ohne es verhindern zu können, füllten sich meine Augen mit Tränen, die ich schnell wegwischte. Freiheit, ich war frei. Ein Gedanke, der sich noch nicht reell anfühlte.

Ich seufzte und wollte einschlafen, doch plötzlich hatte ich einen wahnsinnigen Brand. Aber mein Körper schrie förmlich danach, nicht mehr bewegt zu werden. Und während ich mich dem merkwürdigen Gefühl der totalen Erschöpfung hingab, hörte ich, wie die Tür aufging.

„Falk? Darf ich reinkommen?"

Ich erkannte Annes Stimme. „Ja, klar", seufzte ich.

„Alles in Ordnung mit dir? Warum kommst du nicht zum Essen runter?"

„Ich ..." Nein, ich konnte nicht aussprechen, was ich sagen wollte, nämlich, dass ich so fertig war, dass ich zu nichts mehr in der Lage war. Warum war ich eigentlich so fertig? Ein bisschen körperliche Arbeit konnte doch nicht so belastend sein? Die letzten Tage hatte ich allerdings sehr schlecht geschlafen und auch das zollte nun seinen Tribut.

„Kann ich noch etwas für dich tun?", fragte Anne besorgt und ich verneinte.

Sie schloss die Tür, langsam, zögerlich. Ich wollte noch horchen, ob sie das Wohnzimmer verließ, aber bis dahin war ich bereits eingeschlafen.

Der erste Morgen auf dem Hof

Irritiert blickte ich mich um. Wo war ich? Wieso hatte das Fenster keine Gitter? Freiheit! Ich war frei! Ein Glücksgefühl wie ein Schwall Fliederduft durchströmte mich. Im nächsten Moment durchströmten mich Schmerzen, weil ich es gewagt hatte, mich auszustrecken. Gestern hatte ich definitiv zu viel gearbeitet. Aber daran würde sich mein Körper wohl gewöhnen müssen ...

Wie spät mochte es sein? Und was war das für ein Rumpeln? Ich wollte aufstehen, doch ein heftiger Säbelhieb ließ mich aufstöhnen. Ich fühlte mich steif wie ein Brett und jede Bewegung tat weh. Wie ein alter Mann schälte ich mich aus dem Badetuch, in das ich immer noch eingewickelt war wie ein Würstchen, um es mir dann wie einen Umhang ganz vorsichtig und in Zeitlupe über die Schultern zu legen.

Schwerfällig tapste ich durch den kleinen Flur ins Nachbarzimmer, blickte dort aus dem Fenster. Im Hof herrschte reges Treiben: Ein LKW brachte den besagten Schuttcontainer, Anne stiefelte mit einer Karre über den Platz, hatte darin etliche Eimer geladen und Achim unterhielt sich mit einem Mann, wies auf das eingefallene Schuppendach.

Eine innere Stimme sagte mir, dass ich verschlafen hatte, eine zweite gab mir die Gewissheit, dass man mich hatte absichtlich verschlafen lassen. Dennoch fühlte ich mich unwohl, jetzt nicht dort unten zu sein. Ich war doch zum Arbeiten und Helfen hier!

Im Bad glaubte ich meinen Augen nicht zu trauen: Da lagen alle meine eingekauften Sachen, fein säuberlich in einen Wäschekorb gelegt. Wann immer Anne oder Achim mir meine neuen Klamotten gebracht hatten, es war so leise gewesen, dass ich davon nicht aufgewacht war. Vorsichtig riskierte ich einen Blick in den Spiegel: Mich schaute ein müdes Gesicht mit einer hoffnungslosen Sturmfrisur an. Stimmt, ich war mit nassen Haaren ins Bett gegangen, kein Wunder, dass sie in alle Himmelsrichtungen standen. Außerdem waren sie schon wieder verdammt lang geworden, bestimmt 15 Zentimeter.

Langsam beugte ich mich hinunter unter den Wasserhahn, Zentimeter für Zentimeter. Mein Körper war so steif und die Bewegungen waren mühsam. Einmal den Kopf unter den Wasserstrahl halten und durch die Haare strubbeln, dann viele Hände voll mit kaltem Wasser ins Gesicht. Jetzt sah ich schon etwas fitter aus, rubbelte mir die Haare grob trocken und fuhr mit den Fingern hindurch – ja, so ging es. Dennoch: Heute Abend musste dringend eine Schere her.

Einmal mehr war ich dankbar über meine pflegeleichten Haare, denn die vielen Wirbel und die Naturwellen ließen es zu, dass ich sie mir ganz einfach selbst schneiden konnte. Schnittfehler fielen überhaupt nicht auf.

Am Waschbeckenrand lag ein Doppelpack neuer Zahnbürsten, und eine Tube Zahnpasta stand neben dem Seifenspender. Gestern Abend hatte ich total vergessen, mir die Zähne zu putzen. Das passierte mir sonst nie! Eine Zahnbürste hatte ich zwar im Rucksack, aber da meine Knastzahnbürste nicht mehr die Neuste war, entschied ich mich, eine von Annes zu nehmen.

Die steile Stiege stakste ich mühsam hinunter. Meine Muskeln und Gelenke brauchten noch eine Zeit, um wieder geschmeidig zu werden. Unten angekommen, zog ich meine dort liegenden dreckigen Jeans von gestern an.

Erst jetzt merkte ich, dass Achim völlig Recht gehabt hatte, denn beim Anziehen wirbelte ich kleine Schwaden auf und der derbe Geruch von Abrissstaub stieg mir in die Nase. Das war mir gestern gar nicht aufgefallen, wo ich den ganzen Abend in diesem Staub gearbeitet hatte. Die schwarzen Arbeitsschuhe waren sogar fast weiß von diesem feinen Zeugs.

Langsam, um nicht noch mehr zu stauben, ging ich in den Verschlag, den Anne ‚Pseudoküche‘ nannte. Auf dem Tisch wartete ein Gedeck, ein Brotkorb mit Brötchen und ein Teller mit Kuchen. Milch, Saft, Tee und Kaffee standen auf dem Tisch und daneben lag ein Zettel:
Guten Morgen Falk, ERST frühstücken, DANN rüberkommen! Stärk dich, besser ist das.
Lieben Gruß, Anne.

Die Milchtüte trug die Aufschrift ‚Minus-L‘ und in den Brötchen und dem Kuchen steckte ein Piker mit einem handgeschriebenen Zettelchen: Dinkel, ohne Weizen.

Obwohl ich plötzlich einen irren Kohldampf hatte, musste ich dennoch erst rausgehen und nachsehen, was Sache war. Als Erstes lief ich Anne in die Arme, beziehungsweise in die Karre. Wir blieben beide erschrocken, in letzter Sekunde vor dem Zusammenstoß stehen, dann lachte sie.

„Na, gut geschlafen?"

Ich nickte.

„Schon gefrühstückt?"

„Nein, ich wollte ..."

„Genau, du wolltest gerade frühstücken." Mit diesen Worten stellte Anne die Karre ab und fasste mich kurzerhand an den Schultern, drehte mich herum und schob mich durch die Tür zurück, durch die Scheune bis in die Pseudoküche.

„Hinsetzen", befahl sie mit einer lieben Stimme und gesellte sich zu mir, nahm ein Stück Kuchen.

„Ich wollte nur nachschauen, was draußen los ist, ich bin so spät dran."

„Du warst gestern total fertig, da solltest du heute etwas länger schlafen." Anne zwinkerte mir zu. „Achim hat erzählt, dass du unermüdlich mitgeschuftet hast. Danke für deinen Einsatz."

Ihr Dank machte mich verlegen und ich nahm mir zur Ablenkung ein Stück von dem Kuchen und mümmelte es. Es schmeckte extrem gut.

„Hast du den extra wegen mir gebacken?", fragte ich und sie lächelte und legte den Kopf schief. „Gebacken hätte ich eh, aber für dich habe ich anderes Mehl benutzt. Also keine großartige Extrawurst, wenn du das meinst."

Sie hatte mich direkt durchschaut.

„Magst du Joghurt haben? Ich habe mich dran versucht, einen aus Ziegenmilch herzustellen. Frischkäse ist kein Problem, da weiß ich schon, wann und wie ich was zu machen habe, aber Joghurt ist etwas herausfordernder. Probier mal." Sie stellte ein kleines Schraubglas mit weißem Inhalt vor mich hin.

„Das ist aber jetzt eine Extrawurst", meinte ich schuldbewusst.

„Stimmt, aber da wir täglich frische Ziegenmilch bekommen, ists ganz gut, wenn ich ein paar Dinge damit ausprobiere und deine Laktoseintoleranz spornt mich an. Sieh's positiv."

Positiv sehen ... ich konnte gerade gar nichts positiv sehen, weil mir das alles wieder total unangenehm war.

„Magst du Marmelade drin haben? Wir haben Sauerkirsche und ich glaube noch einen Rest Erdbeer. Honig ist auch da." Damit reichte sie mir alle drei Gläser.

Als Kirschliebhaber entschied ich mich für Sauerkirschmarmelade und als ich nur vorsichtig einen Löffel in den Joghurt gab, forderte Anne: „Sei doch nicht so geizig."

Der Ziegenmilchjoghurt schmeckte erstklassig und die Dinkelbrötchen waren spitze.

„Hast du die Brötchen auch selbst gemacht?"

„Nee, nur aufgebacken, die kann man als Tiefkühlware kaufen", Anne lächelte. „Aber ich backe manchmal selber Brot. Heute Abend gibt es frisches Dinkelbrot."

Ich war gerade bei meinem zweiten Glas Saft, als Achim hereinkam. Schlagartig hatte ich ein schlechtes Gewissen. „Bin sofort fertig" meinte ich hastig und steckte mir das letzte Stück Brötchen in den Mund, als ich Achims Hände schwer auf meinen Schultern spürte.

„Nur die Ruhe", raunte er freundlich und setzte sich dann zu uns. „Der Dachdecker meinte, es wäre sinnvoller, das ganze Schuppendach neu zu machen, als ein Flickwerk anzufangen, weil wohl noch einige andere Stellen marode sind. Und als ich ihm sagte, da wären noch mehr Dächer, die es nötig hätten, bot er an, dass ich die Handlangerarbeiten übernehmen kann und er dafür einen niedrigen Preis veranschlagt. Sein Lehrling ist krank, hat sich den Fuß gebrochen, daher ist er momentan alleine. Ich glaub, das passt ihm grad ziemlich gut hier mit unserem Chaoshof."

„Und du gehst dann mit aufs Dach?", fragte Anne.

Achim nickte und grinste.

„Mensch pass auf dich auf", mahnte sie. „Ohne dich pack ich das hier nicht."

„Keine Bange", versprach Achim und schob seine Arme über den Tisch, öffnete die Hände. Anne tat ihm diese Geste nach und trostvoll umschlossen sich die vier Hände.

Er war ihr Fels in der Brandung, wohl wahr. Ihre Hände wirken so klein in seinen großen kräftigen.

Nach dem Frühstück ging es für mich ans Schuttschippen. Es war eine beachtliche Menge, die unter den Dielen gelegen hatte. Währenddessen riss Achim die noch verbliebenen Fliesen mit der ‚Wumme' von der Küchenwand.

Mit Ohrstöpseln und Mundschutz ausgestattet rackerten wir weiter. Der Container war lang und flach und wir hatten eine Rampe aus alten Latten gelegt, über die ich nun balancierte und den Schutt und die abgerissenen Fliesen transportierte. Als der Container mit der ersten Lage voll war, legte ich alte Kanthölzer als eine Art ‚Catwalk' über den Schutt und fuhr mit der Karre die zweite Lage auf den Container.

Die Sonne brannte; es war ein ungewöhnlich heißer Apriltag und bei der Arbeit schwitzte man sowieso. Mein Shirt klebte wie eine zweite Haut an meinem Körper und ich merkte sogar durch den Mundschutz, dass ich nicht mehr die beste Geruchsnote mit mir rumschleppte.

Achim stemmte inzwischen in der alten Waschküche die Bodenfliesen weg, während ich Karre um Karre mit dem Bauschutt belud und ihn dann wegfuhr. Meine Unterarme brannten vor Anstrengung, ich hatte einen Durst, dass ich sogar ein Regenfass mit Algen leer gesoffen hätte, aber nichts brachte mich davon ab, weiterzumachen, zumal Achim auch keine Pause machte. Er schuftete wie ein Tier. Ich bewunderte ihn. Niemals hätte ich gewusst, wie man das Chaos auf dem Hof bewältigen sollte. Er wusste alles, ihm gelang alles und mit drei Worten hatte er erklärt, wie ich ihm am besten helfen konnte. Es war gut, mit ihm zu arbeiten.

Die Karren wurden schwerer und schwerer, obwohl ich sie nicht mehr volllud und beim Umkippen fehlte mir plötzlich die Kraft. Die Karre schwenkte nach rechts, ich verlor das Gleichgewicht. Sie fiel um und ich stürzte, riss mir dabei den rechten Unterarm an einer zerbrochenen Fliese auf. Es tat höllisch weh und blutete stark. Ich fluchte und rappelte mich auf, mühte mich mit der noch halb gefüllten umgekippten Karre ab, leerte sie und fuhr zu Achim. Er schippte gerade die zweite Karre voll, da er mit seinen Abrissarbeiten fertig war und blickte mich entsetzt an. Dann ließ er die Schippe fallen, schob hastig seinen Mundschutz hoch und stakste eilig durch den knöchelhohen Schutt zu mir. Er zerrte mich aus dem staubigen Raum ins Freie. Der feste Griff tat ziemlich weh, aber er lockerte ihn nicht, bis er am Wasserschlauch meinen Arm abgespült hatte und man die genauen Ausmaße der Verletzung sehen konnte. Schließlich lächelte er erleichtert. „Halb so wild", nickte er dann. „Muss nicht genäht werden."

Ich muckte nicht, obwohl ich heftige Schmerzen hatte, aber das ließ ich mir nicht anmerken. Es war mir schon wieder alles so endlos peinlich. Ich war wirklich der letzte Trottel.

Achim legte seinen Arm über meine Schulter, ging mit mir in einen Schuppen und durch eine mir noch fremde Tür. Wir standen in der Sattelkammer, die stark nach Leder roch. Achim steuerte auf einen

Bundeswehrspind zu und öffnete ihn, zog zielstrebig eine Spraydose heraus und besprühte meinen Arm mit einem lila Zeugs. War das das Zeug, was ich auch auf den Verletzungen der Pferde gesehen hatte? Na ja, was Pferden half, konnte mir nicht schaden. Wenige Minuten später hatte er mir einen Verband angelegt und als Achim sein Werk noch einmal begutachtete, knurrte mein Magen laut und vernehmlich. Ich wollte im Erdboden versinken. Hoffentlich hatte Achim das nicht gehört.

„Oh, ich bin ein wahrlich schlechter Chef", stöhnte er. „Tut mir leid, ich hab total vergessen, eine Pause zu machen. Wenn ich am Werkeln bin, vergesse ich alles. Dann ..." Er stockte, blickte auf meinen Arm. „Dann ist das mit Sicherheit meine Schuld", fügte er reuevoll zu.

„Was, wieso? Ich war zu dämlich, die Karre umzukippen."

„Du warst ausgelaugt und das ist meine Schuld. Jetzt gibt es Pause. Mit dem Arm ist heute sowieso Feierabend. Tut mir leid, dass es so weit kommen musste."

„Ist okay, tut nicht mehr weh", meinte ich und es stimmte fast.

In der Pseudoküche stand eine Schüssel mit gekochten Pellkartoffeln und zwei Gläser mit Brühwürstchen.

„Ist leider kein 3-Sterne-Essen, aber ich hoffe, du magst es? Im Kühlschrank haben wir noch Ziegenfrischkäse." Achim holte den besagten Käse heraus.

„Wo ist Anne?", fragte ich, weil der Tisch nur für zwei Leute gedeckt war.

„Arbeiten."

Arbeiten? Sie war doch heute Morgen noch da? Ich überlegte, wann ich sie das letzte Mal gesehen hatte, wusste es aber nicht.

Achim machte mir einen Teller mit Kartoffeln und Würstchen in der Mikrowelle warm, setzte Wasser auf und fragte, ob ich einen Kaffee trinken wolle. Ich nickte. Kurz darauf standen sowohl der Teller mit dem dampfenden Essen als auch ein Kaffeepott vor mir.

„Iss, solange es warm ist", meinte Achim und ich griff zu. Er stellte noch für jeden von uns ein großes Glas hin und goss stilles Wasser hinein. Gierig griff ich danach, konnte mich aber zusammenreißen und leerte es nicht in einem Zug, wie ich es eigentlich vorgehabt hatte. Ich wollte nicht, dass ich schon wieder negativ auffiel.

Das Essen verlief schweigend. Ich blickte immer wieder auf meinen Verband und ärgerte mich, dass ich die Karre nicht hatte halten können. Verwünschte mich, dass ich so blöde gefallen war. Heute war mein zweiter Tag und schon war ich verletzt.

„Bleib du hier, ich mach draußen weiter", beschloss Achim, als er fertig war und stand auf.

„Ich komme mit", entschied ich und schob meinen Stuhl an den Tisch.

„Mit dem verletzten Arm arbeitest du nicht."

„Ist doch nur ein Kratzer und er ist verbunden, was spricht denn dagegen?"

Achim seufzte und ging, blieb mir eine Antwort schuldig und da er nichts Passendes dagegen sagen konnte, machten wir dort weiter, wo wir aufgehört hatten: Beim Schuttfahren und Schuttschippen. Der Arm brannte und pochte und ich schielte stets auf den Verband. Hoffentlich blutete er nicht durch? Aber so tief war der Riss nicht und Achim hatte den Verband straff gewickelt, damit die Blutung schnell zum Stillstand kam.

Als der Schutt aus dem Haus rausgeschleppt und auf dem Container verstaut war, arbeitete ich den Schuttberg auf dem Hof ab, während Achim das Haus entstaubte. Er hatte dafür einen lauten runden gelben Sauger. Der erinnerte mich irgendwie an eine Roboterfigur aus einem Film.

Erneut schob ich die Karre hinauf über die Latte zum Container, als es plötzlich ein merkwürdiges Geräusch gab. Die Karre drohte zu kippen und ich stemmte mich dagegen. Nein, die Karre durfte nicht von der Latte runterfallen! Sie durfte nicht umkippen! Nicht schon wieder! Mir wurde heiß vor Panik und vor Anstrengung. Ich zerrte an der Karre, griff mit den Händen die Griffe so fest es ging, war froh um die Handschuhe, die stabilen Halt gaben, zog und balancierte. Meine Schuhe rutschten auf dem Brett. Bloß nicht runterfallen! Wieso hatte ich denn die Karre neben das Brett gefahren? War ich wirklich so ein elender Hohlkopf? Das konnte doch nicht wahr sein! Hoffentlich sah mich Achim jetzt nicht! Mühsam brachte ich uns beide wieder ins Gleichgewicht, aber die Karre fuhr keinen Zentimeter mehr freiwillig nach vorne. Ich schob mit Gewalt und erzeugte dabei das hässliche Geräusch eines bremsenden Zuges. Hinauf kam ich mit dem Ding nicht, also zog ich sie zurück und vom Brett hinunter, musste darauf achten, die Karre gerade zu halten, denn sie bekam ständig Schlagseite. Wenn ich mich jetzt nur nicht vertrat und rückwärts mit der Karre ...

Unten angekommen begutachtete ich das Malheur. Super, ich hatte es geschafft - die Karre war im Arsch. Der Reifen stand völlig schief und wäre ich gelenkig genug gewesen, hätte ich mich kräftigst in den Allerwertesten gebissen. Wie blöde musste man sein, eine Schubkarre zu schrotten? Zwischen Wut und Verzweiflung kochte ich innerlich und war den Tränen nahe. Alles, aber auch alles lief schief.

Wie ein geprügelter Hund machte ich mich auf den Weg zu Achim, wenigstens hatte der nicht gesehen, wie dämlich ich mich mit der Karre auf der Latte angestellt hatte. Nun konnte ich ihm das Ergebnis meiner tollen Arbeit zeigen.

„Hey was ist passiert?", fragte er bestürzt. „Hast du dir wehgetan? Macht dein Arm Probleme?"

„Nee, der Arm ist okay. Ich habe die Karre geschrottet", mühte ich mich ab, denn eigentlich wollte kein Ton herauskommen.

„Wie bitte?"

„Tut mir wirklich leid."

„Wie kann denn eine Karre kaputt gehen?"

„Die Radaufhängung ist gebrochen oder so, ich komme natürlich für den Schaden auf."

„Ach Blödsinn, die Karre war alt. Aber brechen sollte so eine Aufhängung nicht ..."

Achim ging vor der Karre in die Hocke und schüttelte den Kopf. „Wir müssen den Schutt auf die andere umladen, dann können wir sie flicken. Die Schraube an der Radaufhängung ist weg, wahrscheinlich hat sich die Mutter gelöst. Die Radaufhängung selbst ist heil, aber das Rad hat sich völlig verklemmt. Also los." Achim parkte seine Karre neben meiner und verschwand, um eine Schaufel zu holen. Währenddessen holte ich schon die großen Bruchstücke des Schutts mit den Händen heraus und merkte, dass ich mit der linken Hand gar nicht mehr richtig zupacken konnte. War mein Körper denn zu gar nichts zu gebrauchen? Der Riss am rechten Arm pochte. Hoffentlich fing er nicht wieder an zu bluten! Ein heimlicher Blick auf den Verband: Nichts zu sehen.

Gemeinsam entluden wir die Karre, drehten sie um und Achim reparierte sie. „So, das war's", grinste er. „Und jetzt ziehen wir die Muttern bei meiner Karre nach, nicht dass mir auch so etwas passiert. Man soll aus den Fehlern anderer lernen", zwinkerte er mir fröhlich zu.

Ja, aus den Fehlern anderer. Ich war zu blöd gewesen, darauf zu achten, ob noch alle wichtigen Schrauben festsaßen, quasi die einzig wichtige Schraube einer Karre ...

Wir schaufelten den Schuttberg auf den Container, als ich Anne über den Hof vom Auto Richtung Fjordpferde gehen sah. Sie hatte zwei Eimer mit Dosen und weißem Zeugs dabei, sicherlich Verbände. Wie gut, dass sie als Tierarzthelferin ihre Pferde selbst so gut versorgen konnte und an der Quelle arbeitete.

Dann ging sie zur Weide und kam langsam mit einem der Pferde wieder, band es an einen der Ringe der Schuppenwand an, begann mit der Versorgung des Pferdes.

Achim ließ seine Karre stehen und ging zu ihr. Sie redeten. Wahrscheinlich über mich und meine Blödheit. Die gewohnte kalte Hand umschloss mein Inneres. Sie würden mich rauswerfen. Erneut schippte ich von dem Berg und ignorierte meine brennenden Muskeln, die Stiche in Arm und Schulter. Ich sah, wie Achim zurückkam und er winkte mir ein ‚lass liegen‘ zu. Die Geste war eindeutig.

„Schluss für heute, mit deinem Arm hast du eh viel zu viel getan. Geh mal zu Anne, die kann deine Hilfe gut gebrauchen."

Damit war ich abkommandiert und ging zu Anne.

„Hallo, was macht dein Arm?", fragte sie.

„Gut", war meine Antwort. Gut war relativ. Er pochte und brannte, aber eigentlich pochte und brannte der gesunde Arm ebenfalls. Wobei er auch nicht gesund war, sicherlich hatte ich mir eine Zerrung geholt, aber egal, das brauchte niemand zu wissen.

„Bleib mal hier, ich wasch mir eben die Hände, dann schau ich mir das an."

Ach so sah die Hilfe für Anne aus: Ich wurde neu verarztet und bereitete noch mehr Arbeit und dann konnte ich auf mein Zimmer gehen? Wieso war ich eigentlich so ein Trottel? Niemand stellte sich so dämlich an, wie ich. Ich kippte mit der Karre um, ich verlor die wichtigste Schraube einer Karre und jetzt dachte ich allen Ernstes, man hätte mir eine andere Aufgabe gegeben? Wie naiv war ich denn?

Anne kam wieder und bat, dass ich mich setzte. Sie kniete sich hin und stellte die Eimer mit den Pferdeutensilien in die Nähe, wickelte vorsichtig den Verband ab. Bald war zu sehen, dass die Wunde weiter geblutet hatte. Eigentlich wunderte mich das nicht, so sehr wie das pochte. Anne sagte dazu nichts, wickelte weiter ab, wusch das verschmierte Blut vorsichtig ab und begutachtete die Wunde.

„Tut jetzt kurz weh", warnte sie dann und sprühte Desinfektionsmittel auf die Wunde. Ich zuckte zusammen, dabei schoss ein Stich in meine Schulter, raubte mir den Atem.

„Ist gleich wieder besser", tröstete Anne und ich kam mir vor wie ein kleines Kind. Am liebsten wäre ich weggelaufen. Wie weit war es bis zum See? Ach nein, ich war ja zum Arbeiten hier, nicht, um mich bei nächstbester Gelegenheit zu ersäufen. Aber ... war ich hier wirklich nützlich? Ich zweifelte.

„So fertig. Der Riss sieht schlimmer aus, als er ist. Aber jetzt ist Schluss mit Arbeit und morgen nur leichte Sachen."

„Aber ..." Ich deutete auf den Schuttberg, den Achim weiter reduzierte.

„Kein Aber. Du kannst mir die Pferde von der Wiese holen, dann bin ich schneller fertig mit deren Wundversorgung. Traust du dir das zu?"

„Wenn du mir das zutraust", antwortete ich resigniert. Man hielt mich definitiv für den letzten Trottel.

„Klar trau ich dir das zu. Du darfst ihnen nur keine Unsicherheit entgegenbringen, also Schultern zurück und Kopf hoch", lächelte Anne und stand auf. Sie verband ein Nylongurtzeugs und ein dickes weiches Seil aus Baumwolle mit einem Karabiner und reichte mir das Ganze.

„Wen soll ich holen?", fragte ich kleinlaut und mir war klar, mein nächstes Versagen war vorprogrammiert. Ich hatte mir weder die Namen der Pferde gemerkt, noch konnte ich sie auseinanderhalten.

„Ist egal, einfach eins nach dem anderen. Greif dir das erste, das du kriegen kannst."

Unhörbar aufatmend, dass meine Aufgabe wohl doch nicht unmöglich schien, ging ich zur Weide. Als Erstes scheiterte ich daran, das Tor zu öffnen. Es dauerte eine Weile, bis ich den Mechanismus heraus hatte. Netterweise stand direkt ein Pferd in meiner Nähe und kam neugierig auf mich zu. Jetzt das Nylondings über den Kopf stülpen und fertig. Aber das war die zweite Falle ... es klappte nicht. Ich bekam das Nylondings nicht über den Kopf, so sehr ich zog und drehte, es passte nicht. Ich hätte vor Wut platzen mögen. Schlussendlich legte ich den Strick über den Pferdenacken und zog das Tier mit mir. Wenigstens ging es brav mit.

An der Verarzte-Stelle angekommen war Anne mit dem anderen beigen Pferd bereits fertig und wartete offensichtlich schon auf mich. Sie schaute verwirrt, als ich ankam. Mir war heiß, als hätte ich 50 Grad Fieber und ich kam mir saublöd vor.

„Alle Achtung", meinte sie.

„Ja, alle Achtung. Ihr habt euch wirklich den letzten Idioten auf den Hof geholt", gab ich entschuldigend zurück. „Ich bin zu blöd, das Dings da über den Kopf zu streifen", fuhr ich leise fort. Wo war eine Falltür? War das die Buße für meine Vergehen? War das die verdiente Rache all derer, die ich gepeinigt hatte? Jetzt konnte ich mir ungefähr vorstellen, wie schäbig sich meine Opfer gefühlt hatten, wenn sie ohne Schuhe oder ohne Jeans, nach Hause laufen mussten.

„Nein, blöd bin nur ich, weil ich es dir nicht gezeigt habe", gab Anne zurück. „Der Idiot bin ich, weil ich davon ausgegangen war, dass jeder x-beliebige Mensch einem Pferd ein Halfter aufziehen kann. So dämlich kann keiner sein, nur ich." Sie lachte. „Aber Hut ab, du hast direkt mal den Hengst angeschleift. Mut hast du ja, einen dir fremden waschechten Hengst nur mit Strick überm Hals von der Wiese zu holen", lachte sie weiter. „Das kannst du später deinen Freunden schön aufs Brot schmieren: Hey Jungs, ich hab den Zuchthengst damals ganz einfach mit nem Strick geholt, Halfter ist was für Weicheier." Sie lachte weiter und mir war klar, dass ich mich wie der allerletzte Trottel anstellte. Ich hatte also hier einen leibhaftigen Hengst am Seil? Was da hätte alles passieren können? Er hätte mir weglaufen können, auf die Straße, ein Auto und ... schon war ich hoch verschuldet. Nicht nur geldmäßig, sondern auch gefühlsmäßig, weil man so ein wichtiges Tier unmöglich in Gefahr bringen durfte. Es war wirklich keine gute Entscheidung, mich auf den Hof hier zu bringen. Ob Dr. Schindelwick gewusst hat, welchen Ärger ich machte? Freunde, ja, wenn ich welche hätte, hätte ich denen die Geschichte sicherlich nicht aufgetischt. „Hallo Jungs, ich kann euch mal sagen, wie dämlich ich bin: Ich habe das wichtigste Pferd im Hof fast freilaufen lassen. Bin ich nicht ein toller Kerl? Nein, einer, den man besser nicht in seiner Nähe hat.

„Falk? Alles klar? Hallo?" Ich spürte einen leichten Ruck an meinen Händen und blickte Anne entsetzt an.

„Hey, bist du in Ordnung?" Sie klang besorgt.

Mechanisch nickte ich und merkte, dass das Pferd bereits dieses Haller, Hafer, nee, Kopfdings da, an hatte und dass Anne mir soeben das Seil entzogen hatte.

64

„Ich zeige dir jetzt mal, wie man ein Halfter anlegt." Damit band sie den Hengst an einem anderen Ring fest und machte dem fertigen Pferd dieses Hal … Halffer ab. Nachdem sie mir gezeigt hatte, wie es anzulegen war, musste ich unter ihrer Aufsicht das Halffer ausziehen und wieder anlegen, bekam noch zwei Tipps und durfte das fertige Pferd mitnehmen und sollte ein anderes holen.

Den Mechanismus des Weidetors kannte ich jetzt und wie man das Halffer auszog, wusste ich jetzt auch. In der Nähe stand noch ein beigefarbenes Pferd, dem zog ich das an. Es klappte. Erleichtert nahm ich es mit und musste noch einen Moment warten, dann war Anne mit dem Hengst fertig, drückte mir den Strick in die Hand.

Auf der Weide angekommen, das gleiche Spiel, mit einem neuen beigefarbenen Pferd, das ich allerdings erstmal mitten auf der Wiese einsammeln musste. Beim nächsten Mal hatte ich Glück, ein Pferd stand ganz nah am Tor, ich holte es und kam zum Anbindeplatz.

„Oh, das ist der Beginn einer Männerfreundschaft, was Lenni?", sagte sie zu dem Pferd und lächelte, strubbelte die Mähne. „Den hatten wir schon, das ist der Hengst", flüsterte Anne mir zwinkernd zu und ich wollte mich in Luft auflösen, wie Asche zu Boden rieseln.

„Halb so wild. Mit Fjordpferden hast du mit die schlimmsten Pferde erwischt, weil sie eigentlich alle gleich aussehen", tröstete Anne und im nächsten Moment nahm sie mich in den Arm. „Tut mir leid, dass du dir gerade wie ein Volltrottel vorkommst. Das ist überhaupt nicht meine Absicht. Komm, wir holen mal das letzte Braunfalbchen und dann ist es einfach, nimmst eine Graue und bringst danach die andere Graue. Das ist wirklich kein Problem. Sie ließ mich los und nahm mir den Hengst ab, nickte mir zu, ich solle das andere Pferd mitnehmen. Es dauerte, bis ich den merkwürdigen Anbindeknoten aufgedröselt hatte und mit dem hinkenden Pferd am Tor ankam.

Netterweise sagte Anne nichts zu meiner ‚Verspätung'.

Weitere peinliche Zwischenfälle gab es nicht mehr, bis alle versorgt waren.

Als wir dann durch die ehemalige Waschküche ins Haus kamen, lag dort die weißverstaubte Arbeitskleidung von Achim. Ich sollte meine dreckigen Sachen bestimmt auch ausziehen!

„Wo hast du deine Hausschuhe?", fragte Anne. „Und deine sauberen Sachen?"

„Hausschuhe habe ich nicht, Klamotten liegen oben, ich habe keine Wechselsachen hier unten", gab ich als Antwort und schluckte den anschwellenden Kloß im Hals hinunter. Es war ein Alptraum und es würde einer bleiben. Aber diese Art der Folter war nur der Anfang von dem, was ich verdient hatte. Mich ständig als nutzlos und lästig zu finden und das spüren zu lassen, war nur richtig. Wie viele hatte ich schikaniert und niedergemacht? Wahrscheinlich war es genau das, was Dr. Schindelwick wollte: Dass ich spürte, wie ich die kleinen Jungs behandelt hatte. Das war mit Sicherheit ein guter Einstieg in mein ,neues Leben', dass ich am eigenen Leib erfuhr, was ich anderen angetan hatte.

Anne brachte mir meine Sachen und ein paar blaue Plastik-Clogs.
„Die kannst du haben, sie sind mir zu groß, sie könnten dir passen."
Die Plastikdinger waren urbequem und - sie passten!
„Als wären es meine", meinte ich und begutachtete meine neu-besockten Füße darin.
„Perfekt. Und wenn du geduscht hast, kommst du zum Essen wieder runter, verstanden?"
Ergeben nickte ich und wartete, bis ich alleine war, zog mich um und schlich die Treppe hinauf. Mir taten so viele Muskeln weh.
Die Sache mit dem Duschen war nicht so einfach, weil ich meinen verbundenen Arm nicht nass machen wollte. „Wehe, du wirst nass, dann reiß ich dich ab", knurrte ich hasserfüllt. Ich konnte mir heute nicht noch ein Versagen leisten.
Natürlich wurde der Verband nass. Ich hätte wieder platzen mögen. Um es zu kaschieren, zog ich mir ein Hemd mit langen Ärmeln über.
Dem Befehl gehorchend, fand ich mich wenig später in der Pseudoküche ein. Dort roch es herrlich nach frischem Brot. Auf dem Tisch stand eine riesige Schüssel mit buntem Salat, daneben ein paar Teller mit Aufschnitt, Antipasti und sogar geräucherte Lachsstreifen gab es. Das hatte ich damals bei meiner Mutter mal auf ihrem Geburtstag gegessen. Drei Wochen bevor sie mich abschob. Ich wusste noch genau, wie er schmeckte: himmlisch!
Artig setzte ich mich auf meinen Platz und zögerte nicht, das frische Brot zu nehmen. Falls es eventuell doch kein Dinkelbrot war, wollte ich nicht auffallen, lieber nachts Magenkrämpfe, als heute noch einmal lästig zu werden.
Vom Lachs nahm ich nichts, aus Anstand. Das Zeug war teuer und

Geld war hier nicht besonders viel vorhanden. Das Brot fiel mit einer Art Echo in meinen leeren Magen. Doch ich scheute, noch ein zweites zu nehmen. Stattdessen aß ich den Salatteller, den Anne mir hingestellt hatte.

Achim und Anne redeten über den vergangenen Tag. In der Tierarztpraxis, in der Anne arbeitete, wie ich aus dem Gespräch schloss, war viel los gewesen. Achim erzählte, dass wir sehr gut vorangekommen waren, und lobte meinen Eifer.

Über meine Blödheit, mit einer Karre umzufallen und eine Karre zu schrotten, verlor er kein Wort. Ebenso erzählte Anne nichts davon, dass ich kein Halffer anlegen konnte und zweimal den Hengst gebracht hatte. Das war sicherlich erst Gesprächsstoff, wenn ich nicht mehr dabei saß. Wenigstens diese Peinlichkeit blieb mir erspart.

Als mein Salatteller leer war, haderte ich. Einfach aufstehen und gehen war unhöflich, sitzen zu bleiben sah aus, als wollte ich noch mehr. Was war richtig? Was war falsch? Beides war falsch, egal was ich machen würde. Mir wurde mal wieder klar, mein ganzes Dasein war ein Fehler. Also galt es, herauszufinden, was der kleinste Fehler war.

„Noch ein Brot?" Achim reichte mir den Weidenkorb hinüber, ich schüttelte den Kopf.

„Schmeckt es dir nicht?", fragte Anne.

Fehler! Bingo! Mal wieder haben Sie den Fettnapf erwischt. Hundert Gummipunkte! Falk, Sie sind der Ober-Idiot des Tages! Herzlichen Glückwunsch!

„Magst du noch Salat?", hörte ich Achim fragen und ich schüttelte erneut den Kopf.

„War beides sehr lecker, wirklich, aber ich bin fertig."

Anne schaute mich nachdenklich an und nickte. „Gut, wenn du nichts mehr willst, dann geh ruhig hoch, wir zwingen niemanden."

Fehler! Doppel-Bingo! Ich hasste mich in diesem Moment mal wieder bis ins Letzte.

„Kann ich noch beim Abräumen helfen?", bot ich an.

„Nee, geh nur hoch, du hast heute für zwei geschuftet." Anne lächelte.

„Du warst doch auch arbeiten", kam meine spontane Feststellung, bevor ich nachgedacht hatte.

„Aber nicht so hart wie du, also zisch ab und bis morgen früh."

„Ich bräuchte einen Wecker", fiel mir ein. „Damit ich nicht wieder verschlafe."

67

„Ich wecke dich", zwinkerte Anne mir zu und wedelte mich mit der Hand weg.

Mit einem „Danke" verschwand ich und mühte mich die Stiege hinauf. Die Zahnbürste konnte ich kaum halten. Rechts tat die Schulter weh, links der Unterarm. Einen Pyjama hatte ich immer noch nicht, aber ich ließ einfach mein frisches T-Shirt an, legte mich vorsichtig ins Bett, stöhnte, japste und als ich endlich auf dem Rücken lag, drehte sich alles. Es summte in meinen Ohren. Durst hatte ich. Unten stand neben meinem Teller ein Glas, da hätte ich wohl etwas hineingießen müssen. Ich konnte ja aufstehen und aus dem Wasserhahn trinken. Aber … aufstehen? Diesen Körper noch einmal bewegen? Nein. Langsam dämmerte ich hinweg.

In der Nacht wachte ich schweißgebadet mit einem mörderischen Puls auf, strampelte mein Bettzeug von mir, doch ich hatte immer noch das Gefühl, vor Hitze zu platzen. Schwerfällig stand ich auf, stöhnte, weil ich starke Schmerzen hatte, schlich dann langsam zum Fenster, öffnete es und lehnte mich hinaus in die kalte klare Nacht. Millionen Sterne leuchteten und ein heller Wolkenbereich verriet, dass sich dahinter der Mond verbarg. Die Luft roch ein bisschen süßlich-würzig. Der Duft eines Bauernhofes. Duft? Ich schnaubte leise und schüttelte den Kopf. Mein Herz raste immer noch und ich fühlte mich elendig schlapp. Eigentlich wollten 95 % von mir schlafen, aber der Hammerpuls ließ es nicht zu. Ich griff an mein Handgelenk, spürte ihn.

Ein Windhauch ließ mich frösteln. Er strich über meine schweiß-nassen Arme, kroch in mein feuchtes Oberteil, kühlte mich angenehm. Hoffentlich würde ich nicht krank werden? Kaum zwei Tage hier, schon krank? Nein, das durfte nicht sein. Ich war zum Arbeiten hierher-gekommen und an Arbeit mangelte es wahrlich nicht. Seufzend begutachtete ich meinen Verband und schleppte mich schließlich wieder ins Bett. Das Fenster ließ ich offen stehen.

Mit Stöhnen und Japsen lag ich bald wieder in der Waagerechten, das Bettzeug neben mir.

Leichte Windböen zogen durch das kleine gemütliche Zimmer, sorgten für eine Gänsehaut.

Ein fröhliches „Guten Morgen", schreckte mich aus dem Schlaf hoch. Ich setzte mich schnell auf und stöhnte.

„Tut der Arm so weh?", fragte Anne sofort vorsichtig und ich versuchte, mich zu entspannen.

„Nein, nur Muskelkater, bin halt nichts gewöhnt, ich Trottel."

„Mach dich nicht so nieder. Achim sagt, du schuftest für zwei. Dass von Null auf 200 nicht spurlos an meinem vorbeigeht, ist doch klar. Ich denke", sie stemmte die Arme in die schmalen Seiten, „du solltest dich schonen. Nicht, dass du uns ausfällst. Sie lächelte und mir gab mir einen angedeuteten Boxhieb in den Magen.

Ausfallen? Nein! Natürlich durfte ich nicht ausfallen! Erst jetzt merkte ich, dass ich nur mein T-Shirt anhatte und immer noch kein Bettzeug über mir lag. Wenigstens war das Shirt so lang, dass es einen Teil meiner Unterhose verdeckte und wenigstens hatte ich nicht so einen knappen Herrenslip an, sondern eine blaue Short.

„Ich kippe das Fenster mal lieber, heute ist Wind angesagt", meinte Anne und setzte ihr Vorhaben in die Tat um. „Hast du gut geschlafen? Was macht dein Arm?"

„Alles okay", meinte ich und schämte mich, dass ich log. Ich hatte beschissen geschlafen und der rechte Arm fühlte sich komisch an. Aber eigentlich fühlte sich mein ganzer Körper komisch an und ich hatte ein unangenehmes Kratzen im Hals.

„Wir sehen uns gleich unten."

Anne verschwand und ich schloss die Augen.

„Alles klar?", hörte ich plötzlich neben mir und riss die Augen auf. Wo war ich? Was war passiert?

„Du bist eiskalt! Geht es dir gut?"

Anne hatte sich über mich gebeugt. War ich noch einmal eingeschlafen? Ging dieser Tag genau so beschissen los, wie der andere geendet hatte?

„Du solltest dich warm anziehen, ich glaube, die Idee mit dem offenen Fenster war nicht die beste. Es war eine kühle Nacht und du liegst hier ohne Bettzeug."

„Tschuldigung", murmelte ich.

Beim Frühstück saß ich dann im langärmligen Hemd mit Achim und Anne zusammen. Es gab das leckere Brot von gestern, dazu Müsli mit Joghurt. Inzwischen war das Halskratzen besser geworden. Nur nicht krank werden!

„Ich muss los", meinte Anne um kurz nach halb neun und stand auf. „Kannst du heute nochmal melken? Kerstin ist krank. Ich nehme an, ich bin für den Spätdienst eingetragen, falls Maria den nicht übernimmt."

„Die übernimmt den doch niemals", schnaubte Achim ärgerlich.

„Na ja, hat ja auch einen Vorteil ..."

„Wenigstens das, ja, ist schon richtig. Ich mach dann wieder alles fertig wie gestern, dann hast du nur noch die Wundversorgung bei den Fjordis am Hals, okay?"

„Danke dir", seufzte Anne. „Überarbeitet euch nicht, besonders du Falk."

Damit war sie weg. Ich mied es, Achim anzublicken.

Nach dem Frühstück luden wir den restlichen Schuttberg auf den Container. Mein langes Hemd überdeckte den Verband und Achim fragte nicht nach dem Arm, wahrscheinlich dachte er vor lauter Arbeit nicht mehr daran. Mir war es nur Recht! Als wir fertig waren, gingen wir hinüber zu den Stapeln von Restholz.

„Aus den Dielen müssten die Nägel gezogen werden, damit wir sie abschleifen und streichen können. Ist dir die Arbeit zu blöd?", fragte Achim und begutachtete die langen dicken Nägel in den Latten.

„Zu blöd?" Ich schaute ihn entsetzt an. Machte ich den Eindruck?

„Nein überhaupt nicht. Ich tu, was du mir aufgibst, völlig okay."

„Na ja, die Alternative wäre Misten, sicherlich ist das langweilige Nägel rausziehen die angenehmere Arbeit."

„Ich bin nicht hier, um mich vor unangenehmer Arbeit zu drücken", meinte ich. „Als Dr. Schindelwick mir gesagt hatte, dass ich auf einen Bauernhof gehen könne, war mir sofort klar, dass auch gemistet werden muss. Das ist kein Problem für mich. Wenn du Sinnvolleres zu tun hast, kann ich misten."

„Sinnvolleres?"

„Na, du bist doch so, hm ..." Wie sollte ich das sagen, ohne dass es falsch klang? Er konnte alles, wusste alles. „Also, du kannst viel wertvollere Arbeiten verrichten. Misten kann jeder Depp. Ich weiß nicht, wie man am besten Fliesen von Wänden stemmt, aber Scheiße schippen krieg ich bestimmt hin ..." Ich fühlte mich nicht wohl in meiner Haut mit dieser komischen Erklärung, doch Achim schmunzelte und nickte.

„Du bist unser Holzbearbeiter. Wenn die Latten geschliffen und gestrichen werden müssen, bist du bestimmt in deinem Element. Mir liegt eher das Mauerwerk und alles was mit Rohren zu tun hat."

„Du bist mit Holz aber auch sehr geschickt. Das Tor bei den Peschero … rohnz ist erstklassig."

„Man wächst mit seinen Aufgaben", lächelte Achim. „Sie heißen Percherons", sprach er den Namen richtig aus. „Soll jetzt nicht klugscheißerisch sein, aber …"

„Aber es ist peinlich, wenn man einen Hofarbeiter hat, der nicht mal die Pferderasse richtig benennen kann."

Achim stöhnte. „Ich glaube, unsere Zusammenarbeit besteht gerne aus Missverständnissen, oder? Ich habe überhaupt keine Lust, dich irgendwie in die Ecke zu drängen, dich nieder zu machen, dir das Gefühl zu geben, nichts zu können, nichts zu wissen. Komm doch mal von dem Gedanken weg, dass du ein Taugenichts bist. Dann ists sicherlich einfacher mit uns beiden." Er klopfte mir auf die Schulter.

„Tut mir leid, dass ich ständig was falsch mache", entschuldigte ich mich.

„Du machst nicht ständig was falsch. Du verstehst manches nicht richtig, aber das liegt nur daran, dass du unsicher bist. Wie kann ich dir denn Sicherheit geben?"

Ich zuckte mit den Schultern, mir war das Ganze wieder so unangenehm und ich wollte gerne das Thema beenden, aber wie? Und wie, ohne dass ich in einen dicken Fettnapf tappte?

Achim musste wohl meine Gedanken erraten haben, vielleicht konnte man sie aus meinem Gesicht ablesen, jedenfalls gab er mir den richtigen Hammer, um die Nägel aus den Latten zu ziehen, und einen Eimer zum Aufsammeln der Nägel. Dann zeigte er mir, wo ich die entnagelten Dielen hinstapeln sollte.

Aufatmend machte ich mich an die Arbeit und ziemlich schnell bekam ich Routine. Ich fand die richtigen Bewegungsabläufe, um meine lädierte Schulter zu schonen. Der verbundene Arm machte gar keine Probleme, dafür der linke Unterarm ein wenig, aber auch da wusste ich bald, wie ich ihn schonen konnte.

Irgendwann tauchte Achim wieder auf und deutete aufs Haus. Wir gingen zum Mittagessen.

Das Telefon klingelte. Achim ging ran und aus den Wortfetzen erkannte ich, dass es der Dachdecker war.

Wie Achim mir dann bei seiner Rückkehr zum Küchentisch mitteilte,

71

lag ich nicht falsch. Morgen würde er kommen und dann wäre das Dach der Fjordpferde dran.

Während ich mich anschließend weiter um die Dielen kümmerte, werkelte Achim irgendetwas im Haus und als Anne abends kam, winkte sie mich direkt zu sich. Mir wurde schlagartig heiß, weil ich genau wusste, dass ich zu viel mit dem Arm gemacht hatte. Jetzt gab es sicherlich einen Abriss.

Ich machte mich also auf eine Predigt gefasst und war entsprechend überrascht, als mir Anne lediglich ein postkartengroßes laminiertes Papier in die Hand drückte. Darauf standen die Namen der Pferde mit Hinweisen auf ganz bestimmte Erkennungsmerkmale. Mit diesem Papier gingen wir zu den Pferden und ich sollte die Pferde zuordnen. Zum Arm sagte sie nichts mehr, aber ich merkte, wie sie öfter auf den Hemdsärmel schaute.

Die Namen der beiden hellsten Fjordpferde fingen beide mit H an, weil sie den gleichen Vater hatten, wie Anne mir erklärte. Hera hatte hellbraune Augen, Hanni dunkle, so stand es auf meinem Papier. Richtig, die hellen Augen von Hera waren deutlich bernsteinfarben, die anderen waren fast schwarz.

Die grauen Fjordpferde waren laut Anne Vollgeschwister und hießen Ilka und Ilva. Ilka hatte eine ganz lange Mähne, Ilvas war deutlich kürzer. Das konnte ich in natura bestätigen.

Bei den verbleibenden Pferden gab es auch verblüffend eindeutige Erkennungsmerkmale. Nele hatte eine fein geschnittene Bürstenmähne, Ninas Mähne war länger und zerzaust. Svenja war vom Farbton her sehr hell. Ihre Beine waren nur ein kurzes Stück dunkel, so als hätte sie kurze dunkle Socken an, während die anderen eher dunkle Strümpfe an den Beinen hatten. Sallis Merkmal war ein sehr heller Schopf, wie auf der Erklärung stand. Und in der Tat, das war auffällig bei ihr. Lennards Schopf war extrem lang und dick, meist lugten die Augen nur ein wenig darunter hervor. Daran konnte ich ihn gut erkennen, davon abgesehen, dass er natürlich ein ganz eindeutig männliches Merkmal hatte.

„Und jetzt denk nicht, dass du zu blöd für alles bist, weil du einen Spickzettel bekommen hast", mahnte Anne.

Konnte man in meinem Gesicht denn lesen wie in einem aufgeschlagenen Buch? Wieso wusste sie, dass ich mir gerade wieder wie der letzte Trottel vorkam? Ich nickte und vermied ein Seufzen.

Den Spickzettel faltete ich einmal, dann passte er prima in meine

Hosentasche, so dass ich ihn immer dabei haben konnte.

Anne machte sich an die Wundversorgung der Pferde. Ich war für den Hol- und Bringservice zuständig und brachte dank des Spickzettels diesmal kein Pferd doppelt. Anschließend fütterten wir alle Mäuler. Dabei erfuhr ich eine ganze Menge über die einzelnen Tiere. Wo sie herkamen, warum sie hier gelandet waren. Die zwei Tiroler Kühe zum Beispiel waren schon sehr alt und nicht mehr lukrativ für die professionelle Milchwirtschaft, daher hätten sie zum Metzger gesollt. Aus alten Kühen wurde aber nur noch Hundefutter gemacht, also hatte Anne sie kurzerhand bei sich aufgenommen. Die Hochlandrinder kamen erst später dazu.

Die Schafe waren fast ausschließlich die schwächsten Lämmer aus Mehrlingsgeburten, die in der großen Herde keine Chance hatten. Sie waren sehr zutraulich, weil Anne sie im Tierheim mit der Flasche aufgezogen hatte. Beim Umzug hatte sie ihre lieb gewonnenen Pflegekinder mitgenommen. Bei den Ziegen war es anders. Die hatten zwar auch im Tierheim gewohnt, aber waren über ein paar Jahre nicht vermittelt worden, so dass man Anne beim Verlassen des Tierheims gebeten hatte, die Ziegen für sich mit zu ihren Schafschützlingen zu nehmen.

Die Nager waren auch größtenteils bei Anne gelandet, weil sie nicht vermittelbar waren. Kaum einer wollte ein 10-jähriges Kaninchen haben, so waren die meisten Kaninchen schon relativ alt. Zwei von ihnen hatten einen Gen-Defekt, der durch Überzüchtung manchmal vorkam: Die Zähne wuchsen schief. Also mussten den zwei Fellknäulen alle 14 Tage die Zähne gekürzt und glatt geschliffen werden. Eine kostspielige Sache, wenn man dazu jedes Mal zum Tierarzt musste. Anne konnte das selbst erledigen, da sie die entsprechende Ausbildung hatte. Bei den Meerschweinchen war es ähnlich: alte Tiere und kranke. Wobei die jeweilige Krankheit die Tiere selbst kaum einschränkte. Eins brauchte regelmäßig alle paar Wochen eine Vitaminspritze. Eines der Meerschweinchen war blind geboren worden, hatte damit aber keine Schwierigkeiten. Dennoch wollte das Meerschweinchen im Tierheim keiner haben.

Allmählich verstand ich, wie dieser Zoo entstanden war und als Anne seufzend erklärte, dass sie kein Tier, das ein würdiges Leben führen könne, dem Tod überlassen würde, nickte ich zustimmend.

„Und wenn alles so klappt, wie wir uns das vorgestellt haben, dann schließen sich die umliegenden Kindergärten und Grundschulen unserem Hof an und machen regelmäßige Exkursionen zu uns. Die Grundschule hat schon zugesagt, für die nächste Projektwoche das Thema ‚Bauernhof‘ aufzustellen. Dann werden wir eine Woche lang eine Schar Kinder hier haben. Ich freue mich schon. Die Sonderschule im Nachbarort hat auch schon fürs nächste Schuljahr eine Gruppe zusammengestellt, die am therapeutischen Reiten teilnehmen wollen."

„Und was ist mit deinem Job?", fragte ich. „Tschuldige, geht mich nichts an", fuhr ich direkt erschrocken fort.

„Das kriege ich schon unter einen Hut. Für die Projektwoche werde ich Urlaub eintragen, da bin ich komplett hier und für das therapeutische Reiten nehme ich die Tage, wo ich Spätschicht habe, dann bin ich vormittags für den Unterricht hier."

„Und wann hast du dann mal frei?"

„Frei … wer Tiere hat, hat nie frei und wer so eine Katastrophe als Hof hat, sowieso nicht. Frag mal Achim, der schuftet derzeit in seinem Urlaub auch wie ein Verrückter." Anne seufzte. „Übernächste Woche muss er wieder arbeiten, dann wird es nur noch schneckenlangsam weitergehen.

„Was arbeitet Achim denn?", fragte ich vorsichtig. Bisher war ich davon ausgegangen, dass er arbeitslos war. Warum, weiß ich nicht. Vielleicht weil mein blödes Hirn auf keinen besseren Gedanken kommen war.

„Er ist Installateur."

„Ah, jetzt verstehe ich, warum er meinte, dass Rohre und Mauerwerk seine Elemente wären."

Anne nickte. „Ja, und er ist ein Workaholic. Wenn er wieder zur Arbeit fährt, dann ist er von 8 bis 17 Uhr weg und rackert dann bis morgens um zwei hier weiter. Ich weiß nicht, wie lange das noch gut geht bei ihm. Er meint immer, ich würde es nicht merken, aber ich lasse ihn nur in dem Glauben. Vor seinem Urlaub ist er auf dem Zahnfleisch gekrochen. Momentan ist er fast erholt", schnaubte sie höhnisch. „Wahrscheinlich war es eine Schnapsidee, diese Katastrophe hier zu kaufen."

„Warum sollte es eine Schnapsidee gewesen sein? Es ist wunderschön hier. Und wenn einmal das Gröbste erneuert ist, dann sind die weiteren Arbeiten wirklich nebenher zu tätigen."

„Das ist das erste Positive, was ich von dir gehört habe. Es ist schön, dass du in diesem Chaos noch Hoffnung schöpfst. Es tut gut. Manchmal liege ich nachts im Bett und denke, dass alles, was ich mache, falsch ist."

Ich schaute sie an und konnte mir gerade noch verkneifen zu sagen, dass es mir ebenso ging. „Dafür gibst du aber eine starke Persönlichkeit ab", sagte ich stattdessen und es war mein voller Ernst.

„Resignieren hilft nicht, also weiter geradeaus schauen. Am Ende des Tunnels ist ein Licht, darauf steuere ich zu. Und jetzt Schluss mit dem Jammern, entschuldige, dass ich dich gerade so zumülle."

„Nein, keine Entschuldigung. Wenn du schon mit Achim nicht drüber redest, irgendwie muss man seinen Kummer doch mal rauslassen."

„Danke Falk. Matthias hat völlig Recht, Du bist ein wirklich Guter. Wem bist du nur zum Opfer gefallen, dass du eingebuchtet worden bist?"

„Meinem schwachen Charakter", antwortete ich bedrückt. Es war mir unangenehm, darauf angesprochen zu werden.

Anne sagte nichts mehr dazu, worüber ich dankbar war. Gemeinsam gingen wir nun zu den Hühnern, die letzten Tiere, die noch gefüttert werden wollten, danach fütterten wir uns selbst. Achim hatte bereits ein wahres Buffet auf dem großen Campingtisch angerichtet, dazu duftete es nach frisch gebackenem Brot.

Nach dem Abendessen wechselte Anne noch einmal meinen Verband. Die Wunde hatte nicht mehr angefangen zu bluten - ich war sehr erleichtert. Weder Achim noch sie erwähnten, dass ich vielleicht mehr Schonung bräuchte und ich war froh, dass das Thema sozusagen erledigt war.

In der Nacht konnte ich nicht richtig schlafen. Ständig sah ich Anne vor mir. Hörte noch einmal das, was sie mir erzählt hatte, die Sache mit den Kindern. Es machte mir Angst. Bei meiner Vergangenheit, kein Wunder. Ich versuchte, die Gedanken zu verdrängen, hörte wieder ihre Worte, ihre Sorgen. Ihr ging es mit Sicherheit nicht gut, dass sie mir dahergelaufenem Kriminellen einfach so ihr Herz ausschüttete. Es tat weh zu wissen, dass es ihr nicht gut ging. Und dass sie Achim gegenüber so tat, als würde sie nicht merken, wie sehr er sich verausgabte, war auch nicht gut. Beide hatten also Zweifel mit dieser Bruchbude. Und jeder verheimlichte es dem anderen. Gar nicht gut. Aber eigentlich war das doch ein netter Hof? Wunderschön gelegen, mit vielen Nebengebäuden. Die Tiere hatten viel Platz und sie konnte die Tiere selbst ärztlich versorgen, während Achim der geborene Handwerker war. Es lag ihnen doch quasi alles zu Füßen? Eigentlich war es doch sonst meine Sache, immer alles schwarz zu sehen.

Ein Blick auf die Uhr, halb sechs. Ich seufzte. Es war noch eine Weile Zeit, bis ich aufstehen musste, aber mir war nicht mehr nach Liegenbleiben. Ich grübelte, was ich schon machen konnte. Nichts was lärmte, logisch. Aber was war nützlich und geräuschlos? Nichts eigentlich. Heute würde der Dachdecker kommen, dann war Achim mit auf dem Dach. Meine Aufgabe war es dann, die Dielen abzuschleifen und sie anzustreichen. Ob ich beides heute schaffen würde? Es waren ziemlich viele Dielen.

Ein leises Geräusch machte mich stutzig. Da war doch etwas? Hatte ich mir das eingebildet? Nein, aber was war das? Ein Einbrecher? Mein Puls schlug im Hals und leise stand ich auf, merkte wieder, wie steif ich war. Meiner Schulter ging es leider nicht besser, aber der Riss im Arm war nicht mehr zu merken, dafür konnte ich links kaum Zufassen, ohne dass der äußere Unterarmmuskel sich verkrampfte. Wenigstens spürte ich keinerlei Anzeichen mehr für eine Erkältung.

Mit nackten Füßen schlich ich die Stiege hinunter und schlüpfte dort in meine verstaubten Arbeitsschuhe. Ohne ein Geräusch zu machen, verließ ich das Haus durch die hintere Hoftür. Draußen war es noch dämmrig, aber ich konnte sehen, dass die Stalltür von den Ziegen und Schafen offen stand. Der Schein einer Taschenlampe huschte durch den Stall. Ein Dieb? Jemand, der die Tiere vergiften wollte? Leise schlich ich weiter. Das Licht der Taschenlampe ging urplötzlich aus. Nun war es stockfinster im Stall. Im nächsten Moment gingen die zwei Deckenlampen an und neben mir stand eine Person. Wir schrien beide vor Schreck und blickten uns entsetzt an.

„Was machst du hier?", fragte Anne, die zuerst ihre Stimme wieder erlangte.

„Ich dachte, du wärst ein Einbrecher", hauchte ich.

„Du hast mich fast zu Tode erschreckt", japste sie.

„Sorry, du mich auch", gab ich zu. „Tut mir leid. Wieso bist du im Stall um die Uhrzeit?"

„Weil ich heute Doppelschicht habe."

„Und was machst du hier?"

„Ausmisten. Achim ist nachher auf dem Dach und wenn ich heute Abend heimkomme, bleibt mir noch das Füttern und Pferdeversorgen."

76

„Stehst du immer so früh auf?"

„Wenn es organisatorisch nicht anders geht, ja."

„Und du sagst, Achim ist ein Workaholic?"

„Ist er."

„Du auch."

„Nein, ich bin nur verantwortungsbewusst."

Ich stöhnte. „Das ist Achim auch. Wenn euch die Bruchbude nicht überm Kopf zusammenfallen würde, wäre er sicherlich über ein paar freie Stunden dankbar."

„Bruchbude. Du sagst Bruchbude dazu?", schnaubte sie.

„Hey, nein, na ja, du nennst es doch selbst Katastrophe."

„Das ist was anderes!", fauchte sie. „Das ist mein Leben! Ich liebe diesen Hof, ich liebe die Tiere! Und wenn es dir hier nicht gefällt, dann kannst du gerne gehen! Mach dass du wegkommst, wenn dir diese Bruchbude zuwider ist. Los, geh!"

„Anne, es tut mir leid", flüsterte ich. „Bitte entschuldige. Es war doch nicht böse gemeint." Mein Herz schlug im Hals und meine Knie wurden weich wie Butter. Ein unheilvolles Summen begann in meinen Ohren. „Anne es tut mir schrecklich leid", flüsterte ich erneut und kniete mich auf den Boden. Das war also jetzt mein Ende hier am Hof. Ich hatte es vermasselt. Musste ja so kommen. Ich war ein Idiot. Entweder ich schwieg zu viel oder ich sagte das Falsche. Nichts konnte ich richtig machen.

„Mir tut es auch leid", hörte ich plötzlich ganz nah neben mir und spürte eine Umarmung. Ich wusste nicht, ob sie mich trösten sollte, oder ob es eine Trost suchende Umarmung war. „Bitte entschuldige meine rüde Art. Ich habe schlecht geschlafen und hasse es, wenn man mich erschreckt. Und ich kann es nicht vertragen, wenn man schlecht von unserem Hof redet. Auch wenn du natürlich Recht hast. Ich habe es Katastrophe genannt und es ist eine Bruchbude. Aber es ist mein Luftschloss und ..."

„Ich habe kein Recht, so über dein Zuhause zu reden. Immerhin hast du eins und du kannst etwas Großartiges draus machen", flüsterte ich.

„Du hast kein Zuhause, oder?"

Ich zuckte mit den Schultern, richtete mich auf und flüchtete aus der Umarmung. „Wenn ich dir helfen kann beim Misten, sag mir wie, dann bist du schneller fertig - wenn ich mich nicht zu blöde anstelle."

Anne richtete sich ebenfalls auf und schüttelte den Kopf. „Wieso meinst du immer, dass du dich blöde anstellst?"

„Weil es die Wahrheit ist. Eine passende Kostprobe hast du doch gerade wieder bekommen. Ich habe schlecht über dein Zuhause geredet und dich damit tief verletzt."

Sie schwieg dazu, gab mir eine komische kleine Forke und eine noch merkwürdigere Standschaufel. Mit zwei Handgriffen erklärte sie mir die Handhabe und nahm ebenfalls solch ein Gerätepaar und legte los. Meine Hilfe war nur mangelhaft, das brauchte sie mir nicht zu sagen, das merkte ich, aber da ich das erste Mal mit diesen Dingen arbeitete, hatte ich etwas Hoffnung, dass es besser werden konnte.

Bei den Kühen arbeiteten wir mit einer Schaufel und einer Schubkarre. Bei den Pferden waren wir wieder mit diesem ,Stallboy' unterwegs, wie Anne das nannte. Anschließend gingen wir ins Hühnergehege, säuberten dort und schauten nach Eiern. Als Letztes machten wir bei den Nagern Klarschiff, danach ging es in die Küche.

Erst hier fiel mir auf, dass ich nur ein T-Shirt und meine Boxershorts trug. Entsetzt blickte ich wie erstarrt an mir herunter. Das hatte Anne doch schon die ganze Zeit gesehen, oder? Warum war MIR das nicht aufgefallen? Ich wurde knallrot wegen dieser endlosen Peinlichkeit. Wie kam ich geschickt aus dieser Nummer heraus? Gar nicht. Leider. Wortlos verließ ich die Küche, zog die Arbeitsschuhe aus und eilte die Treppe hinauf, zog mir eine Jeans über und Socken an. Wenig später war ich wieder in der Küche. Anne verlor keinen Ton über die Sache und ich wusste nicht, ob ich dafür dankbar sein sollte, oder ob mir das nur noch peinlicher war. Auf dem Tisch stand bereits der halbe Kühlschrankinhalt nebst getoastetem Dinkelbrot. Mir blieb nur noch, mich hinzusetzen.

Bevor eine unangenehme schweigende Stille am Tisch entstehen konnte, kam Achim und es ergab sich sofort mit Anne das Planungsgespräch für den heutigen Tag. Er musste mittags melken, und für das Mittagessen war etwas im Tiefkühlfach, das wir nur in den Ofen legen mussten.

Als Anne mit Sissi den Hof verließ, die tatsächlich schon beim zweiten Startversuch ansprang, kam der Dachdecker. Achim gab mir nur noch schnell die Böcke und die Schleifmaschine raus, dann verschwand er mit dem Dachdecker, während ich mich den schmalen Nadelholzdielen zuwandte.

Ich schliff sie sorgfältig ab und merkte nicht, wie die Zeit verflog. Als ich alle Latten fertig geschliffen hatte, grundierte ich sie und strich sie anschließend mit einem hellbraunen Wetterschutzlack. Es sah freundlich aus, genau das richtige für die neue Einfriedung bei den Fjordpferden.

Nach einigen Tagen war nicht nur das Dach der Fjordpferde neu gedeckt, sondern Achim hatte auch den Stall innen auf Vordermann gebracht, da das eingestürzte Dach dort erheblichen Schaden angerichtet hatte. Die Fjordpferde konnten nun wieder in ihren Laufstall einziehen. Anne legte Heu in der Raufe bereit und füllte die Futtertröge. Manche der Ponys kamen sofort hinein, andere zögerten, so auch Lennard, der schnaubend einen Schritt vor dem Eingang stehen blieb, und Nele, die nur mit dem Kopf hineinlugte. Wir ließen sie in Ruhe, Anne meinte, sie würden sich rasch daran gewöhnen.

Sonntag

Am nächsten Morgen wurde ich wach, weil das Geräusch endlosen Regens aufs Dach prasselte. Mein verschlafener Blick ging aus dem Fenster: eine graue, trübe Suppe.

Na, das würde einen Spaß geben, heute zu werkeln. Aber davon durfte ich mich nicht abhalten lassen und drehte mich zum Wecker - 10:07? Hatte ich vergessen, den zu stellen? Vor wenigen Tagen hatte Anne ihn mir gegeben und bisher war ich nicht zu blöde gewesen, ihn zu stellen. Aber heute? Ruckartig richtete ich mich auf - fataler Fehler. Meine lädierte Schulter brachte mich unweigerlich wieder in die Waagerechte. Seit dem Fast-Sturz mit der Karre vor ein paar Tagen, hatte ich erhebliche Probleme. Unbedachte Bewegungen waren äußerst schmerzhaft für die Schulter. Der Verband des rechten Arms war schmutzig, aber ansonsten hatte ich keine Schmerzen mehr, was ich vom linken Unterarm nicht behaupten konnte. Jedes Anspannen oder Greifen brannte wie Feuer.

Was stand wohl heute an? Wahrscheinlich der Zaunbau bei den Fjordpferden. Zumindest waren die Pfähle und Latten alle fertig und einsatzbereit.

Einsatz! Genau, ich musste raus aus dem Bett. Mit einem Blick durch das Badfenster registrierte ich, dass auf dem Hof nichts los war. Anne hatte sicherlich Frühschicht und war schon in der Praxis. Und Achim? Vielleicht war er schon alleine zugange mit dem Zaun? Hoffentlich nicht.

Nach einer flinken Katzenwäsche eilte ich die Stiege hinunter, zog unten meine dreckige Jeans und die Arbeitsschuhe an und ging vorsichtig in die Küche, um dort nicht zu viel Staub aus meinen Klamotten aufzuwirbeln. Verblüfft blieb ich im Eingang stehen: Anne und Achim saßen gemütlich am Tisch. Er las in einer Broschüre, sie löffelte in einem Joghurt.

„Na? Ausgeschlafen?", kam von Achim.

„Tschuldigung, ich hab vergessen, den Wecker zu stellen", sagte ich reuevoll.

„Nee, hast du nicht, den hab ich ausgemacht. Heut ist Sonntag." Anne winkte mich mit einem Fingerzeig zu meinem Platz. „Vielleicht hätte ich dir einen Wecker mit Tagesanzeige geben sollen." Sie grinste und mir war bewusst, dass mir niemand böse war, dass alles richtig war. Ich hatte in der einen Woche, die ich nun hier war, endlich begriffen: Niemand wollte mir etwas und ich machte nicht ständig alles falsch. Trotzdem zog mein Inneres sich zusammen, als würde ich Schelte erwarten, versuchte es aber, zu verbergen.

Es gab ein langes Frühstück und keiner von beiden machte Anstalten, die Tafel aufzuheben. Mir wurde es nun doch etwas unangenehm, so ‚nutzlos' herumzusitzen.

„Was kann ich heute machen?", fragte ich in die kleine Runde, als ich nervös wurde.

„Faulenzen", meinte Achim und blickte über die Ecke seiner Broschüre zu mir hinüber. „Sonntag ist für alle gleich - frei."

„Aber ihr habt keinen Sonntag", begann ich zögerlich. „Die Tiere wollen gefüttert und gemistet werden."

„Du bist aber kein Stallknecht, sondern ein Sanierungsmitarbeiter", meinte Anne lächelnd. „Du hast letzte Woche geschätzte 60 Stunden gearbeitet. Das ist eh zu viel, mach frei, nutz das schöne Wetter", sagte Achim.

„Und wozu?", fragte ich blöd.

„Du kannst mit meiner Fee rumfahren, wenn du Lust hast, erkunde die Gegend." Achim legte die Broschüre weg. „Jetzt regnet es noch, aber laut Wetterbericht soll es heute Nachmittag wunderschön werden. Also nimm die Nuckelpinne und dümpel bisschen rum."

„Nuckel was?"

„Nuckelpinne", meinte Anne lächelnd. „Seine Fee wird Nuckelpinne genannt, weil sie kein richtiges Motorrad ist, sondern nur eine kleine 80er."

Mein Gesicht musste immer noch ein großes Fragezeichen sein, denn nun erklärte mir Achim, was er meinte und endlich schnallte ich es: Ich sollte mit seiner alten 80er ein bisschen rumgurken, falls ich Lust dazu hätte. Tja, Lust hatte ich, aber ich konnte doch nicht mit seiner Maschine durch die Gegend fahren, während er wahrscheinlich mit Misten oder anderweitigem Werkeln beschäftigt war.

„Du kannst dir auch das alte Fahrrad flott machen, wenn du lieber radeln willst", kam Anne mir zur Hilfe.

„Ihr meint wirklich, ich soll mich vom Hof machen und irgendwas Sinnloses tun?"

„Sinnlos ist es nicht, es ist Erholung, damit du auch morgen noch kraftvoll zupacken kannst." Achim grinste. „Also, 80er oder Fahrrad?"

Ich entschied mich fürs Fahrrad, das war mir irgendwie unverfänglicher. Es war rabenschwarz mit vielen Dreckspritzern, zwei platten Reifen und nur einer halben Klingel. Achim gab mir das nötige Werkzeug, Flickzeug und eine Luftpumpe. Eine halbe Stunde später waren die Schläuche geflickt, die Bremsen nachgestellt und ich bekam noch Kettenfett. Während des Reparierens sollte der Wetterbericht Recht behalten, denn die Suppe verzog sich und von einem blauen Himmel mit weißen Schafswölkchen schien unschuldig die Sonne. Es war wie eine Einladung: Komm, raus in die Natur.

„Ich will dich nicht vor Dämmerung hier wieder sehen, lass es dir gut gehen", lachte Achim und wedelte mit der Hand, dass ich verschwinden solle. Es war eine ganz liebe Art, die er hatte und sie machte mir Mut, tatsächlich einfach los zu radeln und zu schauen, wo die Straße hinführte. Mein schlechtes Gewissen dem Hof gegenüber drängte ich in eine Ecke und so zog ich los.

Nach wenigen Minuten bog von der Straße jener Weg ab, der zu den Percherons führte, und ich radelte den Waldweg lang. Es konnte nicht schaden, mal am Zaun der Pferde entlang zu fahren, um sicher zu sein, dass noch alles in Ordnung war und nicht eine morsche Stelle ein erneutes Ausbüxen der weißen Riesen ermöglichte. Bis zum Wall radelte ich, dann musste ich über den Erdrutsch hinweg schieben. Frieda stand direkt am Tor, der andere hatte mir sein Hinterteil zugedreht und knabberte an etwas. Nein, der Zaun war es nicht - ein großer Ast lag in dem Weidestück. Langsam fuhr ich den Zaun ab und schaute mir die Latten an, machte hier und da einen Stopp, ruckelte an den Latten und befand bei einigen, dass sie bald ausgetauscht werden müssten.

Anschließend radelte ich ziellos kreuz und quer herum, mal einen Waldweg rein, dann durch eine Siedlung, weiter die Landstraße entlang, auf einen Hügel hinauf und irgendwann kam ich in einem kleinen Ort. Durst hatte ich, aber kein Geld dabei. Ich hatte gar nichts dabei.

Vom Ort aus ging es wieder über eine Landstraße und ich radelte über grasbewachsene Feldwege und wieder in einen Wald. Ich traf auf einen kleinen gluckernden Bach, ich stieg ab, legte das Rad auf den Boden und ging ein Stück stromaufwärts, fand tatsächlich die Quelle. Hier, kniete mich hin und schöpfte mit den Händen Wasser, trank. Es war kalt, aber lecker. Es wunderte mich, dass man einen Geschmack im Wasser ausmachen konnte. Ein wenig erdig und dennoch frisch.

Auf dem Weg zurück zum Hof hatte ich dann meine liebe Not, denn ich wusste den Weg nicht mehr. Ich war wahllos durch die Gegend gekurvt und wusste nicht einmal, wie die Straße hieß, wo der Hof lag.

82

Handy oder Kleingeld zum Anrufen hatte ich auch nicht dabei und - keine Telefonnummer, also war eh alles egal. Ich machte mich weiter auf die Suche nach den richtigen Straßen. Panik überkam mich und mir wurde heiß. Mein Puls kletterte in die Höhe und meine Beine wollten nicht mehr, dabei brauchte ich sie dringend. Das Fahren wurde mühsam.

Ich versuchte, mich daran zu erinnern, welche Wege ich auf dem Hinweg genommen hatte, aber ich empfand jede Wegeinfahrt, jede Kreuzung als fremd. Die gelben Straßenschilder mit den Richtungsangaben halfen mir nicht weiter, da ich keine Ahnung hatte, in welchen Ort ich fahren musste. Wie hieß der denn? Ich hatte doch schon mal das Ortseingangsschild gesehen, oder nicht? Und wie hieß der Ort, wo der Bahnhof lag? Der fing doch an mit ... mit ... Mist ... mit ... G ... Ja, G. Und weiter? Ga ... Ge ... Gi ... Mist. Warum hatte ich mir das nicht gemerkt? Wir waren doch öfter ins Städtchen gefahren, zum Baumarkt und so, aber ich Hohlkopf hatte mir keine Gedanken darum gemacht, wie der Ort hieß. So blöd war doch nicht einmal ein Fünfjähriger!

Weiter radelte ich, wütend, weil ich so dämlich war. Jetzt konnte ich nicht einmal nachfragen, in welche Richtung ich fahren musste, um nach G ... irgendwas zu kommen. Auf den Straßenschildern stand auch nie ein Ort mit G. An einer Tankstelle kam ich vorbei, registrierte, dass sie geschlossen hatte und radelte weiter, aber spontan kam mir das Bild von einem Autoatlas in den Sinn. DAS war es! Ich musste in einem Autoatlas stöbern gehen, da fand ich doch bestimmt den Ort. Wenn ich den Namen lesen würde, würde er mir einfallen, gewiss! Also auf zum nächsten Städtchen.

Über Landstraßen ging es, einen langen Hang hinauf, der mir zeigte, dass ich überhaupt keine Kondition hatte - woher auch? - und vom Hügel ging es wieder hinunter, viel zu schnell eigentlich, dafür, dass ich mich so hochgekämpft hatte. Eine Weile dauerte es, bis unweit des nächsten Ortseingangsschilds die nächste Tankstelle in Sicht kam. Ich betrat den kleinen Shop und suchte in einem Atlas nach dem Ort, in dem ich mich aktuell befand und suchte die Orte im Umkreis nach einem mit G ab. Leichter gedacht als getan.

„Willst du den Atlas nun kaufen, oder nicht?", fragte der Mann hinter der Theke irgendwann mit festem Ton. Ein Kerl wie ein Bär. Er hätte auch Rausschmeißer einer Disco sein können,.

„Wenn ich Geld hätte, sofort", kam meine ehrliche Antwort und ich blätterte weiter.

„Willst du mich verarschen?", fragte er barsch.

„Nein", seufzte ich. „Bin auf Radtour, habe mein Portmonee liegen lassen und mich verfahren." Ich widmete mich wieder dem Atlas und wie ein Blitz durchschoss mir auf einmal: Girreshausen! Ich las das Wort und wusste sofort, DAS ist die Stadt, wo ich hinmusste. Visuell verfolgte ich den Weg zu meinem Standpunkt - das waren etliche Zentimeter auf dem Papier. Mir graute es schon davor, die Kilometer nachzurechnen.

„Entweder kaufen oder raus hier, das ist doch keine Bücherei", polterte es von der Theke und ich konnte diese unfreundliche Art nicht verstehen, aber nun gut, ein paar Ortsnamen, die ich auf meiner Heimreise durchfahren musste, hatte ich mir gemerkt und verschwand, bevor der Stiernacken nachhelfen würde.

Wieder auf dem Fahrrad, spürte ich meinen Hintern und meine Oberschenkelmuskeln brannten. Es nützte nichts, ich musste weiterfahren. Wenn ich doch nur Geld hätte! Und die Telefonnummer von Anne und Achim! Aber ich wusste nicht einmal deren Nachnamen. Es war unglaublich, wie blauäugig ich war.

Die Dämmerung brach herein und später die Dunkelheit. Von den Ortsnamen, die ich mir gemerkt hatte, standen nur anfangs zwei auf den gelben Richtungsschildern, danach hatte ich mich wohl wieder verfahren, obwohl ich glaubte, in die richtige Richtung gefahren zu sein. Mein Magen knurrte und ich hatte Durst. Wieso hatte ich keinen lumpigen Euro in der Tasche?

Einem Schild zum Bahnhof folgend traf ich wie erhofft auf einen Taxistand und fragte den Taxifahrer. Der konnte mir sicherlich helfen. Am liebsten hätte ich mich in sein Auto gesetzt und mich hinfahren lassen, aber da ich weder Namen noch Straße vom Hof wusste, das Fahrrad dabei hatte, aber dafür kein Geld, ging das nicht. Ich wusste nur, wo wir einkaufen waren. In Girreshausen, geschätzte zehn Kilometer vom Hof entfernt und ob ich im Dunkeln sofort den Weg von dort zum Hof finden würde, um den Fahrer zu dirigieren, war fraglich. Das würde wahrscheinlich im Endeffekt ein Vermögen kosten!

Der Fahrer bekam auf meine Frage hin fast einen Lachanfall: „Ui, das sind knapp 40 Kilometer, Junge, viel Spaß. Diese Richtung da."

Ich bedankte mich und radelte in die besagte Richtung. 40 Kilometer? Das klang überhaupt nicht gut und ich würde mich wieder endlos verfahren. Wenn ich doch nur den Nachnamen wüsste! Dann würde ich irgendwo an irgendeiner Haustür klingeln und bitten, dass ich die Auskunft anrufen durfte. So hätte ich Anne und Achim Bescheid geben können, dass ich versagt hatte und heute nicht mehr heimkam. Aber ohne Nachnamen, ohne Ortsnamen. Ich konnte ja nicht einmal sagen, die wohnen in Straße X, Hausnummer Y. Ich wusste NICHTS! Und warum wusste ich nichts? Weil ich mich überhaupt nie dafür interessiert hatte. Wie konnte jemand nur so dämlich sein?

„Bitte rechts ranfahren!", ertönte plötzlich eine blecherne Stimme hinter mir und ich erschrak so sehr, dass ich das Lenkrad verriss und beinahe in ein am Straßenrand geparktes Auto fuhr. Wunschgemäß hielt ich an. Es war eine Polizeistreife.

Die zwei Uniformierten stiegen aus, kamen auf mich zu. Ein unwohles Gefühl machte sich in mir breit.

„Wo ist denn Ihr Rücklicht?", fragte der eine.

„Funktioniert es nicht?" Irritiert blickte ich nach hinten, aber im Stand war es natürlich aus. „Ich habe es erst heute Morgen repariert."

„Ja, schöne Geschichte, nächste bitte."

„Nein ehrlich. Es funktionierte."

„Darf ich mal Ihre Papiere sehen?", fragte der andere und lehnte sich an meinen Lenker.

„Eigentlich schon, aber die sind zu Hause."

„Sie wissen, dass Sie sich ausweisen können müssen, oder?"

„Ja, schon", seufzte ich. „Hören Sie, ich habe mich mit dem Rad total verfahren und vor mir liegen noch zirka 40 Kilometer."

Der eine Polizist lachte, der andere musterte mich scharfen Blickes.

„Wo wohnen Sie denn?"

„Auf einem Hof in der Nähe von Girreshausen."

„Geht es etwas genauer?"

„Leider nicht, ich habe den Dorfnamen und den Hofnamen vergessen." Sie mussten mich für völlig bescheuert halten. Recht hatten sie, so verblödet konnte niemand sein.

„Aber Ihren eigenen Namen wissen Sie noch, oder?"

„Ja, Falk Selbach."

„Und wie sollen wir das überprüfen? Ohne Ausweis, ohne Ortsangabe?"

„Ich stehe in Eurer Kartei, mit Bild wahrscheinlich", gab ich zur Antwort und während der eine Polizist ins Auto ging und telefonierte, blieb der andere bei mir und beäugte mich argwöhnisch.

„Hey Klaus, sieh dir das mal an", tönte es aus dem Auto. „Nein, bleib, wo du bist, ich komme."

Mit einer Art Miniaturcomputer kam der Polizist aus dem Auto, hielt ihn dem anderen hin.

„Oh, na Sie sind aber ein ganz wilder, was?", nickte der andere Polizist.

„Na, dann kommen Sie mal mit, Falk Selbach ohne Papiere und ohne Wohnort."

„Aber das Fahrrad?" Nein, das durfte nicht hierbleiben! Es war Achims Rad. Das musste mit!

„Ist das überhaupt Ihres?"

„Nein es ist geliehen", gab ich ehrlich zur Antwort. Natürlich dachte er, ich hätte es gestohlen, wunderte mich nicht.

„Und von wem?"

„Von Achim."

„Achim wer?"

„Weiß ich nicht. Ich arbeite auf seinem Hof."

„So ..." Der eine Polizist schaute mich abschätzend an. Jetzt war er wohl der Meinung, ich sei getürmt. Sollte mir auch Recht sein. Mir war klar, dass ich diese Nacht eingekerkert werden würde.

Der andere Polizist bugsierte das Fahrrad in den Kofferraum, während ich auf die Rückbank verfrachtet wurde, so, wie man es aus den Kriminalfilmen kennt. Das Rad hing halb aus dem Kofferraum, aber bis zur Polizeistation war es nicht weit.

Wie erwartet kam ich in eine Zelle. Sie orderten einen Arzt und der fragte mich, ob ich mit einer Blutentnahme für einen Test auf Alkohol und Drogen zustimmen würde. Sich zu weigern hatte keinen Sinn, das wusste ich. Aber davor hatte ich keine Angst. Und nun würden die Polizisten überprüfen, ob bis zum nächsten Morgen Anzeigen eingingen: ein Raub, ein Überfall, vielleicht eine Anzeige wegen Körperverletzung. Ich blickte auf das vergitterte Fenster und legte mich auf die Pritsche. Es war zum Heulen, aber ich konnte nicht. In mir hatte sich eine Lähmung breitgemacht, die mich innerlich wie äußerlich völlig erstarren ließ. Dass ich von dem vielen Radfahren fix und fertig war, brachte mir wenigstens eine ruhige Nacht mit ein bisschen Schlaf.

Irgendwann wachte ich auf; es begann gerade zu dämmern. Ich blickte auf die Gitter und hatte eine Art Deja-vu: Die alten Geräusche aus der JVA klangen in meine Ohren, vertraute Stimmen. Mein Puls überschlug sich und mir blieb der Atem weg. Was war denn los? Ich versuchte, ruhig zu atmen, überhaupt zu atmen, nicht zu japsen. Ein Kloß schwoll in meinem Hals und ich musste mich arg zusammennehmen, um nicht loszuflennen. Nicht heulen! Keinen Mucks geben! Ruhig bleiben! Die Geräusche, die ich hörte, gab es doch gar nicht! Das war nur Wahn, eine Illusion! Da oben in meinem Kopf funkten ein paar Synapsen nicht richtig, mehr war nicht!

Endlose Stunden vergingen, so fühlte es sich jedenfalls an, bis Leben in die Bude kam und die ersten tatsächlichen Geräusche zu hören waren.

Meine Zelle wurde aufgeschlossen, ich kam ins Verhörzimmer, musste ein paar Fragen beantworten und dann war ich frei.

Als ich aus der Polizeistation ging, sah ich Sissi auf dem Parkplatz davor stehen. Der Motor lief, wie gewohnt, während Anne gerade die Hecktür verschloss. Also hatte sie wohl das Rad hineingelegt, wahrscheinlich auseinandergebaut, damit es passte. Die Polizei hatte wohl über die JVA erfahren, dass meine Geschichte insoweit stimmte, dass ich auf dem Hof von Achim und Anne arbeitete.

Wie ein geprügelter Hund ging ich auf sie zu; mir fehlten die Worte. Ich mied es, sie anzuschauen, wusste nicht, was ich sagen sollte. Entschuldigung? Ja, das auf jeden Fall und was noch? Ich spürte ihre Hand zwischen meinen Schulterblättern. Sie sagte aber nichts, sondern drückte mich nur vorsichtig Richtung Beifahrertür.

Während der ganzen Fahrt schwiegen wir. Ich starrte auf einen imaginären Punkt und konzentrierte mich darauf, nicht loszuheulen. Mir war so elend zumute.

Auf dem Hof angekommen, zog sie den Zündschlüssel ab, machte die Fahrertür auf, verharrte. „Ich geh misten", sagte sie, ohne dass sie mich anschaute und verschwand. Mühsam stieg ich aus, zum einen, weil ich tierischen Muskelkater hatte, zum anderen, weil ich mich fühlte, als würde Blei in meinen Adern fließen. Wie durch zähflüssigen Hefeteig ging ich zum Heck, öffnete die Tür. Ja, da lag das Fahrrad, das Vorderrad war abgebaut. Ein Eimer mit Schraubschlüsseln stand eingekeilt dabei und ich suchte aus ihm den richtigen, zum Anschrauben des Vorderrades.

Mein Herz schlug in Zeitlupe, aber so fest, als würde jeder Schlag mit einem großen Hammer ausgelöst. Mir war schlecht und schwindelig.

Nachdem ich das Rad im Schuppen verstaut hatte, ging ich in den Kuhstall, wo ich Anne werkeln hörte. Ich griff mir eine Schippe und half mit. Wir redeten nicht. Als die Karre voll war, schob ich sie hinaus in die

Miste, leerte sie und auf dem Rückweg zum Kuhstall wurde mir dann so schwindelig, dass ich schwankte, als hätte ich zwei Promille. Ich musste die Schubkarre absetzen und mir eine Wand zum Anlehnen suchen. Da ich Koordinationsschwierigkeiten hatte, prallte ich ziemlich laut an die Schuppenwand und rutschte an ihr herunter wie ein nasser Sack. Ich hatte Magenschmerzen und das Gefühl, dass Sprudelwasser in mir blubberte. Alles drehte sich.

„Falk? Brauchst du einen Arzt?", hörte ich Annes Stimme neben mir und spürte, wie zwei kalte Finger gegen meine Halsschlagader drückten, mein Handgelenk nahmen, dort ebenfalls den Puls suchten.

„Geht schon", sagte ich und stand schwerfällig auf, bemühte mich, nicht zu schwanken, stützte mich mit einem Arm an der Schuppenwand.

„Du siehst erbärmlich aus, was ist denn geschehen? Magst du reden?"

„Nichts ist passiert. Ich habe nichts angestellt, mich nur verfahren. Ex-Häftlinge werden schon auf Verdacht nachts eingebuchtet, gerade wenn ihr Register so üppig ist wie meins", antwortete ich und es hörte sich grob an, aber das war nicht so gemeint. Wieder krampfte mein Magen und er gurgelte laut.

„Klingt, als hättest du Hunger", meinte Anne vorsichtig und ich stimmte zu. Sie hatte Recht. Mir ging es wahrscheinlich so dreckig, weil ich seit dem gestrigen Frühstück nichts gegessen hatte und sicherlich war ich dehydriert oder wie man das nannte. Das war vielleicht die Ursache für diesen Schwindel.

Jetzt spürte ich ihren fürsorglichen Arm über meinen Schultern und einen Druck, der mich von der Wand wegzog. Sie brachte mich Richtung Hintereingang. Am liebsten hätte ich mich in ihren Arm fallen lassen, aber das ging nicht. Mir wurde ganz heiß bei dem Gedanken, was passierte, wenn Achim uns so sah? Nicht, dass er noch saurer auf mich werden würde, als er schon war, weil ich mich so dämlich verhalten hatte.

Ein Ruck, dann saß ich auf meinem Stuhl. Mein Kopf schmerzte und mir war schlecht.

Anne deckte den Tisch, stellte mir ein Glas Saft hin und bröselte irgendein Zeug rein, sicherlich Vitaminpulver oder so was. Ich trank das Glas in einem Zug aus, spürte den Brand, den ich hatte.

Ich hörte Schritte, spürte schwere Hände auf meinen Schultern - das war Achim. Ich wollte mich entschuldigen für das, was geschehen war, aber mein Hals war wie zugeschnürt. Wieder krampfte mein Magen und ich hatte Mühe, mir das nicht anmerken zu lassen.

Die Hände verließen meine Schultern. Achim setzte sich auf seinen Platz, musterte mich. „Eine Leiche hat mehr Farbe im Gesicht als du", meinte er dann leise und legte seine Hand auf meinen Unterarm.

„Egal was du jetzt denkst, es ist mit Sicherheit das Falsche", fügte er sanft hinzu. „Dir ist niemand böse, dich lacht niemand aus. Im Gegenteil, ich denke, ich weiß, wie du dich fühlst. Ich habe mich als Kind auch mal grandios mit dem Rad verfahren."

„Ja, als Kind", konterte ich.

„Lass gut sein", flüsterte Anne und ich wusste nicht, wen sie meinte, mich oder Achim.

Wir schwiegen. Achim zog seine Hand weg.

„Tut mir leid, dass man euch so einen Vollidioten zugeteilt hat", knurrte ich plötzlich und stand auf, eilte in mein Zimmer, schmiss mich auf mein Bett, presste meinen Kopf ins Kopfkissen und erstickte meine Schreie. Wut, Verzweiflung, Trauer, Angst, alles brach über mich herein und ich heulte, dass mein Körper wild zuckte.

Es dauerte lange, bis ich mich beruhigt hatte. Dann schlich ich mich ins Bad und duschte ausgiebig, blickte prüfend in den Spiegel. Ich sah immer noch schlecht aus. Langsam ging ich die Stiege hinunter.

In der Küche stand noch der gedeckte Tisch, bis auf die Dinge, die Anne in den Kühlschrank geräumt hatte. Ich nahm zwei Stücke Sandkuchen, trank zwei Gläser Saft und machte mich dann auf den Weg hinaus, suchte Achim. Sissi war weg, damit war klar, dass Anne Spätschicht hatte. Prüfend ging ich in die Ställe, aber alles war gemistet und ordentlich. Der Deutz stand an seinem Platz, also war Achim wohl nicht weg, aber wo steckte er? Zurück im Haus hörte ich Geräusche, die aus einem weiteren Rohbauzimmer kamen. Zögerlich ging ich durch die Tür.

Achim war gerade dabei, Fliesen zu schneiden, und bemerkte meine Ankunft nicht.

Das Zimmer war sehr groß, ich war bisher nie hier drin gewesen. Ob es wie die Pseudoküche einmal ein Stall gewesen war?

„Hey, alles okay mit dir?", fragte Achim nun und ich zuckte zusammen, nickte mechanisch. „Kann ich irgendetwas für dich tun?" Er richtete sich auf und kam zu mir.

Ich zuckte mit den Schultern. Was sollte er tun können? Und warum?

„Wenn dir nicht gut ist, kannst du ruhig oben bleiben oder sonst irgendwas machen, was dir hilft", meinte Achim vorsichtig.

„Weiß ich, was mir gut tut? Ich fühl mich mal wieder völlig fehl am Platz in meinem Scheißleben."

„Quatsch, komm, dann zeig ich dir, wie man Fliesen legt, das lenkt dich ab. Hast du schon mal mit Fliesen gearbeitet?"

„Nein", stöhnte ich. „Ich kann nix, weiß nix und krieg nix auf die Reihe."

„Hey Falk, nicht resignieren. Alles ist gut. Und du kannst eine Menge."

„Ja, mich völlig verpeilt verfahren und nicht wissen, wo ich wohne und wie ihr heißt. So saudämlich kann doch keiner sein!"

„Schscht. Also wir heißen Malkus. Wie Markus nur mit 1. So heißt auch der Hof. Das Straßenschild ist etwas überwuchert. Das ist der Nussbaumweg, Hausnummer 1. Mehr Häuser stehen im Nussbaumweg nicht. Das Dorf hier heißt Mahnhagen und ist ein Vorort von Girreshausen."

„Werde ich mir wohl nicht alles merken können mit meinem Hohlkopf."

„Macht nichts. Ich sage es dir, so oft du es hören willst oder wir schreiben es später auf. Komm, ich weih dich mal in die Kunst des Fliesenlegens ein und du vergisst alles, was in den letzten Stunden nicht so gut gelaufen ist. Streichs einfach aus deinem Kopf, vielleicht ist dann ein Plätzchen frei für ein paar schöne Dinge, die die Zukunft dir bringen wird."

Ich schnaubte, musste aber zustimmend nicken. Achim hatte Recht. „Wieso seid ihr so lieb zu mir?"

„Warum denn nicht? Wir mögen dich und seit du hier bist, geht es richtig bergauf. Das ist wirklich wunderbar."

Wie sollte ich diesen Worten glauben? Aber für Achim war das Thema erledigt. Er zeigte mir alles, was ich wissen musste und bis zum späten Abend verlegten wir die Fliesen, wurden sogar fertig. Über meine Übernachtung im Knast wurde kein Wort mehr gesprochen.

In der folgenden Woche arbeiteten wir viel. Wir renovierten den Raum komplett fertig. Ich bekam Lehrstunden im Tapezieren und Streichen. Anschließend machten wir uns in der alten Waschküche zu schaffen, wo Achim inzwischen neue Leitungen und Rohre gelegt hatte. Gemeinsam verputzen wir die kahlen Wände und im Nu war wieder

Sonntag. Ich vermied es, noch einmal mit dem Rad wegzufahren oder überhaupt den Hof zu verlassen, stattdessen werkelte ich mit Anne im großen Obstgarten. Es gab Apfel-, Zwetschgen- und Kirschbäume. Achim hatte im Frühling angefangen, sie zu schneiden, aber er war bislang nicht fertig geworden. Teilweise waren die Bäume arg verwildert, dennoch trugen sie unzählige Blüten.

Anne erzählte, dass sie Baumscheiben anlegen wolle, und zeigte mir, wie genau sie das meinte mit dem kreisrunden Aushub rund um den Stamm. Auf diese Baumscheibe sollte dann Pferdemist als Dünger.

„Achim ist ab morgen wieder arbeiten, also wäre das eine Sache, die du machen könntest, damit du dir nicht nutzlos vorkommst", meinte Anne dann vorsichtig. „Aber nicht, dass du denkst ..."

„Nein, ich bin froh, wenn ich was tun kann, während ihr arbeiten seid. Und diese Baumscheiben anzulegen kann nicht so schwer sein, dass ich etwas falsch mache."

„Falk!", rügte sie und schaute mich kopfschüttelnd an. „Du elender Schwarzmaler!" Sie stupste mir mit ihrem Finger auf die Nase und lächelte verschmitzt.

Mir war urplötzlich, als würde man in mir drin eine Wunderkerze zünden.

Zum späten Mittagessen gab es Kaiserschmarrn, der grandios schmeckte. Zwetschgenkompott aus der letztjährigen Obsternte mit Vanillesoße war der Nachtisch. Wir schlemmten und saßen lange zusammen. Achim erzählte, was er in der kommenden Woche nach Feierabend noch vorhatte, dass er die Küche verputzen würde, einen Boden einziehen und diesen dann fliesen wolle. Anne zog die Augenbraue hoch und murmelte etwas von Workaholic, was er lachend abtat. Sie schaute mich an, als wolle sie meine Unterstützung und in mir zündete die nächste Wunderkerze, wie sie mich so anschaute. Was wollte sie jetzt von mir hören? Ich konnte Achim doch nicht in den Rücken fallen und ... ihr aber doch auch nicht?

„Ich helfe dir, wo ich kann", bestätigte ich möglichst neutral. Das gab keinem einen Hieb in den Rücken.

Achim grinste und nickte. „Bist auch ein Workaholic oder ists dein total falsches schlechtes Gewissen uns gegenüber?", fragte Achim.

Peng, da war er, der Hieb und er ging an mich, traf mich und tat weh.

„Vielleicht beides", hauchte ich mühevoll und schluckte den Kloß im Hals hinunter.

Achim stand langsam auf und verharrte neben mir. „Tschuldigung, ich wollte dir nichts Böses", raunte er leise in mein Ohr und klopfte mir aufmunternd auf die Schulter. „Ich dreh eine Runde mit der Fee. Bis nachher!"

„Tut mir leid, dass ich dich in so eine blöde Situation gebracht habe", entschuldigte sich Anne nun auch.

„Quatsch, der Blöde bin ich, die Situation war okay."

„Falk ..." Sie seufzte und stand auf, strubbelte mir durch die Haare, dass in mir wieder alles pikste. „Du musst endlich von der Meinung loskommen, dass du der Obertrottel bist. Hier auf diesem Hof ist jeder ein Trottel, jeder auf seine Weise. Siehste ja, erst ramm ich dich in eine blöde Situation, dann schlägt Achim mit nem blöden Kommentar eine Kerbe bei dir ... vergiss einfach, dass du eine andere Vergangenheit hast als wir."

Ich nickte und wollte es mir hinter die Ohren schreiben.

Gemeinsam wuschen wir ab, immer noch in einer Plastikschüssel, aber in wenigen Wochen sollte die richtige Küche fertig sein.

„Magst du mit mir ausreiten?", fragte Anne, als wir den letzten Teller abtrockneten, aber ich schüttelte sofort den Kopf.

„Wegen mir nicht oder wegen dem Reiten nicht?"

„Wegen ... dem Reiten, ich saß noch nie auf einem Pferd."

„Na, dann wird es Zeit."

„Nee, lass mal, ich geh misten, das ist sinnvoller, als mir das Reiten beizubringen."

„Kein Interesse?"

„Nee."

„Oder keinen Mut?"

Ich stöhnte. „Ja, den wohl auch nicht."

„Sorry, war ich wieder etwas vorlaut", meinte Anne und blickte mich entschuldigend an, doch dann grinste sie und legte ihren Arm um mich, zog mich hinaus.

„Wenn dir zum Reiten der Mut fehlt, vielleicht magst du Zirkuslektionen?"

„Was? Ich soll mich zum Affen machen?"

„Nee, höchstens zum Clown", lachte Anne und zog mich - immer noch

92

mit ihrem Arm um meinen Nacken - zur Sattelkammer.

Mir war das unangenehm und ich wand mich eindeutig aus dieser Umarmung. Achim war zwar nicht auf dem Hof und es war von Anne bestimmt nicht zweideutig gemeint, aber ich wollte das nicht. Bei meinem Glück würde Achim das in den falschen Hals bekommen und das musste ich unbedingt vermeiden. Ich war so froh, dass alles wieder im Lot war.

Anne schnitzelte Äpfel und steckte sie in einen Umhängebeutel, nahm eines dieser Halffer und einen Strick; so zogen wir los.

„Wir nehmen Nele, die kann's am besten, ist ein gutes Lehrpferd", sagte Anne und blieb am Tor stehen, reichte mir das Halffer.

„Jaja, schon klar, Test 1: Finde das richtige Pferd", meinte ich.

Anne guckte verstört.

„Hey, das war ein Witz", fügte ich hinzu und sie brauchte einen Moment, dann nickte sie und lächelte scheu. „Das ist ungewohnt, aber ein guter Start." Sie streckte mir den erhobenen Daumen entgegen.

Wenig später kam ich zum Tor zurück. „So, das richtige Pferd", grinste ich sie an. „Und das Halffer ist auch richtig herum angezogen."

„Half-ter", sagte sie leise und lächelte. „Keine falschen Gedanken, kann jedem passieren, dass er ein falsches Wort aufschnappt. Gut, also los, komm mit auf den Platz."

Half-ter, ich sagte es mir innerlich mehrmals vor und seufzte. Ob andere auch so verpeilt waren wie ich?

Anne ließ Nele erst einmal auf dem Platz frei laufen. Die Stute zog im Schritt ihre Runden und wendete, wenn Anne per Körpersprache darum bat. Dann gab es Übungen am Pferd: seitwärts gehen, rückwärts, Drehungen. Es sah toll aus, wie die beiden zusammen arbeiteten, ganz ohne Strick. Kunststücke wie Verbeugung, Beine kreuzen und Hinknien zeigten mir die zwei und dann war ich an der Reihe. Nele sollte wieder frei auf dem Reitplatz laufen und dieses Mal war ich es, der das Wenden herbeiführen sollte. Anne zeigte mir, wie das ging, korrigierte meine Fehler. Wir machten der Reihe nach die gleichen Übungen wie zuvor. Vieles klappte auf Anhieb, bei einigen Dingen musste Anne mir helfen.

Am Ende der letzten Übung nickte sie mir zu. „Das war doch toll!", meinte sie.

Ich zuckte unschlüssig mit den Schultern.

„Nicht so dein Ding?", fragte sie.

„Doch, macht Spaß, aber so besonders toll finde ich das jetzt nicht, was ich gemacht habe, denn du hast mir fast jeden Handgriff, jede Bewegung erklären müssen."

„Ja, aber du hast es gut umgesetzt. Das ist nicht immer so einfach, wie es aussieht."

„Okay." Ich nickte. „Wenn du meinst, dass ich meine Sache gut gemacht habe ..."

Wir brachten Nele zurück auf die Wiese und als Anne ohne Pferd das Tor durchschritt, blieb ich grübelnd stehen. Wollte sie nicht reiten?

„Was ist?", fragte sie verwundert und ich stellte ihr meine Frage.

„Ja, später, erst die Arbeit, dann das Vergnügen.

Ich schüttelte den Kopf. „Lass doch, ich kann alleine misten. Reite, ist doch Wochenende."

„Für dich ist genauso Wochenende! Du bist kein Sklave, sondern ein ..."

„Sanierungsmitarbeiter, na und? Lass mich doch die Ställe machen. Ansonsten würde ich jetzt mit den Baumscheiben anfangen, wäre dir das lieber? Ist das sinnvoller?" Meine Stimme zeigte meine Unsicherheit, obwohl ich mir Mühe gab, es zu verbergen.

„Hast du nichts, was du jetzt gerne tun würdest?" Anne schaute mich zweifelnd an.

„Nein, nichts. Ich bin zum Arbeiten hier und es gibt keine sinnlose Beschäftigung, die ich jetzt gerne machen würde."

„Sinnlose Beschäftigung?" Sie runzelte die Stirn.

„Ich will kein Buch lesen oder faulenzen."

Sie seufzte. „Gut, dann geh misten, das wäre wirklich fantastisch."

Ihr Blick war ein dickes Dankeschön und wir trennten uns. Sie ging über die Weide, holte sich ein Pferd. Ich ging in den Stall, holte diesen Mistboy. Während der Arbeit kreisten meine Gedanken um Anne. Dieses Prickeln, das sie mir bescherte, machte mir Angst. Ich mochte sie gerne. Sie war sehr nett, absolut lieb. Außerdem war sie unheimlich hübsch. Bisher hatte ich noch keine Freundin gehabt, wie auch, als kinderquälendes Ekel. Zum einen hatte ich kein Interesse an einer Freundin gehabt, zum anderen hätte mich wohl keine gewollt. Bei Anne war es jetzt das erste Mal, dass ich sozusagen ‚Gefühle' entwickelte. Aber die waren falsch. Sie war mit Achim verheiratet und außerdem war sie 10 Jahre älter. Und eigentlich sollte ich ihre liebe Art nicht missverstehen.

Sie versuchte, mich aufzumuntern, mir Sicherheit zu geben. Mehr war nicht. Schluss! Aus! Keine Gedanken mehr. Das war nicht mein Terrain!

Irgendwann hörte ich Hufgetrappel und wusste, dass Anne zurück war. Später hörte ich den Motor der Achtziger, also waren wir wieder vollzählig.

Pferde, Kühe, Schafe und Ziegen hatte ich nun fertig, die Hühner auch. Blieben mir noch die Nager. Als ich jedoch in deren Gehege ging, sah ich, dass hier schon jemand sauber gemacht hatte.

Mich trieb es auf die Obstwiese, ich hatte das Gefühl, dass ich Achim dort finden würde - genau richtig! Er war mit dem weiteren Baumschnitt beschäftigt.

„Wenn du mir die Äste markierst, die abgeschnitten werden müssen, kann ich sie morgen herausschneiden", bot ich an und Achim stutzte.

„Ich meine, wenn das okay wäre. Anne erzählte, dass es höchste Zeit zum Schneiden sei, du aber verständlicherweise nicht nachkommst bei den vielen Bäumen."

„Na ja, die Bäume sind nicht das Wichtigste auf dem Hof, aber je besser sie beschnitten sind, desto mehr Früchte tragen sie. Wir wollen einen kleinen Hofladen eröffnen. Obst, Saft, Kompott und Marmelade verkaufen, da ist eine ertragreiche Ernte von Vorteil." Er schaute in die Krone des niedrigen Kirschbaumes und erklärte mir die Grundzüge des Auslichtens. Das hörte sich gar nicht so schwierig an und beim nächsten Baum zeigte ich ihm dann, was ich gelernt hatte, deutete auf die entsprechenden Zweige und er nickte alles ab. Wir markierten die Zweige und knipsten die dünnen mit der großen Astschere heraus. Die dickeren konnte ich morgen absägen. Achim holte aus seiner Tasche eine Tube mit einer Paste, die auf die frischen Narben des Baumes gestrichen werden musste. Sie war braun und gummiartig.

Die kommende Woche verging wie im Flug. Wenn ich alleine war, schnitt ich die Bäume und arbeitete an den Baumscheiben. Sobald Achim zu Hause war, werkelten wir gemeinsam im Haus. Nach dem Abendessen fiel ich dann meist total erschöpft ins Bett. Das Stechen in der Schulter und das Brennen im linken Arm konnten mich nicht am schnellen Einschlafen hindern. Lediglich wenn ich mich nachts drehte, riss mich der kurze Schmerz der Schulter aus dem Schlaf, aber lange hielt mich das nicht wach und ich fiel wieder in ein tiefes traumloses Loch.

Am Ende der Woche hatte ich alle Bäume beschnitten und alle Baumscheiben angelegt. Die Arbeit war von Tag zu Tag mühsamer geworden, da sowohl meine lädierte Schulter als auch der linke Unterarm nicht in dem Maße geschont werden konnten, wie ich es hätte tun sollen. Ich musste viel über Kopf arbeiten und ständig fest zupacken. Oft musste ich zwischendurch eine Pause einlegen, weil der Arm brannte und mir das Werkzeug aus der Hand fiel. Ich massierte den Arm vorsichtig und kühlte zwischendurch immer wieder. Doch lange Pausen konnte ich nicht machen, wenn nicht auffallen sollte, dass ich lädiert war. Wenigstens der Riss am rechten Arm war inzwischen sehr gut verheilt und machte mir keine Schwierigkeiten mehr.

Im Haus waren wir in der unteren Etage nun so weit gekommen, dass vorerst nur abzuwarten blieb, dass der Putz trocknete. Achim war der geborene Handwerker und er verstand es, einem ‚Fachfremden' die Dinge zu erklären. Ich hatte eine ganze Menge von ihm gelernt und konnte ihm gut zur Hand gehen.

Wenn der Putz in der Küche in ein paar Wochen trocken sein würde, konnten wir sie dann komplett fertigstellen, inklusive Einbau der Einrichtung. Anne freute sich schon und hatte in Katalogen nachgeschaut, welche Küchenmöbel sie haben wollte. Sie hatte sich die günstigsten Möbel zusammengestellt und wollte die weißen Fronten mithilfe einer Schablone farbig besprühen. Wir waren überzeugt, das würde gut aussehen. Nur die Türgriffe aus dem Prospekt gefielen ihr nicht und waren zu teuer. Sie wollte sie zunächst weglassen und sich anderweitig orientieren.

Da wir in der unteren Etage nichts tun konnten, hatte Achim für nächste Woche geplant, das Laminat oben im Wohnzimmer zu verlegen. So fuhren wir am Samstag zum Baumarkt.

Ein älterer Herr holte uns eine Palette mit einem Gabelstapler von den hohen Regalen herunter und wir luden ein Paket nach dem anderen auf unsere flachen Einkaufswagen. An der Kasse stand eine Schlange. In dem Baumarkt steppte wirklich der Bär.

„Tschuldigung? Dürfen wir mal durch?", fragte eine Männerstimme von links.

„Ja klar." Ich blickte in die Richtung, sah die langen Dachlatten, die er auf seinen flachen Wagen geladen hatte und musste grinsen. Diese Flachwagen waren wirklich blöd zu lenken. Und mit so langen Latten war man sowieso das absolute Verkehrshindernis. Ich zog meinen Wagen zurück, damit er vorbei konnte. Er bedankte sich. Sein Sohn folgte ihm, mit zwei Lampen in der Hand. Während er an mir vorbeiging, starrte er mich an. Mir gefror das Blut in den Adern. Ich wusste seinen Namen nicht, aber ich kannte ihn. Und er kannte mich. Sein Blick durchbohrte mich, war eine stumme Anklage.

„Tüt-tüüüt", hörte ich Achim hinter mir lachend und sah nach vorne. Ich musste aufschieben, um in der Schlange zu bleiben. Der Blick des Jungen ging mir nicht aus dem Kopf.

Achim zahlte und wir luden Paket für Paket in die Sissi ein. Dann mussten wir noch die Einkaufswagen zurückbringen.

Achim deutete noch einmal auf die Eingangstür. „Mir fällt gerade ein, lass uns doch hier mal nach Holzgriffen für die Schranktüren der Küche schauen", meinte er und gemeinsam gingen wir erneut hinein. Die Griffe waren hier durchweg günstig, aber sie passten nicht annähernd zu den Fronten der Küche.

„Wenn es meine Küche wäre, würde ich ein Aststück nehmen, bisschen bearbeiten, lackieren, und eine lange Schraube durchbohren", sagte ich und strich über einen kleinen Holzknauf, der nicht einmal besonders gefräst war und vier Euro kosten sollte.

„Das ist DIE Idee!" Achim schlug mir mit der Hand erfreut auf die Schulter und ich ging fast in die Knie, weil es die lädierte war. Sofort entschuldigte er sich, doch ich wiegelte ab und sagte ihm, dass es nicht an ihm gelegen war, sondern, dass die Schulter nicht ganz fit sei.

Im nächsten Moment bereute ich diese Aussage, denn er hakte sofort nach. Nun konnte ich ihn schlecht abwimmeln, aber ich versuchte, die Sache entsprechend herunterzuspielen und versicherte, dass es bestimmt morgen wieder gut sei.

Achim nickte, aber einen Tick zu langsam, als dass ich ihm glauben konnte, ihn überzeugt zu haben.

Auf dem Rückweg tat es mir leid, dass ich ihn beschummelt hatte, aber wir steckten mitten in der Sanierung! Ich konnte doch jetzt nicht nur noch leichte Tätigkeiten verrichten und mich schonen, nur weil die Schulter nicht besser wurde?

In der Nacht wurde ich wach, weil ich das Gesicht des Jungen vor Augen hatte. Jonas hieß er. Jetzt erinnerte ich mich an seinen Namen. Völlig spontan war er mir eingefallen. Ich kannte Jonas nicht näher, aber aus vergangenen Tagen war eine Jungenstimme in meine Ohren gedrungen: „Jonas, komm schnell, der Bus ist da! Jonas!", hörte ich. Aber Jonas kam nicht. Er wurde aufgehalten und mit einem heftigen Tritt in die Nieren niedergestreckt. Nach einer kurzen Rangelei, bei der der Kleine definitiv nicht den Hauch einer Chance hatte, lief er Richtung Bus, ohne Jacke ... und auf Socken. Seine nagelneue Jacke und die schicken Adidas-Turnschuhe hatten soeben den Besitzer gewechselt und sie wechselten ihren Besitzer innerhalb der nächsten paar Tage noch einmal, übers Internet.

Ich war so ein Schwein gewesen. Wie viele Klamotten hatte ich im Netz versteigert, wie viel Geld hatte ich bekommen über diese schäbigen Geschäfte. Mich überkam Ekel und Wut stieg in mir hoch. Ich hasste mich in diesem Moment.

Lange lag ich wach und vernahm, dass es anfing zu regnen. Ich horchte auf das bekannte Klatschen auf dem Dach und die Geräusche schläferten mich irgendwann ein.

Am Sonntag goss es beim Aufstehen immer noch in Strömen. Nach einem langen Frühstück, bei dem ich wie üblich kaum redete, sondern nur der Tagesplanung von Anne und Achim zuhörte, versorgten wir zu dritt die Tiere und waren zügig fertig. Eine Zeit lang hockte ich auf meinem Zimmer, aber mir fiel wörtlich die Decke auf den Kopf. Ich musste raus, nach draußen, etwas tun, mich beschäftigen, aber womit?

Immer wieder hatte ich Jonas' Blick aus dem Baumarkt vor Augen. Ich musste diese Gedanken loswerden.

Was konnte ich tun? Das Wetter war scheußlich und ich hatte nach der letzten Peinlichkeit mit dem Rad definitiv keine Lust, mich vom Hof zu entfernen. Wohin auch, im Regen. Als ich mein Zimmer verließ, stieß ich auf Achim, der im halb fertigen Wohnzimmer am Laptop saß. Er blickte auf und lächelte. Ich nickte und ging hinunter. Meinetwegen hätten wir heute anfangen können, das Laminat zu verlegen, aber ich drängelte Achim nicht. Er schuftete wie ein Tier bis spät in die Nacht, jeden Tag, aber der Sonntag war frei. Achim leistete wirklich Beachtliches. Anne konnte stolz auf ihren Mann sein.

Ich stand vor der Küche. Nicht mehr lange und dieser leere Raum würde seinem eigentlichen Zweck dienen. Ich stellte mir Annes liebevoll besprühte Fronten vor mit den gelben und grünen Ecken. Das sah bestimmt wunderbar aus. Türknöpfe! DIE konnte ich anfangen zu schnitzen! Wo geeignetes Holz lag, das ich dafür nutzen konnte, wusste ich. Und in Achims Werkstatt gab es bestimmt die nötigen Utensilien.

Flink huschte ich durch den Regen in die Werkstatt, schaute mich um, fand, was ich suchte und holte mir ein paar passende Holzstücke, begann zu werkeln. Ich hatte eine genaue Vorstellung, wie die Knöpfe aussehen sollten und das Holzstück bekam immer mehr die richtige Form. Ich hobelte, feilte, schnitzte und dann war er fertig: der erste Türknopf. Grinsend begutachtete ich ihn - perfekt! Ich legte ihn zur Seite und begann mit dem zweiten.

Irgendwann hörte ich meinen Namen. Erschrocken packte ich die Sachen wieder zurück an ihren Ort, flitzte über den Hof. Die Zeit bis zum Mittagessen war einfach davongelaufen.

Weder Achim noch Anne fragten, wo ich gewesen war, was ich gemacht hatte und das fand ich sehr angenehm. Nach dem Essen half ich beim Abwasch, und verkrümelte mich dann wieder in die Werkstatt, bastelte an meinen nächsten Knöpfen.

Bis zum Abendessen hatte ich schon einige fertig. Die Jahre in der Schreinerei hatten meine Fertigkeiten geschult - Holz war mein Material und die Bearbeitung ging mir locker und leicht von der Hand. Mit jedem Knopf wurde ich schneller und routinierter.

Montag war das krasse Gegenteil von Sonntag: 25 Grad und super sonnig. Anne grummelte etwas von „Murphy" und „typisch zum Wochenbeginn tolles Wetter", machte sich fertig für die Arbeit und dann war ich allein. Achim war schon lange mit seiner Fee weg. Er fuhr immer mit der 80er zur Arbeit. Ein zweites Auto hatten sie nicht und die Busverbindung war dürftig.

Ich machte noch weitere Knöpfe für die Küche fertig. Schätzte, wie viele man benötigte: Oberschränke, Unterschränke, Schubladen ... vielleicht 25 Stück? Oder 30?

Als Anne zurück war, half ich ihr beim Misten, und später schleppte ich mit Achim die wenigen Möbel, die im Wohnzimmer standen in den frisch gefliesten Raum, rechts vom Eingang.

Danach folgten ein paar der unzähligen Umzugskartons, die wir ebenfalls dort hinein stapelten, bis Anne uns zum Essen rief.

Der Duft von gegrilltem Fleisch waberte durch den Innenhof und zog mir vor Hunger den Magen zusammen. Der Grillrost auf der Terrasse war nicht nur mit Fleisch bestückt, Anne hatte ihn zusätzlich mit appetitlichem Gemüse belegt: Zucchini, Auberginen, Mais, Paprika, Pilze. Ich konnte mich gar nicht entscheiden, welche Leckerei ich zuerst verspeisen wollte.

Auf meinem Platz lag ein Umschlag an meinen Namen adressiert: Falk Selbach. Und als ich ihn umdrehte, fand ich als Absender Dr. Schindelwick, allerdings mit einer anderen Adresse als die des Gefängnisses. Vielleicht seine private Anschrift? Jedenfalls schlug mein Puls direkt schmerzhaft im Hals und ich war froh, dass ich vom Arbeiten schon schwitzte, denn ich merkte, wie die Panik in mir aufstieg und mit ihr der Angstschweiß ausbrach. Einerseits wollte ich den Brief alleine lesen, andererseits war ich zu neugierig, um länger zu warten. Aber ich konnte ihn doch nicht vor Anne und Achim aufreißen? Ich wusste ja nicht, was drin stand? Sicherlich nichts Gutes. Ermahnungen vielleicht, weil ich nicht so mitmachte, wie man sich das vorgestellt hatte. Oder hatte mich der Junge aus dem Baumarkt nachträglich angezeigt und es wartete ein neuer Gerichtstermin auf mich? Wurde ich wieder eingebuchtet? Ich musste laut hörbar schlucken, um den dicken Kloß im Hals zu bekämpfen. Vor Scham wurde mir noch heißer. Bestimmt hatte ich Schweißperlen auf der Stirn.

„Soll ich ihn für dich aufmachen und schauen, wie die Nachrichten sind?", fragte Anne vorsichtig, doch ich fühlte mich trotzdem bedrängt, sprang auf und hastete um die nächste Ecke. Nun kam auch das übliche Summen in den Ohren, der Tunnelblick. Ich wurde wütend, weil ich mich nicht beherrschen konnte, sondern ich beherrscht wurde, von dieser sinnlosen Panik. Obwohl, war sie wirklich sinnlos?

Das Atmen fiel mir schwer und ich hatte das Gefühl, dass sogar meine Wimpern schweißnass waren. Keuchend setzte ich mich auf den Boden, aber es wurde nicht besser. So legte ich mich dann auf den Rücken, stellte die Beine auf und atmete tief und ruhig - versuchte es, ganz konzentriert. Das half ein wenig, aber sofort kamen mir die Gedanken, was sie auf der Terrasse über mich denken mochten? Ich war einfach wortlos abgehauen. Würden sie mir folgen? Was, wenn sie mich so sehen

100

würden? Oder war es eben genau das? Hatte Achim geschrieben, dass ich nicht belastbar war? Hatte er etwas über meine Schulter geschrieben? Ich hatte so gehofft, er hätte es wieder vergessen. Ich ließ mir doch wirklich nichts anmerken. Hatte er von meiner Irrfahrt mit dem Fahrrad berichtet? Oder davon dass ich mir direkt zu Anfang beim Sturz mit der Schubkarre den Arm so blöde aufgerissen hatte?

Reißen, genau, den Brief musste ich jetzt aufreißen und mich zusammenreißen!

Hallo Falk,
ich hoffe, du hast dich gut eingelebt? Ich wünsche es dir jedenfalls. Ganz bewusst habe ich mich nicht über dich erkundigt. Das ‚Hinterherschnüffeln' in den ersten Wochen finde ich nicht gerade vertrauensfördernd.
Dieser Brief ist auch kein Spionagewerk, sondern lediglich die Mitteilung von Georgs neuer Anschrift. Er bat darum, sie dir zu geben, falls du Kontakt zu ihm aufnehmen möchtest. Ich soll aber dazu sagen, dass du dich nicht gezwungen fühlen sollst, dich bei ihm zu melden.

Darunter stand die Adresse von Georg, noch ein lieber Gruß von Dr. Schindelwick, das war es. Wie in Trance drehte ich den Brief um, las ihn noch dreimal.

Ich faltete ihn wieder zusammen, rappelte mich auf, blieb einen Moment im Schneidersitz sitzen, musste erst wieder etwas Vertrauen in meinen Kreislauf bekommen.

Schließlich ging ich zum Grill zurück, Anne zwinkerte mir lieb zu, Achim wendete gerade das Fleisch.

„Tut mir leid, dass ich weggerannt bin", flüsterte ich. Lauter konnte ich diese Peinlichkeit nicht aussprechen.

„Ist doch okay." Anne tat es ab und bot mir von dem Gemüse an. Appetit hatte ich jetzt keinen mehr, aber ich wollte nicht auffallen.

Ich verdrängte die Gedanken an den Brief und den Jungen aus dem Baumarkt erfolgreich, bis ich im Bett lag. Was, wenn Jonas mich anzeigen würde? Eigentlich gefiel es mir hier ganz gut. Wahrscheinlich war genau das mein Problem, dass ich etwas hatte, wo ich gerne bleiben wollte. Es kam mir vor, als hielt ich mich mit beiden Armen an diesem Hofleben fest, obwohl man mir bereits an den Beinen zog. Irgendwann würde ich hier nicht mehr gebraucht. Mein Auszugstermin stand bereits fest: nach Abschluss der Sanierungsarbeiten. Wahrscheinlich noch vor dem Winter. Ich blickte aus meinem Fenster in den Sternenhimmel. Was dann? Eine große Leere machte sich in mir breit. Gefühlte fünf Minuten später schellte der Wecker.

Beim Frühstück fragte ich Achim, wohin ich die weiteren Kartons stapeln konnte und er bestimmte, dass sie ebenfalls in dem renovierten Raum gelagert werden sollten. Dann bimmelte das Telefon und es kam alles anders: Anne, die eigentlich Spätdienst hatte, musste für eine kranke Kollegin einspringen. Sissi brauchte zehn Minuten, bis sie endlich mitspielte und da Anne jetzt Doppelschicht hatte, machte ich mich erstmal ans Misten, nachdem alle ausgeflogen waren. Kartons schleppen konnte ich danach immer noch.

Zur Mittagszeit kam Anne hereingehuscht, brachte für uns beide einen Imbiss vom Chinesen mit.

„Marianne ist noch die ganze Woche krank", murrte sie und stöhnte.

„Ich kann die Woche misten, ist kein Problem, dann hast du nicht so viel zu tun auf dem Hof", meinte ich. „Und ich kann mich auch selber verpflegen, mir eine Kleinigkeit kochen", fuhr ich fort.

„Falk, das wäre wirklich klasse. Wenn du misten würdest, wäre es spitze. Aber kochen brauchst du nicht. Nicht, weil ich es dir nicht zutrauen würde. Ich werde heute Abend etwas vorkochen."

Das war mir Recht, so konnte ich mich wenigstens nicht mit meinen ersten Kochversuchen auf die Nase legen.

Am Nachmittag schleppte ich einige Kartons die steile Stiege hinunter, bis Achim später mithalf. Die meisten Kartons waren ziemlich schwer. Mein Arm brannte, die Schulter stach, aber da musste ich jetzt durch. Noch 13 Kartons zählte ich im Wohnzimmer, dann war der Raum komplett leergeräumt und wir konnten heute noch anfangen, das Laminat zu verlegen. Das würde dann Schonung für meinen lädierten Körper bedeuten.

Plötzlich hörte ich ein Rumpeln, Klappern und Schreie. Mir standen alle Haare zu Berge und ich konnte kaum atmen. Achim war die Stiege runter gefallen, das war mir sofort klar. Dass er noch schrie, zeigte, dass er bei Bewusstsein war - welch Glück. Ich eilte sofort zu ihm. Er lag verkeilt zwischen der Stiege und dem Karton und bat jammernd, den Karton wegzuheben.

Als ich ihn davon befreit hatte, fasste er sich mit schmerzverzerrtem Gesicht an seinen Arm.

„Ich ruf einen Krankenwagen", meinte ich und stöhnend stimmte Achim zu. 15 Minuten später hörten wir den Sanitäter in den Hof einfahren. Nach einer kurzen Untersuchung des Notarztes nahmen sie ihn mit. Ich durfte nicht mitfahren, aber Achim versprach, sich auf dem Festnetz-Telefon bei mir zu melden.

Nervös schlich ich ums Telefon und es dauerte sehr lange, bis es klingelte. Die Diagnose war ernüchternd: Achim hatte einen doppelten Unterarmbruch.

Wenigstens waren es keine komplizierten Brüche, er musste nicht operiert werden. Mit Anne hatte er zuvor bereits telefoniert, dass sie ihn später abholen würde. Als Sissi zu hören war, ging ich hinaus. Achim stieg als Beifahrer aus. Der Arm war eingegipst und wenn alles gut ging, würde der Gips in sechs Wochen runterkommen, berichtete er.

„Sechs Wochen", stöhnte Anne.

„Ich hätt's gern anders gewollt", seufzte Achim.

„Was meinst du damit?" Anne blickte ihn verwirrt an.

„Hm, weiß nicht ... dass es nur was Leichtes ist, kein Bruch, ach was weiß ich, der Satz war einfach Scheiße, weil alles Scheiße ist!"

„Scht, alles gut ... Das wird schon. Es geht weiter, immer. Irgendwie", versuchte Anne, ihm Mut zu machen. Aber ich wusste, nicht nur ihm, sondern auch sich selbst. Ob Achim wusste, wie sehr sie selbst zweifelte? Aber eigentlich sollte man doch seine Frau gut genug kennen, um das zu merken.

Am nächsten Tag verlegten wir im Wohnzimmer oben das Laminat. Achim zeigte mir, worauf es ankam, half mit seinem einem Arm mit, so gut es ging und es klappte. Langsam kamen wir voran, aber immerhin - es ging vorwärts.

„Ein wahrer Segen, dass Matthias dich zu uns vermittelt hat", meinte Achim dann morgens um halb zwei, als wir schließlich fertig waren und in der Pseudoküche saßen, einen Happen aßen, bevor wie ins Bett gehen wollten. Anne schlief längst.

„Woher kennt ihr Dr. Schindelwick eigentlich?", fragte ich, denn mir war das Gespräch unangenehm. Wieso sollte ich ein Segen sein? Jeder andere hätte ebenso gut unter Achims Anweisungen arbeiten können.

„Er ist der Bruder von Annes Ex-Mann", antwortete Achim und nahm noch Tee nach.

„Oh." Ich stockte und mir wurde heiß, weil ich soeben in ein ganz dickes Fettnäpfchen getreten war! Ich konnte doch nicht Achim, Annes jetzigen Mann, nach so etwas fragen!

„Das ist ein unschöner Kontakt", fügte ich leise hinzu. „Tut mir leid, dass ich das angesprochen habe". Am liebsten wäre ich im Erdboden versunken. Wieso machte ich schon wieder solch einen Fehler? Hätte ich doch besser meinen Mund gehalten, als so eine blöde Frage zu stellen. Konnte mir doch egal sein, woher sie Dr. Schindelwick kannten.

„Ach, du, das ist ein ganz netter Kontakt", fuhr Achim gelassen fort. „Matthias ist spitze, was man von Michael nur auf den ersten Blick sagen kann", seufzte er. „Anne ist leider auf den falschen Charme reingefallen und hat sich völlig um den Finger wickeln lassen, so was passiert unerfahrenen, jungen, schwer verliebten Mädchen leider."

„Wie lange seid ihr denn schon zusammen?", hörte ich mich fragen und biss mir auf die Lippe. Ich Tölpel! Nicht jeder Gedanke durfte ausgesprochen werden! „Tut mir leid", fügte ich hinzu und stand auf. „Ich will nicht schnüffeln. Gute Nacht."

„Setz dich wieder, du hast noch nicht aufgegessen", meinte Achim lächelnd, deutete auf das verbliebene Stück Kuchen und meine halb leere Teetasse. Ich setzte mich artig wieder hin und merkte, wie mir die Hitze ins Gesicht stieg, weil mir das alles peinlich und unangenehm war. Meine Beine wollten weglaufen, weit weg, nie mehr wiederkommen.

„Wir sind kein Paar, wir sind Geschwister", erklärte Achim.

Ich sah ihn an wie ein einziges Fragezeichen. „Anne ist deine große Schwester?" Ich wusste gar nicht, was ich sagen oder denken sollte, so überrumpelte mich diese Aussage. Die zwei sahen sich doch gar nicht ähnlich? Oder doch? Wenn man genauer hinschaute ... ja, doch, es gab Ähnlichkeiten ... warum war mir das nicht eher aufgefallen? Weil es für mich unvorstellbar war, dass erwachsene Geschwister zusammen wohnen? Jetzt begriff ich auch, warum jeder ein eigenes Zimmer mit einem eigenen Bett hatte. Bisher hatte ich das zwar zur Kenntnis genommen, aber zwischen dem Sehen und dem Begreifen war diese Sache dann verschüttet gegangen in meinem Hohlkopf. Ich war wirklich ein Idiot.

„Wie alt schätzt du Anne?"

„Oje. Keine Ahnung."

„Du hast doch eine Vermutung, wenn du sagst, sie sei meine große Schwester, also wie alt schätzt du mich?"

Das konnte nur nach hinten losgehen. Ich würde mich bis auf die Knochen blamieren. Im Alter-Schätzen war ich eine Niete.

„Rücks raus", lachte Achim. „Es bleibt unter uns", flüsterte er verschwörerisch hinzu.

„Also dich schätz ich auf 28 und Anne auf - hm - 30?" Er hatte mich gezwungen, was sollte ich tun?

„Anne sieht schlecht aus, was?"

„Wieso? Nein, ich find sie nicht hässlich."

„Geht nicht um hässlich, geht um schlecht. Der ganze Nervenkrieg hat ihr arg zugesetzt. Bis so eine Scheidung durch ist, das ist ziemlicher Terror und vorher war ihre Ehe die Hölle. Das hat schon ziemlich schnell nach der Hochzeit angefangen, mit kleinen Sticheleien von Michael im Alltag. Mal hier, mal dort, immer ein imaginärer Hieb, bis er dann allmählich immer mehr den Macho raushängen ließ. Und als wir dann geerbt haben, hat er die Scheidung kurz darauf eingereicht und die Hälfte von Annes Erbteil einkassiert. Ehevertrag gab es nicht und sein Anwalt war mit allen Wassern gewaschen, hat alles zu Michaels Vorteil gewälzt und Anne so richtig durch den Kakao gezogen." Er schaute mich an. „Aber wage nicht, ein Sterbenswörtchen ihr gegenüber zu sagen!"

„N-nein, nein - nie", stotterte ich.

„Zur Auflösung: Mein Alter hast du genau richtig geschätzt. Anne ist erst 25." Achim stand auf und räumte seinen Teller weg.

Seine Aussage war wie ein Schlag in meinen Magen. Mir blieb fast die Luft weg. 25 war Anne? Jetzt hatte ich mich wirklich bis auf die Knochen blamiert. Würde ich ihr jemals wieder unter die Augen treten können, ohne dass mir diese Peinlichkeit das Gehirn verklebte? Schon Achim wollte ich nicht mehr anschauen. Ein Glück, dass er aufgestanden war und mir der Blickkontakt erspart blieb. Es wäre eindeutig besser gewesen, nach meiner Freilassung direkt eine Bank zu überfallen, um dann wieder in den Bau zu wandern. Halt nein, Schwachsinn! Keine weiteren Steuergelder vergeuden! Nein, ich sollte zum See gehen, immer tiefer rein, natürlich mit Klamotten und Schuhen. Es würde nicht lange dauern, bis ich ertrinken würde, weil ich sowieso nur fünf Meter schwimmen konnte. Halt, nein, auch Blödsinn! Ich war doch hier, um für meine Schuld zu arbeiten, um die ansonsten unnützen Steuergelder meiner viereinhalb Jahre Vollpension sinnvoll zu nutzen. Aber war es wirklich sinnvoll, hierzubleiben und ständig nur in Fettnäpfchen zu treten, auf Gefühlen anderer herum zu trampeln? Fehler zu machen? War es nicht besser, diesem ganzen peinlichen Desaster ein Ende zu machen?

„Ist alles okay?", hörte ich plötzlich und zuckte erschrocken zusammen. Achim saß nun neben mir, hielt mich an den Schultern, blickte mich an. „Was ist los mit dir? Ich habe dich schon drei Mal angesprochen, wo warst du?" Seine Stimme klang sehr besorgt.

„Vergiss es", meinte ich nur und stand auf. Manchmal, wenn meine Gedanken mich so gefangen hielten, war ich tatsächlich wie weggetreten. Es war merkwürdig und auch für mich selbst beängstigend.

„Hast du öfter solche Aussetzer?", hakte Achim nach und hielt mich an der Schulter fest.

Ich schloss die Augen. Wo war die Falltür? Wer konnte mich aus diesem Albtraum wecken? Ich wollte hier weg! Weg, weit weg! Am besten direkt weg von meinem Leben. Es war doch alles sinnlos und ätzend! Ich wünschte mir einen endlosen Fall, aber nichts passierte, außer, dass mein Puls wie ein Hammer im Hals schlug und sich überall auf meiner Haut kalter Schweiß bildete. Das Summen in meinen Ohren machte unendlich viel Lärm. Langsam kam der Tunnelblick und ich kämpfte gegen die bevorstehende Ohnmacht. Jetzt bloß nicht zusammenklappen! Nicht auch das noch! Es war doch eh schon alles schlimm genug!

Achims Stimme hallte ganz weit entfernt und ich spürte einen festen Druck an meinen Schultern, spürte etwas in meinem Rücken, eine entfernte Stimme raunte in mein Ohr. Ich stemmte meine Beine in den Boden, nur nicht einknicken! Aufrecht bleiben! Gleich geht das vorbei!

Doch im nächsten Moment ging es abwärts.

Das Gespräch

„Hallo! Falk! Hallo! Komm wieder zurück! Falk!"

Mühsam öffnete ich die Augen, blickte in Achims erschrockenes Gesicht, murmelte ein „Tut mir leid" und schloss die Augen wieder.

„Hiergeblieben! Falk! Hörst du mich? Hey!"

Wieder öffnete ich die Augen, kämpfte, dass sie offen blieben.

„Mensch Kerle, du hast überhaupt keinen Puls!" Seine Finger drückten gegen meinen Hals. Es tat weh, aber ich muckte nicht. Dass mein Puls im Eimer war, konnte ich mir vorstellen, ich fühlte mich wie gelähmt, wie in einem leblosen Körper gefangen, unfähig, mich zu bewegen. Atmete ich überhaupt? Schlug mein Herz noch?

„Das war eine Panikattacke", flüsterte ich schwerfällig. „Nichts Schlimmes, nur Psychoterror. Kopfkino. Tut mir leid."

„Blödsinn, das braucht dir nicht leidzutun. Ich fahr dich jetzt zum Arzt."

„Nein, ist nicht nötig, gib mir einfach fünf Minuten."

„Du bist gerade zusammengebrochen!"

„Nicht das erste und nicht das letzte Mal, ist doch egal." Ich lag vor ihm auf dem Boden, rollte ich mich auf die Seite und war plötzlich total außer Atem. Nein, ich würde noch nicht aufstehen können.

„Ich fahr dich zum Arzt, keine Widerrede."

„Tut mir leid, dass ich so ne Flasche bin. Zu nichts zu gebrauchen. Ich sollte zum See gehen, dann seid ihr mich los, nütze euch sowieso nichts."

„Falk lass das", flüsterte Achim. „Solche Gedanken darfst du nicht haben. Du bist keine Last."

„Natürlich nicht. Jetzt halte ich dich von dem wohlverdienten Schlaf ab, du willst mich zum Arzt bringen, ich weiß gar nicht, wie und ob ich versichert bin, dann müsst ihr noch für mich bezahlen ..."

Er sah mich fragend an. „Wie kommst du darauf? Natürlich bist du krankenversichert. Dein Sozialversicherungsausweis wurde uns mit deinen Daten ausgehändigt. Du bist offiziell angemeldet. Keine bange, das ist alles korrekt geregelt. Deine Versicherungskarte müsstest du selbst irgendwo haben. Und wenn nicht, beantragen wir eine neue."

Allmählich kehrte Leben in meinen Kreislauf zurück. Während ich mich aufrichtete, spürte ich Achims Hilfestellung. Es war so endlos peinlich.

„Hey, ich kann mich nur wiederholen! Du bist hier bei uns auf dem

Hof und wir haben dich gerne hier und wir möchten, dass du bleibst. Ob du es glaubst oder nicht, es gibt wirklich Menschen, die dich mögen. Hämmere dir das mal in deinen kaputten Schädel, sonst hämmere ich dir das ein", meinte Achim mit lieber Stimme und strubbelte mir durch die verschwitzten Haare. „Mensch Falk, ist das der Grund, warum du zusammenklappt bist? Weil du dich gegen dich selbst aufhetzt? Mach dich doch nicht so fertig, das hast du nicht verdient. Egal, wie viele Fehler du gemacht hast, sei dir doch gewiss, dass du mit dem Verlassen des Gefängnisses ein komplett neues Leben anfängst. Eine zweite Chance, in der es keine Vergeltung für die Vergangenheit gibt."

Verzweiflung kam in mir auf, weil ich schon wieder Sorgen machte. Achim musste für seine Schwester der Fels in der Brandung sein und nun auch noch für mich? Alles, aber auch ALLES machte ich falsch!

„Nicht aufgeben, Falk, hey, du musst kämpfen. Dein Körper ist jetzt frei, frei von Schuld. Jetzt sorge dafür, dass dein Inneres frei wird. Lass die beschissene Vergangenheit hinter dir!"

„Wie soll ich jemals frei sein mit dem, was ich getan habe?", flüsterte ich und hatte einen dicken Kloß im Hals, spürte, wie mein Blick sich verschleierte, und konnte meine Tränen nicht zurückhalten.

Wortlos nahm mich Achim in den Arm, drückte mich an sich, strich mir über den Rücken und so sehr ich mich zusammenreißen wollte, so sehr brach es aus mir hervor. Wieder einmal heulte ich wie ein Schlosshund und zuckte, als würde man 1000 Volt durch mich hindurchjagen.

„Ach Falk", flüsterte Achim nach einiger Zeit ganz nah an meinem Ohr. „Lass den Mist hinter dir, fang von vorne an. Wir geben dir so gerne eine Chance, aber du musst auch dir selbst diese Chance geben. Fehler passieren, und man kann keinen davon rückgängig machen, so sehr man es sich auch wünscht. Also, schmeiß diesen sinnlosen Wunsch weg und bau dir eine neue Zukunft auf. Bau sie zusammen mit uns auf."

„Bitte sag Anne nichts davon, dass ich zusammengeklappt bin", bat ich und suchte Blickkontakt zu Achim, indem ich mich aus seiner Umarmung windete.

„Ja klar, sie hat wirklich genug eigene Sorgen, als dass sie unsere Sorgen auch noch braucht." Er zwinkerte mir zu und seufzte. „Versprichst du mir, dass du dich nicht weiter fertigmachst?"

Ich nickte ergeben. „Bitte vergib mir meine Heulerei", flüsterte ich voller Scham.

„Kein Problem. Denk einfach daran, was du kannst! Du hast heute hervorragend das Laminat verlegt. Fast ganz alleine wie ein alter Hase, dabei hast du es vorher noch nie gemacht. Du hast echt ein Talent zum Handwerk. Auch die anderen Dinge der vergangenen Tage. Du hast mir so viel geholfen, bist eine wirklich gute Hilfe. Drei erklärende Worte und du begreifst es. Du bist geschickt, hast ein Händchen für Sanierungsarbeiten. Denk nicht, dass du nichts nützt. Ohne dich würde ich hier verzweifeln mit dem ganzen Kram." Er blickte mich an. „War sicherlich alles ein bisschen viel die vergangene Zeit. Tut mir leid, dass ich nicht früher darüber nachgedacht habe, dass du vielleicht nicht so belastbar bist ... Nein, falsches Wort. Vergiss es einfach, es ist spät. Wir haben viel zu viel gearbeitet. Du hast mit mir einen sehr schlechten Chef, weil ich ein absoluter Workaholic bin und dich da voll mit reinreiße. Dass ich 20 Stunden am Stück abreiße, ist meine Sache, aber dich 20 Stunden am Tag rackern zu lassen, ist unwürdig. Du hast noch viel zu verarbeiten, viele Selbstzweifel und ich bring dich an den körperlichen Zusammenbruch. Das ist unverantwortlich."

Ich schüttelte den Kopf. „Achim ... du erzählst einen Blödsinn ... es ist wirklich viel zu spät. Wahrscheinlich wäre die letzte Viertelstunde völlig anders abgelaufen, wenn wir nicht schon vor Müdigkeit fast im Stehen einschlafen würden." Ich versuchte zu lächeln. „Danke fürs mentale Aufbauen."

„Du bist ein Guter! Wirklich. Und jetzt schlaf gut."

Ich nickte, obwohl ich befürchtete, dass mir in dieser Nacht wieder die Gedanken an Jonas den Schlaf raubten. Aber offensichtlich war ich so übermüdet, dass ich wirklich erst aus einem tiefen Loch gezerrt wurde, als der Wecker um halb sieben klingelte.

Einen Moment blieb ich noch liegen, bewegte mich vorsichtig. Jeder Muskel schmerzte.

In Gedanken sah ich Annes Gesicht vor mir. 25 war sie erst? Die Ärmste. Hoffentlich würde sie wieder ‚fitter‘ aussehen, wenn der Hof renoviert war.

Achims Worte gingen mir durch den Kopf. Wenn ich es mir vorsichtig eingestand, hatte er durchaus Recht. Für handwerkliche Arbeiten hatte ich ein bisschen Talent. Auch wenn das wohl das einzige Positive war, was man in meinen Lebenslauf reinschreiben könnte. Es gab etwas Positives, immerhin.

Aufatmend machte ich mich auf den Weg ins Bad und stellte mich unter die heiße Dusche. Das weckte meine Lebensgeister in meinem strapazierten Körper.

In der Pseudoküche stand ein Brotkorb auf dem Tisch, daneben eine Platte mit Kuchen. Gedeckt war für zwei. Anne war wohl schon fertig. Ich blickte auf die alte Küchenuhr. Eigentlich konnte sie noch nicht weg sein? Also machte sie die Stallarbeit? Das brauchte sie doch nicht. Das wollte ich machen! Ich ging nachsehen und traf sie bei den Kühen.

„Es ist unfassbar. Wie lange habt Ihr geschuftet? Ihr habt tatsächlich das ganze Wohnzimmer fertig bekommen?", begrüßte sie mich.

„Bis halb zwei", gab ich wahrheitsgemäß zur Antwort.

Sie schüttelte den Kopf. „Wer hat denn wen angestachelt, weiterzumachen? Du Achim oder Achim dich?"

Entsetzt über diese Frage, suchte ich nach einer Antwort, doch bevor ich eine fand, fuhr sie schon fort: „Ach, sag nichts. Ihr habt euch überhaupt keine Gedanken um die Uhrzeit gemacht, nicht gemerkt, wie müde ihr seid, sondern nur Augen dafür gehabt, dass ihr bald fertig seid. Abbrechen kommt euch beiden nicht in den Sinn." Mit einem leichten Tadel in der Stimme fügte sie hinzu: „Aber ... heute ist frei!"

„Du hast auch nicht frei."

„Es ist zwecklos", lachte Anne und blickte auf die Stallwand. „Es ist sowieso egal, was ich sage, die Jungs machen ihr Ding. Weißt du", erzählte sie der Wand weiter, „es würde mich nicht wundern, sie eines morgens schlafend in eine verkleisterte Tapete eingewickelt vorzufinden. Aber ... wem sag ich das, liebe Wand ..." Sie drehte sich um und lachte mich an.

„Ja stimmt, es fühlt sich wohl wirklich so an, wie mit einer Wand zu reden", gestand ich ein. „Aber du hast natürlich völlig Recht. Wir haben nur gesehen, dass es nur noch ein paar Reihen Laminat sind, die uns vom Ziel trennen. So, und jetzt helfe ich beim Misten."

„Nix, du hast heute frei!" Anne zog eine freche Grimasse und wedelte mich mit der Hand aus dem Stall.

Ergeben ging ins Haus zurück, schlich in mein Zimmer und zog mich wieder aus, verkroch mich in mein Bettzeug. Vielleicht konnte ich noch eine Runde schlafen?

Beim Abendessen berichtete Achim, dass über das Kontaktformular der Hof-Webseite eine Anfrage bezüglich eines Praktikums gestellt worden war. Ebenso sei eine erste Anfrage für eine Planwagenfahrt hereingeschneit. Beides kam offensichtlich völlig unverhofft und noch viel zu früh, wie ich heraushörte, denn der Hof war noch nicht ausreichend saniert für Gäste und die Percherons waren schon seit Langem gar nicht mehr gefahren worden. Sie mussten erst mal wieder ‚angetestet' werden, wie Anne beschrieb. Achim und Anne waren verblüfft, dass die Webseite so schnell Zuspruch gefunden hatte, denn sie war erst seit wenigen Tagen im Netz freigeschaltet. 300 Besucher gab es laut Zähler bereits. Ich hörte dem Gespräch zu und als Achim meinte, dass er mit meiner Hilfe die Schimmel anspannen und Probe fahren konnte, war Anne begeistert.

So kam es dann, dass wir am nächsten Tag die beiden Schimmel zum Hof holten. Es war ein komisches Gefühl, so einen mächtigen Riesen zu führen. Die großen Tellerhufe neben sich aufstampfen zu sehen. Bloß nicht den eigenen Fuß drunter kriegen!

Auf dem Hof angekommen, stand erst einmal Putzen auf dem Plan, Achim werkelte mit seinem einen Arm und erklärte mir kurz, welche Bürste, welchen Sinn hatte. Nach dem Putzen wurden die Hufe ausgekratzt, was ich nach Anleitung bei allen acht Beinen zu machen hatte. Es war faszinierend, wie brav die Schimmel die Hufe gaben und wie groß die Eisen waren! Anschließend ging es in eines der Nebengebäude, die Remise, wie Achim es nannte. Neben dem Trecker und zwei Anhängern war unter einer riesigen verstaubten Gewebeplane etwas Großes verborgen: ein Planwagen! Und daneben, völlig unscheinbar, zog Achim nun eine deutlich kleinere Plane weg. Darunter verbarg sich ein Holzgestell auf Rädern, das über und über mit Lederzeugs bestückt war.

„Das ist der Geschirrwagen, alle Teile haben ihren festen Platz", behauptete Achim und benannte einige der Utensilien mit ihrem Namen. Er erklärte mir, wie man einem Pferd das riesige Kummet über den Pferdekopf stülpte und wie es dann richtig liegen musste, zeigte auf die Riemen und in welcher Reihenfolge sie ans Pferd mussten, wie man das Kopfstück anzog, worauf ich achten musste. Meine Güte, das war eine Wissenschaft für sich, ich würde es mir nie merken könne.

Die Schimmel spitzten die Ohren, als wir sie zum Anspannen in die Remise führten. Nach einem bestimmten Kommando tippelten die

Pferde wie von Zauberhand passend an die Mittelstange der Deichsel heran. Achim wiederholte alle Fachbegriffe, aber es war aussichtslos. Ich vergaß die Hälfte schon wieder, verwechselte Dinge. Er lachte freundlich darüber und korrigierte. Dann schnalzte Achim mit der Zunge und die Pferde zogen den Planwagen aus dem Gebäude. Unter freiem Himmel konnte ich das prächtige Gespann nun komplett in Augenschein nehmen.

Anschließend half ich Achim, auf die Sitzbank, den Bock, zu klettern, schwang mich selbst hinauf neben ihn und los ging es.

Dass ich Achim beim Pferdefertigmachen und Anspannen helfen sollte, war mir klar gewesen, doch etwas überrumpelt fühlte ich mich nun, als er mir feine Lederhandschuhe gab, die Leinen und Peitsche überließ und sagte, dass ich fahren solle. Er grinste und meinte, es sei besser, wenn zwei gesunde Hände an den Leinen wären. Eingreifen könne er immer noch.

Zum Glück hatte ich keine Zeit, darüber nachzudenken, und versuchte, alles umzusetzen, was er mir erklärte. Wie Marionetten ließen sich die mächtigen Pferde beim kleinsten Leinenzug lenken. Sie waren hervorragend ausgebildet, hörten aufs Wort, und während mir noch die ersten Abzweigungen und Kurven die Luft abschnitten, ob das denn gut ging, war mir bei der Rückkehr in den Hof alles so vertraut, dass mir gar nicht mehr auffiel, dass Achim keine Kommandos und Warnungen mehr gab.

„Du hast eine sehr weiche Hand und eine kräftige Stimme in der richtigen Tonlage. Damit kommen die Pferde sehr gut klar", lobte Achim mich beim Abschirren.

Ich nickte und konnte das Lob gar nicht so richtig verarbeiten, so viel war in den letzten zwei Stunden passiert.

Die folgenden vier Tage waren wieder Planwagen-Übungsfahrten angesagt und Achim und ich konnten beide über mein ständiges Vertüddeln der Riemen beim An- und Abspannen lachen. Ich kam mir nicht vor wie der letzte Idiot, denn Achim hatte so viele Geschichten über eigene Missgeschicke auf Lager, wie er als 15-jähriger Junge das Kutschefahren von seinem Vater gelernt hatte. Das ging von einer nicht korrekt geschlossenen Schnalle, die sich während der Fahrt löste, über das Verlieren der Peitsche, bis zum Radbruch, weil er einen Baumstumpf am Wegesrand übersehen hatte. Die Anekdoten waren amüsant und lehrreich zugleich.

Am Samstagmorgen wienerte Achim den Planwagen, während ich mittlerweile die zwei Schimmel alleine von der Wiese holte. Es musste ziemlich witzig aussehen, mich Männeken zwischen den zwei mächtigen weißen Pferden mit den großen Köpfen über den Weg gehen zu sehen.

Die Planwagenfahrt war anlässlich eines 60. Geburtstages gebucht worden und folglich hatte Anne uns vor ihrer Abreise zur Arbeit ein bisschen Deko-Schmuck in die Scheune gestellt, den Achim mittlerweile entsprechend ‚verarbeitet‘ hatte: Lampions, Lichterkette, eine Buchstabenreihe mit ‚Happy-Birthday‘ und ein paar Luftschlangen zierten den Planwagen, der sonst verhalten in seinen Beige- und Brauntönen durch die Landschaft zog. Ich brachte die Schimmel auf Hochglanz und zum Schluss überreichte Achim mir eine Tüte, in der etwas Schwarzes, Weiches lag: Es war ein Sakko und eine erdbraune Jeans. Dann gab er mir noch einen Karton mit schwarzen robusten Halbstiefeln.

„Für eine Geburtstagsfeier muss man festlich angezogen sein“, meinte Achim und schickte mich zum Umziehen.

Die Sachen passten perfekt. Sicherlich hatte Anne die Größe aus meinen Shirts, Jeans und Schuhen abgelesen.

„Wow“, nickte Achim anerkennend. „Fabelhaft. Darf ich bitten, Herr Kutscher?“

In Windeseile zog auch Achim sich um. Er hatte das gleiche Outfit.

„Es war kein Kassenbon in der Tüte, weißt du, was das gekostet hat? Dann kann ich Anne später das Geld hinlegen“, meinte ich, während wir auf unsere Gesellschaft warteten.

„Seh es als Arbeitskleidung. Ist geschenkt.“

„Blödsinn, das ist viel zu teuer!“

„Nein, das ist völlig okay. Bei dem Hungerlohn, den du hier bekommst.“

„Ich wohne in Vollpension hier!“

„Ja und in Vollsklaverei ...“ Achim lachte und klopfte mir auf die Schulter. Es war die kranke, aber da ich sie die letzten paar Tage recht gut schonen konnte, muckte sie nicht sonderlich.

Pünktlich zur vereinbarten Zeit kam ein Auto auf den Hof gefahren. Ein älterer Herr stieg aus. Er hatte derbe Wanderschuhe an und eine bequeme Hose, dazu eine Windjacke. Schnurstracks kam er auf uns zu.

„Die haben es sich anders überlegt, der sagt uns jetzt ab", flüsterte ich Achim zu und er brummte eine enttäuschte Zustimmung.

„Hallo allerseits", grüßte der ältere Herr. „Ich bin Theo, der Organisator der Geburtstagsfeier", grinste er verschmitzt. „Horst, unser Geburtstagskind, weiß noch von überhaupt nichts. Wir haben uns für eine Wanderung mit Einkehr und Kaffeetrinken verabredet. Ich habe hinten im Auto Kuchen, Geschirr und Getränke. Die Wandersleute sind auf dem Weg zum Hahnenberg. Dort oben geht es dann aber nicht ins Café, sondern in die Kutsche. Und ich fahre dann von hier mit meinem ganzen Kram mit, okay?"

Verdutzt nickten wir. Das war ein ausgeklügelter Plan! Erleichtert, dass es keine Absage war, half ich diesem Theo beim Umladen. Er hatte drei Kisten dabei, randvoll mit allem, was das Herz begehrte. Ich dachte, es seien 16 Leute, die wir fahren sollten, aber es sah aus, als würden 30 Gäste erwartet.

Der Hahnenberg war ein kleiner Hügel, unweit des Hofes. Den hatten wir auf meinen Lehrkutschfahrten jedes Mal ‚erklommen'. Ein breiter, sanft ansteigender Wiesenweg führte vom Hof hinauf, dauerte keine Viertelstunde. Oben angekommen, mussten wir uns noch ein wenig im Wald ‚verstecken', wie Theo uns freundlich anwies und er spähte nach den Wanderern. Als diese dann in Sicht kamen, gab er uns ein Zeichen und wir fuhren auf den kleinen Kiesplatz, der zum Parken diente. Wild winkend rief Theo den Fußgängern seinen Gruß zu und mit großem Gejohle wurde der Geburtstags-Horst gefeiert. Laut war es dann auch im Planwagen auf unserer Weiterfahrt. Es wurde gelacht, gesungen, geprostet. Wir als Fahrer wurden ebenfalls mit Kaffee und Kuchen bestens versorgt. Auf den Alkohol verzichteten wir - Don´t drink and drive.

Als wir die Gesellschaft zwei Stunden später an deren Wanderparkplatz ausluden, überließen sie uns die Kuchenreste, zwei Flaschen selbst gemachten Holunderlikör und ein dickes Trinkgeld. Sie bedankten sich herzlich, klopften die Pferde zum Abschied und hatten innerhalb von zehn Minuten den gesamten Planwagen aufgeräumt. Theos Auto wollten sie zu einem späteren Zeitpunkt abholen.

Zurück auf dem Hof versorgten wir die Pferde, schoben den Planwagen in die Remise zurück und saßen dann zusammen mit Anne in der Küche. Achim erzählte von dem vollen Erfolg dieser Fahrt, während ich mit Bauchschmerzen zu kämpfen hatte, weil der Kuchen natürlich mit Weizenmehl gebacken worden war. Aber darauf verzichten hatte ich nicht wollen.

„Geht es dir nicht gut?", fragte Achim.

„Das Weizenmehl ...", grinste ich schief.

„Mist, das hab ich total vergessen?", bedauerte er.

„Egal, ich nicht. War super lecker."

„Magstn Schnaps?", fragte er. „So ... für den Plazebo-Effekt?"

„Ja, Plazebo hilft immer, gib ihm mal einen doppelten", meinte Anne und zwinkerte.

So kam es dann, dass ich verschiedene Kräuterschnäpse probierte und darüber meine Bauschmerzen vergaß. Die hatten sich dann bis zum nächsten Morgen in einen sehr schweren Kopf verwandelt.

Während Anne und Achim die Reste von dem leckeren Geburtstagskuchen frühstückten, stand für mich eine Schale mit Kokos-Muffins bereit, die noch warm waren und herrlich dufteten.

„Ihr seid echt zu gut", seufzte ich und ließ mich auf meinem Stuhl nieder, trank erstmal eine Tasse Kaffee.

„Zu gut? Wie man es nimmt", meinte Anne seufzend und schob mir einen unbeschrifteten dick gefüllten Umschlag zu, den ich mit panischem Blick fixierte.

„Keine Sorge, ist nichts Schlimmes drin, ist nur schlecht, dass wir das total vergessen haben. Du musst uns für die letzten Ausbeuter halten", sagte Achim reuevoll.

Ich begriff nichts, was wahrscheinlich an meinem dumpfen Schädel lag, und öffnete den Umschlag: lauter 50 € Noten.

„Was ist das?"

„Dein Lohn. Mir ist heute Nacht im Traum eingefallen, dass wir dich noch nicht bezahlt haben", kam von Achim zerknirscht.

„Ach so?" Ich starrte auf das Geld. „Ja, aber das macht doch nichts, das Arbeitsamt zahlt doch für mich zur Wiedereingliederung ... das ist doch viel zu viel, das ... ich ... ich hab doch Vollpension bei euch. Das müsst ihr noch abziehen!"

„Und Vollsklaverei, den Dialog hatten wir gestern bereits. Nee, das ist schon richtig so, wie es da im Umschlag liegt. Und zum nächsten Ersten bekommst du ganz pünktlich dein Geld überwiesen, brauchst mir nur noch bitte deine Bankdaten zu geben. Sorry, das ist mir echt total durchgegangen. Sehr peinlich, vor allem bei so einem zuverlässigen Kerl wie dir."

„Macht nichts, alles okay. Mensch, so viel Geld, das ist doch ..."

„Das ist richtig so", meinte Anne und legte ihre Hand auf meine, drückte sie auf den Umschlag.

Mir wurde ziemlich heiß. Dann zog sie die Hand weg. Ein bisschen schade war das, aber andererseits ... besser so.

„Die Praktikantin hat zugesagt", wechselte Anne das Thema und erklärte, dass sie Sabrina hieß und in meinem freien Nachbarzimmer untergebracht werden sollte und fragte, ob das okay wäre, wenn ich mir mit ihr das Bad teilen würde. Verblüfft über die Frage - immerhin war ich hier ebenso nur ein Gast, wie diese Sabrina - nickte ich.

„Solange die nicht morgens eine Stunde im Bad braucht", scherzte Achim, „kommt ihr euch hoffentlich nicht in die Quere."

„Nein, das klappt", bestätigte ich und war mir dessen sicher.

Die Praktikantin

In der nächsten Woche richteten Achim und ich das Wohnzimmer oben ein. Ich schleppte jene Umzugskartons hinauf, in denen Sachen für die obere Etage lagerten. Achim konnte mir mit seinem Gips nicht helfen, aber dafür war er ein prima Assistent beim Schränkeaufstellen. Wir lachten über die neue Rollenverteilung: Der einstige Gehilfe wurde zum Meister und der Meister zum Gehilfen.

Bei den Stühlen ließ Achim es sich nicht nehmen, welche mit hinaufzubuckeln, nur der Tisch gestaltete sich als äußerst schwierig. Achim tat sein Bestes mit dem kaputten Arm und irgendwie schafften wir es tatsächlich. Meine Schulter spielte das Lied vom Tod, aber ich konnte es kaschieren.

Nachdem die Wohnzimmermöbel standen, packte Anne die Umzugskartons aus, während Achim und ich uns das große gefliese Zimmer rechts der Haustür vorknöpften.

Hier sollte eine große Kaffeetafel mit vielen Stühlen hin. Wir kauften günstige Tische und Stühle aus Holz und ich brannte mit dem Lötkolben comicartige Pferdemotive in die Lehnen, brachte eine Maserung an den Kanten an und so wurden aus den schnöden 0-8-15 Stühlen hübsche stilvolle Unikate. Anne war total begeistert, Achim bewunderte mich und ich ... ich versuchte zu akzeptieren, dass meine Arbeit wirklich Anerkennung fand.

Am Samstag wurde diese Sabrina von ihren Eltern in einem schneeweißen Mercedes gebracht. Ich war sicher, ihr Vater verdammte unsere holperige Einfahrt.

Als die Familie ausstieg, war der Vater - wie vermutet - skeptischen Blickes, aber das Mädel lachte. Anne führte die vier Personen auf dem Hof herum, bevor der Vater die beiden Koffer seiner Tochter hinauf in das Zimmer neben meinem schleppte.

Sabrina hatte gerade ihr Abi hinter sich und wollte Pferdewirt lernen. Um sich über die Ausbildungsrichtung klar zu werden, leistete sie dafür verschiedene Praktika. Sie hatte soeben eins auf der Rennbahn hinter sich und ab August eins in einem renommierten Gestüt vor sich, wie sie Anne berichtete.

Ihr jüngerer Bruder lief im Skater-Look herum, trug eine coole Sonnenbrille mit schwarzen Gläsern und hatte einen Musikknopf im

Ohr, der andere baumelte herunter. Er schlurfte lustlos hinter seiner Familie her, und schien froh zu sein, als sie mit der Besichtigung fertig waren und wieder ins Auto stiegen. Mir gegenüber verhielt er sich äußerst merkwürdig. Er erstarrte regelrecht, als ich die Familie begrüßte und schien mir auszuweichen. Ein merkwürdiger Teenager.

Beim Abendessen berichtete Sabrina noch mehr über das Praktikum auf der Rennbahn und Anne hörte begeistert zu. Die zwei verstanden sich sofort, das war prima.

Am nächsten Tag waren Sabrina und Anne mit den Fjordpferden zugange und ich überlegte kurz, ob Sabrina auch so eine Namens-Merkmal-Karte bekommen hatte, oder ob sie als Pferdekenner mit geschultem Blick die Ponys problemlos auseinanderhalten konnte.

Achim ließ sich von mir eine große blaue Tüte um den Arm wickeln und mit Klebeband fixieren. Er wollte ein Bad nehmen und dazu sollte der Arm wasserdicht verpackt sein. Ich schüttelte den Kopf über seinen Optimismus und hoffte, die Konstruktion würde ihren Sinn erfüllen.

Auf dem Weg nach draußen hörte ich das Telefon bimmeln. Da momentan weder Achim noch Anne greifbar waren, ging ich ran. Ich konnte zumindest notieren, wen sie später zurückrufen sollten.

„Falk Selbach, Hof Malkus, guten Tag." - Stille am anderen Ende.

„Hallo?", fragte ich etwas lauter nach.

„Wer ist da?", hörte ich eine Jungenstimme.

„Hof Malkus", gab ich zur Antwort. „Achim und Anne sind gerade nicht da. Kann ich ihnen etwas ausrichten?"

„Sabrina hätte ich gerne gesprochen", kam nach einigem Zögern.

„Die ist mit Anne ausreiten gegangen. Soll sie zurückrufen?"

„Nein, sie soll mal ihr Handy zur Hand nehmen! Ich versuche sie schon den ganzen Tag zu erreichen", erwiderte der Junge am anderen Ende und legte sofort auf. Verwundert blieb ich zurück. Was hatte er, dass er so kurz angebunden war? Ob das Sabrinas Freund war? Na, das war nicht mein Problem, die Sache richtigzustellen, falls der Kerl etwas in den falschen Hals bekommen hatte. Ich hatte nichts verkehrt gemacht, dessen war ich mir sicher. Wenigstens einmal war ich mir sicher.

Als die Reiterinnen später zurückkamen, passte ich sie in der Sattel-kammer ab.

„Für dich hat ein Junge angerufen, aber seinen Namen hat er nicht gesagt. Er hat dich auf dem Handy nicht erreicht", richtete ich Sabrina aus. Sie schaute mich kurz an, als wolle sie mir eine Frage stellen, dann zuckte sie mit den Schultern.

„Das war bestimmt mein Bruder", meinte sie.

Am Abend verhielt sich sehr merkwürdig mir gegenüber. Sie behandelte mich wie Luft. Was hatte ich ihr getan?

Am nächsten Tag hatte Anne Frühdienst und damit sie nachmittags mit Sabrina ausreiten konnte, mistete Sabrina die Pferde, während ich mir zunächst den Kuhstall vorknöpfte. Für 15 Uhr war wieder eine Planwagenfahrt gebucht. Achim war im Haus und musste sich um Futterbestellungen und Rechnungen kümmern.

Während ich später bei den Schafen und Ziegen beschäftigt war, kam Sabrina zu mir in den Stall, lehnte sich an die Wand und musterte mich durchdringend.

Ihre bohrenden Blicke waren mir unangenehm. „Kann ich dir helfen?", fragte ich, doch sie starrte einfach weiter.

„Hat Achim DIR den Gips zu verdanken?", fragte sie plötzlich mit schneidender Stimme und mir war, als hätte man mir die Luft abgeschnürt.

„Bitte was?", fragte meine atemlose Stimme.

„Tu doch nicht so! Ich weiß genau, dass du wegen mehrfacher Körperverletzung eingesessen hast", fuhr sie mich an.

Mir fiel fast die Kinnlade herunter. „Wer hat dir das gesagt?", fragte ich entsetzt und meine Stimme gehorchte mir nur mühsam.

Sabrina schwieg. Es wurde noch unerträglicher.

„Du hast meinen jüngeren Bruder vor einigen Jahren terrorisiert, er war mit dir auf der Schoeller-Schule", fuhr sie schließlich kühl fort und mir schwoll ein Kloß im Magen. Sie konnte durchaus Recht haben. Auf dieser Schule war ich gewesen.

„Das kann gut sein", gab ich schuldbewusst zu.

„Das kann nicht nur sein, das war so! Mein Bruder hat dich gestern erkannt! Und er hat mich vor dir gewarnt", kam schnippisch.

Mechanisch nickte ich. Die Welt war zu klein für so einen wie mich. Ich konnte mich nicht verstecken. Dieser Gedanke war völlig hirnrissig. Wie blöd war ich, dass ich das gehofft hatte?

„Du bist so ein mieses Stück Scheiße", knurrte sie leise und zornig. Mir war klar, dass sie mich dafür hasste, was ich ihrem Bruder angetan hatte.

„Ein ekliges asoziales Arschloch bist du, der Abschaum der Gesellschaft", fuhr sie fort.

„Ich weiß", flüsterte ich.

„Wie lange hast du gesessen?"

„Viereinhalb Jahre."

„Und? Ist dadurch deine Schuld verbüßt?"

„Mit Sicherheit nicht. Man kann nichts rückgängig machen, das ist leider so", antwortete ich reuevoll. Ich fühlte mich mies, eine schwere Last baute sich auf meinen Schultern auf.

„Hast du eine Ahnung, was du meinem Bruder angetan hast?", fragte sie drohend und ich konnte nur den Kopf schütteln. Wer konnte schon sagen, was für Auswirkungen Psychoterror auf eine Person hatte? Manch einer konnte mit so etwas relativ gut umgehen und bald wieder vergessen, andere litten Jahre lang darunter.

„Man hätte dich bis an dein Lebensende einbuchten sollen", zischte Sabrina hasserfüllt.

„Verdient hätte ich es, ich weiß", stimmte ich traurig zu. „Du kannst deinen Bruder ja ermuntern, sich mit ein paar von mir schikanierten ..."

„Terrorisierten! Schikanieren ist ein viel zu harmloses Wort für das, was du den Kleinen damals angetan hast! Er war erst zehn! Und völlig wehrlos dir gegenüber!"

„... terrorisierten", fuhr ich mit korrigiertem Ausdruck leise fort, „ ... Freunden zusammentun und mich anklagen. Die Polizei wird neuen Fakten nachgehen und dann wird man mich mit Sicherheit wieder verknacken."

Diese Aussage war mein voller Ernst. Je mehr mich nachträglich noch anklagen würden, desto länger würde man mich wieder in den Bau bringen. So einer wie ich würde schnell wieder verurteilt werden und bei der Menge an Gewalttaten, für die ich bislang noch nicht angezeigt worden war, kämen doch einige Jahre zusammen, da war ich mir ganz sicher.

„Verlass dich drauf", zischte Sabrina und rauschte ab, schmiss die Stalltür hinter sich zu und der Spuk war vorbei.

Wie betäubt blieb ich zurück, schlurfte die paar Schritte zur Stallwand und ließ mich an ihr hinuntersinken. Ich konnte weder einen klaren Gedanken fassen, noch mich aufraffen, weiterzuarbeiten. Mir kam es vor, als hätte man mich plötzlich in einen Eisklotz eingegossen, mir war kalt und ich zitterte.

Es war absolut naiv gewesen, zu denken, dass das Leben nach dem Gefängnis weitergehen würde. Was hatte Dr. Schindelwick gefragt? „Glaubst du an ein Leben nach dem Knast?" Bisher hatte ich ein kleines bisschen gehofft, es wäre so, aber seit den letzten Minuten war mir klar, dass es so etwas definitiv nicht geben würde.

Lange saß ich an die Stallwand gekauert, bis ich fähig war, mich wieder zu bewegen. Ziemlich unkoordiniert mistete ich den Rest des Stalles und musste mich stark zusammenreißen, nicht über meine eigenen Füße zu stolpern und eine normale Haltung einzunehmen. Am liebsten wäre ich auf allen vieren über den Boden gekrochen.

Beim Mittagessen hatte ich überhaupt keinen Appetit, versuchte aber, mir nicht anmerken zu lassen. Fast widerwillig führte ich jede Gabel zum Mund.

Sabrina saß mir gegenüber, und obwohl ich nicht aufschaute, spürte ich ihre hassvollen Blicke.

Sie unterhielt sich ganz normal mit Anne und Achim.

Als die Tafel aufgelöst wurde, ging ich Richtung Weide der Percherons. Sobald ich außerhalb der Sichtweite vom Hof war, wurde mein Gang qualvoll schwerfällig. Auf meinem Weg zu den Schimmeln konnte ich den See sehen. Die Sonne und der Wind brachten glitzernde Funkeldiamanten auf der Oberfläche zum Tanzen.

An der Weide angekommen, rief ich die Schimmel, die direkt angetrabt kamen. Der Boden bebte, ich regte mich nicht. Die langen weißen Mähnen flatterten wie Fahnen. Frieda streckte die Nüstern in die Luft und prustete. Sie sah aus wie ein Märchenpferd. Fritz galoppierte die letzten paar Meter zu mir. Die beiden Kolosse würden mich nicht umrennen, das hatte ich inzwischen gelernt. Angst hatte ich vor den mächtigen Pferden keine mehr. Nur den ehrfürchtigen Respekt vor ihrer kraftvollen Schönheit. Die treuen Augen, die so sanftmütig blickten. Ich zog jedem Pferd sein Halfter auf. Sie senkten ihre Köpfe, ich brauchte mich nicht zu recken. Es wäre den beiden ein Leichtes gewesen, mir nicht zu gehorchen. Ich hätte keine Chance gehabt, wenn sie nicht mit mir in meine Richtung gehen würden. Aber sie ließen sich von mir führen, blieben an meiner Seite, als wir den Weg längs gingen, zerrten nicht am Strick. Sie hielten an der Straße an, warteten auf mein Kommando zum

Weitergehen und gingen langen Schrittes neben mir her. Fast schien es mir, als achteten sie fein säuberlich darauf, es mir zwischen ihnen nicht zu eng zu machen. Niemals berührte mich eine Pferdeschulter oder ein Pferdebauch. Auch bei der Abzweigung zum Hof kam mir kein Pferd zu nahe, ich hatte immer Platz. Sie waren so vorsichtig. Wenn ich mir vorstellte, dass es sich bei jedem Pferd um knapp eine Tonne Lebendgewicht handelte? Faszinierend. Ich blickte auf die dicken Tellerhufe, die in mäßigem Abstand neben meinen Arbeitsschuhen auf den Boden aufstampften. Wie eine Maschine: umpf, umpf, umpf, umpf. Man konnte einen regelmäßigen Rhythmus hören.

Am Anbindeplatz stand bereits Sabrina mit zwei der Fjordpferde. Was nun? Suchend schaute ich mich um. Ich hatte die Perchs bisher immer dort angebunden. Achim kam mir in dieser Situation zu Hilfe, bat Sabrina darum, die Fjords an den Zaun zu binden, und ich konnte wie üblich die Ringe an der Schuppenwand benutzen.

Ich gab mir größte Mühe, mir meine innere Aufgewühltheit nicht anmerken zu lassen, putzte, schirrte, führte die zwei Weißen in die Remise, spannte sie mit Achims Hilfe an, dann führte ich sie auf den Hof.

Der Kegelclub kam pünktlich: Zwei Vans mit vielen Sitzplätzen fuhren auf den Hof, kurz darauf hatten wir 18 Leute im Wagen sitzen und Achim und ich kletterten mit unseren schönen Kutscherklamotten auf den Bock, fuhren ab.

Hinter uns wurde es bald sehr lustig. Ich hatte vier Kästen Bier und ein paar schwere Leinenbeutel gesehen, die eingeladen wurden. Gelächter, Gesänge, Witze, irgendwelche alte Geschichten, ich hörte kaum hin, lenkte die Percherons. Meine beiden braven Marionetten, denen ich so dankbar war, dass sie mir noch nicht ein einziges Mal Probleme bereitet hatten. Weder beim Abholen von der Weide, noch beim Putzen oder Anschirren und beim Fahren auch nicht. Meine Wünsche wurden sofort berücksichtigt, ob es das ‚Zur Seite gehen‘ war oder das ‚Hufeheben‘, das ‚Maul aufmachen‘ beim Trensen, das ‚Herumtreten‘ wenn sie sich an die Deichsel stellen sollten. Sie machten alles ohne sich zu sträuben und schauten mich dann an, als wollten sie fragen: „War richtig so, oder?“ Nein, da interpretierte ich zu viel Menschliches hinein, aber … egal. Wo musste ich abbiegen? Aufpassen Falk! Nicht träumen, nicht von

Gedanken wegtragen lassen! Du hast 20 Leute im Wagen, 19, okay. 19 Leute im Wagen und zwei Pferde. Du hast eine Menge Verantwortung! Aufpassen! Aktiv dabei sein, nicht rumdösen in einer sinnlosen Gedankenwelt! HIER spielt die Musik!

Als wir nach der üblichen Zwei-Stunden-Tour den Hof wieder erreichten, bedankte sich der Vorstand des Kegelclubs, übergab uns einen kleinen Präsentkorb als Dankeschön und streichelte die Pferde, dann verschwanden die Leute in den Vans und waren weg.

Der Rest des Tages ging irgendwie herum und dann lag ich endlich im Bett. Endlich kehrte Ruhe ein. Mein Kopf fühlte sich bleischwer an und ich wusste, ich würde diese Nacht nicht schlafen können. Sabrina hatte völlig Recht: Ich war asozial, Abschaum der Gesellschaft. Ich war von Grund auf verdorben und irgendwann würde meine Menschen verachtende Ader wieder pulsieren. Dazu brauchte es nur den richtigen ,Auslöser' geben. Mein Wunsch dazuzugehören hatte bei Roger und Andreas zum ersten Mal dazu geführt, dass meine gewalttätige Seite zum Vorschein kam. Wann würde ich das nächste Mal versagen? Warum hatte ich mich selbstständig immer tiefer in diesen trüben Sumpf begeben? Weil ich schwach war, weil ich mich nicht unter Kontrolle hatte. Vielleicht würde ich in Zukunft meine Aggressionen an Tieren auslassen? Es brauchte keinerlei Kraft, einem Kaninchen die Beine zu brechen. Es wäre genau so einfach, wie einem 11-jährigen Kind die Finger zu brechen. Zupacken, eine ruckartige Bewegung - knack.

Mir wurde schlecht bei den Bildern der Vergangenheit. Sicherlich hatte ich Sabrinas Bruder auch einen Finger gebrochen oder das Handgelenk? Das Nasenbein? Ein paar Rippen?

Mir wurde plötzlich speiübel. Ich hechtete zur Toilette und übergab mich.

Als ich mir danach das Gesicht wusch, mied ich es, in den Spiegel zu schauen. Ich konnte meinen Anblick nicht ertragen, ekelte mich vor mir selbst.

Zurück in meinem Bett kreisten die Gedanken weiter. Mir wurde abwechselnd heiß und kalt. Mein Puls schlug schmerzhaft im Hals und ich hatte das Gefühl, eine schwere Last drohte mich zu erdrücken. Ich lag zwischen einer Maschine mit großen Eisenplatten, die mich langsam zermalmte. Zentimeter für Zentimeter. Die Vorstellung löste Panik aus, sodass ich zum Fenster stürzte, es aufriss und nach der frischen frühsommerlichen Nachtluft japste.

Der sanfte Wind strich über meine schweißnasse Haut und ließ mich frösteln. Eine ganze Weile stand ich noch dort, dann ging ich zurück ins Bett, spürte das feuchte Bettlaken. Es war ein ekliges Gefühl. Auch mein Shirt war durchgeschwitzt und fühlte sich widerlich an. Ich ekelte mich vor mir selbst und erschauderte.

Da hatte ich gerade hier Fuß gefasst, fühlte mich eigentlich wohl und hatte, ehrlich gesagt, meine Vergangenheit ein bisschen verdrängt, auch Jonas aus dem Baumarkt hatte ich inzwischen ganz gut verdrängen können, und dann ... ZONG ... brach die Vergangenheit wieder unverhofft über mich ein. Es würde IMMER jemanden geben, der mich kennen, oder erkennen würde. Die Worte von Sabrina waren die Wahrheit; ihren Hass mir gegenüber konnte ich nachvollziehen und absolut verstehen. Wahrscheinlich würde ich nicht anders reagieren an ihrer Stelle. Ich merkte, wie sich meine Augen mit Tränen füllten. Jetzt flennen wie ein kleiner Junge? Blödsinn!

Aber warum nicht? Es war zum Heulen. Ich hatte nicht nur ein paar Wochen mein böses Spiel getrieben, sondern über einen längeren Zeitraum. Und vermutlich würde ich immer noch Kinder quälen, wenn man mich nicht eingebuchtet hätte. Vielleicht hätte ich sogar jemanden umgebracht? Zu Tode geprügelt? Möglich wäre das. Es war nur richtig, dass Sabrina mich von meiner kleinen flauschigen Wolke des Wohlfühlens in die Realität zurückgeholt hatte: Ich war ein Schwein und würde immer eines bleiben. Die Vergangenheit ließ sich nicht rückgängig machen. Was würde ich darum geben, in eine Zeitmaschine zu steigen und zu dem Punkt zurückzufahren, wo ich mich an die falschen Leute gehängt hatte.

In dem Gedankenstrudel aus alten Erinnerungen und Wünschen, was ich hätte besser machen können, schwebte ich hinweg in einen ziemlich verrückten Traum, aus dem mich der Wecker am nächsten Morgen brutal herausholte.

Ich stand auf: ein neuer Tag, neuer Horror.

Sabrina blockierte das Bad, ich hörte die Dusche. Konnte länger dauern, das war bereits gestern so gewesen. Also schlappte ich zurück in mein Zimmer und wartete. Als ich endlich die Badezimmertür hörte, horchte ich auf ihre Schritte, um ihr nicht unnötig über den Weg zu laufen. Beim Frühstück reichte das, dort saßen wir uns unweigerlich gegenüber.

Sie plante mit Anne das Training der Fjordpferde, während ich meine Klappe hielt, und versuchte, so normal wie die anderen Tage zu sein. Dazu gehörte, ein einigermaßen neutrales Gesicht zu machen und zu frühstücken, obwohl mir eigentlich die Lust vergangen war.

„Alles okay?", hörte ich nah neben mir und zuckte zusammen, blickte verwirrt zu Achim.

„J-ja, klar", stammelte ich und bemerkte, dass ich wieder völlig abwesend gewesen war. Ich musste mich zusammenreißen!

„Du siehst schlecht aus", meinte Anne nun und ich wünschte mir eine Falltür.

„Nee, alles gut", erwiderte ich und stand auf, räumte meine Sachen weg, ging hinaus an die frische Luft, da sich schon wieder so ein beklemmendes Gefühl in mir breitmachte. Um weiter atmen zu können, musste ich keuchen.

Mir kamen alte Bilder ins Gedächtnis, die verängstigten Blicke kleiner Jungs, deren Tränen, deren verzweifelte Heulerei, blutende Nasen, ihre schmerzerfüllten Schreie. Mir war plötzlich so schlecht, aber ich konnte jetzt unmöglich ...

Dann hörte ich schon die Tür ins Schloss fallen. Anne und Sabrina schlugen den Weg zu den Fjordpferden ein, während Achim zu mir kam und ich innerlich schon wieder zwischen Kältezittern und Hitzewallung schwankte.

„Was ist los?", fragte Achim noch einmal und ich log ihn an, wie bereits beim Frühstück. Wahrscheinlich wusste er, dass ich log und nahm es hin. Ich fühlte mich noch schäbiger.

Heute wollten wir den Zaun bei den Fjordpferden ersetzen, dazu musste zunächst ein zweiter Stromzaun gezogen werden.

Danach musste der alte Stacheldraht abgeknipst werden, der starr und rostig war. Es war mühsam und in einem unbedachten Moment verletzte ich mich. Der Draht schnellte zurück, weil ich ihn nicht richtig festgehalten hatte. Der Arm blutete sofort und Achim schaute mich entsetzt an.

„Tut nicht weh", meinte ich ehrlich und betrachtete den zum Glück nur oberflächlichen Riss, der vom Ellbogen bis zum Handgelenk reichte.

„Keine Widerrede", meinte Achim, ließ seine Sachen fallen und schob mich Richtung Stallgebäude. Ich hasste mich in diesem Moment. Wir wollten doch arbeiten und nicht kleine Kinder verarzten. Wieso war mir das passiert, warum war ich so ein Trottel?

Mit dem Wasserschlauch spülte Achim meinen Arm ab, das Bluten hatte bereits nachgelassen. Trotzdem musste ich mit in den Schuppen und Achim desinfizierte und verband Unterarm und Hand.

„Der Stacheldraht ist verdammt rostig, ich will null Risiko eingehen! Bist du überhaupt gegen Tetanus geimpft?", fragte Achim und ich zuckte mit den Schultern. Die letzten Impfungen waren bestimmt zehn Jahre her.

„Bleib mal hier, ich hol eben Anne."

Ich schloss die Augen, setzte mich im Schneidersitz auf den Boden, hätte heulen können.

Kurz darauf gab Anne mir eine Spritze in den Oberarm.

„Sag das niemandem, hörst du?", warnte sie mich und ich nickte ergeben. „Ich komm in Teufels Küche, wenn das irgendwer spitz bekommt."

„Ich verrate es nicht. Danke, dass du mir vertraust", murmelte ich.

„Sei vorsichtig", warnte Achim, als wir mit dem Stacheldraht weitermachten und ich biss mir auf die Lippe. Er war mit seinem Gips entschieden geschickter, als ich mit zwei gesunden Händen.

Nachmittags war Anne zur Spätschicht weg. Sabrina ritt auf dem Reitplatz, longierte, machte Zirkuslektionen. Ich konnte sie den ganzen Tag unauffällig beobachten, da der Reitplatz immer im Sichtfeld unserer Zaunarbeit lag. Ganz gewiss behielt sie mich ebenso ständig im Blick.

„Nach dem Essen schau ich mir deine Verletzung nochmal an", meinte Anne, als wir abends alle am Tisch saßen. Ohne aufzuschauen, spürte ich, wie Sabrinas Blicke mich durchbohrten. Wahrscheinlich dachte sie, ich hätte mir die Wunde absichtlich zugezogen. „Verletzung", das klang so aufgebauscht. Es war keine Absicht von Anne, mich in ein schlechtes Licht zu rücken, aber eigentlich war es egal, denn bei Sabrina konnte ich niemals in gutem Licht stehen.

Tags drauf ging es weiter an die Zaunarbeiten. Die morschen alten Zaunpfähle mussten aus dem Boden und anschließend neue Löcher für die neuen Zaunpfähle gebohrt werden. Wir arbeiteten meist schweigend, da die Handgriffe klar waren. Manchmal kam es mir vor, als würde Achim mich fragend anschauen, aber ich ignorierte das. Wenn ich etwas falsch machte, musste er mir das sagen und wenn er eine Frage hatte, dann musste er sie mir stellen.

Da Anne Frühschicht gehabt hatte, war Sabrina alleine mit den Pferden zugange gewesen und das Thema beim Mittagessen war vorgegeben. Anne erkundigte sich danach und freute sich, in Sabrina so eine gute Pferdebetreuerin zu haben. Ich stattdessen war froh, dass Sabrina abgelenkt war, und zwang mich weiter, den Kartoffeleintopf zu essen und ordentlich am Tisch sitzen zu bleiben. Mir war nämlich eigentlich eher danach, mich in eine dunkle Ecke zu verkriechen, aber das war nicht mein Zweck auf dem Hof.

Wir bekamen den Zaun komplett fertig und das war ein gutes Gefühl: Zwei Reihen Lattenzaun und dazwischen stromführende Litze. Es war optisch ein schöner Zaun und wie Achim mir sagte, sicherheitstechnisch gut. Jetzt konnten wir noch den provisorischen Litzenzaun abbauen und das nicht mehr benötigte Material in die Remise hinter den Trecker stapeln.

Ohne anzuklopfen, stand am nächsten Morgen plötzlich Sabrina in meinem Zimmer. Erschrocken starrte ich auf den Wecker, aber ich hatte nicht verschlafen. Sie erstach mich mit ihren Blicken.
„Mo ...", weiter kam ich nicht.
„Du bist so ein elender Versager", knurrte sie mich an. „Mit deinen dämlichen Minderwertigkeitskomplexen willst du jetzt wohl noch bedauert werden, was? Armer Falk, dem das Leben so schlecht mitgespielt hat, den keiner leiden kann! Mensch, stell dich gefälligst deinem Leben und sei nicht so eine Mitleidskreatur! Mitleid hast du überhaupt nicht verdient, also tu nicht so, als müsste es jeder mit dir haben! Ach ja, schlechte Jugend, bla bla!"
Irritiert starrte ich sie an, konnte gar nichts erwidern.
„Anne und Achim haben über dich gesprochen. Du musst diese Mitleidstour ja schon sehr lange machen. Wissen sie überhaupt, WAS du

alles angestellt hast? Ich bin sicher, wenn sie das alles wüssten, hätten sie eine ganz andere Meinung über dich. Aber wahrscheinlich ist es genau das, was du willst: Mit deinen Komplexen täuschst du über deine Schandtaten hinweg. Eine gute Überlegung! Wirklich, sehr gerissen. Statt den Gedanken aufkommen zulassen, dass du es nicht wert bist, hier sein zu dürfen, machen sie sich schon Vorwürfe, was sie falsch gemacht haben, dass es dir so schlecht geht, dass du dich nicht wohl fühlst. Je mehr man sich Sorgen um dich macht, desto mehr bedauert man dich, desto mehr wird man von dem eigentlichen Falk abgelenkt. Sehr praktisch. Du bist noch ein widerlicherer Abschaum, als ich jemals gedacht habe."

In ihren Worten lag eine unbändige Wut.

Sie rauschte ab und knallte die Tür zu. Ich lag im Bett, unfähig, aufzustehen. Eine Tonne Last lag auf mir, und machte es unmöglich zu atmen. Mir wurde schwindelig und am ganzen Körper brach mir der Schweiß aus.

Einen Moment noch blieb ich liegen, dann musste ich raus, um nicht noch mehr einen auf ‚Mitleid' zu machen. Hatte ich wirklich solche Minderwertigkeitskomplexe? Wahrscheinlich. Aber ich hatte nie drüber nachgedacht, hatte sie nie wissentlich benutzt, um ‚Mitleid' zu erhaschen. Aber jetzt, wo Sabrina mir das unter die Nase gerieben hatte, ja, jetzt fiel es mir auf. Ich bekam nie mit, wenn sich Anne oder Achim über mich unterhielten. Wusste nicht, ob und welche Sorgen sie sich machen, was sie über mich dachten. Ich wollte doch gar nicht, dass jemand Mitleid mit mir hatte. Wenn es den Anschein machte, war das falsch, das musste ich dringend ändern. Aber wie sollte ich in diesem beschissenen Leben denn stehen? Selbstbewusst? Hey, hier kommt Falk! Nein, das ging nicht. Was war richtig? Was war falsch? Ich hatte keine Ahnung, nur die Gewissheit, dass es eine sehr schmale Gratwanderung war, der ich definitiv nicht gewachsen war. Ich würde immer abstürzen. Oder sprach dieser Gedanke auch schon wieder für einen Minderwertigkeitskomplex? Sicherlich ging ich Anne und Achim sowieso schon lange auf die Nerven mit meiner Art und wahrscheinlich waren sie nur deswegen nett, weil sie sich sorgten, dass ich mich schlecht fühlen würde, wenn sie mir mal die Wahrheit sagten. Die Wahrheit über meine Komplexe. Wenigstens war Sabrina so ehrlich, mir alles an den Kopf zu werfen, was ihr nicht gefiel.

Beim Frühstück spürte ich ihre Blicke wie Dolchhiebe. Mit einem Ohr hörte ich, dass in der letzten Woche der Sommerferien eine Gruppe Kinder für Reiterferien kommen wollte und dass Achim sich sicher sei, die Küche bis dahin fertig zu haben. Es musste nur noch gefliest und gestrichen werden. Die Küchenmöbel aufzubauen sei nicht mehr als ein Tag Arbeit. Ich hörte nicht mehr hin. Der Gedanke, dass in absehbarer Zeit Kinder auf dem Hof wären, ängstigte mich zu sehr. Die nächste Situation, wo mich jemand erkennen konnte! Was, wenn wieder ein Kind dabei war, das mich kannte und unbedingt nach Hause wollte, weil es Angst vor mir hatte? Der Ruf des Hofes wäre ruiniert. Nein, das ging nicht!

Panik stieg in mir auf und ich versuchte, sie zu unterdrücken. Ich musste dringend weg vom Hof, je eher, desto besser. Je länger ich Achim und Anne Sorgen machte, desto schlechter und wenn die Kinder kamen, war es zu spät. Und bevor ich jemand anders auf den Nerv gehen konnte, sollte ich mich vielleicht von der Welt verabschieden. Sabrina würde es voller Hohn: ,Freitod wegen Minderwertigkeitskomplexen' nennen, aber im Endeffekt war mir das egal. Man würde mich rasch vergessen. Aus den Augen aus dem Sinn.

Sicherlich hatte Sabrinas Bruder mich auch verdrängt bis zu dem Moment, wo ich wieder in seinem Leben auftauchte. Bei Jonas war es ebenso. Seine Blicke im Baumarkt ... mir lief wieder ein Schauer über den Rücken. Ich musste weg von dieser Welt, dann konnte ich keine Fehler mehr machen, obwohl das sicherlich auch ein Fehler war. Ich stöhnte.

Meine Mutter hätte mich abtreiben lassen sollen. Wieder ein Minderwertigkeitskomplex. Kopfschüttelnd stand ich auf und ging hinaus. Ich hasste dieses Leben, ich hasste mich und das alles musste jetzt ein Ende haben. Sollten doch die anderen denken, was sie wollten. Dann war ich eben ein egoistisches Arschloch. Würde ich immer sein, zumindest für die, denen ich was getan hatte: meinen Opfern. Und das waren viele, viel zu viele. Ich sah einen kleinen Jungen, der wimmernd auf dem Boden lag, Blut quoll aus seiner Nase. Ungerührt zog ich ihm die neue Jacke aus, bevor sie Blutflecken bekommen würde und er ließ es geschehen, wehrte sich nicht mehr. Er war ergeben, wie ein Schaf bei der Schur. Als ich die Jacke in den Händen hatte, wollte ich gehen, drehte mich jedoch noch einmal um und trat nach dem kleinen wehrlosen Kerl. Sein Aufschrei hätte mir signalisieren sollten, dass ich ihm wirklich mächtig wehgetan hatte. Tags drauf war ich ihm zufällig wieder begegnet. Er ging mit seiner Mutter durch die Innenstadt, hatte einen Gips am Arm und war grün und blau im Gesicht.

Mir wurde wieder schlecht, aber Achim rief mich und sagte, er wäre dafür, eine Planwagenfahrt zu machen, einfach so, ohne Leute. Das Wetter war schön und der Putz musste noch trocknen, bevor wir weiterarbeiten konnten.

Ich nickte, obwohl ich am liebsten allein gewesen wäre, aber ich wollte nicht auffallen.

„Magst du reden?", fragte Achim, nachdem wir bereits eine lange Zeit schweigend auf dem Bock gesessen hatten. Wie üblich hatte ich die ‚große Route' eingeschlagen und war bei keiner Abzweigung auf ein Veto gestoßen.

„Worüber?", entgegnete ich und verbiss mir ein „Hab ich was falsch gemacht?", obwohl der Gedanke direkt wie ein Blitz kam.

„Über das, was dich bedrückt?", meinte Achim vorsichtig.

„Ist alles okay", log ich und fühlte mich schlecht dabei. Bald wäre alles okay. Bald.

Der Rest der Fahrt verlief wieder schweigend. Die Perchs waren superbrav, der Weg altbekannt.

Zurück auf dem Hof machte ich meine Arbeit: Schirrte die Schimmel ab, putzte sie, kontrollierte die Hufe und brachte sie zur Weide. Die Pferde gingen artig neben mir her. Ich roch ihre verschwitzten Körper, spürte die feuchte Wärme, die ihre Körper neben mir abstrahlten.

Ich blieb noch eine Weile bei ihnen am Zaun stehen, sah zu, wie sie sich über ihre Kraftfutter-Ration hermachten, die ich ihnen nach jeder Kutschfahrt wunschgemäß gab.

„Ihr seid so lieb und so ehrlich. Wenn ihr wüsstet, wer ich bin, wärt ihr dann immer noch so? Für euch gibt es keine Vorurteile, ihr seht nur das, was gerade Realität ist. Ihr wisst nicht, ob der, dem ihr so vertrauensselig folgt, euch nicht im nächsten Moment verprügelt." Ich seufzte. „Bald kann Achim wieder fahren und bis dahin wird euch sicherlich Sabrina mitversorgen. Sie kann gut mit Pferden und lernt das Kutschefahren bestimmt im Handumdrehen."

Eine schwere Last drückte meine Schultern herunter und ich versuchte, dem entgegenzuwirken, mich aufzurichten. Das waren alles schon wieder Minderwertigkeitskomplexe, ja klar. Aber es war die Wahrheit. Ich fühlte mich ständig minderwertig, wertlos. Meine Schuldigkeit auf dem Hof hatte ich abgearbeitet. Den Rest konnte Achim alleine schaffen. Außerdem könnte ihm jeder andere Depp bei den restlichen Arbeiten problemlos helfen. Mein Zimmer wäre frei für jemanden, der auf dem Hof nützlicher wäre, der vielleicht sogar gut mit Kindern umgehen könnte, um Anne in diesem Bereich zu unterstützen.

Den Rest des Tages ließ ich irgendwie über mich ergehen, lag dann im Bett und schlug die Sekunden tot. Es war Vollmond. Sein Licht erhellte mein Zimmer mystisch und silbrig.

Immer wieder starrte ich aus meinem Fenster. Ach was gäbe ich darum, wenn da noch Gitter wären. In der JVA war ich gut aufgehoben gewesen. Da war ich weggesperrt, keiner musste sich um mich sorgen. Mein Inneres schmerzte und ich hatte größte Mühe, möglichst geräuschlos zu schluchzen. Ein Tränenschleier verwischte meinen Blick und stumm schrie ich in mein Bettzeug, das ich fest vor den Mund gepresst hielt. War das ein Albtraum? Ich wischte mir über die Augen, nein, keine Gitter. Ich war in Freiheit und doch gefangen.

Warum musste Sabrinas Bruder mich erkennen? Warum hetzte er seine Schwester gegen mich auf? Auf die erste Frage gab es keine Antwort, aber auf die zweite gab es eine, eine bittere ... ich war selbst schuld.

Was ging in dem misshandelten Jungen vor? Wie hatte er meinen Terror verkraftet? Er musste in der ständigen Angst gelebt haben, dass er mir wieder begegnete. Es musste nicht nur die Scham ertragen, ohne seine Kleidung heimzukommen, sondern mit Sicherheit auch die Schelte der Eltern, weil die teuren Sachen weg waren.

Ich war gesellschaftlicher Abschaum ... ja, Sabrina hatte Recht.

Wie schnell es doch abwärts ging. Bevor Sabrina gekommen war, hatte ich noch Hoffnung, jetzt hatte sie mir gezeigt, dass ich mir keine zu machen brauchte. Zwar hatte ich versucht, mir nichts anmerken zu lassen, wie sich ihre Anklage auswirkte, aber dennoch waren da Achims Blicke, seine Nachfragen ... ach verdammt, ich hatte es nicht gut genug verbergen können!

Sabrina war wie Dr. Jekyll und Mr. Hyde. Mich konnte sie mit Blicken erstechen, bei Achim und Anne war sie der Sonnenschein. In jeder Geste verriet sie mir ihre abgrundtiefe Verachtung und ich konnte sie so gut verstehen. Jeder, der mich von früher kannte, würde mich am liebsten in der Hölle sehen.

Wieder kamen mir Kindergesichter in den Kopf. Verängstigte. Weinende. Jonas' Gesicht. Ich musste weg hier. Je eher, desto besser. Vor der Hoferöffnung musste ich weg sein. Wer wollte schon sein Kind dahin abgeben, wo ein ehemaliger Kinderterrorist hauste?

Wenn ich jetzt verschwinden würde, wäre hier Platz für einen würdigen Praktikanten, so wie Sabrina. Sie machte ihre Arbeit mit den Fjordpferden ausgezeichnet, war fleißig und hatte den richtigen Draht zu den Pferden. Es war nicht mehr zwingend notwendig, mich nutzlos mit durchzufüttern, denn der Hof war nun soweit wieder in Schuss, dass ich nicht mehr wirklich von Nöten war. Es gab nützlichere Leute als mich.

Ein Blick auf die Uhr - zwei Uhr nachts. Meine Zeit war gekommen. Ich stand auf, zog mir Jeans, Shirt und Hemd an, schlich die Stiege hinunter und schlich mit den Arbeitsschuhen in der Hand hinaus, zog sie draußen an, machte mich auf den Weg. Ein Blick zurück zum Hof sagte mir, dass ich die richtige Entscheidung getroffen hatte. Sabrinas Bruder wäre gerächt, der Hof konnte seinen Ruf nicht durch einen wie mich verlieren und ich ... ich hätte endlich meine Ruhe ... wobei das zweitrangig war ...

Am See angekommen spiegelte sich der Mond verzerrt im Wasser. Mit wenigen Schritten war ich die steile Böschung hinunter und stand schon bis zu den Knöcheln im Wasser. Die Schuhe füllten sich. Drei Schritte weiter verlor ich plötzlich den Boden unter den Füßen und fiel wie ein Stein in den See. Der erste Moment war wie ein Schock: Diese Kälte! Sie nahm mir den Atem, aber stehen konnte ich nicht mehr, also musste ich schwimmen. Ob ich schon vor der Mitte des Sees unterging? Wahrscheinlich. Ein guter Schwimmer war ich nie.

Schnell merkte ich, wie meine durchtränkten Klamotten mich behinderten und wie schwer meine Beine wurden. Die Füße hafteten wie Bleiklötze an meinem Körper. Es war kalt und beschwerlich. Es würde sicherlich nicht lange dauern. Ob ich bei vollem Bewusstsein untergehen würde? Oder wurde ich vorher ohnmächtig? Ich schwamm, Zug um Zug, immer weiter. Es war erstaunlich, dass ich so weit kam. Seit Jahren war ich nicht mehr geschwommen, im Grunde genommen seit der Grundschule nicht mehr. Ich hasste schwimmen.

Das Mondlicht, das auf der Oberfläche tanzte, kam nie näher. Je weiter ich schwamm, desto weiter schien es entfernt. Ich würde es aber dennoch fangen! Und dann im Mondlicht untergehen. Eine schöne Überlegung. Kälte spürte ich nun nicht mehr, wahrscheinlich wegen der Anstrengung. Lange würde es nicht mehr dauern. Freiheit, bald war meine Sehnsucht nach innerer Freiheit gestillt! Alle wären frei: Ich, der Hof, die von mir terrorisierten Kinder, die Angehörigen, alle.

Wie Blitze schossen mir diverse Gedanken durch den Kopf, Wortfetzen mit Bildern. Sabrinas Hohn, dass mein Selbstmitleid kaum auszuhalten sei. Damit war jetzt Schluss! Ich würde niemandem mehr auf den Keks gehen, niemandem mehr zur Last fallen. Dann kam mir allerdings der Gedanke, dass ich 4,5 Jahre Steuergelder mit einem Selbstmord verschleudern würde. Ich hörte Achims Worte: „Dann hätten wir bei der kostengünstigeren Methode aus dem Mittelalter bleiben können." Und ich sah sein Gesicht, hörte seine eindringliche Bitte, dass ich keinen Fehler machen solle.

Diese Erinnerung traf mich wie ein Schlag. Moment! Nein, das was ich hier tat, war völlig falsch! Achim hatte Recht: Ich musste in diesem Leben bleiben! Auf jeden Fall! Es gab immer etwas Sinnvolles zu tun und wenn es die Müllabfuhr war! Irgendwo war ich bestimmt irgendwem nützlich! Und wenn ich ans andere Ende von Deutschland ziehen würde, wäre die Chance, dass mich jemand erkennt, äußerst gering! Ich musste nur weit genug weg von hier!

Plötzlich sah ich auch Annes besorgtes Gesicht vor mir und eine innere Stimme warnte mich davor, ihnen nicht noch mehr Kummer zu machen, indem sie Schuldgefühle für meinen Tod mit sich herum-schleppen müssten. Das war eines der größten Verbrechen: jemanden im Stich zu lassen mit der Belastung, für einen Selbstmord verantwortlich zu sein! Nein, das ging nicht! Sie durften keine Schuldgefühle haben, aber die würden sie haben und wie!

Nein, nein, nein! Ich musste mit ihnen klipp und klar darüber reden, dass es für alle besser wäre, den Hof zu verlassen. Irgendeine unbeliebte Arbeit würde sicherlich auf mich warten. Kanalreinigung, Straßen-reinigung, es gab mit Sicherheit etwas, wo ich nützlich sein konnte. Und wenn nicht, musste ich mich wenigstens auf ehrliche Weise vom Hof machen. Mit einem Gespräch und nicht heimlich und feige durch einen Selbstmord!

Mit dieser Erkenntnis kämpfte ich mich ans nächstmögliche Ufer. Ich zweifelte daran, dass der Weg zurück näher war, als weiterhin Kurs zu halten. Meine Beine wurden immer schwerer, mein Körper sank immer wieder ab und das Ufer war noch so weit! Panik stieg in mir auf und hatte eine lähmende Wirkung. Weiter! Wie in Zeitlupe kamen mir meine Bewegungen vor, mein Atem dagegen glich einer Dampflok, wieder sackte ich ab, schluckte Wasser, hustete, keuchte, kämpfte. Meine Arme brannten und wollten fast nicht mehr gehorchen, die lädierte Schulter schmerzte.

Erneut schaffte ich es, nach einem Absinken wieder hochzukommen, und weiterzuschwimmen. Mein Herz schlug kräftig, hämmerte gegen meine Brust. Es gab keinen Gedanken mehr. Der alleinige Überlebenswille dirigierte mich und meinen Körper. Zug um Zug, Absinken, Hochkämpfen, weiterschwimmen. Schmerzen hin oder her, weiter!

Dann endlich war das Ufer in nicht mehr allzu weiter Entfernung, Trost machte sich breit, überdeckte die Panik, doch dann sank ich wieder ab und schaffte es dieses Mal nicht mehr, wieder hinauf an die Oberfläche zu kommen. Mein Arm ließ sich kaum noch bewegen mit der schmerzenden Schulter. Wie Mühlsteine waren meine Beine und ich sank immer tiefer.

Doch dann stoppte das Sinken plötzlich. Ich war auf dem Boden angekommen. Es konnte nicht weit sein bis zur Oberfläche. Ein weiterer Versuch gegen das Ertrinken: Ich stieß mich ab, ruderte und war bald wieder über Wasser, rang nach Luft, tat zwei Schwimmzüge, aber dann sank ich wieder, aber es war tatsächlich nicht weit bis zum Seeboden! Wenn ich Ruhe bewahrte, konnte ich die letzten Meter unter Wasser gehen, bis es flach genug war, dass ich stehen konnte. Hoffnung! Luft anhalten, nicht einatmen. Ruhig, ganz ruhig, Schritt für Schritt. Jede Bewegung erschien mir mit aller Kraft festgehalten zu werden, so als ob ich durch eine dicke schwere Masse stapfen würde. Und ich hatte das Gefühl zu ersticken. Je mehr ich mich dagegen wehrte, desto stärker wurde der Zwang, einzuatmen! Mein Körper verselbstständigte sich und ich musste unter Wasser husten. Panisch ruderte ich los, kam an die Oberfläche, keuchte, hustete, verschluckte mich abermals beim erneuten Absinken. Noch drei Schritte! Ruhe bewahren! Hustenreiz unterdrücken! Ich sah schon die Englein singen, hörte irgendwelche unverständlichen Worte, ein letztes Aufbäumen, ein letzter Versuch an die Oberfläche zu kommen, Atemnot, endloser Hustenreiz, panische Schwimmzüge, die nur erbärmliches Paddeln waren. Dann stießen meine Füße auf Boden und gleichzeitig war mein Kopf noch über Wasser! Ich hätte heulen mögen vor Erleichterung. Jetzt nur noch raus an das rettende Ufer.

Ich hustete, bis es wehtat, mein Körper wurde heftig durchgeschüttelt und ich japste nach Luft wie ein gestrandeter Fisch, ständig unterbrochen von dem Husten, der mir einen Würgereiz bescherte. Ich musste mich übergeben und brach dabei unverhofft zusammen, landete bäuchlings im See, mühte mich auf allen vieren kriechend erneut ans Ufer.

Ich kroch über den Kies bis zum Rand des Grases und da verließen mich meine Kräfte. Mein Körper schüttelte sich mit krampfhaften Zuckungen. Dann blieb ich regungslos liegen, atmete röchelnd, spürte den kalten Boden unter mir und begann zu frieren.

Nach Hause! Zum Hof! Nicht einschlafen! Aber wo war der Hof? Ich war doch am anderen Ende des Sees. Einen Moment noch liegen bleiben, Kräfte sammeln, nicht einschlafen! Nur ein wenig ausruhen.

Ich musste doch eingeschlafen sein, denn beim nächsten Gedanken lag ich eng zusammengekauert im Gras und zitterte wie Espenlaub. Schwerfällig richtete ich mich auf und stolperte am Ufer entlang Richtung Straße, fühlte mich heiß und wie in Watte eingepackt.

Meine Lebensrettung war dieses lange seicht abfallende Ufer gewesen, das sich bis weit in den See hinein nur langsam absenkte. Auf der anderen Seite war das Ufer steil gewesen. Ein Blick über den See zeigte mir die beachtliche Strecke, die ich hinter mich gebracht hatte. Wie zäh man doch sein konnte, wenn es um Leben und Tod ging.

Von einem Bein aufs andere stolperte ich weiter, hatte Mühe, mich aufrecht zu halten. Meine Füße schienen taub zu sein, meine Knie weich und kaum fähig, mich zu tragen. Vorwärts, immer weiter, kämpfen.

Auf der Straße fuhren nur wenig Autos und als ich sie überqueren musste, vergewisserte ich mich drei Mal, ob wirklich keins kam. Ich war nun so nah am Hof, dass ich nicht überfahren werden durfte! All die Mühe wäre umsonst gewesen. Purer Zynismus, wenn man mich jetzt überfahren würde nach dem Überlebenskampf im Wasser.

Ich ging durch die Vordertür, die wie immer nicht abgeschlossen war, zog die völlig durchnässten Schuhe aus und kroch auf allen vieren die Stiege hinauf. Noch wenige Meter! Taumelnd erreichte ich die Tür zu meinem Zimmer, noch zwei Schritte! Nicht zusammensacken! Noch diese Tür, danach war alles egal!

Wie ein gefällter Baum fiel ich ins Bett. Im Liegen schälte ich mich aus meinen klatschnassen Sachen.

Draußen dämmerte es längst. Wie spät war es eigentlich? Keine Ahnung, egal. Ich griff nach dem Wecker, drückte mit letzter Kraft auf die Weckzeit, bevor sich ein tiefes schwarzes Loch öffnete und mich mitnahm.

Wie in Trance merkte ich, dass mir schwindelig und schlecht war und mich immer wieder Hustenanfälle beutelten.

Irgendwann merkte ich, dass ich meine Augen geöffnet hatte. Sie starrten trübe in etwas Helles: Die Sonne schien durch mein Fenster, blendete mich.

Erneut eine schmerzhafte Hustenattacke. Es kam mir vor, als müsste ich Betonbrocken in meiner Lunge lösen. Ich versuchte, mich umzudrehen, stöhnte vor Schmerzen. Wollte auf den Wecker sehen, doch mir wurde schwarz vor Augen. Mein Bett schwankte wie ein Floß. Es war ein schönes Gefühl, so geschaukelt zu werden, aber gleichzeitig beängstigend.

Irgendwann schwebte ich in einem diesigen Nebel, hörte Worte, spürte etwas Kaltes an meiner Stirn, in meinem Nacken. Ruhige Worte mit einer schönen Stimme, war es chinesisch? Bulgarisch? Jedenfalls verstand ich sie nicht.

Ein sanfter fester Händedruck lastete auf meiner Wange, fixierte irgendetwas an meinem Ohr. Ein leises ‚Piep-piep', dann war mein Ohr wieder frei, die Hand weg. Jemand öffnete meine Augen. Ich sah einen verschwommenen Kopf und gleich fielen meine Lider wieder zu.

Dann war ich einen Moment allein und versank wieder in meinem merkwürdigen Dämmerzustand, bis ein süßer Duft zu mir vordrang. Ich zwang meine Augen, zu sehen. Zwei Personen standen in meinem Zimmer. Die eine schien eine Ärztin zu sein?

Sie zog mir die Bettdecke weg und sofort war mir, als ob ein eisiger Wind über mich hinwegfegte. Sie knöpfte mein Oberteil auf und ich wunderte mich, warum ich überhaupt eins anhatte und wem es gehörte. Ich besaß doch gar keinen Schlafanzug.

Das kalte Stethoskop kam mir wie ein Eiswürfel vor und nahm mir den Atem, bescherte mir wieder einen Hustenreiz, der mich vor Schmerzen beben ließ.

Die Person drehte mich mit wenigen Handbewegungen um, zog mein Oberteil am Rücken hoch, tupfte auch dort mit dem Eiswürfel.

Dann zog sie mir die Hose herunter. Ich wollte mich wehren, aber die Synapsen schalteten nicht. Ein komisches Gefühl, aus Kindertagen bekannt - ein Zäpfchen. Ich schämte mich, war dazu aber nicht lange fähig. Alles, was geschah, fühlte sich so flüchtig an, war vergangen, bevor ich es richtig registrierte. So bekam ich gar nicht mit, wer mir die Hose wieder hochgezogen hatte und welche lieben Hände mir das Bettzeug an den Körper drückten, um mich warm zu halten.

Immer wieder merkte ich, dass man mir etwas einflößte, mal war es bitter, mal süßlich. Der Nebel wurde dichter und lichter, draußen wurde es dunkel und hell und manchmal sah ich den Mond, manchmal zog ich mir die Decke vor die Augen, weil die Sonne mich blendete. Mal huschte eine fremde Gestalt durch mein Zimmer, mal meinte ich, es wäre Anne. Dann hörte ich Regen und es war duster im Zimmer, aber das Grau wurde freundlicher und meine Augen schlossen sich wieder. Mein schwerer Kopf wollte nur noch schlafen.

Ein Hustenanfall, der 3.758ste vermutlich, erschütterte mich.

Mein Blick wurde langsam klarer und ich sah ein Blatt Papier, das an meinem Wecker lehnte. Darauf stand in breiten Buchstaben, mit einem Edding geschrieben: „Bleib liegen, du bist krank, Falk!"

Ein Hammerschlag traf mich im Herzen. Warum, das wusste ich nicht. Vielleicht wegen der Erkenntnis, wieder ‚da' zu sein und nicht mehr vor mich hinzudämmern? Wie viele Tage mochten vergangen sein? Hoffentlich nicht zu viele?

Ich wollte aufstehen, mal nachfragen, aber mein Blick fiel wieder auf den Zettel ... ich sollte besser im Bett bleiben. So kuschelte ich mich ins Bettzeug und wunderte mich über die langen weichen Fleece-Ärmel des dunkelgrünen Schlafanzuges. Wahrscheinlich war er von Anne oder vielleicht hatten sie ihn extra für mich gekauft? Mit diesen Gedanken dämmerte ich wieder weg, schipperte mit meinem Bett über den Fluss ins Reich der warmen Dunkelheit.

Als ich das nächste Mal wach wurde, raste mein Puls. Es war stockdunkel, doch ich hörte den Regen laut auf das Dach prasseln. Ein grelles Lichtstakkato erleuchtete mein Zimmer, gefolgt von ohrenbetäubendem Donnerhall, der das ganze Haus erzittern ließ. Jetzt wusste ich, was mich aus dem Schlaf aufgeschreckt hatte, daher mein hoher Puls. Die Intensität des Gewitters war Furcht einflößend. Ich krabbelte mühsam aus meinem Bett, wankte zur Tür, dann merkte ich, dass mein Kreislauf nicht mitspielte. Kein Wunder, ich hatte wahrscheinlich mehrere Tage nur im Bett gelegen. Ich ließ mich im Wohnzimmer auf einen der alten dunklen Holzstühle nieder, lehnte mich auf den schweren Holztisch. Erst jetzt nahm ich wahr, dass im Wohnzimmer das Licht brannte. Ich merkte es, als es kurz anfing zu flackern. Offensichtlich waren alle anderen unten im Haus oder sogar im Hof unterwegs. Ich raffte mich auf, hangelte mich langsam an dem Geländer der Stiege hinunter, schlüpfte in meine Arbeitsschuhe, und torkelte zur Haustür hinaus auf den Innenhof.

Die Hofbeleuchtung brannte. Angstvolle Tierstimmen schrien durch die Nacht. Ich sah einen Blitz mit tausend Adern. Der Donner grollte aufgebracht. Gleich darauf der nächste Blitz. Plötzlich fühlte ich eine Berührung an meiner gesunden Schulter und erstarrte, verkrampfte mich. Ich kniff die Augen zusammen und schrie, aber es war nichts zu hören außer tosendem Donnergrollen.

Sekunden später lag ich im Hausflur in Annes Armen. Sie zitterte, ebenso wie ich, hielt mich eng an sich gepresst und drückte meinen Kopf an ihren Körper. Ich hörte ihren kräftigen Herzschlag. Wir keuchten beide vor Entsetzen, dann überkam mich ein böser Hustenanfall und Anne drehte mich herum, dass ich mich freihusten konnte. Sie klopfte vorsichtig auf meinen Rücken, das tat gut.

Achim zog mich vorsichtig hoch, stabilisierte mich mit seinem kranken Arm und reichte Anne seinen gesunden zum Aufstehen.

In der Pseudoküche brannte Licht. Sabrina saß dort und wenig später wurde ich auf meinem Stuhl quasi ‚abgeladen'. Draußen ging das Getöse weiter, aber die Abstände zwischen Blitz und Donner und die Lautstärke änderten sich. Das Gewitter zog weiter.

Anne half mir, mein regennasses Pyjama-Oberteil auszuziehen, und reichte mir eine warme flauschige Fleecejacke. Sie rubbelte meine nassen Haare mit einem Handtuch trocken. Achim stellte eine Teetasse vor mich hin. Ein beißender Geruch stieg mir in die Nase.

„Was ... das?", fragte ich und merkte, dass ich absolut heiser war, unterdrückte eine neue Hustenattacke.

„Nicht fragen, trinken", kam sanft von Achim und er schob mir die Tasse noch etwas näher. „Aber aufpassen", warnte er.

Bereits bei dem Geruch war mir klar gewesen, was es sein musste:

Grog. Ich trank vorsichtig.

Das Teufels-Getränk war nicht allzu heiß. Ich konnte mir denken, dass die Mischung ziemlich heftig war. Wenige Sekunden später knallte sie ordentlich in meinen kranken Kopf und ich hatte alle Lampen am Brennen. Dann merkte ich schemenhaft, dass mein Körper eine Wanderung begann, die gänzlich ohne mein Zutun geschah und in meinem Bett endete.

Das Letzte, was ich mitbekam, war, wie mir mein Bettzeug an den Körper gedrückt wurde. Ruhige, liebevolle Worte, die ich nicht verstand, lullten mich ein und gaben mir zu verstehen, dass alles in Ordnung war.

Ob es den Pferden, den anderen Tieren auch manchmal so ging? Sie verstanden nicht die Worte, aber sie wussten, ob man es gut oder schlecht mit ihnen meinte.

Am helllichten Tag wachte ich auf und bellte schon wieder wie ein Kettenhund. Als der Anfall vorüber war, bemerkte ich, dass Anne an meiner Bettkante saß.

„Tu ... mi ... lei ... d", versuchte ich mühsam herauszupressen, doch meine Stimmbänder versagten.

„War das mit dem Gewitter auch Absicht?", fragte sie leise und ich sah, wie sich ihre Augen mit Tränen füllten.

„Nein."

„Sicher?" Sie schniefte und zweifelte.

„Nie mehr, verspro ..." Ein Hustenanfall beendete den Satz.

„Was haben wir falsch gemacht, dass du dich uns in deiner Verzweiflung nicht anvertraut hast?", fragte sie matt und wischte sich die Tränen weg.

„Mein Fehler, nicht eu ..." Der Rest ging wieder in Husten unter.

„Ich habe dir Tee mitgebracht und frisches Weißbrot mit Rosinen für dich gebacken. Magst du Marmelade drauf haben oder lieber ohne alles?", fragte sie und wechselte damit geschickt das Thema.

„Ohne. Danke."

Sie nickte und ging zur Tür, blickte sich noch einmal um, verschwand dann. Es tat mir so leid, dass sie sich solche Sorgen und Vorwürfe machten. Natürlich war mein Versuch, mich im See zu ertränken, nicht an ihnen vorbei gegangen. Meine klatschnassen Sachen hatten sie gefunden und weggeräumt - sonst lägen sie ja immer noch auf meinem Bett, taten sie aber nicht.

Unweit von meinem Bett entfernt standen Tee und Weißbrot auf einem Klappstuhl. Ich richtete mich auf, doch der Versuch, die kaputte Schulter zu schonen, misslang. Ich stöhnte laut, und war froh, dass Anne nicht mehr im Zimmer war.

Mit dem gesunden Arm dirigierte ich meine Beine, zog sie in den Schneidersitz. Irgendwie war alles so extrem schwergängig. Ich legte mir vorsichtig das Bettzeug über den Rücken. Den Arm konnte ich inzwischen wieder etwas bewegen, aber die Schmerzen waren deutlich schlimmer als vor meinem Schwimmausflug.

Ich angelte nach der Stuhllehne und zog den Stuhl vorsichtig näher. Eigentlich wartete ich darauf, dass er umfiel und alles zu Boden schepperte, aber diese Peinlichkeit blieb mir erspart.

So mümmelte ich kurz darauf an dem Weißbrot herum und spülte mit Tee nach. Appetit hatte ich keinen, aber es war notwendig, etwas zu essen.

Erneut ging meine Zimmertür auf. Achim kam herein. Ich senkte meinen Blick, jetzt gab es bestimmt eine Predigt, und ... zu Recht.

Doch nichts geschah, Achim setzte sich wortlos zu mir aufs Bett.

Das Schweigen war unangenehm.

„Keine Fehler, okay?", hörte ich seine Stimme dann leise. „Du bist bei uns auf dem Hof und wir haben dich gerne hier und wir möchten, dass du bleibst, weil wir dich mögen."

Ich blickte auf seine Lippen, die sich überhaupt nicht bewegten und diese Stimme schien so merkwürdig weit entfernt.

„Ob du es glaubst oder nicht, es gibt wirklich Menschen, die dich mögen. Hämmere dir das mal in deinen kaputten Schädel, sonst hämmere ich dir das ein", hörte ich und begriff plötzlich, dass Achim in diesem Moment wirklich rein gar nichts sagte! Das, was ich hörte, war etwas, was er mir bereits vor vielen Tagen gesagt hatte. Wie eine Last lagen diese Worte auf mir. „Ob du es glaubst oder nicht, es gibt wirklich Menschen, die dich mögen. Hämmere dir das mal in deinen kaputten Schädel", waberte erneut wie ein Echo durch meinen Kopf.

„Tu ... leid", mühte ich mich ab, doch es war kaum zu hören.

Achim sah mich an, traurig, enttäuscht, mutlos, dann etwas hoffnungsvoll, vergebend. Er kam näher, strubbelte mir durch die Haare.

„Warum? Warum hast du das getan?", fragte er sanft.

„Fehlzündung", röchelte ich.

„Hoffentlich eine einmalige." Achim lächelte bemüht und legte mir die Hand nun auf den Unterarm.

„Bestimmt. A ... aber ich muss", ein kurzer Hustenanfall unterbrach mich. „Tschuldige", japste ich. „Du, ich muss vom Hof", begann ich nun zu flüstern und das klappte prima! „Wenn die Kinder kommen und mich noch mehr erkennen, das ruiniert euren Ruf!"

„Du musst weder vom Hof, noch mit solch einem Abgang. Mensch Falk", rügte Achim und blickte mich fest an. „Du bist geschätzte 150 Kilometer von hier entfernt zur Schule gegangen", fuhr er ruhig fort. „Die Kinder, die du damals terrorisiert hast, waren meist zwischen 10 und 14 Jahren alt, sind also jetzt vermutlich zwischen 15 und 20. Die Kinder, die uns besuchen, sind im Kindergartenalter oder aus der Grundschule. Du hast dich ausschließlich an Jungs vergriffen. Diejenigen, die hier Ferien machen, sind meistens Mädchen, schätzungsweise bis 14 Jahre alt. Die Wahrscheinlichkeit, dass dich jemand erkennt, ist so gering, wie im Lotto zu gewinnen."

„Jonas hat mich im Baumarkt erkannt und Sabrinas Bruder."

„Wer?"

„Sabrinas Bruder, ist auch eines meiner Opfer."

„Woher weißt du das?"

„Hat sie gesagt. Er hat mich erkannt, als er den Hof hier besichtigt ..." Erneut ein Hustenanfall.

„Falk", seufzte er und klopfte mir vorsichtig auf den Rücken. „Wenn du wirklich aus triftigen Gründen vom Hof willst, dann kannst du jederzeit gehen, aber wenn der einzige Grund deine Vergangenheit ist, dann bleib bloß hier. Das akzeptiere ich nicht."

„Und euer Ruf?"

„Blödsinn. Wie gesagt, ich denke nicht, dass mehr als 1 Prozent unserer Besucher dich von damals kennen könnten. Und wenn doch, dann werden wir mit Sicherheit gefragt, ob wir als kinderfreundlicher Hof denn wissen, welchen Hannes wir hier beherbergen. Dann ist Zeit für ein aufklärendes Gespräch. Aber glaub nicht, dass unser Ruf deswegen ruiniert wird. Davon abgesehen, wird es immer mal das ein oder andere Kind geben, dem es hier nicht gefällt. Du denkst über eine Nadel im Heuhaufen nach."

„Es gibt sie."

„Ja", bestätigte Achim und hinterließ ein Schweigen, das mir die Möglichkeit gab, das soeben Gehörte zu begreifen, zu verinnerlichen. Er hatte völlig Recht: Ich hatte niemals einem Mädchen etwas getan. Die damals terrorisierten Kinder waren nicht mehr in dem Alter, dass sie hier auftauchen könnten. Meine Schule, mein Wirkungskreis lagen weit entfernt. Dennoch Jonas und Sabrinas Bruder waren mir auf die Schliche gekommen! Das durfte Achim nicht abtun.

„Sag mal", hörte ich ihn zögerlich. „War ... es knapp?"
„Was?"
„Mit dem See."
Ich nickte langsam. „Verdammt knapp."
Achim atmete tief durch.
„Als mir klar wurde, dass ich mich nicht umbringen darf, war ich schon mitten im See", flüsterte ich und schaute auf meine Bettkante. „Ich konnte euch diesen Kummer nicht antun."
„Kummer ... ja, den hast du uns gemacht." Achim seufzte, rückte ganz nah zu mir und nahm mich in den Arm. „Warum hast du dich mir nicht anvertraut? Ich habe dich doch mehrmals darauf angesprochen."
„Keine Ahnung, Ich wollte euch nicht auf den Keks gehen mit meinem Selbstmitleid", krächzte ich."
Achim schüttelte den Kopf. „Mach keinen Mist, bitte nicht noch einmal, Falk. Es gibt keinen größeren Fehler als so etwas", flüsterte er beschwörend und ich nickte.
„Ein ganz ganz festes Versprechen, ehrlich."
„OK. Und nun werde schön langsam wieder gesund. Hetz dich nicht. Bis ich meinen Arm wieder richtig gebrauchen kann, hast du locker Zeit zur Genesung."
„Aber dann zerrst du mich sofort aus dem Bett zum Fliesen-schneiden!", bat ich, so laut es ging.
„Versprochen", entgegnete Achim.
Wir grinsten uns an und ich merkte, wir mir ein schmerzhafter Kloß im Hals schwoll, wie sich mein Blick verschleierte. Achim hatte es glücklicherweise nicht mitbekommen und war hinausgegangen. Ich krallte mich in mein Bettzeug, schmiss mich auf die Matratze und begann zu flennen, bis ich zwischen den daraufhin verstärkt folgenden Hustenanfällen vor Atemnot japste.
Keuchend blieb ich liegen, versuchte, ruhig zu werden und über diesem Versuch schlief ich dann wohl ein, denn als ich das nächste Mal die Augen aufschlug, war ich fein-säuberlich in meine Bettdecke

eingepackt und hatte frischen Tee auf dem Stuhl stehen und neue Scheiben von dem Rosinenstuten auf einem Teller liegen.

An meinem Türblatt vernahm ich ein zaghaftes Klopfen.

„Ja?", mühte ich mich ab.

Die Tür ging auf. Sabrina.

„Darf ich reinkommen? Nur kurz", fragte sie und ich merkte, dass sie ziemlich blass war.

Ein verhaltenes Nicken von mir war die Antwort.

„Ich glaube, ich muss mich bei dir entschuldigen", sagte Sabrina, als sie vor meinem Bett stand.

Skeptisch schaute ich auf. „Sagt wer?" Hatte Achim sie ausgequetscht?

„Mein schlechtes Gewissen", kam zerknirscht von ihr.

Ich atmete ein paar Mal durch. Eine passende Antwort fiel mir nicht ein, obwohl mir 1000 Gedanken durch den Kopf schossen.

„Es tut mir ehrlich leid", fügte sie hinzu.

„Schon gut", flüsterte ich.

„Wirklich?"

„Ja. Ich bin halt ein Arsch, da muss man mit so etwas rechnen. Ist okay."

„Vielleicht bist du ein Arsch, aber ich war auch einer, dass ich es dir noch extra schwer gemacht habe."

„Schon gut", gab ich erneut zurück.

„Du, das wollte ich nicht. Ich habe dich als Abschaum der Gesellschaft beschimpft und ... ich bin leider auch nicht besser gewesen."

„Ja, ist okay." Langsam ging mir das auf den Nerv.

„Stimmt es, dass du ... hm ..."

„Was?"

„Stimmt es, dass du wirklich beinahe ertrunken wärst?"

„Woher ...? Wer sagt denn so etwas?" Ich konnte es kaum glauben.

„Ich war unbeabsichtigt Zeuge, wie Achim Anne vorhin davon erzählt hat. Falk, ... ich wusste nicht, dass du ... na ja ... "

„Suizidgefährdet bin? Kann dir doch egal sein", knurrte ich.

„Nein, kann mir nicht egal sein. Wahrscheinlich bin nämlich allein ICH der Grund dafür."

„Ich habe schon an den See gedacht, da war noch nicht einmal die Rede davon, dass hier eine Praktikantin auftauchen könnte", konterte ich und war urplötzlich wütend über mich selbst, denn ich hasste es, darüber zu reden, und schon gar nicht wollte ich mit Sabrina darüber reden, aber

144

mein Mund sprach munter drauflos.

„Tu es nicht. Nicht noch einmal. Jeder Mensch hat das Recht auf eine zweite Chance."

„Hat Achim dir das erzählt?"

„Nein, wieso? Nein, ich hatte ja ein paar Stunden Zeit, darüber nachzudenken. Als ich gehört habe, dass du … du … das … das mit dem See, als Achim das erzählte, da …"

„Ist schon gut. Schwamm drüber. Vergiss es einfach, wird nicht mehr vorkommen", meinte ich und machte eine Handbewegung, die ihr zeigte, dass sie bitte mein Zimmer verlassen möge, was sie mit einem Nicken tat.

Eine Weile dachte ich noch darüber nach, aber die Gedanken verloren sich irgendwann und ich dämmerte weg.

Nachts im Dunkeln wurde ich wach und fühlte mich relativ gut, machte Licht an, trank den Tee, mümmelte noch von dem Rosinen-Weißbrot.

Drei Uhr. Ich stellte den Wecker, konnte nach dem vielen Schlaf der letzten Tage endlich mal früh aufstehen und mich hoffentlich wieder nützlich machen.

Als der Wecker dann klingelte, reckte ich mich, um ihn zum Schweigen zu bringen, jedoch ließ meine lädierte Schulter diese Bewegung nicht zu. Ein heftiger stechender Schmerz durchzog mich und ich stöhnte auf.

Bevor ich den Wecker erreicht hatte, verstummte er von selbst. Ich ließ mich vorsichtig zurücksinken, öffnete die Augen und sinnierte, warum der Wecker denn ausgegangen war. Anne stand vor mir.

„Wa … was machst du denn hier?", fragte ich verwundert und ein bisschen grummelig, weil ich mich bespitzelt fühlte. Meine Stimme klang rostig, aber wenigstens war sie wieder da.

„Was hast du für Schmerzen?" Seit wann stand sie schon da?

„Die Schulter, nicht weiter schlimm."

„Hörte sich aber ganz anders an."

„Wieso bist du hier? Bespitzelst du mich?"

„Nein, nicht wirklich. Ich habe, seit du krank bist jeden Morgen kurz zu dir reingeschaut, dich wieder zugedeckt und heute klingelte dann zufällig gerade dein Wecker", erklärte sie. „Aber …", fuhr sie zögerlich fort. „Du solltest noch nicht so früh aufstehen. Bleib doch liegen, schlaf aus und komm dann irgendwann runter."

„Ich habe keine Lust mehr, nutzlos im Bett herumzuhängen."

„Gesund bis du aber noch nicht. Du bleibst bitte noch liegen."

„Ja Mama", grollte ich und zog das Bettzeug über mich. Dabei machte ich wieder eine unbedachte Bewegung und biss mir auf die Lippen.

Sie merkte es. „Was ist mit deiner Schulter? Ist das vom ... vom ... See?"

„Ja", antwortete ich, obwohl es nur zur Hälfte stimmte.

„Darf ich mir die Schulter mal anschauen?"

Ich zog die Augenbraue zweifelnd hoch, ließ sie aber gewähren. Mit fachkundigen leicht bohrenden Bewegungen tastete sie meine Schulter ab. Ihre Finger übten dabei einen gewissen Druck aus, der einerseits kurz vor der Schmerzgrenze war, andererseits für eine angenehme Entspannung sorgte. Es prickelte, ihre Hand zu spüren, ich fing an, diese Massage genießen.

„Ich glaube, die Muskulatur ist ganz schön entzündet", sagte sie schließlich und knetete vorsichtig weiter. Ich hatte längst die Augen geschlossen und atmete ruhig in tiefen Zügen. Es gab mir das Gefühl, fliegen zu können, als würde ich meine Flügel ausbreiten. Total schwachsinnig.

Anne hörte nicht auf, massierte immer weiter; es war herrlich. Meinetwegen konnte sie das stundenlang machen.

„Tut gut, was?", flüsterte sie und ich nickte, stöhnte behaglich. Dann hielt ich inne. Erst jetzt wurde mir bewusst, dass ich schon die ganze Zeit leise stöhnte.

„Tut mir leid", meinte ich und richtete mich auf. Sofort krampfte die Schulter wieder. Ich hielt die Luft an.

„Das scheint wirklich ziemlich übel zu sein. Ich hol dir mal was Wärmendes und du bleibst weiter liegen. Die Schulter zu bewegen ist absolut tabu!"

Als Anne wieder kam, hatte sie ein längliches Kissen in der einen Hand, und in der anderen eine Tube mit Salbe. Sie zog mir die Bettdecke weg, schob mein Oberteil im Rücken hoch. Mir stockte der Atem vor ... Gefühls-Chaos.

Wenn Anne meine Reaktion bemerkt hatte, so war sie hoffentlich davon ausgegangen, es sei wegen der Schulter gewesen. Ohne darauf einzugehen, rieb sie mit der Salbe die Schulter großflächig ein, positionierte dieses Kissen dann darauf und zog die Fleecejacke wieder zurecht. Es war angenehm warm, fast heiß. Das Bettzeug drückte sie mir darüber wieder eng an den Körper. Mit einem lieben Lächeln und einem ‚drohenden Finger‘, liegen zu bleiben, verschwand sie.

Es dauerte nicht lange, da war ich vor Behaglichkeit weggedämmert.

Wie durch Watte drangen leise Geräusche in meinen Kopf und nach und nach begriff ich, dass ich gar nicht mehr schlief. Ich öffnete die Augen und ein Blick auf den Wecker bestätigte 13 Uhr!

Also war ich noch einmal ganz tief eingeschlafen! Langsam stand ich auf und ging vorsichtig die Stiege hinunter.

In der Pseudoküche fand ich Anne beim Kochen vor.

„Bin nochmal total weggeratzt", flüsterte ich entschuldigend.

„Macht doch nichts, ich hab doch gesagt, du sollst schlafen."

Ich überlegte, warum sie um diese Uhrzeit gemütlich kochend in der Küche stand. Hätte sie Frühschicht gehabt, wäre sie noch nicht hier gewesen. Für die Spätschicht hätte sie bereits losgemusst.

„Hast du heute frei?", fragte ich.

„Außerplanmäßig einen Tag, ja", lächelte sie, nahm den Topf vom Herd und stellte ihn auf die Untersetzer auf den Tisch. „Magst du normales Frühstück oder schon was Warmes?"

„Öh, ja, hm." Mir war gar nicht nach Essen, aber mir war klar, dass es ungesund war, nichts zu essen. Immerhin musste ich wieder auf die Beine kommen. „Lass mich erstmal wach werden", war die sinnvollste Antwort, die mir gerade einfiel.

Anne nickte wohlwollend ab und deckte weiter den Tisch.

„Warum deckst du nur für drei Leute?", fragte ich sie verwundert.

„Sabrina ist nicht mehr hier", antwortete sie.

„Habt ihr sie rausgeschmissen?" Sofort hatte ich ein schlechtes Gewissen.

„Nein, dazu kam es nicht. Sie hat uns erzählt, was sie mit dir angestellt hat, hat sich reuevoll entschuldigt und gemeint, es sei besser, sie würde nun gehen. Wir haben sie nicht aufgehalten. Achim war stinkwütend. Ich glaub, wenn sie nicht im gleichen Atemzug des Entschuldigens gesagt hätte, sie würde uns verlassen, hätte er sie wirklich hochkantig rausgeschmissen. So hat er nur ‚weise Entscheidung' gegrollt und ist hinausgegangen. Ich glaub, er wäre beinahe geplatzt."

„Und du?", fragte ich und schüttelte direkt den Kopf. „Vergiss es, blöde Frage."

„Nee, keine blöde Frage. Ich war so entsetzt, dass ich mal wieder den Mund nicht aufgekriegt habe. Glücklicherweise hat Sabrina direkt gepackt und sich ein Taxi genommen, anstatt darauf zu warten, dass ihre Eltern sie später abholen."

„Aber sie war doch eine gute Praktikantin, kam so gut mit den Pferden zurecht und war eine tolle Hilfe."

„Tolle Hilfe? Das nennt man Mobbing! Seelisches Fertigmachen! Nein, das dulden wir auf unserem Hof nicht."

„Aber sie hat doch nur die Wahrheit gesagt, ich habe doch tatsächlich Minderwertigkeitskomplexe, das stimmt doch."

„Das ist Ansichtssache. Ich nenne das: massive Selbstzweifel. Und jemanden mit solchen Zweifeln derart anzugehen für eine Sache, für die er erstens schon gebüßt hat und für die er sich zweitens selber völlig fertigmacht ... das ist unmenschlich und ein Verbrechen." Sie stand auf, holte die Pfeffermühle von der Anrichte.

„Blödsinn", fuhr ich fort. „Sie hat nur die Wahrheit gesagt."

„Falk!" Anne baute sich vor mir auf und stemmte ihre Arme in die Seiten. „... ich weiß nicht, was ich noch sagen soll, es kommt ja eh nichts bei dir an, aber es ist meine Entscheidung, wer auf dem Hof wohnt und wer nicht. Und Sabrina hat ihre Daseinsberechtigung verspielt, aus und basta." Damit drehte sich Anne um, ging hinaus und rief nach Achim.

Ich fühlte mich schlecht, weil ich sie aufgeregt und sicherlich auch verletzt hatte.

„Entschuldigung", murmelte ich, als sie wieder hereingekommen war und sich an den Tisch gesetzt hatte. „Ich hab nur so ein schlechtes Gewissen, weil ... weil Sabrina doch wirklich allen Grund hat, mich zu hassen."

Anne atmete tief durch. „Ja, hat sie sicherlich, aber ein schlechtes Gewissen hätte SIE mal eher haben sollen." Nun beugte sie sich zu mir herüber, blickte mich durchdringend an. „Mensch Falk", flüsterte sie und legte ihre Hand sanft in meinen Nacken.

Sofort starteten in mir 100 Wunderkerzen und ich zuckte unweigerlich zusammen, was Anne dazu brachte, ihre Hand wegzuziehen und sich wieder auf ihren Platz zu setzen.

Jetzt dachte sie bestimmt, ich wollte diese Geste nicht.

„Wenn ihr meint, dass es so richtig ist, dann ist es richtig so", sagte ich leise und gab eine kleine Portion von der Hackfleisch-Reis-Pfanne auf meinen Teller. „Wie lange ... habe ich denn ... hm ... egal ..." Ich steckte eine Gabel in den Mund. Klappe halten! Ich wollte eigentlich fragen, wie lange ich eine so genannte ‚Daseinsberechtigung‘ hatte. Zum Glück ging gerade die Tür auf, Achim kam herein und nickte mir zu. Die unangenehme Situation war beendet.

„Hey, schon wieder auf den Beinen?" Er grinste fröhlich und schnupperte über der Pfanne. „Oh, das riecht hervorragend!"

„Hast du was für mich zu tun? Ich meine ... kann ich mich nützlich machen?", fragte ich vorsichtig nach.

Achim grübelte, lud sich eine große Portion auf den Teller.

„Seine Schulter ist entzündet", sagte Anne ungerührt.

„Deine Schulter ...?" Achim schaute mich prüfend an. „Das geht aber schon länger, oder?"

Ich senkte den Blick - Mist, er hatte es noch präsent! Schließlich nickte ich.

„Hm, momentan ist eh nichts zu tun, als aufs Trocknen des Putzes zu warten. Ich schlage vor, du lässt dich von Anne rehabilitieren und sobald mein Gips ab ist, bist du der Fliesenschneider vom Dienst. Aber bis dahin ... nix ... okay? Ich will nicht, dass du dich hier zum Krüppel machst." Er legte mir freundschaftlich die Hand auf die heile Schulter. Sein liebes Lächeln und die Geste zeigten mir, dass seine Worte im Guten gemeint waren.

„Okay", meinte ich ergeben und schielte zu Anne.

„Seit wann hast du das?", fragte sie und ich wusste, was sie meinte. Mir wurde heiß und kalt.

„Schon etwas länger", wich ich aus und hoffte, sie würde nicht mehr nachfragen. Sonst müsste ich beichten, dass es seit diesem Schubkarrensturz war, als sich die Schraube der Radaufhängung gelöst hatte. Quasi seit meiner ersten Woche auf dem Hof.

Anne fragte nicht nach.

Ich atmete auf.

Nach dem Essen half ich beim Abräumen und beim Abwasch, während Achim wieder verschwand - wohin auch immer. Als die Pseudoküche aufgeräumt war, wies mich Anne mit einer Handbewegung an, nach oben zu verschwinden. „Bringst du mir das Kirschkernkissen?

Dann wärme ich es nochmal."

Ich holte es aus meinem Zimmer.

Sie befeuchtete das Kissen ein wenig und steckte es in die Mikrowelle, bat mich, wieder Platz zu nehmen.

Bis das Kissen erwärmt war, massierte sie mir die Schultern und den Rücken. Ihre Berührungen dabei ließen mich wieder erschauern. Sie wühlten mich innerlich so auf und ich musste an mich halten, nicht schon wieder so blöd zu zucken. Eine Gänsehaut ließ sich nicht vermeiden. Anne fragte, ob mir kalt sei, und ich antwortete nur: „Geht so". Sie sollte nicht wissen, was ich für sie fühlte.

Nach der Massage rieb sie die Salbe auf meine kranke Schulter, und schob mir dann das Kissen unter die Fleecejacke auf die nackte Haut.

„Ich hoffe, meine Schulter wird nie mehr gesund", säuselte ich gedankenversunken und Annes lachendes Schnauben zeigte mir, dass ich den Gedanken tatsächlich ausgesprochen hatte. Ich wollte im Erdboden versinken!

„Du hast diese Verletzung so lange verheimlicht, du wirst ganz schön lange mit mir zu tun haben", knurrte Anne vergnügt in mein Ohr. „Heute Abend gibt es eine Fortsetzung. Zu lange am Stück ist nicht gut", meinte Anne und stupste mir mit ihrem Finger auf die Nase, zündete damit prompt wieder 100 Wunderkerzen.

Langsam wurde mir langweilig. Ich wollte nicht mehr ins Bett, aber ich sah ein, dass die Schulter unbedingt Schonung brauchte. Aber gab es eine Tätigkeit, die ich nur mit links machen konnte? Beim Abendessen fragte ich Anne, ob sie mir nicht irgendetwas Sinnvolles zu tun geben könnte. Sie dachte kurz nach und meinte dann: „Du kannst mit mir morgen in den Baumarkt fahren und mich beraten. Ich brauche noch Griffe für die Küchenmöbel. So langsam muss ich das in Angriff nehmen, denn wenn ich dort nichts Passendes finde, muss ich vor Lieferung der Küche die Griffe dort doch noch nachträglich bestellen."

Griffe! Ein Stichwort. Ich sagte zunächst nichts dazu, aber nach dem Essen flitzte ich hinaus und holte meine fertigen Griffe.

„Hast du für diese hier Verwendung? Ich könnte sie noch ändern, wenn du andere Vorschläge hast, ist kein Problem."

Anne schaute sich die Griffe an, befühlte jeden einzelnen, begutachtete sie von allen Seiten. „Wo sind die denn her? Die sehen unbezahlbar aus."

Ich lächelte schief. „Hab ich aus Restholz geschnitzt, bevor Achim sich den Arm gebrochen hat", begann ich drucksend. „Da hatte ich immer mal etwas Leerlauf und sonntags hatte ich nichts Besseres zu tun." Es war mir ziemlich unangenehm, aber zum Wegwerfen, ohne sie Anne wenigstens vorher zu zeigen, fand ich sie zu schade.

„DU? Du hast die gemacht?" Anne gab ihrem Bruder eine Hand voll von den Griffen. „Das ist ja unfassbar ..."

Achim nickte anerkennend. „Und du sagst, du bist zu nichts zu gebrauchen", grinste er und zeigte mir den erhobenen Daumen. „Die sind spitze, absolut erstklassig. Und die hast du geschnitzt?"

„Ja." Ich zuckte unbehaglich mit den Schultern und wurde nun total verlegen, was sollte ich denn sagen? „Also es soll kein Einschleimen sein oder so, aber ... na ja ... das Holz war übrig und ... ich schnitze sehr gern. Dein Werkzeug ist sehr gut. Aber wenn das nicht okay war, dass ich es einfach so benutzt habe ... daran hab ich gar nicht gedacht, also ..."

„Dummkopf", lachte Achim und zwinkerte mir zu. „Als ob du fragen müsstest, ob du mein Werkzeug benutzten kannst!" Wieder begutachtete er die Griffe. „Man sieht deine Leidenschaft zum Holz. Auch die Stühle im Esszimmer sind wunderbar verziert. Du schnitzt nicht nur unheimlich gut und gern, du malst gern mit dem Lötkolben. Du liebst Holzverarbeitung und ... kannst deine Finger nicht ruhig halten, was?" Achim lachte.

„Darf ich davon welche haben?", fragte Anne und ich schaute sie verblüfft an.

„Die sind alle für dich, wenn du sie magst." Ich reichte ihr den Eimer hinüber, in dem sich die Griffe befanden. „Wenn du mehr brauchst, fertige ich noch Weitere an."

Anne strahlte übers ganze Gesicht und kiekste wie ein kleines Kind, dem man ein riesiges Weihnachtsgeschenk gemacht hatte. Sie stellte den Eimer auf den Tisch, flog mir sanft um den Hals, und drückte mir einen Kuss auf die Wange, dass ich rote Ohren bekam und beinahe platzte vor innerlicher Hitze.

„Ist ein Freundschaftskuss", meinte sie und lachte entwaffnend.

Einerseits bedauerte ich, dass es nur ein Freundschaftskuss war, andererseits konnte ich mit ihr nicht wirklich eine Beziehung eingehen. Sie als gebranntes Kind ... mit einem wie mir? Einem Ex-Verbrecher? Nein, das war nicht gut. Solange ich meine tiefen Gefühle für sie verheimlichen konnte, war alles in Ordnung. Vielleicht würden meine

Gefühle sich bald wieder besser bändigen lassen und für mich kein Problem mehr sein. Aber jetzt war es noch unerträglich: Mir kam es vor, als bekäme ich kaum noch Luft, mein Herzschlag hatte sich gefühlt verdoppelt.

Beruhigen! Nichts anmerken lassen!

In den folgenden Tagen verbesserte sich mein Gesundheitszustand rasant. Ich fühlte mich gut, hatte keinen Wattekopf mehr und war nicht mehr schlapp auf den Beinen. Lediglich der Husten hielt sich noch hartnäckig, besonders beim Einschlafen und Aufwachen. Dank Anne wurde die Schulter ebenfalls besser. Sie hatte mir ein entzündungshemmendes Medikament gespritzt, massierte mich täglich, rieb mich mit der Sportsalbe ein und versorgte mich mit dem Wärmekissen. Es galt strenges Arbeitsverbot, aber ich putzte einhändig die Fjordpferde, ließ sie auf dem Reitplatz nacheinander ‚frei laufen‘, wie Anne das nannte.

Zu dritt fuhren wir in den Baumarkt, Sissi war derzeit relativ zuverlässig, vielleicht lag es am schönen warmen Sommerwetter. Anne suchte Farbe für den Anstrich des Putzes aus und die Fliesen, die sie sich vorstellte.

Ein paar Tage später kam sie mit einem grauen komischen Stoffdings mit Gurt an. „Zieh mal bitte dein Hemd aus“, meinte sie und zeigte auf das Ding.

Inzwischen war es für mich ganz normal, ‚oben ohne‘ vor Anne zu stehen. Wie ich gehofft hatte, ließen sich meine Gefühle recht gut bändigen.

Anne legte mir dieses Dings an. Es war eine Stützbandage für die lädierte Schulter, um meiner Schulter ‚Halt‘ zu geben.

„Damit du nicht mehr jammern musst, dass du nichts tun darfst.“ Anne zwinkerte mir zu. Sie stand dicht vor mir und nun starteten plötzlich doch wieder Wunderkerzen in mir, das sollte sie aber nicht merken! NIE merken! Innerlich seufzte ich. Immer wenn ich dachte, ich hätte es im Griff, schaffte sie es, mit einer klitzekleinen Geste das Feuer wieder zu entfachen.

Von nun an durfte ich leichte Arbeiten verrichten. Anne wies mich in die Kunst des Longierens ein, zeigte mir Kappzaum und Longe, wie ich sie anlegen musste und was ich mit der Longe und der Peitsche zu tun hatte.

„Das klappt doch wunderbar", meinte sie schließlich am dritten Tag anerkennend. „Du siehst, das ist keine Zauberei, das hat Sab ..." Anne erstarrte für einen Moment. „Gut so Ilva", wand sie sich aus der Situation heraus und lobte die graue Stute. Mir war klar, dass sie sagen wollte, Sabrina habe es auch nicht besser gemacht. Der Name versetzte mir einen Stich und dennoch tat es gut, Anne ein bisschen mit der Arbeit zu entlasten, die ihr vorher Sabrina abgenommen hatte.

Neben dem Longieren der Fjordpferde ,durfte' ich misten. Allerdings nur die Nager und Hühner. Ansonsten gab es noch einige kleine Dinge, die ich tun durfte, wie zum Beispiel die beiden Ziegen melken. Anfangs war ich skeptisch gewesen, aber es klappte auf Anhieb ohne Probleme.

Immer wenn ich Anne mit schweren Karren über den Hof fahren sah, meldete sich mein schlechtes Gewissen, aber sie verbot mir andere Arbeiten strikt. Ich seufzte innerlich. Aber spätestens, wenn Achim seinen Gips abbekam, würde sich dies ändern. Darauf hoffte ich.

An einem Morgen wies mich Anne in das Leder fetten ein, eine weitere leichte Tätigkeit, die ich übernehmen durfte. In der warmen Sommersonne hatten wir Sättel und Trensen in ihre Einzelteile zerlegt. Anne baute die gereinigten und gefetteten Riemen wieder zusammen. Ich sah ihr verblüfft dabei zu. Ich selbst hätte nicht mehr gewusst, welche Schnalle an welche Stelle musste. „Origami für Fortgeschrittene", lachte ich und sie nickte.

„Die nächste Trense baust du zusammen!", drohte sie.

Ich hatte es befürchtet und gab mein Bestes.

Anne lachte und holte Lenni, dem die Trense gehörte. Ich sollte sie ihm anziehen, was sich als unmöglich erwies. Anne brach vor Lachen beinahe zusammen und wischte sich die Tränen aus den Augen. Ich stand wie ein begossener Pudel neben dem Hengst, konnte aber im Ansatz selbst über mein Ungeschick lachen.

Mit geübten Handgriffen tauschte Anne die Riemen und baute aus meiner Katastrophe eine passende Trense.

Anne nahm Lenni mit auf den Reitplatz und baute dort kleine Hindernisse auf, über die er ,frei springen' sollte.

Währenddessen übte ich weiterhin, Trensen zusammenzusetzen. Mit Lennis Trense als Muster hatte ich bald den Dreh raus und erntete dafür ein dickes Lob und ein anerkennendes Schulterklopfen, was mir runterlief wie Öl. Dann hechtete Anne ins Haus, um sich umzuziehen, weil sie zum Spätdienst in die Praxis musste.

Ich blieb alleine auf dem Hof zurück, fettete die mir anvertrauten Sättel und Trensen fertig, verrichtete meine leichten Arbeiten, bis mich ein unwiderstehlicher Duft nach Bratkartoffeln ins Haus zog.

Achim stand in der Pseudoküche, und brutzelte. Als Anne nach Hause kam, waren auch Bratwürstchen fertig und nach dem gemeinsamen Essen half ich beim Füttern und Anne mistete die restlichen Ställe. Hätte ich es machen dürfen, hätte sie schon frei gehabt, aber ich durfte ja nicht. Anne rackerte unermüdlich. Eigentlich musste sie sich doch auch mal schonen, oder? Ihr blieb immer nur der Sonntag zum Entspannen und da Achim und ich derzeit nicht voll einsatzfähig waren, hatte sie sogar da erst frei, wenn alle Tiere versorgt waren. Meist unternahm sie in ihrer Freizeit dann einen langen Ausritt. Oft war sie zwei Stunden unterwegs. Ich konnte mir schon vorstellen, dass das entspannte. Den Rest des Tages verbrachte sie dann meist mit einem Buch im Garten unter den Obstbäumen. Bei schlechtem Wetter saß sie im Wohnzimmer. Sie war dann immer vollkommen in ihre Lektüre vertieft. Achim hatte mir erzählt, man dürfe sie in dem Moment nicht ansprechen, sie sei quasi ‚süchtig‘, wenn sie so in einem Buch ‚hängen‘ würde. Ich mochte diese liebevolle Art, mit der Achim über seine Schwester redete und es beruhigte mich, dass Anne beim Ausreiten und Lesen eine Ablenkung fand. Es tat ihr gut, war ihr Ausgleich.

Als Achim endlich seinen Gips los war, hatte das ‚nutzlose‘ Rumhängen hatte ein Ende. Er bandagierte seinen Arm und wir fuhren zum Baumarkt.

Anne wachte mit Argusaugen darüber, dass wir nicht zu viel schleppten und lud den Sack mit Fliesenkleber selber auf unsere Karre.

„Wer Mistkarren, Möhren und Futtersäcke tragen kann, der kann auch Fliesenkleber heben", wies sie uns zurecht. Sie wusste, wie man rückenschonend Lasten hob, aber Achim spottete, dass sie bestimmt nur selbst eine Massage haben wollte und daraufhin zuarbeitete.

Sie knuffte Achim in die Seite und nannte ihn einen Schuft. Doch er hörte nicht auf und scherzte, dass Frauen immer nach Emanzipation krähen würden und Anne dies jetzt ausleben konnte.

Was Achim so locker nahm, fiel mir schwer. Ich hätte ihr so gerne geholfen.

„Hey, hab dich nicht so", lachte sie mich an. „Euch bleibt noch genug zum Schleppen, wenn ihr die Fliesen legt und die verputzten Wände streicht!

Die nächsten Tage verbrachten wir damit, die Küche ‚flott' zu machen. Anne ermahnte uns, nicht zu übertreiben, und schrieb uns feste Pausenzeiten vor. Sie kannte uns gut genug, und wusste, dass wir zwei Arbeitstiere waren.

Mit unseren ‚Ruhezeiten' dauerte das Streichen entsprechend länger und auch das Fliesenlegen brauchte seine Zeit, doch Anne kontrollierte, ob wir die Pausen brav einhielten.

Wir arbeiteten Hand in Hand wie eh und je. Die Bandagen stützten unsere Schwachstellen. Bekannte Gefühle wie Muskelkater und Müdigkeit kehrten wieder ein und ich war mir sicher, das hatte nicht nur mir gefehlt, auch Achim war jemand, der wissen musste, dass er körperlich etwas getan hatte.

Meine Massagen bekam ich immer noch regelmäßig und Anne nickte zufrieden: Die Schulter besserte sich weiterhin und die Arbeitsbelastung brachte keinen Rückfall.

Achim musste nun jeden Tag zur Reha und fuhr mit der Fee zur Physiotherapie. In der Zeit longierte ich und war den Fjordpferden dankbar, dass sie gnädig mit mir waren. Egal, welches Pony ich von der Weide holte, es war an der Longe immer lieb und folgsam.

Die Küchenmöbel wurden geliefert und wir bauten sie zu dritt auf und hatten unseren Spaß dabei. Nie mehr kam mir die Idee, dass ich etwas falsch machte, dass mir jemand böse war, dass ich fehl am Platz war. Ich gehörte auf den Hof, gehörte zu ihnen und das zeigten sie mir ständig mit ihrer lieben Art.

Samstagabend stand die Küche, allerdings noch ohne Fronten. Die wollte Anne noch bemalen. Wir übernahmen ihren Mist- und Fütterdienst und sie pinselte.

Am Sonntagabend war die Küche nicht nur komplett aufgebaut, die bemalten Fronten montiert und die Türen mit meinen Holzknöpfen verziert, sondern auch schon komplett eingeräumt.

Wir saßen am Kiefertisch und betrachteten voller Stolz unser gemeinsames Werk: Es sah toll aus.

Die Einweihung feierten wir mit selbst gemachter Pizza.

Am nächsten Tag zog der normale Alltag ein. Achim ging wieder zur Arbeit, um den Arm jedoch nicht direkt zu sehr zu beanspruchen, gab es für die erste Zeit die Regelung, dass er nur halbtags kommen würde. Anne hatte eine Tagesschicht und somit war ich alleine für das Füttern und Misten zuständig.

Am späten Nachmittag longierte ich die Fjords und als Achim und Anne ziemlich zeitgleich von der Arbeit zurückkamen, schnappte sie sich eines der Fjordpferde und holte ihren ausgefallenen Sonntags-Ausritt nach.

Währenddessen machten Achim und ich die Percherons für eine Planwagenfahrt fertig. Nächsten Samstag war wieder eine Fahrt gebucht und die Schimmel hatten zwischendurch einige Wochen Pause gehabt, da keine Buchungen vorlagen und wir ohnehin im Krankenstand waren. Außerdem, meinte Anne, hatte das Training der Fjordpferde aktuell Priorität. In zwei Wochen würden die Sommerferien beginnen.

Mir wurde fast schlecht bei dem Gedanken, wenn die Kinder kommen würden. Aber Achim hatte mir mehr als einmal ins Gewissen geredet.

Immerhin, erst in der letzten Ferienwoche starteten die ersten Reiterferien. Ich hatte noch 47 Tage Karenzzeit. Acht Kinder würden eine ganze Woche auf dem Hof bleiben, hatten Ferienprogramm mit Reitstunden, Spaßturnier und Pferdepflege.

Anne hatte während dieser Zeit ‚Urlaub‘. Genaugenommen war sie der gleiche Workaholic, wie ihr Bruder. Statt Erholung der Aufbau des Hofes, damit er sich eines Tages wirtschaftlich rentierte. In Zukunft wollte sie ihre freien Vormittage noch für Therapeutisches Reiten nutzen. Kurz hatte sie mir erläutert, was es damit auf sich hatte und erzählte mir von der Ausbildung, die sie mal eben neben dem normalen Job im Tierheim gemacht hatte.

Es war demnach nicht das erste Mal, dass sie sich sehr viel vorgenommen hatte. Meiner Meinung nach zu viel.

„Du machst das wirklich hervorragend", meinte Achim anerkennend, nachdem wir auf einem Waldweg einem Trecker ausweichen mussten und ich den Planwagen ganz nah an rechts gelagerten Holzstapeln vorbei lotsen musste. Achim hatte mich aus meinen Gedanken gerissen. Ich hatte noch immer Schwierigkeiten, Komplimente als solche anzunehmen.

Achim räkelte sich in den Sitz, nahm die Arme über den Kopf und schmatzte vergnügt, als wolle er sich gleich zum Schlafen hinlegen. „Weck mich, wenn wir kurz vorm Hof sind, oder natürlich, falls du mich brauchst. Bis dann, ich muss mal abschalten." Damit kuschelte er sich tatsächlich in die Ecke.

Irritiert schaute ich zu ihm, kutschierte weiter den bekannten Weg. Bei den üblichen Trabstrecken gingen die Köpfe der Schimmel erwartungsvoll in die Höhe, doch sie warteten folgsam auf mein Kommando. Mit einem Ruck wurde unsere Fahrt schneller und der Wagen schunkelte gemütlich auf dem ebenen Weg.

Am Abend saßen wir noch einen Moment in der neuen Küche und planten den Rest der Woche. Donnerstag stand eine Futterlieferung an, Freitag sollte die Obstwiese gemäht werden und Samstag war die Planwagenfahrt.

Als Nächstes wollte Achim die Waschküche in Angriff nehmen. Fliesen und streichen und danach musste noch – quasi als letzter Akt – das alte Stallgebäude, in dem sich derzeit die Pseudoküche befand, umgebaut werden. Ich nickte ab. Er würde mir schon bei Zeiten genau erklären, wie er sich das vorstellte und was ich tun sollte.

Als ich aufstehen wollte, um mich in mein Zimmer zu verkrümeln, bat Achim, dass ich noch kurz sitzen bleiben solle. Er lächelte mir zu, stand auf und nahm von der Eckbank eine grüne Mappe, nestelte daraus einen amtlich wirkenden Briefbogen hervor. Mir stand schon wieder die Panik in den Augen, aber er schüttelte mit dem Kopf, um mich zu beruhigen.

„Das ist ein fester Arbeitsvertrag. Wenn du bleiben möchtest, kannst du ihn gerne unterschreiben", meinte er sanft.

„Falk, du bist jetzt so lange hier, dass es Zeit wird, dich offiziell zu übernehmen", erklärte Anne nun und hatte etwas Bittendes in ihrem Blick. „Du willst doch bleiben, oder?" Nun schwang auch etwas Ängstliches in ihrer Stimme mit und obwohl mein ganzes Ich einfach nur laut „ja" rufen wollte, blieb ich stumm.

Ich starrte auf den Bogen, versuchte, die Buchstaben zu lesen, aber sie tanzten. In meinen Ohren summte es, Schweiß bildete sich, ich spürte den Tunnelblick.

„Sorry", meinte ich und lehnte mich zurück. „Mir geht grad der Kreislauf flöten, peinlich, was?" Ich lachte blechern und atmete ein paar Mal tief durch, schüttelte langsam den Kopf. „Ein unbefristeter Arbeitsvertrag auf eurem Hof? Das ist zu schön, um wahr zu sein", flüsterte ich und war dankbar, dass mein Kreislauf sich langsam wieder berappelte.

„Und jetzt komm nicht auf dumme Ideen, dass irgendwo ein Hintergedanke ist, dass es deine Pflicht ist hierzubleiben oder dass wir das nur aus Mitleid tun oder irgendwie ... denk nicht, dass es irgendwas ..." Achim stöhnte.

Ich blickte ihn an und nickte langsam. „Ich glaube, ihr habt mir oft genug gezeigt, dass ihr mich mögt und gerne hier haben wollt. Allmählich ist das oben in meinem Stübchen angekommen. Es ist also doch wahr: Es gibt ein Leben nach dem Knast", säuselte ich und erntete verschreckte Blicke, was ich gar nicht beabsichtigt hatte. Also erzählte ich zur Aufklärung von dem damaligen Gespräch mit Dr. Schindelwick. Und dann traute ich mich, erstmals von meinen ehemals so starken Selbstzweifeln zu berichten, warum ich mich hatte ertränken wollen, diese vielen Gedanken, die mich zermürbt hatten. Wir sprachen über Sabrina und über den Gesprächen wurde es ziemlich spät.

Ich unterschrieb den Vertrag, meckerte freundlich über das viel zu hohe Gehalt, das Achim und Anne an mich ‚verschleudern' wollten und als ich dann im Bett lag, fühlte ich mich leicht wie eine Feder und konnte vor Glück nicht schlafen, weil ich dieses herrliche flauschige Gefühl nicht verlieren wollte. Ich würde bleiben! Auf diesem Chaotenhof! Schuften bis zum Umfallen, aber ein schöneres Leben konnte ich mir nicht vorstellen. Mit Achim, Anne und den viel zu vielen Tieren.

Die Planwagenfahrt am Samstag war wieder ein voller Erfolg und den Umbau des Stalltrakts bekamen wir schnell fertig. Meine Schulter wurde dank Annes Reha-Maßnahmen weiterhin besser. Die Bandage stabilisierte fantastisch und so trug ich sie ohne Murren, auch wenn es manchmal unbequem war.

Aus der ehemaligen Pseudoküche bauten wir einen Vorratsraum, mauerten feste Wände, trennten ein weiteres Stück des Stalltraktes ab. Nun konnte man nicht mehr durch den Stalltrakt in die Küche, sondern durch die nebenliegende Waschküche. Das war als Schmutzschleuse überaus praktisch. Bei Mistwetter konnte man seine nassen Sachen dort ausziehen und zum Trocknen hinhängen. Ein zweiter Küchenausgang zum Innenhof war perfekt für laue Sommerabende, wenn man draußen an dem Campingtisch essen wollte.

Anne schwärmte von einer stabilen Holzbank für den Außenbereich und auf einmal blickte ich in zwei Augenpaare, die mich erwartungsvoll ansahen. Alles klar, das wurde wieder ein Fall für mich. Wir wollten in den nächsten Tagen in den Baumarkt fahren und die nötigen Latten, Schrauben und Hölzer einkaufen, doch dann kam es ganz anders ...

Eine von Annes Kolleginnen, Marianne, hatte sich mal wieder krank gemeldet. Wie Anne erzählt hatte, gab es Komplikationen bei deren Schwangerschaft, und nun sollte sie zwei Wochen zur Beobachtung im Krankenhaus bleiben. Für Anne bedeutete das zwei Wochen Doppelschicht zu schieben. Warum keine andere Kollegin eine Schicht übernehmen konnte, war mir schleierhaft und sie erzählte nichts über die genauen Hintergründe, sagte nur, dass es eben in diesen zwei Wochen nicht anders ging.

Bei Achim lief es leider nicht viel anders. Die geplante Wiedereingliederungsmaßnahme, in der er halbtags arbeiten sollte, lief gerade eine Woche, als die Firma einen Großauftrag bekam und jede helfende Hand brauchte. Die Schonung war vorbei.

Das Chaos war mal wieder perfekt. Von 7 bis 17 Uhr war ich allein auf dem Hof und zerteilte mich für die Arbeit. Das Misten und Füttern klappte mittlerweile sehr schnell, das Training mit den Fjords blieb weiterhin problemlos. Was war ich froh über diese unkomplizierten Ponys!

Mit dem Rad machte ich mich fortan nun auch täglich auf den Weg zu den Percherons. Anne hatte sie sonst immer vor der Frühschicht oder nach der Spätschicht versorgt, aber da ich wusste, dass sie a) sehr gerne kochte und b) niemals nach Hilfe fragen würde und c) sich stattdessen bis auf die Knochen runterarbeiten würde, sah ich es als meine Pflicht an ihr noch etwas Arbeit abzunehmen.

Als Grund gab ich ihr gegenüber jedoch nur an, dass ich Spaß an den Percherons hatte und dass ich mich viel lieber gerne von ihr bekochen ließ anstatt mich selbst am Herd zu versuchen.

Wenn Achim gegen 17 Uhr von seiner Arbeit kam, kämpfte er im Haushalt mit waschen, wischen, saugen, bügeln, was gerade anstand. Wenn Anne nach 18 Uhr auf dem Hof ankam, kochte sie für uns, während wir die abendliche Fütterung übernahmen und nach dem Essen halfen wir ihr bei der Verarbeitung der Ziegenmilch.

Es gab kaum einen Abend, wo wir vor 21 Uhr Feierabend hatten.

Nur der Sonntag blieb frei. Das war unser Tag zum Durchatmen.

Mittwoch war ich gerade dabei, die Schafe und Ziegen zu misten, als ich eines der Fjordpferde husten hörte. Ich ging nachsehen: Hera, die helle Stute mit den bernsteinfarbenen Augen, stand mit hängendem Kopf im Laufstall. Aus ihrem Maul lief grünlicher Schleim. Einen Moment hörte das Husten auf, dann krümmte sich das Pferd regelrecht vor Schmerzen und spuckte weiteren Schleim aus. Das Bild war grausam, ich konnte fühlen, wie das Pferd litt! ‚Anne anrufen!', schoss es mir durch den Kopf. Ich rannte ins Haus ans Telefon, aber ich fand nirgendwo eine Adressliste, nichts. Es war ein altes Wählscheibentelefon, also nichts mit integriertem Adressbuch oder so. Ein örtliches Telefonbuch fand ich genauso wenig wie ein Branchenbuch. Der Zettelblock war leer, lediglich zwei Notizzettel mit irgendwelchen Daten lagen herum. Nirgendwo stand irgendeine Telefonnummer! Ich wählte die Auskunft 33118 - kein Anschluss unter dieser Nummer. 11338 - kein Anschluss. In mir stieg die Panik auf, wie war denn diese drecksverflixte Nummer? 11833 - Bingo. Ich stöhnte vor Erleichterung.

„Die Tierarztpraxis in Girreshausen bitte."

„Soll es eine bestimmte Praxis sein?"

„Wie viele gibt es denn?"

„Insgesamt fünf."

Ein Hammer schlug mir auf den Kopf. Ich hatte keinen Plan. Ich wollte Anne anrufen, fragen, was zu tun war, sie musste mir helfen, ich hatte doch keine Ahnung. Aber in welcher Praxis arbeitete sie?

„Alle fünf bitte."

„Ich lass sie ihnen nacheinander ansagen."

Die Ansage kam so schnarchend langsam ... ich platzte beinahe vor Nervosität, notierte mir die Nummern. Bei der dritten Nummer schrieb der Kuli nicht mehr, ich gravierte. „SCHEISSE VERDAMMTE!", brüllte ich meine Wut und Verzweiflung heraus, dass es nur so schallte. Bei der vierten Nummer zerriss der Zettel. Ich stand kurz vor einem Tobsuchtsanfall und knallte den Hörer auf die Gabel, wählte mit zitternden Fingern die erste Nummer. Tierarztpraxis Kämmer. Eine Anne Malkus arbeitete nicht dort. Die zweite rief ich an - besetzt. Die dritte - kein Anschluss unter dieser Nummer. „MIST VERADAMMTER!", schrie ich, hielt den Zettel ins Licht, wählte erneut mit einer 9 hinten, Tierarztpraxis Dr. Hübner, aber auch hier arbeitete keine Anne. Bei der nächsten Nummer meldete sich eine alte Dame. Das war eine private Nummer, ich hatte mich verwählt. Mir schossen die Tränen in die Augen. Ich zitterte und war gefühlte 50 Grad heiß. Mein Puls schlug im Hals, ich hatte Druck in den Ohren. Der Zettel gab nichts Besseres her,

als die Nummer, die ich gewählt hatte. „SCHEISSE UND JETZT?",
brüllte ich verzweifelt, aber das Echo des Zimmers gab mir keine
hilfreiche Antwort.

Ich raste zum Stall. Hera sah erbärmlich aus. Mittlerweile kam der
Schleim schon aus den Nüstern und ihre Augen waren halb geschlossen.
Zurück zum Telefon, dann musste halt irgendein Tierarzt her, dem Pferd
musste sofort geholfen werden und wenn ich den Arzt selbst bezahlen
müsste! Erste Nummer erneut gewählt. „Nein, wir behandeln nur
Kleintiere", sagte die Dame. Mir sackten die Beine weg. Ich riss das
Telefon mit herunter. Es schepperte laut. Am anderen Ende quäkte es
noch: „Hallo?"

„Wen kann ich anrufen? Welchen Arzt?", hauchte ich in den Hörer
und war wirklich kurz vorm Heulen. „Mir stirbt das Pferd hier."

„Dr. Hübner, Telefon 61629. Er ist Pferde- und Viehspezialist."

Ja, den hatte ich vorhin schon angerufen und erfahren, dass Anne
nicht dort arbeitete. Wenn er Spezialist war, dann war er der Richtige.
Ich wählte erneut die Nummer.

„Dr. Hübner"

„Hof Malkus, Falk Selbach. Ich brauch dringend Hilfe, mir stirbt ein
Pferd hier!", stöhnte ich verzweifelt in den Hörer.

„Was ist passiert?", kam ruhig.

„Keine Ahnung, es hustet, kotzt grünen Schleim, aus den Nüstern
fließt das Zeugs auch."

„Schlundverstopfung."

„Was? Weiß nicht." Ich schnappte nach Luft, zitterte am ganzen
Körper.

„Halbe Stunde."

„Das Pferd stirbt!"

„Nein, tut es nicht", kam die beruhigende Stimme. „Ich beeile mich."

Ich schmiss den Hörer weg und schrie noch einmal meine Angst und
Verzweiflung durch den Raum, dann rappelte ich mich auf, joggte zum
Stall, aber nach drei Schritten war ich so außer Puste, das sich japste wie
nach einem 1000-Meter-Lauf.

Hera hustete immer noch, unregelmäßig, aber wirklich aus tiefstem
Leib. Es tat mir weh, sie so zu sehen.

Eine ganze Lache an Schleim schwamm vor ihr. Sie schnaubte und das
dickflüssige Zeugs spritzte nach allen Seiten. Noch einmal hustete sie,

dann blieb sie mit gesenktem Kopf stehen. Nichts tat sich mehr. Ein Bild des Jammers. Ängstlich musterte ich sie. Sie atmete noch. Ein Glück. Ich fühlte mich so machtlos, so hilflos, alleingelassen. Es kostete mich alle Kraft, nicht einfach mit einem Heulkrampf zusammenzubrechen. Ich musste stark sein für dieses kranke Pferd. Für Anne, die nicht hier sein konnte, um ihrem Pferd selbst zu helfen.

Endlose Zeit verging. Hera hatte bisher nicht mehr gehustet. Der Schleim tropfte nur noch aus ihrem Maul, aus ihren Nüstern. Sie stand apathisch da, die Ohren auf Halbmast, den Hals gesenkt.

Ich fühlte den Tunnelblick kommen, hörte das Summen in meinen Ohren - nein, nicht schlappmachen! Ich konnte solch einen Stress einfach nicht ertragen. Ich war zu labil. Keuchend hielt ich mich an der Holzwand von einer der zwei Notboxen fest. Nicht umkippen! Hier bleiben, Beistand leisten!

Als ich Autoreifen auf dem Kopfsteinpflaster hörte, torkelte ich zum Paddockzaun. Die Erlösung nahte, aber ich zitterte noch immer am ganzen Körper.

„Hallo. Dr. Hübner. Wo ist Anne?" Er reichte mir die Hand, drückte fest zu.

„Auf Arbeit."

„Weiß sie Bescheid?"

„Nee, hab ... sie nicht ... erreicht." Ich entschied mich für diese verschleierte Wahrheit, anstatt ihm reinen Wein einzuschenken mit der Information, dass ich nicht mal eine Nummer hatte und nicht wusste, wie die Praxis hieß, in der sie arbeitete - wie peinlich!

„Egal, macht nichts", meinte er und nahm einen aufgerollten durchsichtigen Plastikschlauch von der Schulter.

„Wir brauchen warmes Wasser, um den Schlauch geschmeidig zu machen."

Ich nickte, rannte, so schnell meine Gummibeine mich tagen konnten zum Haus und füllte einen Eimer. Es dauerte alles eine scheinbare Ewigkeit. Derweil untersuchte der Doktor schon die Stute mit dem Stethoskop.

Ich drückte den Schlauch in den Eimer.

Der Tierarzt griff Hera ins Maul, wischte den Schleim heraus, säuberte die Nüstern, roch an dem Schleim.

„Was bekam sie zu fressen?"

„Müsli, Möhren, Äpfel."

Er nickte. „Wir brauchen Halfter und Strick", meinte er.

Ich eilte los, holte, was gefordert war. Es tat gut, Anweisungen befolgen zu können, zu wissen, dass jemand helfen konnte, und wusste, was zu tun war.

Während ich die Stute festhielt, zog er nacheinander zwei Spritzen auf, erklärte mir, dass die eine zum Entspannen der Muskeln in der Speiseröhre war, die andere zur Sedierung.

Er nahm den Schlauch aus dem Eimer und rieb ihn mit Vaseline oder so was Ähnlichem ein.

„Halt mal den Kopf hoch. Höher! Schön festhalten."

Er begann, den Schlauch durch die Nüster ins Pferd zu schieben. Ich konnte nicht hinsehen. Hera wehrte sich kaum.

Als der Doktor in den Schlauch zu blasen begann, wurde mir regelrecht schlecht. Es dauerte eine Weile, immer wieder setzte er ab, blies erneut. Mir kam es vor, als stünde ich neben mir und würde die Sache aus der Entfernung anschauen, so unwirklich war die Situation.

Schließlich bat er mich, einen Messbecher warmen Wassers zu holen. Als ich damit zurückkam, goss Dr. Hübner das Wasser langsam in den Schlauch. Mir zog es den Magen zusammen.

„Alles okay." Er lächelte. „Nochmal festhalten bitte und hochhalten.

Der Tierarzt zog den Schlauch ganz langsam heraus. Sein Ende war rot eingefärbt. Ich musste heftig schlucken, damit mein Frühstück nicht aus mir heraus kam.

Er streichelte Hera, packte den Schlauch weg und gab ihr eine weitere Spritze. Mit Antibiotika, wie er mir auf meinen fragenden Blick erklärte.

„Sie blutet." Ich deutete auf die Nüster.

„Ja, das kommt vom Schlauch. Wenn das nur ein paar Tropfen sind, ist das völlig okay. Kann in den nächsten Tagen noch einmal nachbluten, aber wenn es mehr als so ein bisschen ist, dann ruf mich bitte noch einmal an."

Der Doktor wies mich darauf hin, dass Hera nichts fressend durfte, bis die Sedierung nachgelassen hatte und dass sie vorerst nur weiches Futter haben durfte. Mash sei gut oder eingeweichte Rübenschnitzel. Und sie solle immer ausreichend Wasser haben.

Ich nickte, bedankte mich, sperrte die Stute in eine der Notboxen im Laufstall, beobachtete sie. Sie wankte ein bisschen, ließ den Kopf hängen, bewegte aber die Ohren. Ich konnte nicht mehr auf meinen Beinen

164

stehen, setzte mich erstmal mit in die Box, versuchte, ruhig zu werden, aber das war vergebens. Innerlich blieb das Zittern. Nach einer Weile ging Hera zur Tränke, plantschte mit der Zunge im Wasser und nahm dann ein paar tiefe Züge.

Aufatmend stand ich auf, klopfte ihren dicken Hals und machte mich weiter an die Arbeit. Zwischendurch besuchte ich sie immer wieder, aber ihr schien es gut zu gehen. Trotzdem blieb meine innere Aufgewühltheit.

Als Achim nach Hause kam, erzählte ich ihm das Drama. Er legte mir den Arm um die Schultern, drückte mich an sich.

„Ich habe leider nie daran gedacht, dir irgendeine Telefonnummer hier zu lassen", seufzte er und strich mir über die Haare. „Tut mir echt leid, dich in solch einer Situation völlig allein gelassen zu haben. Weißt du was? Du kriegst mein altes Handy, da speichere ich dir fix alle Nummern ein, die du brauchst. So hast du überall die Möglichkeit, jemand anzurufen."

Das klang nach einem Plan. Doch zuerst gingen wir gemeinsam zu Hera, die schon etwas munterer war, aber der Glanz in ihren Augen fehlte noch.

„Die berappelt sich." Achim nickte und streichelte das Ponygesicht. Dann ging er mit mir ins Haus, setzte mich vor einen Pott Kaffee und holte sein Handy, hängte es ans Ladekabel.

„Ich mach dir eine Prepaid-Karte rein, das müsste für die hoffentlich selten aufkommenden Notfälle reichen. Ach Mensch, es tut mir echt leid, was du für einen Nerventerror hattest", entschuldigte er sich noch einmal.

Ich schüttelte nur den Kopf. „Schon gut", murmelte ich matt. Der Stress fiel jetzt langsam von mir ab. Jetzt, wo Achim da war, wo er gesagt hatte, Hera würde ich berappeln, wo er gesagt hatte, es sei alles gut gewesen, was ich gemacht hatte. Jetzt, wo er da war, fand mein aufgewühltes Inneres endlich Ruhe. Es war wie eine Erlösung.

Anne war zum einen schockiert über die Schlundverstopfung und zum anderen darüber, dass sie mich ohne Grundwissen über die gängigsten Krankheiten der Tiere und ohne irgendeine Telefonnummer meinem Schicksal überlassen hatte. Wie Achim entschuldigte sie sich mehrmals und es war ihr wirklich unangenehm. Sie drückte mir ein Buch über

Pferdekrankheiten in die Hand, und zeigte mir, wie man Fieber maß, den Puls bei einem Pferd fühlt.

Ein weiteres Wochenende flog heran, die nächste Planwagenfahrt war gebucht. Anne hatte mal wieder Samstagvormittag Dienst in der Praxis. Ihren Chef hätte ich am liebsten durch den Fleischwolf gedreht. Anne sah so fertig aus, aber offensichtlich fiel das nur mir und Achim auf, nicht ihrem Chef.

In Rekordgeschwindigkeit misteten wir alle Ställe, um Anne etwas zu entlasten, bevor wir dann in Windeseile die Percherons fertig machten und pünktlich um 12 Uhr umgezogen und abreisebereit im Hof standen. Unsere zehn Gäste hörten sich an wie 20 Personen. Sie waren laut und lustig und wir fuhren die große Runde.

Achim genoss es, dass er mir die Fahrleinen in die Hand drücken konnte und lehnte sich genüsslich zurück.

„Ohne dich würden wir eingehen", meinte er schließlich. „Sowohl Anne als auch ich haben uns mit dem Hof total überschätzt. Bisschen misten, bisschen Tiere versorgen, das sind ein paar Stunden am Tag, Anne hat Teilzeit, ist ja kein Thema. Von wegen", stöhnte er. „Noch einmal würde ich das, glaube ich nicht machen. Nicht in diesem Ausmaß. Aber wo wir jetzt den Hof voller Tiere haben, behalten wir sie natürlich. Immerhin arbeiten die Percherons für ihren Unterhalt und die Hühner in gewissem Maße ebenso."

„Die Ziegen nicht zu vergessen! Ich liebe euren Käse!", bekräftigte ich.

„Stimmt." Er atmete tief durch. „Falk, danke, dass du mit uns an einem Strang ziehst. Danke, dass du Anne entlastest, wo es geht.

„Du reibst dich genauso auf, unterstützt Anne bei sämtlicher Hausarbeit und bist selbst nie vor neun Uhr fertig."

„Fertig bin ich schon weit vor neun Uhr", lachte er schief. „Die Doppelschichten nagen sehr an Anne."

Ja, das war zu merken. Aus den anfangs zwei Wochen waren inzwischen schon vier geworden. Wir hatten bereits Sommerferien und in drei Wochen würden die Kinder kommen. Mir wurde schlecht bei dem Gedanken.

„Mann, wie soll das erst zur Erntezeit werden?" Achim stöhnte und hielt sich die Hand vor den Mund. „Hat das wer gehört?", flüsterte er, doch im Planwagen wurde gerade herzlich gelacht. Eine Frau quietschte in hohen Tönen und zwei gackerten wie Hühner.

„Wenn Dr. Hartmann in seiner Tierarztpraxis endlich Ersatz einstellen würde", murmelte Achim. „Aber nein, Marianne ist noch lange nicht in Mutterschutz, sondern nur ‚vorübergehend krankgeschrieben'. Dass ich nicht lache! Der weiß doch so gut wie wir alle, dass sie nicht mehr wieder kommt. Sie soll viel liegen, wenig sitzen, wenig stehen, kein Stress. Und das in einer Tierarztpraxis." Achim lachte sarkastisch. „Er nutzt Anne schamlos aus! Er weiß genau, dass sie nicht ‚nein' sagen kann. Sabine ist alleinerziehende Mutter, die kann nicht jede Schicht machen, okay, das ist bekannt. Die andere hat noch einen Zweitjob. Sie hat öfter mal mit Anne Vertretung für Marianne gemacht, aber auf Dauer kann sie das nicht. Lediglich die liebe Anne … die nur Haus und Hof hat, die hat Zeit, nix anderes zu tun. Ich könnt ihn lynchen."

Dass Achim inzwischen sauer auf Annes Arbeitgeber war, konnte ich gut verstehen. Seine Schwester kroch fast auf dem Zahnfleisch, aber sie ließ es sich nie anmerken. Man musste sie gut kennen, um es zu sehen. Achim sah es und auch mir blieb es nicht verborgen. Sie war still geworden, hatte ihr Lächeln verloren, sah abends oft hundeelend aus und machte nur noch das Nötigste. Das Kochen beschränkte sich seit einer Woche auf Schnellkost. Dabei wussten wir beide, WIE gerne sie kochte, aber ihr fehlte einfach die Kraft. Sie hätte ihrem Chef gegenüber niemals gestanden, dass die Doppelschicht nicht mehr funktionierte. Sie hätte uns gegenüber niemals erwähnt, dass sie nicht mehr konnte. Niemals. Niemandem.

Ich blickte zu Achim. Auch er würde nie aufgeben, stattdessen rackern, bis er umfiel.

Doch schon am nächsten Morgen sollte es einen Lichtblick geben!

Benita-Elisabeth von Winthausen

„Wir bekommen nächste Woche Verstärkung", verkündete Anne, als wir am Campingtisch draußen ein gemütliches sonniges Sonntagsspätstück zelebrierten. Die Tiere waren bereits gefüttert, nun waren wir es, die futtern konnten.

„Verstärkung? So plötzlich?" Achim atmete tief durch, zwinkerte mir zu und dachte genau wie ich an das gestrige Gespräch auf dem Planwagen.

„Sie heißt Benita-Elisabeth von Winthausen", fuhr Anne fort und Achims Blick sagte alles.

„Wow, von Adel?" Er lachte kurz auf. „Na, wenn die sich mal nicht die Finger schmutzig macht."

„Hörte sich auf dem Kontaktformular ganz nett an", erklärte Anne, ohne auf seine Abwehrreaktion einzugehen. „Derzeit ist sie noch im Ausland, aber wenn sie weiß, welchen Rückflug sie buchen kann, möchte sie zwei Monate ein Praktikum hier machen und hofft, während dieser Zeit einen Job und eine Wohnung zu finden. Sie schreibt, wir wären der perfekte Übergang und Einstieg ins deutsche Berufsleben."

„Sie weiß aber schon, dass hier Arbeit ansteht und nicht nur Pferde streicheln, oder?"

„Ja ja. Sie schrieb, sie habe Biochemie und ein paar Semester Pädagogik studiert, habe zwar keine Erfahrung mit Kühen und Schafen, aber dafür mit Meerschweinchen und Zwergkaninchen und sie kann reiten."

„Wahrscheinlich hat das Zimmermädchen die Tiere gesäubert und im noblen Stall gab es einen geschniegelten Knecht", lachte Achim. „Na, egal, sie soll kommen. Wird schon sehen, wenn sie nicht zu uns passt."

Benita-Elisabeth von Winthausen. Ich seufzte innerlich und wurde unruhig, verdrängte dieses Gefühl aber wieder. Ich hatte hier mehr als einmal erfahren, dass Anne und Achim zu mir hielten. Und es wäre mehr als notwendig, endlich mehr Mithilfe auf dem Hof zu haben. Anne hatte nicht umsonst ‚nur' eine Teilzeitstelle, eben damit sie die Arbeit mit den Tieren zusätzlich schaffte, aber was war? Nichts war. Nichts lief wie geplant. Wenigstens hatten wir inzwischen den Hof soweit fertig, dass wir nichts mehr renovieren und sanieren mussten. Ich wusste, dass Achim den Hof noch neu pflastern wollte, da sich die buckligen alten Steine teilweise schon verselbstständigten, doch das hörte sich alles relativ entspannt an, es war nicht eilig. Aber allein die Ernte im August: Kirschen, Zwetschgen und im September dann Äpfel ohne Ende. Es war nicht mit dem Pflücken getan, die Früchte mussten verarbeitet und vermarktet werden.

Wenn diese Frau von Adel wirklich nützlich war, konnte sie uns über die ganze Erntezeit hinweg helfen. Außerdem war in der letzten Woche der Sommerferien eine Kinderschar hier für Reiterferien. Wenn Frau von Winthausen ein bisschen Pädagogik studiert hatte, dann konnte sie sich mit den Kindern hoffentlich nützlich machen. Ich wollte mich aus der Kinderbetreuung gänzlich raushalten. Das war definitiv nicht mein Revier. Anne und Achim hatten dafür Verständnis; wir hatten bereits darüber gesprochen.

„Falk? Hallo, ist da jemand?" Anne schaute mich durchdringend an, berührte mich am Unterarm.

„Ja, äh, sorry ..." Meine Gedanken hatten mich wieder einmal weit fortgetragen.

„Für Freitag 11 Uhr ist eine Planwagenfahrt gebucht. Meinst du, du schaffst das alleine?", stellte Anne offensichtlich zum zweiten Mal ihre Frage.

„Alleine, ja, ... wieso, ja ... bestimmt." So oft wie ich bereits gefahren war ... ja, das klappte alleine. Mit Sicherheit.

„Sonst könnte ich sie absagen." Anne schaute mich neutral an.

„Was? Blödsinn! Das Geld könnt ihr brauchen und eine Absage macht wahrscheinlich einen schlechten Eindruck. Nein, das passt", sagte ich hastig. „Die Perchs sind superbrav, das geht."

„Du nimmst aber auf jeden Fall das Handy mit", meinte Achim.

Ich nickte.

„Und ..." Er zögerte, grinste. „Vielleicht begleitet dich die Frau von und zu Winthausen ja."

„Als Burgfräulein?" Ich lachte und zog die Augenbraue hoch.

„Nicht zu viele Vorurteile schüren", räusperte sich Anne.

„Sag mal", begann Achim, und wandte sich an seine Schwester. „Wie ist diese Frau von-und-zu eigentlich darauf gekommen, dass wir eine tolle Übergangsstelle wären? Ein Hof mit so vielen Tieren und so viel Schmutz?"

„Frau von Winthausen. Ihr müsst das mit diesen Albernheiten lassen, sonst nennt ihr sie noch so, wenn sie kommt!" Anne schaute böse, musste dann aber doch lachen. „Ich weiß nicht, wie sie darauf gekommen ist. Es war nur eine kurze Anfrage mit ein paar Informationen übers Kontaktformular. Sie ist noch in Kanada und fliegt Montag oder so zurück. Sie schrieb, sie könne die Stelle sofort antreten und ich habe ihr unsererseits grünes Licht gegeben. Ich denke, sie meldet sich, wenn sie in Deutschland ist."

„Kanada ..." Achim pfiff durch die Zähne. „Tja, von Adel kann sich so was leisten." Er schaute sich um. „Ich glaub, sogar mit Geld wie Heu, wäre ich lieber hier", grinste er. „Und du meinst, sie kommt schon so schnell?"

„Es klang so", meinte Anne. „Den genauen Wortlaut der Anfrage kann ich dir gerne zeigen, dann kannst du mir sagen, ob ich zu viel aus den Zeilen gelesen habe."

„Nee, schon gut", winkte er ab. „Je früher, desto besser."

Nach kurzem Überlegen schlug Achim mir vor, eine ‚Solofahrt' zur Übung zu machen. Er wollte sich hinten in den Planwagen setzen und nur für den Notfall da sein.

Ich stimmte zu und wir verbummelten den sonnigen Vormittag gemütlich am Tisch. Diese Entspannung war bitter nötig. Vor allem Anne sah ziemlich fertig aus.

Gegen zwei Uhr zog ich los, holte alleine die Schimmel, wie schon so oft, während Achim im Hof geblieben war.

Als ich zurückkam, stellte ich verblüfft fest, dass das Geschirr noch in der Remise hing. Achim meinte, ich solle mir die Zeit merken, wie lange ich mit allem allein bräuchte, falls Frau von und zu sich außer Stande sähe, mir irgendwie zu helfen oder falls sie, wie er vermutete, doch nicht kommen würde.

Die Fahrt verlief dann aber doch nicht schweigend. Zwar saß Achim hinter mir im Planwagen, aber durch das kleine Flügelfenster zwischen Wageninnerem und Kutschbock ließen wir es uns nicht nehmen, über Frau von-und-zu zu lästern. Das war gemein, wir wussten es. Aber unsere blöden Scherze hörte ja niemand.

Doch Frau von-und-zu schickte am Abend noch einmal eine Antwort über das Kontaktformular mit ihren Ankunftszeiten. Sie würde am Donnerstagnachmittag mit der Bahn kommen, falls das nicht zu spontan wäre. Achim scherzte, man habe sie wohl aus Kanada rausgeschmissen. Anne rügte spielerisch gegen diese Hetzerei und mutmaßte, dass Frau von Winthausen vielleicht ja doch zu gebrauchen sei. Jedenfalls war Anne froh, dass sie am Donnerstag nur Frühschicht hatte, das passte hervorragend! So konnte sie die neue Praktikantin problemlos vom Bahnhof abholen.

Montag traf ich mich mit Anne nach Praxisschluss in der Stadt. Sie sammelte mich am Busbahnhof ein und fuhr mit mir zum Baumarkt und wir suchten das passende Holz sowie eine geeignete Farbe für den Bau und den Anstrich der Bank zusammen.

„Sobald dich die Praktikantin beim Misten entlasten kann ...“, grinste sie.

„ ... kann ich mich meiner geliebten Holzarbeit widmen“, schloss ich den Satz. Ich freute mich darauf.

Holzarbeit bedeutete wirklich mal wieder Entspannung. Es war zu schön, um wahr zu sein, dass wir ab Donnerstag eine Aushilfe haben würden. Aber so ganz traute ich dem Braten noch nicht. ‚Frau von-und-zu in Stöckelschuh‘, summten meine Gedanken und ich verkniff mir ein Lachen.

Am nächsten Tag, als ich fürs Füttern und Misten zu den Percherons geradelt war, fehlten sowohl Fritz als auch Frieda. Wie betäubt stand ich in dem leeren Offenstall, ließ meine Blicke über das Areal schweifen, konnte nicht glauben, was ich nicht sah. Das konnte nicht Realität sein. Ich ahnte Schreckliches und suchte den Zaun ab. In der Tat: Er hatte es geschafft. Fritz hatte das seit Wochen bekannte ‚morsche' Zaunstück gefunden und gänzlich ruiniert. Ich sank auf die Knie, hätte heulen mögen vor Verzweiflung. Nicht schon wieder eine Katastrophe!

Warum hatte ich mich nicht um den Zaun gekümmert? Ich wusste doch, dass die Stelle marode war? Wieso hatte ich das vergessen? Noch auf den Knien hockend rief ich laut nach den Dicken, so wie Anne bei meiner Ankunft gerufen hatte, und hoffte auf ein ähnliches Wunder.

Doch das Wunder blieb aus. Und das Handy lag in meinem Zimmer. Zum Kotzen. Jetzt hatte ich extra eins ... und ließ es daheim liegen. Ich spurtete zum Fahrrad zurück, dabei waren meine Beine schwer wie Blei vor Entsetzen über diese Misere: Zwei Pferde unterwegs, irgendwo ... nirgendwo ...

So schnell es mir möglich war, hetzte ich mit dem Rad zum Hof zurück. Alle wichtigen Nummern hatte Achim wie versprochen auf dem Handy gespeichert: Anne Praxis, Anne Handy, Achim Firma, Achim Handy, Tierarzt, Hufschmied, Hausarzt, Futterhändler, Tierklinik, etc. Ich spürte einen Anflug von purer Dankbarkeit.

Zunächst versuchte ich es auf Annes Handy, aber es war nur die Mailbox dran. Die nützte mir nichts. Schon drückte ich auf die Nummer der Praxis. Es dauerte eine Weile, dann meldete sich Dr. Hartmann persönlich. Ich entschuldigte mich für den Anruf, sagte, es sei dringend wegen eines Pferdes von Anne. Als Tierarzt hatte er Verständnis und leitete mich weiter. Ich erklärte ihr stammelnd, was geschehen war und fragte, wie und wo ich am besten suchen solle. Sie empfahl mir, Halfter, Stricke und Leckerli mitzunehmen und alle Waldwege abzufahren. Beruhigend versicherte sie mir, dass die Pferde bestimmt auf das Rufen hören würden. Ich nickte das ab, wusste ich. Sie kamen immer, wenn ich sie zum Planwagenfahren abholte und nach ihnen rief.

„Und wenn ein Pferd eine Verletzung hat, sofort wieder in der Praxis anrufen, hörst du?", gab Anne als letzte Anweisung. „Viel Glück und ... vielen Dank."

Ich schnappte mir wieder Achims Rad und stemmte mich in die Pedale, das Handy diesmal in der Hosentasche. An der Weide traute ich meinen Augen nicht: Fritz war wieder da! Er stand im Offenstall, als wäre er nie weg gewesen, kam langsam über den Paddock herübergeschlendert, brummelte fordernd nach seinem Frühstück.

Vor Erleichterung fiel ich ihm um den mächtigen Hals, krallte mich in die dicke lange Mähne. „Mensch Großer, gut, dass du da bist, wo ist denn deine Braut?" Eine Antwort konnte er mir natürlich nicht geben, aber wenigstens war eines der Pferde schon mal hier. Dann konnte das andere nicht weit weg sein - hoffte ich.

Schnell schüttelte ich im Offenstall ein paar Heurippen in die Ecke und sperrte Fritz zur Sicherheit ein. Von Frieda war keine Spur zu sehen.

Mit bebendem Puls schnappte ich mir Halfter und Strick und radelte los. Ich musste Frieda finden! Schnell! Bevor etwas passieren würde.

Jeden Spaziergänger, jeden Hunde-Gassi-Geher, der mir begegnete, fragte ich, doch niemand hatte das Pferd gesehen. Keuchend radelte ich kreuz und quer durch den Wald, rief, bis ich fast heiser war. Nichts. Keine Spur.

Was, wenn Frieda auf eine Straße gelaufen war? Ein Bild von einem Blutbad mit einem weißroten Pferd und einem LKW machte sich in meinem Kopf breit und ich hielt an, rang nach Luft. Ich musste dringend die Polizei anrufen. Keuchend wählte ich den Notruf.

Stockend warnte ich die Wachleute, dass eine flotte Tonne fröhlichen Lebensgewichtes in der freien Wildbahn herumlaufen und vielleicht über verkehrsreiche Straßen tappen würde. Ich weiß nicht, warum ich das so locker formulierte, wahrscheinlich war ich vor Sorge schon in irgend-einem Wahn. Daher konnte ich auch die schallende Antwort, dass das närrische Tönnchen schon gesichtet und verhaftet worden sei, nicht begreifen.

„Das war kein Witz", meinte ich immer noch nach Luft schnappend. „Ein Percheron, ein großes mächtiges Kaltblut ist ausgebüxt."

„Ja, und bei einem Bauern eingebüxt", antwortete der Polizist lässig und nannte mir nun Namen und Anschrift.

Wie betäubt starrte ich vor mich hin, als ich das endlich begriff: Frieda war in Sicherheit!

Ich legte auf, ohne mich zu verabschieden, und ließ mich rücklings auf den mit hohem Gras bewachsenen Feldweg fallen. Die Panik wich von mir. Die Wolken zogen ruhig am Himmel dahin. Ich atmete ein paar Mal durch, dann rappelte ich mich auf und radelte zu der angegebenen Adresse. Ich kannte den Hof von diesem Alois Kern. Er lag unterhalb des Hahnenbergs. Der Bauer dort hielt zwei kräftige Pferde zur Bewirtschaftung seines Waldstückes. Wir fuhren auf unseren Planwagentouren regelmäßig an diesem Hof vorbei.

Schon von Weitem sah ich das dicke Monster. Frieda stand alleine in einem Paddock und wieherte mir herzergreifend zu. Wie ein Märchenpferd stand sie da. Eine strahlendweiße Stute mit wehender langer Mähne, wachem Blick, dunklen Knopfaugen, erhobenem Hals und bebenden Nüstern. Ich liebte dieses Pferd. Die Perchs waren mir sehr ans Herz gewachsen.

„Mensch Mädchen, was machst du denn für Sachen?", schimpfte ich grenzenlos erleichtert und lehnte mich an sie, strich ihr durch die lange dicke Mähne. Meine Knie zitterten von der Anstrengung. Fast zwei Stunden war ich panisch herumgeradelt, war völlig durchgeschwitzt und hätte vor Freude heulen mögen, als ich eine tiefe Stimme hörte.

„Ah, Jüngelchen!" Der Landwirt kam schnurgerade auf mich zu, seine Pfeife im Mund. „Ich hab schon bei euch angerufen, keiner da. Die Hübsche hat sich wohl noch an meinen Rocky erinnert", lachte er.

Dann wurde er aber Ernst. Mir gefror das Blut in den Adern. Jetzt gab es Ärger, mächtigen Ärger.

„Du ... ähm, es ist einfach der Lauf der Natur gewesen ... also ... als ich kam, war ... es zu spät ...", druckste er herum.

Ich verstand nicht, was er meinte, merkte aber, wie die nackte Panik in mir aufstieg. Mit aufgerissenen Augen fragte ich: „Ist Rocky tot?"

„Was? Ach nein, der doch nicht. Im Gegenteil ... ich befürchte", er wirkte verlegen. „Er ... ähm ... na ja ... also ... er hat wohl für neues Leben gesorgt ..." Sanft klopfte er an Friedas mächtigen Hals.

„Nein."

„Doch!", sagte er zerknirscht. „Der war schon zugange, als ich das bemerkte. Frieda hat den Weidezaun platt gemacht, oder vielleicht war auch er das in seiner Gier, das weiß ich nicht und ... dann standen sie da, mitten im Akt, als ich kam, beziehungsweise, am Ende des Aktes."

„Was kostet das denn? Ich ... ähm ... na ja, also ich zahl natürlich diesen unfreiwilligen Decksprung", meinte ich schuldbewusst. Immerhin war mir klar gewesen, dass der Zaun morsch war und wenn ich das nicht eindringlich genug bei Achim angebracht hatte, war es MEIN Vergehen gewesen. Wobei - WANN hätten wir denn auch noch Zaun flicken

174

sollen? Egal, zu spät war zu spät.

„Zahlen? Nix! Eigentlich müsste ich eure Tierarztkosten für die tragende Stute bezahlen!"

„Ach so? Nee, ähm, das ist wohl meine Sache, weil ..." Ich erzählte ihm die Sache mit dem Zaun, und er lachte, schlug mir kameradschaftlich auf die kranke Schulter. Ich biss die Zähne zusammen.

Alois Kern merkte davon nichts, lachte und zog mich näher. Der süßliche Pfeifentabak, der ihm anhaftete, stieg mir in die Nase. „Bei den starken Gefühlen von zwei starken Pferden wird kein Zaun der Welt halten", meinte er und schlug vor, dass wir das neue Leben stattdessen begießen sollten.

Ich schüttelte den Kopf, aber einen ,Kurzen' konnte ich tatsächlich gebrauchen nach dem Horrortrip; und willigte ein. Was ich nicht wusste, war, dass das leckere Zeugs, was er mir munter anbot, hochprozentiger Selbstgebrannter war und - so gut es schmeckte - ebenso im Schädel ankam. Ich hatte seit meiner Verhaftung kaum noch Alkohol getrunken ... und dann so was!

Der Rückweg war entsprechend beschwerlich. Ich führte Frieda und schob das Fahrrad, aber während Frieda artig neben mir blieb, verselbstständigte sich das Fahrrad immer wieder und ich torkelte hinterher. Die Stute blieb gnädig stehen, stibitzte ein paar Grashalme, um dann brav mit mir weiterzugehen. Hinter dem Café Hahnenberg musste ich Frieda einen Moment zwangsläufig unbeaufsichtigt grasen lassen, da ich mich in die Büsche schlagen musste. Der Alkohol wollte wieder heraus. Weiter ging es gen Heimat und fast schien es mir, als würde Frieda mich nach Hause geleiten und nicht umgekehrt.

Das Handy klingelte mich aus diesen Überlegungen.

„Falk? Alles klar?", fragte Anne am anderen Ende.

„Sorry, Fritz im Offenstall, okay, Frieda bei mir, gesund."

„Ist dir etwas passiert? Du klingst so komisch?"

„Hahnenberg, da bin Frieda und ich auch. Ist nichts Schlimmes gewesen, passiert. Ich brauch aber noch eine Weile, bis ich zu Hause bin."

„Hast du eine Gehirnerschütterung? Bist du gestürzt? Falk?"

„Abgestürzt mit Alois. Hat mir Selbstbrenner geschenkt, einge ... Moment mal ..." Ich stürzte noch einmal ins Gebüsch. Zurück am

Telefon meinte Anne nur, ich solle besser bleiben, wo ich war und auf sie warten.

Das tat ich brav. Mein Schädel fühlte sich an, wie aufgepumpt, Hunger hatte ich, aber mir war überhaupt nicht nach Essen. Wenigstens Frieda graste zufrieden weiter. Ich legte mich auf den Rücken, schaute den Wolken beim Ziehen zu.

Irgendwann später beugte sich Anne über mich und schaute mich besorgt an.

„Ich wusste nicht, was für Teufelsgebräu er da hat", entschuldigte ich mich und setzte mich mühsam auf, konnte kaum klar denken, so sehr war mir das Zeug in den Kopf gestiegen.

„Alois, oh weh, der ist bekannt für seine Höllenschnäpse, das habe ich in der Tierarztpraxis schon mehrfach gehört."

„Frieda hat sich mit sein Rocky eingenistet, nun hast du zwei Friedas oder n kleinen Rocky."

„Was?"

„Ja, meine Schuld, der Zaun, das wusste ich eigentlich ..."

„Frieda ... und der getupfte Rocky? Anne grinste im Kreis. „Dass der Rocky ein Hengst ist, wusste ich ja gar nicht", flüsterte sie und knuffte mich.

„Jo, isser wohl und Alois konnte das Pärchen nicht von dem Unverfänglichen, Unver ... egal, er konnte nichts dagegen machen."

„Gut, und du setzt dich jetzt auf das Frieda-Tier und ich bring dich heim."

„Was? Never! Ich hab Höhenangst!"

„Besonders, wenn du auf einer Leiter stehst und am Haus bastelst, schon klar." Sie stand auf, zog mich am gesunden Arm hoch und wies mich an, per Räuberleiter auf den weißen Berg zu steigen. Es kostete mich einiges an Überwindung, aber dann saß ich in luftiger Höhe.

In dem Moment war ich froh, dass ich gut einen in der Krone hatte, sonst hätte ich wahrscheinlich wirklich Höhenangst bekommen, als das Schwanken unter mir begann und Frieda sich gemächlich in Bewegung setzte.

„Das Rad?", fragte ich Anne, doch sie winkte ab.

„Ich stehe mit der Sissi am Café und hole es nachher ab."

„Oje", bedauerte ich, weil ich wusste, sie müsste dann nicht nur von hier zu Fuß zum Hof, sondern auch dieselbe Strecke wieder zurück. „Tut mir leid wegen der Umstände", entschuldigte ich mich.

176

„Alles gut, bleib bloß da oben." Anne strich mir über den Oberschenkel und ich nickte ergeben, griff mit beiden Händen in Friedas dicke Mähne.

Da der Malkus-Hof auf dem direkten Weg zum Offenstall der Percherons lag, lud mich Anne dort ab. Ich rutschte nach ihrer Aufforderung, langsam den langen Weg am Pferdekörper hinunter und landete in Annes Armen. Ein unsagbar schönes Gefühl, aber ich war nicht Herr der Lage, ihr etwas Passendes zu sagen. Warum hatte ich mich nur von Alois immer weiter zu einem ,Kräuterli' hinreißen lassen?

„Ab in die Koje, okay?", meinte Anne.

Ich nickte mechanisch.

„Schaffst du das alleine?"

„Ja Mama", murmelte ich und stapfte los. In der Waschküche lief ich dann bewusst mit dem Kopf gegen die Holztür. Ich war so ein Hohlkopf! Wieso hatte ich „Mama" gesagt und wieso hatte ich nicht einfach „Nein, nur mit deiner Hilfe" gesagt? Noch einmal rempelte ich meinen Kopf gegen die Tür und redete mir ein: Du hast das genau richtig gemacht. Nie darfst du dich mit ihr einlassen! Niemals! Warum war sie nicht mehr in der Praxis? Frei hatte sie noch nicht! War sie wegen meines Fehlers früher heimgekommen? Meine Gedanken vernebelten sich. Ich musste mich beeilen ins Bett zu kommen, bevor mir das nicht mehr möglich war.

Durch die Küche ging es am Vorratsraum vorbei hinauf ins Wohnzimmer. Die alte Stiege war noch nicht ersetzt worden, aber ich wusste nicht, ob die überhaupt ersetzt werden sollte. War im Moment auch egal. Ich nahm sie auf allen vieren und zog mich oben angekommen am Geländer auf die Beine. Ein Deja-vu! Das gab es schon mal! Ich atmete tief durch, um die letzte Distanz zu packen. Schwankend tappte ich weiter gen Zimmer, torkelte ins Bett. Wie ein Stück Blei fiel mein Kopf auf das Kissen.

Achim weckte mich zum Abendessen und reichte mir lächelnd ein Glas mit aufgelöstem Aspirin.

„Ist alles ein bisschen viel im Moment, was?", fragte er sanft und setzte sich auf meine Bettkante.

„Schicksalsmelodie", murmelte ich und exte das Glas. „Alois braucht nen Waffenschein, definitiv."

„Er hat dich ganz schön abgeschossen."

Ich nickte. „War aber meine Schuld. Ich war brötchenfertig nach dem Suchtrip und total dehydriert. Ich glaub, ich hab ein paar Kräuterli zu viel getrunken, weil ich einfach Durst hatte."

„Kannst du denn was essen?"

Ich wollte es zumindest versuchen. Das Aspirin wirkte schon, bildete ich mir ein.

Langsam schlich ich hinter Achim die Stiege hinunter und dann saßen wir lange draußen am Campingtisch, steckten unsere Nasen in die nach Grillwürstchen und Grillgemüse duftende Luft. Meine Lebensgeister kehrten allmählich wieder.

Während Anne und Achim mit Sekt auf Klein-Rocky oder Klein-Frieda anstießen, hielt ich mich lieber an O-Saft.

Anne hatte die beiden Schimmel über Nacht in ihrem Offenstall mit Paddock eingeschlossen. Weidegang war bis zum Zaunflicken verboten. Achim murmelte etwas von „mobil sein" und „morgen die Fee hier lassen", aber ich begriff nicht so ganz den Zusammenhang.

Tags drauf fuhr Anne mich auf dem Weg zur Praxis mit ein paar Zaunlatten und Werkzeug, hinüber zu den Percherons und ich machte mich alleine ans Werk. Achim war mit dem Fahrrad zur Arbeit gefahren, wie ich verblüfft festgestellt hatte. Anne erklärte, dass es sinnvoll war, mir einen motorisierten fahrbaren Untersatz auf dem Hof zu lassen, falls solche Dinge wie gestern passierten. Achim wollte sich nach einem zweiten Moped umhören, damit wir beide einen fahrbaren Untersatz zur Verfügung hatten.

Ich hielt das zwar nicht für dringend notwendig, aber es war schon richtig. Hätte ich die Fee gehabt, wäre ich gestern nicht bei Alois auf ‚ein Kräuterli' eingekehrt und so böse abgestürzt. Don‘t drink an drive! Never ever!

Beim Ausladen der Latten entschuldigte ich mich, dass ich den Zaun nicht längst repariert hatte, aber Anne schüttelte den Kopf.

„Egal. Hier steht so viel an, da kann einem auch was durchgehen."

„Ja, ein Pferd durch den Zaun gehen, tut mir echt leid."

„Och", grinste Anne und nickte zu der Stute hinüber, „mir tut es gar nicht leid. Die hübsche Frieda kann meinetwegen gerne Nachwuchs von dem schicken Rocky bekommen."

Am Donnerstag hatte ich bereits alle Arbeiten erledigt, als Anne von der Arbeit kam. Wir deckten noch schnell den Tisch für Kaffee und Kuchen. Wenn Frau von Winthausen hier ankam, sollte es einigermaßen ordentlich aussehen. Das Chaos würde sie noch früh genug überkommen.

Während Anne zum Wagen ging, wollte ich eigentlich unter die Dusche, als ich das unheilvolle Orgeln und Annes Fluchen hörte.

„Mist, Mist und nochmal MIST!" Sie stürmte wütend aus dem Auto. „Wieso springt die Dreckskarre jetzt nicht an? Die ganzen letzten Wochen gab es so gut wie nie Probleme! Ich krieg noch die Motten!"

Die Hektik sah man ihr förmlich an. Wahrscheinlich war es genauso gelaufen, als sie mich abgeholt hatte. Allmählich verstand ich die so frostige Begrüßung, die mir damals das Blut stocken ließ.

„Ich ruf ein Taxi und fahr damit zum Bahnhof", beschloss sie und kramte ihr Handy aus der Hosentasche.

„Ich kann Frau von Winthausen mit der Fee abholen", bot ich spontan an. Schließlich hatte Achim die Maschine hiergelassen.

Ich blickte an mir hinunter, fand, dass ich einigermaßen sauber aussah. Zwar nicht frisch geduscht, aber nun gut. Besser, als ewig zu warten, da konnte ich ein Liedchen von singen.

„Was?" Anne nahm das Handy vom Ohr. „Dann dreht sie postwendend wieder ab, wenn du mit der 80er ankommst."

„Dann ist sie aber wirklich die Falsche."

„Gut", seufzte sie, ließ das Handy sinken, nachdem sie die Verbindung unterbrochen hatte. „Dann versuch dein Glück. Sie sagt, sie hat einen knallroten auffälligen Rucksack dabei."

„Bestimmt so eine kleine rucksackähnliche kitschige lackierte Handtasche", seufzte ich.

Anne lachte auf. „Mit Plüschbesatz", fügte sie hinzu, wurde dann aber wieder ernst. „Ab sofort wird nicht mehr gelästert!", drohte sie mit erhobenem Zeigefinger.

„Hoffe, sie hat nicht zu viel Gepäck dabei", grübelte ich, nahm ein paar Expander mit und brauste los. Doch was sollte ich tun, wenn sie wirklich mehr Gepäck dabei hätte? Einen Koffer konnte man irgendwie an der 80er befestigen, aber dann war Schluss. Ich zuckte mit den Schultern. Dann musste der Rest eben im Schließfach warten und abgeholt werden, wenn die blöde Karre wieder lief.

Am Bahnhof angekommen, war der Zug bereits eingefahren und eine ganze Menge Leute stiegen aus. Es liefen mehrere junge Frauen auf dem Bahnsteig herum. Ich hielt Ausschau nach einer mit einer kitschigen roten Handtasche in Form eines Rucksackes. Aber das Einzige, was ich fand, war ein riesiger roter abgewetzter Wanderrucksack, der zu einem wilden blonden Dread-Kopf gehörte. Die Hippie-Lady trug eine lila Stoffhose in Batik-Optik und einen giftgrünen dünnen Pullover. Hatte ich Frau von und zu übersehen? Ich war doch nicht zu spät gekommen. Vielleicht hatte sie den Zug verpasst?

„Wen suchst du?", hörte ich den wilden Dread-Kopf fragen. Die junge Frau hatte ein breites Lächeln und ganz viele Sommersprossen.

„Ich soll jemanden abholen", meinte ich. „Ist dir hier eine schicke Dame aufgefallen?"

„Hm, nö, aber das heißt ja nicht, dass sie nicht da war. Ich kümmere mich nicht sonderlich um das Outfit anderer." Sie lachte und ich schaute an ihr hinunter. Jetzt fielen mir noch die knallgelben Stoffschuhe auf.

„Vielleicht muss sie sich noch aufbrezeln", meinte ich schulterzuckend. „Weggelaufen sein wird sie hoffentlich nicht."

„Vielleicht schon, wenn sie gesehen hat, dass du sie mit der Maschine da abholen willst?"

„Möglich. Auf wen wartest du?"

„Ich werde auch abgeholt. Wahrscheinlich habe ich schon eine Benachrichtigung auf dem Handy, dass die Frau sich um ein paar Minuten verspätet, aber ... ich hab auf der langen Bahnfahrt zu viel Musik gehört - Akku ist alle", seufzte sie. „Passiert mir eigentlich zu regelmäßig, als dass ich darauf nicht gefasst sein müsste, aber ... so bin ich nun mal, chaotisch in jeder Hinsicht." Dabei lachte sie erfrischend.

„Wie heißt du?"

„Lia, und du?"

„Falk."

„Hab ich noch nie gehört."

„Lia hab ich auch noch nicht gehört", erwiderte ich. „Du kannst von meinem Handy aus anrufen, wenn du magst."

„Gerne, lieb von dir, allerdings ... die Nummer ist in meinem Handy gespeichert und das ist ... alle."

„Verstehe." Ich nickte und schaute mich noch einmal um. „Mist, wie lange braucht die Frau von-und-zu denn noch zum Stylen?", murmelte ich, und wandte mich wieder an Lia: „Und was machst du, wenn dein Abholdienst nicht kommt?"

Sie grübelte, blickte mich mit ihren meerblauen Augen an und verzog den Mund. „Ich werde das dumme Gefühl nicht los, der ist bereits da."

Suchend drehte ich mich um, aber außer uns beiden war niemand mehr am Bahnsteig.

„Stichwort knallroter Rucksack. Vergessen?", meinte sie und deutete auf den überdimensionalen Reisebegleiter auf ihrem Rücken.

Ich starrte sie fassungslos an.

„Also ich bin dann wohl das Fräulein von-und-zu und bereits fertig mit stylen." Sie grinste fröhlich. „Aber wieso hat Frau Malkus mich nicht abgeholt? Ein grüner kleiner alter Geländewagen wurde mir als Erkennungsmerkmal genannt." Sie hob die Achseln. „Wahrscheinlich hat sie mir eine SMS geschrieben und mich vorgewarnt, was?" Nun lachte sie und deutete auf Fee, schüttelte breit grinsend den Kopf, dass die Dreads lustig tanzten. „Also gut, Falk, dann fahr ich mit auf deiner Maschine. Kannst ja froh sein, dass ich nicht drei Trollis als Gepäck habe. Was hättest du denn dann gemacht?"

„Du bist ... du bist doch Lia, hast du gesagt?" Völlig perplex stand ich da, verstand gar nichts mehr. Sie war doch viel zu jung und ... viel zu ausgeflippt?

„Ja Lia. Benita-Elisabeth von Winthausen. Ich hasse beide Vornamen, aber Lia ist eine nette Abkürzung von Elisabeth. So nennen mich alle. Alle bis auf ... meine Eltern. Die sagen allen Ernstes immer ganz ausführlich Benita-Elisabeth ..."

„Mein Beileid", seufzte ich und konnte es noch nicht fassen, schaute sie immer noch irritiert an.

„Danke." Lia lachte. „Ist mit dir alles okay?" Sie runzelte die Stirn und lächelte verschmitzt.

„Ja, äh. Ja. Tut mir leid, dass ich gerade so blöd geredet habe ... mit von-und-zu und aufbrezeln." Mir war die Sache unendlich peinlich. Sie war wirklich unsere Praktikantin. Ich wollte im Erdboden versinken.

„Ach, macht nichts. Wahrscheinlich meine eigene Schuld. Ich sollte mich künftig mit Lia Winthausen irgendwo bewerben statt mit dem beknackten Doppelnamen und Adelstitel. Ich hätte bei dem blaublütigen Namen wohl auch ein schniekes Fräulein in weißer Feinstrumpfhose mit Kostüm und langen modellierten Fingernägeln erwartet und nicht so ein ausgeflipptes Huhn wie mich." Sie lachte schallend und ich fühlte mich völlig überfahren mit ihrer offenen, unbekümmerten Art.

„Die von Winthausen sind lediglich verarmter Landadel urgroß-väterlicherseits", erklärte sie weiter. „Mein Vater ist ein ganz normaler angestellter Elektroniker bei einer großen Firma, meine Mutter Erzieherin im Kindergarten. Nichts mit Wohnen in der Villa und Kindermädchen und so. Wir sind bodenständig. Außer mir, ich bin wahrscheinlich etwas abgehoben." Sie fuhr sich mit ihren Händen durch die Dreads und lachte mich so entwaffnend an, dass dieses schäbige Gefühl der unendlich peinlichen Situation schlagartig von mir abfiel.

„Jedenfalls scheinst du zu unserem Hof eindeutig besser zu passen als die von-und-zu, die wir uns vorgestellt haben unter dem Namen."

„In der Tat! Und du? Gehörst du zum Hof oder bist du dort auch ein Praktikant oder ein Angestellter?"

„Bin angestellt, wohne dort, hab ein kleines Zimmer. Du wohnst bei mir gegenüber."

„Klingt gut." Sie lachte wieder. „Okay, dann lass uns losziehen. Ich bin noch nie auf einem Motorrad mitgefahren."

„Ist nur ein Moped, aber macht schon Spaß. Der Grund, warum Anne dich nicht abholen konnte, ist, dass die kleine Krücke von Geländewagen mal wieder Startschwierigkeiten hatte. Es ist ein etwas chaotisches Hofleben bei uns, aber ich denke ..." Ich schaute sie an, gab ihr Annes Helm. „Ich denke, du passt da ziemlich gut rein."

„Danke", sagte sie mit einem zuckersüßen spitzen Mund und zusammengekniffenen Augen, dann lachte sie wieder offen. Ihre lockere Art überfuhr mich einerseits wie ein Güterzug mit 40 Anhängern, andererseits ... nahm sie mich einfach völlig unbeschwert mit, als wenn wir Hand in Hand über Wattewolken hopsen würden ... unbegreiflich, phänomenal.

Sie schaute den Helm zweifelnd an. „Wie sollen da die Dreads drunter passen?"

„Shit. Und nun?"

„Hm ... kann man nicht Schleichwege fahren? Durch den Wald oder so?"

„Da hast du mit mir leider genau den Falschen erwischt. Ich kenne nur den Weg vom Hof zur Stadt über die Hauptstraße." Fieberhaft überlegte ich, was wir machen konnten.

„Wenn du ordentlich fährst, fahr ich einfach ohne mit."

„Und wenn uns die Bullen kassieren?"

„Dann sag ich ihnen die Wahrheit und zahle mein Strafgeld. Die werden mich schon nicht einkerkern."

‚Aber mich', dachte ich, sprach es jedoch nicht aus, zumal es Blödsinn war. Es war doch ihre eigene Verantwortung, nicht meine - oder? War es MEINE Verantwortung?

„Wo halte ich mich fest?", fragte sie in meine Zweifel.

„Da hinten an dem Griff."

„Hinter mir? Ich saß noch nie auf so einer Kiste."

„Kannst dich auch an mir festhalten."

„Danke", sagte sie mit beschwingtem Ton und grinste. „Genau DIE Antwort wollte ich hören." Sie nickte zufrieden. In meinem fassungslosen Gesicht zeichnete sich ein Lächeln ab ... es kam einfach ... sie war so ... Lia war einfach ... unbeschreiblich.

Ich stieg auf, hielt Fee im Gleichgewicht, damit sie ebenfalls aufsteigen konnte. Dann lehnte sie sich an mich. Ein merkwürdiges Gefühl. Vorsichtig fuhr ich los. Es waren keine zehn Minuten mit der Fee bis zum Hof, aber ich befürchtete, dass wir trotzdem erwischt würden. Ich hoffte, der dicke Rucksack auf Lias Rücken würde optisch dafür sorgen, dass man nicht auf den ersten Blick sah, dass sie keinen Helm auf hatte. Wir hatten Glück.

„Wow, das ist ja super schön hier!", schwärmte sie, als wir im Hof hielten. Sie stieg ab, bestaunte die großen alten Bäume am Haus, die vielen Nebengebäude und die weitläufigen Weiden. „Ihr habt ja wirklich eine Menge Platz hier und wirklich so viele Tiere wie im Internet beschrieben?"

Das konnte ich bestätigen. Ich parkte Fee im Schuppen und gemeinsam gingen wir in die Küche, wo Anne bereits mit Kaffee und Kuchen auf uns wartete. Sie schaute verblüfft auf mein Mitbringsel.

„Hallo Frau Malkus, ich bin Lia Winthausen", stellte sie sich lachend vor. „Sie haben es wirklich hübsch hier."

„Lia ... Winthausen ..." Anne stutzte.

„Ja, ich hab Falk schon damit aufs Glatteis geführt." Sie grinste mir verschmitzt zu. „Also eigentlich Benita-Elisabeth von Winthausen, aber das ist alles Quatsch. Bin ernsthaft am Überlegen, meinen Namen zu ändern ... bisher hab ich immer gehadert, weil es a) sehr teuer und b) nervige Bürokratie ist, aber ... ich sollte es in Angriff nehmen."

Sie zwinkerte mir zu und lächelte Anne sympathisch an.

„Ich bin Anne. Wir duzen uns hier, wenn du nichts dagegen hast?"

„Gerne!"

Ich folgte Lias Blicken, sie sog alles in sich ein. „Chaotisch sieht das aber gar nicht aus, Falk hat da ganz schön tief gestapelt", meine sie und grinste mich an. „Echt schön hier."

„Möchtest du erst dein Zimmer sehen?", fragte Anne, die genauso überrumpelt wirkte, wie ich kurz vorher am Bahnhof.

„Ach, das läuft nicht weg, der Kaffee vielleicht schon?", meinte Lia verschmitzt und lehnte ihren Rucksack achtsam gegen die Küchenfront. „Stört doch nicht, oder?" Sie blickte Anne treuherzig an.

Die schüttelte den Kopf und betrachtete Lias farbenfrohe Kleidung.

„Welcher Platz ist mir zugewiesen?", fragte Lia höflich und ich deutete auf den richtigen Stuhl.

„Zucker? Milch in den Kaffee?", fragte Anne, bekam aber ein Kopfschütteln als Antwort.

Es gab Obstkuchen mit Sahne und meine Leibspeise: Apfelquarkkuchen. Von dem nahm ich mir ein großes Stück, als mir einfiel, dass der Gast doch eigentlich die erste Wahl haben sollte.

„Oh, ich war zu gierig", entschuldigte ich mich.

„Welchen Kuchen möchtest du zuerst probieren?" Anne nahm den Kuchenheber.

„Ich befürchte, keinen. Ich vertrage keine Milch. Aber das ist überhaupt kein Problem ansonsten, also ich meine, ihr braucht für mich kein extra Essen zu machen, das geht ziemlich gut mit ohne Milch, ähm ..."

„Ich hab den Mist auch, der Kuchen ist laktosefrei", redete ich ihr dazwischen.

„Echt? Oh ... ja ... wirklich?"

„Ja, ich mache mit so etwas keine Scherze."

„Ist auch nicht lustig ... tja, dann nehme ich gerne." Sie schaute auf meinen Teller. „Zuerst von dem Apfelquark."

Wir ließen uns alle drei den Kuchen schmecken. Lia erzählte, wie sie im Internet rein zufällig auf den Hof aufmerksam wurde und dass sie so froh war, so schnell eine Übergangsstelle zu bekommen. Sie hatte schon vermutet, erst ein paar Wochen daheim verbringen zu müssen, bis sie eine Praktikumsstelle oder eine feste Stelle bekommen würde. Sie fragte nach ihren Aufgaben und konnte es kaum erwarten, nach dem Kaffeetrinken hinaus zu gehen, um sich alles anzusehen.

Kurz machten wir einen Zwischenstopp in ihrem Zimmer, das ihr sofort gefiel. Sie schwärmte von der Gemütlichkeit und den Holzmöbeln und öffnete ihren Rucksack, wollte sich für die Hofarbeit umziehen.

Wieder unten flüsterte Anne: „Ich weiß gar nicht, was ich sagen soll."
„Ich auch nicht, aber sie ist perfekt", stellte ich fest.
Anne nickte. „Kennst du sie?"
„Nö, wieso?"
„Ihr seid so vertraut miteinander?"
„Das liegt nur an ihrer Art. Wir hatten am Bahnhof schon viel Spaß."
Anne musterte mich weiterhin und ich stellte mir den maß-geschneiderten Overall vor, den Achim und ich dieser Frau von-und-zu angedichtet hatten und grinste mir einen, als Lia in einer derben Hose und ebensolchen Halbschuhen aus dem Haus kam. Sie trug ein lilablaues Batik-Shirt, das schon einige Waschgänge hinter sich hatte und grinste vergnügt.
„Mit den Klamotten hab ich die letzten Wochen auf einer Pferdefarm gearbeitet", antwortete sie. Offensichtlich waren unsere musternden Blicke nicht zu übersehen. „Sie sind natürlich frisch gewaschen."
Ich lachte. Lia auch. „Ich mein ja nur. Falls das falsch rüber gekommen wäre. Also das sind meine Arbeitsklamotten." Sie zog an dem T-Shirt und grinste. „In Kanada haben wir Tagesritte ins Umland angeboten. Ich glaub, ich hab noch nie so oft und lange im Sattel gesessen, wie in dieser Zeit".
„Kannst bei uns gleich weitermachen." Anne lächelte etwas schüchtern und wir gingen zuerst zu den Fjordpferden.
„So war das nicht gemeint", stöhnte Lia. „Ich bin manchmal etwas trampelig. Nein, es sollte nicht heißen, dass ich hier nur reiten will. Es war einfach ..." Sie stöhnte noch einmal. „Einfach so. Eher vielleicht sogar anders, also ... ich saß jetzt so viel im Sattel, dass es nicht schlimm wäre, es nicht mehr zu tun, also ... nein auch nicht." Sie stöhnte noch einmal und brach dann in schallendes Lachen aus. „So bin ich ...

gewöhnt euch bitte dran. Ich beiße nicht und bisher hat es irgendwie noch jeder geschafft, mit mir auszukommen."

Ich schüttelte nur den Kopf. Lia war fabelhaft. So eine chaotische Person hatte ich noch niemals erlebt.

Bei den Fjordpferden angekommen, war erstmal Ruhe, aber nicht lange.

„Wow, alle stehen im sportlichen Typ, was? Schick. Nicht diese überfütterten Wuchtbrummen, die man oft als Kinderreitponys sieht. Wann bekommen die denn ihre Fohlen, die sind noch so schlank?"

Lia hatte Recht, keine der Stuten hatte einen auffallenden Bauch. Bisher hatte ich mir noch nicht einen Gedanken darüber gemacht, wann und ob Fohlen kamen. Was Lia alles wissen wollte?

Anne erklärte ihr, dass aufgrund des Umzuges und den vielen Arbeiten, um den Hof auf Vordermann zu kriegen, im letzten Jahr vorsorglich keine Stute gedeckt worden war.

Lia nickte. Ihr war klar, dass jedes Maul mehr zu stopfen auch ein Maul mehr zu misten war und Fohlen brauchten Impfungen, Tierarzt und natürlich besondere Aufmerksamkeit. Sie redete mit Anne über Fohlenaufzucht und hatte offensichtlich bereits Erfahrungen auf einem Gestüt gesammelt.

„Aber jetzt sind alle Stuten tragend. Im nächsten Jahr gibt es Nachwuchs", meinte Anne.

Lia blickte etwas wehmütig. „Fohlen sind so niedlich, wenn sie unbeholfen über die Weide tapsen, ungelenk herumspringen. Aber sie sind auch mächtig süß, wenn sie ein paar Monate alt sind und sich balgen. Da sieht man dann, dass die viel besagte ‚hohe Schule' nur eine gezielte Abfrage von natürlichen Bewegungsläufen ist."

Das mit der ‚hohen Schule' begriff ich zwar nicht, aber das war egal. Vielleicht würde ich später erfahren, was es damit auf sich hatte.

Während die beiden Frauen sich nun zwei Ponys für einen Ausritt fertigmachten, ging ich in den Schuppen, vermaß die Holzbalken für die Gartenbank, die ich basteln sollte, zeichnete an, wo ich sägen musste.

Ich versank in meiner Arbeit, bis der Geruch von Grillkohle über den Hof waberte. Bald darauf hörte ich Schritte - Lia.

„Hallo, ich darf dich zum Essen bitten." Sie lächelte. „Was machstn du da?"

„Das wird mal ne Gartenbank."

„Aus diesen Dingern da?" Sie zeigte verwundert auf den Haufen Balken.

„Ja, das macht jeder Schreiner so: Balken, sägen, schrauben, Bank."

„Du bist Schreiner?"

„Hm, ja, wieso?"

Sie grinste. „Ich mag Handwerker. Komm, Anne hat schon Gemüse auf den Grill gelegt.

Als wir gemeinsam über den Hof gingen, kam Achim mit dem Fahrrad an.

„Wer ist denn das?", fragte Lia und zupfte mich am Ärmel.

„Mein Chef, unser Chef."

Er hielt vor uns an und musterte die fremde Person.

„Hallo ...", begann sie und zögerte. Das erste Mal, dass sie sprachlos war.

„Hallo ..." Auch Achim hielt inne. „Sind Sie Frau von Winthausen?"

„Lia Winthausen reicht." Sie streckte sie ihm die Hand entgegen   .

„Achim Malkus", stellte er sich vor, lächelte charmant und musterte sie von oben bis unten.

Der Dritte im Bunde, der guckte, wie ein Eichhörnchen. Ich musste mir ein breites Grinsen verkneifen. Entgegen unseren Vorstellungen hatten wir es mit einem sommersprossigen Wirbelwind zu tun, mit ungebändigten Dreads, die bei jeder schnelleren Bewegung tanzten.

Beim Essen war Achim merkwürdig schweigsam, aber das fiel wohl nur mir auf. Er stellte lediglich ein paar gezielte Fragen, und ließ Lia reden. Von Kanada, von der Pferdefarm dort. Wir erfuhren eine ganze Menge von ihr. Sie hatte in Kanada das letzte Semester Biochemie studiert und ihre Diplomarbeit dort geschrieben. Anschließend ein paar Wochen auf der Pferdefarm verbracht, bis sie jetzt zurück nach Deutschland kam. Wo und als was sie anfangen wollte zu arbeiten, wusste sie noch nicht. Das Praktikum kam ihr daher mehr als gelegen, um sich erst einmal wieder in Deutschland einzuleben und zu schauen, wo es sie hinverschlagen könnte. Sie war für alles offen, wollte gern in die Forschung, aber ohne Tierversuche. Also ein ‚vegetarisches Labor', wie sie es nannte. Ansonsten sei sie aber kein Vegetarier, wie sie drucksend preisgab und ließ sich ein Stück Rindersteak vom Grill geben.

„Was steht denn morgen auf meinem Arbeitsplan?", fragte sie und Anne seufzte.

„Tut mir leid, ich habe Doppelschicht in der Tierarztpraxis. Ich kann dir leider keine einarbeitende Unterstützung sein. Halt dich einfach erst einmal an Falk, der ist da." Sie schaute mich an, ich nickte.

„Aber nur bis elf, dann ist eine Kutschfahrt gebucht. Magst du mitfahren? Ich könnte durchaus Begleitung auf dem Bock gebrauchen", bot ich ihr an und musste innerlich schmunzeln, weil ich an die Witze von Achim und mir auf dem Bock dachte.

„Begleitung auf dem Bock? Soll ich etwa reiten? Auf dem Kutschpferd?"

„Nö, neben mir auf der Bank sitzen und den wippenden Pferde-mähnen zuschauen", meinte ich gelassen.

„Gut, abgemacht. Aber ich bin nur Beifahrer! Ich kann das nicht!"

„Ja nur Beifahrer. Du unterhältst mich und ich kutschiere."

„Klingt nach nem guten Plan." Sie zwinkerte mir zu.

Als wir zu Bett gingen, fing Achim mich ab, zog mich vorsichtig zurück. „Woher kennst du sie?"

„Ich kenne sie nicht", betonte ich zum zweiten Mal.

„Aber ..."

„Keine Ahnung. Ihre Art liegt mir." Ich senkte den Tonfall und begann, die Misere am Bahnhof detailgetreu zu berichten. Achim heulte vor Lachen und bekam einen Schluckauf, klopfte mir auf die gesunde Schulter und schniefte glucksend. „Okay, verstehe. So was verbindet."

Dann schickte er mich mit einem Kopfnicken und den Worten: „Mach deinen Job morgen gut: Sie muss bleiben wollen", zu Bett.

Als ich Lia am nächsten Morgen im Bad überraschte, hatte sie eine noch wildere Mähne als gestern. Sie blickte verschlafen, versuchte die Dreads zu bändigen und hatte einen kurzen Schlafanzug an, auf dem ein Schaf abgebildet war. ‚Alles blöd' stand darauf. ‚Blümchen blöd', ‚Krabbelkäfer blöd'. Ich starrte auf die Comic-Zeichnungen. Sie blickte mich an und grinste breit. „Morgähn", meinte sie und mir wurde bewusst, dass ich ziemlich reingeplatzt war.

„Die Tür ... war nicht abgeschlossen", stammelte ich.

„Stimmt, jetzt wo du es sagst." Lia gähnte ausgiebig und setzte sich auf die Kante der Badewanne. „Mist, jetzt häng ich voll im Jetlag, dachte, der geht an mir vorüber." Sie fuhr sich wieder über den Kopf und grinste schief. „Die ollen Lumpen da oben ... hab sie gestern Abend gewaschen, ich sage dir, gehe nie mit nassen Dreads ins Bett, sie bekommen ein Eigenleben."

Ich musste lachen bei der Vorstellung, wie diese Filzdinger zum Leben erwachten, stellte sie mir mit Augen, Nase und Mund vor.

Lia kicherte auch, dann schlurfte sie aus dem Bad. „Bis gleich."

Wir frühstückten noch gemeinsam, dann flog Achim aus, musste früher los mit dem Rad. Allerdings kannte er Schleichwege, so dass es nur sieben Kilometer bis zur Firma waren. Mit der Fee waren es über die Hauptstraße knapp 12.

Sissi sprang mithilfe des Startsprays an. Anne rollte die Augen und machte sich auf den Weg. Da sie etwas mehr Zeit eingeplant hatte, falls Sissi sich nicht so schnell hätte entschließen können, wollte sie die Schimmel rasch selbst versorgen, damit wir eine Aufgabe weniger hatten.

So fingen wir bei den Fjordpferden an zu misten.

„Die sehen ja echt fast alle gleich aus", stöhnte Lia. „Da waren mir die Paints lieber, davon hatte jeder eine andere Farbe.

„Die was?"

„Paint Horses. Die hatten wir in Kanada, war super. Sind etwas größer als Fjordis und anders gebaut, aber urgemütlich. Wir sind in Western-sätteln geritten, mit Bosal. Kannte ich bis dato nicht, aber hat echt Spaß gemacht."

„Bo was?"

„Bosal." Sie erklärte, was das für eine Zäumung war und ich nickte, doch mein Blick verriet, dass ich nichts begriffen hatte.

„Verstehe", entgegnete sie plötzlich und kniff die Augen zusammen. „Du tust, als hättest du es kapiert, dabei hast du null Plan!", schimpfte sie und grinste dabei zuckersüß. „Schurke! Ich hoffe, dass das, was DU MIR hier erklärst, richtig ist."

Ich bestätigte und schleppte sie, nachdem wir bei den Fjordpferden fertig waren, zu den Kühen. Sie war geschickt beim Misten, alles kein Thema. Lia war definitiv zu gebrauchen. Ich half ihr noch eine Weile, dann musste ich los.

„Ich hol die Kutschpferde, bin gleich wieder da."

Das laute Klappern der acht großen Hufeisen auf dem Kopfstein-pflaster veranlasste Lia, aus dem Stall zu kommen. Mit einem Bein noch in der Luft, blieb sie wie angewurzelt stehen.

„Hammer", hauchte sie. „Irre." Mehr brachte sie nicht heraus.

Ich band die beiden Schimmel an, und schob den Holzwagen mit den Geschirren aus der Remise. Lia stand immer noch mit offenem Mund da. Ihre Augen leuchteten wieder so blau wie das Meer, so tief und unendlich.

„Sag mal, trägst du Kontaktlinsen?" Die Frage brannte mir auf der Zunge, seit ich sie zum ersten Mal gesehen hatte.

„Was?"

„Du hast so ultrablaue Augen."

„Verboten?"

„Nö, sieht gut aus", stellte ich anerkennend fest.

Lia kickte mich neckisch in die Seite. Dann gesellte sie sich zu Fritz, der sich zu ihr herunterbeugte und sie beschnoberte.

Mit wenigen Handgriffen putzte ich die Schimmel.

Das trockene Sommerwetter war von Vorteil: Beide Pferde waren nur ein bisschen staubig und hatten keine Mistflecken. Sah aus, als würden sie draußen im Gras schlafen, immerhin stand die Weide wieder Tag und Nacht für sie offen, seit ich den Zaun repariert hatte.

Mit geschulten Bewegungen legte ich das Geschirr in der richtigen Reihenfolge auf.

Lia starrte mich an. „Das sind enorm viele Riemen und Schnallen", staunte sie.

Ich hob Friedas Kammdeckel vom Geschirrwagen und positionierte ihn, erklärte mit wenigen Worten Sinn und Zweck.

Lia nickte und ich fing an, breit zu grinsen. „Verstehe", meinte ich und baute mich vor ihr auf. „Du tust, als hättest du es kapiert, dabei hast du null Plan."

„Bitte was?" Sie schaute mich groß an, dachte angestrengt nach und schlug mich dann schon wieder neckisch. „Du Schurke!" Ihr Blick blieb auf mir haften, lange, zu lange. Es machte mich nervös, aus welchem Grund auch immer.

„Sag mal, woher kennen wir uns?"

Nun wurde ich schon zum dritten Mal danach gefragt ... das machte mir Angst. Innerlich zitterte ich plötzlich, von einer auf die andere Sekunde. Nein, bitte nicht schon wieder!

„Du heißt Falk ... Falk wie?"

„Selbach." Klar, sie kannte mich, ich hatte ihren Bruder verprügelt, den Bruder ihrer Klassenkameradin oder sonst irgendwie einen Nachbarsjungen ... gleich würde die Unbeschwertheit zwischen uns vorbei sein. Ich machte mich auf einen tiefen Fall gefasst. Es tat jetzt schon weh.

„Ist was?" Sie war einen Schritt näher gekommen. „Geht es dir nicht gut?"

„Woher kennst DU mich?", fragte ich leise und meine Stimme zitterte. Etwas in ihrem Blick verriet mir, dass sie mein inneres Wanken bemerkt hatte. Sie schaute mich sorgenvoll an.

„Geht es dir gut?", hakte sie vorsichtig nach.

„Ja klar. Woher kennst du mich? Du hast gesagt, den Namen Falk hast du noch nie gehört?", fragte ich hastig, überstürzt. Es gelang mir nicht, mich zusammenzureißen. Panik stieg schon wieder in mir auf. Schweiß stand auf meiner Haut. Ich würde niemals aus diesem Teufelskreis herauskommen. Immer würde es jemanden geben, der mich kannte.

Sie fasste mich vorsichtig an der Schulter. „Hey, jetzt beruhige dich." Sie sprach langsam, besorgt und blickte mich an, schaute nicht weg. „Es kommt mir halt so vor, dass ich dich schon ewig kenne, weil du auch so ein Chaot bist, wie ich. Na ja, nicht ganz. Aber ... irgendwie passt das ganz gut mit unserer Wellenlänge." Sie lächelte vorsichtig, hatte einen zweifelnden Blick, der mich weiterhin unruhig machte. „Hey, wirklich. Nein, ich kenn dich nicht. Wirklich nicht", betonte sie, weil sie immer noch die drängende Frage in meinem Blick sah. „Ich habe lange Zeit in Frankfurt gewohnt, dann in Fulda und in Münster. Wenn du da nicht zufällig auch gewohnt hast, kenne ich dich definitiv nicht."

Meine Gedanken verknoteten sich gerade: Frankfurt, Fulda, Münster. Nee, alles WEIT außerhalb meiner Reichweite. Sie KONNTE mich nicht kennen. Nein.

Ich atmete hörbar und erleichtert aus. Aber diese Vertrautheit, diese spontane gleiche Wellenlänge, das war schon komisch, ZU komisch.

Ich versuchte, mir einzureden, es sei alles okay und schirrte weiter.

Lia schaute mir schweigend zu, beobachtete mich. „Du bist echt ein Kutscher?", fragte sie dann schließlich, um das qualvolle Schweigen zu durchbrechen. „Hätte ich nicht vermutet. Wo ist die Kutsche?"

„Im Schuppen." Ich deutete in die Richtung und band die Pferde los. „Kannst schon mal das Tor aufmachen."

Flink huschte Lia hin und öffnete die Flügel.

„Arretieren!", rief ich ihr zu.

„Ar was?"

„Festmachen! Da sind Haken und Ösen in den Türen und an der Wand.

Lia suchte, fand, und machte die Tore fest.

Routiniert stellte ich die Schimmel genau vor die Kutsche, gab ihnen das Wendekommando und sie tippelten ihr Manöver.

„Faszinierend", seufzte Lia. „So etwas hab ich noch nicht gesehen. Der Hammer, Falk, du bist großartig."

„Nein, die Pferde sind es, ich nicht", wand ich mich aus diesem unangemessenen Kompliment heraus und spannte die braven Schimmel an, führte sie mitsamt Planwagen auf den Innenhof. Lia verschloss die Tore wieder.

„Ist alles gut mit uns?", fragte sie vorsichtig, während wir auf die Gäste warteten.

„Ja, hat nichts mit dir zu tun." Ich versuchte zu lächeln; es gelang nur halbwegs. „In meiner Vergangenheit...", stöhnte ich, „... na ja ... egal."

Sie schenkte mir einen verständnisvollen Blick, der mir zeigte, dass sie meine Reaktion akzeptierte und dass es für sie in Ordnung war, wenn ich nicht darüber reden wollte.

„Danke", sagte ich und lächelte. Dieses Mal klappte es. Wir schauten uns an und sie strich mir aufmunternd über die Schulter - alles okay, alles kein Problem. Lia war fabelhaft, ein Mensch, wie ich ihn bisher noch nie kennen gelernt hatte.

Kurz darauf kam ein Fußtrupp auf unseren Hof. Es war ein Junggesellinnenabschied. Entsprechend heiter ging es zur Sache: Laute Gesänge, böse Witze, viele Geschichten.

Wir zuckelten die große Runde und am Café Hahnenberg mussten wir eine kleine Pause einlegen, weil die Braut den Inhalt eines Bauchladens im Café verkaufen musste. Sie kam tatsächlich mit leerem Bauchladen zurück und die Fahrt ging noch lustiger und noch lauter weiter.

Für Lia bestand keine Chance, mich zu unterhalten, sie hatte es zwei Mal versucht, doch dann abgebrochen, weil ich ständig nachfragen musste. Wir lachten nur noch über so manche Kommentare von hinten oder warfen uns Blicke und Gesten zu.

Im Hof angekommen, verließ uns die laute Gruppe und torkelte belustigt den Weg zur Straße zurück, wo hoffentlich keiner mit seinem eigenen Autos stand, sondern ein Abholdienst organisiert war.

„Mein Gott, ist das immer so?" Lia blickte entsetzt in den Wagen.

Zwei der Gäste waren wohl so betrunken gewesen, dass sie sich übergeben hatten.

„Scheiße", stöhnte ich. „Nee, nie bisher. Ich bring die Schimmel auf die Wiese, dann mach ich mich über die Sauerei her, ist ja widerlich."

„Es geht nicht schneller, wenn ich mit zur Wiese komme, oder?", fragte Lia mit dünner Stimme.

„Nee, aber du brauchst den Mist garantiert nicht wegzumachen, nimm dir ein Fjord, reite eine Runde in der Bahn. Ich komme später nach und sehe dir zu."

Sie ging nickend Richtung Weide. Ich sah noch, wie sie sich an die Schuppenwand setzte, ließ die Schimmel Schimmel sein und hastete hinter ihr her.

„Hey, alles klar?"

Sie war sehr blass. „Mir wird total schlecht, wenn ich so etwas sehe oder ... rieche."

„Kann ich verstehen. Tu dir das nicht an, nimm ne Nase Pferdeduft und denk nicht mehr dran."

Zurück bei den Schimmeln schirrte ich ordnungsgemäß ab, wusch die Schweißstellen mit Wasser ab und brachte die Percherons auf die Weide. Als ich wieder kam, suchte ich mir Eimer und Lappen und widmete mich der Sauerei, kotzte dabei selbst zweimal in den Eimer und schmiss den Lappen direkt in den Müll.

Beim Ausspülen des Eimers drehte sich mir wieder der Magen um, aber es war definitiv nichts mehr drin, was herauskommen konnte. Auch die Magensäure kam nur bis zum Hals, bitter schluckte ich sie runter und taumelte dann Richtung Weide, blieb an der gleichen Schuppenwand stehen wie Lia zuvor und sackte dort zusammen. Ich sah nach oben in den Himmel, in die Wolken, roch Landluft und bemerkte auf einmal Lia bei mir.

„Alles okay? Jetzt sag nicht, du kannst so etwas auch nicht! Warum hast du das nicht gesagt? Dann hätte ich dich nicht im Stich gelassen!"

Ich lächelte gequält und stöhnte einmal, weil mein Magen sich erneut zusammenzog, rollte mich auf die Seite. „Schon okay. Einer muss es ja machen."

Lia strich mir eine Strähne aus dem Gesicht. „Du bist ein prima Kerl, weißt du das?" Sie half mir auf die Beine und verfrachtete mich auf einen der weißen Plastikstühle, die am Reitplatzzaun standen.

Ich legte mich mehr in den Stuhl, als dass ich saß, schaute ihr zu, wie sie ritt. Es sah toll aus. Irgendwie sah das anders aus, als wenn Anne ritt. Aber ich wusste nicht, was anders aussah. Vielleicht lag es nur daran, dass Lia keine enge Reithose an hatte, sondern die derbe Arbeitshose mit den Halbstiefeln? Oder weil sie kleiner war als Anne oder weil sie einen großen Rangerhut trug statt einer Reitkappe?

Lia ritt die beiden grauen Fjordpferde, danach kam sie zu mir und fragte: „Bist du wirklich okay?"

Ich nickte. Mir war zwar noch schlecht, aber nicht mehr so, dass ich würgen musste.

Sie hakte sich bei mir ein, half mir auf und gemeinsam schlenderten wir ins Haus.

„Ich mach dir einen Kaffee, hm?"

Mein Nicken war die Antwort. Ich hockte mich gemütlich auf einen der Kieferstühle und schob mir einen zweiten passend zurecht, damit ich die Füße hochlegen konnte.

Lia reichte mir den Kaffee und verschwand kurz, um dann mit einer angebrochenen Schachtel Kekse zu kommen.

„Nimm, du brauchst Nachschub im Magen, sonst geht das flaue Gefühl nicht weg."

„Kein Weizenmehl", seufzte ich und trank einen großen Schluck Kaffee.

„Ach Shit, das auch noch?" Lia begutachtete die Keksverpackung. „Mist. Was kann ich dann für dich tun?"

„Im Kühlschrank ist Joghurt. In den kleinen Schraubgläsern, der ist aus unserer Ziegenmilch und Marmelade bitte ... Aber ... aber eigentlich kann ich das selbst holen."

„Schon erledigt." Sie stellte das Gewünschte vor mich auf den Tisch und kramte in den Schubladen nach einem Löffel.

Wir saßen noch da, als Achim von der Arbeit kam.

„Alles in Ordnung?" Er hielt inne. „Falk?"

„Ja, okay", nickte ich und nestelte in meiner Hosentasche, zog die Geldscheine von der Planwagenfahrt heraus, die mir die Braut zugesteckt hatte. „Trinkgeld gab es keins, waren nur junge Mädels."

Achim nahm das Geld entgegen. „Und wie war die Fahrt?"

„Zum Kotzen", antwortete Lia. „Die haben den Wagen total versaut: Getränke runtergeschmissen, Scherben hinterlassen und rumgekotzt."

„Wie bitte?" Achim schaute mich an. Ich nickte matt.

„Dann ... mach ich mich wohl an die Arbeit", stöhnte er.

„Ist längst erledigt. Falk hat sich geopfert", verkündete Lia und stand auf. „Noch n Kaffee?"

„Nee, reicht", lehnte ich ab, „hatte schon drei, sonst steh ich heut Nacht unter Strom."

Achim musterte mich. „Du hast echt alles sauber gemacht?"

Ich zuckte mit den Schultern. Ja klar hatte ich das, hatte er gedacht, ich überlasse ihm die Sauerei?

„Vielen Dank, das ist ... danke." Achim angelte sich einen Stuhl, setzte sich zu mir. „Aber gut gehen tut es dir nicht, was? Bist ganz blass."

„Oh, da hättest du ihn mal sehen sollen, nachdem er zusammengebrochen ist, DAS war blass, dagegen hat er jetzt schon Farbe." Lia stellte Achim einen Kaffee hin, mir einen Kakao. „Ist mit unserer Milch." Sie zwinkerte mir zu.

„Zusammengebrochen ...", flüsterte Achim. „Tut mir wirklich leid. Hätte ich vermutet, dass es so ausgehen könnte ..."

„Quatsch, ich bin nicht zusammengebrochen, ich musste mich nur paar Mal übergeben, danach war mir schwindelig. Ist nichts passiert und ... ist doch egal, die nächste Fahrt wird wieder so schön wie die mit den alten Leuten, die uns mit Kuchen und Kaffee vollgestopft haben." Ich richtete mich auf und lächelte. Es war ein ehrliches Lächeln und es kam auch so rüber.

„Ich muss noch fertig misten", meinte ich und schüttete den Rest Kakao in mich hinein. Er war warm, süß und tat gut.

Zu dritt gingen wir hinaus und Achim lotste mich in die Scheune. „Komm mal mit."

Er machte Licht an und neben seiner Fee stand ihr Ebenbild in Blaugrau gemustert.

„Schau mal, hab ich besorgt, dann hast du auch eine Maschine und ich kann wieder gemütlich zur Arbeit tuckern, brauch nicht zu radeln. Ist auf

Dauer etwas anstrengend." Damit überreichte er mir einen blauen Motorradhelm, den ich probehalber aufsetzte. Er passte.

„Danke! Das ist ja der Wahnsinn. Willst du das Geld sofort haben oder es mir vom Lohn abziehen?"

Achim zuckte mit den Schultern. „Ratenzahlung vom Lohn?"

„Ich brauch doch eh kein eigenes Geld ..."

„Jetzt schon." Achim grinste.

Während ich noch staunend bei dem blau-grauen Moped stand, kam Anne in den Hof gefahren. Ich merkte nur, wie Achim Fersengeld gab, und schaute ihm hinterher. Er redete mit seiner Schwester. Sie ließ den Motor an und stieg aus. Achim winkte mich heran. Ich sollte mich auf den Beifahrersitz setzen. Wenig später zog Achim den Pferdehänger ein Stück aus dem Schuppen, kuppelte ihn an und wir fuhren los. Keine Ahnung wohin.

„Du, ich hab dir doch gesagt, dass ich die Scheune umbauen will", begann er, als wir ins Industriegebiet einbogen. Erstaunt schaute ich ihn an, wir hatten doch schon umgebaut. Vorratskammer statt Pseudoküche, den alten Durchgang zugemauert. War jetzt diese steile Stiege dran?

Auf dem Parkplatz vom Baumarkt angekommen, lehnte er sich zurück, und erklärte mir, dass in dem verbliebenen Stalltrakt vier kleine Gästezimmer jeweils mit Waschbecken entstehen sollten. Zudem ein separater Waschraum für Duschen und Toiletten.

Ich starrte ihn an und dachte, ich müsse in Ohnmacht fallen. Das konnte nicht sein Ernst sein! Doch sein Gesichtsausdruck verriet: Es war kein Scherz!

„Tut mir echt leid", kam geknickt von ihm. „Ich hätte mir den Arm nicht brechen dürfen. Jetzt müssen wir Nachtschicht schieben", meinte er zerknirscht. „Ich hab keinen Urlaub mehr, bis die Kids kommen. Ich krieg auch keinen unbezahlten, denn wir bearbeiten einen Großauftrag. Mann, das ist alles ein Obermist. Ich hab schon gebettelt, keine Chance. Falk ..."

Ich spürte, wie ich panisch reagierte. Mir war, als hätte man von mir verlangt, dass ich den Kölner Dom an einem Tag erbauen solle.

Langsam schüttelte ich den Kopf und stöhnte. „Achim, du bist von allen guten Geistern verlassen", flüsterte ich und schloss die Augen, hörte, dass er das Auto verließ.

196

Gemeinsam gingen wir durch den Baumarkt. Achim hatte mir einen Wagen in die Hand gedrückt und packte drauf, was er brauchte. Ich schob nur und fühlte mich wie in Trance.

Zurück auf dem Hof luden wir den Anhänger aus, gingen dann ins Haus, machten uns über die Bratkartoffeln her, die Anne zubereitet hatte. Mein Appetit war nicht groß, zu arg lag mir das bevorstehende Bauvorhaben bereits im Magen.

Anschließend begannen wir sofort mit der Arbeit. Durch die Nachricht, was mich erwartete, fühlte ich mich komplett erschlagen. Vor uns lagen mit diesem noch vier Wochenenden, bevor die Kinder kommen würden. Eine kalte Eisenhand ergriff mein Inneres, quetschte es zusammen. Ob das wirklich mit so wenigen Arbeitstagen machbar war? Aus einem Kuhstall einen Wohntrakt zu machen? Wie hatte Achim sich das vorgestellt?

Zuerst rissen wir die alten Milchleitungen und die alten Holzverschläge heraus.

„Morgen wird ein Container gebracht, da können wir alles einladen", erklärte Achim mir beiläufig. Bis kurz nach Mitternacht rackerten wir, dann schob Achim mich in die Waschküche. Unsere dreckigen Sachen blieben vor der Stiege unten liegen und nach dem Duschen fiel ich erschöpft ins Bett. Erst jetzt fragte ich mich - wer hatte eigentlich fertig gemistet? Sicherlich Anne und Lia.

Samstag um sieben Uhr klopfte es an meiner Tür.

Noch ehe ich etwas sagen konnte, war Achim schon hereingekommen. „Können wir gleich nach dem Frühstück weitermachen?", überfiel er mich. Ich nickte ergeben. Klar hatte er Hummeln im Hintern, denn er hatte keinen Urlaub mehr und uns blieben wirklich nur noch die Wochenenden und gelegentlich die Abende. Jetzt wo Lia hier war, konnte sie misten, während Anne den Haushalt schmiss und somit Achim Zeit zum Umbauen hatte. Und ich dachte, die Sanierung sei vorläufig abgeschlossen.

Kopfschüttelnd ging ich zum Frühstückstisch. Alle waren schon da.

Anne musste am Vormittag arbeiten. Lia und ich fütterten die Tiere, wobei sie mit Block und Stift neben mir her rannte und sich alles aufschrieb. Währenddessen hörten wir Achim schon, wie er mit schwerem Gerät den Steintrögen zu Leibe rückte.

Mit dem Rad fuhr ich noch eben den Kilometer zu den Percherons, machte bei denen alles fertig, sauste zurück und während Lia am Misten war, half ich Achim, lud die Trümmer auf, schippte den Schutt in den Container.

Bei einem kurzen Mittagessen fand Achim keine Ruhe. Anne sah ihn tadelnd an, aber das ignorierte er.

„Weiter?", drängte er schließlich, ohne einen Nachschlag genommen zu haben. Das war ungewöhnlich für ihn. Er war echt gestresst.

Die Tröge zu zertrümmern dauerte Ewigkeiten, doch wir schufteten unermüdlich weiter.

Lia packte auch mit an. Ohne zu zögern, belud sie die Schubkarre und Eimer, spielte Handlanger.

Bald darauf tauchte Anne auf und zog Achim nach draußen. Sie schien sehr aufgebracht, aber Achim war die Ruhe selbst. Die beiden dämpften zwar ihre Stimmen, aber es war nicht zu überhören, dass sie miteinander stritten.

Kurz darauf kam Achim alleine zurück.

„Lia, du hast für heute genug getan", beschloss er ernst, und deutete zur Tür.

Lia schaute ihn verstört an. „Habe ich was falsch gemacht?"

„Nein, aber du hast heut genug gearbeitet. Du bist Praktikantin, kannst morgen wieder die Tiere versorgen." Er zwinkerte ihr zu. „Danke für deine Mithilfe."

Hilfe suchend sah sie mich an.

„Hilf Anne, sie kanns gebrauchen", flüsterte ich ganz leise.

Wir arbeiteten weiter. Achim zertrümmerte alles, was ihm vor die ‚Flinte' kam und ich lud alles auf, fuhr es weg. So allmählich sah man, dass es voranging.

Erst der Duft von Holzkohle brachte uns auf den Gedanken, dass wir längst Hunger hatten. Wir sahen aus wie die Mehlwürmer, total dreckig und verstaubt, waren vollkommen durchgeschwitzt.

„Gut, dass wir draußen essen", scherzte Achim und wir wuschen uns nur kurz über Hände, Arme und Gesicht, saßen dann bald bei einem köstlichen bunten Salat und vor Grillspießen.

198

Anne und Lia sprachen über die Fjordpferde und das Training. Jetzt, wo sie an der Longe fit waren, sollte das Reiten Vorrang haben.

„Noch einen Spieß?", fragte Achim und legte mir bereits einen auf den Teller.

„Eigentlich nicht ..."

„Doch doch, wer schuftet, kann auch essen", grinste Achim. „Und dann gehen wir nochens ran. Morgen hol ich dann die Baupläne, dann weih ich dich mal ein, wie das später aussehen soll."

Später ... das klang so, als hätten wir noch ewig Zeit. Ich mümmelte den Spieß, aber Hunger hatte ich nicht. Wenn ich viel arbeitete, hatte ich wenig Hunger, komisch.

„Macht nicht zu lang", mahnte Anne, als wir schließlich aufstanden, um weiter zu rackern. Achim nickte lässig. Ich mied den Blickkontakt zu ihm. Ich kannte Achim zu gut, wusste, dass es eine Nachtschicht geben würde.

Bis zum Einbruch der Dunkelheit waren die Tröge alle abgerissen und quasi ‚dem Erdboden gleich gemacht'.

Jetzt ging es ans Aufräumen und Sauberfegen. Als wir schließlich einen leeren Raum hatten, klopfte Achim mir auf die gesunde Schulter und nickte erfreut.

„Jetzt kann ich gut schlafen, danke".

So war Achim: Er musste möglichst erst eine Sache fertig haben, um seinen inneren Frieden zu finden.

Leise verriegelten wir die Tür, machten das Licht aus und verzogen uns in unsere Zimmer.

War klar, dass meine Schulter wieder schmerzte. Das war zu viel für das kranke Ding. Ein Blick auf die Uhr ließ mich stöhnen. Halb drei! Achim war wirklich besessen. Dennoch musste ich grinsen und dieses Grinsen hatte ich noch im Gesicht, als der Wecker mich gefühlte zehn Minuten später wieder aus dem Schlaf riss. Neun Uhr.

Ein ruhiger Sonntag, meine müden Knochen und Muskeln durften sich freuen.

Bereits auf dem Weg in die Küche duftete es nach Rührei, frischem Kuchen, Kaffee, Kakao. Ich war der Letzte, der erschien und setzte mich an diese Festtafel, die auf dem Campingtisch draußen vor der Küche aufgefahren worden war.

Zuerst sorgte ich mich ein wenig über die Stimmung am Frühstückstisch. Ich erinnerte mich noch zu gut an das gestrige Zusammenrauschen von Anne mit Achim. Doch Anne schien gut drauf zu sein und schäkerte mit Lia. Mir fiel ein Stein vom Herzen.

„Danke für gestern", meinte Achim und reichte mir den Teller mit Rührei. Es schmeckte großartig.

Eine ganze Weile saßen wir gemütlich am Tisch, dann machte sich Anne ans Misten. Lia hatte heute betont ‚frei' und wir Männer auch. Achim nannte das ‚zwangsfrei' und nahm mich mit hoch ins Wohnzimmer, ging an eine Schublade, holte Pläne heraus und erklärte sie mir. Er wusste ganz genau, was er wollte, wie das alles zu machen war ... nur ... wusste er denn auch, wie lange man dafür brauchte?

Wahrscheinlich, denn am Nachmittag schlichen wir in die Scheune und verrichteten Arbeiten, die keinen Lärm verursachten.

Anne erwischte und trotzdem, rügte Achim, gab dann aber auf. Es war sinnlos.

Mit Flutlicht ging es dann nach Einbruch der Dämmerung weiter. Vermessen, notieren, rechnen. Wenigstens ging es nicht wieder bis in den frühen Morgen, aber es war knapp halb zwölf, als ich endlich im Bett lag. Mein Kopf quoll über vor Maßen und Zahlen. Nachts schreckte ich immer wieder auf, weil ich irgendetwas rechnete.

Lia und die Fjordis

Wir versorgten am Montag die Schafe und Ziegen, als hupend der große Wagen vom Paketdienst in den Hof fuhr.

„Ah, endlich." Lia eilte dem Fahrer entgegen, während er das Fahrzeug wendete.

Lia erwartete ein Paket? Sicherlich ein Carepaket von ihren Eltern.

Lia unterschrieb und verblüfft beobachtete ich, dass sie drei Pakete in Empfang nahm und den Boten verabschiedete.

„Kann ich dir helfen?", frage ich galant.

„Ja gerne, danke!"

„Aus Kanada?" Ich konnte meine Neugier nicht bezähmen und warf einen Blick auf den Absender.

„Ja, meine Sachen. Ich konnte im Rucksack nicht alles mitnehmen." Sie hievte ein Paket gekonnt auf die Schulter und ging voran.

„Ist das nicht zu schwer?" Meine Frage wurde mit einem Kopfschütteln beantwortet. Ich nahm das nächste Paket. In der Tat, es war nur unhandlich, brachte aber nicht viel Gewicht auf die Waage.

Lia meisterte die Stiege hinauf, dann stellten wir die Kartons in ihr Zimmer.

„Ich hol noch Nummer drei."

„Super! Danke!"

Als ich wieder zurückkam, hatte sie schon einen Karton ausgepackt. Ein bunter Haufen Wäsche lag um sie herum. Socken, Shirts, Hosen, vieles davon gebatikt und in schrillen Farben.

„Wieso kommen die Sachen direkt aus Kanada?"

„Na weil ich zuletzt dort gelebt habe", antwortete sie verständnislos und nahm mir den Karton ab, öffnete ihn und schüttete den Inhalt heraus.

„Und nach Kanada hast du dir die Sachen auch hinterherschicken lassen?"

„Was?" Sie runzelte die Stirn und schien angestrengt über meine Worte nachzudenken. „Also ich hab in Kanada das letzte Semester studiert und dann war ich sechs Wochen auf einer Ranch, da hatte ich die Kartons nachschicken lassen. Und jetzt hab sie wieder hier."

„Warst du zwischendurch gar nicht zu Hause?"

„Zu Hause? Warum?"

„Na, deine Eltern besuchen, ein paar Tage bei ihnen sein?"

Sie blickte nachdenklich, ernst. „Nö, war ich nicht."

Der Inhalt des dritten Kartons landete auf ihrem Bett. Sie wuselte in dem Kleiderberg herum, zog ein knalloranges Shirt heraus, das mit großen grünen Batiktupfen bedeckt war.

„Lass uns runter gehen", schlug sie vor und legte das Shirt sorgfältig auf ihr Kopfkissen, dem einzigen Platz auf dem Bett, der nicht von einem wilden Haufen Wäsche bedeckt war.

„Machst du die Tür zu?", bat sie, bevor sie vor mir die Stiege hinunter ging. Ich folgte ihr grübelnd. Warum hatte sie denn ihre Eltern nicht besucht?

Gemeinsam machten wir uns weiter an die Stallarbeit. Ich stellte meine Frage nicht. Als alles erledigt war, drückte sie mir Halfter und Strick in die Hand.

„Komm, Ponys holen", schlug sie vor, als wir fertig waren.

Wir schnappten uns Salli und Nele und bürsteten kurz über. Wirklich dreckig waren die Fjords bei dem schönen Sommerwetter nicht.

Nach dem Hufeauskratzen deutete sie zur Sattelkammer, drückte mir dort Sallis Sattelzeug in die Hand und nahm sich das von Nele. Zweifelnd stand ich mit dem Sattel vor dem Pony, während Lia Nele im Nu reitfertig hatte.

„Was ist?", fragte sie.

„Ich hab noch nie ein Pferd gesattelt", gestand ich und wenn ich Lia nicht schon gut genug gekannt hätte, wäre ich mir total blöd vorgekommen.

„Ah, okay ..." Erst blickte sie mich verwirrt an, dann lachte sie. „Aber reiten kannste, oder?"

„Nee. Jetzt sag nicht, du hast das vor?"

„Ich? Reiten? Doch klar! Die brauchen Training, haben Anne und ich ja abgesprochen. Nicht nur an der Longe, sondern auch unterm Sattel. Wenn die Kids kommen, müssen die doch brav und in Form sein, die Ponitas!"

Lia nahm mir den Sattel ab und zeigte mir jeden Handgriff, wie der Sattel genau liegen musste. Das hatte ich rasch kapiert. Trensen konnte ich selbst.

„Aber ich reite nicht", sagte ich bestimmt.

„Du kannst das Pferd auch warmführen, wenn du magst." Lia zog

202

schulterzuckend ab. Völlig verdattert folgte ich ihr zum Reitplatz. Sie trug wieder ihren breiten Rangerhut, der ihr unheimlich gut stand. „Nun sei nicht so feige, setz dich einfach drauf, reite Schritt. Wenn kleine Kinder das können, kannst du das auch. Einfach nur ganz außen die Bahn entlang, dann spar ich mir schon das Warmreiten bei Salli."

Lia nahm meinen Arm, erklärte mir, wie ich die Länge der Steigbügelriemen abmessen konnte, und verstellte die Bügel. Sie gurtete für mich nach und ging auf die andere Pferdeseite.

„Rauf mit dir."

„Lia ..."

„Nix Lia, rauf da", zwinkerte sie.

„Und ... ähm ... wie?", stotterte ich vollkommen überfordert. „Mensch Lia, das kannst du nicht verlangen", knurrte ich nun.

Sie kam lächelnd zu mir, machte mir vor, wie ich aufsteigen sollte und dann ... saß ich also gezwungenermaßen auf einem Fjordpferd. Lia führte mich eine Runde im Schritt, erklärte, wie ich die Zügel halten musste, Nele am Zügel an der anderen Hand mit sich führend.

„So, tut doch nicht weh, oder? Dann bleib mal schön außen auf dem Hufschlag."

Anfangs ritt sie genau neben mir, dann begann sie mit Trabarbeit. Salli ging weiterhin schön artig Runde um Runde am Reitplatzzaun entlang. Lia zeigte mir, wie man wendete. Es war so einfach wie das Kutschefahren. Ich ritt einen Bogen und ließ Salli am durchhängenden Zügel in die andere Richtung weiterschreiten.

Fasziniert blickte ich zu Lia und Nele. Das Pony lief fleißig, es sah flüssig aus, war hübsch anzusehen.

Nach einiger Zeit hielt Lia an und stieg ab. „So, Pferdetausch, du reitest Nele trocken, ich übernehme Salli und dann kannst du schon Ilva holen, satteln und warmreiten. Den Sattel kontrolliere ich, bevor du aufsteigst." Sie grinste.

Es war geschehen: Ich war ihr Handlanger in Sachen Pferdetraining, holte die Ponys, putzte, sattelte und ritt warm, ritt dann das andere Fjord ein paar Minuten ‚trocken', wie sie es nannte und dann kam das nächste Pferd an die Reihe.

In fünf Stunden hatte sie tatsächlich alle Ponys unterm Sattel gehabt - ich bis auf Nele auch, zwangsweise. Es war mir nicht möglich gewesen, Lias Anweisungen zu missachten. Wahrscheinlich, weil ich im Grunde meines Herzens gar nicht wollte. Ich konnte ihr keinen Wunsch abschlagen.

„Und? Wie war es, den Hengst zu reiten?", fragte sie, als wir die Abendfütterung vorbereiteten.

„Nicht anders, als die Stuten."

Lia nickte. „Der Lenni ist spitze. Ein Elitehengst, lass dir das mal gesagt sein. Ein kleiner Juwel. Wenn man den fördert", sie rollte mit den Augen, „ein geniales Pony! Habe selten so ein leichttrittiges, freundliches und stets bemühtes Pony geritten. Anne hat sich da echt eine gute Zucht aufgebaut. Auch die Stuten sind alle fein und haben nichts von der typischen Norwegersturheit, die der Rasse so böse nachgesagt wird. Obwohl … man muss den Damen schon Bescheid sagen, was man von ihnen will, aber dann sind sie einfach nur unheimlich nett."

„Es sah wirklich sehr schön aus", stimmte ich zu. „Aber am besten hast du auf Lenni ausgesehen. Da hat man gemerkt, dass ihr irgendwie zusammenpasst. So harmonisch, dynamisch, schwebend …"

Lia lachte. „Ja, der Lenni, ich sag dir ja, der ist richtig Klasse. Morgen reite ich ihn wieder."

„Ich reite morgen nicht!", sagte ich schnell.

„Schon okay, du wirst dich morgen eh nicht bewegen können. Aber ich wollte heute unbedingt alle Ponys im direkten Vergleich haben. Aber wenn du mir morgen vielleicht doch wieder den Turniertrottel spielst? Kannst ja meinetwegen warmlongieren. Auch wenn es echt blöd ist, in der Bahn zu reiten, wenn jemand gleichzeitig longiert, aber nun gut", seufzte sie und wollte damit sicherlich eine Meinungsänderung aus mir herauslocken, aber jetzt blieb ich standhaft.

„Tur was?", fragte ich stattdessen.

„Turniertrottel. Das sind die Handlanger auf Turnieren, die die Pferde für den Reiter fertig machen."

„Verstehe."

Einen Moment herrschte Stille, dann schaute Lia mich fragend an. Ich ignorierte das. Sie würde ihre Frage sowieso stellen, soweit kannte ich sie schon. Darüber musste ich grinsen.

„Warum grinst du?", fragte Lia misstrauisch.

„Stell deine Frage."

„Woher …?"

„Lia … dein Gesicht ist ein Fragezeichen, also, was willst du wissen? Ja, meinetwegen spiele ich dir den reitenden Trottel, wenn wir mit Misten

204

fertig sind, so Achim nichts anderes mit mir vorhat." Es war geschehen ... ich hatte zugestimmt. Wollte ich doch gar nicht. „Äh, wo ist der eigentlich?"

Der fehlte noch? Er hatte doch schon längst Feierabend.

„Keine Ahnung, halb sechs ists schon. Aber ... da wären wir wohl auch bei meiner Frage, bevor er kommt ..."

„Die wäre?"

„Hm ja, ... hm ... weißt du, wie alt Achim ist?"

„28", gab ich als Antwort und sie schwieg.

„Wieso?", fragte ich nach.

„Einfach so."

„Nix da, einfach so gib es nicht."

„Weißt du, warum er mit Anne zusammenwohnt?"

„Keine Ahnung, ich habe ihn nie gefragt", antwortete ich ehrlich.

„Aber das sind doch Geschwister?"

„Du magst Achim, was?", fragte ich statt einer Antwort und kam mir dabei direkt blöd vor.

Sie druckste. Hatte ich also ins Schwarze getroffen?

„Er sieht aus wie ein Pirat", säuselte sie und ihre Augen blitzten. „Ich weiß nicht, aber als ich ihn das erste Mal gesehen habe ... das hat mich total geschockt. Kennst du Orlando Bloom?"

„Wer ist das?"

„Up to date bist du nicht, was Kinofilme angeht, was?", lachte sie. Vorbei war die eben noch herangeflogene Verlegenheit. „Fluch der Karibik? Schon mal gehört?"

Ich schüttelte den Kopf.

„Hinterwäldler", spottete sie. „Also das ist ein Pirat, ein verdammt gut aussehender Schauspieler und ... Achim erinnert mich total an ihn." Sie seufzte wieder. „Aber wehe, du steckst ihm das! Falk, ich ..." Sie funkelte mich an. „Tu mir den Gefallen."

Ich bestätigte und musste grinsen. Deswegen war sie so sprachlos gewesen, als sie Achim das erste Mal gegenüber gestanden hatte. Ich konnte mich an die Situation noch erinnern, als wäre es erst vor wenigen Minuten gewesen. Nie zu vor und nie seitdem hatte ich sie sprachlos erlebt.

„Grins nicht so", rügte sie und machte einen spitzen zuckersüßen Mund mit biestigem Blick.

„Ich sag nichts", versprach ich. Dann hörten wir die Fee.

Ich beobachtete Lia, als Achim zu uns herüber kam. Jetzt wo ich wusste, dass sie auf Achim stand, war es schon zu merken, wie sie ihn anschaute. Nicht besonders auffällig, aber doch zu bemerken.

„Habt ihr im Moment was vor?", fragte er und wir schüttelten im Gleichtakt die Köpfe. Spontan kam mir das Bild von dem Umbau der Scheune in den Kopf. Klar, da mussten wir jetzt weitermachen.

„Wir müssen dringend die Kirschen ernten."

Kirschen ernten ... auch das noch.

Wenig später standen wir schon am ersten Kirschbaum, bewaffnet mit Eimern, den beiden Schubkarren, einer Leiter und jede Menge Körben, in denen die Früchte gelagert werden sollten.

„Das kannst du dann morgen weiter machen. Ich hab heute mit einem Händler gesprochen, der nimmt uns alle Kirschen ab", wandte sich Achim zu mir.

„Ich dachte, da wollte Anne Saft draus machen?"

„Den Zahn werde ich ihr noch ziehen", entgegnete Achim hart. „Aber kein Wort zu Anne. Das ist allein meine Sache, okay?" Dabei schaute er abwechselnd zu mir und zu Lia.

Wir pflückten schweigend weiter. Mir war klar, dass Anne sich mit dem Wunsch, selbst Saft herzustellen, wieder viel zu viel Arbeit aufbrummen würde.

Die Körbe füllten sich schnell.

Achims Handy klingelte. Er zog es aus der Hosentasche. „Anne. - Was? - Mist! - Ja, kein Problem. - Nee, lass einfach. - Ach, vielleicht klappt es morgen wieder. - Nein, ich hol dich jetzt ab. Ja und morgen bring ich dich. - Ja oder Falk. Bis gleich."

Er beendete das Gespräch. „VERDAMMT!", schrie er und trat einen der leeren Kirschkörbe wütend über die Obstwiese.

„Sorry, galt nicht euch. Sissi springt mal wieder nicht an. Anne ist total aufgelöst. Ich hol sie jetzt ab. Falk, kannst du sie morgen zur Praxis bringen mit deiner Maschine?"

Ich nickte. Seine Augen waren plötzlich mutlos. Er verschwand.

„Steht irgendein Fluch über diesem Hof?", fragte Lia vorsichtig, als wir eine Weile alleine weitergepflückt hatten und ich erzählte ihr von den Problemen, die sich hier auftaten. Von dem höheren Sanierungs-aufwand, als zunächst angenommen, dem Dacheinsturz bei den Fjord-pferden, dem Armbruch von Achim, dass ich leider auch eine Zeit lang krank war und nicht zuletzt die elenden Doppelschichten, die Anne ‚bis auf Weiteres' aufgebrummt bekommen hatte.

„Was für eine Tragödie", stöhnte Lia, lächelte dann matt. „Schön, dass ich hier bin."

„Dich hat uns echt der Himmel geschickt", bestätigte ich.

Wir sammelten die vollen Körbe ein, verfrachteten sie auf die Schubkarren und fuhren unsere Ernte Richtung Innenhof. Abrupt blieb ich stehen, als ich Anne und Achim auf der Fee sitzen sah. Sie mussten gerade eben angekommen sein und zofften sich. Wahrscheinlich hatte er ihr gesagt, dass die Kirschen verkauft würden. Toller Zeitpunkt, wo Anne eh überarbeitet war, total den Stress wegen Sissi hatte und jetzt das.

Sie schlug ihm ins Gesicht und schrie ihn an. Ihre Arme wirbelten, schlugen auf seine Brust. Sie schrie weiter. Achim versuchte, ihre Hände zu fassen, fixierte sie, zog Anne eng an sich, dann sank Anne in seinen Armen zusammen. Ihr Rücken zuckte. Sie weinte. Er umarmte sie fest und schunkelte sie.

„Lia, lass uns besser gehen", bestimmte ich und wendete die Karre. Wir gingen zurück auf die Obstwiese.

„Scheiße", stöhnte ich und setzte mich ins Gras.

„Sah aus wie ein Nervenzusammenbruch", flüsterte Lia und hockte sich neben mich. „War abzusehen, nachdem was du mir erzählt hast."

Ich blieb stumm, was sollte ich schon dazu sagen.

„Achim ist aber auch ein Trampel", murrte sie und ich stimmte ihr zu.

„Verdammt", stöhnte ich. „Komm, lass uns noch ne Stunde ernten, bis die Wogen sich geglättet haben."

Wir redeten nicht mehr, pflückten weiter, bis die Dämmerung hereinbrach. Alle Körbe waren randvoll und wir balancierten die Fracht in den Innenhof, der wie ausgestorben wirkte.

In der Futterkammer stapelten wir die Kirschkörbe und kontrollierten die Ställe. Die Abendfütterung war erledigt.

„Jetzt müssten wir nur uns noch füttern, was?", meinte Lia und so verschwanden wir in der Küche.

Lia und die Spinne

Ich lag noch nicht lange im Bett, da klopfte es an meiner Zimmertür. Vorsichtig ging sie auf, bevor ich etwas gesagt hatte.

„Falk? Falk, bist du noch wach?"

„Ja."

„Darf ich heute ausnahmsweise bei dir schlafen?"

„Was?", fragte ich ins Dunkel und konnte kaum Lias Umrisse ausmachen.

„Bitte", drängte sie. „In meinem Zimmer ist eine riesige Spinne herumgelaufen und unter dem Kleiderschrank verschwunden, bevor ich sie ermorden konnte. Sie war gigantisch", jammerte sie. „Ich mag mein Zimmer nicht mit einer solchen Monster-Spinne teilen."

„Leg dich hinter mich", bot ich an, konnte das verstehen. „Aber mach meine Zimmertür zu, ich mag mein Zimmer auch nicht mit so einem Pelzmonster teilen."

„Hoffe, die Tür ist wirklich eine Barrikade", murmelte Lia und tastete nach meinen Beinen.

„Hast du dein Bettzeug mitgebracht?", fragte ich erstaunt.

„Ja, ich war mir sicher, du sagst nicht nein", flüsterte sie und legte sich neben mich. „Geht das so?"

„Ja, klar. Warum hast du Achim nicht gefragt?"

„Bist du bescheuert? Wie soll ich ihn denn fragen?", kam mit leicht panischem Anflug.

„So wie mich?"

„Nee, das geht nicht, da krieg ich keinen Ton raus. Außerdem hat er gerade ganz andere Probleme und ... der lacht mich doch aus und denkt sich seinen Teil."

„Er ist nicht schlecht!", nahm ich ihn sofort in Schutz.

„Hab ich auch nicht gesagt, aber das ist doch typisch weibisch, diese Arachnophobie."

„A-was?"

„Spinnenpanik."

„Aber mich haste gefragt."

„Du bist ein prima Kumpel. Wenn du mich auslachst, weiß ich, das ist immer lieb gemeint."

„Das ist bei Achim aber auch so."

Ein Seufzen war die Antwort, dann schwiegen wir.

„Lia ... der Hof ist nicht so übel, wie er gerade rüberkommt", meinte ich leise in die Dunkelheit. „Es kommt leider grad alles zusammen."

„Ist schon in Ordnung. Ich kenne solche Desaster gut genug."

„Von daheim?"

„Lass uns jetzt schlafen, morgen steht uns wieder ein arbeitsreicher Tag bevor", wich sie aus und drehte sich von mir weg.

Ich blieb auf dem Rücken liegen und dachte noch lange nach. Wieder hatte sie eine Frage nach ihrem Zuhause abgebügelt, dabei hatte sie doch am Bahnhof ganz locker erzählt, dass ihre Eltern bodenständig seien. Die Mutter Kindergärtnerin, der Vater Elektriker in irgendeiner Firma, wenn ich mich nicht täuschte. Was war denn los? Vorsichtig drehte ich meinen Kopf und zeichnete mit den Augen die schemenhaften Konturen von Lias Rücken nach.

Es fühlte sich so selbstverständlich an, dass Lia hier lag, dass sie mich gefragt hatte. Es war so, als würden wir uns schon ewig kennen. Dabei waren es nur vier Tage!? Und sie hatte bisher noch keinen ‚guten' Hoftag erlebt. Doch, den Sonntag. Ob sie wirklich acht Wochen bleiben würde, wie sie geplant hatte? Bis Anfang Oktober? Wann würde Anne wieder halbtags arbeiten können? Ihr Chef musste doch endlich Ersatz für Marianne besorgen! Das ging doch so nicht weiter. Ich stöhnte.

„Alles okay?", kam undeutlich von nebenan.

„Ja klar, ich denk nur zu viel nach."

„Über was?"

„Über das Chaos hier."

„Ach so", meinte sie locker. „Dann schlag dir die Gedanken mal aus dem Kopf. Kriegen wir hin. Zu viert."

„Deinen Optimismus möchte ich haben."

„Achim hat ihn, das reicht für uns alle."

Ja, Achim ... er tat so optimistisch. Ob er es wirklich war? Noch war? Jetzt, wo Anne ... tief atmete ich ein, stöhnte noch einmal.

„Falk ..."

„Sorry." Ich drehte mich zur Seite und schlief irgendwann ein.

Morgens wurde ich schon vor dem Wecker wach, starrte aus dem Fenster in den jungen Tag: Sonne, kleine Schäfchenwölkchen, herrlich. In mir bangte ein schlechtes Gefühl - wie würde sich Anne heute verhalten? Und wie Achim? Ein Blick zur Seite, Lia schlief mit dem Gesicht zu mir. Viele Sommersprossen, Stupsnase, wilde Dreads, die überall herumbaumelten. Diese filzigen Dinger waren echt hübsch. Am Bahnhof hatte ich Lia auf 17/18 geschätzt. Wie alt sie wohl wirklich war? Nach den Erzählungen von Anne mit Studium und Auslandsaufenthalt hätte ich sie auf 25 bis 27 geschätzt. Vielleicht war sie das, aber man sah es ihr definitiv nicht an. Anne sah man ihre 25 allerdings auch nicht an - sie sah so mitgenommen aus. Ihren Chef sollte man lynchen.

Ich verkniff mir ein Seufzen, stieg leise und mühsam aus dem Bett, ging ins Bad - spürte Muskelkater in den Beinen. Es fühlte sich ganz merkwürdig an, so, als hätte ich immer noch ein Pferd dazwischen. Dabei hatte ich doch nur lässig oben drauf gesessen?

Lia schlief noch immer. So wechselte ich schnell meine Unterwäsche und schlüpfte steifbeinig in meine verwaschene blaue Jeans.

Dann zog ich das Schlaf-T-Shirt aus, angelte nach der Schulterbandage. Sie fiel hinunter. Ich bückte mich, und auch dabei schmerzte jeder Muskel. Zum Teufel mit der Reiterei. Nach dem Anlegen der Bandage suchte ich mir noch ein neues T-Shirt aus dem Schrank.

„Du siehst verdammt gut aus, so mit oben-ohne", tönte aus dem Bettzeug.

Ich hatte gar nicht bemerkt, dass Lia aufgewacht war, und antwortete frech: „Achim auch."

Hatte sie noch mehr gesehen? Wie lange war sie schon wach?

„Ja ja, zieh mich nur damit auf, ich hätte dir niemals was von meinem Piraten-Achim sagen sollen." Sie zog sich die Bettdecke über den Kopf, schlug sie aber gleich wieder zurück. „Was ist das für ein Ding?"

„Eine Schulterbandage, ich hatte eine verletzte Schulter", erklärte ich.

„Und dann arbeitest du hier so hart?"

„Geht mit dem Ding gut", behauptete ich und zog mein T-Shirt über.

„Anne hat erzählt, dass du den halben Hof mit saniert und mit Achim bis zur Erschöpfung geschuftet hast."

Wann hatten die zwei denn darüber geredet? „Anne arbeitet auch rund um die Uhr", wiegelte ich ab.

„Du hast dir die Schulter bei der Arbeit hier kaputtgemacht, oder?"

Ich blickte Lia lange an. „Schweig darüber, braucht keiner zu wissen."

„Anne weiß es doch längst."

„Hat sie dir das gesagt?", fragte ich schnippisch.

„Nein, aber sie ist nicht doof. Mann, ihr seid ein verrückter Haufen, ihr drei", seufzte sie. „Echt klasse, dass ich hier so unverhofft reingeraten bin." Sie räkelte sich vergnügt und behaglich in meinem Bett, wobei ihr Schlafanzugoberteil hochrutschte und ein dunkles Piercing mit Silberrand im Bauchnabel, mit darum herum tätowierten Flammen, freigab. Es sah cool aus und passte zu ihr.

„Schick", stellte ich fest und zeigte auf ihren Bauch.

Erschrocken zog sie Ihr Oberteil zurecht. „Eh, das war jetzt aber keine gewollte Präsentation."

„Das erste Mal, dass dir was peinlich ist", stellte ich lachend fest und sie zog eine Grimasse.

„Bin ich froh, dass du mir nichts Böses willst, sonst würde ich vor Scham im Erdboden versinken", grummelte sie und stand auf. „Willst du heute morden?"

Mir blieb das Blut in den Adern vor Entsetzen stehen. Hatte Anne ihr etwa meine Vergangenheit anvertraut? So hätte ich Anne gar nicht eingeschätzt!

„Falk? Falk!? Hallo?"

Irritiert schaute ich sie an.

„Was ist los? Hast du ein Monster gesehen?"

„Weiß ... nicht", war meine selten dämliche Antwort. Hatte Anne wirklich etwas erzählt? Ich konnte es mir nicht vorstellen, aber ...

Lia schaute sich um. „Nee, ich glaub, das Monster sitzt noch in meinem Zimmer. Bringst du sie um? Ich bin nicht diejenige, die solche Spinnengiganten töten mag ..."

Jetzt begriff ich, was sie mit morden meinte und war endlos erleichtert, bemühte mich, das nicht offensichtlich zu zeigen. Aber trotzdem musste ich Anne fragen, ob sie ihr was erzählt hatte.

Gemeinsam gingen wir vorsichtig in ihr Zimmer. Das Biest saß oben links in einer Ecke der Decke an der Dachschräge.

„Das gibt aber einen hässlichen Fleck an der Wand, wenn ich sie umbringe", meinte ich nur. „Die schöne Vertäfelung!"

„Ich hole einen Staubsauger", sagte Lia. „Pass du auf das Monster auf! Lass es nicht entkommen!"

Kurz darauf kam Achim mit einem Hausbesen, hantierte so geschickt damit, dass sich die Spinne in den Besenborsten verkriechen konnte und stellte den Besen auf dem Boden ab.

„Bring sie um!", kreischte Lia. Schutz suchend sprang sie hinter mich.

Achim lächelte milde, hob den Besen hoch und die zusammengekauerte große Spinne lag auf dem Boden. „Aber du beseitigst sie dann", forderte er und erledigte die Angelegenheit mit seinem Birkenstock-Schuh.

„Den Latschen bitte auch säubern", grinste er und verschwand auf Strümpfen.

„Blamage hoch 10", seufzte Lia und sah richtig fertig aus. „Ich hatte als Kind mal eine solche Spinne im Bettzeug und seitdem bin ich total panisch bei so großen Spinnen. Und ... dann ... dann werde ich absolut bewegungsunfähig... wie damals ..."

Verständnisvoll legte ich ihr meinen Arm um ihre Schultern, konnte ihren Ekel verstehen. Wir verließen den Tatort und gingen erst einmal frühstücken.

„Wo ist mein Latschen?", lachte Achim, als wir unten ankamen.

„Den hat die SpuSi noch nicht freigegeben", scherzte ich.

„Apropos SpuSi, wo du es gerade ansprichst. Matthias würde gerne mal abends zum Grillen kommen. Was meinst du?"

Mir blieb zum zweiten Mal das Blut in den Adern stehen. Gleichzeitig setzten auch mein Herz und meine Atmung aus.

„Trampel", murrte Anne, als sie bemerkte, wie ich fahl wurde.

Im nächsten Moment war ich durch die Haustür, blieb auf der untersten Stufe stehen und blickte über die blühende Wiese mit den kniehohen Gräsern, die nur ein paar Mal im Jahr gesenst wurde, die hohen Bäume, die ihren Schatten spendeten.

Mein Puls schlug hart im Hals, mir war furchtbar heiß, aber der Tunnelblick blieb aus. Dr. Schindelwick würde kommen? Warum fand ich das schlimm? Eigentlich war das doch nicht schlimm. Es kam nur so unverhofft, so unvorbereitet ...

Die Haustür ging auf. Ich erwartete Anne, die mich trösten wollte, aber es war Achim.

„Tut mir leid", entschuldigte er sich.

„Habt ihr Lia schon von meiner tollen Vergangenheit erzählt? Weiß sie schon alles? Wäre vielleicht besser, wenn sie wüsste, was für einen Verbrecher ihr hier angestellt habt", knurrte ich verletzt. Achim wollte mich umarmen, doch ich schlug nach ihm und wand mich aus seinem Griff.

Es hatte mich so tief getroffen, dass ich jetzt alleine sein musste. Ich verließ den Hof ohne Ziel, landete aber bei den Percherons. Frieda ließ sich von mir kraulen, Fritz durchsuchte mich mit seinem großen Kopf und dem samtigen Maul vorsichtig nach Leckereien.

„Verdammt, warum bin ich nur so empfindlich", murrte ich leise, doch die Schimmel störte das nicht. Sie leisteten mir weiterhin Gesellschaft.

Langsam machte ich mich auf den Rückweg, lief dabei Anne in die Arme, die mit schneeweißem Gesicht auf mich zukam und mir um den Hals fiel.

„Ich hatte solche Angst", stammelte sie an meinen Hals und drückte mich fest.

„Das hat mich total aus der Bahn geworfen. Ich habe gar nicht mehr an Matthias gedacht. Und nun will er kommen?" Die ernste Situation überschattete die angenehme, in der ich mich befand. Da hatte ich Anne einmal im Arm, aber es prickelte nicht. Wo waren die Wunderkerzen?

„Wenn du nicht willst, dass er herkommt, können Achim und ich ihn besuchen fahren. Das ist kein Akt. Ich kann mir schon vorstellen, dass du mit dem ganzen Thema abschließen willst", meinte sie und blieb in ihrer Umarmung. Sie legte ihre Wange an mein Schlüsselbein und strich mit ihren Händen über meinen Rücken.

„Bitte mach nicht noch einmal einen solchen Fehler, versprochen?", flüsterte sie. „Und ... mit gestern ... das tut mir leid."

Hatte sie uns gesehen? Lia und mich? Wie wir mit den Schubkarren auf den Hof kamen und Zeuge ihres Streits geworden waren?

„Ist im Moment alles zu viel. Das ist keine Entschuldigung für mein Verhalten, aber ... vielleicht wird es ein bisschen verständlicher. Das hat alles gar nichts mit dir zu tun oder mit Lia."

„Kein Thema, ich möchte nicht in deiner Haut stecken", gab ich zu. „Komm, ich fahr dich eben zur Praxis, sonst wird's zeitlich zu eng."

Anne ließ mich los. Gemeinsam gingen wir zurück.

„Ich schäme mich so, dass Lia in dieses große Chaos reinkommt", bekannte Anne.

„Sie nimmt es mit Fassung. Sie sieht ja, was hier los ist. Sie versteht das alles ziemlich gut, mach dir keinen Kopf."

„Sie ist sehr nett. Ich muss sie mal heute Abend beiseitenehmen", Anne lächelte. „Und ihr das auch nochmal so sagen."

„Du hast ..." Nein, ich fragte nicht nach, ob sie Lia von meiner

Vergangenheit erzählt hatte. „Du hast grad echt eine schwere Zeit, tut mir sehr leid für dich", sagte ich stattdessen und meinte das ganz ehrlich.

Anne nickte. „Dankeschön."

Wieder zurück mistete ich mit Lia und machte mich anschließend ans Kirschenpflücken, wie von Achim aufgetragen. Lia musste alleine mit den Fjordpferden arbeiten. Achims Bitte hatte Priorität.

„Hallo Master", hörte ich Lia nach einer Weile rufen. Schlagartig bekam ich ein schlechtes Gewissen.

„Hi, tut mir leid, dass ich dich im Stich gelassen habe."

„Ach was, Achim wollte doch, dass du die Kirschen erntest. Du bist ja nicht mein Sklave.

„Nee, Achims", widersprach ich grinsend, doch Lias Blick verriet, dass sie keinen Spaß gemacht hatte. Sie hatte einen Blechkuchen mit Vanillepudding und Kirschen gebacken. Er war köstlich und wir genossen die Kuchenpause.

„Wo stehen eigentlich die Percherons?", fragte sie und setzte noch einmal Wasser auf. „Kakao? Kaffee?"

„Kakao, bitte."

„Und die Percherons?"

„Was?"

„Na, wo die ihren Stall haben."

„Da warst du noch nie?"

„Schatzilein, ich bin grad mal fünf Tage hier und du weißt doch, wie geregelt das alles abgeht."

Fünf Tage erst? Das kam mir gar nicht so vor, eher wie ein Monat. Im Moment waren die Tage aber auch vollgepackt, als würden sie 48 Stunden haben. Fünf Tage war sie erst hier und sie war schon voll integriert. Einmal mehr faszinierte mich diese Frau.

„Es ist nicht immer so ein Chaos", verteidigte ich den Hof, aber Lias Blick sagte aber mehr als Worte: Das glaubst du ja selbst nicht.

Recht hatte sie, denn so ganz überzeugt kam meine Aussage nicht rüber.

„Die Perchs stehen oberhalb des Sees im Wald. Ich muss da eh noch hin, kann dich mitnehmen. Aber wir haben nur ein Fahrrad."

„Ich fahr auf dem Gepäckträger mit, kein Problem. Dann kann ich dir dort gerne noch helfen."

„MEIN Sklave bist du aber auch nicht", beteuerte ich und sie warf mir einen zynischen Blick zu.

„Ich bin niemands Sklave. Ich arbeite freiwillig."

„Ich arbeite auch freiwillig."

„1:1", seufzte sie, stand auf und goss unsere Tassen voll.

Derweil kam Achim herein. Ich starrte auf die Uhr. „Gott so spät", stöhnte ich und sprang auf. „Ich muss noch zu den Perchs." Damit war ich aus dem Raum, hechtete zum Rad. Dass Lia eigentlich mitwollte, hatte ich in dem Moment vergessen.

Achim fing mich ab, als ich den Hof verlassen wollte. „Friede?", fragte er vorsichtig.

„Friede?" Weswegen? Hatte ich etwas falsch gemacht?

„Ich wollte dich nicht so mit Matthias überfallen."

„Ach so", stöhnte ich. Der Tag war wieder zu voll, zu chaotisch gewesen, als dass ich noch hätte an alles denken können. „Ja, klar, ist okay, Friede."

„Sorry, ich bin und bleibe ein Trampel", meinte er.

„Sorry, ich bin und bleibe in der Hinsicht verletzlich. Wie geht es Anne?" Ich brauchte einen Themawechsel! „Soll ich sie gleich abholen oder habt ihr was anderes ausgemacht?"

„Sie probiert es mit der Sissi nochmal, ansonsten kann ich sie holen. Wie weit bist du bei den Kirschen gekommen?"

„Fast fertig, der letzte Baum ist noch halb voll."

„Ich weiß nicht, was wir ohne dich machen würden."

„BEIDE einen Nervenzusammenbruch kriegen." Entsetzt blickte ich ihn an. „Das, das hab ich nicht wirklich gesagt", flüsterte ich. „Tschuldige, steht mir nicht zu."

Achim nickte nur, lächelte matt. „Ist alles eine Misere. Friede."

„Friede."

Er legte mir kurz den Arm über die Schultern. „Danke, dass du hier bist", flüsterte er und ließ mich wieder los.

Nachdem ich bei den Percherons fertig war, stand die Sissi im Hof.

Anne und Lia bereiteten Joghurt aus unserer Ziegenmilch und lachten. Es tat gut, Anne lachen zu sehen. Nach dem, was gestern passiert war, hatte ich das nicht vermutet. Wahrscheinlich war es Lia zu verdanken, dass Anne entspannter war. In einem unbeobachteten Augenblick nahm ich Lia zur Seite, aber sie lachte vergnügt über mein Vergessen: „Dann nimmst du mich eben morgen mit zu den Schimmeln, wenn nicht irgend ein anderes Chaos über uns hereinbricht."

Achim und ich machten uns schließlich an die Abendfütterung. Später verschwanden wir noch für ein paar Stunden in dem umzubauenden Stall und gegen halb eins nachts lag ich endlich im Bett. Meine Schulter meldete sich deutlich.

Die nächsten Tage bis zum Wochenende verflogen schneller als mir lieb war. Ich hatte das Gefühl, jemand hätte einen Zeitraffer eingeschaltet. Nach der Kirschenernte kamen die Zwetschgen dran. Ich hatte die Bäume nicht gezählt, aber es waren viele und sie waren riesig! Lia war dazu übergegangen, mir nach dem Misten bei der Ernte zu helfen und die Fjords dann abends zu reiten, so war das Pflücken wenigstens nicht so öde.

Am Freitag stand ich wieder mit Lia im Zwetschgenbaum, als Achim eine SMS schickte:
Komme mit Anne später. Müssen noch in den Baumarkt. Macht ihr Essen?, las ich laut vor. Lia sah das als ihren Arbeitsauftrag und verschwand.

Als Sissi an diesem Tag auf dem Hof eintraf, klang sie anders als sonst. Ich kam aus dem Haus und starrte auf den großen Hänger mit der Aufschrift des Baumarktes. Ein Leihhänger. Er war vollgeladen mit Waschbecken, Toiletten, Duschtassen, Plastikdingern, die wahrscheinlich die Seitenwände der Duschen sein sollten, Fliesen, Fliesenklebersäcken und diversen anderen Zeugs.
Gemeinsam luden wir aus, dann wollten Anne und Achim den Anhänger wieder wegbringen, die Fee am Baumarkt abholen, aber Sissi streikte. Eine knappe halbe Stunde orgelten sie, sprühten Startpilot, warteten einen Moment, wieder von vorne, dann irgendwann sprang das Miststück endlich an. Anne war aufgelöst, Achim wütend. Er übernahm das Steuer und ich wusste nicht, ob das eine gute Entscheidung war.

Lia hatte eine Reispfanne gezaubert, die unglaublich gut schmeckte. Sie hatte diverse Gemüse-Konserven untergerührt, scheinbar das halbe Gewürzregal benutzt und mit Ziegenkäse abgeschmeckt. Es war göttlich.

Dass Anne und Achim unterwegs auf dem Weg zum Baumarkt einen Riesenstreit gehabt haben mussten, blieb Lia und mir nicht verborgen. Sie kamen getrennt wieder. Klar, Achim musste seine Fee zurückfahren, aber beide sagten kein Wort. Die Luft war zum Schneiden in der Küche und mir war klar, dass Lia nicht so lange bleiben würde, wie gedacht. Wer wollte in so einem ätzenden Klima schon arbeiten?

Anne aß mit gesenktem Blick, bedankte sich dann bei Lia für das gute Essen und machte sich an die Abendfütterung. Achim hatte immer noch eine Zornesfalte auf der Stirn.

„Lass uns rangehen", meinte er schließlich, ohne mich anzuschauen, stand auf, räumte seinen Teller weg und ich folgte ihm.

Wir waren ein eingespieltes Team, das ersparte uns jetzt lange Reden. Achim sagte keinen Ton zu viel. Es war unheimlich. Worüber sie sich auch gestritten hatten, er arbeitete sich diesen Frust jetzt weg, was bedeutete, dass wir eine Nachtschicht einlegten. Die Tagschicht direkt im Anschluss. Meine Unterarme brannten wie Feuer. In meiner Schulter steckte ein XXL-Säbel. Ich taumelte vor körperlicher Erschöpfung und Müdigkeit, aber Achim war nicht zu stoppen. Also ... weitermachen, zusammenreißen.

Anne sah ich nicht, aber irgendwann stand Lia mit einem Korb belegter Brote und einer Kanne Kaffee in der Tür.

„Ihr Idioten. Frühstücken!", schimpfte sie und stellte den Korb auf den Boden.

Achim schlang seine Brote runter, spülte mit Kaffee nach. Mir war vor Hunger und Anstrengung so schlecht, ich konnte nichts essen, trank eine halbe Tasse Kaffee, ging um die Ecke und entsorgte sie sofort wieder.

„Auf geht es!" Achim ging schon wieder Richtung Bäder. Ich war zu müde zum Stöhnen, folgte ihm aber. Kurz darauf tauchte Anne mal wieder völlig aufgelöst bei uns auf.

Sie winkte Achim zu sich - sie stritten. Schließlich kam Achim zu mir herüber.

„Hau dich aufs Ohr, ich fahr Anne in die Praxis, Sissi zickt." Er legte seinen Arm um Anne und sie fuhren mit der Fee los.

Ich taumelte zum Futterschuppen, ließ mich auf die unterste Reihe der Heuballen sinken und war sofort weg.

Bohrgeräusche weckten mich. Völlig erschlagen rappelte ich mich auf. Achim war schon wieder am Werkeln.

„Warum hast du mich nicht geweckt?"

„Reicht, wenn ich MICH bis in den Ruin treibe, schlaf noch ne Runde", meinte er seelenruhig.

Ich seufzte, das war also der Streit von vorhin: Anne hatte ihm den Kopf gewaschen, mich so zu schinden. Zu Recht, ja schon irgendwie, aber ... er alleine würde es nicht schaffen! Er brauchte mich! Noch ein paar Tage. Wenn die Kinder da wären, würde Ruhe sein.

„Falk? Falk!"

Ich zuckte zusammen – Mist, schon wieder hatte ich mich forttragen lassen!

„Hey, geh ins Bett!", schlug Achim vor.

„Alleine schaffst du das nicht", rechtfertigte ich mich und packte mit an.

Er sagte nichts. Das war Antwort genug. Er wusste, er hatte ohne mich keine Chance.

Sein Handy dudelte. Er drückte auf einen Knopf, ohne hinzuschauen. „Ich muss Anne abholen, mach Pause, bis gleich."

Während er wegfuhr, stapfte ich über den Hof zur Küche. Mir war schlecht vor Hunger und ich musste etwas anderes trinken als Wasser. Kakao! Ja, ein warmer Kakao. Zwei Stücke Apfelkuchen und zwei Tassen Kakao, dann ging es mir besser.

Das Mittagessen fand ohne Anne statt. Lia sagte, sie habe sich hingelegt.

Achim hatte immer noch tierischen innerlichen Stress, das brauchte er mir nicht zu sagen. Da musste noch mehr zwischen ihm und Anne im Argen sein. Und das musste er wegarbeiten. Ich half ihm, ignorierte, dass er das nicht wollte und so rackerten wir den ganzen Samstag und wir kamen wirklich gut voran.

Um halb elf abends riss Lia die Tür auf. „Schluss! Aus! Ende!", rief sie und blickte sich um. Schaute sich die ehemalige Stallung an. „Ihr habt sie nicht mehr alle", staunte sie. „Ihr seid irre!"

„Noch heute, dann ist das Renovieren vorbei", keuchte Achim.

„Nee, nix heute. Ihr geht jetzt essen und ins Bett", befahl Lia. „Es nützt niemandem etwas, wenn ihr euch gänzlich kaputt macht! Außerdem braucht Anne dich", wandte sie sich an Achim. Er nickte. Wir schalteten das Licht aus, gingen hinüber ins Haus.

Lia setzte uns Schnitzel und Kroketten vor.

Achim nahm seinen Teller, ging damit die Stiege hinauf. Ich blieb in der Küche, mümmelte lustlos am Essen herum und schwieg. Ich wollte nur noch ins Bett und möglichst nie wieder aufstehen. Noch nicht mal von diesem Stuhl aufstehen, einfach jetzt umfallen und schlafen … am liebsten drei Tage lang.

„Du gehst bald, oder?", fragte ich in die Stille, ohne aufzuschauen.

„Wieso sollte ich?" Lias Stimme war warm, ruhig, sie trank noch einen Schluck aus ihrer Tasse, hatte die ganze Zeit still gegenüber gesessen.

„Weil das ein elendes Chaos hier ist."

„Eben drum bleib ich."

Ich hob den Kopf, konnte ihre Worte nicht so ganz glauben.

„Annes Urlaub wurde gestrichen", murmelte Lia nun. „Sie hätte noch eine Woche arbeiten müssen, dann drei Wochen frei gehabt. Ihr Chef hat es ihr gestern gesagt."

Jetzt war mir klar, warum sie so außer sich war und genau das war es, was zusätzlich zwischen Anne und Achim stand: Sie hatte nicht frei bekommen … Und nun? Und was war mit den Kindern? Wer kümmerte sich um die Kinder? Musste sie den Feriengästen absagen? Sie brauchte die Einnahmen aus den Reiterferien dringend. Die waren bestimmt schon längst eingeplant, wenn nicht, sogar bereits aufgebraucht! Ich dachte an die vielen Baumarktbesuche.

„Und jetzt hat sie gar nicht frei?" Meine Stimme kippte.

Lia schüttelte langsam mit dem Kopf.

„Und die Kinder?", fragte ich.

Lia zuckte mit den Schultern. „Achim der Obertrampel hat Anne deswegen total angefahren. Sie hätte sich wehren müssen", fand Lia.

„Anne und sich wehren … sie sagt doch nie etwas. Sie hält in den falschen Momenten immer die Klappe", stöhnte ich.

„Das hat sie mir auch gesagt. Achim tut leider das Gegenteil: Er haut in den falschen Momenten noch so richtig in die Kerbe."

„Mensch, ich hoffe, Achim geigt ihrem Chef am Montag mal so richtig seine Meinung. Sie muss mindestens die letzte Woche frei kriegen, wo die Kinder hier sind. Wenn die Reiterferien abgesagt werden müssen, bedeutet dies das Aus für den Hof."

„Hat Anne dir das gesagt?" Ich versuchte, aus Lias Blicken zu lesen.

„Nein, aber ich kann 1 und 1 zusammenzählen. Oh Mann Falk, unter welchem beschissenen Stern steht dieser Hof? Haben die zwei denn nur Pech? Das geht doch auf keine Kuhhaut, dieser Mist hier!"

Wir stöhnten beide.

„Sie sollte die Praxis wechseln. Der Chef hat echt eine Vollmeise", schimpfte Lia weiter.

„Wechseln ist nicht so einfach."

„Ich weiß. Anne hat sich fast hundert Mal entschuldigt, dass sie so schlecht drauf ist und ich habe ihr fast hundert Mal gesagt, dass das alles in Ordnung ist. Der Stress macht sie total fertig. Ich hab ihr auch schon gesagt, sie soll zum Arzt gehen, sich die letzte Ferienwoche krankschreiben lassen. Aber ..."

„Das geht nicht ...", schloss ich.

„Du sagst es. Natürlich geht das nicht. Wenn Anne sich krankschreiben lässt, sieht das so aus, als wäre das die Rache für den nicht genehmigten Urlaub ... ätzend. Und du? Bleibst du?"

Ich schnaubte auf, antwortete nicht.

„Bin oben", meinte ich nach einer Weile und stapfte die Stiege hinauf.

Anne saß heulend auf dem Sofa. Achim hatte sie im Arm, tröstete sie, redete leise auf sie ein. So leise, dass ich die Worte nicht verstand. Torkelnd vor Erschöpfung erreichte ich mein Zimmer und fiel in mein Bett wie ein Stein. Mein Rücken fühlte sich an, als würde er in zwei Teile brechen und ob ich die Schulter morgen noch bewegen konnte, wagte ich zu bezweifeln.

Wilde Gedanken rasten durch meinen Kopf, immer wieder sah ich Anne weinend auf dem Sofa und Achim, der ihr wieder den Rücken stärkte. Ich war mir sicher, wenn er am Montag in der Praxis die Faust auf den Tisch knallen würde, bekäme Anne wenigstens die Kinderferienwoche frei. Achim hatte gute Argumente, schließlich schuftete Anne schon seit so vielen Wochen in Doppelschicht. Klar, sie wurde dafür entsprechend bezahlt, aber sie hatte nicht ohne Grund nur eine Teilzeitstelle. Ohne Lias ganztägiger Mithilfe wären wir längst abgesoffen.

Lia ... sie rackerte so selbstlos. Wie sie uns vorhin aus dem Stall zitiert hatte... sie hatte eine starke Persönlichkeit. Ihre Eltern mussten doch stolz auf ihre Tochter sein, oder? Vermissten sie sie nicht nach der langen Zeit in Kanada? Warum hatte sie ihre Eltern nicht besucht, bevor sie hier her kam? Diese Frage ließ mir keine Ruhe.

Als ich am Sonntag aufwachte, war es bereits kurz nach halb zehn Uhr.

Mit tierischem Muskelkater schleppte ich mich ins Bad, ließ mich in die Wanne sinken, blieb darin liegen, bis das Wasser kalt war. Meine Schulter spielte das Lied vom Tod. Ich fühlte mich immer noch, wie unter ein Mühlrad geraten. Schwerfällig zog ich mich an, ging zurück in mein Zimmer, als es an meiner Tür klopfte.

„Hey Falk..." Lia kam herein, zögerte.

War etwas passiert?

„Du ... kann ich mal mit dir reden?", fragte sie unsicher.

Sofort stieg Panik in mir auf. Dieser Blick! Da war etwas! Ich setzte mich aufs Bett und die übliche unterbewusste Frage Nummer eins kam mir in den Sinn: ‚Was hab ich falsch gemacht?'

„Es ist nichts Schlimmes", meinte Lia schnell und verzog den Mund zu einem gezwungenen Lächeln. Sie musste die Panik in meinen Augen gesehen haben, so wie Anne und Achim das auch immer bemerkten.

„Ich hab mit Anne gesprochen ...", begann Lia vorsichtig und setzte sich mir gegenüber auf den Fußboden, stellte die Knie auf und schlang die Arme drum herum. Sie rang nach Worten.

Mir wurde ganz anders. Was war los? Hatte Lia ein Problem mit mir? Oder mit Anne? Oder hatte Anne eins mit mir? Oder ging Lia jetzt doch? Ja ... natürlich. Lia würde gehen. Die Reiterferien waren abgesagt und für mich war nun weder Geld noch Platz, ich müsste den Hof ebenfalls verlassen. Alles war aus. Das Summen in den Ohren begann. Ich versuchte, mich zu beruhigen, bevor mein Kreislauf verrücktspielte.

Lia sagte etwas. Ich verstand es nicht mehr, zu laut war das Geräusch in meinen Ohren. Sie fasste mich an der Schulter. Ich sah in ihre meerblauen Augen, versuchte, ihr von den Lippen abzulesen. „Falk" konnte ich lesen. „Ordnung" konnte ich lesen. Ich schloss die Augen, mir wurde schwindelig. Also riss ich sie wieder auf, doch ich konnte Lia nur verschwommen sehen.

„Muss ins Bad", murmelte ich und stand auf, taumelte hinaus, stützte mich aufs Waschbecken und ließ mir kaltes Wasser in die Hände laufen, tauchte mein Gesicht hinein.

Als ich mich einigermaßen gefangen hatte, saß Lia verstört auf meinem Bett. Mich hätte es nicht gewundert, wenn sie gegangen wäre.

„Alles okay?"

„Nicht wirklich", gestand ich und setzte mich im Schneidersitz neben sie. „Verlässt du uns?", fragte ich knapp.

„Nein! Erst im Oktober." Sie versuchte, aufmunternd zu klingen.

„Also", räusperte sie sich, „... Anne ... wir haben viel geredet, über alles Mögliche, weil es ihr doch gerade so schlecht geht und ... hm." Sie druckste verlegen. „Da hab ich wohl eine falsche Frage gestellt und wahrscheinlich in genau der falschen Situation, jetzt, wo sie eh so ... labil ist ... jedenfalls... Anne erzählte ... es ist ihr so rausgerutscht, also ..." Lia atmete tief durch. „Sag ihr bitte nicht, dass ich ... also sie will bestimmt nicht, dass ich mit dir darüber rede, aber irgendwie ... ich muss ... also Anne ... sie hängt es bestimmt nicht an die große Glocke! Aber ... sie sagte ..."

Lias Nervosität übertrug sich auf mich bis ins Unerträgliche.

„Anne hat gesagt ... dass ... sie ... hat gesagt, dass ... du ... dich umbringen wolltest." Bei den letzten Worten schaute Lia mich nicht an. Ihre Stimme war nur noch ein schwacher Hauch und ich hörte, wie sie hart schlucken musste. Mir ging es genauso. Mir war klar, dass Anne darüber bestimmt nicht einfach munter plauschte.

„Gib ihr keine Schuld, das ist ... meine gewesen, meine Schuld. Ich hab sie mit einer unbedachten Frage ... na ja, quasi versehentlich ausgequetscht. Bitte mach ihr keinen Stress deswegen. Es ist schwer genug für sie, diese Sache, sie hat solche Angst, dass es doch noch einmal passiert." Lias Stimme klang rau.

‚Bitte mach nicht noch einmal einen solchen Fehler, versprochen?', hatte Anne mich angefleht, als sie mich bei den Percherons abgefangen hatte. Ihr bleiches Gesicht ... sie war so fertig gewesen! Es tat weh, zu hören, dass Anne so sehr unter meinem Selbstmordversuch litt. Nicht im Traum wäre es mir eingefallen, dass sie sich darüber noch den Kopf zerbrach.

Warum konnte ich das nicht rückgängig machen? Weil man nichts - absolut nichts - rückgängig machen konnte. Ich spürte, wie Wut in mir hochkochte.

„Du Falk, also ... ich weiß, es sagt sich so leicht und es klingt völlig blöd, aber ... wenn du mal jemanden brauchst, so zum Reden, oder weil du in deiner Verzweiflung nicht alleine sein willst, einfach stumm mit jemandem das Zimmer teilen willst, jemanden in deiner Nähe wissen willst... dann, also ich bin immer für dich da, komm einfach rein. Und wenn du stundenlang schweigend bei mir auf dem Fußboden sitzt und Löcher in die Luft starrst. Das ... du musst nicht alleine sein, wenn du es nicht erträgst." Sie wich meinem Blick aus, mit dem ich sie schon die ganze Zeit fixierte.

Schweigend blieben wir auf meinem Bett sitzen, bis Lia mit trauriger Stimme fortfuhr: „Weißt du, damals, als wir nach Fulda gezogen sind, kam ich in die 11. Klasse. Ich kannte niemanden und es gab einen in der Klasse, der war Außenseiter. Er wurde nicht gehänselt, aber er gehörte definitiv nicht dazu, hat sich immer ausgegrenzt, sogar in der Pause stand er immer irgendwo abseits. Er war weder gut noch schlecht in der Schule, total unauffällig. Ich habe mich auch nicht um ihn gekümmert, er wollte ja keinen Kontakt. Na ja ... nach ein paar Monaten fehlte er dann eines Morgens und ..." Sie blickte mich traurig an. „Dann kam die Polizei in unsere Klasse und berichtete, dass er sich am Balkongeländer aufgehängt hatte." Sie schluckte hörbar. „Sie fragten, was wir von ihm wüssten, wer ihn näher kannte. Niemand! Keiner! Nicht ein Einziger aus unserer Klasse war jemals bei ihm zu Hause gewesen, wusste, was er in seiner Freizeit machte, welche Hobbys er hatte, was er gerne mochte. Es wusste niemand, dass er bei seinen Großeltern aufgewachsen war, dass seine Mutter ihn als Kleinkind dort abgeliefert hatte. Keiner hatte mitbekommen, dass seine Oma vor zwei Monaten gestorben war, dass er nun allein mit seinem Großvater lebte und als der dann ein paar Tage zuvor mit einem Schlaganfall ins Krankenhaus kam und die Ärzte keine Hoffnungen machten, sah Mike keinen Ausweg mehr." Sie wischte sich über die Augen und schniefte.

„Man fühlt sich machtlos, so jemanden jeden Tag gesehen zu haben, ohne zu wissen, was dahinter steckt", flüsterte ich bedrückt.

Sie nickte. „Na ja, ... also wenn du keinen Ausweg siehst, dann ... bitte, dann komm doch einfach zu mir, weil ... es gibt doch immer irgendwie einen Weg, auch wenn man ihn selbst grad nicht erkennt."

Mein Magen schmerzte. Dieser Mike tat mir sehr leid.

„Lia ..." Ich atmete tief durch, suchte nach den richtigen Worten.

„Lia, wer einmal die aktive Chance zum Umkehren hatte, der ist geheilt von Suizidgedanken. Mike hatte keine Chance. Er hat sich seinen Plan überlegt, sich mental verabschiedet, ist gesprungen. Kein Umkehren möglich. Ich hatte einen Plan, hab mich mental verabschiedet. Ich hatte genug Zeit, mich während des Schwimmens auf meinen Tod vorzubereiten, drüber nachzudenken, wie es sein wird. Hab mir Gedanken gemacht, ob ich es mitkriege, wie ich ertrinke oder ob ich vorher ohnmächtig werde. Mike hat vorm Sprung vielleicht noch überlegt, ob es lange schmerzt, ob er das Gefühl des Baumelns, des Erstickens mitkriegen würde oder ob das Seil ihm sofort das Genick brechen wird. Zwischen diesen Gedanken und dem Tod gab es keine Zeit zum Umkehren. Ich hatte zum Glück eine ganz langsame Variante gewählt." Sarkastisch lachte ich auf. „Während des Schwimmens waren mir Gedankenblitze erschienen, alte Gespräche hatte ich so reell vernommen, als stünden die Personen neben mir. Die Bilder so klar, als würde ich sie genau vor mir sehen. Und dann war irgendwann die Erkenntnis gekommen, dass das, was ich in diesen Minuten vorhatte, der allergrößte Fehler meines bisherigen Lebens sein würde. Ein fataler Fehler. Und ab da hatte ich einen Lebenswillen wie nie zuvor gespürt. Die Sekunden, die ich wirklich kurz vorm Ertrinken war, habe ich gekämpft, obwohl ich total erschöpft war und Schmerzen hatte. Aber der Gedanke, aufzugeben, der war ausgelöscht. Es gab nur ‚Überleben!'. Und als ich dann endlich am sicheren Ufer war, da erst, bin ich körperlich und geistig zusammengebrochen. Erst als die Gewissheit da war: ‚Du hast es geschafft!', da hörte der erbitterte Kampf auf. Das war dann auch der Grund, warum ich so lange krank war, weil ich verschwitzt und völlig fertig und dann klatschnass in der kalten, feuchten Morgenluft auf dem Boden gelegen habe. Wenn ich jetzt an diese scheinbare Ewigkeit im See zurückdenke, dann könnt ich vor Erleichterung endlos lang heulen, dass ich jetzt hier bin. Der Gedanke an einen Suizid ist völlig ausgelöscht. Glaub mir, das wird nie wieder vorkommen."

Ich schaute zu Lia hinüber, die mich gefesselt anstarrte. Sie kroch etwas näher zu mir, lehnte sich wortlos an meine Schulter. Ich umarmte sie. Ihre Wärme tat gut, es tat gut, sie zu trösten, und es tat gut, in dieser Umarmung Trost zu finden.

„Danke, dass du da bist", flüsterte ich in ihre filzigen Zöpfe, die in meinem Gesicht ein Kratzen und Kitzeln hinterließen.

Ein Klopfen an der Tür. Anne. Sie murmelte irritiert ein „Tschuldigung, wollte nicht stören" und war wieder draußen. Ein Schwert durchbohrte mein Herz. Dieser Moment war für mich so wichtig: Ich hatte mir etwas von der Seele geredet, hatte in Lia eine sehr gute Freundin gefunden und Anne sah die Sache völlig falsch.

Andererseits war die Situation vielleicht genau richtig für Anne und mich, denn ich wollte realistisch bleiben. Anne war fünf Jahre älter als ich und ich blieb ein Ex-Verbrecher. Außerdem hätte ich mit Anne nie so offen über meinen Selbstmordversuch hätte reden können.

„Komm, lass uns frühstücken gehen, ist schon fast elf", meinte Lia schließlich, wand sich aus meiner Umarmung und stand auf.

„Was hat Anne dir noch über mich erzählt?" Die Frage musste ich jetzt stellen.

„Nichts, nur ... na ja, dass du versucht hast, dich umzubringen."

Sie schaute mich schüchtern an.

Ich nickte. Okay, dann wusste sie noch nichts von meinem Gefängnis-aufenthalt. Auch gut. Lia musste nicht alles wissen.

Beim Frühstück verlor Anne kein Wort über die Situation. Sie tat, als hätte sie nie bemerkt, dass Lia und ich uns in meinem Bett umarmt hatten. Und je länger ich daran dachte, desto besser fand ich es, dass Anne uns ‚erwischt' hatte. Erwischt bei ... nichts. Zwischen Lia und mir gab es nichts, außer einer wunderbaren Freundschaft, einem dicken Band des Vertrauens.

Während ich noch gemütlich am Campingtisch sitzend meinen zweiten Kakao schlürfte, ritten Anne und Lia aus. Achim war mit der Fee unterwegs und ich ganz allein auf dem Hof. Lange genoss ich diese Ruhe, dieses Wissen, dass mir heute nichts im Nacken hing, bis mir die Bank einfiel! Ich wollte doch die Bank fertigmachen! Das war total untergegangen! Ich verkrümelte mich in die Werkstatt.

Anne hatte der Ausritt gutgetan. Sie machte einen fröhlichen Eindruck, als ich kurz in die Küche kam, um mir einen weiteren Kakao zu machen. Sie kochte Zwetschgenkompott und summte vor sich hin.

„Lia ist verdammt nett, was?" Anne lächelte mich arglos an.

Sofort schoss mir das Bild von vorhin in den Kopf: Lia und ich Arm in Arm in meinem Bett.

„Ihre lockere Art ist echt erfrischend", fuhr Anne fort und rührte weiter im Topf.

„Ja, sie ist wirklich nett. Ein prima Kumpel", sagte ich und löffelte Kakaopulver in die Tasse.

„Du magst sie sehr, oder?"

„Nicht mehr als dich", kam aus meinem Mund und für einen Moment setzte bei mir alles aus. Was hatte ich da gerade gesagt?

Anne schnaubte und lachte mir zwinkernd zu. „Du kannst es ruhig zugeben."

„Da gibt es nichts zuzugeben", entgegnete ich barsch. „Sie ist nett, ich komme gut mit ihr aus und basta." Schnell rührte ich in meiner Tasse und verschwand wieder in der Werkstatt. Ich hatte keine Ahnung, warum mich das Ganze so wurmte, denn ich hatte doch beschlossen, dass es genau richtig war, dass Anne diese Situation unbeabsichtigt mitbekommen hatte. Anne durfte nie auf die Idee kommen, dass ich sie liebte. Und mit dieser Situation wähnte ich mich in absoluter Sicherheit! Sie würde nicht dahinter kommen.

Für eine Sekunde sah ich Achim vor mir, wie er sich aufbaute, die Hände in die Seiten gestützt: ‚Wenn du was mit Anne anfängst, fliegst du, aber hochkantig!'

Ich schüttelte den Kopf. ‚Nein Achim, dazu kommt es nicht, versprochen. Deine Schwester wird keinen Ex-Knasti kriegen, sondern jemanden, der wirklich gut für sie ist.'

Am nächsten Tag war Achim schon mit Fee zur Arbeit, als Anne sich mit Sissi abmühte. Endlich sprang das Ungetüm an. Als Anne an mir vorbeifuhr, gestikulierte sie, aber das wäre nicht nötig gewesen. Ich wusste, dass sie nun zu spät dran war, um die Percherons zu füttern und zu misten. Ich hob den Daumen, um ihr zu verstehen zu geben, dass ich das übernahm, schnappte mir Achims Rad und hörte gleichzeitig Lia hinter mir her rufen.

„Hey, du hast mir immer noch nicht gezeigt, wo die Perchs wohnen!" Entschlossen kam sie auf mich zu, schwang sich auf den Gepäckträger und hielt sich an mir fest. „Abfahrt!"

Lia ... typisch.

Als ich an dem Wall anhielt, um das Rad hinüberzuschieben, staunte sie. „Was ist das denn?"

„Im März gab es wohl einen Erdrutsch. Soll mal mit dem Frontlader weggemacht werden, aber der tuts nicht."

„Verstehe", seufzte Lia. „Der Deutz und seine Macken. Ja, hat Achim mir schon von erzählt."

„Piraten-Achim und sein Schiff, was?" Wir mussten beide grinsen.

Gemeinsam versorgten wir die Kaltblüter, wobei Lia immer einen gewissen Abstand hielt.

„Hast du Angst vor ihnen?"

„Nee, nur den nötigen Respekt vor ihren großen Tellerhufen." Sie deutete auf den Boden. „Ich hab da so meine Erfahrungen."

Wir lachten und machten uns, nachdem die Dicken versorgt waren, auf dem Hof an die Stallarbeit. In der Futterkammer standen endlos viele Körbe mit Zwetschgen aufeinandergestapelt. Während Achim und ich am vergangenen Wochenende geschuftet hatten, hatten Anne und Lia die Zwetschgenbäume abgeerntet. Die Früchte sollten verkauft und heute Nachmittag abgeholt werden. Achim hatte mich entsprechend instruiert.

„Und jetzt haben wir noch Zeit zum Reiten", meinte Lia schließlich, als wir fertig gemistet hatten und deutete auf den Reitplatz. „Du schuldest mir noch einen Tag Turniertrottelei!"

„Stimmt." Ich nickte, dachte an Annes Bank, die scheinbar niemals fertig werden würde und gab mich Lias Wunsch hin.

Beim Hufauskratzen schob sich Lias Shirt hoch und mein Blick fiel auf ein merkwürdiges Mal auf ihrem Rücken. Es sah aus wie eine Verbrennung. Doch die Form des Males erinnerte mich nicht an die schmerzhaften Verletzungen, die ich etlichen Jungs mit Zigarettenkippen zugefügt hatte. Es war schlimmer.

„Was ist das?", fragte ich.

„Was ist was?" Lia hatte bereits Neles Hinterhuf hochgehoben.

Vorsichtig zog ich ihr Shirt hoch.

Blitzschnell ließ Lia den Huf sausen und funkelte mich mit ihren meerblauen Augen stechend an. Unweigerlich wich ich einen Schritt zurück.

„Sorry, da bin ich empfindlich. Geht dich nix an, okay?" Sie lächelte entschuldigend und widmete sich wieder dem Hinterhuf.

Den Stimmungswechsel konnte ich nicht so schnell verarbeiten und als Lia alle Hufe fertig hatte, stand ich immer noch steif und irritiert an der gleichen Stelle.

„Hey, lass es einfach gut sein", bat sie.

„Haben deine Eltern dir das angetan?", hörte ich eine dünne Stimme fragen, bevor ich sie daran hindern konnte. Idiot, schalt ich mich.

Lia verzog den Mund. „Du gibst ja eh keine Ruhe. Es war ein Unfall ... okay?"

„Nein, es war kein Unfall, du lügst", sprach ich meine Gedanken aus –

und bevor ich mir die Hand entsetzt vor den Mund schlagen konnte, verpasste mir Lia eine schallende Ohrfeige.

Sekunden später streichelte sie dieselbe Stelle. „Verdammt", grollte sie. „Ich habe nicht gelogen. Du hast die Ohrfeige nicht verdient. Ich wollte das nicht. Tu mir bitte nicht mehr weh, ja, dann passiert so was nicht. Ich mag dich viel zu sehr. Lass uns nicht streiten. Streit ist blöd, überflüssig." Sie sah mich bittend an „Lass uns den Tag genießen, die Sonne scheint so schön für uns. Komm, satteln und auf den Reitplatz."

Ein Güterzug überfuhr mich - 40 Wagons. Diese Stimmungswechsel waren katastrophal. Lia, die immer gute Laune hatte, konnte eine wahnsinnige Kratzkatze werden. Die, die immer fröhlich war, konnte einen mit ihrem Blick von einer Sekunde auf die nächste erstechen. ‚Ob sie sich auch mal was angetan hat?', schoss es mir durch den Kopf.

Satteln und Aufsteigen konnte ich nun alleine, war ja nicht schwierig. Ich ritt die Ponys wieder warm und danach wieder trocken, holte und brachte ihr eines nach dem anderen. Lia verhielt sich mir gegenüber wie immer, so als hätte es diesen kurzen Disput nicht gegeben - ein weiteres Rätsel, Lia ... unbeschreiblich, unbegreiflich.

Irgendwann hörte ich einen schweren Dieselmotor. Hupen wäre nicht nötig gewesen. Der Lieferwagen eines Obsthändlers stand im Innenhof und die Zwetschgen wechselten ihren Besitzer, ebenso wie ein paar Geldscheine, die ich anschließend in der Küche für Achim und Anne hinterlegte.

Abends bereitete ich mich seelisch auf die nächsten Sanierungs-Arbeiten vor, aber Achim setzte sich zu uns an den Campingtisch. „Wollt ihr auch einen Kaffee?", fragte er locker. Wir stimmten gerne zu.

Lia war fröhlich und ausgelassen. Achim berichtete, dass er sich Annes Chef vorgeknöpft hatte und dass sie nun die Kinderferienwoche frei bekam. Leider keine davor und keine danach. Aber ab ersten November gab es in der Praxis Ersatz für Marianne. Eine Vollzeitkraft. Mir fiel ein Stein vom Herzen. Dann erzählte Achim noch, dass er eine kleine Überraschung für Anne hatte und grinste sich einen in seinen Piratenbart, wollte nichts verraten, aber wir sollten heute Abend auf jeden Fall mitkommen. Vorsichtig verfolgte ich Lias Blick. Sie lächelte verloren. Ihre Augen hingen an seinem spitzbübischen Grinsen. Diesen Piraten-Film musste ich mir unbedingt einmal ansehen.

Als Anne mit Sissi auf den Hof fuhr, winkte er uns zu sich, schob Anne ins Auto zurück und wir setzten uns auf die Rückbank.
Lia und ich schauten uns fragend an. Was das wohl für eine Überraschung war?
Achim lotste seine Schwester auf die Landstraße zurück und gab ihr die Richtung vor.
„Sorry, dass ich so spät bin", meinte sie. „Aber sie ist mal wieder ewig nicht angesprungen. Was hast du vor?"
„In Rasdorf wird ein kleiner Geländewagen zum Verkauf angeboten. Ich hab mir den gestern schon einmal angeschaut. Jetzt würde ich gern wissen, wie ihr den findet. Ich hab auf Sissi nämlich auch überhaupt keinen Nerv mehr", stöhnte er.
„Ein neues Auto?", fragte Anne mit dünner Stimme.
„Neu nicht, aber zuverlässiger, als diese Krücke hier."
„Aber ..."
„Kein Aber. Wenn uns das Ding gefällt, nehmen wir es mit und lassen Sissi direkt dort. Anne, wir haben genug Nerventerror, da brauchen wir nicht noch ein Auto, das uns ständig versetzt."
Ich schloss die Augen. Was waren das auf einmal für offene Worte - und das in Gegenwart von Lia und mir?

Am Ortsrand in Rasdorf befand sich eine kleine Autowerkstatt. Neben Reparaturen wurden gebrauchte Nutzfahrzeuge zum Kauf angeboten.
Wir parkten Sissi neben einem großen Anhänger, der einen platten Reifen hatte, und schauten über das Areal.
„Hallo, kann ich euch helfen?" Ein junger Typ mit Cappy kam schnurgerade auf uns zu und blickte mir kurz in die Augen, zweifelte, wandte sich unsicher den anderen zu.
Der Schock traf mich wie ein Hammerschlag. Ich begann am ganzen Körper zu schwitzen, das Summen in den Ohren übertönte alles. Nein! Nein, nein! Beherrschen! Nicht beherrschen lassen! Kontrolle behalten! Nicht kontrollieren lassen!
Georg! Uns gegenüber stand Georg. Ich war ihm dankbar, dass er ungerührt weitermachte. Er hörte sich an, welche Probleme Sissi machte und zeigte bereitwillig das froschgrüne Gefährt, was zum Verkauf stand.

Jünger und größer als Sissi. ,Kermit' stand hinten mit aufgeklebten Buchstaben auf der Karosserie.

„Die Buchstaben kann ich entfernen, wenn sie stören", bot Georg sofort an.

„Nein, lasen Sie sie drauf, mein Auto braucht einen Namen." Anne lächelte und strich über das Auto. Sie setzte sich hinein, stellte sich Sitz und Spiegel zurecht. „Können wir eine Probefahrt machen?", fragte sie.

Georg nickte und ich winkte ihnen zu, dass ich hierbleiben würde. Anne, Achim und Lia fuhren los.

„Tut mir leid, dass ich mich nicht gemeldet hatte", meinte ich schuldbewusst."

„Macht nichts, magst sicherlich mit dem Scheiß nichts mehr zu tun haben, da brauchst du solche Erinnerungen wie mich nicht", merkte Georg an.

„Nee, darum geht es nicht. Na ja, doch, ach, alles schwierig. Aber jedenfalls ein netter Zufall, dass Achim ausgerechnet hier ein Auto gefunden hat."

„Ich denke, eure Gurke kann ich fit kriegen, gebt mir drei Wochen. Hab da so ne Ahnung, brauche nur paar Messgeräte und genügend Probefahrten, um den Fehler zu lokalisieren. Ihr kriegt für die Karre eh nix mehr."

„Befürchte, das können sie nicht bezahlen", meinte ich und dachte an die ganzen Sachen, die Achim in den letzten Wochen für den Umbau gekauft hatte und ich wusste, dass heute Futterrechnungen in der Post gewesen waren.

„Hm", überlegte Georg. „Na ja, ich bräuchte ein Sideboard für meine Bude. Aber ... das kann ich mir auch nicht leisten. So was Nettes aus Holz", entgegnete er und ich verstand seinen Wink.

„Okay, ich denke, ich komme in den nächsten Tagen bei dir vorbei, nehme Maß und notiere deine Wünsche. Zeichne du vorab am besten auf, was du dir vorstellst oder suche nach einem Bild, wie dein Wunschsideboard aussehen soll."

„Ehrlich? Nee, oder?" Georg strahlte.

„Doch, wenn du die Sissi fit kriegst, bau ich dir was Schönes."

Er schlug in meine ausgestreckte Hand ein.

Das wäre ein guter Deal, um mich bei Anne und Achim zu revanchieren.

„Aber ...", zögerte ich.

„Aber wir sind weiterhin Unbekannte?", half mir Georg. „Ja, klar. Ich glaube, außer dir möcht ich eigentlich auch keinen Ex-Knasti wieder sehen. Du bist irgendwie was Besonderes", behauptete er. „Ich wusste gar nicht, dass du hier in der Nähe wohnst. Girreshausen oder wie war das?"

„Ja, Mahnhagen."

„Noch näher! Kaum zehn Kilometer."

„Besuch mich bloß nicht!", warf ich entsetzt ein.

„Nö, keine Sorge. Wenn du meinst, du willst mich sehen, kannst du jederzeit zu mir kommen. Wie geht es dir denn auf dem Hof? Ist das noch der, wohin der Doktor dich vermittelt hat?"

Doktor! Dr. Schindelwick! Matthias! Er wollte doch zu Besuch kommen! Was war daraus geworden? Hatten sie ihm abgesagt?

„Falk? Hey, hörst du mir überhaupt zu?"

„Was?" Doktor! „Äh ja, genau der Hof."

„Alles klar?"

„Ja, alles klar."

Georg schien nicht überzeugt zu sein.

„Ich bin auf dem Hof jetzt angestellt", gab ich zur Erklärung. „Das Mädel mit den Dreads ist eine Praktikantin, ist bei uns quasi nur auf der Durchreise. Anne und Achim schmeißen den Laden."

„Wenn der Dreadkopf geht, gehst du mit?"

„Nein, wieso?"

„Dachte, das wäre deine Perle?"

Einen Augenblick musste ich überlegen, was er meinte.

„Nee, ich hab keine Perle."

„Wäre aber gut, eine so muntere an deiner Seite zu haben." Er zwinkerte mir zu.

„Hast du denn ...?", fragte ich nun. Wenn er konnte, konnte ich auch!

„Nee", seufzte er. „Der Versuch scheiterte zwei Mal. Immer wenn ich denke, ich muss reinen Wein einschenken, kneife ich und mache stattdessen Schluss. Feige, ich weiß. Aber ich befürchte, wenn ich nicht sagen würde, wer ich bin, dann kommt es irgendwann raus und ... das ist auch nicht gut."

Das Gefühl kannte ich. Mir fiel ein, dass ich niemals erfahren hatte, weswegen Georg eingebuchtet worden war.

Der froschgrüne Geländewagen kam wieder angebraust und drei fröhliche Gesichter stiegen aus.

„Den nehmen wir!", meinte Anne und klopfte auf den Türrahmen.

„Gut, ich nehme dann die Sissi zu mir", meinte Georg lachend und tat, als wolle er die Entsorgung übernehmen.

Sie verhandelten über den Preis und dann fuhren wir mit Kermit nach Hause. Morgen sollte Anne das Auto ummelden. Die Nummernschilder von Sissi hatten wir im Kofferraum.

Achim holte Gläser und eine Flasche Sekt, öffnete sie mit einem lauten Knall und ließ den Korken weit davonfliegen. Der Sekt ergoss sich von selbst in unsere Gläser, die wir rasch bereithielten.

„Auf bessere Zeiten!"

„Auf bessere Zeiten!", antworteten wir im Chor und stießen an.

Die Gläser wurden für eine zweite Runde gefüllt.

„Auf unsere treuen Mitarbeiter!"

„Auf unsere treuen Mitarbeiter!", echote Anne.

„Auf euch und euer Durchhaltevermögen", sagte ich.

Am nächsten Abend ging es mit dem Umbau weiter. Meine Schulter schmerzte von Stunde zu Stunde mehr. Der Versuch, mich zu schonen gelang nur halbwegs. Aber ich wollte nicht, dass Achim etwas merkte! Also biss ich die Zähne zusammen.

Ohne die Bandage wäre ich außer Gefecht gesetzt. Aber auch mit … ich nahm mir fest vor, am nächsten Vormittag heimlich in die Stadt zu fahren und in der Apotheke Schmerzmittel zu holen. Ich durfte jetzt nicht ausfallen und es sollte niemand wissen, dass die Schulter wieder schlimmer war. Anne sollte mich nicht massieren, dafür hatte sie nicht die Ruhe. Außerdem ging ich davon aus, dass sie selbst Medikamente nahm, denn seit Montag war ihre Reizbarkeit wie weggeblasen. Sie wirkte fröhlich, ausgelassen. Das konnte nicht nur an Kermit und einer genehmigten Woche Urlaub liegen. Sie nahm etwas, das war mir klar.

Ich schloss die Augen, stöhnte in mich hinein. Dieser Hof brachte uns alle an den Rand des Wahnsinns.

Lia trainierte die Fjords, ritt jeden Tag mehrere von ihnen und als sie am Vormittag ausreiten war, schnappte ich mir mein Moped und sauste unbemerkt in die Apotheke, um was für meine Schulter zu holen. Sie musste durchhalten! Und das ging nur mit Schmerzmittel!

An den Gesprächen bei Tisch merkte ich, wie Anne Lia für ihr reiterliches Können bewunderte.

Für Samstag war eine Planwagenfahrt gebucht worden, Achim stöhnte, da wir die Zeit besser auf unserer Baustelle hätten nutzen können. Doch er hatte zugesagt. Wir brauchten einen guten Ruf und jeden Cent.

Donnerstagabend waren Achim und ich dann bis auf die Türen und die Einrichtung fertig mit dem Stallumbau. Türen und Zargen wollten wir Freitag besorgen und sie am Wochenende einbauen. Ich sah ein Licht am Ende des Tunnels und der Tunnel war zu Ende, bevor die Kinder kommen würden. Das grenzte an ein Wunder!

Wir schlenderten zum Reitplatz, auf dem Lia ein paar Sprünge aufgebaut hatte. Sie ritt Lenni. Elegant segelten die beiden über die Stangen, flüssig und leicht.

„Hast du schon mal überlegt, bei einem Turnier zu starten?", hörte ich Anne neben mir fragen.

Lia parierte vor uns durch. Lenni beugte seinen mächtigen Hals und kaute auf dem Gebiss. Sie gab ihm die Zügel hin, damit er sich strecken konnte. Er schnaubte zufrieden und rieb sich die Nüstern am Vorderbein.

„Nee, darüber habe ich mir keine Gedanken gemacht. Warum?"

„Es wäre eine gute Werbung für ihn als Deckhengst."

„Ah, verstehe." Lia grinste. „Wann und wo findet denn ein Turnier statt? Bevor die Kids kommen hoffentlich nicht?"

„Nee, Mitte September wäre eins hier in der Nähe. Vielleicht magst du ja auch eine A-Dressur reiten?"

„Lenni kann das."

„Du auch." Anne war der Sonnenschein in Person. Sie sah inzwischen besser aus - bedeutend besser. Garantiert nahm sie Medikamente. Ich schielte zu ihr und im nächsten Moment sah ich zu Boden: Ich brauchte ihr keine Vorwürfe zu machen, denn ich nahm nun selbst täglich Schmerzmittel, auch nicht besser.

Mit den Zargen und Türen wurden wir Freitag fertig, so gegen Mitternacht.

Mit der schmerzenden Schulter konnte ich kaum liegen. Ich stand noch einmal auf, warf erneut zwei Tabletten ein und hoffte sehr, dass ich mich schonen konnte, während die Kinder ihr Ferienprogramm auf dem Hof verbrachten. Keine Sanierung mehr, keine Renovierung mehr, nur der normale tägliche Trott.

Das hörte sich fast an wie Urlaub nach dem Chaos, was sich ganz allmählich auflöste.

Ich dämmerte weg, war aber urplötzlich wieder wach: Georg! Ich hatte ihm doch versprochen, vorbeizukommen! Ihn hatte ich vollkommen vergessen! Da musste ich morgen unbedingt hin! Nein, morgen war die Planwagenfahrt und vorher musste ich misten. Achim und Anne wollten Betten und Schränke kaufen und Regalbretter mitbringen. Die Zimmer mussten noch eingerichtet werden. Das musste nach der Planwagenfahrt erledigt werden. Georg passte morgen nicht in den Tagesablauf.

Bitte schenkt mir einen 48-Stunden-Tag!

Am Samstag, kurz vor elf Uhr schirrten wir die Percherons an. Lia half mir dabei. Als ich Fritz an die Deichsel treten ließ, gab es irgendwo in der Nachbarschaft einen lauten Knall. Der sonst so brave Fritz machte einen Satz zur Seite und schon schrie Lia auf. Mir gefror das Blut in den Adern!

Sie stand auf einem Bein und hielt sich krampfhaft am Kummet fest. Ihr Gesicht sprach Bände.

„Brauchst du einen Krankenwagen."

„Blödsinn, es geht gleich wieder", kämpfte sie mit zusammengebissenen Zähnen hervor. „Ich setz mich schon mal auf den Bock, okay? Schwerfällig kletterte sie hinauf.

„Lia!"

„Ist nicht das erste Mal, dass mir ein Pferd auf die Füße latscht", stöhnte sie und legte das Bein hoch.

Im nächsten Moment kamen zwei Vans auf den Hof - unsere Gäste. Verdammt! Schnell packte ich die Dicken vor den Planwagen.

Mit einem Kloß im Magen begrüßte ich den Gästetrupp und half ihnen beim Einsteigen.

Dann kletterte ich selbst auf den Kutschbock. Lia rang sich ein gequältes Lächeln ab.

Ich setzte mich so hin, dass Lia den Fuß oben halten konnte und fuhr los.

Die Gesellschaft hinter uns hatte ihren Spaß. Sie feierten einen Geburtstag, lachten und sangen. Vorne saß Lia, in sich zusammengesunken. Sie war kreidebleich und starrte vor sich hin.
Vorsichtig angelte ich die Schmerztabletten aus meiner Hosentasche. Ich reichte ihr die angebrochenen Blister. „Hier, nimm! Gegen die Schmerzen."
Sie schaute mich verdutzt an. „Wieso hast du Schmerzmittel dabei?"
„Ist doch egal, nimm sie."
„Das sind ja zwei verschiedene", stellte sie mit einem Blick auf die Rückseite der Blister fest.
„Ich nehme sie abwechselnd."
Ihr Blick war ein Fragezeichen, aber sie nahm eine Tablette und gab mir die Blister zurück.
Trotzdem blieb die Fahrt die Hölle für Lia.
„Willst du noch eine?" Ich deutete auf meine Hosentasche, in der ich die Tabletten versenkt hatte, aber sie schüttelte den Kopf.
„Mir ist übel, die Schmerzen sind erträglich, dank deiner Drogen." Es sollte wohl lässig klingen, tat es aber nicht.

Auf dem Hof angekommen verabschiedete sich unser Trupp, nachdem sie ein großzügiges Trinkgeld gegeben hatten. Dann fuhren sie mit ihren Vans davon. Ich half Lia aus dem Wagen, sie brauchte meine Stütze. Bei jedem Schritt der Trittstufen hinunter stöhnte sie und kaum unten angekommen, ließ sie sich in meinen Armen niedersinken. Ich ließ sie vorsichtig auf den Boden gleiten.
„Mir ist so schlecht. Wann kommt Achim?", fragte sie matt und zog ihr Bein zu sich, um an ihren Halbstiefel zu kommen. „Falk, du musst ihn mir ausziehen, ich krieg das nicht hin."
„Dann tu ich dir aber weh."
Sie lachte verkniffen. „Egal, mach schnell, denk nicht an mich, der Schuh muss runter."
Ich kniete mich halb auf ihr Bein, um es zu fixieren, und zog den Schnürsenkel komplett heraus, dehnte den Schuh seitlich und zog ihn flink vom Fuß ab. Lia schrie auf.

„Lia ...", stammelte ich, als ich den blutroten Socken bemerkte. „Du gehörst in ein Krankenhaus, aber sofort!"

„Wann kommt Achim?"

„Egal, wann der kommt, ich ruf den Notarzt.

„Nee, lass doch ..."

„Nix da!" Ich tippte schon die Nummer in meinem Handy, legte dann Lia den Fuß hoch auf die zusammengeknuddelte Bockdecke und schirrte nach dem Notruf die Schimmel blitzschnell ab. Unversorgt brachte ich sie auf den Reitplatz, ließ Kutsche Kutsche sein und das Geschirr unordentlich auf dem Boden liegen.

Behutsam strich ich Lia ein paar der Filzzöpfe aus dem Gesicht. Es war ihr anzusehen, wie sehr sie sich zusammenriss.

„Mir ist so schlecht", stöhnte sie.

Heilfroh war ich, als der Krankenwagen nach einer gefühlten Ewigkeit kam. Einer der Sanitäter zog ihr den Socken ab. Ich konnte gar nicht so schnell wegschauen. Der Fuß war blutüberströmt und blau, dick geschwollen und die Zehennägel schienen gespalten zu sein und in alle Richtungen zu stehen. Ich musste mich ruckartig umdrehen. Mir wurde speiübel und ich taumelte um den Wagen herum.

‚Bloß nicht schlappmachen', ermahnte ich mich und atmete tief durch, krallte mich an den Seitenplanken des Wagens fest, um eine Stütze zu haben.

„Sieht nicht gut aus", hörte ich und „... operieren."

Sie luden Lia auf die Trage und schoben sie in den Krankenwagen, fuhren ab. Als der Wagen außer Sichtweite war, ließ ich mich auf den Boden sinken, blieb eine ganze Weile liegen, bis mein Kreislauf wieder im Kreis lief.

Mit einem üblen Gefühl im Magen versorgte ich die Schimmel, ordnete das Geschirr, schrieb Achim eine SMS, dass ich mit Lia mal kurz unterwegs wäre und fuhr mit der 80er ins Krankenhaus. Die Wahrheit konnte ich ihm nicht schreiben, die würde ich ihm mitteilen, wenn ich selbst Genaueres wusste.

Lia hatte verdammtes Glück gehabt. Gebrochen war nichts, aber drei Zehennägel mussten gezogen werden. Ihr Fuß war jetzt ein dicker weißer verbundener Klumpen.

Lia ärgerte sich. „Mist, das muss nächste Woche weg sein! Ich will doch die Kids bespaßen."

„War wohl nichts."

„Doch! Das wird! Ich hatte schon mal nen Zehennagel weg. Das ist halb so wild, nächste Woche ist der neue Verband schon viel kleiner und dann brauche ich nur Schuhe, die zwei Nummern größer sind, dann passt das schon irgendwie."

„Deine Zuversicht möchte ich haben", seufzte ich und schrieb Achim eine zweite SMS: „Lia hat sich die Zehen geprellt, könnt ihr sie im Krankenhaus abholen?"

Sofort kam die Antwort: „10 Minuten, sind unterwegs."

Mit Krücken humpelte sie behände durch den Gang.

„Krücken kennst du auch schon, oder?", fragte ich sie und bewunderte ihre Tapferkeit.

Sie nickte. „Ich hatte schon mal eine Bänderdehnung. Bin beim Volleyball spielen umgeknickt, musste dann mit Krücken laufen. Und bei dem letzten kaputten Zeh hatte ich eine Woche Krücken. Da war mir auch ein Pferd draufgelatscht. Ich sollte in Zukunft vielleicht Sicherheitsschuhe anziehen." Sie lachte und deutete auf Achim und Anne, die durch den langen Flur hechteten.

Knapp erzählte Lia, was passiert sei, aber sie erwähnte nicht, dass sie zwei Stunden mit der Verletzung auf dem Planwagen gehockt hatte. Sie hatte die Wahrheit gesagt, nicht gelogen. Aber es war die halbe Wahrheit und wer den Rest nicht kannte, der kam nicht darauf nachzufragen.

Ich war ihr dankbar, dass sie meine Schmerzmittel nicht erwähnte. Das hätte vor Anne schlecht ausgesehen und Achim hätte vor Anne schlecht ausgesehen, weil er mich so sehr versklavte, dass ich meinen Körper für den Hof ruinierte.

Aber ... das würde schon wieder heil werden. Ruhe, Massage, Wärme und diese Sportsalbe, dann wäre das in ein paar Monaten erledigt.

Während Anne Lia ins Haus half und in ihr Bett verfrachtete, räumten Achim und ich den Anhänger aus und richteten die Zimmer ein.

Sonntag gab es ein gemütliches Frühstück. Lia saß mit hochgelegtem Bein am Tisch und lachte unbeschwert.

Am Nachmittag fuhr ich dann endlich zu Georgs Bude, klingelte, doch keiner war zu Hause. Zettel und Stift hatte ich fürs Ausmessen dabei, so hinterließ ich ihm eine Nachricht und schrieb ihm nach kurzem Zögern meine Handynummer dazu. Wie sollte er mich sonst erreichen? Den Zettel steckte ich in den Briefkasten.

Bis Mittwoch hatten Achim und ich sämtliche Möbel für die Feriengäste aufgebaut. Anne hatte die Zimmer hübsch dekoriert und eingerichtet. Sie sahen richtig gemütlich aus.

Achim klopfte mir auf die gesunde Schulter. Ob er wusste, dass die andere wieder schlimm war?

„Falk, ich bin dir sehr dankbar." Er zog mich an sich.

„Ihr beiden, du und Lia, ihr seid wirklich Engel. Ich hätte nach den letzten Katastrophen niemals geglaubt, dass wir mit dem Hof tatsächlich so weit fertig werden." Er lächelte matt. Mir war klar, dass noch weitere Arbeiten anstanden, zum Beispiel den Innenhof neu zu pflastern.

„Ach Falk", seufzte er zufrieden. „Wir haben jetzt noch eine ganze Woche Zeit, bis die Ferienkinder kommen. Ich fass es nicht." Er lehnte sich zurück. „Das ist wie Urlaub ... phantastisch. Eine Woche nur die normale Arbeit. Tja und jetzt das mit Lia ... dabei sind die Schimmel sonst keine Tölpel."

„Mach dir keinen Kopf. Es gab irgendwo einen lauten Knall. Ich kann ihn nicht zuordnen. Es waren nur zwei Schritte, die Fritz gemacht hat. Einer davon leider ein falscher."

„Arme Lia ... ich muss zu ihr gehen, mich bei ihr auch mal so herzlich bedanken für ihre unermüdliche Mitarbeit."

Er verschwand und ich grinste in mich hinein. Piraten-Achim und Lia ... allein in ihrem Zimmer. Da musste es doch ein paar Funken geben.

Einige Tage benutzte Lia die Krücken, legte ihr Bein hoch und ließ sich bedienen. Doch länger hielt sie es nicht mehr aus und stand plötzlich im Stall.

Dort stöhnte sie: „Kann ich irgendwas tun? Ich fühle mich so nutzlos."

„Du kannst", überlegte ich ... „ein paar grandiose Muffins backen und dazu den weltbesten Lia-Kakao. Ich bin in 20 Minuten fertig, dann machen wir es uns gemütlich."

Sie machte sich sofort ans Werk.

Bei den Muffins hatte sie sich selbst übertroffen, die waren grandios. Der Kakao sowieso. Sie verriet mir ihr Geheimnis nicht, aber ich wusste, sie tat irgendein Gewürz hinein, oder gar eine Gewürzmischung.

„Heute Abend bekomme ich endlich den kleineren Verband und dann kann ich wieder mehr helfen", freute sie sich.

Wie sie das mit zwei Krücken anstellen wollte, war mir schleierhaft, aber ich wollte ihre Vorfreude nicht schmälern. Lia ... phänomenal. Immer fröhlich und zuversichtlich. Unglaublich.

„Sag mal, was ist eigentlich mit Piraten-Achim?", fragte ich schließlich.

„Was soll mit ihm sein?"

„Na, du stehst doch auf ihn."

„Ich finde ihn eben total hübsch, weil er Orlando Bloom so ähnlich sieht."

„Und ... nur hübsch?"

„Ja. Achim ist sehr nett und ich mag ihn gern. Man muss aber ja nicht jeden Kerl lieben, den man mag, oder?"

„Nö, aber du warst doch ..."

„Verschossen? In Achim? Keine Ahnung. Es hat einige Zeit gebraucht, bis ich über den ... na ja, ... angenehmen Schock ... hinweggekommen bin, nun mit Orlando Blooms Bruder zusammenzuarbeiten, mehr ist nicht", lachte sie.

Es war ein schönes Gefühl, das zu hören, warum auch immer. Es beruhigte mich.

Georg hatte mir gesimst. Er war am Wochenende bei seiner Mutter gewesen. Wir hatten uns nun für den Donnerstagabend verabredet.

Besuch bei Georg

Georg stand in abgeschnittenen verschlissenen Jeans und einem engen T-Shirt vor mir, das zeigte, was er nicht verbergen wollte - seinen Körper. Er lief barfuß und ich erkannte eine dicke wulstige Narbe am rechten Sprunggelenk. Vermutlich von der Operation eines alten Bänderrisses.

Die Wohnung war klein aber wirklich nett. Im Schlafzimmer dominierte seine Trainingsbank mit Hantelstange und diversem Zubehör. Dahinter stand, fast unscheinbar, ein altes Holzbett.

„Bist täglich am Trainieren, was?", fragte ich und nickte zu der Bank.

„Ein bisschen. Bei den Landmaschinen ist es wichtig, kräftige Muckis zu haben, damit man sich keinen Schaden holt. Außerdem hilft es, Verspannungen vorzubeugen."

Ich ließ die Worte in meinem Kopf kreisen.

„Willst du auch mal?"

„Nee, meine Schulter ist ruiniert, lass mal", meinte ich ungerührt. Er schaute mich durchdringend an. „Tust du was dagegen?"

„Kommt drauf an, von welcher Seite man es sieht."

„Von der richtigen!"

„Na, ich kann sie im Moment nicht so recht schonen, aber in paar Tagen ... da hab ich ... Urlaub."

Georg beließ es dabei. Er zeigte mir das Wohnzimmer und an welcher Stelle er dort das Sideboard haben wollte, gab mir ein Bild, das er aus dem Internet ausgedruckt hatte und die Maße standen ebenfalls schon dabei.

Wir setzten uns auf die Couch im Wohnzimmer.

„Willst du eine Cola oder lieber ein Bier? Ist aber alkoholfrei", bot Georg an, öffnete den Kühlschrank.

„Cola ist mir zu süß. Gib mir ein Kranenburger."

Er guckte wie ein Fragezeichen. „Kranenburger? Hab ich nicht."

„Ich hoffe doch!", meinte ich und deutete lachend auf den Wasserhahn in der Küche.

„Ach so!" Georg lachte und gab mir ein Glas Leitungswasser, nahm sich selbst ein Bier.

„Wieso alkoholfrei? Musst du heute noch wohin?"

„Nee. Schlechte Erfahrungen", meinte er knapp.

„Oh verstehe ..." Ich grinste. „Zu viel getrunken, was?"

„Falk." Seine Gesichtszüge wurden urplötzlich eisenhart. „Du kannst dich eventuell noch vage daran erinnern, dass wir zwei in einer Zwangs-WG wohnten?"

Ich stand abrupt auf, taperte nervös durch das Wohnzimmer. „Mist. Tut mir ... Shit aber auch ... sorry ..."

„Hey, reg dich ab." Er lachte wieder. „Ich rühr keinen Tropfen mehr an, damit ist das Thema erledigt. Falls du also mal jemanden brauchst, der dich von einer Party abholt ... bimmel bei mir durch."

Sein Humor brachte mich wieder runter ... weg von dem Tunnelblick, der sich schon wieder angebahnt hatte. Ich setzte mich wieder aufs Sofa, trank das halbe Glas in einem Zug leer. Wegen irgendwas mit Alkohol hatte er also gesessen? Irgendwoher wusste ich, dass er extrem aufbrausend sein konnte und mir schoss eine Erinnerung lebendig ins Gehirn ... er war deutlich angetrunken gewesen, als er mich damals so derb verprügelt hatte.

„Ist was? Falk? Hallo?"

„Nix", lenkte ich ab. „Schöne Bude haste. Echt schick. Und dann so klasse im Parterre mit Blick ins Grüne. Nett, wirklich."

„Ja ja. Und worüber hast du nachgedacht?"

„Was?"

„Raus mit der Sprache", forderte er.

„Ach ... über unsere Zwangs-WG", stöhnte ich. „Lassen wir es einfach." Er nickte. „Auf die Freiheit." Er hob sein Bier. Wir stießen an.

„Auf die Freiheit", wiederholte ich, obwohl ich eine blasse Ahnung hatte, dass ich niemals frei sein würde. Es würde immer Gedanken geben, die mich gefangen halten würden.

Lange saßen wir noch in seiner Wohnung, redeten. Kein Wort mehr über den Knast. Wir quatschten über anderes. Über seine Arbeit, über Sissi. Noch hatte er den Fehler nicht gefunden, aber er wusste, in welchem Bereich er suchen musste.

In der Dämmerung fuhr ich heim und wusste, dass das nicht mein letzter Besuch bei Georg gewesen war. Es tat gut, einen weiteren Freund in der Nähe zu wissen.

Lia humpelte mir entgegen. Ihr Fuß steckte in meinem Arbeitsschuh, weil sie in den hineinpasste. „Hey, da bist du ja", begrüßte sie mich freudig. „Du musst dich mal schnell bei Anne zurückmelden, bevor sie Amok läuft. Du kennst doch ihre Sorge, wenn du unverhofft wegbleibst."

Mir wurde schlagartig flau, mein Puls raste.

„Hey, SO schlimm ist es nicht. Sie ist sich schon bewusst, dass du wahrscheinlich nur unterwegs warst, aber sie ist ein bisschen nervös."

Sie hatte die plötzliche Panik in meinem Blick bemerkt ... Lia war unbegreiflich. Ich umarmte sie kurz und rannte ins Haus. Anne saß in der Küche.

„Hey Anne, sorry, ich war bei ..." Was sollte ich jetzt sagen? Wollte ich die Wahrheit sagen? Nein! Und nun? „Jetzt bin ich wieder da."

Sie musterte mich kurz. „Hab gehofft, dass du vernünftig bist. Es ist ja auch alles geschafft auf dem Hof. Ach Falk, ich bin dir so dankbar, habe ich das jemals gesagt? Noch eine Woche arbeiten, dann hab ich frei. Setz dich doch zu mir."

Ich ließ mich auf den Stuhl neben ihr fallen.

„Lia möchte die Vorbereitungen für die Kinder übernehmen", fuhr sie entspannt fort. „Sie hat sich Spiele ausgedacht und wir haben einen Essensplan entworfen." Sie lächelte. „Wir hatten ein richtiges Brain-storming. Sie wird verdammt fehlen, wenn sie geht."

Eine Eisenhand versuchte, mein Herz zusammenzudrücken. Es pumpte nicht mehr. „Ich muss hoch", meinte ich knapp und machte mich auf den Weg. Je näher ich dem Zimmer kam, desto beschwerlicher wurden meine Schritte. Ich spürte den Tunnelblick, rutschte mit meiner nassen Hand von der Türklinke ab. Nach Luft ringend lag ich schließlich auf dem Bettzeug und wartete, bis das Blut wieder zirkulierte.

Lia würde gehen, das wusste ich, aber ich wollte das nicht. Sie DURFTE NICHT gehen! Sie musste hierbleiben Lia! MEINE LIA! Zum ersten Mal wurde mir bewusst, wie wichtig sie mir war. Mir wurde bewusst, dass es längst geschehen war ... obwohl es niemals Wunderkerzen gab, es war einfach geschehen. Es war kein Verliebtsein, es war tiefe Liebe. Ihr gehörte längst mein Herz. Ich hatte es bisher nur noch nicht begriffen. Umso trauriger war es, dass sie gehen würde. Ich durfte nicht zulassen, dass ich sie so sehr liebte. Die Umarmung vorhin ... sie war geschehen, ohne, dass ich darüber nachdachte. 1000 Mal berührt ...

Hatte Georg nicht gefragt, ob ich gehen würde, wenn Lia den Hof verließ? Wie dumm mir die Frage zu dem Zeitpunkt vorkam. Nein, natürlich würde ich NICHT gehen. Ich würde hierbleiben bei Anne und

Achim. Auf dem Hof, der mir ein Zuhause gab. Sie waren für mich da gewesen, als es nötig war, jetzt war ich für sie da. Außerdem fühlte ich mich hier wohl und ich hatte starke Zweifel, dass ich woanders Fuß fassen konnte. Ich war ein Psychopath!

Und Lia ... ich musste sie gehen lassen ... meine Lia. Schmerzhaft zog sich mein Inneres zusammen und ich musste mich beherrschen, nicht loszuheulen. Ich liebte Lia mehr, als ich wollte. Sie hatte sich vorsichtig und beständig mit ihrer wunderbaren unvergleichlichen Art in mein Herz geschlichen.

Nachts wachte ich auf - heulend ... Lia, immer wieder sah ich Lia vor mir. Sie stand am Bahnhof mit ihrem Rucksack, Frau von-und-zu ... sie zwang mich auf die Ponys, einfach so, mit einem Lächeln. Ich wollte doch gar nicht reiten - tat es aber - für sie! Die Backpfeife, der mordende Blick. Ihre Panik bei der großen Spinne. Ihr Leiden, wie sie mit dem kaputten Fuß im Planwagen saß. Irgendwann schlief ich wieder ein.

Am Morgen überraschte ich Lia im Bad. Sie hatte mal wieder nicht abgeschlossen. Sie stand über die Badewanne gebeugt, hatte nur eine Batikhose und einen BH an und trocknete ihre Dreads nach dem Duschen. Deutlich sah ich das Mal auf ihrem Rücken. Das geschah alles in Sekundenbruchteilen, denn sie drehte sich ruckartig zu mir um, zog sich das Handtuch vor den Oberkörper. Ihre Dreads wirbelten in alle Himmelsrichtungen. Ihr Blick war verstört.

„Tut mir leid, war nicht abgeschlossen", murmelte ich.

„Was ist mit dir?" Sie starrte mich an.

„Nix."

„Geht es dir nicht gut?"

„Haben dich deine Eltern misshandelt?"

„Was? Wie kommst du denn auf DAS schmale Brett?"

„Na ja, das ... du weißt schon."

„Vergiss es, war ein Unfall, hab ich dir doch schon gesagt."

„Sie haben dir nie was getan?"

„Erwartest du das?"

„Weiß nicht, du bist komisch, wenn es um dein Elternhaus geht."

„Na Master, dann pack mal bitte selbst aus: Wo wohnen deine Eltern? Warum besuchst DU nicht mal deine Eltern? Was hat dich damals in den See getrieben? Spaß an der Freude? Wie kann man sein Leben nur selbst beenden wollen? Der Hohn!"

„Schon gut." Ich drehte mich um und ging. Mein Inneres schrie gequält auf. Ich konnte weder Lias Gereiztheit noch ihre Worte ertragen.

Kurz darauf stand Lia bei mir im Zimmer. Sie hatte sich ein T-Shirt übergezogen. Die Dreads tropften.

„Hey, ach verdammt, so war das nicht gemeint. Also doch schon, aber, ach Falk", stöhnte sie, nahm mich in den Arm und drückte mich fest an sich. Mir wurde wunderbar warm, aber ich wusste, das durfte es nicht. Niemals! Sie würde gehen. Ich wusste das. Alle wussten das. Noch fünf Wochen! Und sie war erst drei hier! Doch es kam mir vor wie eine gefühlte Ewigkeit. Aber die nächsten fünf Wochen würden hoppla hopp davongaloppieren.

„Falk, bitte frag nicht. Ich stell doch auch keine Fragen, oder? Sie haben mir nie etwas Böses getan, sei dir gewiss. Sie waren - sind - sehr gute Eltern. Ich bewundere sie."

„Liebst du sie?"

„Ich bewundere sie." Die Wiederholung war Antwort genug. Ihr Blick war wehmütig, und das Meer hatte Ebbe.

„Tschuldige", flüsterte ich und strich ihr zwei der nassen Dreads aus dem Gesicht. „Es steht mir nicht zu, so bei dir herumzubohren."

Urplötzlich grinste sie und wuschelte mir kurz durch die Haare. „Alles okay, Falk, komm, vergiss die letzten paar Minuten, lass uns dort weitermachen, wo wir waren und wir waren bei ... B wie Bad! Ich bin noch nicht fertig, gleich gibt es Frühstück."

Sie humpelte auf der Ferse davon. Ihren Stimmungswechsel konnte ich mal wieder nicht so schnell mitmachen, aber es war keine aufgesetzte Stimmung; es war ihr voller Ernst. Wie konnte sie so schnell und so ehrlich umschwenken? Irgendetwas stimmte mit ihr nicht.

Beim Frühstück war alles wieder wie gehabt. Lia und Anne scherzten miteinander. Es ging Anne von Tag zu Tag besser und wir hatten noch eine Woche Zeit, bis die Kinder kamen. Wir hatten nichts mehr zu tun! Es war alles, ALLES fertig! Ich fühlte mich befreit, doch dann schoss mir ein Gedanke in den Kopf: Die Bank! Daran musste ich unbedingt weitermachen. Mit der war ich immer noch nicht fertig!

„Morgen ist eine Planwagenfahrt um drei Uhr gebucht", erwähnte Achim beiläufig. „Fährst du wieder oder soll ich mal?"

„Wir können ja zusammen fahren", bot ich an.

„Oder du fährst mal mit Anne!", schlug Lia vor. „Ich kann wieder ganz gut laufen, mache mit Falk den Hof und ihr macht euch eine schöne entspannte Fahrt.

Sie waren begeistert, als wären sie nie selbst auf so einen Gedanken gekommen. Mir gefiel die Vorstellung auch. Lia war echt klasse, aber das wusste ich schon lange.

Achim fuhr zur Arbeit, Anne zu den Percherons. Mit dem zuverlässigen Kermit hatten wir alle bedeutend weniger Nervenstress als mit der Zicke Sissi. Ein Toast auf Achims Entscheidung. Ich war ihm mehr als dankbar und Anne sicherlich auch.

Lia humpelte mittlerweile gänzlich ohne Krücken in meinem Arbeitsschuh über den Hof und war erstaunlich flott unterwegs. Ich konnte nur den Kopf über sie schütteln. Mal wieder.

„Hey Master", rief sie. „Du ich hab mit Anne ausgemacht, dass ich mit den Kindern aushelfe. Ich habe schon öfter in den Ferien als Helfer auf einem Ponyhof gearbeitet und freue mich darauf, die Kids zu bespaßen."

„Ja, das hat Anne mir schon erzählt. Sie freut sich sehr darüber." Lia hatte schon oft auf Ponyhöfen gearbeitet? Mit Kindern?'

„Hättest du denn Lust mit mir ...“

„Ich? Nein! Niemals! Keine Kinder!", schoss es aus mir heraus, viel härter, als ich es gewollt hatte.

„Okay, okay." Beschwichtigend hob sie die Hände.

Wie sollte sie verstehen, was in mich gefahren war und ich wollte darüber nicht reden.

Vorsichtig fuhr sie fort. „Ich wollte dich nur fragen ... also vielleicht könntest du mit mir ein paar Sachen bauen? Ich weiß, du bist hier der Obersklave, aber es sind wirklich nur so zwei-drei kleine Dinge. Ich helfe dir dabei, wo ich kann, und übernehme andere Arbeiten von dir. Du hast nichts weiter zu tun, als mit mir die Sachen zu bauen, versprochen."

„Bauen?" Ich fühlte mich halb erschlagen. Die Bank wollte ich endlich fertigmachen, Georgs Sideboard hatte ich noch nicht einmal anfangen und meine Schulter ... da ging nichts mehr ohne Schmerzmittel, die ich inzwischen in zu hoher Dosis nahm. Aber wenn sie mich so eindringlich bat? Wie lange würde ich noch die Gelegenheit haben, für sie etwas zu machen? Wie lange würde ich sie noch um mich haben? Knapp fünf Wochen. Fünf kurze Wochen. ‚Lia ich liebe dich! Und ich darf es nicht, weil ich es sonst nicht ertrage, wenn du mich verlässt.'

„Falk? Hey, alles klar? FALK???" Sie schüttelte mich.

Ich musste völlig abwesend vor mich hingestarrt haben. „Was war?"

„Ja, genau das frage ich dich auch. Was war?"

„Du wolltest, dass ich dir irgendwas baue."

„Du warst gerade überhaupt nicht anwesend."

„Doch, ich stehe doch vor dir."

„Deine Hülle stand hier, ja. Was ist los? Du warst überhaupt nicht ansprechbar, zeigtest keine Regung. Ich hatte das Gefühl, du hast sogar das Atmen vergessen. Falk was ist los?"

„Vergiss es."

„Nein."

„Das geht dich nichts an." Sie mit ihren eigenen Worten zu schlagen, war perfekt.

Es funktionierte. Traurig erwiderte sie. „Okay, wo du Recht hast, hast du vermutlich Recht."

Nach kurzem Nachdenken fuhr sie fort: „Also wir brauchen eine Brücke, eine Wippe und eine Gasse."

„Klingt nicht besonders schwierig", sagte ich und hatte keine Ahnung, was sie von mir wollte.

Sie lächelte, zog einen Zettel aus der Hosentasche, auf den sie Skizzen und Maßangaben gekritzelt hatte.

Sie wusste offensichtlich, dass ich nicht nein sagen konnte. Ich seufzte und fiel ihr einfach um den Hals.

‚Lia, ich hätte es nicht besser erwischen können, als mit dir', dachte ich und musste an mich halten, ihr nicht meine Liebe in ihren Filzzottelkopf zu gestehen. Stattdessen ließ ich sie abrupt los, setzte ein falsches Lächeln auf und studierte übergenau den Zettel. Ich musste mich ablenken.

„Lass uns heute Abend zum Baumarkt fahren, wenn Anne zurück ist", meinte ich schließlich.

Der Plan war gut, doch daraus wurde nichts. Eine der Hochlandkühe verfing sich mit ihrem dicken Pelz im Stacheldraht. Bei ihrem panischen Versuch, sich zu befreien, riss sie den halben Zaun nieder, verwickelte sich dann zusätzlich noch mit dem Hinterbein darin und verletzte sich schwer. Sie brüllte so laut, dass wir es hörten. Ich war heilfroh, dass Achim schon zu Hause war. Er knipste den Draht ab, als Anne mit

Kermit auf den Hof kam, und rief ihr zu, den Pferdehänger anzuhängen.

Wir zerrten die Kuh samt dem Stacheldraht, der sich tief in ihren Schenkel gegraben hatte, hinein und sie fuhren sofort in die Klinik.

Lia und ich trieben die anderen Kühe in den Stall und sperrten sie ein.

Samstag war dann erstmal das Reparieren des Zaunes dran.

„Pass auf, dass du dir den Stacheldraht nicht in die Haut rammst, falls er zurückflitscht", warnte ich Lia, die unbekümmert lachte. „So blöd bin ich nicht!", rief sie.

„Falk schon." Achim lachte und stieß mir damit einen imaginären Besenstil in den Magen. Ich versuchte, mir das nicht anmerken zu lassen, aber Lia war viel zu feinfühlig. Im nächsten Moment stand sie wie zufällig ganz nah bei mir. Mir wurde angenehm warm, obwohl Achim mir gerade so dermaßen eine reingewürgt hatte.

„Er meint es nicht böse", flüsterte sie. „Und weil du das weißt, kann er dich damit nicht verletzen. Dich kann nur verletzen, was wirklich böse gemeint ist."

Dann fuhr sie mit der Arbeit fort. Ihre Art war unbeschreiblich. Woher nahm sie die richtigen Worte? Wer hatte sie denn verletzt, ohne es böse zu meinen? Sie sprach aus Erfahrung, das war mir klar!

‚Was ist dir passiert, meine Liebe?'

Während Achim und Anne die Planwagenfahrt machten, misteten Lia und ich. Anschließend ging es weiter an den Zaun, damit die Kühe wieder auf die Weide konnten. Das verletzte Tier sollte über das Wochenende in der Klinik bleiben.

Sonntag beim Frühstück war mir nicht richtig wohl und ich hatte eine böse Ahnung, warum. Die Nebenwirkungen der vielen Schmerztabletten machten sich bemerkbar. Aber lange musste ich nicht mehr durchhalten.

Lia saß mit dem Laptop in der Sonne. Wir waren heute beide dazu verdonnert, frei zu nehmen. So hatte ich endlich die Gelegenheit die Bank zusammenzuschrauben. Anschließend verpasste ich ihr die Grundierung, aber das Pinseln verursachte enorme Schmerzen. Ich pinselte schließlich mit links weiter, was ewig lange dauerte. Ich sollte es besser lassen! Aber die Bank musste fertig werden. Und Georgs Sideboard ... ich hatte schon allein bei dem Gedanken daran üble

Schulterschmerzen. Aber ich konnte ihn nicht versetzen! Ich hätte eine Woche Pause haben müssen. Brauchte Salbe, Wärmflasche und Massage, aber massieren konnte ich mich selbst nicht und bevor ich Anne gefragt hätte, hätte ich mir lieber die Zunge abgebissen!

Die Nacht war eine Katastrophe, ich konnte fast nicht schlafen. Dringend brauchte ich eine Tablette, aber ich hatte es hoffnungslos übertrieben. Mein Magen rebellierte. Wenn ich mich nicht komplett ruinieren wollte, musste ich einen Schlussstrich ziehen. Morgen musste ich dringend eine Wärmflasche besorgen und diese Salbe. Stöhnend drehte ich mich um. Konnte nicht irgendwer diesen Säbel aus mir herausziehen?

Am Montagmorgen kam die Post, während wir die Stallarbeit erledigten. Lia humpelte dem Briefträger erwartungsvoll entgegen, der ihr einen großen Umschlag in die Hand drückte. Sie riss ihn sofort auf.
„Ja, jaaaa!", rief sie. „Sie laden mich ein! Dudeldidei, ist das schön!"
„Was denn?" Ich kam näher, wie durch eine zähe Masse. Ich ahnte, was es war. Sie hatte sich beworben und erhielt die Einladung zu einem Vorstellungsgespräch. Mir riss jemand das Herz heraus. Schnell drehte ich mich weg und schnappte nach Luft. Lia sollte es nicht bemerken. Sie würde Fragen stellen. Aber sie war glücklicherweise so mit ihrem Brief beschäftigt, dass ich mich unbemerkt davonstehlen konnte. Es kostete mich alle Mühe, nicht loszuheulen. Ich wollte nicht, dass sie geht! Aber ich konnte sie nicht aufhalten. Niemand konnte das. Lia ging ihren Weg. Immer vorwärts in die Zukunft. Im Nu würde sie mich vergessen haben. So wie sie auch den Kontakt zu ihren Eltern und den Leuten in Kanada nicht mehr pflegte.
„Hallo? Falk? Bist du da? Hallo?"
Lia stand vor mir, hatte ihre Hände an meinen Oberarmen und schüttelte mich. Wie lange stand sie schon neben mir?
„Alles klar bei dir?"
Ich nickte.
Sie musterte mich. „Ich habe ein Vorstellungsgespräch", verkündete sie. .
Ich nickte.
„Ist was?"

„Wovor läufst du weg?", fragte ich sie, um nicht auf ihre Frage eingehen zu müssen.

„Was?"

„Na, du warst in Kanada, kommst von dort aus direkt hierher auf den Hof, warst zwischendurch nicht mal zu Hause und jetzt läufst du zur nächsten Station. Besuchst du zwischendurch deine Eltern?"

„Was? Nein! Falk, was soll das?" Sie klang gereizt.

Das Thema war heikel, ich wusste es. „Warum rennst du immer weg?"

„Ich renne nicht weg."

„Was ist mit deinen Eltern? Du magst sie nicht, aber bewunderst sie? Du besuchst sie nicht ... "

„Falk ..." Ihre Stimme war schneidend. „Was ist mit DEINEN Eltern? Warum hast du diese starren Anfälle, bei denen man dich nicht ansprechen kann? Was hat das mit den Schmerzmitteln auf sich und warum hast du ständig die Panik in den Augen stehen? Warum hast du dich umbringen wollen? Warum?"

„Hör auf", wisperte ich und drehte mich weg.

„Tun dir diese Fragen weh? Ja? Gut so, sie sollen dir wehtun, verdammt wehtun!", murrte sie. Dann spürte ich eine Umarmung, ihre filzigen Dreads an meiner Wange. „Falk, so wie dir das wehtut, so sehr tut mir das auch weh. Also ...", seufzte sie. „Ich wollte dir das gerade nicht antun, aber ich habe das Gefühl, dass du manchmal gar nicht begreifst, was Sache ist".

Mir wurde angenehm warm, aber das durfte nicht sein.

„Vergib mir", flüsterte ich.

„Du mir auch."

Sie ließ mich los, lächelte. Erst scheu, dann mutiger.

„Und nun lass uns zu den Ponys gehen, der Tag ist zu schön, um zu zoffen." Sie griff nach meiner Hand.

„Willst du wirklich nicht richtig reiten?", bohrte sie.

„Nee."

„Schade, sonst hätten wir zusammen ausreiten können. Es ist total schön draußen im Wald. Ich könnte dir einen Voltigurt drauflegen und dich auf einem Handpferd mitnehmen, dann passiert nichts."

„Voltigurt? Ist das so eine Art Anschnallgurt, den du auf mich drauflegen willst?"

„Was? Wie?" Sie überlegte, lachte schallend. „Nee, den Gurt leg ich der Nele um und du kannst dich dran festhalten. Wir können gemütlich im

Schritt durch den Wald bummeln, ohne dass ich Sorge haben muss, dich unterwegs zu verlieren."

„Ich will nicht reiten."

„Sicher?"

Ich schüttelte den Kopf. ,Nein. Aber ich will mit dir zusammen sein, und wenn das heißt, dass ich reiten muss, dann tu ich das ... notgedrungen.'

Sie rupfte zwei Gänseblümchen ab, reichte mir eines.

„Schau, Gänseblümchen machen glücklich. Du musst sie essen, das Glück kommt von innen." Damit verspeiste sie den Blütenkopf und warf den Stängel zu Boden. „Magie, das ist Magie."

„Magie?"

„Iss es, dann spürst du es.".

Ich aß das Blümchen.

Sie lachte und hakte sich bei mir ein. „Falk, du bist echt so süß. Dein Vertrauen ist der Wahnsinn. Ich glaub, ich könnte dir erzählen, dass Pferdeäpfel in der Mikrowelle zu Schokolade werden, du würdest es glauben."

Ruppig entzog ich ihr meinen Arm. „Ich lass mich nicht missbrauchen!", fauchte ich und ging, drehte mich nicht mehr um, obwohl mein ganzer Körper danach schrie. Ich hätte schwören können, sie wartete nur darauf, dass ich mich umdrehte, damit sie zu mir kommen und sich entschuldigen konnte. Aber sie hatte mich zu sehr verletzt.

Ich radelte zu den Percherons, obwohl die schon versorgt waren, aber ich wollte alleine sein. Es war unerträglich, dass Lia mir wehtat.

Erst in der Dämmerung entschloss ich mich, zurückzufahren.

Holzkohle glühte im Grill und im Schein einer Öllampe saßen die drei am Tisch. Ich setzte mich dazu, schwieg. Niemand fragte, wo ich gewesen war.

Anne schaute mich kurz von der Seite an, Lia hob kurz den Blick, senkte ihn wieder.

Genervt stand ich auf und beschloss: „Auf den Mist habe ich keine Lust." In meinem Zimmer warf ich mich aufs Bett und hätte vor Wut am liebsten das Kissen zerfetzt.

Es klopfte an der Tür. Ich brüllte ein „Ja!" und machte mich darauf gefasst, als Nächstes das Wort „Raus!" zu benutzen, doch es war nicht Lia, die eintrat, sondern Anne.

„Du bist's", stöhnte ich.

„Wäre dir jemand anders lieber gewesen?", fragte sie vorsichtig.

„Nee, niemand." Ich versuchte, mich aufzurichten, ohne dass Anne merkte, wie sehr meine Schulter schmerzte.

„Lia erzählte, sie war ungerecht mit dir", sagte Anne leise und setzte sich auf meine Bettkante.

„Lia erzählte, sie war ungerecht mit dir", äffte ich den Satz nach. „Ja Mami, sie war ungerecht", schnaubte ich. „Na und? Kann dir doch egal sein!" Ich stand auf, stapfte zur Tür, schnaufte, drehte mich um. „Nee, kann dir nicht egal sein", meinte ich versöhnlich. „Lass mich bitte einfach in Ruhe, das wird schon wieder. Ich lasse mich nur ungern von Leuten verletzen, die mich verletzen können." Mit diesen Worten rauschte ich aus meinem Zimmer. Auf dem Flur stieß ich mit Lia zusammen, verpasste ihr einen tödlichen Blick und rannte unten Achim um, der versuchte, mich festzuhalten.

Ich riss mich los und flüchtete in eine dunkle Ecke auf dem Hof, lehnte mich an die Stallwand.

‚Was ist mit DEINEN Eltern? Warum hast du diese starren Anfälle, bei denen man dich nicht ansprechen kann? Was hat das mit den Schmerzmitteln auf sich und warum hast du ständig die Panik in den Augen stehen? Warum hast du dich umbringen wollen? Warum?'

Lias Worte waberten in meinem Kopf, bis ich Achims Schritte hörte.

„Lass mich", grollte ich schon von Ferne und motzte: „Kann man nicht einmal allein sein?"

„Ich dachte, wir setzen uns mal zusammen und trinken einen", kam von Achim. Er reichte mir eine Steingutflasche und setzte sich auf den Boden an der Scheunenwand.

„Hock dich hin. Ich stell keine blöden Fragen, ich bin nur dein Saufkumpel", prostete er mir zu und nahm einen Schluck. Irgendetwas in mir befahl meinem Körper, sich zu setzen und etwas zweites, die Flasche zu nehmen und zu trinken.

Das Zeugs war lecker, etwas süß und doch herb, würzig und bitter. Es erinnerte mich an den Selbstgebrannten von Alois.

Mir wurde schnell klar, dass Achim ahnte, was mit mir los war. Der Alkohol machte mich ruhig, vernebelte meine rasenden Gedanken.

Achims Nähe war angenehm.

Innerlich lachte ich auf: Hatte Lia nicht vor Kurzen noch gesagt, dass ich jederzeit zu ihr kommen könnte, wenn ich Probleme hätte? Und wenn ich nur stumm neben ihr sitzen wollen würde? Ich dachte, dass ich das tun würde im ‚Fall X‘ ... aber das galt nun nicht mehr.

Sicher, es war einfacher, Lia gehen zu lassen, wenn ich sie nicht mehr leiden konnte. Aber ... ich mochte sie doch so sehr!

Nein, das war Vergangenheit. Aktuell wollte ich sie nicht sehen, nicht sprechen, nur diese wirren Gedanken vernebeln.

Der Tag danach

Ich wusste nicht, wie und wann ich ins Bett gekommen war. Fakt war nur, ich wachte dort auf, in dem Shirt, mit dem ich immer schlief. Mein Kopf war in einem Schraubstock eingespannt, das helle Licht der Sonne schmerzte.

Mit einem Arm angelte ich in meiner Schublade nach den Schmerztabletten. Viele waren es nicht mehr. Ich hatte maßlos übertrieben. Aber heute musste es noch einmal sein, mir ging es so dreckig. Mit Mühe schluckte ich sie ohne Wasser.

Noch immer benebelt von dem Kräuterschnaps lag ich im Bett. Benebelt war ein harmloser Ausdruck. Ich fühlte mich betäubt und das war gut. Eine Erlösung.

Bis zum frühen Abend dämmerte ich wieder weg. Dann rappelte ich mich auf, schlurfte unsicher ins Bad, überlegte, ob ich mich in die Wanne legen sollte, verwarf den Gedanken jedoch wieder.

Ich blickte in den Spiegel, stellte fest, dass ich mies aussah. „Bis du wirklich ich?", fragte ich mein Spiegelbild. Ich konnte nicht die Augen schließen, ohne dass mir schwindelig wurde. Langsam und schwerfällig torkelte ich zur Badezimmertür, die im selben Moment geöffnet wurde.

„Mein Gott, Falk", hörte ich eine dünne, bestürzte Stimme.

Es musste Lia sein, den Zotteln auf dem Kopf nach zu urteilen. Ich ging wortlos an ihr vorbei, rempelte sie dabei versehentlich an und stolperte zu meiner Zimmertür. Mit dem Fuß blieb ich an der Kante der Zarge hängen, fiel unsanft auf die Knie und rappelte mich wieder hoch ... was einfacher war, als vermutet, denn Lia stützte und stabilisierte mich. Sie begleitete mich bis zum Bett, deckte mich zu. Das Meer war traurig. Der Sommer war aus den Sprossen und die Zotteln hingen träge herunter.

„Eine Art Nervenzusammenbruch", erklärte ich, „Sorry. Mag dich trotzdem noch."

Die Tür schloss sich und das Gesprochene waberte in meinem Kopf weiter. Was hatte ich gesagt? Betrunkene und Kinder sagten die Wahrheit ... so war das doch. ... es war die Wahrheit. DIE Wahrheit. Ihre Art hatte für einen Kurzschluss gesorgt, aber all mein Hass, war nur gegen mich selbst gerichtet, denn sie ... mochte ich immer noch. Und wie!

Am nächsten Morgen waren Körper und Geist wieder anwesend.

Und weil sich beide relativ gut fühlten, stapften sie mit vereinten Kräften ins Nachbarzimmer, wo Lia ... ohne Shirt stand.

„Sorry", murmelte ich und drehte mich um. Obwohl ich ans Türblatt starrte, sah ich wieder dieses eindeutige Brandmal vor mir. ‚Bastarde! Wer immer ihr das angetan hatte!'

„Moment", kam lieb und ruhig. „So, kannst gucken."

Ich lehnte mich an die Tür, musterte sie in ihrem gelben Batikshirt mit lila Tupfen. „Lia, tut mir echt leid, mir ist gestern ... äh, vorgestern, mir ist eine Sicherung durchgebrannt."

Langsam sagte sie: „Du hast mir wehgetan und immer wieder ... und ... da wollte ich doch nur, dass du weißt, warum ich nichts sage ..." Sie sah mich gebrochen mit hängenden Schultern an.

„Ich wollte das nicht", flüsterte ich und ging auf sie zu, umarmte sie. „Gehen wir ein Gänseblümchen essen?"

Sie schlang ihre Arme fest um mich. Es fühlte sich so an, als ob alles wieder so wie vorher war. Das Meer wieder blau, die Sonne schien in den Sprossen, die Dreads erwachten wieder zum Leben. Lias Lächeln war frei und ungezwungen und ... fast hätte ich sie geküsst.

Nach dem Frühstück blieb ich mit Anne am Tisch sitzen.

„Anne, tut mir leid, dass ich so ein Idiot war."

„Es ist alles etwas chaotisch und reibt die Nerven auf. Was soll ich denn sagen? Ich habe hier auch schon zwei Mal die Segel gestrichen und niemand war mir deswegen böse. Dir ists auch niemand."

‚Und jetzt nimmst du Tabletten dagegen', kam mir in den Sinn, aber ich war genug Herr meiner Sinne, es nicht auszusprechen.

„Warum hat Achim mit mir getrunken? Warum fühlte es sich so an, als ob er weiß, was in mir vorgeht?"

„Er ist selbst sehr schwer verletzt worden ... es hat ihm wörtlich das Herz gebrochen und es hat lange gedauert, bis er wieder einigermaßen normal war", erklärte Anne leise.

„Ist das der Grund, warum ihr zusammen wohnt? Weil ihr beide schon ..."

„Wir beide eine miese Beziehung hinter uns haben? Ja, das ist der Grund. Für Achim wird es niemals mehr eine Frau an seiner Seite geben und ich ... tja ... keine Ahnung, hab aktuell auch keinen Bedarf." Sie lachte kurz auf. „Es ist schön, mit ihm zusammen zu leben, man hat eine starke Schulter bei sich, aber braucht sich nicht um irgendwelche blöden

254

Liebesgefühle zu kümmern. Man kann dem anderen eine knallen, ohne Angst zu haben, dass die nächsten Wochen der Haussegen schief hängt, weil man sich wie die Axt im Walde verhalten hat."

Ich seufzte. Gefühle waren definitiv eine schwierige Sache. Ob Anne wusste, dass ich Lia liebte? Wahrscheinlich. Ich versuchte, das flauschig warme Gefühl in mir zu bändigen. Lia war eine sehr gute Freundin, aber mehr nicht. Mir war klar, wenn ich sie zum ersten Mal geküsst hätte, also nach dem ersten Kuss ... da würde es viel schlimmer sein, sie gehen zu lassen. Ohne Kuss war das Ganze ... nur eine Wunschvorstellung. Der Gedanke an ein Gefühl, das man gerne hätte. Ich schloss die Augen, stöhnte.

„Falk", ein Echo, kaum wahrzunehmen. „Hey?" Weit weg. „Fa-halk, hörst du mich?" Ja klar konnte ich Anne hören. Entsetzt riss ich die Augen auf. „Anne?"

„Falk, was ist nur los mit dir? Du bist gar nicht da!"

„Nix." Ich stand auf und ging hinaus.

Kurz darauf fuhr Kermit vom Hof. Ein Blick auf die Uhr - Anne war früh dran, versorgte die Percherons selbst. Ich lächelte. Sie war echt klasse und es schien ihr wieder besser zu gehen ... klar ... mit Tabletten ...

Aber warum hatte ich so einen derben Aussetzer in ihrer Gegenwart gehabt? Ich hatte das dumme Gefühl, dass diese Aussetzer häufiger wurden. Es machte mir Angst. Und Angst war schlecht. Sie führte zu Panikattacken.

Ich musste zu Lia. Sie hatte den Zettel mit den Dingen, die ich für sie bauen sollte. Oder hatte ich ihn? Wenn ja, wo?

Sie war im Kuhstall beschäftigt. „Hey, wollen wir heute Abend in den Baumarkt fahren? Das Holz für deine Sachen besorgen?"

„Ja, sehr gerne, wenn du magst."

„Ich mag. Ich mag mit Holz basteln. Außerdem ists ja im Moment echt entspannt hier. Aber sag mal ... der Zettel..."

Lia grinste. „Den hast du verloren."

„Scheinbar."

„Offensichtlich. Er lag nämlich mitten auf dem Hof. Ich habe ihn aufgesammelt und weggepackt."

„War nicht böse gemeint."

„Dachte ich mir. Das passiert. Was meinst du, wie oft mir schon irgendein Zettel abhandengekommen ist? Ich hab da echt Talent für.

Am Abend fragte ich Anne prompt, als sie nach Hause kam: „Dürfen wir uns den Kermit mal ausleihen?"

„DU fährst aber nicht!", entgegnete sie schroff. Vor Schreck hielt sie sich die Hand vor den Mund. „Soll ich fahren?", bot sie an.

„Nö, wir brauchen die Fläche, also auch die Rückbank. Lia fährt, wenn ... du nichts dagegen hast."

„Lia? Ja, ist natürlich okay."

Im Baumarkt hatte ich ein paranoides Gefühl, fühlte mich beobachtet. Ich zwang mich zur Ruhe. Jonas war nicht da! Nur weil ich ihn EIN mal hier gesehen hatte. Wieder schaute ich mich um.

„Ist was?"

Es war Lia also aufgefallen. Kein Wunder bei meinem gehetzten Blick. Meine Antwort blieb aus. Sie gab mir auch nicht immer Antworten.

An der Kasse zog ich den Kopf ein, nicht dass ich noch in den letzten Minuten erkannt werden würde. Wie alt mochte Jonas jetzt sein? 15? Ja, ungefähr.

Lia zahlte mit EC-Karte und ich sah sie fragend an.

„Du die Arbeit, ich das Material", flüsterte sie verschwörerisch mit einem Blick, der keine Widerrede zuließ. Sie war wunderhübsch. Diese Sommersprossen, die wilden Dreads, dieses unglaubliche Lächeln.

Doch plötzlich veränderte sich ihr Lächeln. Der Blick veränderte sich. Das ganze Gesicht veränderte sich!?

Das waren Jonas' Augen! Wo waren die Dreads? Was sagte er? Ich starrte auf den Mund: „Falk!" Eindeutig. Mir blieb die Luft weg. Mein Herz raste wie das eines Kolibris. Vor meinen Augen flimmerte es. Eine Eisenhand schloss sich um meine Lungen. Ich schob den Wagen abrupt los, ich musste raus hier! Jetzt! Sofort!

Die Ausgangstür öffnete sich automatisch. Schemenhaft erkannte ich, in welche Richtung ich den Wagen dirigieren musste. Ich atmete noch immer nicht. Blitze im Kopf. Ein Schlag auf die Stirn, ein Stoß in den Rücken. Dann stand Lia über mir. Kreidebleich.

„Falk, was ist los mit dir? Bist du krank?"

„Ich ... bin gestolpert."

„Lügner", zischte sie.

Passanten wurden auf uns aufmerksam. „Alles in Ordnung?" - „Was ist denn passiert?"

„Nichts. Er ist nur gestolpert", sagte Lia und half mir hoch.

Ich lächelte schief. „Lügner", flüsterte ich.

Die Situation überforderte uns beide! Sie, weil sie keine Ahnung hatte, was mit mir los war und mich, weil ich schon wieder eine Panikattacke hatte. Aber diesmal nicht, weil mich eine Situation überforderte, sondern weil ich jetzt wohl durchdrehte.

Während Lia den Einkaufswagen schob, hielt ich mich daran fest, schleppte mich Richtung Auto und ließ mich auf den Beifahrersitz fallen.

Dass Lia die schweren Holzteile alleine einlud, war mir in dem Moment nicht präsent. Ich zitterte, weil meine Kleidung von Angstschweiß durchtränkt war, oder war es aus Nervosität? Ich wusste es nicht. Lia setzte sich zu mir.

„Direkt nach Hause oder erst zum Arzt?"

„Zum Arzt? Wieso?"

„Falk ..." Ihre Stimme klang gebrochen. „Ich ... ich glaub, ich weiß, was mit dir los ist. Es tut mir sehr leid."

„Hat dir irgendjemand was erzählt?" Mein aggressiver Unterton war nicht zu überhören. Wusste sie nun doch von meiner Vergangenheit? Wusste sie vom Gefängnis? Hatte Anne ihr das etwa auch ‚versehentlich' gesagt? Ich konnte meine spontane Wut nur schwer unterdrücken.

„Nein, niemand hat mir was erzählt." Lia schniefte. „Hast du häufig Schmerzen?"

„Was geht dich das an?" Ich mochte diese Fragerei nicht. Nicht jetzt, nicht hier ... gar nicht.

„Diese ständigen Ausfälle und die Schmerzmittel ... warst du überhaupt schon mal beim Arzt?"

„Nein", erwiderte ich barsch.

„Du musst zum Arzt, besser noch direkt ins Krankenhaus", drängte sie.

Mir war klar, dass die Schulter in ärztliche Behandlung gehörte. Krankenhaus ... das klang gar nicht schlecht. Ich könnte mich während der Zeit, wo die Kinder den Hof bevölkerten, ins Krankenhaus begeben. DAS wäre doch eine gute Sache. Es würde einige Probleme lösen.

„Falk, ... du weißt doch so gut wie ich, dass was nicht stimmt."

Ja wusste ich. Ich wusste auch was und ... ich hatte wirklich vor, mich darum zu kümmern.

„Bitte, du musst das ernst nehmen! Je früher man was dagegen tut, desto größer sind die Heilungs-Chancen! Du darfst nicht so viel Zeit verstreichen lassen!"

Ich stöhnte genervt.

„Mensch, tu das nicht so ab. „Was ist mit diesen Ausfällen? Wie oft hast du die?"

„Das ..." „... ist alles nur Paranoia, Wahnvorstellung, Angst, Panik' ... „Das geht dich nichts an." Bewusst wählte ich die Worte, mit denen sie mich auch immer stehen ließ.

Lia schluchzte auf. Ich konnte ihre Hysterie nicht verstehen. Hatte das mit IHRER Vergangenheit zu tun? Dann sollte sie doch damit bitte AUCH mal rausrücken! Sollte SIE doch mal erzählen, anstatt von mir einen Seelenstrip zu verlangen!

Sie sagte nichts weiter, riss sich zusammen, wischte sich die Tränen aus den Augen. Dann schnallte sie sich an, startete und fuhr zum Hof zurück. Wir schwiegen.

Mir war es nicht Recht, dass sie sich so abgebügelt fühlte, aber ... es war einfach eine saublöde Sache, denn ich wollte nicht über meine Paranoia-Probleme mit ihr reden. Definitiv nicht. Und die Schulter ... wenn ich ihr jetzt davon erzählen würde ... sie bestünde mit Sicherheit darauf, dass ihre gewünschten Sachen nun doch nicht gebaut würden. Aber ich wollte doch die letzten Tage mit ihr zusammen verbringen. Was hatte sie gesagt? Der Job wäre ab Oktober. So lang war das nicht mehr. Vier Wochen, die waren so schnell rum!

Auf dem Hof angekommen verschwand Lia ungesehen im Haus. Dieses Mal blieb es an MIR hängen, den Kram zu verstauen. Ich konnte mir vorstellen, wie elend ihr zumute war. Hätte ich ihr doch was sagen sollen? Zweifel nagten an mir.

Kurze Zeit später saßen wir auf der Terrasse zum Abendessen. Im Schummerlicht der Öllaterne konnte ich in Lias Gesicht nichts Außergewöhnliches erkennen. Ob man ihr im Hellen ansah, dass sie geheult hatte? Mir war komisch zu Mute, aber ich war nicht bereit, ihr von meinen psychischen Problemen zu erzählen - noch nicht.

Sie wollte mir schließlich auch nicht erzählen, was das mit diesem Brandmal auf sich hatte ...

Enthüllungen

Die Nacht war ein einziger Albtraum mit Kindern, die auf Ponys ritten und auf mich zeigten. Die Polizei führte mich ab, obwohl ich gar nichts getan hatte. Einmal Knast - immer Knast.

Schwer atmend lag ich im Bett. Mein Herz stampfte wie die Hufe der Percherons im Trab. Ich musste was trinken.

Lange lag ich wach, doch als der Wecker klingelte, riss er mich aus einem schwarzen Loch. Ich zog die Schublade auf, zählte die wenigen verbliebenen Tabletten und steckte die Blister in die Hosentasche. Im Flur stieß ich mit Lia zusammen. Sie lächelte lieb und zeigte aufs Bad.

„Du als Erster?"

„Tut mir leid wegen gestern", meinte ich.

„Schon okay. Kein Streit. Wenn du mir nichts sagen willst, ist das deine Sache."

Das klang weder vorwurfsvoll noch gekränkt. Eher abgeklärt ...

Im Laufe des Tages überlegte ich fieberhaft, wie ich die unerträglichen Schmerzen in meiner Schulter mit Lias Wünschen für ihre Hindernisse, das Streichen von Annes Bank und das Bauen von Georgs Sideboard bewerkstelligen sollte. Ich hatte noch genau drei Tabletten. Und ich hatte mir geschworen, keinen Nachschub mehr zu holen.

In meinen egozentrischen Gedanken sah ich Lia am Reitplatzzaun stehen. Eindeutig in einer Schonhaltung. Die Arme auf das obere Brett gelegt, den Rücken leicht gebeugt. Sie hatte auch zu viel getan, definitiv.

„Hey Lia, ist alles in Ordnung mit dir?", fragte ich und blickte in ihr blasses, leidendes Gesicht.

„Ja, kein Problem." Sie lächelte matt.

„Mensch, du zitterst ja? Bist du krank?"

„Ist normal", erklärte sie. „Jeden Monat dasselbe. Hab gerade meine Tage bekommen und die ersten zwei Stunden geht es mir dann ziemlich dreckig."

Sie schaute mich mit ihren meerblauen Augen an und sagte das so beiläufig, als hätte ich sie nach dem Wetter gefragt. „Sorry", murmelte ich.

„Schon Okay." Sie sah elend aus, schloss kurz die Augen. „Es zieht im Rücken runter bis in den Unterleib, dass mir übel ist. Dieses Mal ist's leider besonders heftig."

„Du hast zu viel gearbeitet."

„Ach", schnaubte sie. „Das musst ausgerechnet DU sagen."

Ihr Blick wurde sorgenvoll. „Hey Falk, du bist in den paar Wochen, die ich hier bin, mächtig herunter gekommen. Hast ziemlich ... gelitten. Pass auf dich auf, okay?"

Es gab mir einen Schlag in den Magen, sie das sagen zu hören. Mein Spiegelbild erzählte mir jeden Morgen, dass ich aussah, als würde ich die Nächte durchmachen. Aber bald würde es eine Auszeit geben - hoffte ich zumindest.

„Lia, ich wollte dich eigentlich fragen, ob wir zusammen die Brücke und den Rest bauen, aber ... wenn es dir so dreckig geht?" Vorsichtig lehnte ich mich mit dem Rücken neben sie an den Zaun.

„Falk, ich will dich nicht für meine Zwecke missbrauchen." Sie schmiegte ihren Kopf an meine Brust. „Ich will deine Bereitschaft nicht ausnutzen. Lassen wir den Kram, ist nicht so wichtig."

„Es ist DIR wichtig, also machen wir das. Ich kann das auch alleine, wenn du mir nur die Zeichnungen nochmal gibst. Ich hab es dir versprochen."

„Ja, weil du NIE etwas ablehnst, wenn man dich bittet."

Schlagartig zuckten alte Bilder in mir auf: Roger, Andreas. Ich hatte alles getan, was sie gesagt hatten. Eine Bitte und ich sprang auf und tat, was immer sie wollten. Der große Müllcontainer, der blonde Junge. Er schrie, zappelte, jammerte. Roger grinste breit. Andreas nickte auffordernd. Ich tat es ... weil SIE es wollten. Der Junge mit der Nike-Jacke. Roger wollte sie für seinen kleinen Cousin zum Geburtstag haben, erzählte mir davon ... Tags drauf hatte der Junge die Jacke nicht mehr, dafür ein blaues Auge und sicherlich genügend blaue Flecken. „Falk!", rief jemand. War es die Mutter des Jungen? Egal. Ich ging weiter, unbekümmert. Ein anderer Junge kam mit dem Skateboard an, rief seinem Kumpel etwas zu, fuhr mich versehentlich an. Ich schlug ihm kräftig in die Seite, er ging zu Boden. „Falk!" Ich ging unbekümmert weiter, drehte mich nicht mal um. Jemand rüttelte mich, ich ignorierte es. Ich bekam keine Luft, ich ignorierte es. Mir war heiß, ich ignorierte es. „FALK! VERDAMMT!"

„Lia?" Ihr Gesicht wirkte panisch, das Meer angsterfüllt, aufgewühlt, sturmgepeitscht.

„Atmen! FALK!"

Atmen? Wieso? Tat ich doch? Ich spürte meinen Herzschlag. Atmen? Atmete ich nicht?

Schweiß stand auf meinen Augenlidern. Ich riss die Augen auf, sah alles verschwommen. Ich griff nach vorne, wo ich Lia vermutete, und drückte sie an mich. Sanft begleitete sie mich auf den Boden. Mir war schwindelig, ich zitterte, fror. Erst nach endlosen Minuten fand ich wieder halbwegs meine innere Ruhe.

„Was ist los mit dir?" Eine zittrige dünne Stimme, direkt neben mir.

„Alles okay", murmelte ich, und kniff noch einmal die Augen zusammen. „Alles okay."

„Nein ... dein Blick ...!"

„Vergiss es." Ich versuchte zu lächeln, doch es klappte nicht.

Ich schloss die Augen, spürte, wie Lia sich neben mich legte und meine Hand nahm. „Du musst zum Arzt", forderte sie.

„Nein muss ich nicht."

„Willst du wirklich sterben?", fragte sie weinerlich.

„Was?" Ich richtete mich auf, stöhnte, sank wieder zusammen.

„Hast du starke Schmerzen?"

„Nein", erwiderte ich trotzig.

„Seit wann hast du das? Falk, du musst zum Arzt."

Ich drehte meinen Kopf weg. „Lia, geh mir nicht auf den Nerv."

„Du hattest wieder so einen starren Blick, warst nicht ansprechbar!", kam tonlos. „Ich habe dich minutenlang beobachtet, gerüttelt. Du warst völlig weggetreten."

„Lia ..." Ich setzte mich mühevoll in den Schneidersitz, schaute sie an. Es war an der Zeit, doch mit der Sache rauszurücken.

Was auch immer SIE durchgemacht hatte, aus welchem Grund SIE nichts sagte, es stand mir nicht zu, ihr weiterhin solche Angst einzujagen, indem sie chancenlos zuschauen musste, wie ich eine Panikattacke nach der nächsten bekam.

„Diese Aussetzer ...", begann ich langsam ... „sind nicht schlimm. Es sind Wahnvorstellungen, Paranoia, Psychoterror, weil ... weil ich meine Vergangenheit ... nicht verarbeiten kann." Jedes Wort war eine Qual!

Lia richtete sich abrupt auf. „Das ... das tut mir sehr leid", flüsterte sie.

„Muss es nicht, bin ich selbst schuld. Alleine ich, weil ... ich ... du wirst mich hassen ..."

Ja, das würde sie. Und das würde die nächsten Wochen nicht einfacher machen. Aber wenn sie mich nicht mehr mochte, war es nicht so schmerzhaft, dass ich sie liebte. Ich blickte in das Meer, graublau, trüb, nebelig. Verschleiert.

Ich spürte ihre Hand in meinem Nacken, ihre Umarmung und merkte, dass die Schleier nicht von ihr ausgingen, sondern von mir. Ich heulte.

„Lia, ich ..." Ich musste es ihr sagen, aber es fiel mir so schwer. So schwer, weil ich sie liebte und weil ich es nicht ertragen konnte, wenn sie mich verachtete.

Sie schmiegte sich an mich.

„Lia, ich habe überhaupt keinen Trost verdient", sagte ich und riss mich von ihr los.

Am Reitplatzzaun lehnte ich mich auf die oberste Latte, starrte in den Sand. Sand ... ja, ich hatte es in den Sand gesetzt, alles, wie ich immer alles vermasselte. Ich konnte Georg plötzlich so gut verstehen, dass er jede Beziehung genau an diesem Punkt beendete. Mein Leben war die Hölle und würde es bleiben. Ich hielt die Luft an. Paranoia, Wahnvorstellungen - der Wahnsinn nahte. Ich war nur noch einen Fingerbreit davon entfernt und sah, wie die berühmten Männer mit der Zwangsjacke ankamen, mich in eine Gummizelle steckten. Ich schloss die Augen. Schon wieder galoppierten meine Gedanken weg - atmen verdammt!

Ich spürte Lias Arm an meinem Rücken, merkte, dass sie ganz dicht bei mir stand. Sie sah elend aus.

„Dir geht es bescheiden mit deinen Tagen und ich heul einfach nur rum. Das ist verdammt egoistisch", murmelte ich und starrte wieder in den Sand.

„Mir geht es schon wieder besser", meinte sie. „Aber was frisst dich denn so auf, dass du ständig diese Zustände bekommst? Wieso soll ich dich hassen? Ich mag dich ... sehr."

„Gleich nicht mehr", behauptete ich kalt.

Ich wusste nicht, wie ich anfangen sollte. Am besten brutal raus mit dem Mist. Um den heißen Brei herumzureden machte die Sache a) nicht einfacher und b) würde es an dem Ende nichts ändern: Sie würde mich hassen.

„Lia", begann ich nach kurzem Durchatmen erneut. Mein Hals fühlte sich rau an, ich musste mich räuspern. „Ich war ein ... ich, ich habe zig Kinder erpresst, beraubt und verprügelt." Meine Stimme gehorchte mir nicht ganz. Mir war nicht klar, ob Lia mich verstanden hatte.

Sie starrte mich an, ließ ihren Arm auf meinem Rücken liegen.

Ich erzählte ihr von den Kindern, die ich terrorisiert hatte, von Andreas und Roger, von meiner Mutter, meinem Vater, den Jahren im Knast.

Längst hatte Lia ihren Kopf an meine Schulter gelegt.

Als ich alles erzählt hatte und schwieg, richtete sie sich nicht auf, bewegte sich nicht. Sie hatte aufmerksam zugehört.

„Es ist schön, dass ich dich kennen gelernt habe, so, wie du jetzt bist", begann sie nach geraumer Zeit. „Den wunderbaren Falk, den ich so gern mag, mit dem ich Pferde stehlen möchte. Ich bin so froh, dass ich keine Vorurteile haben konnte. Und ich bin so froh, dass ich voller Überzeugung sagen kann, dass es diesen alten Falk nicht mehr gibt. Du bist ein anderer Mensch als damals, lass dir niemals etwas anderes einreden. Hörst du?"

Mit den Worten ‚Hörst du' hob sie ihren Kopf, blickte mir in die Augen. „Ist das der Grund, warum du mit den Ferienkindern hier nichts zu tun haben willst?"

Ich nickte. „Diese Aussetzer habe ich, wenn ich mir zu viele Gedanken mache. Oft, wenn mich Bilder aus der Vergangenheit überschatten. Ich kriege dann nichts mehr mit, bin gefesselt in diesen ehemaligen Momenten. Sie wühlen mich auf, machen mir Angst und ich krieg sie nicht mehr aus meinem Kopf", gestand ich. „Hast du Anne oder Achim von der Situation im Baumarkt erzählt?", fragte ich zögerlich.

„Nein. Wissen sie denn nichts von deiner Vergangenheit?"

„Sie wissen, dass ich im Knast war und dass ich Kinder terrorisiert habe. Achim hatte mal einen Aussetzer und eine echte Panikattacke mitbekommen. Aber ich glaube, das ganze Ausmaß meiner psychischen Scheiße ist ihnen verborgen." Scharf schaute ich Lia an. „Soll es auch weiterhin bleiben."

Sie nickte, zögerte. „Aber Falk ... meinst du nicht, ein Arzt oder ... ein ... hm ..."

„Psychiater?" Hart lachte ich auf. „Irgendwann wird man mich wohl einweisen müssen. Bis dahin will ich noch ein bisschen ... frei sein."

Lia fasste meine Hand und schaute mich entsetzt an.

„Mach dir keine Sorgen", sprach ich nicht nur ihr Mut zu. „Ich kann nicht mehr tun, als kopfmäßig dagegen zu arbeiten. Die Ärzte sagen, man glaubt, dass man den Verstand verliert, aber man tut es nicht."

„Und was ist mit den Kopfschmerzen?"

„Welche Kopfschmerzen?"

„Aber du nimmst Schmerzmittel und du hast immer wieder Schmerzen, das sehe ich doch." Sie ließ mich los, musterte mich.

„Meine Schulter schmerzt", gab ich zu. „Du weißt doch, dass ich diese Bandage trage."

„Du hast mich angelogen."

„Nein, habe ich nicht." Ich wusste genau, worauf sie hinaus wollte. „Als du die Bandage gesehen hast, mich danach gefragt hast, war alles okay soweit. Erst mit dem Umbau des Stalles ist es wieder schlimm geworden."

„So schlimm, dass du Tabletten wie Bonbons frisst."

Ich wusste selbst, dass ich zu viel von dem Zeug genommen hatte. Woher wusste SIE das? „Ich hab damit aufgehört, fast."

„Sind es deine Schuldgefühle, die dich dazu bringen, dich bis auf die Knochen abzurackern?"

Ich schwieg.

„Falk, ein ganz normaler Hofangestellter lässt sich von seinem Chef nicht derart zugrunde richten."

„Achim ist nicht verkehrt! Ich mache das freiwillig. Ich will ihm helfen."

„Du kannst einfach nicht ,nein' sagen", stellte sie wiederholt fest. „Und deswegen sage ICH jetzt ,Nein'. Wir bauen die Brücke und den Rest NICHT. Du gehst ins Bett oder in die Badewanne und tust hier keinen Handschlag mehr. Noch besser: Du gehst sofort wegen der Schulter zum Arzt."

„Zwing mich nicht", meinte ich matt.

„Mann", zischte Lia. „Du kannst so ein Holzkopf sein. Hast du schon mal drüber nachgedacht, dass deine Schulter vielleicht NICHT wieder heil wird? Willst du IMMER Probleme mit ihr haben? Denkst du eigentlich gelegentlich weiter als bis zur nächsten Minute?"

Sie hielt inne und atmete tief durch. Dann nahm sie gezielt meine linke Hand, zog mich mit sich.

„Gehen wir zur Pferdewiese, ein bisschen Frieden genießen. Ich habe keine Lust, mich mit dir zu streiten. Meine Meinung kennst du: Arzt und sofortige Schonung mit null Belastung. Was du daraus machst ..." Sie zuckte mit den Schultern. „Vergiss den Zoff, okay? Und tut mir leid, dass ich dich blöde angegangen bin, nachdem ..." Sie schaute mich traurig an,

„nachdem du mir das alles erzählt hast."

Das Meer war tief, unendlich tief. Ich konnte fast in ihre Seele schauen. Sie konnte nachfühlen, wie es mir erging. Ich war einfach nur fasziniert von ihr. Egal was SIE durchgemacht hatte, ich war mir sicher, sie konnte haarklein verstehen, was in mir vorging.

Sie atmete tief durch, kroch dann durch den Zaun auf die Fjordwiese und legte sich bäuchlings ins Gras. Dann rupfte sie ein Gänseblümchen ab und aß es auf.

Ich setzte mich zu ihr. „Was mit der Schulter zu tun ist, weiß ich", begann ich langsam. „Anne hat die Schulter letztes Mal gepflegt. Aber ich will sie nicht wieder darum bitten. Sie hat genug um die Ohren und ich will nicht, dass sie es weiß."

„Was weiß? Dass die Schulter wieder kaputt ist?"

Ich bestätigte.

„Verstehe. Und was ist zu tun?"

„Massage und Sportsalbe."

„Klingt relativ einfach."

„Ja, nur dass ich mir weder selbst die Salbe draufmachen kann, noch mich selbst massieren kann."

Sie drehte sich auf den Rücken. „Und es gibt außer Anne niemanden, der dir irgendwie dabei helfen könnte, oder?"

Ich sah sie durchdringend an. „Es gibt nicht viele Menschen, denen ich vertraue."

„Mir vertraust du offensichtlich nicht."

„Du hast keine Ahnung, wie oft mein Vertrauen bisher bitter enttäuscht wurde."

„Und du hast keine Ahnung, welche Erfahrungen ich hinsichtlich Vertrauen schon gemacht habe."

„Lia, wenn dir so viel Mist widerfahren ist, warum bist du immer so ein Sonnenschein? Du bist ständig fröhlich. Wieso? Ist das alles nur Fassade?"

„Glaubst du das?" Sie schaute mich nachdenklich an.

„Nein, irgendwie nicht. Deine Fröhlichkeit ist so ehrlich. So etwas kann man nicht Schauspielen."

„Falk, das Leben ist schön. Jeden Tag aufs Neue! Wir sind gesund, na ja relativ ..." Sie deutete auf meine Schulter, grinste schief. „Wir können tun und lassen was wir wollen, sind frei. Alles wunderbar."

Ich sah sie an wie ein Fragezeichen.

„Denk genau drüber nach, dann verstehst du, was ich meine. Gerade DU müsstest das verstehen." Sie lächelte und stand auf. „Ich schnapp mir jetzt ein Pony. Gehst du ins Haus und achtest auf deine Schulter?"

„Später. Ich muss noch pinseln", meinte ich.

„Was pinselst du?"

„Komm mit", bat ich. In der Werkstatt zeigte ich ihr die Bank.

„Wow, ist die schön! Stimmt, du warst ja dabei, eine Bank zu basteln! Du hast ein begnadetes Talent. Es ist unfassbar, was du aus den Holzteilen gezimmert hast." Fasziniert strich sie über die feinen Maserungen.

Mich konnte das aber irgendwie nicht so recht aufmuntern. „Hat Anne sich vor etlichen Wochen gewünscht", gab ich resigniert zur Antwort. „Ich habe es nie geschafft, sie fertig zu machen, weil hier immer der Bär steppt. Aber ich will ihr endlich die Freude machen, unbedingt", sagte ich leise und knisterte nervös und unbemerkt mit den Blistern in der Hosentasche. „Mit rechts pinseln geht fast nicht, es tut zu sehr weh. Aber mit links wird das nichts. Die ganze Mühe wäre umsonst, wenn der Anstrich Mist ist."

„Ich kann pinseln, wenn ... wenn ich darf."

„Du wolltest doch reiten?"

Sie grinste. „Ich habe es mir eben anders überlegt. Und du solltest in der Zwischenzeit die Salbe besorgen, damit heute Abend deine Reha beginnen kann. Schön heimlich, still und leise, dass niemand auf die Idee kommt, dass du dich zugrunde gerichtet hast."

„Lia ... du bist phänomenal." Ich drückte ihr Pinsel und Farbe in die Hand. „Danke", flüsterte ich und strich ihr kurz über den Rücken.

Eine Sekunde zögerte ich und fragte mich, ob Lia gut streichen konnte. Doch als ob sie Gedanken lesen könnte, erzählte sie mir etwas von vielen Kilometern Zaun, die sie in Kanada gestrichen hatte.

Ich schwang mich auf die 80er und fuhr los.

Als ich zurückkam, stand die Bank fertig in der Werkstatt.

Gegen 22 Uhr klopfte es an meine Zimmertür.

„Hier kommt die Krankenschwester." Lia hatte einen Snoopy-Shorty an und sah damit total süß aus. In mir prickelte und pikste es schon, bevor sie mit der Massage angefangen hatte. Ich gab ihr die Salbe und zog mein Oberteil aus. Sie setzte sich auf die Bettkante.

„Erst die Salbe drauf oder erst massieren?"

„Laut Apotheke erst massieren zur Muskelentspannung, danach die Salbe drauf."

„Keine Ahnung, ob ich das kann." Ihre Hände begannen ganz vorsichtig zu streicheln. In mir wurde es wohlig warm.

„Bisschen fester", bat ich und Lias Berührungen wurden intensiver.

Es war hart an der Schmerzgrenze, aber ich merkte, wie ich mich mehr und mehr entspannen konnte. Bald stöhnte ich in einer Wolke aus Glückseligkeit.

Irgendwann hörte Lia mit der Massage auf. „Du Falk, mir tun die Finger weh", jammerte sie leise. Ist es in Ordnung, wenn ich aufhöre?"

„Ja, ... ja klar! Tschuldige, dass ich dich so lange ...'"

„Beansprucht habe?" Sie schnaubte lachend. „Nee, kein Thema. Aber das hätten wir schon viel früher machen sollen." Sie angelte nach der Salbe und strich sie entsprechend auf die lädierte Partie, massierte sie vorsichtig ein. „Lass dir morgen einen Termin beim Arzt geben oder besser: Fahr gleich als Akutfall hin."

„Bin ich bescheuert? Fünf Stunden warten bis ich dran komme? Nur für die Diagnose: Entzündet, Schonung, Salbe und Massage?"

„Unverbesserlicher Dickschädel", schimpfte sie. „Komm morgen früh rüber, dann massiere ich dich nochmal, okay? Gute Nacht."

Dankbar schaute ich in das Meerblau ihrer strahlenden Augen. „Gute Nacht. Und du trägst wirklich keine Kontaktlinsen?"

„Nein, habe ich dir doch gesagt."

„Du willst mir doch nicht erzählen, dass das deine echte Augenfarbe ist?"

Sie lachte. „Doch, die ist Original. Haben wir beide von unserem Vater, meine Schwester hat ... egal, schlaf gut." Damit verschwand sie und ließ mich allein.

Schwester? Sie hatte bisher keine Schwester erwähnt. War das der Grund, warum sie nicht nach Hause gegangen war, weil sie tierischen Zoff mit ihrer Schwester hatte?

‚Falk, das Leben ist schön. Jeden Tag aufs Neue! Wir sind gesund, wir können tun und lassen was wir wollen, sind frei. Alles wunderbar.'

Ich hörte ihre Worte so deutlich.

‚Denk genau drüber nach, dann verstehst du, was ich meine. Gerade DU müsstest das verstehen'.

Ich schloss die Augen, dachte über ihre Worte nach.

Das Leben ist schön ...

Für mich waren erschreckend viele Tage eher wie eine Katastrophe. Gesund fühlte ich mich nicht. Und frei? Sofort kam mir ein vergittertes Fenster in den Sinn.

Was hatte das alles zu bedeuten? Lia hatte eine Schwester, sie wollte nicht zu ihren Eltern. ... waren ihre Eltern im Gefängnis?

War Lia krank? Oder die Schwester?

Tabletten futtern wie Bonbons ...

Hatte sie mich deswegen durchschaut? Weil ihre Schwester von so was betroffen war? Drogenentzug? Geschlossene Anstalt?

Ich zog mir das Bettzeug über den Kopf. Diese wirren Gedanken mussten aufhören, bevor mir der Kopf platzte.

Unfall

Am nächsten Morgen schlich ich in Lias Zimmer. Sie schlief auf dem Bauch auf ihrem Bettzeug. Ihre Dreads lagen total wirr. Die weite Hose ihres Shortys war am rechten Bein ein Stück hochgerutscht. An ihrem Oberschenkel war eine Narbe zu sehen. Aber kein Brandmal.

Ich konnte nicht anders, musste mir das anschauen. Mit fahrigen Fingern verschob ich das Hosenbein und legte eine halbkreisförmige Narbe frei, mehr als faustgroß.

Lia erwachte, erschrak und herrschte mich an. „Was machst du da?" Ihre Augen funkelten, eine Sturmflut tobte im Meer.

„Wer hat dir das angetan?", fragte ich und starrte immer noch auf ihren Oberschenkel.

„Verdammt Falk! Wenn ich eins nicht leiden kann, ist das, wenn man mich bespitzelt! Niemand hat mir etwas angetan. Das war ein Unfall!"

„Noch ein Unfall", bemerkte ich höhnisch, dabei sollte es eigentlich nicht so klingen.

„Mann. Ja, das war auch ein Unfall." Sie stand auf und zog das kurze Hosenbein noch einmal demonstrativ hoch. „Dreimal darfst du raten? Kommt dir das irgendwie bekannt vor?"

Ja, kam es, aber ... was war es?

„Falk, das ist ein Hufabdruck. Ich habe schon viele Jahre mit Pferden zu tun und nicht immer ist das ohne Blessuren abgegangen. Ein Pferd hat mich getreten. Im Sommer. Ich hatte nur eine kurze Hose an. Peng! Schon hing die Haut in Fetzen. Es wurde genäht und ich lag ein paar Tage Krankenhaus", erklärte sie. „Bist du jetzt zufrieden?", fragte sie wüst.

„Das andere ist kein Hufeisenabdruck. Das ist ein Brandmal ..."

„Das ist was anderes, ja." Lia sprach urplötzlich sehr leise. „Falk, du tust mir weh, du stocherst in alten Wunden. Ich will das nicht."

„Lia, ich hab dir so viel von mir anvertraut, warum sagst du nie etwas? Es belastet dich doch."

„Nein, es belastet mich nicht", behauptete sie mit einer Überzeugung, dass sie es entweder ernst meinte oder eine fabelhafte Schauspielerin war.

„Bitte, tu mir nicht weh, okay? Es war ein Unfall, ich schwöre."

Ich nickte, verließ das Zimmer, verwirrt über ihre Art, enttäuscht von mir selbst. Warum war ich so ungeduldig. Warum wollte ich alles wissen? Und ... warum wollte sie mir nichts sagen?

Es klopfte an meine Tür, als ich gerade mühsam die Schulterbandage anlegen wollte.

„Hey!" Lia stand im Türrahmen. „Was ist mit Massage? Salbe?" Sie lächelte entwaffnend.

Ein Güterzug mit 40 Wagons überrollte mich. Lia blieb unfassbar für mich.

„Wieso kannst du so schnell umschalten?", fragte ich sie und setzte mich auf die Bettkante, ließ die Bandage sinken.

„Es ist viel zu schade, sich zu streiten, wenn man jemanden mag. Niemand braucht schlechte Laune, wenn man doch weiß, dass man allen Grund zur guten Laune haben kann."

Sie hopste auf mein Bett, setzte sich hinter mich, ein Bein rechts, eins links. Mir wurde heiß!

Behutsam begann sie mit der Massage. Ich ließ mich fallen, gab mich hin und hoffte, die Zeit würde stehen bleiben.

„Ich hab drüber nachgedacht", sagte ich, während sie mich einschmierte.

„Worüber?"

„Wir sind gesund und frei. Es ... das gilt deiner Schwester, nicht?"

Obwohl ich Lia nicht sah, spürte ich, dass sie zerbrach. Regungslos vor Entsetzen registrierte ich, was ich ihr angetan hatte. Sie ließ ihren Kopf gegen meinen Rücken sinken, fing geräuschlos aber bitterlich zu weinen an.

Langsam drehte ich mich um, nahm sie in den Arm, legte mich mit ihr hin. Ihr Körper bebte. Ich hatte keine flauschige Wärme zu bieten. Mir war eiskalt ... ich hatte es geschafft - ich hatte sie zerbrochen. ‚Bitte tu mir nicht weh' ...

Wortlos wand sie sich aus meiner Umarmung, stand auf und ging aus dem Zimmer.

‚Bitte tu mir nicht weh.'

Es war vorbei. Alles war vorbei.

Hatte ich gestern noch gedacht, sie würde mich hassen, wenn sie erfuhr, dass ich Kinder terrorisiert hatte, so war es ganz anders gekommen. Ich selbst hatte alles kaputtgemacht mit meiner beschissenen Neugier. Mir blieb die traurige Gewissheit, dass ich sie verloren hatte. Meine gute Freundin.

Ich fühlte mich vollkommen leer und starrte vor mich hin. Der Schmerz, den ich ihr zugefügt hatte, wütete in mir. Was war ich für ein

Hornochse! ‚Das Leben ist schön, jeden Tag aufs Neue.'

Nein, ich hatte es mal wieder geschafft, alles Schöne zu zerstören. Ich saß in der Hölle und hatte Lia mitgenommen.

Atmete ich noch? Nein. Vielleicht besser so. Als mir fast schwarz vor Augen wurde, schrak ich hoch. Nein! Falsch! Mühevoll rollte ich mich auf die Seite und gab mich meinem inneren Chaos hin, presste mir das Bettzeug ins Gesicht und ließ es geschehen, in aller Heftigkeit.

Nachdem der Heulkrampf verebbte, zog ich die Notbremse. Es war längst Zeit, den bescheuerten Tag irgendwie sinnvoll zu Ende zu bringen. Im Bad gab ich mir Mühe, wieder ‚normal' auszusehen, es misslang. Egal, sollte mir das Elend im Gesicht geschrieben stehen, warum nicht.

Aus dem Kleiderschrank zog ich die neuen Blister heraus. Ich hatte natürlich nicht nur Salbe in der Apotheke geholt. Und da ich es jetzt mit Lia vermasselt hatte, wollte ich wenigstens wieder ‚richtig' anpacken … also musste ich mich dopen. Ich drückte mir zwei Tabletten raus, ging ins Bad, spülte sie mit Wasser aus den hohlen Händen hinunter.

„Falk, du bist das Letzte, du bist so ein Idiot", murmelte ich meinem Spiegelbild hasserfüllt zu. „Tu mir nicht weh", flüsterte ich. „Falk, ist das denn SO schwer zu verstehen?"

Ohne Frühstück begann ich mit der Arbeit auf dem Hof und wich Lia aus, so gut ich konnte. Einmal warf sie mir einen kurzen Blick zu, als wir uns bei den Nagern trafen, aber diesmal kam kein Hinweis, dass der Tag zu schade zum Streiten war.

Später sah ich ihr eine Weile zu, als sie Lenni auf dem Reitplatz ritt. Sie sagte nichts. Ich fühlte mich elend.

Als sie fertig war, blieb ich am Gatter stehen. Ich musste mich an den Balken festhalten, um nicht zusammenzusacken.

Wenig später hörte ich Lärm aus der Werkstatt. Für einen Moment wurde ich wütend. Sie zersägte meine Bank für Anne!

Doch schon in der nächsten Sekunde war mir das egal. Wenn Lia ihre Enttäuschung daran auslassen konnte, dann war das in Ordnung. Ich könnte später eine andere Bank bauen. Oder es sein lassen. Aber ich könnte nicht das, was ich an Lia zerbrochen hatte, wieder flicken.

In der Werkstatt war es nun ruhig. Die Bank war zerdeppert. Ich hatte vor Augen, wie Lia jetzt ihr Werk betrachtete und plötzlich war mir danach, zu ihr zu gehen.

Ich öffnete die Werkstatttür und sah sie am Boden sitzen, weinend, sie blickte nicht auf. Die Bank war heil. Sie hatte das Holz, was für ihre Brücke oder eines der anderen Dinge gebraucht wurde, gesägt. Schief gesägt, wie ich fachmännisch mit einem Blick feststellte.

„Lia ..." Meine Stimme gehorchte mir nicht. Ich fiel vor ihr auf die Knie.

Mit tränennassem Gesicht ging sie wortlos an mir vorbei zur Fjordwiese.

Und nun? Verkriechen oder hinterhergehen? Noch eine wortlose Abfuhr kassieren oder feige kneifen? Mutlos stapfte ich hinüber. Lia lag im Gras auf dem Bauch, auf die Unterarme gestützt. Sie zupfte ein Gänseblümchen und aß es.

Ich legte mich neben sie, mit einem Meter Platz dazwischen. Die Distanz fühlte sich an wie eine halbe Weltumrundung.

Stumm schauten wir vor uns hin. Lias Magen knurrte. Mir war schlecht vor Hunger, aber ich fühlte mich hundsmiserabel, wollte nichts essen.

Wahrscheinlich hätte ich etwas sagen sollen, aber was war sinnvoll? Tut mir leid? - Blöd. Oder noch nicht?

„Tut mir leid", flüsterte ich. Es klang rostig.

Lia sagte nichts, aß noch ein Gänseblümchen.

„Es tut mir wirklich leid", flüsterte ich noch einmal.

Ihr Schweigen war unerträglich für mich.

„Welches Wort von ‚Bitte tu mir nicht weh' hattest du nicht verstanden?", fragte Lia tonlos, schaute weiterhin geradeaus, zu den Fjords oder wohin auch immer.

Ich senkte den Kopf und vergrub mich in meinen Armen. „Wohl das ‚nicht'", antwortete ich halb erstickt, hielt meine Tränen zurück.

„Offensichtlich", merkte Lia nur an und schwieg weiter.

Es war eine Qual, aber es war nur richtig so. Ich hatte es nicht besser verdient.

„Das Wort ‚nicht' kehrt die Bedeutung des Satzes um", sagte Lia nun monoton. „Positives wird negativ, Negatives positiv. Das Wort ‚nicht' ist also ein ganz entscheidendes."

Das war zu viel! Ich brach innerlich zusammen, heulte los wie ein Schlosshund, das zweite Mal heute.

Lia stand auf und ging.

Nicht, dass ich erwartet, hätte, dass sie mich trösten würde, aber dass sie mich mit dieser Botschaft liegen ließ, war die Hölle. Ich wollte für immer hier liegen bleiben.

In meiner tiefen Traurigkeit hatte ich gar nicht gehört, dass Lia zurückgekommen war.

„Mir tut es auch leid", hörte ich ganz nah neben mir und Lia strich mir über den Rücken, zog mich zu sich.

„Du hast natürlich ins Schwarze getroffen", begann sie leise. „Es ging alles um meine kleine Schwester. Sie war nie frei, sie konnte nie tun und lassen, was sie wollte." Lias Stimme kippte. „Sie hatte nie eine Chance, wirklich zu leben. Sie starb mit 12 und hat nie gewusst, ob die Sonne scheint oder ob es regnet. Sie war in ihrer eigenen Welt, gefangen. Sie lachte manchmal, völlig ohne Grund. Sie konnte nicht sprechen und nicht laufen, überhaupt konnte sie eigentlich gar nichts. Nur atmen und schlucken. Eines Morgens lag sie ihrem Erbrochenen, erstickt."

Ich war still, fühlte mich wie eine egoistische Bestie.

„Es war ein Geburtsfehler, Sauerstoffmangel", fuhr Lia mit kaum hörbarer Stimme fort. „Sie war schwer geistig behindert, saß im Rollstuhl. Ich weiß nicht, ob ich sie geliebt habe. Ich habe sie manchmal gehasst, weil meine Eltern alle Zeit mit ihr verbracht haben. Ich war ja gesund und pflegeleicht. Oft war ich neidisch, weil sich meine Eltern immer nur um sie gekümmert haben. Aber ich habe sie auch oft bedauert, weil sie nichts von dem machen konnte, was ich konnte. Dennoch lachte sie häufig, wenn meine Eltern sich mit ihr beschäftigt haben."

Vorsichtig drückte ich Lia an mich.

„Ach Falk. Als sie tot war, war das merkwürdig. Ich war nicht traurig, nicht glücklich. Sie war einfach nicht mehr da. Meine Eltern haben geheult, brauchten viel gemeinsame Zeit für sich. Ich war wieder alleine, weiterhin ... aber ich wusste ja, dass ich alleine durchkomme. Ich bin dann nach dem Gymnasium in einen Studentenbunker gezogen. Von dort nach Kanada, von dort nach hier und von hier nach ... mal sehen. Jedenfalls nicht nach Hause. Du hast Recht, ich bin auf der Flucht. Ich werde vermutlich nie irgendwo ankommen."

Sie streichelte durch meine Haare, schluchzte kurz auf.

„Das Brandmal", klärte sie auf, „das war wirklich ein Unfall. Meine Mutter hat gebügelt. Ich hab Hausaufgaben gemacht. Am Wohnzimmertisch, um wenigstens ein bisschen Nähe zu haben und dann hustete meine Schwester und meine Mutter schob den Rolli aus dem Zimmer. Sie wollte damit ins Bad. Meine Schwester hatte sich bespuckt, das passierte häufig nach dem Essen. Es dauerte ewig. Als ich mit meiner

Matheaufgabe fertig war, rannte ich los, wollte sie stolz meiner Mutter zeigen. Dabei stolperte ich über das Verlängerungskabel, riss das Bügelbrett um und das Eisen fiel mir in den Rücken."

Sie seufzte, hob ergeben die Schultern und ließ sie wieder fallen.

„Falk, ich hatte eine einsame und kalte Kindheit und trotzdem ... liebe ich das Leben. Ich bin ich immer fröhlich, weil ... weil nicht ICH Johanna-Franziska war, sondern ... sie ... meine kleine Schwester."

Lia wendete sich mir zu und flüsterte: „Ich hoffe, du kannst mir verzeihen, dass ich dir so eine Abfuhr erteilt hatte?"

Ich nickte stumm. Alles hätte ich Lia verziehen, denn ich fühlte mich so schuldig. ‚Bitte tu mir nicht weh' ... es hatte ihr verdammt weh getan, mir das alles zu erzählen ... verdammt weh.

Was sollte ich jetzt tun? Sollte ich noch etwas dazu sagen? Oder sollte ich es so machen wie Lia? ... Themawechsel? Fröhlich sein? Echte Fröhlichkeit, weil WIR beide am Leben waren? Ja, ich lebte und ich liebte mein Leben irgendwie, auch wenn es mir oft genug so vorkam, als würde mich das Leben hassen.

Ging es mir jetzt besser, wo ich wusste, was Lia durchgemacht hatte? Ich hatte alte Wunden geöffnet und mit Salz bestreut. Ich hatte Lia so lange malträtiert, bis sie nicht anders konnte, als es mir schließlich doch zu erzählen.

Ihr Schweigen konnte ich nicht mehr ertragen. Es lag nun an mir, den nächsten Schritt zu tun. Aber ich wollte nicht schon wieder einen gigantischen Fehler machen! Themawechsel? War das okay? Lia tat das häufig. War es falsch? Wie so oft fraßen mich meine Gedanken innerlich auf.

„Wir sollten deine Brücke und die anderen Dinge noch fertigmachen", hörte ich mich schließlich sagen und schaute sie an. Lia sah furchtbar aus. Blass, mitgenommen. „Ich kann das auch alleine machen", fügte ich daher hinzu.

Sie nickte. „Ich hab leider kein Talent mit der Säge. Aber jetzt brauche ich erstmal was zu essen. Das Frühstück ist ausgefallen bei mir."

„Bei mir auch. Ich kann solchen Psychozoff nicht ab. Hätte ich doch nur das Wort ‚nicht' in Großbuchstaben verinnerlicht, aber ich war besessen von meiner Neugierde."

„Falk..." Lia zögerte. „Da ist noch eine wichtige Sache ... und eine unangenehme ..."

„Ich werde mit niemandem darüber sprechen", unterbrach ich sie leise, blickte scheu zu ihr hinüber.

„Davon war ich eigentlich 2000%ig ausgegangen."

Verblüfft sah ich sie an. Dass sie nicht den geringsten Zweifel daran hatte ... „Dein Vertrauen ist gigantisch", flüsterte ich ehrfürchtig.

Sie lächelte. „Ich habe mich noch nie so gut aufgehoben gefühlt, wie bei dir, Falk."

Der Satz brannte sich in roter Leuchtschrift in meinem Kopf. Lia, die eine eiskalte Kindheit hatte, die es nie irgendwo aushielt, sagte mir ... mir! ... diese Worte?

„Aber ... nicht vom Thema abschweifen. Falk, ganz wichtig! Bevor du mir gesagt hast, dass du diese Panikstörungen hast ... da habe ich gedacht, dass dein Verhalten, die Ausfälle, dieser starre Blick, dass das alles von einem ..." Sie atmete tief ein. „Von einem Hirntumor kommt. Ich mache mir wirklich Sorgen um dich. Deshalb wäre ich dir sehr dankbar, wenn du das so schnell wie möglich prüfen lässt."

Noch so ein Hammerschlag! Das Wort Hirntumor schlug bei mir ein wie ein Meteorit. Der letzte Satz fuhr unablässig in meinem Kopf Karussell, ich konnte nichts dagegen tun. Er kam so nüchtern rüber. ‚Ich wäre dir sehr dankbar, wenn du das so schnell wie möglich prüfen lässt ...'

„Versprochen", sagte ich schließlich, nachdem der Satz gefühlte 100 Loopings hinter sich hatte und ich aus dem Meteoritenkrater herausgekrochen war. „Versprochen."

„Danke. Und wenn wir gleich ans Basteln gehen, dann denkst du aber bitte an deine Schulter, ja?"

Lia war ein Buch mit sieben Siegeln. Ich nickte nur. „Es gibt genügend Dinge, bei denen du mir sehr gut helfen kannst."

Ein Hoffnungsschimmer glomm in mir und ich zupfte ein Gänseblümchen aus, reichte es ihr. Sie nahm es und zupfte selbst eins aus, reichte es mir, hob die Hand mit dem Blümchen zum Toast.

„Auf unsere tiefe Freundschaft", meinte sie und ich wiederholte ihre Worte. Wir aßen die Blümchen und jetzt endlich fiel in mir die ganze Mauer zusammen, die mich erdrückte. Erlösung von einer auf die andere Sekunde. Tiefe Freundschaft. Ich hätte heulen mögen ...

Ich wusste, wie es war, eine kalte Kindheit zu haben. War das das unsichtbare Band, was von Anfang an zwischen uns bestanden hatte? Diese Vertrautheit ... schon am Bahnhof, als ich sie abgeholt hatte ...

„Bist du noch da?" Die Frage klang sanft und trotzdem schwang deutlich Angst mit.

Ich öffnete die Augen. „Ich lass mich untersuchen, wirklich! Ich habe es dir versprochen."

Kurz darauf standen wir in der Werkstatt, stellten Annes Bank auf der Terrasse auf, damit wir mehr Platz zum Arbeiten hatten. Nach einem Imbiss brachte ich meine Schulter nochmal zum Schweigen. Ein letztes Mal, dachte ich, wie ein Junkie. Aber wir kamen mit Lias Hindernissen gut voran.

Kurz vor Mitternacht, in meinem Bett angekommen, fühlte ich mich völlig erschlagen. Erschlagen von dem ganzen Tag. Meine Schulter schrie bei jeder noch so kleinen unbedachten Bewegung.

Ein zaghaftes Klopfen, die Tür ging auf.

„Hey du, deine Massage ..." Ich hörte Lias Schritte und spürte kaum später ihre Hände. Sie glitten über mein Bettzeug, prüften, wo meine Beine lagen und dann huschte sie elfengleich über mich drüber. Sie hatte ihr eigenes Bettzeug mitgebracht.

„Ich dachte, ich mach dir jetzt direkt die Salbe drauf und massiere sie kurz ein. Morgen wenn ich aufwache, massiere ich dann richtig, bin leider todmüde.

Mir war warm und kalt, schlecht und unheimlich gut, alles zugleich. Nach wenigen Minuten wurde ihre Hand schlaff, fiel auf die Matratze.

Perplex lag ich neben ihr, drehte mich vorsichtig auf den Bauch, legte den Kopf seitlich an den Matratzenrand und hoffte, sie hatte genügend Platz. Es war unglaublich, dass sie nach DEM Tag, zu mir ins Bett kroch. Eigentlich hätte sie mich doch endlos hassen müssen?

‚Ich habe mich nie so gut aufgehoben gefühlt wie bei dir, Falk'.

Seelenverwandt ... ja, das waren wir ... wir hatten beide schon viel durchgemacht und konnten den anderen verstehen. Der heutige Tag schwirrte mir in allen Einzelheiten durch den Kopf und ließ mich lange nicht einschlafen. Ich erlebte den ganzen Horror noch einmal, wie in Zeitlupe und flehte, dass mir jemand den Kopf ausknipsen möge.

Es war Lias gleichmäßiger Atem, der mich beruhigte. Endlich schlief ich ein.

Ferienkinder

Es war bereits hell, als ich die Augen aufschlug. Samstag! Die Kinder kommen! Panik durchzog mich. Nein! Ruhig! Ganz ruhig!

Ich zwang mich, liegen zu bleiben. Immer noch lag ich auf dem Bauch, den Kopf seitlich, genauso wie beim Einschlafen.

Das Bettzeug raschelte. Ich spürte Lias Hände auf meiner Schulter. Vorsichtig begann sie mit der Massage. Es war wunderbar.

„Du sagst, du kannst nicht massieren?", fragte ich sie und regte mich nicht.

„Du hast es mich gelehrt", flüsterte sie und beugte sich zu mir, dass mir die Nackenhaare zu Berge standen.

‚Nicht küssen! Küss mich bloß nicht!'

Sie tat es nicht und ich bedauerte es. Dafür stöhnte ich vor Wohlbehagen.

Als sie schließlich aufhörte, sich über mich drüber beugte, um die Salbe zu angeln, war das flauschigwarme Gefühl unendlich groß. Sie schob ihre Hand unter mein Shirt, schürte damit die Flauschwärme noch einmal ordentlich an und rieb mich ein.

„Und heute steht für dich nichts an", flüsterte sie. „Die Kinder kommen, da bist du außen vor."

‚Zum Glück', dachte ich.

„Bis gleich zum Frühstück." Sie huschte über mich hinweg.

Ein deutliches Ziepen machte sich innerlich breit ... Ich durfte mich nicht noch mehr in sie verlieben, vermisste sie schon nach Sekunden. Wie würde das werden, wenn sie den Hof verlassen hatte.

Da war sie wieder, meine Angst vor der Zukunft. Dabei war nichts ungewiss: Ich würde hierbleiben, sie würde gehen.

Beim Anziehen der Bandage hatte ich arge Probleme. „Eine muss reichen, nur, damit ich mich überhaupt bewegen kann", suggerierte ich mir selbst.

Anne hatte prächtig gedeckt, draußen auf der Terrasse: Frühstücksei, Rührei, frische Brötchen, Muffins ... es roch herrlich. Wir wollten eigentlich gemütlich frühstücken, aber ich fühlte mich so unruhig, dass ich kaum etwas essen konnte.

„Ich geh schon mal misten", sagte ich schließlich und ließ den angebissenen Muffin auf meinem Teller liegen.

Im Stall angekommen, setzte ich mich erstmal auf einen der Strohballen.

Schon zum Heben der Mistgabel musste ich die Zähne zusammenbeißen. Ich schonte mich, so gut es ging.

Irgendwann stand Anne neben mir im Kuhstall und im nächsten Moment umarmte sie mich.

„Falk, die Bank ist wunderschön! Sie ist phantastisch! Danke ... vielen vielen Dank." Sie schunkelte mich. Mühsam unterdrückte ich es, aufzuschreien.

Sie erzählte mir noch, wann die Kinder gebracht wurden, vom geplanten Tagesablauf. Es klang gut durchorganisiert, nützte mir aber nichts. Mir wurde schon wieder mulmig.

Den Rest des Kuhstalles misteten wir gemeinsam und dann war alles fertig auf dem Hof. Mit Lia, Anne und Achim zusammen war die Hofarbeit so schnell wie noch nie erledigt.

„Bin bei den Perchs", rief ich über den Hof, holte Achims Rad und fuhr los. Kaum war ich außer Sichtweite, stieg ich ab und schob, steckte den rechten Arm zwischen zwei Knöpfe der Knopfleiste meines Hemdes, um ihn zu entlasten.

Frieda stand am Zaun. Sie brummelte mir zu. Ihre Nüstern bebten.

„Na gutes Mädchen", murmelte ich und streichelte den großen Pferdekopf, strich ihr durch die dicke wallende Mähne.

Als ich mit der Versorgung der Schimmel fertig war, blieb ich. Nichts zog mich zurück auf den Hof. Ich hatte keine Nerven für das bevorstehende unvermeidliche Zusammentreffen mit den Kindern.

Ich lehnte mich an Frieda, umschlang ihren mächtigen Hals mit links, lehnte mich gegen dieses wunderschöne Pferd, schloss die Augen, atmete den Geruch ein, suchte physischen und psychischen Halt. So ein großes starkes Pferd bei sich zu haben tat gut.

Fritz kam an, beschnupperte mich, pustete mir seinen Atem in den Nacken.

„Ich würde so gern bei euch schlafen", gestand ich. Zwischen den mächtigen Körpern kam ich mir vor, wie ein Zwerg, doch ich vertraute ihnen vollkommen. Es war ein faszinierendes Gefühl.

„Niemals werde ich den Hof verlassen", flüsterte ich. „Aber Lia wird mich verlassen ... viel zu schnell."

Bevor sie einen Suchtrupp nach mir losschickten, musste ich am Nachmittag wohl oder übel zurück. Je näher ich zum Hof kam, desto schwerer fühlte ich mich.

Und dann sah ich sie: die Kinder!

Schlagartig wurde mir heiß, Schweiß brach am ganzen Körper aus. Ich brachte das Rad schnell in den Schuppen, schaute mich gehetzt um, flüchtete dann ins Haus, durch die menschenleere Küche zum Vorratsraum und warf hinter mir die Tür zu.

Mit den Kindern auf dem Hof? Es ging einfach nicht. Wie kam ich jetzt ungesehen in mein Zimmer?

Ich rannte die Stufen hinauf, stolperte, stürzte, kroch weiter. In meinem Zimmer legte ich mich auf den Boden. Alles drehte sich.

Durch das offene Fenster hörte ich fröhliche Kinderstimmen. Doch daraus wurden auf einmal schmerzhafte Schreie. Jonas' Gesicht tauchte vor mir auf. Ich hörte, wie sein Armknochen nach meinem Tritt zersplitterte. Ein anderes Jungengesicht mit blutender Nase. Dem hatte ich eine verpasst. Der Kerl hatte tatsächlich behauptet, er würde seinen großen Bruder holen. Nun lag er unter mir. Ich presste meine Knie auf seine Oberarme. Er winselte, krümmte sich, war machtlos. Ich machte mir einen Spaß daraus, ihm Ohrfeigen zu geben, rechts, links, links, rechts, links. Er konnte nicht älter als zehn gewesen sein.

Schritte waren zu hören. War das sein Bruder? Jemand rüttelte an meiner Schulter. „Falk?"

Lia?!?

Erschrocken starrte ich sie an. Sie wusste nicht, was sie sagen sollte.

„Ich muss weg hier, hilf mir."

„Wo willst du denn hin? Ist doch Blödsinn."

„Bitte sperre mich in mein Zimmer ein", haspelte ich gehetzt. Mein Puls raste. „Schließ die Tür ab!", flehte ich.

„Wieso soll ich dich einschließen?" Sie setzte sich neben mich auf den Boden.

„Hilf mir, schließe mich ein, bitte, ich flehe dich an, bitte ... ich überlebe den Tag sonst nicht. Ich ... Lia bitte ..." Ich atmete viel zu schnell und zu flach. Der Tunnelblick bahnte sich an. In meinem Kopf war ein einziges Rauschen.

Lia legte ihre Hand auf meinen Bauch unterhalb des Nabels. „Versuch, ganz tief zu atmen, so als ob du einen Luftballon aufpusten willst, der dort ist, wo meine Hand liegt. Einen ganz großen Luftballon. Erst müssten deine Lungen ganz weit werden und danach wandert die Luft bis in den Bauch." Sie wirkte völlig ruhig.

Ich versuchte es und tatsächlich, mein Herz beruhigte sich.

„Woher kennst du solche Atemübungen?", fragte ich. Ich fühlte mich zitterig wie Espenlaub.

„Ich habe mich im Netz ein wenig schlaugemacht, als du mir von deinen Panikattacken erzählt hast."

Meine Wahnvorstellungen fesselten mich so sehr, dass ich die Übung kaum anwenden konnte.

Lias Hand zu spüren, war beruhigend. Ich konnte mich fallen lassen. Lia war hier, nichts würde passieren. Mein Puls normalisierte sich langsam, das Zittern ließ nach. Ich war ihr so dankbar, dass sie bei mir war.

„Wenn du nicht atmest, wirst du ohnmächtig."

„Ich weiß. Ich kriege es einfach nicht hin mit dem Atmen. Ich verkrampfe mich so sehr, wenn ich einen Aussetzer habe. Dann wird mir schwindelig und mein Kreislauf geht in die Knie."

„Hast du schon beim Arzt angerufen?", fragte sie freundlich und strich mir über den Kopf.

„Ja, Termin in drei Wochen, eher nicht. MRT- Magnetfeld-Resonanz-Therapie", äffte ich die Stimme der Sprechstundenhilfe nach. „Am 27. September um halb zwölf."

„Erst so spät", stöhnte sie. „Und wegen der Schulter? Hast du dafür auch einen Termin ausgemacht?"

„Nee", gab ich zu.

„Falk ..."

„Lia ... ich hab jetzt frei, das ist okay."

„Mir gefällt das nicht. Und dass es dir heute so mies geht, gefällt mir auch nicht. Du bist krank, du weißt das. Das muss behandelt werden. Im Netz steht was von Antidepressiva und Therapie."

„Ich bin nicht depressiv", entgegnete ich. „Das ist Paranoia, Wahn, was weiß denn ich."

„Ja genau: Du weißt es nicht."

„Lass die MRT abwarten, dann sehen wir weiter."

„Leider muss ich jetzt wieder runter." Sie stand auf und kramte ein T-

Shirt aus meinem Kleiderschrank." Hier, zieh dich um. Du bist klatschnass", meinte sie und warf mir das T-Shirt zu.

Ich fing es auf.

„Meinetwegen. Ich schließ dich ein und such einen Zweitschlüssel, okay? Dann kannst du jederzeit raus, wenn du willst. Mir gefällt der Gedanke nicht, dich komplett einzukerkern."

„Ich wünsche mir nichts anderes, als wörtlich von der Außenwelt abgeschlossen zu sein. Ich dreh durch, ich halt das nicht aus. Ich brauch Ruhe und die krieg ich nur in der Gewissheit, dass mir kein Kind nahe kommen kann. Ach nicht versehentlich, weil meine Tür nicht abgeschlossen ist." Meine Worte prasselten auf sie ein.

„Ok. Ich bringe dir nachher was zu essen und zu trinken, ja?"

„Super! Und bitte sag den anderen nichts!", forderte ich.

„Du bist gut. Wie soll ich ihren Fragen begegnen? Was soll ich deiner Meinung nach denn sagen?"

„Keine Ahnung. Sag ihnen die halbe Wahrheit, dreh es irgendwie harmloser hin, als es ist. Irgendwie muss ich das gebacken kriegen, nun kommen ja täglich Kinder auf den Hof, auch nach den Sommerferien. Irgendwie muss das gehen, aber nicht jetzt, nicht heute, nicht ..."

„Also gut, ich sag ihnen, du brauchst eine Auszeit, bis du dich mit den Kindern anfreundest. Aber mal ehrlich Falk ... ich glaube, die Arbeit mit den Kindern wäre ein Stück Therapie für dich. Nicht heute, nicht jetzt, aber es wäre eine Therapie. Es würde dir helfen, deine Vergangenheit zu bewältigen. Kinder sind so vertrauensvoll und leicht zu beeinflussen."

„Lia, ich habe Kinder misshandelt!", grollte ich.

„Irgendein Arschlochfalk hat das gemacht ... ja, aber den Typen kenne ich nicht. Ich kenne nur den guten Falk. Und der gute Falk wird bestimmt gerne mit den Kindern arbeiten. Ich wüsste auch was. Du könntest mit den Kids im Ziegengehege ein paar Podeste bauen. Ziegen klettern gerne. Ist nicht viel Arbeit, die Kinder können dir helfen. Die Jungs wären dafür bestimmt Feuer und Flamme."

„Jungs? Wir haben nur acht Mädchen."

„Jetzt ja, aber nächste Woche fängt doch das Programm mit den Kindergärten an."

„Lia", stöhnte ich herzergreifend.

„Nicht jetzt, nicht heute, aber bald. Du schaffst das."

„Wenn ich so stark wäre wie du, ja."

„Du bist noch viel stärker als ich, du weißt es nur noch nicht", sagte sie sanft und verließ den Raum.

Samstag und Sonntag verbrachte ich in meinem Zimmer, wurde von Lia, Anne oder Achim mit Essen und Trinken bedacht. Niemand drängte mich zu irgendetwas. Ich hatte einen Schlüssel und sie hatten einen. So bescheuert es klang, aber mit der Gewissheit, dass kein Kind versehentlich bei mir reinstiefeln konnte, ging es mir besser. Jeden Abend und morgen bekam ich meine heimliche Massage und die Salbe von Lia. Da ich die Schulter den ganzen Tag schonen konnte, brauchte ich keine Schmerzmittel. So ging es meinem Magen schnell besser.

Lia hatte mir ihren Laptop vorbeigebracht und einige Bücher, so wurde mir nicht langweilig. Ich schlief, las, aß. Das Eingesperrtsein gab mir Sicherheit. Es war wie eine Erlösung.

Achim übernahm stillschweigend meine Stallarbeit.

Sowohl Anne als auch Lia berichteten begeistert von den ersten Ferientagen mit den Kindern. Aber es klang, als brauchten die Kinder ein gefühltes 15-Stunden-Programm täglich.

Abwechselnd besuchten sie mich abends, erzählten, was sie mit den Kindern veranstaltet hatten. Mit zwei Pferden an der Longe ließen Anne und Lia die Kinder voltigieren. Anne gab Reitstunden, während Lia sich für die Theorie starkgemacht hatte und den Kindern entsprechend Unterricht erteilte. Die Fortgeschrittenen durften bereits ausreiten, natürlich in Begleitung. Lia führte auf Lenni den Trupp an und Anne bildete auf ihrem Fahrrad das Schlusslicht. In der Dunkelheit saßen sie am Lagerfeuer und Lia erzählte Räubergeschichten.

Einige Anekdoten hörte ich doppelt, aber das machte nichts, denn sie steckten voller Euphorie. Anne sah von Tag zu Tag besser aus. Sie blühte auf. Ich hätte nicht vermutet, dass ihr die Arbeit mit den Kindern so gut tat.

Es tat mir leid, dass ich sie hängen ließ. Die Tage, die ich freiwillig eingesperrt in meinem Zimmer verbrachte, war ich ihnen keine Hilfe. Und es waren verpasste Tage, weil ich nicht mit Lia zusammen sein konnte.

Konfrontationen

Gemütlich saß ich an Lias Laptop, hörte Musik über ihre Ohrknöpfe. Lia hatte mich mit Köstlichkeiten versorgt, aber ich war traurig, dass sie wegen des Kinderprogramms wenig Zeit für mich hatte.

Mit geschlossenen Augen vernahm ich, dass die Tür erneut aufgeschlossen wurde. Lia kam nochmal zurück. Ein warmes Gefühl durchströmte meinen Körper. Ich öffnete die Augen ... und erstarrte.

Ein kleines braunhaariges Mädchen mit langen Locken kam herein. Sie sah mich aus großen braunen Augen unsicher an.

„Was ... wie kommst du denn hier rein?", fragte ich gehetzt.

„Hab gesehen, wo der Schlüssel versteckt wird." Sie lächelte scheu, schaute sich vorsichtig in meinem Zimmer um. „Warum bist du eingesperrt?"

Ich stöhnte auf. Das war mir zu viel!

„Bist du auch böse gewesen?", hakte die Kleine nach.

„Auch?"

„Ja." Sie zuckte mit den Schultern. „Meine Mami hat mich immer eingesperrt, wenn ich böse war." Vertrauensselig krabbelte sie auf mein Bett. „Schön hier."

„Und ... und tut sie das immer noch? Deine Mami?" Eine unschöne Ahnung beschlich mich.

„Nein, ich wohne jetzt bei Tante Clara. Die hat zwei kleine Hunde. Noch so klein." Sie zeigte es mit ihren Händen und grinste. „Tim und Tom. So süß, die zwei."

Mir wurde heiß. Das Mädchen hier in meinem Zimmer, das ging gar nicht. Aber ihre Vergangenheit ... das ging auch nicht! Was hatte ihre Mutter mit ihr gemacht? Weggesperrt?

„Ist Lia böse auf dich?", fragte die Kleine, in meine Gedanken und stand wieder von meinem Bett auf.

„Nein, gar nicht."

„Aber sie schließt dich ein! Warum?"

„Sie ...", stammelte ich. „Ich ..."

„Ist es ein Geheimnis?" Ihre Arme versteiften sich. „Geheimnisse darf man nicht verraten, hat Mami immer gesagt."

Geheimnisse? Was hatte sie dem Kind angetan, außer es einzusperren?

„Du musst runter zu den anderen, die vermissen dich bestimmt schon."

„Ich lasse dir die Tür auf und verstecke den Schlüssel wieder, dann weiß keiner, dass ...“ Die Kleine grinste und rieb sich erfreut die Hände.

„Nee, du. Ich habe selbst einen Schlüssel.“ Ich musste Lia in Schutz nehmen, kramte meinen Schlüssel heraus und zeigte ihn ihr.

„Die Tür ist immer abgeschlossen, einfach so“, gab ich als Erklärung, zweifelte aber, dass sie dem Mädel reichte.

„Und jetzt verstecken wir Lias Schlüssel wieder, sonst findet sie ihn nicht. Sie braucht ihn doch.“

Die Kleine nickte. „Wie heißt du?“

„Falk.“

„Falk klingt wie ein Vogel, Falke“, lachte sie. „Ich bin Jenny von Jennifer.“

Ich stand auf und geleitete das Mädchen zielstrebig zur Stiege, wo sie wie angewurzelt stehen blieb. „Die ist zu steil!“, sagte sie sofort.

„Aber du bist sie hochgegangen.“

Sie nickte. „Aber runter trau ich mich nicht.“

Sie griff meine Hand. Wie fest so ein kleines Mädchen zupacken konnte.

„Und nun? Sollen wir zusammen runtergehen? Ich hinter dir?“

Sie klammerte sich ängstlich an mich.

„Bist du eine Treppe runtergefallen?“, fragte ich sanft und ging neben ihr in die Hocke. Die Kleine berührte mich mit ihrer Angst.

„Nein“, antwortete sie schnell und senkte den Blick.

„Ist das ein Geheimnis?“

„Psssst“, zischte sie, legte einen Finger an den Mund.

Mir blieb das Herz stehen. Was hatte die Kleine durchgemacht? Wurde sie von ihrer Mutter eine Treppe runtergestoßen?

„Nimmst du mich hoch?“, fragte sie und streckte mir die Arme entgegen.

Ich sagte nichts mehr, hob sie auf der gesunden Seite hoch. Das zarte Kind schlang seine Arme um meinen Hals. Während ich mit ihr langsam die Stiege hinunterging, lehnte sie sich vertrauensvoll an mich. Ihre langen Haare flossen wie ein seidenweicher Schal an meinem Hals entlang.

Mein Puls bebte. Sie musste mein Herz wie einen Presslufthammer hören, so eng wie sie an mir klebte.

Unten angekommen stellte ich Jenny auf ihre Füße. Dankbar schmiegte sie sich an mich.

„Falk? Jenny? FALK!!!"

Der Aufschrei tat weh! Unendlich weh! Es war wie ein glühender dicker Eisenstab, der in mein Inneres gerammt wurde. Ich drehte mich wortlos um, ging die Stiege hinauf, schloss mich ein und ließ mich von innen am Türblatt herabsinken.

‚FALK!!!' Wie konnte in einem einzigen Wort so viel Entsetzen, Wut und Empörung stecken?

Ich konnte Lia nur zu gut verstehen. Ich war ein Kinderterrorist und würde es immer bleiben, zumindest in den Gedanken derer, die ... tja, die ...

Lia rüttelte an der Tür, die ich blockierte. „Falk?"

Ich stand auf und ließ sie herein.

„Falk, es tut mir so unendlich leid, das ... hat nicht mein Verstand gesagt."

„Nein, dein Herz. Du vertraust mir nicht", erwiderte ich kalt, eiskalt, ich konnte es nicht verhindern.

„Nein, das auch nicht. Falk ... es war ein Reflex."

„Egal was es war, du vertraust mir nicht." Langsam stand ich auf und bat: „Schließ mich ein und nimm den Schlüssel an dich, bevor noch ein weiteres Kind das Versteck findet und in meine Fänge kommt."

Ich ließ mich auf mein Bett sinken. Mein Kopf fühlte sich an wie auf einer Achterbahnfahrt.

Lia schniefte. „Es hat nichts mit Vertrauen zu tun. Ich hab die Kleine schon über fünf Minuten gesucht und dann ..."

„Kommt ausgerechnet der Kinderschläger mit ihr daher."

„Du bist kein Kinderschläger, Falk, nein, bist du nicht ... nicht mehr..."

Ich ließ Lia stehen. In meinem Kopf dröhnte ein Echo nur ständig: Kinderschläger, Kinderschläger. Wenn ich noch länger im Zimmer bleiben würde, drehte ich noch vollends durch.

Ich rannte die Stiege hinunter. Draußen sah ich Anne mit den Kindern auf dem Reitplatz. Ich bekam Schüttelfrost, als ich sie hörte.

Im Laufschritt rannte ich zum Schuppen, schnappte mir das Moped und brauste davon.

Zunächst fuhr ich ziellos herum, mit der Geschwindigkeit, die der Motor hergab, landete dann aber, wieder ruhiger, in Rasdorf auf dem großen Hof mit den Landmaschinen.

„Hey Falk!" Georg freute sich, mich zu sehen. Er nahm sein Cappy ab. Seine kurzen dunklen Haare standen in alle Himmelsrichtungen.

Ist was?", fragte er und schaute mich durchdringend an.

„Ich ... ich brauch mal ne Auszeit vom Hof."

„Dicke Luft?"

„Nee, Kinder ... acht Stück, das sind neun zu viel."

„Kinder? Was hast du gegen Kinder?"

„Stichwort Zwangs-WG?", entgegnete ich und er schien zu verstehen.

„Shit ... wusste ich nicht."

„Ja, ist auch egal. Ich halte mich von ihnen fern, dann passt's", erklärte ich, hatte aber Jenny vor Augen, die sich vertrauensvoll an mir festgehalten hatte. Wie sie vor mir stand, erzählte, dass ihre Mami sie eingesperrt hatte. Wie sehr sie Angst vor der steilen Stiege hatte. Das Geheimnis. Sie war von ihrer Mutter mit Sicherheit eine steile Treppe heruntergestoßen worden. Dann ergriff mich jemand, wollte mich auch eine Treppe runterstürzen. Panisch schrie ich auf, wand mich aus dem Griff. Georg.

„Falk?", sagte er zögerlich. „Was ist los?"

„Nichts", stöhnte ich. „Sind Wahnvorstellungen, Psychoscheiße, Paranoia, Angstzustände, nenn es wie du willst", rasselte ich herunter. Ich stellte meine Maschine auf den Ständer, setzte mich daneben auf den Boden. Mein Kreislauf fuhr Karussell.

„Brauchst du Medikamente dagegen?", fragte Georg vorsichtig und hockte sich neben mich.

„Nee, aber spätestens dann, wenn mir nochmal ein Kind vertrauensvoll auf den Arm hopst. Ich bin bald reif für die Klapse. Oh Mann, Georg, hast du auf deinem Sofa vielleicht heute Nacht ein Plätzchen für mich? Ich dreh durch mit den Kindern auf dem Hof."

Er lachte. „Hier mein Schlüssel, hau' dich aufs Ohr, dann geht es dir besser. Ich hab erst um 17 Uhr Feierabend, also ... bis dahin ..."

„Danke." Ich rappelte mich auf, biss die Zähne zusammen und setzte mich auf die Achtziger.

Georg hielt kurz das Lenkrad fest. „Falk, ich habe aber noch eine kurze Frage ..."

„Die wäre?"

„Was hast du damals mit den Kindern gemacht?"

„Verprügelt, erpresst, beraubt, ihnen ihre Markenklamotten abgeknöpft", antwortete ich.

286

„Nichts ... nichts anderes ...?"

„Du meinst ... meinst du wirklich, ich hätte Kinder vergewaltigt?" Die Frage tat so weh, dass ich kaum noch Luft bekam. Das zweite Mal, dass mir jemand einen glühenden Eisenstab in die Eingeweide schob.

„Ich wollte nur sicher sein ..." Georg ließ den Kopf hängen.

„Und du? Was hast du im Suff gemacht? Deine Freundin verprügelt?", fragte ich boshaft, noch bevor ich richtig denken konnte. Ich fühlte mich so sehr verletzt!

Georg schaute mich gekränkt an.

Mir sträubten sich die Nackenhaare ... da hatte ich wohl genau wie bei Lia ins Schwarze getroffen. „Scheiße", flüsterte ich. „Tut mir leid. Das wollte ich nicht ..."

„Sie hat keine körperlichen Schäden davongetragen. Ich habe sie geohrfeigt, sie angebrüllt. Dann hat sie mich rausgeworfen und ich hab mit über zwei Promille einen Unfall gebaut. Nach der Anzeige war der Lappen weg. Immer wenn ich Alkohol getrunken habe, wurde ich unberechenbar, auch im Knast ... irgendwann habe ich es dann endgültig geschnallt und damit aufgehört. Seitdem fühle ich mich wieder sicher und bin sicher, dass anderen nichts passiert."

„Shit", merkte ich an. „Tut mir echt leid."

„Du hast ja auch dein Bündel zu tragen. Ich möchte nicht in deiner Haut stecken." Er ließ den Lenker los und lächelte vergebend. „Na dann, ab die Post."

„Danke fürs Asyl", meinte ich und fuhr los.

Seine Bude sah, im Vergleich zum letzten Mal, äußerst wüst aus. Zeitschriften und Klamotten lagen chaotisch herum. Irgendwie erinnerte mich das ein bisschen an Lia. Sie hatte auch immer ihre Klamotten quer durchs ganze Zimmer verteilt. Ich musste lächeln. Lia!

Ich tippte eine SMS:

Hey Lia, hab dich gern. Bleibe heute bei nem Freund, bin morgen zurück. Kann grad nicht, muss ruhig werden. Nichts gegen dich! Hab dich gern, Falk.

Ich drückte auf ‚Senden'. Gleichzeitig wurde mir bewusst, welchen Blödsinn ich geschrieben hatte. Aber es war unwiderruflich abgeschickt. Nicht mehr zu ändern.

Um auf andere Gedanken zu kommen, machte ich erstmal Georgs Abwasch. Die Schulter schmerzte höllisch, aber ich hatte keine Tabletten dabei. Meine Flucht vom Hof hatte ich nicht geplant.

Dann sammelte ich seine Socken und Shirts zusammen, legte sie ins Bad vor die Waschmaschine auf den Haufen anderer Wäsche, räumte Pizzaschachteln ins Altpapier, andere Verpackungen von Fertiggerichten in den gelben Sack und schüttelte den Kopf. Er schien komplett von der Billigmarke eines Discounters zu leben.

Später setzte ich mich vor den Fernseher und ließ mich berieseln. Seit gefühlten Jahrzehnten hatte ich nicht mehr ferngesehen.

Kurz nach 17 Uhr klingelte Georg und war total entsetzt, dass ich seine Chaosbude aufgeräumt hatte.

„Sorry du, war nicht böse gemeint. Ich musste einfach was tun. Kannst du das verstehen? Das mit den Kindern frisst mich innerlich auf."

Georg seufzte. „Mensch Falk, du bist ne arme Socke. Ja, verstehen kann ich das. Langsam ist mir auch klar, warum du dich von mir hast ... egal, vergiss es." Er grinste schief.

Ich wusste genau, was er sagen wollte.

„Hast du Hunger?", fragte er und zog einen Faltzettel von einer Pinnwand, die neben dem Küchenschrank hing. „Ich lad dich auf eine Pizza ein. Oder lieber Chinesisch?" Er hielt mir beide Faltzettel entgegen. Ich entschied mich für den Chinesen.

„Ein Chop-Suey mit Reis klingt fantastisch. Aber du brauchst mich nicht einzuladen. Ich kann selbst zahlen ... eigentlich ... wenn ..."

Georg lachte. „Du hast gar nichts dabei? Nicht mal Papiere?"

„Nee, nix. Bin spontan vom Hof gerauscht.

„Na, dann hoffen wir mal, dass dich keine Streife aufgreift."

„Das habe ich schon hinter mir", seufzte ich. „Gab ne nette Nacht in altbekanntem Terrain."

„Du ziehst die Scheiße magisch an, wie ..."

„ ... ein Magnet, ja", bestätigte ich.

Er gab telefonisch seine Bestellung durch und kam mit einem Schachspiel zurück. „Um auf andere Gedanken zu kommen", schlug er vor.

Das Brett war aus Mahagoni und schön verziert. Die Figuren handgeschnitzt, aus schwarzem und beigem Holz. Es sah edel aus. Leider konnte ich nicht Schach spielen.

Bis das Essen geliefert wurde, hatte ich die Regeln einigermaßen verstanden, aber natürlich hatte Georg enorme Vorteile bei seinen gekonnten Zügen. Wir spielten während des Essens und danach einige

Partien, bis mein Kopf rauchte und meine Augen brannten. Wir hatten inzwischen halb drei Uhr morgens.

„Das wird eine kurze Nacht", meinte Georg. „Ich muss um halb acht anfangen zu arbeiten. Soll ich dich wecken? Oder willst du ausschlafen?"

„Nee, schmeiß mich raus, wenn du gehst. Ich muss auf den Hof zurück - leider."

In der Nacht machte ich kein Auge zu. Aber nach einer Katzenwäsche und einem Instantkaffee fuhren wir beide los. Georg mit seinem schnieken Mountainbike und ich mit der 80er.

Mir wurde schlecht, wenn ich an die Kinder dachte. Ich hielt an und wollte mich wenigstens kurz melden.

Ich entdeckte drei entgangene SMS.

Falk? Alles klar? Wo steckst du? - Lia.

Hey Falk, mach bitte keinen Fehler, komm doch zurück, wir können bestimmt eine gemeinsame Lösung finden - Anne.

Falk, melde dich bitte. Wir finden eine Alternative, versprochen - Achim.

Klar, ich hatte das Handy auf lautlos gestellt ... Was schrieb ich jetzt? Und wem? Allen? Besser wäre das ...

Hi, mir geht es gut, bin in etwa 15 Minuten bei den Percherons.

Blöde SMS, aber bis dahin konnte ich mir noch überlegen, was ich machen wollte. Erstmal konnte ich bei den Perchs misten.

Die Schulter schmerzte höllisch. Es war unverantwortlich und mordsgefährlich, so mit der Maschine zu fahren ... aber hatte ich eine andere Wahl? Warum hatte ich keine Tabletten eingesteckt? Ich ärgerte mich über mich selbst.

Bei den Percherons erwartete mich Anne bereits und fragte ohne Unterton: „Wo hast du dich heut Nacht rumgetrieben. Ich hab Picknick mitgebracht, hast du schon gefrühstückt?"

„Nee", seufzte ich. „Ich war bei einem ... Freund. Aber der musste zur Arbeit, außerdem ist es mächtig spät geworden."

„Siehst in der Tat so aus, als hättest du nicht viel geschlafen. Geh frühstücken. Ich miste derweil. Keine Widerrede", meinte sie freundlich, aber bestimmt.

Darüber war ich heilfroh. Ich hätte nicht gewusst, wie ich eine Mistgabel hätte halten können. Die Bandage tat ihren Dienst nicht mehr ... oder nicht in dem Maße, wie sie meine Schulter inzwischen benötigte.

Später fuhr ich Anne mit großem Abstand hinterher. Sie sollte nicht merken, wie ich mich auf die Maschine quälte.

Auf dem Hof schob ich die Achtziger in den Schuppen und nahm auf meinem Zimmer erstmal zwei Tabletten. Danach rollte ich mich auf meinem Bett zusammen, wartete, bis die Wirkung endlich einsetze und mir Linderung brachte. Ein Besuch beim Arzt war definitiv nicht mehr zu umgehen. Wollte ich nicht in der Zeit, wo die Kinder hier waren, ins Krankenhaus? Ich könnte morgen früh mit dem Bus in die Stadt fahren, mich im Hospital anmelden. Zu gebrauchen war ich auf dem Hof eh nicht mehr.

Seufzend blickte ich aus dem Fenster - das Wetter draußen war genial. Ich wäre gerne draußen gewesen und nicht eingesperrt, aber ... was konnte ich machen? Radfahren ging nicht wegen der Schulter. Laufen? Aber bei meinem Glück traf ich dann bestimmt die Kids auf einem Ausritt. Nein!

Vielleicht hatte Georg eine Idee? Alles wäre besser, als mich auf meinem Zimmer zu verschanzen.

Ich schrieb ihm eine SMS.

Hey, hast du heut schon was vor? Das Wetter ist zu schön, um mich einzusperren.

Zwei Minuten später erhielt ich bereits Antwort:

Einsperren? Wer sperrt dich ein? Klar, komm vorbei. Wenn du magst sofort, hol dir den Schlüssel. Aufgeräumt ist ja noch.

Also stahl ich mich schon wieder davon. Ich warf noch zwei Tabletten ein und nahm diesmal das Fahrrad. Damit konnte ich wenigstens einhändig fahren.

Weit kam ich aber nicht. Mir wurde so schlecht und schwindelig, dass ich mich erst mal in die Büsche schlagen musste. Es dauerte eine Ewigkeit, bis ich bei Georg ankam.

Er hing über Sissis Motorhaube, warf den Deckel ärgerlich zu, als er mich entdeckte und meinte: „Sorry, habe den Fehler noch nicht gefunden."

„Macht nichts, vorerst kann ich dein Sideboard leider auch nicht anfangen", meinte ich.

Er sah mich skeptisch an. „Wegen der Kids?"

„Nee, wegen meiner Schulter", erklärte ich. „Ich mach mal zwei Wochen Pause, aber danach geh ich ran."

„Sag mal, kann das sein, dass es dir gerade mächtig beschissen geht? Was ist mit deiner Schulter? Warst du schon mal beim Arzt?"

„Nein, ich hab nur Salbe und Tabletten aus der Apotheke geholt. Außerdem trage ich eine Stützbandage. Das tuts schon."

„Verstehe. Und seit wann geht das schon so?"

Ich sagte nichts.

„Hallo? Ich rede mit dir?"

„Schon lange. Es wird einfach nicht besser."

„Hast du Schiss, zum Arzt zu gehen, oder was ist los?"

„Nein."

„Du bist echt ein Rindvieh", stöhnte er. „Zum Doc, sofort. Entzündungshemmer spritzen, Wärmepack, Massagen, Immobilisations-Bandage, später Krankengymnastik, das ganze Programm."

„Bist du Arzt oder was?", knurrte ich.

„Nee, drei Semester Physiotherapie", seufzte er, schüttelte den Kopf. „Falk hast du eine Ahnung, was du dir damit antust?"

„Ich wollte auf dem Hof nicht ausfallen, kannst du das verstehen? Jetzt hab ich ja ne Woche frei."

„Eine Woche?", schnaubte er. „Schätze mal drei Monate oder so. Also, Doc und heute Abend gehen wir in die Unterwelt, ich lad dich ein."

„Unterwelt?" Ich starrte ihn an wie einen Außerirdischen.

„Ja", lachte er. „Ist eine geniale Musikkneipe. Macht den Kopf frei. Und danach gibt's eine Gehirnwäsche. Du musst zurück auf den Hof. Du musst das mit den Kids hinkriegen."

„Bist du bescheuert?"

„Nee, realistisch." Seine Stimme klang ruhig und ernst. „Du sperrst dich selbst ein, um vor den Kindern sicher zu sein, oder hab ich die SMS falsch interpretiert?"

Mein Kopfsenken war wohl Antwort genug. Er sagte dazu nichts mehr, fummelte an seinem Handy herum und schickte mir eine SMS mit einer Rufnummer.

„Ruf dort mal an und lass dir gleich einen Termin geben. Obwohl ... nee, warte. Ich mach das selbst. Sonst wird das nie was."

Vermutlich hatte er Recht. Ich schluckte meine Empörung hinunter.

„Hallo Laura, Tommi hier."

‚Tommi?'

„Kannst du morgen früh noch einen dringenden Termin einschieben? ... Ja, ein Schmerzpatient ... super ... ja, das passt gut."

Er bedachte mich mit einem ‚Na-siehste-Blick'. „9.30 Uhr, morgen früh. Ich fahr dich hin, kriege bestimmt ein paar Stunden frei." Er wedelte mit dem Haustürschlüssel vor meiner Nase.

Das Rad schob ich zu Georgs Bude, schaltete den Fernseher ein und dämmerte über einem Dokumentarfilm über Alligatoren für ein paar Stunden weg.

Dann suchte ich in seinen Küchenschränken nach Vorräten, fand Reis und im Kühlschrank Feta und einen halben Ring Fleischwurst sowie ein paar schrumpelige Tomaten.

Das, was am Ende dabei rauskam, sah fast aus wie das Risotto, das es letztens von Anne gab.

Georg schnupperte sich durch die Wohnung, als er nach Hause kam und pfiff anerkennend durch die Zähne. „Du hast gekocht? Nein, das glaub ich jetzt nicht."

„Jepp, Falksches Reisgericht, müssen wir nur nochmal kurz aufwärmen." Ich war selbst überrascht, dass es richtig gut schmeckt.

Georg öffnete ein alkoholfreies Bier und hob es lässig zum Anstoßen, während ich mich an Wasser hielt.

„Kennst du den Arzt denn, dass das so schnell mit einem Termin geklappt hat?" Es hatte mich sehr gewundert, hatte damit gerechnet, nicht vor einigen Wochen dranzukommen.

„Ja, Dr. Lenz ist mein Onkel", bestätigte er. „Laura meine Cousine."

„Er ist dein ... Onkel?"

„Lothar ist der Bruder meines Vaters gewesen."

„Gewesen?"

„Na ja, der Bruder ist er immer noch ... das bleibt ja. Auf meinen Vater ..." Er hob die Flasche. „Die Guten gehen einfach viel zu früh."

Darauf wusste ich beim besten Willen nichts zu sagen.

Eine Weile schwiegen wir, dann stand Georg auf, ging ins Bad.

Als er wieder kam, hielt er eine Tube mit Salbe in die Höhe.

„Komm, lass dich mal ein bisschen versorgen." Er deutete auf mein Shirt und mühevoll zog ich es aus, ohne Widerrede. Georgs Art duldete keinen Widerspruch. Was er sagte, war Gesetz. Es lag an seinem Tonfall, an seiner Körperhaltung, an seinem Blick.

Im Grunde war ich ihm dankbar, sehr dankbar, dass er mir die Pistole auf die Brust setzte.

Vorsichtig nahm er mir die Stütz-Bandage ab, kannte sich eindeutig damit aus. Ebenso vorsichtig fühlte er mit je einer Hand über meine Schultern und stellte fest: „Du bist echt ein Held. „Mann Falk, wie lange hast du die Probleme schon?"

„Zu lange."

„Definitiv."

Er massierte, sanft, anders als Lia oder Anne. Großflächiger, bis in den Nacken hinauf und über die gesamte Rückenbreite in Höhe der Schultern, scannte jeden Muskel mit seinen Fingern ab, wurde allmählich etwas stärker.

„Locker lassen", mahnte er, als ich die Luft anhielt. „Atmen, Falk. Ich tu dir nicht weh."

„Bist du ein richtiger Masseur?", fragte ich ihn irgendwann. Die Uhr zeigte, dass er schon seit gut 30 Minuten an mir arbeitete.

„Nee, soweit bin ich nicht gekommen, hab aber mehrere Kurse gemacht und bei Sportfreunden früher viel ausgeholfen. Dafür gab es ein Taschengeld und als armer Student, nimmst du, was du kriegen kannst."

„Warum hast du nicht weiter studiert?"

„Falk, denk nochmal ganz genau über diese Frage nach."

„Sorry, ja."

Er seufzte, ging erst ins Bad, hatte etwas in der Hand, was er dann in der Mikrowelle erwärmte, legte es in ein Tuch und mir auf die kranke Schulter.

„So, Wärme wird dir guttun."

„Danke, dass du mir so in den Arsch trittst ..."

„Du scheinst es alleine nicht auf die Reihe zu kriegen", erwiderte er sanft.

Bevor wir in die Musikkneipe loszogen, telefonierte ich mit Lia und erklärte ihr, dass sie sich keine Sorgen machen musste.

„Versprichst du mir das?", fragte sie.

293

„Versprochen. Ich bin morgen früh beim Arzt für die Schulter angemeldet, reicht das, damit du dir keine Sorgen machst?", antwortete ich ihr aufmunternd.

„Das klingt großartig!"

Der Ausflug in die Unterwelt überforderte mich vollkommen. Georg kannte jede Menge Leute, die Mädels flogen auf ihn und er verbrachte die meiste Zeit auf der Tanzfläche. Egal, ob das nun Trixi war, die meist hinter der Theke arbeitete, und mit der er ruhige Lieder ‚Cheak to Cheak' tanzte, oder Hanna, die seine bevorzugte Tanzpartnerin für die wilden Stücke war. Beide stellte er mir nur kurz vor. Egal was er tanzte, es sah verdammt gut aus. Georg war sportlich und durchtrainiert. Auch seine weibliche Fangemeinde nannte ihn ständig Tommi. Wieso? Am Telefon war mir das am Morgen schon aufgefallen.

Auf dem Rückweg konnte ich ihn endlich danach fragen.

Er zuckte mit den Schultern, als würde das etwas erklären. „Jeder nennt mich so. Ich stelle mich schon so vor", lachte er. „Tommi kommt von meinem Nachnamen: Thomas. Also Georg Thomas. Aber schon seit der Grundschule nennen mich alle Tommi, außer im ..." Er senkte den Blick.

„Knast?", flüsterte ich, er nickte.

„Ja, und daher kennst du mich nicht als Tommi, stimmt. Also ... ich freue mich, wenn du mich auch Tommi nennst."

„Gerne. Tommi passt viel besser zu dir als Georg ... das ist nicht so altbacken."

Er grinste. „OK, aber jetzt ab in die Kojen. Lothar mag keine verschlafenen Kerle!"

„AUFSTEHEN!"

Tommi riss mich unsanft aus dem Schlaf. Ich sah, wie er in der Küche Frühstück zubereitete,

Schlaftrunken torkelte ich ins Bad, entfesselte mich mühsam, duschte und zog mich unbeholfen wieder an.

„Ich kann jetzt nichts essen", meinte ich, nahm mir nur einen Kaffee."

„Hast du Angst?"

„Nee, die Schulter ist hin, was soll ich mir da jetzt in die Hosen machen." Nur nicht zugeben. Natürlich hatte ich Angst, wusste nicht, was mir bevorstand.

Tommis Cousine Laura begrüßte ihn herzlich. Der Onkel umarmte seinen Neffen. Tommy überragte ihn um eine Kopflänge und hatte viel breitere Schultern.

„Alles fit bei dir?"

„Jepp, alles paletti, aber mein Freund hat eine fiese Entzündung in der Schulter sitzen."

„Falk, richtig?"

„Ja, Falk Selbach."

„Gut, dann geh mal in die zwei, ich folge dir unauffällig."

Die Untersuchung war äußerst schmerzhaft und tat in etwa genauso weh, wie der Einlauf, den mir der Doktor verpasste, weil ich nicht früher gekommen war. Er gab mir eine Spritze, verschrieb Schmerzmittel mit Entzündungshemmern sowie ein Wärme-Pad. Dann fixierte er die Schulter und den Oberarm und verordnete Physiotherapie.

Die Medikamente und das Wärme-Pad holten wir auf dem Heimweg gleich in einer Apotheke ab.

„Und halt dich GENAU an Lothars Anweisungen, okay? Ganz genau! Was du bisher hattest, war rezeptfrei, das ist jetzt ein verschreibungspflichtiger Hammer. Du hast bereits Schmerzmittel gespritzt bekommen. Wenn die Wirkung nachlässt, fängst du sofort mit der Einnahme an und ..." Er funkelte mich mit seinen grünen Augen an.

„Ja", seufzte ich, hielt dem Blick nicht stand. „Genau nach Anweisung wie Lothar mir eingetrichtert hat."

An der Bushaltestelle vor dem Hof ließ er mich aussteigen.

„Dein Rad bring ich dir heut Abend, okay? Ich muss noch bisschen Knechten gehen", meinte er. „Und du reißt dich jetzt zusammen und bleibst auf dem Hof. Helfe mit, soweit das möglich ist, aber mach langsam! Du wirst dich nicht wieder einschließen, okay? Verstecken hilft nicht. Hilft DIR nicht und hilft den anderen nicht." Er sprach ruhig und sehr ernst. Tommi kam mir vor wie ein großer Bruder.

„Aber die Kinder ... "

„Sie tun dir doch nichts?"

„Sie sind da, alleine das reicht schon."

„Falk ... mit deiner Schulter bist du unerbittlich hart und wegen den Kindern gehst du in die Knie? Blödsinn."

„Du bist wahnsinnig!"

„Nein, realistisch. Du musst dich deinem Problem stellen. Verstehst du das? Ich gehe auch einkaufen, ohne die Panik zu kriegen, weil es ein

Spirituosenregal im Geschäft gibt. Ich geh bewusst dran vorbei. Aber der Alkohol da in den Flaschen tut mir nichts, solange ich ihn nicht anfasse. Aber deswegen meide ich doch keine Geschäfte!"

„Der Vergleich ist falsch", widersprach ich.

„Verdammt Falk! Ich versuche es wenigstens, du rennst immer nur weg, verkriechst dich!"

„Okay", gab ich niedergeschlagen zurück. „Gut ... ich geh auf den Hof, hoffe, dass mir keines der Kinder zu nahe kommt."

„Falls dir doch die Decke auf den Kopf fällt ... ruf an, okay? Bevor du irgendwie ... was tust, was du ..."

„Hab ich schon hinter mir, wird nicht mehr passieren", meinte ich und schmiss die Tür zu.

„FALK!" Tommi war ausgestiegen, blickte über das Auto hinweg zu mir hinüber. „Sag nicht ..."

„Doch, ich hab versucht, mich umzubringen ... bin aber dann doch auf den Trichter gekommen, dass es nicht wirklich hilft. Passiert nicht nochmal, über den Punkt bin ich hinweg, versprochen."

Ich ging die letzten Meter die Straße entlang, bog nach rechts in unseren schmalen Weg ein und hörte wie der Fiesta abfuhr.

Lia saß mit den Kindern auf dem Reitplatz im Sand und hatte einen Sattel in der Hand. Sie machte gerade Theorieunterricht mit den Kindern, winkte mir kurz zu.

In der Küche traf ich auf Anne. „Na, wo warst du?", fragte sie sanft und schnitt den Kartoffelsack auf.

„Bei nem Freund, ich brauchte mal Abstand. Und er hat mir den Kopf gewaschen, ich soll mich nicht so anstellen mit den Kids."

Anne lächelte. „Komm, ich hab hier was für dich zu tun."

Sie reichte mir eine Schüssel und den Kartoffelschäler. Es würde schwierig werden, mit links Kartoffeln zu schälen, aber ich wollte es versuchen.

„Was ist mit deiner Schulter? Achim sagt, du warst heute beim Arzt?"

Ich bestätigte und erzählte ihr, was Sache war. „Nächste Woche ist der nächste Termin, dann sehen wir weiter."

Schweigend nahmen wir uns die Kartoffeln vor, die bei Anne mit einer rasanten Geschwindigkeit in den Topf purzelten. Bei mir ...

Aber Anne schien das nicht aufzufallen. Sie verwickelte mich in ein lockeres Gespräch, erzählte über das Kinderprogramm und wie glücklich

296

sie über den umgebauten Stall war, der dank meines Einsatzes fertig geworden war.

Zum Mittag deckte ich die große Tafel. Die Kinder strömten herein. Ich half mit beim Auftischen der Köstlichkeiten und als Lia ihren Teller eng an den Rand schob, einen weiteren Stuhl hervorzog und noch ein Gedeck dazustellte, war mir klar, dass es heute kein Entrinnen gab.

Hatten sich alle gegen mich verschworen?!

Mir war heiß, ich zitterte. Lia legte ihre Hand auf meinen Unterarm, drückte ihn fest auf den Tisch, lehnte sich zu mir hinüber und flüsterte: „Falk, bevor du einen Anfall bekommst, gehen wir! Also warne mich früh genug vor, okay? Die Kids haben das nicht verdient, dich zusammen-brechen zu sehen, verstanden?"

Lieb gemeint, ich nickte.

„Atmen, ganz ruhig", beruhigte sie mich. Es half nichts. Die hellen Kinderstimmen verschwanden im Nebel, alles verschwamm.

Lia kniff mich in den Oberarm und zischte: „FALK! ATMEN VERDAMMT!"

Atmen, den Luftballon aufblasen. Hierbleiben!

„Es geht nicht", murmelte ich, stand auf. Lia ließ mich los. Ich ging durch die Hintertür in den Innenhof, ließ mich auf Annes Bank sinken. Dort tankte ich die frische Luft, ließ sie tief in meine Lungen strömen und wurde ganz langsam wieder ruhiger.

Irgendwann kamen die Kinder heraus, liefen in die Sattelkammer, und von dort mit Halftern zur Weide. Lia ging mit ihnen.

Anne setzte sich zu mir. Sie reichte mir einen Becher Tee, der komisch roch.

„Was ist das?", fragte ich.

„Baldriantee." Ich trank das Gebräu. Es schmeckte so komisch, wie es roch, aber wenn er mich beruhigte, war das nur gut.

„Du kannst Lia dann gleich helfen. Die Kinder sind echt superlieb."

Anne hakte sich bei mir ein, wir gingen gemeinsam hinüber zu den Fjordpferden. Lia half den Kindern beim Satteln. Sie wollten ausreiten.

Anne nahm Lenni, Lia kam mit beiden Fahrrädern aus dem Schuppen.

„Wir bilden die Nachhut", lächelte sie.

„Ich kann nicht fahren. Die Schulter ist fixiert" erklärte ich.

Lia kam näher, fuhr mit ihren Fingern über mein Hemd, spürte die Bandage.

„Wird sie wieder?", fragte sie sanft.

„Weiß nicht, wird eine Weile dauern", antwortete ich niedergeschlagen.

„Setz dich auf den Gepäckträger."

Ich lehnte mich vorsichtig mit dem Kopf an ihren Rücken, hielt mich mit links unterm Sattel fest, während Lia hinter den Pferden her strampelte.

„Also? Was sagte der Doc?", fragte sie nach einer Weile.

„Kaputt mit 5 t."

„Das war aber nicht seine wörtliche Diagnose", fragte sie halb lachend, halb bestürzt nach.

„Wenn du nicht den ausführlichen 20 Minuten Bericht hören willst, doch."

„Und wenn ich es im Telegrammstil hören will?"

„April: Muskelfaserriss, nicht ordentlich ausgeheilt, daher Muskelentzündung. Juni neuer, schwerwiegenderer Muskelfaserriss, weiterhin Entzündung. September: Schlecht verheilte Muskelfaserrisse festzustellen, akute großflächige Muskelentzündung mit starker Muskelverhärtung durch Schonhaltung, starke Bewegungseinschränkung, beginnende Schleimbeutelentzündung, bla bla bla."

„Du bist ein Idiot! Wie kann man mit solchen Verletzungen weiterarbeiten? Und was ist jetzt angesagt?"

„Schmerztabletten, drei Monate gelber Schein, Schonung, Massage, Wärmetherapie. Er sagt, die drei Monate dürfen nicht unterschritten werden, wenn das jemals ausheilen soll."

„Mensch, ich habe so oft gesagt, du sollst auf dich aufpassen!"

„Ich weiß", gab ich niedergeschlagen zurück. „Es gibt Dinge, die will ich nicht hören."

„Und wie kommt es dann plötzlich zu dem Sinneswandel?"

„Es brauchte einen knallharten Einlauf ..." ‚Sowohl von Tommi als auch vom Arzt, dachte ich im Stillen.'

„Du meinst, ich hätte dich höchstpersönlich zum Arzt treten sollen, anstatt so nachlässig mit dir zu sein?"

„Egal, jetzt wars jemand anders."

„Wer denn?"

„Egal."

„Falk?"

„E-gal ... soll ich es dir buchstabieren?" Das kam gereizt, sollte es nicht sein.

Lia schwieg eine Weile und fuhr dann fort. „Gut, also der-die-das Egal hat dich dahin getreten. Gut so. Grüß ihn-sie-es bitte beim nächsten Treffen und sag ihm-ihr ein dickes Dankeschön."

Sie hielt an, stieg ab, schaute mich an. „Falk, ich wollte dir nicht so auf den Pelz rücken ... dich in die Enge treiben ... weil ... weil ich Angst hatte, dass ich es mir mit dir verscherze."

Sie wirkte ein wenig verlegen. Dann saß sie wieder auf und eilte den Pferden hinterher.

Durch meinen Kopf holperten 40 Wagons eines Güterzuges. ‚Verscherzen? Lia, es gibt keine Worte, die meine Liebe für dich nur annähernd ausdrücken können.'

Ein wunderbarer Satz. Vielleicht würde ich ihn ihr mal per SMS schicken ... wenn sie weg war ...

Es war ein herrlicher Weg durch die Natur. Auf einer großen Wiese, mitten im Wald, hielten wir an. Lia drückte mir eine Tüte Gummibärchen in die Hand: „Bitte an die Kids verteilen", forderte sie.

„Du bist echt gnadenlos."

Sie lächelte. „Therapie!"

„Tortur!", stöhnte ich.

„Versuch es", bat sie eindringlich.

Tommi hatte es auch so gewollt ... also schüttete ich jedem Kind ein paar Gummibärchen in die kleinen zarten Handflächen und jedes bedankte sich ganz lieb. Große Kinderaugen strahlten mich an. Das größte Lächeln kam von Jenny.

„Du musst auch Gummibärchen essen", sagte sie und hielt mir mit ihren kleinen Fingern eins entgegen. Ich schloss die Augen, sie steckte es mir in den Mund und ich bedankte mich, ging zurück zu Lia.

Ich zitterte am ganzen Körper, Schweißperlen standen mir auf der Stirn. Lia sah es mir an, nahm meine Hand, drückte sie fest. „Alles wird gut, bleib ruhig und denk an den Luftballon", flüsterte sie.

Anne stellte den Kindern ein paar Fragen rund ums Thema Pferd und Reiten. Nach der Pause gab es einen Wechsel. Lia ritt Lenni und Anne kam zu mir. Partnertausch sozusagen.

Auf dem Heimweg erklärte Anne mir den weiteren Tagesablauf und das Programm für den nächsten Tag. Sie erklärte, wo ich mithelfen konnte, und sprach mit Mut zu. Ansonsten blieb jede Entscheidung bei mir. Anne war wirklich klasse.

Beim Abendessen saß ich zwischen Lia und Achim eingekeilt und Achim quatschte mir die Ohren voll, was er auf dem Hof noch alles machen wollte: Den kompletten Innenhof neu pflastern, die Schafställe streichen … mein irrer Kopf hatte gar keine Chance, an einen Aussetzer zu denken.

Abends kam Lia zu mir ins Zimmer.

„Tataa, Massage und Salbe", bot sie mir an.

„Ich weiß nicht", wich ich aus.

„Wie du weißt nicht?"

„Die Bandage soll ich tagsüber und nachts tragen … ich weiß nicht, ob man sie abmachen darf. Hat Lothar mir extra angepasst."

„Lothar "

Ich erstach sie mit Blicken. Sie wich einen Schritt zurück.

„Sorry, war nicht so gemeint." Ich rutschte ein Stück auf meinem Bett zur Seite.

Sie setzte sich zu mir, rührte sich aber nicht. Wir schwiegen. Die gedrückte Stimmung war unerträglich.

„Was macht dein Vorstellungsgespräch?", fragte ich. Es war das Erste, was mir in den Sinn kam … aber eigentlich wollte ich diese Frage nicht stellen … beziehungsweise … ich wollte keine Antwort auf diese Frage. Niemals! Mist! Themawechsel, ganz schnell! Aber was stattdessen fragen? Mein Kopf war zu, dicht, unbrauchbar.

„Wartet auf mich." Von einer Sekunde auf die andere, war Lia fröhlich. Begeistert erzählte sie: „Mittwoch um elf. Bin gespannt wie ein Flitzebogen. Anne und Achim haben abgesprochen, dass er sie zur Arbeit bringt und nachher wieder abholt, dann kann ich Kermit nehmen. Finde ich total lieb, dass sie mir das Auto leihen."

Ich nahm es zur Kenntnis. Ihre Freude konnte ich nicht teilen. Der Mittwoch würde also ein ereignisreicher Tag werden. Ich musste wieder zum Arzt und Lia hatte ihr Vorstellungsgespräch … mir machte beides Angst!

Beides!

„Du freust dich ziemlich drauf, was?" Ich rang mir ein Lächeln ab, versuchte, es halbwegs ehrlich erscheinen zu lassen.

‚Lia geh nicht! Bitte!'

„Ja, ich bin total aufgeregt und neugierig." Sie atmete tief ein. „Das Labor ist der Uni angegliedert und man hat mich bereits bei der Terminvergabe darauf hingewiesen, dass es eine für mich passende Doktorandenstelle gäbe ..." Sie grinste bis über beide Ohren. „Das klingt verdammt verlockend."

Mir zerschnitt es innerlich sämtliche Organe. Aber es war schön, sie so euphorisch zu sehen. Ein neuer Reiseabschnitt, ein neues temporäres Ziel auf dem Schienenstrang ins Ungewisse.

Auch das tat weh. Fast hätte ich sie gefragt, ob wir per Mail in Kontakt bleiben würden, aber ... ich hatte Angst, zu heulen anzufangen, wenn ich jetzt was sagen würde. Ich hatte schon wieder einen viel zu großen Kloß im Hals.

„Tja, so schauts aus. Ist übrigens in Karlsruhe. Hab mal gegoogelt, die Fahrt dauert etwa drei Stunden, viel Autobahn. Na ja, werde ich schon schaffen." Plötzlich schaute sie mich fragend an.

Ich schaute weg ... nein, nicht ansprechen ... nichts fragen ... und bloß keine Antwort erwarten!

Mein Handy bimmelte - ich war noch nie so dankbar darüber gewesen, zog es aus der Tasche - Tommi rief an. „Bin gleich wieder da", meinte ich, ging ran.

„Hi, ja, warte kurz ..." Froh, den Raum verlassen zu können, machte ich mich auf den Weg nach draußen. Er war noch daheim, hatte aber bereits das Rad eingeladen, würde jetzt losfahren.

Ich ging zur Haltestelle, setzte mich dort auf die Bank, starrte auf den Boden, bemühte mich, nicht zu heulen.

„Hey, so schlimm?"

Verstört schaute ich auf. Tommi kniete vor mir. Ich hatte seine Ankunft gar nicht bemerkt. Unglaublich.

„Ist es wegen der Kinder? Oder wegen der Schulter?", fragte er sanft.

Weder noch. Die Wahrheit würde ich ihm nie sagen. Tommi war stark, Lia war stark ... und ich war eine Heulsuse.

„Hey, sei nicht so hart zu dir selbst.", meinte Tommi. „Die Schulter wird wieder und mit den Kindern kriegst du es bestimmt auch hin" Er klopfte mir vorsichtig, aber aufmunternd auf den Rücken.

„Hast schon das Wärme-Pad drauf gehabt?"

Mist, hatte ich vergessen!

„FALK!" Tommi hatte es in meinem Ausdruck gelesen. „Jetzt hör mich mal GUT zu, okay?" Er griff in meinen Nacken. „Wenn bis nächsten Mittwoch keine Besserung festzustellen ist, dann ..."

„Dann schlägst du mich ..."

„Was? Glaubst du das wirklich von mir?"

„Tschuldige, nein, eigentlich nicht. Mann, das war heut ein verdammt harter Tag. Hast DU eine Ahnung, was das für ein Nervenstress für mich mit den Kindern ist? Ich weiß sowieso nicht wo oben und unten ist und dann machst du mich noch an, weil ich irgendwas vergessen habe."

Tommi schwieg, setzte sich neben mich. Worüber er nachdachte? Keine Ahnung. Ich dachte an Lia ... dass sie gehen würde ...

„Falk? Hörst du mich überhaupt?" Tommi schüttelte mich vorsichtig.

Ich zuckte mit der linken Schulter, seufzte.

„Am Mittwoch kann ich dich morgens wieder nach Köln fahren", bot er an. „Hab das mit meinem Chef schon abgeklärt, es ist okay."

Ich schaute Tommi in die grünen funkelnden Augen. „Wieso bist du so?"

„So was?"

„Na ... so nett, kumpelhaft ..."

„Nur mit Zusammenhalt kommt man weiter im Leben."

„Verstehe", murmelte ich.

„Außerdem kann ich dich echt gut leiden." Er stand auf und lud das Fahrrad aus.

Als ich in mein Zimmer zurückkam, war Lia nicht mehr dort. Das wunderte mich nicht, denn ich hatte sie über eine Stunde warten lassen. Kurz überlegte ich, dann ging ich zu ihr hinüber. Sie lag in ihrem Bett auf dem Bauch, schaute einen Film auf ihrem Laptop und schniefte.

„Alles okay?"

Sie erschrak. „Oh! Ja, der Film ist nur so wahnsinnig traurig."

Einen Moment blieb ich unschlüssig stehen.

„Ists echt nur der Film?", fragte ich.

Sie nickte. „Gehst du bitte, ich mag mich gern alleine über den Film ausheulen."

Zurück in meinem Zimmer zog ich mir ungeschickt das T-Shirt aus. Die Bandage war gut, sie verdammte mich wirklich dazu, die Schulter ruhigzustellen.

Tommi war ein prima Kerl, sinnierte ich. Warum nur hatte ich mich nie bei ihm gemeldet? Seine Adresse, seine Telefonnummer hatte ich schon seit Anfang Mai! Er hatte wohl Recht. Ich hatte Isolation gebraucht, um irgendwie Fuß fassen zu können.

Am nächsten Morgen weckte Lia mich vorsichtig.

„Tut mir leid, dass es gestern so spät geworden ist."

„Macht nichts. Ich hab ein bisschen hier gewartet und dann gedacht, dass du dich bestimmt meldest, wenn du zurückkommst."

Sie fragte nicht, wo ich abgeblieben war. Warum wollte ich den Hof und Tommi so strikt voneinander trennen? Es war eine innere Abwehrhaltung, die ich nicht erklären konnte.

Alles wäre so viel einfacher, wenn ich Tommi auf den Hof lassen würde. Aber dann würden Nachfragen kommen, woher wir uns kannten ... Nein, die Kinder stressten mich schon genug.

Heute durfte ich beim Reitunterricht assistieren und nachdem mich Anne in der Küche nicht brauchte, sah ich anschließend vom Reitplatzzaun aus beim Voltigieren zu. Es sah toll aus, wie die Kinder ihre Übungen auf dem Pferd turnten. Manche galoppierten sogar mit ausgestreckten Armen. Sie wirkten so ... frei.

Am Abend traf ich mich mit Tommi an der Bushaltestelle. Er hatte mich zu sich nach Hause zum Essen eingeladen und in seiner Wohnung angekommen, schob er selbst gemachte Pizza in den Ofen. Bis sie fertig gebacken war, massierte er vorsichtig meine Schulter.

Ich wollte Tommi nicht verletzen und aß, obwohl ich wusste, dass sich das bald rächen würde.

Wir zockten eine Partie Schach, doch ich verlor Figur um Figur, da ich mich kaum noch konzentrieren konnte. Mein Magen rebellierte.

„Ich muss mal um die Ecke", erklärte ich knapp und übergab mich im Bad. Danach ging es mir aber nicht wesentlich besser. Viele Hände Wasser - ich sah trotzdem schlecht aus. Als ich wieder heraus kam, stand Tommi im Flur, lässig in den gegenüberliegenden Türrahmen gelehnt.

„Kommt das von den Schmerzmitteln?", fragte er. Er wollte die Wahrheit wissen und es schien, als würde er jede Halbwahrheit zurückweisen.

„Nein."

„Warum hast du dann gereiert? Andere Drogen?"

„Was? Nein, ich bin völlig clean. "

„Dann?" Er tippelte ungeduldig mit den Fingern.

„Tut mir leid." Ich lehnte mich mit dem Rücken gegen die Wand. „Das Essen war sehr lecker. Ich mag so was gerne, aber ...“

„Du verträgst es nicht ...“

Ich nickte. „Laktoseintoleranz und Weizenallergie."

„Beides? Ach du grüne Neune! Du bist so ein Rindvieh", knurrte er. „Warum sagst du mir das nicht? Das Essen war reines Gift für dich! Wieso sagst du nichts?" Völliges Unverständnis stand in seinem Gesicht.

„Es war sehr lecker und du hast dir so viel Mühe gegeben."

„Der schweigende Falke." Er schüttelte den Kopf.

Der schweigende Falke ... der Ausdruck war ein herber Schlag ... aber Tommi hatte Recht, wie immer ... und es war nicht böse gemeint ... rüttelte mich eher wach. Warum gab er sich so viel Mühe mit mir?

Er setzte mich wie üblich an der Hof-Haltestelle ab. Übers Wochenende fuhr er zu seiner Mutter, so konnten wir uns nicht treffen.

Lia erzählte den Kids im Speisesaal bei Kerzenschein eine Räubergeschichte. Anne saß am Rand. Ich setzte mich leise dazu.

„Sie ist so wunderbar", flüsterte Anne.

Sie sah mich an, also ob sie mich etwas fragen wollte. Tat es aber nicht. Ungefragt goss sie mir von ihrem Baldrian-Tee ein.

Die neuen Schmerztabletten halfen gut und die Magentabletten taten ebenfalls ihren Dienst. Ich konnte durchschlafen und wurde erst am nächsten Morgen von Lia geweckt. Es war so schön, von ihr geweckt zu werden ...

Sie legte mir das Wärme-Pad auf die Schulter. Eine Abkühlung wäre besser gewesen. Sie hätte die Gefühle sterben lassen, die Lia in mir schürte.

Sie sollte Tommi einmal kennen lernen. Wobei ... sie hatten sich ja bereits einmal gesehen. Aber bis ich innerlich bereit war, Tommi auf den Hof einzuladen ... war Lia schon weg ... vielleicht wäre es sogar besser, sie würden sich nicht kennenlernen ... dann würde Tommi vielleicht keine

Fragen stellen, wenn sie weg war und ich am Boden zerstört herumkriechen würde ...

Zu den Frühstücksvorbereitungen kamen wir zu spät. Es war wegen mir wieder alles an Anne hängen geblieben. Mist. Morgen musste das anders werden.

Wir traten gemeinsam durch die Tür. Ich hielt die Luft an. Der Speisesaal war mit Luftschlangen geschmückt und es standen ganz viele Teelichter in Gläsern auf dem großen Tisch. Als ich mit Lia nun im Türrahmen stand, erhoben sich alle Kinder und begannen mit Anne zu singen. Ein Geburtstagslied.

Ich kannte es ... war von Rolf Zukowski.

„Atmen", flüsterte Lia in mein Ohr. Sie stand hinter mir. „Denk an den Luftballon."

Es fiel mir schwer. Jeder Luftzug war eine Plage, aber Lia hielt mich fest, legte eine Hand auf meinen Bauch.

Nach der letzten Strophe kamen die Kinder auf mich zu, überreichten mir bunte Luftballons und gratulierten mir.

Die Luftballons waren mit einer Zeichnung und dem jeweiligen Kindernamen bemalt. Sonne und Wolken von Melanie. Ein Pferdekopf von Sandra. Blümchen von Simone, ein Ballon voller Smileys von Jenny ...

„Auf das Geburtstagskind!", rief Anne und hob ein Glas. Die Kinder saßen jetzt alle auf ihren Plätzen, hoben ihre Gläser. Lia hatte plötzlich auch zwei in der Hand.

„Auf dich", flüsterte sie.

Sprachlos und atemlos setzte ich mich an den Frühstückstisch. Ich war tatsächlich so verpeilt, dass ich nicht an meinen eigenen Geburtstag gedacht hatte. Mein Leben spielte sich nur zwischen ‚nächsten Mittwoch' oder ‚am kommenden Montag' ab.

„Falk", begann Lia neben mir, „ich habe gedacht, wir könnten heute die Geschicklichkeitshindernisse einweihen."

Mein Blick bestand nur aus Fragen.

„Bisher habe ich die Kinder noch nicht an die Hindernisse rangelassen, sie sollten erstmal zu ihrem zugeteilten Pony Vertrauen aufbauen. Ich hab mir überlegt, du könntest mit Lenni die Hindernisse vorgehen, das mal zeigen, während Anne und ich bei den Kindern bleiben und ihnen helfen, Tipps geben ..."

„Ich habe nur einen Arm", erinnerte ich sie.

„Das macht nichts. Lenni kann das im Schlaf. Du gehst einfach mit Lenni vor, machst, was ich dir sage und dann bringst du Lenni wieder zurück in den Offenstall. Du brauchst kein Kind anzufassen ..."

„Davon hatte ich heut schon genug", stöhnte ich leise.

„Immerhin ... du hast es überlebt."

Beim Aufbau der Hindernisse konnte ich leider nur zuschauen, aber Lia hatte Recht. Lenni ging folgsam mit mir mit. Als er einmal kurz zögerte, erklärte Lia sofort, wie man dem Pony die Skepsis nehmen könne. Ich setzte es um - es funktionierte. Lia war einfach wunderbar. Sie hatte so viel Feingefühl in der Zusammenarbeit mit den Pferden und ... in der Zusammenarbeit mit den Kindern ... sie würde hier mächtig auf dem Hof fehlen. Ich mochte mir gar nicht vorstellen, wie es mit einer anderen Praktikantin hier wäre. Ein Stich durchfuhr mein Herz. Ich fand Halt bei Lenni, der mir half, die Panikattacke abzuwenden.

Die Kinder meisterten die Hindernisse mit fachkundiger Anleitung von Lia. Manche waren noch etwas ängstlich, aber auch hier halfen die geduldigen Fjordpferde. Anschließend wurden diese Hindernisse reitend überwunden. Die Gesichter der Kinder strahlten vor Stolz.

Während Anne danach eine Reitstunde gab, machten Lia und ich uns in der Küche zu schaffen. Heute gab es Pizza und ich war fürs Belegen zuständig, das ging einhändig hervorragend. Immer wieder faszinierte es mich, wie Lia und Anne es schafften, mich trotz meiner Behinderung - psychisch wie physisch gesehen - sinnvoll zu beschäftigen.

Achim hatte früher frei gemacht. Gleich nachdem der Nachtisch verspeist war, nahm er mich mit, die Percherons holen. Am Spätnachmittag war eine Planwagenfahrt mit den Kinds angedacht.

Auf dem Planwagen war ich nur Beifahrer. Anne und Lia saßen mit den Kindern hinten im Wagen. Sie spielten ein Quiz und stellten Fragen rund ums Thema Kutschefahren. Ich war selbst von mir überrascht, dass mir auch einige Antworten einfielen.

„Ich weiß gar nicht, wie die Kinderferien ohne Lia wären", meinte Achim später leise, als hinten im Planwagen lautstark Lieder ertönten.

„Anne hat sich die Kinderferien ganz anders vorgestellt und ist überwältigt, was Lia aus ihrem kleinen Plan alles gemacht hat ... wie viele eigene Ideen sie mitgebracht hat. Hör sie dir an ... da singt sie wieder ... wie viele Lieder sie kennt. Und diese Räubergeschichten, die Kinder brennen nur so darauf, sind völlig fasziniert. Und gut erzählen kann Lia, sie versteht es wirklich, mit den Kleinen umzugehen."

Ich nickte stumm.

„Ist was?"

„Nee." ‚Doch! ‚du tust mir weh, wenn du über Lia erzählst, weil ... weil sie bald nicht mehr da sein wird'.

„Bist du sauer?"

„Blödsinn, nee, ich hab überlegt, ob Lia das alles von den anderen Reiterhöfen kennt, wo sie früher war." Eine glatte Lüge.

„Das macht Sinn. Trotzdem, es wird an allen Ecken und Enden sehr traurig und öde, wenn sie geht."

‚Schnauze Achim! Halts Maul! Ich will das nicht hören!'

„Bist nicht so gesprächig heute, was?"

„Geht so, hat nichts mit dir zu tun."

„Mit Lia?" Seine Frage stellte er leise. Ich überhörte sie absichtlich. Hinten wurde wieder ein Kinderlied angestimmt. Es handelte von Pferden. Achim ließ die Percherons antraben. Im Takt der Schimmel sangen die Kinder und ich hörte Lias Stimme deutlich heraus. Mir wurde das Herz so schwer und ich bekämpfte tapfer meine Traurigkeit, drängte sie zurück in die dunkle Ecke, wo ich bereits zu Gefängniszeiten alles begraben hatte, was man Gefühl nennen konnte ...

Am Samstag übernahm ich das Abräumen des Frühstückstisches, als Lia und Achim lachend und grinsend hereinkamen. Eine Welle aus Eifersucht überflutete mich. Hatte er was mit Lia? Ich würde ihn umbringen ... nein, nicht umbringen, aber ... das wäre das Letzte! Ich hätte es nicht ertragen können.

„Falk, kannst du mir nachher mal kurz helfen?" Sie kicherte aufgeputscht. „Ich hab was basteln wollen, aber ... bin zu blöd. Du musst mit dem Lötkolben ein paar Schriftzüge auf Frühstücksbrettchen brennen ... du kannst das doch. Achim weiß Bescheid. Ich bin aber mit Anne auf dem Reitplatz, kann dir nicht helfen." Sie umarmte mich vorsichtig. Ich wurde ruhig. Die zwei hatten irgendetwas Harmloses ausgeheckt. Eine Steinlawine polterte von meinem Herzen.

„Ist das okay?"

„Ja klar." Ich schüttelte mich, um den Aussetzer zu vertreiben.

Achim schleppte mich später mit in die Werkstatt. Dort lagen Frühstücksbrettchen aus dickem Holz. Lia hatte sie gekauft und auf alle einen Fjordpferdekopf mit einem Stift vorgezeichnet. Dazu sollte jeweils der Name des Ferienkindes.

„Geht das wirklich mit deiner Schulter?" Achim zweifelte, doch ich nickte ab, bearbeitete die Brettchen, malte mit dem Lötkolben den Fjordkopf nach, verpasste den Kindernamen einen verschnörkelten Anfangsbuchstaben und lötete ihn in einem kunstvollen Schriftzug quer übers Brettchen.

Achim sah nach einer Weile nach mir, legte mir vorsichtig einen Arm um die Schultern. „Du bist echt begnadet. Mein Holzmeister", lobte er. In seiner Stimme schwang so viel Zuneigung mit und ich fühlte eine tiefe Verbundenheit zu diesem Hof und den dazugehörigen Menschen.

Achim nahm die Brettchen in einer blauen undurchsichtigen Tüte, mit ins Haus.

Das Löten hatte zwar nicht besonders lange gedauert, aber schulterschonend war die Haltung nicht gewesen. Ich schlich mich in mein Zimmer, nahm eine Tablette für den Magen, eine gegen die Schmerzen und ging in die Küche zurück, schnappte mir dort noch ein Stück Kuchen.

Achim hatte die Hälfte der Brettchen schon in Geschenkpapier mit Pferdemotiv verpackt.

Auf dem Reitplatz veranstalteten sie zum Abschluss der Reiterferien ein Geschicklichkeitsturnier. Die Kinder mussten vom Pferderücken aus Hufeisen werfen, Becher auf einer Futtertonne stapeln, durch eine Gasse, über die Wippe und über die Brücke reiten. Zum Schluss absteigen und aus einer Wasserschüssel ohne Hände einen Apfel mit dem Mund herausangeln.

Sie hatten einen Heidenspaß. Beim Zuschauen schlich sich ein breites Grinsen über mein Gesicht. Das würden wohl die schönsten Kinderferien gewesen sein, die es auf diesem Hof geben würde. Ohne Lia wäre das alles ganz anders. Wieder drängte ich meine Traurigkeit in diese alte dunkle Ecke.

Zur Siegerehrung bekam jedes Kind eine Urkunde, eine merkwürdige Schleife und das eingepackte Brettchen.

Samstag nach dem Mittagessen reisten die Kinder ab. Ich hatte es verpasst, mich rechtzeitig zu verkrümeln. So verabschiedeten sich die Kinder, umarmten Achim, Anne, Lia und ... mich.
Achtmal die angehaltene Luft mühsam ausatmen.
Achtmal das Zittern und die Starre umgehen.
Achtmal sanft einen schmächtigen Körper umarmen.

Nacheinander wurden die Kleinen abgeholt, dann war der Hof leer. Lia umarmte mich, flüsterte mir viele Lobesworte ins Ohr: Mir wurde flauschig warm und in der nächsten Sekunde kroch die Traurigkeit aus der dunklen Ecke.
Anne umarmte mich, hatte ebenfalls gute Worte. Achim legte seinen Arm über meine Schultern, knuffte mich vorsichtig.
Irgendwie hatten sie es geschafft, mich auf wundersame Weise zu integrieren. In den wenigen Tagen war ich so einen riesigen Schritt nach vorne gekommen, dass ich keine Angst mehr vor den nächsten Kindern hatte.

Am Montag kehrte der Alltag wieder ein. Achim fuhr mit der Fee zur Arbeit, Anne fuhr mit Kermit erst Richtung Percherons, dann weiter zur Praxis. Lia und ich blieben auf dem Hof. Bei der Stallarbeit konnte ich ihr nur Gesellschaft leisten oder kleine Aufgaben übernehmen, die eine Ewigkeit dauerten, weil es einhändig nicht schneller ging.
Obwohl die Percherons bereits fertig versorgt waren, wollte Lia die beiden Riesen besuchen, als wir unseren Hofdienst erledigt hatten. Wir schlenderten auf der Landstraße an dem Bushäuschen vorbei, hinter dem wir in den Weg zu den Kaltblütern abbiegen mussten, als Lia abrupt stehen blieb.
„Unterwelt." Sie kicherte. „Klingt witzig." Sie deutete auf ein Plakat, das an der Haltestelle klebte. Eine Band ‚Black X' trat offensichtlich in dieser Musikkneipe auf.
„Da schau ich später gleich mal im Netz nach, was die Band für Musik macht. Auf ein Konzert hätte ich so dermaßen Lust."
„Ist aber am Mittwoch, da hast du doch dein Vorstellungsgespräch", gab ich zu bedenken."
„Jo, aber das müsste zeitlich passen. Bis zum Abend bin ich bestimmt zurück. Und entweder feiern wir dann meine Einstellung oder meine Absage."

Eine Absage würde wohl eine Katastrophe für sie werden Sie war so begeistert von der Stelle gewesen und eventuell könnte sie promovieren! Das waren so tolle Aussichten. Es durfte einfach keine Absage geben. Das wäre wirklich herb für Lia.

Ich mied das Thema. Sie sagte auch nichts mehr dazu. Stattdessen erzählte sie von dem Turnier am Wochenende. Sie wollte mit Lenni am Samstag starten. Das war bereits länger im Gespräch gewesen. Ich kannte bisher nur das Reiterferien-Turnier von unserem Hof mit den Kindern. Lia berichtete nun von großen Hallen, vielen Leuten, unendlich vielen Pferden. Das war mir vom Zuhören schon viel zu viel Trubel und ich entschied mich innerlich dafür, die Stellung auf dem Hof zu halten, während die anderen ausgeflogen waren.

Bei den Schimmeln kroch sie durch den Zaun, schmuste mit Fritz, danach mit Frieda.

„Pass auf deine Füße auf", neckte ich Lia. Sie streckte mir die Zunge raus.

Eine Weile blieben wir dort, dann schlenderten wir zurück zum Hof, kochten gemeinsam, dass es für alle reichte. Lia plünderte das Kräuterregal und würzte ihren kreativen Eintopf aus Kartoffeln, Würstchen, Paprika und einer Dose Tomatenpampe. Konservenmais fand sie noch, der wanderte ebenfalls hinein.

Am Abend wollte ich wie vereinbart auf einen Sprung bei Tommi vorbei und fuhr mit meinem blau-grauen Moped hin. Ich klingelte. Es dauerte, niemand machte auf. Der Fiesta stand vor der Tür. Ich klingelte nochmal.

„Moment!" Das klang laut, unwirsch. Kam ich ungelegen? Wir waren doch verabredet.

Tommi öffnete die Tür, total verschwitzt, außer Atem und irgendwie völlig fertig.

Ich hatte ihn bei seinem Training gestört - eindeutig, aber so fertig? Das war doch kein normales Training oder laugte er sich immer so aus?

„Komm ich ungelegen?" Ich war bereit, direkt auf dem Absatz kehrtzumachen.

„Falk? Du? Ach so ... stimmt ...", stöhnte er. „Ich muss schnell duschen."

Seine Wohnung sah aus, als hätte er einen Wutanfall gehabt ... oder hatte er getrunken? Hoffentlich nicht!

Wie ferngesteuert ging ich in die Küche, durchsuchte die Schränke und Mülleimer nach vollen oder leeren Flaschen.

„Was suchst du?", blaffte er mich giftig an. Ich erschrak so sehr, dass ich mich ruckartig umdrehte und zitternd stehen blieb.

„Falk?" Er sah mir meine Panik an und sprach wieder ruhig. „Geht es dir gut? Ganz locker ... was ist passiert?"

„Was ist bei DIR passiert?"

Er winkte ab. „Nichts Ungewöhnliches." Er sammelte seine Sachen zusammen: Zeitschriften, Bücher, CDs, DVDs ... alles lag kreuz und quer auf dem Wohnzimmerboden, dazwischen eine Unmenge an Shirts und Hosen.

„Hast du getrunken?", traute ich mich nun, meine Frage zu stellen.

„Nein, Blödsinn", sagte er ernst und wich meinem Blick nicht aus. Er sagte die Wahrheit.

„Ich habe nur meine restlichen Sachen geholt, die noch bei meiner Mutter waren, hatte keine Umzugskartons, daher alles lose ins Auto gestapelt und hier abgelegt. Hab dich leider total vergessen."

„War nicht so dein Wochenende, was?"

Ein Stöhnen war die Antwort.

„Kannst du über das Chaos hier hinwegsehen?"

„Ja ... klar. Wollen wir Schach spielen?"

„Nee, heut nicht", blockte er barsch ab. Irgendetwas war vorgefallen ... Eigentlich wäre ich bei der miesen Stimmung am liebsten geflüchtet, aber ich wollte ihn nicht allein lassen. Eben, weil es ihm nicht gut ging. Das war so offensichtlich.

Wir schauten einen Thriller, der von der ersten Sekunde bis zum Schluss zum Bersten spannend war. Ich war so in die Handlung vertieft, dass ich nach dem Ende völlig verschwitzt in mich zusammensackte.

„Alles klar mit dir? Falk, geht es dir gut?"

„Ich war zu sehr in den Film vertieft", erklärte ich und rappelte mich auf.

Tommi lachte, legte mir seinen starken Arm über die Schultern. „Du bist echt ein liebenswerter Psychopath." Er lehnte seinen Kopf gegen meinen. „So, was nun?"

„Befürchte, ich muss heim", meinte ich zögerlich, hoffte, er würde mir mit einer Reaktion zeigen, dass ich doch noch bleiben sollte ...

„Gut, ich fahr dich."

Nein, keine passende Reaktion ...

„Ich bin mit dem Moped hier", sagte ich leise. ‚Frag ihn, was passiert ist ...'

„Gut, ich will noch in die Unterwelt, muss eine Runde abtanzen." Er seufzte, blieb aber sitzen. Unschlüssig stand ich auf, wollte gehen, drehte mich wieder um. . „Was ist los mit dir? Willst du darüber reden?" Diese Fragen mussten jetzt endlich gestellt werden. Egal, wie er darauf reagieren würde ...

„Lass mal, es gibt Dinge aus der Vergangenheit, die muss man ruhen lassen."

Er kannte mich gut genug, dass ich nicht zu bohren aufhören konnte.

„Ich hab mich das halbe Wochenende nur rumgestritten, okay? Mit meiner Mutter, ihrem Macker, den Blagen."

Es gab also einen dunklen Punkt an Tommi, der seine offensichtliche Stärke untergrub. Sein Vater tot, mit seiner Mutter und der neuen Familie Stress. Abtanzen ... ich hoffte, er würde in der Unterwelt die Ablenkung finden, die er suchte.

Nun stand er auf, machte die Stereo-Anlage an. Eine Mischung aus Punk und Rock ertönte. Er nickte in Richtung der Anlage. „Die spielen am Mittwochabend in der Unterwelt. Das Konzert wird genial. Soll ich dich abholen? Magst du mitkommen?"

„Ich glaube, Lia will da hin, dann fahr ich mit ihr und wir kommen direkt in die Unterwelt.

„Lia ist dieses Rastamädel von euch?"

„Dreads. Rastas sind geflochtene Zöpfe, Dreads sind diese Filzdinger."

„Dreads ..." Er ließ sich das Wort auf der Zunge zergehen. Ich konnte nicht erklären, warum, aber in mir fing es an, zu brodeln.

„Ist eure Praktikantin oder wie war das?"

„Ja genau. Aber Lia hat ein Vorstellungsgespräch an dem Tag, keine Ahnung wie lange das dauert."

„Vorstellungsgespräch?"

„Ja, sie will ab Oktober nach Karlsruhe an die Uni. Ihren Doktortitel machen."

„Doktor Dread", lachte er.

Ich hätte ihn am liebsten geohrfeigt. Warum? Ich zwang mich, den Groll hinunterzuschlucken.

„Wir sehen uns."

Am Mittwochvormittag holte Tommi mich ab, fuhr mich zum zweiten Termin zu Lothar. Der Arzt hatte mir schon bei der ersten Untersuchung angeboten, ihn zu duzen. Das machte die Untersuchung persönlicher, aber leider nicht schmerzfreier und die Diagnose blieb nieder-schmetternd.

Die Schulter war immer noch so stark entzündet, dass er zunächst weiter fixieren wollte und noch keine Bewegungstherapie beginnen konnte.

„Du musst Geduld haben", beruhigte er mich. In seiner Mimik erkannte ich Tommi, die Gesichtszüge waren sehr ähnlich.

Lia kam erst am späten Nachmittag zurück. Sie sah ziemlich fertig aus, ließ sich auf den Küchenstuhl sinken und Anne verwöhnte sie mit Kakao und Kuchen.

„Und? Wie ist es gelaufen?", fragte Achim.

Mir brannte dieselbe Frage auf der Seele, hatte aber Bauchschmerzen, wenn ich an die Antwort dachte.

„Gut, sehr gut lief es ... aber die Entscheidung fällt erst am Montag." Sie stocherte in dem Kuchen herum.

„Was hast du für ein Gefühl?", hakte Achim nach.

„Tja ... weiß nicht. Fifty-Fitfy", meinte sie wortkarg.

„Aber eine direkte Absage war es nicht?", bohrte Anne.

„Nein. Keinesfalls. Sie sind sehr angetan, aber ... Montag ..." Lia trank den Kakao aus. „Darf ich heute nochmal Kermit ausleihen? Wir würden gerne auf ein Konzert." Sie blickte fragend in die Runde. Ihre Augen blieben an mir kleben. „Du kommst doch mit zu Black X?"

Ich nickte. „Gerne."

„Echt?" Lia freute sich aufrichtig. Ihr Gesicht leuchtete. Ein krasser Stimmungswechsel ... typisch, phänomenal.

Anne zog die Schlüssel wieder aus der Hosentasche, die sie vor wenigen Minuten nach Lias Rückkehr dort hineingesteckt hatte.

In meinem Zimmer schmiss ich mir mein Dope rein.

Es klopfte, Lia trat ein. Sie sah toll aus ... rattenscharf. Ich war wie elektrisiert, hoffte, sie hatte es nicht gemerkt.

Sie trug ein schwarzes bauchfreies figurbetontes Oberteil ohne Ärmel, das ihr saugut stand. Dazu eine schwarze Hüftjeans, die unten ein wenig ausgestellt war - fabelhaft. Lia war schlank, aber nicht dünn, hatte einen schön definierten Bauch. Wenn einer bauchfrei tragen konnte, dann SIE. Ihr lilafarbenes Piercing blitzte. Die tätowierte Sonne um ihren Bauchnabel flammte.

Lia ... ich brannte genauso lichterloh.

„Hallo? Lia an Falk. Ist da jemand?"

„Was?"

„Hey, wo warst du schon wieder?", fragte sie sanft.

„An ..." Nein! Nicht an deinem Bauchnabel! Ich errötete. Meine Güte wie peinlich. „Äh, was ist?"

„Darf ich mir vielleicht dein tolles lila-buntes Karo-Hemd ausleihen?", kam vorsichtig.

„Klar, nimm!" Ich wusste sofort, welches sie meinte und hoffte, ihr Bauch wäre damit so weit verdeckt, dass ich mein Verlangen bezähmen könnte, ihren Bauch zu küssen.

Mit geschmeidigen Bewegungen zog sie sich das Hemd über und krempelte die Hemdsärmel dreiviertel hoch.

Auf dem Weg zum Auto konnte ich meinen Blick nicht von ihr lassen. Sie trug schwarze Halbstiefel und sah einfach atemberaubend aus. Ich musste schwer an mich halten, ihr nicht zu gestehen, dass ich sie so sehr liebte, wie sie sich wahrscheinlich nicht vorstellen könnte.

Spätestens JETZT hatte ich mich hoffnungslos in sie verliebt.

Während der Fahrt konzentrierte ich mich aufs Atmen, um wieder runterkommen.

Lia in der Unterwelt

Lia zahlte den Eintritt für mich.

Wir ergatterten uns einen Standplatz im vorderen Drittel der Tanzfläche. Stühle und Tische waren beiseite geräumt.

Kurz darauf ging schon das Licht aus. Blau leuchteten die Scheinwerfer auf, Nebel wurde herein geblasen. Er roch nach Kokos. Dann kamen die Typen auf die Bühne. Gejohle und Geklatsche aus der Menge.

„Hallo, wir sind Black-X aus Olpe und freuen uns, heute hier spielen zu dürfen!"

Der Sänger war kaum älter als ich. Seine Augen waren schwarz geschminkt. Dann legten sie los. Ich fühlte mich hin- und hergerissen. Einerseits konnte ich den Trubel und die Menschenmenge kaum ertragen, andererseits riss mich Lia vollkommen mit.

Sie tanzte ausgelassen, zuerst alleine für sich, dann schlang sie ihre Arme um meine Mitte, tanzte mit mir. Also SIE tanzte und bewegte mich quasi mit. So etwas hatte ich noch nicht erlebt. Durch Lia konnte ich mich hingeben, in den Rhythmus einfühlen, die Stimmung genießen. Es war prickelnd, es erregte mich. Ich musste mich so beherrschen, sie nicht an mich zu pressen, zu küssen. Meine Gier war kaum noch zu bändigen.

Nach dem etwa zweistündigen Konzert herrschte im Nu wieder normaler Bar- und Disco-Betrieb. Lia zog mich zum Tresen und gab mir eine Cola aus. Sie lächelte überglücklich.

NEIN NICHT KÜSSEN!

Ein alter Rockschinken aus den 80ern röhrte durch den Raum und Lia strebte auf die fast leere Tanzfläche. Sie wollte mich mitziehen, aber ich kniff. Im Mittelpunkt zu stehen war nichts für mich. So rockte Lia alleine los. Ihre Bewegungen waren flüssig, erotisch. Es machte mich tierisch an.

Ein weiterer Tänzer begab sich dazu. Tommi.

Tommi. Mit seinem muskulösen durchtrainierten Körper. Die Konturen zeichneten sich messerscharf unter seinem engen Hemd ab.

Obwohl sie sich nicht berührten, schwoll mir ein dicker Kloß im Hals. Mit einer Mischung aus Bewunderung und ... Hass? ... schaute ich Lia und Tommi zu. Nervös griff ich in die Käsekräcker, die auf dem Tresen standen und angelte nach meinem Getränk.

Lia bewegte sich aufreizend. Das Piercing an ihrem freien Bauch glitzerte. Tommi nun auf Tuchfühlung bei ihr. Und ich war so weit weg.

Ich konnte das nicht aushalten. Am liebsten wäre ich dazwischen gegangen, hätte Lia weggeholt, Tommi einen Kinnhaken verpasst. Warum? Warum war ich so drauf? Ruhig werden ... ganz ruhig. Nur ein Tanz ...

Nur ein Tanz. Und noch ein Tanz. Und danach noch einer. Einer von VIEL zu VIELEN, den die zwei schon miteinander hatten!

Es war wie ein erotisches Frage- und Antwortspiel.

Der Abend hatte so wunderbar angefangen, ich hatte neben Lia in der tobenden Menge gestanden, sie tanzte mit mir. Es war so wunderschön gewesen ... und jetzt ... war ich ihr egal. Jetzt vergnügte sie sich mit ... Tommi. Ich blickte mich suchend um. Wo war denn diese Hanna? Sie war doch das letzte Mal seine Auserwählte gewesen und mir hatte es den Anschein gemacht, als ob da was zwischen den beiden laufen könnte. Wo war sie heute? Wenn sie hier wäre, müsste er nicht jedes Lied mit Lia tanzen! Ich konnte sie nirgendwo entdecken.

Ich rannte zur Toilette, schloss mich ein und setzte mich auf einen Klodeckel. Doch die Bilder wollten nicht aus meinem Kopf verschwinden. Ein unbändiger Hass auf Tommi flammte in mir auf.

Dabei war er doch echt ein echt prima Kerl. Ich mochte ihn wirklich! Warum machte er mit Lia rum?

Lia ... wir hatten nur noch zwei Wochen. Es tat so weh.

„Falk?"

„Hey? Bist du hier?" Tommi klopfte an die Tür. „Falk? Mach auf!"

„Verpiss dich."

„Mach bitte auf."

„V E R P I S S dich! Soll ich es dir buchstabieren?", schrie ich wütend und schlug mit der Faust von innen gegen die Tür.

Ich hörte ein kurzes Poltern in der Toilette daneben und plötzlich tauchte Tommi über mir auf. Er hatte sich kurzerhand über die hohe Trennwand geschwungen.

Seine Armmuskeln schwollen an, als er sich mit einem Zeitlupenklimmzug neben mir hinunter ließ.

Beeindruckend ... beeindruckte Lia sicherlich auch. Schade, dass sie jetzt nicht hier war, sie hätte bestimmt zu sabbern angefangen. Ich kochte vor Wut.

316

„Hast du dir nen Schuss gesetzt?" Er klang ärgerlich und zugleich sorgenvoll.

„Nee, hätt ich aber wohl besser", grollte ich. „Dann könnte ich wahrscheinlich darüber lachen, dass du mit Lia so eklig abtanzt!"

„Und wieso kannst du nicht drüber lachen? Und was ist daran eklig?" Er fragte ganz ruhig, sachlich.

„Vergiss es einfach", zischte ich, stand ruckartig auf und hastete aus der Kabine. Tommi hinter mir her. Zuerst wollte ich weglaufen, raus hier, im nächsten Moment überlegte ich es mir anders, kam zurück, stürmte auf Tommi los, schubste ihn heftig gegen die geflieste Wand neben den Waschbecken.

„Lass die Finger von ihr!", grollte ich und packte ihn mit links an seinem offenen Hemdkragen.

Mir war bewusst, dass er mich mit einem einzigen Schlag seines kraftvollen Körpers niederstrecken konnte, aber es war meine Geste, die zählte. Ich war stocksauer auf ihn, fuchsteufelswild, wütend! Enttäuscht von Lia, dass sie sich so anbiederte, enttäuscht von mir, dass ich das alles nicht geregelt bekam. Warum verließ sie mich? Warum ging sie? Warum?

„Falk", flüsterte er und hielt mich an den Oberarmen fest. „Atmen ..."

„Vergiss es", keuchte ich nun. „Fass sie nicht an! Niemals mehr! Verstanden?"

„Ich wusste nicht, dass ihr zusammen seid." Tommi schaute mich entschuldigend an.

„Sind wir nicht, aber ich will nicht, dass DU ... DU - SIE anfasst! Verstanden?!"

Wutschnaubend rannte ich raus, in die Partyhölle, wahrlich eine Hölle! Alle waren ausgelassen, fröhlich, ich war sauer, unzufrieden, todunglücklich und ... ich hätte am liebsten alles zusammengeschlagen. Ich hasste MICH dafür, dass ich so ein grausames Gefühlschaos in mir drin hatte.

An der Bar bestellte ich zwei doppelte Wodkas und kippte sie auf Ex hinunter.

Lia stand am anderen Ende des Saales und schaute sich suchend um. Suchte sie mich? Wie in Zeitlupe drehte ich mich um. Vielleicht hatte ich noch eine Minute Zeit zum Runterkommen, bis sie mich fand. Ich wollte ihr nicht so verhasst gegenüber stehen, das hatte sie definitiv nicht verdient.

„Ah, hier bist du." Lia kam herbei. „Mann, ich bin so brötchenfertig", seufzte sie. „Herrlich, herrlich, herrlich. Macht voll Spaß. Schade, dass DU nicht tanzen wolltest." Sie lachte mich an, erstarrte. „Ist was?"

„Bin nicht gut drauf. Das ist mir alles zu viel, zu voll, zu laut, zu …"

„Verstehe. Wollen wir heimgehen?", schlug sie vor.

‚Es war echt toll, Lia, weil die Musik toll war, weil du bei mir warst, mir so nah warst, wir in der Menge zu zweit für uns waren und … irgendwie eins waren. Schade nur, dass du nachher so viel mit Tommi rumgemacht hast. Das hat mächtig wehgetan, weil ich dich doch so sehr liebe.'

„Ich muss raus", schnaufte ich. Der Tunnelblick kam, das Surren in den Ohren. Wie betäubt presste ich mich durch die Menge, fand mich dann an der Beifahrerseite von Kermit gelehnt wieder, den Kopf an der kühlen Karosserie. Wie war ich die letzten Meter hier hergekommen?

„Geht es dir besser?" Lia schlang ihre Arme um mich.

Ich nickte.

„Die Luft war nicht die beste in dem Schuppen und du wärst mir beinahe …"

Mir war unglaublich schlecht. Ich wollte nur noch nach Hause. Wir stiegen ein. Lia fuhr los.

„Hast du die Handynummer von dem tollen Tänzer?", fragte ich nach langem Schweigen und zwang mich, nicht gereizt zu klingen. Ich wollte wissen, ob die beiden Kontakt hielten. Warum hatte ich diesen Kontrollwahn?

„Nein. Ich hab ihn zwar gefragt, aber er hat sie mir nicht gegeben", meinte Lia und bog ab in unsere Straße.

Er hatte sie ihr nicht gegeben? „Wieso nicht?"

„Er sagte, das sei nicht gut." Sie zuckte mit den Schultern. „Aber ein wahnsinnig toller Tänzer. Schade, dass DU nicht tanzen wolltest."

„Kann ich nicht", murmelte ich.

„Den Eindruck hatte ich auf dem Konzert aber nicht", lächelte sie und legte aufmunternd ihre Hand auf mein Bein.

NEIN! WEG DA!

„Dann müssen wir halt üben", sagte sie leise, „wenn du meinst, du kannst es nicht gut genug."

Ha, ha, in unseren letzten zwei Wochen, super Idee. Ich stöhnte innerlich. Das wäre das Erleben eines Gefühls, das mich nie wieder loslassen würde.

318

In dieser Nacht träumte ich von Lia, sah ihre meerblauen Augen, so nah, ihr Lächeln, spürte sie in meinen Armen. Ihre Worte waren wie ein längst verklungenes Echo. Ihr Blick fesselte mich immer wieder aufs Neue. Ihre Sommersprossen, ich mochte sie. Lia rannte, die blonden Dreads flogen wild um ihr Gesicht. Im nächsten Moment fiel ich ... ein endloser Fall. Ich riss die Augen auf. Mir war total schwindelig und ich keuchte wie eine Dampfmaschine. ‚Ruhig ... ganz ruhig ...'

Den Rest der Nacht durchzuckten mich Bilder vom vergangenen Abend ... Konzert mit blauem Licht, Lias Arme um mich, gemeinsames Tanzen. Tommi mit Lia ... gemeinsames Tanzen ... Tommi, wie er über die Toilettenwand kletterte, Tommi, wie ich ihn anschrie, Lia mit Tommi, tanzend. Ich wachte auf, lag in meinem Schweiß.

In der nächsten Traumsequenz bimmelte mein Wecker.

Mühsam rappelte ich mich auf, schlurfte ins Bad, machte die Bandage ab und stellte mich unter die kalte Dusche.

Es klopfte an der Tür. „Wie lange brauchst du noch?"

„Zwei Minuten", antwortete ich, drehte die Hähne ab und wickelte mir ein Badetuch um die Mitte.

Lia wartete auf dem Flur. Sie sah gar nicht gut aus.

„Schlecht geschlafen?", fragte ich sie.

„Geht so, es gab schon bessere Nächte." Sie lächelte halbherzig.

Die Kälte der Dusche war sofort verflogen.

Anne und Achim waren bereits zur Arbeit weg. Wir frühstückten schweigend. Zum Stall zu gehen, war eine Erlösung.

„Bist du böse auf mich?", fragte ich vorsichtig.

„Nein. Wieso?"

„Ich meine nur. Du redest nicht mit mir."

„Oh ... ja ... bin in Gedanken." Sie schaute mich an ... ein blaues Meer, aber ohne Sonne ... Sorgen waren in ihrem Gesicht zu lesen.

Ich half bei der Stallarbeit, so gut ich konnte.

Anschließend sattelte Lia den Hengst und ritt. In zwei Tagen war das Turnier. Sie trainierte eine dreiviertel Stunde, sprang zum Abschluss über einige Hindernisse und ließ den Hengst danach am langen Zügel schreiten.

In Gedanken versunken sah ich ihr beim Reiten zu.

„Hey Falk ... magst du mit mir ausreiten?", fragte sie plötzlich.

Bevor mein Verstand arbeitete, sagten mein Herz und meine Stimme: „Ja, klar!" AUSREITEN? War ich denn völlig bescheuert?

„Gut, reit Lenni trocken. Ich mach uns zwei Ponys fertig."

In mir teilten sich die Gefühle ... Freude über die bevorstehende Zweisamkeit mit Lia, Sorge, dass ich auf dem Ritt versagen würde. Ich konnte doch nur Schritt reiten!

„Ready!", rief Lia etwa zwanzig Minuten später, brachte den Hengst weg, während ich zum Anbindeplatz ging. Hera war gesattelt, Svenja hatte diesen Voltigiergurt, wie sie es nannte um. Mit einem dicken weißen Polster darunter.

„So, dann man rauf. Ich hab gedacht, mit dem Voltigiergurt kann dir nichts passieren." Lia half mir mit einer Räuberleiter hoch. Zum Glück war das Pony nicht so groß wie die Percherons.

„Vollidiotengurt wolltest du wohl sagen, was?"

Sie lachte, winkte ab, schwang sich elfengleich auf Hera und nahm Svenja am Führstrick. „So, brauchst nichts zu machen, einfach mit dem gesunden Arm festhalten, völlig entspannt oben sitzen und das Pferd fühlen, ist ganz einfach."

„Sagt die Elfe."

„Elfe?"

„Hm ja ..." Ich suchte nach Worten, fand aber nicht die richtigen.

Der Weg führte die große Runde unserer Fahrstrecke mit den Percherons entlang. Vor der üblichen Trabstrecke erklärte mir Lia, wie ich mich verhalten sollte. Locker bleiben, den Griff festhalten, mich notfalls über den Griff ‚ins' Pferd ziehen, aber dennoch versuchen, in der Hüfte mitzuschwingen, die Beine nicht anklemmen ... 1000 Ratschläge, die mir nichts nützten, denn ich war noch nie getrabt und konnte es mir nicht vorstellen.

Dann trabte sie an, wählte ein langsames Tempo.

„Svenja ist ein Sofa", schwärmte Lia. „Die ist butterweich, genieße es."

In der Tat war es nicht schwierig. Der Gurt war eine hervorragende Hilfe und ich musste wirklich nichts anderes tun, als mich auf die Bewegung einzulassen. Es war ein schönes Gefühl.

Beim Abendessen wirkte Lia in Gedanken versunken. Sie verschwand ziemlich schnell vom Tisch.

„Dieses Warten auf Montag nimmt Lia ganz schön mit, was?", horchte Anne mich aus, aber ich hatte, genau wie sie, noch keine Neuigkeiten erfahren.

„Warum brauchen die denn so lange?"

„Vielleicht haben sie heute und morgen noch Gespräche?"

Auch am Freitag ritten wir nach Lias Training mit Lenni, gemeinsam auf Hera und Svenja aus. Ich hatte tierischen Muskelkater, verheimlichte ihn aber. Eine heitere Stimmung blieb aus. Wenn Lia lächelte, sah es gequält aus. Ich konnte es nicht mehr ertragen.

„Bist du wegen Montag so durch den Wind?", fragte ich sie beim Absatteln.

Sie nickte.

Ich strich ihr zärtlich durch die Filzzotteln. Noch zwei Wochen ... außer es gäbe eine Absage ... das hoffte ich zwar insgeheim für mich, nicht aber für sie. Lia MUSSTE eine Zusage bekommen!

Das Turnier

Am nächsten Morgen beim Frühstück trank Lia keinen Kaffee. Sie war total aufgekratzt, ganz anders als die letzten zwei Tage.

„Ich habe Lampenfieber", gab sie zu und suchte wie ein aufgescheuchtes Huhn ihre Sachen zusammen, kam mit einem schwarzen Blazer und einer weißen Hose, dazu passenden schwarzen Stiefeln in die Küche, legte alles auf einen Stuhl. Als sie meinen zweifelnden Blick bemerkte, zuckte sie mit den Schultern. „Man muss diesen Dress auf dem Turnier tragen. Aber Falk, darf ich nochmal dein tolles Hemd anziehen?" .

„Ja klar, Lila ist deine Farbe", meinte ich. „Das ist mir schon bei unserem ersten Treffen am Bahnhof aufgefallen.

„Dankeschön." Sie wollte mich umarmen, doch ich hielt sie auf Abstand. WARUM? Weil es besser war ...

Lia eilte davon und kam abermals zurück in die Küche, hatte ein gelbes Shirt an und mein Hemd drüber, dazu die schwarze Jeans, die sie in der Unterwelt getragen hatte.

„Das Hemd steht dir ausgezeichnet", gestand ich. „Du kannst es gerne mitnehmen nach ..." Ich musste wegschauen. Mir kamen die Tränen. Ich drehte mich um, ging zum Fenster, um es zu vertuschen. „Nach Karlsruhe", sagte ich schnell und verschwand aus der Küche, hechtete die Stiege hinauf in mein Zimmer, lehnte mich von innen an die Tür. Nicht heulen! Zusammenreißen!

Es klopfte nach ein paar Minuten - Lia, wie erwartet. Sie sah traurig aus.

„Hey, die nehmen dich, bestimmt", versicherte ich. „Du bist so nett, so gut, so ... du rennst überall offene Türen ein mit deiner wunderbaren Art. Du erhältst am Montag ganz sicher die Zusage", sagte ich ruhig, obwohl innerlich in mir alles tobte.

Lia nickte nur. „Kommst du?", fragte sie. Ihre Stimme zitterte.

„Wohin?"

„Na, zum Auto?"

„Oh, ich wusste nicht, dass ihr Hilfe braucht."

„Nee, verladen ist Lenni schon, aber du fehlst noch."

„Ich? Nee, ich komme nicht mit."

Sie sah mich so entsetzt an, dass ich sofort losholperte: „Äh, ... okay, wenn du willst, dass ich mitkomme..." Ich fasste ihre Hand, weil ich nicht

322

wusste, was ich sonst tun sollte.

„Es wird nichts passieren, da ist zwar viel Trubel, aber... beim Konzert hast du es ja auch ausgehalten."

Auf dem Konzert war sie für kurze Zeit so fröhlich gewesen, ansonsten lastete seit Mittwoch dieser Schatten auf ihr.

„Wo bleibt ihr denn?" Achim klang genervt. Anne saß auch bereits im Auto.

Die Fahrt dauerte nicht lang, dann parkten wir auf einer riesigen Wiese, auf der bereits viele Transporter standen. Lenni wieherte euphorisch. Er roch die anderen Pferde. Seine Ohren spielten aufmerksam. Er reckte den Hals, röhrte erneut über den Platz. Lia lachte, nahm seinen Kopf in die Arme.

‚Nimm doch MICH in den Arm', bettelte meine einsame Seele und - warum auch immer in diesem Moment - mir kam Tommi in den Sinn und ich schärfte mir ein, dass ich am Montag unbedingt zu Tommi fahren musste, um mich mit ihm auszusprechen. Er war nicht irgendjemand, den ich kannte ... er war mein bester Freund. Okay, auch der einzige ...

Lia startete zunächst in dieser pinguin-ähnlichen Turnierkleidung in einem Stilspringen. Mochte es reiterliche Unterschiede geben, mich hätte man nicht fragen dürfen. Lia und Lenni sahen für mich einfach perfekt aus. Sie ritt einen fehlerfreien Durchgang.

Anschließend umarmte mich Anne, weil sie sich so für Lia freute. Dann fiel Lia Anne in die Arme. Danach mir um den Hals. Achim fotografierte uns, bemerkte ich aus den Augenwinkeln.

Zuletzt umarmte sie auch noch Achim. Es war so schön, zu sehen, wie sie sich freute, nachdem sie die letzten Tage so niedergeschlagen wirkte.

Bei der Siegerehrung wurde Lia lange Zeit nicht aufgerufen, erst als Vorletzte. Ich hatte mir schon Sorgen gemacht, aber es bedeutete Platz 2 und eine silberne Schleife. Ich war so stolz auf sie.

Am Nachmittag startete sie in einer Dressur-Kür. Sie war rabenschwarz angezogen, Lenni trug knallrot. Zu den instrumentalen Klängen ritt sie ein, blieb stehen, grüßte. Wartete einen Moment, bis das bisher liebliche Intro in harte Metal-Klänge umschlug und ritt im Galopp an, auf den Punkt, perfekt.

Ich hatte sie noch nie zu dem Lied reiten sehen, weil sie daheim immer mit MP3-Player geritten war. Es war faszinierend, diese weichen Pferdebewegungen zu den harten Klängen und es passte.

Niemand anders als Lia hätte so eine Vorstellung bieten können. Gewagt und mutig zwischen all den anderen klassischen oder populären Musikstücken. 40 Güterwagons überrollten mich. Ich liebte sie so sehr..

Applaus gab es erst Sekunden, nachdem Lia das Viereck verlassen hatte. Sie kam mit Lenni am Zügel zu mir, grinste. „Das war geil!"

„Das war wirklich geil", bestätigte ich anerkennend und umarmte sie mit links. Ganz spontan. Sie krallte sich in meine Umarmung, mir wurde unfassbar heiß. Doch ihr Blick war voller Zweifel. Dann umarmte sie Lennis dicken Hals und danach Anne und Achim ...

„Ich bin mir zwar sicher, dass ich damit keinen Blumentopf gewinne", meinte sie schulterzuckend, „aber diese wahnwitzige Idee musste ich einfach durchführen, es hat mir so viel Spaß gemacht."

Sie sattelte Lenni ab und verlud ihn, zog sich rasch um, schwarze Jeans, gelbes Shirt, mein Hemd drüber.

Anne nickte anerkennend. „Ich fand den Ritt bemerkenswert."

Beeindruckt waren auch die Richter, denn - anders als erwartet - wurde Lia zur Preisverleihung gerufen. Darauf war sie nicht vorbereitet. Sie holte Lenni aus dem Hänger und trabte auf dem ungesattelten Pferd, gezäumt nur mit Zügel am Stallhalfter, zur Preisverleihung.

In diesem Aufzug konnte nur Lia dort aufkreuzen. Sie war einfach phänomenal.

Ihre Originalität hatte sie auf Platz 3 gebracht. Bei der Ehrenrunde breitete sie die Arme aus und genoss mit geschlossenen Augen den Augenblick. Spielerisch parierte sie den Hengst vor dem Ausgang zum Trab, schwang sich elfengleich herunter und lief die letzten Meter im Gleichtakt an seiner Seite. Sie strahlte über das ganze Gesicht.

Zurück auf dem Hof war es für mich, wie ein ‚nach Hause kommen'. Nein, nicht ‚wie', ich kam in mein Zuhause.

Lia hatte kein Zuhause. Ich wünschte ihr, dass sie eines Tages ankommen würde. Eine Heimat finden konnte.

Am nächsten Morgen war Lia wieder wie ausgewechselt. Beim Frühstück war von ihrer Fröhlichkeit, der Ausgelassenheit, nichts mehr zu merken. Sie sah mitgenommen aus. Hatte sie überhaupt geschlafen?

Lia hatte frei, ebenso wie ich. Sie zog sich wortlos auf ihr Zimmer zurück. War sie jedes Mal so verstört, wenn es in einen neuen Reiseabschnitt ging?

Ich lag in meinem Zimmer, grübelte. Es fühlte sich an, als hatte ich Lia bereits verloren, bevor sie ging. Ein Verlust auf Raten.

Vielleicht brauchte Lia mich gerade jetzt? Vielleicht wollte sie reden? Nein ... Lia brauchte niemanden ... sie würde diesen Hof verlassen, alles hinter sich lassen.

Eltern, Uni, Kanada, Malkushof ... wir waren nur ein kleiner Zwischenstopp auf ihrer Reise. Ein paar Übernachtungen in einem Hotel am Wegesrand, ein bisschen Sightseeing, schauen, was man noch so mitnehmen kann für den nächsten Reiseabschnitt.

Der Laptop war alles, was sie hatte: Ein gigantisches Musikarchiv, Bücher als Download. Sie hatte nur so viel Hab und Gut, was sie bei ihrem Nomadenleben sofort zusammenpacken und mitnehmen konnte.

Plötzlich stand sie an meiner Tür. Tränen liefen ihr übers Gesicht. Sie wischte sie nicht weg.

„Magst du mit mir ein Eis essen gehen?", fragte sie mit erstickter Stimme.

„Eis essen?"

„Im Städtchen gibt es eine Eisdiele, die hat auch laktosefreies Eis. Anne und ich haben sie letztes Mal zufällig gesehen und sie direkt ausprobiert. War lecker. Magst du?"

„Nein", entgegnete ich. ‚Nicht in die Stadt. Bitte nicht.'

„Keine Lust?" In ihrem Tonfall schwang eine Mischung aus ‚sag bloß nicht nein' und ‚ist irgendwas in der Stadt verkehrt?'.

Am liebsten wollte ich nie wieder in diese Stadt. Aber das konnte ich ihr nicht sagen!

Sie schaute mich so flehend an, dass ich zustimmen musste. Nicht weil ich etwas mit ihr unternehmen wollte, sondern, weil es IHR absolut mies ging und sie mir zu verstehen gab, dass sie mich brauchte. Aber in zwei Wochen hatte sie mich doch auch nicht mehr ...

„Ich mag solche Massenansammlungen nicht", hörte ich mich sagen.

„Gestern war's doch auch okay?", fragte sie sanft. „Nur auf ein Eis ... in der weltbesten Eisdiele von Girreshausen. Falk, du verpasst was."

„Mag sein", kam abweisend von mir. Das wollte ich so nicht ... aber ich wollte definitiv nicht in die Stadt. Schon gar nichts sonntags, nicht ins Getümmel!

„Du magst mit mir kein Eis essen, stimmts?"

Mit diesen Worten hatte sie den richtigen Nerv getroffen. ‚Scheiß auf deine verdammte Panik' rief jemand in mir.

„Doch, ich geh gerne mit dir ein Eis essen", lächelte ich und rappelte mich auf.

Wir standen nur wenige Zentimeter voreinander entfernt und dennoch lag zwischen uns der Grand Canyon. Sie streckte ihre Hand aus wie nach einem Rettungsanker.

„Wollen wir laufen?", fragte sie leise. „Es gibt einen Wanderweg durch den Wald, hab ich gegoogelt. Ich komme gleich. Sagst du Anne oder Achim Bescheid?"

Ich nickte, fand Anne bei den Kühen.

„Lia und ich gehen in die Stadt. Sie sagt, ihr habt eine gute Eisdiele aufgegabelt mit laktosefreiem Eis?"

„Oh ja, das war lecker. Soll ich euch nachher abholen?", bot sie direkt an.

„Keine Ahnung, aber ich melde mich."

„Vielleicht muntert sie das ein wenig auf. Ich glaub, es nagt ganz schön an ihr, dass sie erst morgen mehr erfährt."

„Ja, glaub ich auch. Wie kann man ihr das nur antun?" Ich seufzte, drehte mich um und ging.

Lia wartete bereits und kickte gedankenverloren Kieselsteine in der Einfahrt herum, als ich zu ihr kam. Sie stand völlig neben sich.

Meine innere Stimme ignorierend, legte ich ihr meinen gesunden Arm um ihre Schulter und wortlos liefen wir los. Sieben Kilometer durch den Wald. Sieben Kilometer mit Lia. Wir würden knapp zwei Stunden brauchen.

„Magst du reden?", fragte ich nach einer Ewigkeit leise.

Blödsinn! Wenn sie reden wollen würde, hätte sie es getan! Idiot!

Sie nickte, aber sie sagte nichts.

Idiot! Siehste.

Es war ein wunderschöner Weg. Das Sonnenlicht streichelte uns mit seinen Strahlen ... aber eigentlich schwebte eine dunkle Wolke über uns.

Warum war diese Stelle an der Uni eigentlich so kurzfristig ausgeschrieben gewesen? War das immer so? Ich hatte keinen Plan. Weder von Uni noch von Bewerbung. Ich hatte nie etwas selbst tun müssen. Schule hatte mein Vater geregelt. Knast hatte die Polizei geregelt. Und die Stelle auf dem Hof hatte Dr. Schindelwick geregelt. Wollte er nicht mal kommen?

Ich verscheuchte meine Gedanken, blickte zu Lia, die stumpf auf den Boden schaute und weiterstapfte.

„Böse, wenn ich nichts sage?", fragte sie mutlos.

„Nein, alles okay." Ich zog meinen Arm weg.

FEHLER!

Lia atmete zittrig. Ihr war zum Heulen. Mir auch ... aber hier ging es um Lia, nicht um mich! Meine Zukunft würde sich nicht verändern, ich würde auf dem Hof bleiben. Ohne Lia, aber ich würde bleiben. Sie zog weiter. Ein weiterer Abschnitt ihrer Reise. Ins Glück? Ins Ungewisse ...

Ich legte ihr den Arm wieder um die Schultern. Sie schmiegte sich an mich.

Wir brauchten über zweieinhalb Stunden bis zur Stadt, so schleppend waren wir unterwegs. Im Ort war der Trubel groß. Klar, bei dem schönen Wetter. Die Paranoia überfiel mich prompt. Ich hoffte, Lia würde es nicht merken.

Mein Blick schweifte hektisch hin und her. Ich kam mir vor wie ein Tier auf der Flucht. Frauen, Männer, Mütter mit Kindern, Jungs, Mädchen, alte Leute, junge Leute, langsame Leute, schnelle Leute. Hilfe! Atmen! Ich mied es, irgendjemanden länger anzusehen, und hatte dennoch das Gefühl, ständig beobachtet zu werden. Es war grässlich und paranoid.

Lia steuert zielstrebig auf die Eisdiele zu.

Das Eiscafé lag direkt neben dem McDonalds und die Außentische waren voll besetzt. Ich war froh, als wir drinnen im Café eine ruhigere Nische ergatterten, die mich etwas vor den Massen beschützte.

Lia sah meinen besorgten Blick. „Alles okay?", fragte sie.

„Das müsste ich wohl eher dich fragen?" Äußerlich hatte ich mich einigermaßen im Griff, doch innerlich stieg mein Puls, ich fing zu zittern und zu schwitzen. Dabei hatte ich keinen Grund dazu.

Was sollte schon passieren? Und warum? Ich versuchte, mich ruhig zu bekommen, immerhin konnte ich mich nicht mein Leben lang verstecken. Tommi hatte Recht. Mit den Kindern hatte ich es auch auf die Reihe bekommen, und auf dem Konzert und dem Turnier. Anders war es hier in der Stadt nicht: Unheimlich viele fremde Leute, kein Grund zu so einer sinnlosen Panik - alles war gut.

Es gab viel Auswahl. Wir bestellten beide einen großen Eisbecher und es schmeckte ausgesprochen lecker. Lia hatte nicht übertrieben.

Wir redeten nicht.

Lia hatte nicht den Mut, die Kraft, zu sagen, was sie sagen wollte.

Und ich hatte nicht den Mut, die Kraft, sie zu fragen. Aber war es mein Part? Ich wollte sie nicht bedrängen.

„Noch einen Wunsch?", fragte die Kellnerin.

Längst hatten wir unsere Eisbecher leer. Aufstehen wollte keiner von uns beiden ... jedenfalls keiner als Erster.

„Nein, zahlen bitte", meinte Lia und lächelte die Frau für einen Sekundenbruchteil freundlich an.

„Morgen geht es dir besser", flüsterte ich mühsam. Sie blickte mich entsetzt an. MIST jetzt hatte ich doch etwas Falsches gesagt.

Lia wollte noch zur Toilette, bevor wir gingen. Ich gab ihr zu verstehen, dass ich draußen auf sie warten würde. Ich sehnte mich nach Luft zum Atmen.

Draußen strich mir der sanfte Wind über meinen verschwitzten Körper. Ich schaute mich in der Fußgängerzone um: Es gab Bäume und Bänke, die zum Verweilen einluden. Spatzen hopsten davor auf dem Boden herum, suchten nach Krumen, die Passanten fallen ließen.

Als mir jemand auf die Schulter tippte, zuckte ich zusammen. Eigentlich hatte ich Lia erwartet, sah jedoch nur kurz ein Jungengesicht, dann folgte eine schnelle Bewegung und sofort brannte es höllisch in meinen Augen. Irgendjemand hatte mir eine Flüssigkeit ins Gesicht geschüttet. Im nächsten Moment traf mich ein heftiger Tritt in den Magen, der mich taumeln ließ.

Ein weiterer Tritt erreichte mich schmerzhaft in meine Seite, der nächste schlug mich von den Beinen. Ich prallte auf meine kranke Schulter und schrie vor Schmerzen auf. Wieder landete ein Tritt in meinem Magen. Ich bekam keine Luft mehr.

Erneut ein Tritt, in die Nieren. So heftig, dass ich von der Wucht über den Pflasterboden schlitterte. Das war mein Ende. Es fühlte sich an, als seien alle Rippen zertrümmert worden. Meinen gesunden Arm hielt ich instinktiv schützend vor meinen Kopf. Der folgende Tritt landete an meinem Unterarm, der nächste landete in meinem Gesicht.

Es konnten nicht mehr als wenige Sekunden gewesen sein; mir kam es vor wie Stunden.

Ich hörte Schreie, panische Schreie, nicht meine!

Lias!

„Lasst ihn sofort in Ruhe! Ihr Schweine! Hört sofort auf damit!" Ihre Stimme überschlug sich. „Warum tut denn keiner was?!"

Meine Folterknechte verschwanden. Schemenhaft nahm ich die Leute rings herum wahr, die nur gafften.

Zwischen Ohnmacht, Schmerz und Panik rang ich nach Luft. Mein Atem rasselte, die Augen brannten höllisch.

„Alles wird gut", flüsterte Lias zitternde Stimme neben mir. Ich spürte ihr Streicheln auf meiner Wange, hörte das Tippen auf dem Handy.

„Hallo? Ja, ein Notfall in der Fußgängerzone von Girreshausen vorm McDonalds. Hier ist jemand zusammengeschlagen worden." Den Rest des Gespräches verstand ich nicht mehr, alles wurde undeutlich.

„Bitte werde nicht bewusstlos", flehte Lia. Sie drückte meine Hand. Die Realität kehrte zurück.

„Hilfe ist unterwegs", flüsterte sie, ganz nah an meinem Ohr. „Hörst du die Martinshörner? Gleich sind sie hier." Sie küsste mich ganz zart. Das war so tröstend hinter dieser Wand aus Schmerzen.

Dann wurde mir schwarz vor Augen.

„Warum hat keiner geholfen?", fragte Anne tonlos.

„Weil nie einer hilft. Die haben alle nur wie erstarrt dagestanden und zugeguckt." Das war Lia. Der Druck an meiner Hand verstärkte sich. Ich wollte zurückdrücken, aber es ging nicht.

Mein Hals war trocken und schmeckte eklig nach Blut. Außerdem war mir schlecht. Die Sorge, mich übergeben zu müssen, brachte Phantomschmerzen. Das wäre mit gebrochenen Rippen erneut die Hölle, durch die ich bereits hindurch gegangen war.

Wie Nadelstiche kamen die Erinnerungen an die endlosen Minuten auf dem Pflasterboden. An die unzähligen Tritte, die Schmerzen.

Jetzt stand es 1:1 und meine innere Stimme sagte mir leise, dass ich nichts mehr befürchten musste. In dem Sekundenbruchteil hatte ich meinen Peiniger erkannt.

Jonas.

Es klopfte an der Tür. Schritte. Tiefe Männerstimmen, zwei Polizisten.

Nicht bewegen! Ich stellte mich bewusstlos, mein Puls raste. Bitte jetzt keine Vernehmung.

Das Gespräch zwischen Anne, Lia und den Beamten war kurz und gedämpft. Sie verabschiedeten sich recht schnell mit den Worten „Wir kommen morgen noch einmal wieder", dann hörte ich die Tür. Mein Puls beruhigte sich.

„Falk? Hörst du mich?" Lia, saß auf meinem Bett, drückte meine Hand.

Ich wollte die Augen öffnen, aber es ging nicht. Sie waren verbunden.

Ich wollte etwas sagen, aber meine Lippen klebten zusammen.

„Schscht, ganz ruhig." Lia hatte sich über mich gebeugt. Ich hörte Annes Schritte von einer Bettseite auf die andere wandern, spürte, wie sie sich links von mir auf die Matratze setzte, mir behutsam über die Haare strich.

Ich hatte Durst, furchtbaren Durst und Halsschmerzen.

Anne drückte mir vorsichtig ein kühles feuchtes Tuch auf den Mund. Das tat gut.

Achim trat ein. Seine Schritte waren unverkennbar.

„Scheiße verdammte", murmelte er und setzte sich den Geräuschen nach auf einen Stuhl. „Wie geht es ihm?"

„Siehste doch", meinte Anne und atmete tief durch.

„Wie konnte das passieren?"

„Ich war auf Toilette", kam von Lia resigniert. „Als ich zurückkam, lag er bereits auf dem Boden."

„Ich hätte nie damit gerechnet, dass so etwas passiert. Vielleicht seid ihr schon die ganze Zeit verfolgt worden?"

„Mir ist nichts aufgefallen, da war der Teufel los. Keiner hat eingegriffen, als die zwei sich auf ihn gestürzt haben." Lia war immer noch entsetzt. „Und ... es war meine Schuld."

„Wie kommst du darauf?", fragten Anne und Achim gleichzeitig.

Ich wurde hellhörig. Was war Lias Schuld? Sie konnte doch nichts dafür?

„Falk wollte nicht in die Stadt; er hat sich regelrecht gesträubt und ich hab ihn dazu gedrängt. Er hatte wahrscheinlich eine gewisse Vorahnung." Sie erhöhte den Druck an meiner Hand. Ein sanfter Kuss landete auf meiner Stirn. Ein flauschig-warmes Gefühl durchströmte mich, wie immer, wenn Lia mich berührte.

„Is o-ke", zwang ich mir mit einer Reibeisenstimme ab und würgte, weil ich so einen widerlichen Geschmack im Mund hatte.

„Falk", seufzte Achim. „Weißt du, wer das war?"

Mein Herz blieb stehen.

„Du kannst Anzeige gegen unbekannt erstatten", schlug Achim vor.

Ich stöhnte zweimal, was ‚Nein' bedeuten sollte.

Achim stand auf, ging ein paar Schritte. Vermutlich ans Fenster.

„Du willst also keine Anzeige erstatten?" Achims Stimme klang fassungslos.

Ich stöhnte wieder zweimal zur Verneinung.

„Du musst das anzeigen!", warf Anne ein.

„Nein, muss er nicht", meinte Lia leise. „Vielleicht zieht eine Anzeige Aufmerksamkeit auf ihn. Überleg mal! Womöglich will sich dann noch jemand rächen. Das kann doch kein Zufall gewesen sein."

Danke. Lias Worte waren wie ein Sommerregen.

„Wir müssen das nicht jetzt entscheiden", lenkte Anne ein.

Am nächsten Tag wurde der Verband von meinen Augen entfernt und ich realisierte bei der Visite meinen im wahrsten Sinne des Wortes grün und blau geschlagenen Körper. Vollgedröhnt mit Schmerzmitteln war mein Körper wie betäubt, doch mein Herz zog sich krampfhaft zusammen und ich musste mich zusammenreißen, um nicht anzufangen zu heulen.

Nun war ich erstmal ans Bett gefesselt und konnte nicht einmal mehr die letzten uns verbleibenden Tage mit Lia zusammen verbringen. Wie schön wäre es gewesen, noch einmal auf dem Reitplatz ihr Turniertrottel zu sein, sie noch einmal als Beifahrerin auf dem Planwagen zu haben. Mit ihr auszureiten mit dem Vollidotengurt?

Mir war so elend zu Mute. Wieso hatte ich mich so sehr in sie verliebt? Ganz einfach: weil sie fabelhaft war. Witzig, chaotisch, humorvoll, frech, lieb und unheimlich hübsch. Diese Sommersprossen, die meerblauen Augen. Das breite Grinsen, das offene Lachen und ihre verrückten Dreads. Ich sah sie in meinem Zimmer, vor dem Konzertbesuch und obwohl ich jetzt gerade so mies dran war, machte mich allein der Gedanke an. Aber ... ich würde sie bald verlieren.

Ich dämmerte weg und verschlief den ganzen Tag.

Am nächsten Morgen kam die Krankenschwester, versorgte mich mit Augentropfen und entfernte die Infusionsschläuche. „Ab sofort kannst du wieder selbst essen und trinken", verkündete sie und stellte eine Kanne Tee, einen Becher mit einem Strohhalm und laktosefreien Joghurt bei mir ab. Sie war also bestens informiert.

„Mir ist schlecht", stöhnte ich.

„Das kommt noch von der Gehirnerschütterung", erklärte sie. „Wird sich aber in den nächsten Tagen geben."

Sie stellte mein Rückenteil vom Bett hoch, goss mir Tee ein. Die ersten Schlucke waren schmerzhaft, aber dann wurde es besser. Endlich einen Geschmack nach Tee im Mund und die Speiseröhre fühlte sich nicht mehr wie zugeklebt an. Gierig trank ich mehr.

Beim Joghurt löffeln merkte ich, wie geschwollen meine Lippen waren. Ich musste später mal in den Spiegel sehen ... oder vielleicht besser nicht.

Mein Bettnachbar zog den Vorhang zurück. Sonnenlicht strömte ins Zimmer. Es tat tierisch weh im Kopf und ich drehte ihn rasch zur Seite.

„Sorry", meinte er und schloss den Vorhang sofort wieder, als er meine Reaktion bemerkte.

Ich döste eine Runde, doch dabei überschlugen sich meine Gedanken schon wieder: War ich operiert worden? Wie lange musste ich in der Klinik bleiben? Wann würde Lia zu Besuch kommen? Lia ...

Ich träumte davon, dass mich eine ihrer Filzzotteln streichelte, spürte einen sanften Kuss auf meiner Stirn. Ein wunderbarer Traum.

„Du siehst aus wie ein Zombie", sagte eine Stimme neben mir.

Ich öffnete die Augen, sah direkt in Lias besorgtes Gesicht.

„Deine Augen sind knallrot."

Eine tolle Begrüßung.

„Aber sonst bist du wirklich glimpflich davongekommen."

„Was ist mit meinen Rippen?", fragte ich schwerfällig.

„Fünf sind angebrochen, aber du musstest nicht operiert werden."

„Aber ... der Verband?"

„Du hast nur mal wieder eine Bandage." Sie lachte herb auf. Die

Situation war aber auch wirklich makaber. „Tut mir leid", fuhr sie zärtlich fort. „Ich bin wirklich glücklich, dass es dir besser zu gehen scheint." Sie nahm meine Hand und legte sie an ihre Wange.

Obwohl sie sich um mich sorgte, erzählte ihre Körperhaltung von Erlösung. Sie hatte die Zusage bekommen! Definitiv! Ich freute mich für sie und andererseits ... zerriss es mich innerlich. Noch zwei Wochen ...

„Weißt du schon, wann du entlassen werden kannst?", fragte sie.

„Keine Ahnung. Zu spät", murmelte ich und versuchte, das Zittern in meiner Stimme zu unterdrücken.

„Wieso zu spät?"

„Na, weil ich ... egal." Nein, ich wollte ihr nicht sagen, dass ich jeden Tag, den ich hier drinnen war, als verpasste Zeit mit ihr ansah. Tränen schossen mir in die Augen. Nein, nein, nein.

Sie beugte sich über mich und sah mich mit ihren meerblauen Augen direkt an. „Hey, wer wird denn Trübsal blasen?"

„Nenn mir einen Grund, es nicht zu tun", murmelte ich und schluckte hart. Ich hatte schon wieder so einen ekligen Geschmack im Mund, das musste sie doch riechen oder?

„Ach Falk." Sie strich mir über die Haare, über die Wange, drückte meine Hand. Sie hatte kalte Finger, ihr Blick war zweifelnd. „Kann ich was für dich tun?"

„Glaub nicht", mühte ich mich ab. ‚Doch und wie du was tun kannst! Bleib hier! Lass mich nicht allein!'

„Sicher?"

„Was macht die Uni? Haben sie dir gestern die Zusage gegeben?" Eine blöde Frage ... natürlich hatten sie das, war doch klar!

Lia antwortete nicht, blickte mich nur an. So intensiv, so durchdringend, fragend, ängstlich.

„Es hat sich etwas geändert", sagte sie leise.

„Bist du abgelehnt worden?" Nein! Nein, das DURFTE NICHT SEIN!

„Nein, im Gegenteil, sie wollen mich unbedingt haben, aber es hat sich etwas verändert ..."

Das war zu viel. Meine Nerven lagen blank. Ich jaulte auf. Mein Körper zuckte. Es tat weh, nahm mir den Atem, aber ich konnte mich nicht mehr beherrschen.

„Falk ich ..."

„Lia, wenn du ... etwas für mich tun willst", schluchzte ich stockend und kniff die Augen zu. „Dann ... lass mich nicht allein. Bleib hier, bleib bei mir." Die letzten Worte gingen nahezu unter, denn ich heulte laut los. Wenn das jetzt der Abschied war, konnte ich ihn nicht ertragen. Was sollte sich schon verändert haben. Wollte sie mir sagen, dass sie früher ging als gedacht? War heute ihr letzter Tag?

Ich keuchte, japste, verschluckte mich.

Lia bewegte sich. Ich wusste, sie würde mich jetzt verlassen. Die flauschige Wärme war zu einem eiskalten Klotz geworden. Ich hörte auf zu atmen und hoffte, dass ich dadurch ohnmächtig wurde. In Filmen klappte das doch auch? Luft anhalten, bis man weg war! Ich wollte das alles nicht mehr mitbekommen. Die Schmerzen waren unerträglich. Den Heulkrampf konnte ich nicht mehr kontrollieren und Lia ...

Ich spürte, wie sich die Matratze bewegte. Ihre Dreads berührten mein Gesicht, ihr Mund meine Augen. Ihre wunderbaren Lippen waren warm. Sie schmiegte ihre Wange an meine und flüsterte: „Ich liebe dich. Ich werde dich nicht verlassen, niemals."

WAS?!

Mein Kreislauf fuhr Achterbahn. Ich zwang mich, Luft zu holen. Atmen. Ich musste atmen.

„Lia", presste ich erstickt und jämmerlich hervor.

Sie kuschelte sich an mich. Es war ein so unendlich tröstendes Gefühl.

„Falk, mein Lieber", seufzte sie ganz leise. Dann hauchte sie mir einen Kuss auf die gesunde Mundhälfte. Fast nicht zu spüren und doch so prickelnd, lieblich brennend. Süß wie Honig und würzig wie Pfeffer.

„Lia!" Meine Stimme klang klagend, und unter Schluchzern stammelte ich: „Ich liebe dich so sehr, dass es weh tut."

Sie hauchte mir ins Ohr: „Falk, du bist mir so wichtig ... und ... ich brauche dich, weil ...du bist das Ziel meiner wirren Reise. Ich war längst angekommen, konnte es aber nicht glauben. Bei dir fühle ich mich wohl und sicher, geborgen und geliebt."

Ich konzentrierte mich darauf, ruhig zu werden. Sie würde bleiben? Das war jetzt wie ein Steinschlag in meinem Kopf angekommen! Ein Airbag platzte in mir. Ich fing an zu glühen. Doch die Hitze war nicht unangenehm. Ihre Worte waren wie purer Sonnenschein.

Jedes ihrer Worte taumelte wie eine Daunenfeder im Wind und setzte sich in meinem Inneren an irgendeiner Stelle fest. Niemals zuvor hatte mich jemand so tief berührt, niemals zuvor hatte ich Worten eine so starke Bedeutung geschenkt. Ich war das Ziel ihrer wirren Reise. Das klang wie aus einem Kitschroman. Aber Lia war überhaupt nicht kitschig.

Wer Lia kannte, der wusste, welche tiefen Gefühle diese Worte hinter sich her zogen. Meine Lia, der ich so entsetzlich wehgetan hatte. Meine Lia, der ich alles anvertraut hatte. Meine Lia, die ... die mich schon wieder mit hauchzarten Küssen beschenkte.

Völlig erschöpft lag ich mit brennenden Augen neben ihr.

„Anne und Achim sind einverstanden, dass ich auf dem Hof bleibe", erklärte sie leise. „Solange du krank bist, mache ich deine Arbeit und danach suche ich mir einen Job in Girreshausen. Irgendwas wird es geben. Wichtig ist nur, dass wir zwei zusammenbleiben, du und ich.

„Ist das ein Traum?", fragte ich leise. „Ich habe Angst, dass ich morgen aufwache und das alles nur geträumt habe."

Sie lachte ihr tolles Lia-Lachen und meinte: „Moment." Sie ging kurz aus dem Zimmer, kam mit einem Kugelschreiber wieder zurück und krempelte mir den Ärmel hoch. Dann fing sie an, auf meinem Arm herumzukritzeln: *Ich bleibe, weil ich dich liebe!*

„So, nun hast du es schriftlich. Sieh zu, dass du nach Hause kommst. Ich vermisse dich. Alles Weitere besprechen wir, wenn du wieder zu Hause bist."

Zu Hause. Wie gut das klang.

Am Abend schneite Achim kurz herein, grinste mich breit an.

„Hey, war dein Engel schon da?", fragte er und zog sich den Stuhl zu mir.

„Sie bleibt", teilte ich ihm mit, inzwischen etwas weniger nuschelnd.

„Wer hätte das gedacht, was? Tja, dann brauche ICH mir wohl keine Sorgen mehr zu machen, wer jetzt bei uns anpackt, wo du erstmal paar Monate ausfällst und ... ich brauche mir auch keine Sorgen zu machen, wer Anne mit den Kids unterstützt ... und Planwagenfahrten unter der Woche sind ja dann auch kein Problem mit euch beiden. Wenn Lia dir beim Schirren hilft, fahren kannste auch mit gebrochenen Rippen." Er lachte albern, dann blickte er ernst. „Falk, glaub mir, der Hof ist nichts ohne dich und ist nichts ohne Lia. Es ist so schön, euch zu haben. Aber erzähl mal, wie geht es dir?"

„Geht besser."

„Wenn geht gut heim, okay?"

Ich hatte Achim noch nie so albern erlebt. Er musste sich wohl mächtig Gedanken gemacht haben, wie es auf dem Hof weitergeht ... ohne Lia ... und mit mir als temporärem Krüppel. Jedenfalls war er jetzt total erleichtert und daher so fröhlich.

Er erzählte: „Lia saß am Sonntagabend leichenblass am Küchentisch und heulte urplötzlich los ... ununterbrochen, eine halbe Stunde lang. Anne nahm sie in den Arm und dann irgendwann platzte es aus ihr heraus, dass sie die Zusage bereits seit Mittwoch hatte, aber seit dem Moment fragte sie sich nur noch, ob sie tatsächlich vom Hof wegwollte. Dass sie eigentlich überhaupt nicht mehr wusste, was sie tatsächlich wollte. Oder ob sie nicht längst gefunden hatte, was sie suchte." Er sah mich mit leuchtenden Augen an und fuhr fort: „Dich zum Beispiel. Und die Arbeit auf dem Hof mit den Kindern sei eine Erfüllung für sie." Er klopfte mir sanft auf die Schulter. „Sie selbst hatte sich bis Montag Bedenkzeit erbeten. Und sie wollte dir das auf dem Rückweg von der Eisdiele erzählen, aber dann ist alles ganz anders gekommen."

In meinem Kopf verknoteten sich Gedanken, Bilder, Situationen. Achim gab mir Zeit, um das alles irgendwie zu verarbeiten. Saß ruhig auf dem Stuhl, dachte sicherlich selbst nach.

Ich grübelte noch lange, nachdem sich Achim bereits verabschiedet hatte. Lia wusste es schon seit Mittwoch ... und sie hatte die ganze Zeit ... es war ein einziges Wort, was sie von mir hätte hören wollen: ‚Bleib'. Und anstatt das zu sagen, hatte ich ihr ständig Mut gemacht, man würde sie nehmen, hatte ihr immer zu verstehen gegeben, dass mir klar war, dass sie gehen würde. Ich war wirklich ein emotionaler Volltrottel. Doch es war nicht erst auf dem Rückweg von der Eisdiele gewesen, dass sie mir das hatte sagen wollen. Je mehr ich darüber nachdachte, desto klarer wurde mir, dass sie den ganzen Hinweg bereits darüber gebrütet hatte, wie sie die Sache anfangen sollte. Auch während des Eisessens war sie auf der Suche nach den richtigen Worten gewesen.

Ich schloss die Augen, dachte über das Wunder von heute nach: Lia ... es war unvorstellbar ... sie blieb! Sie BLIEB! Und sie liebte mich. MICH! Unfassbar, ausgerechnet mich.

Nach dieser frohen Botschaft war ich so sehr weggetreten, dass ich nicht bemerkte, dass ich noch einmal Besuch bekam. Als ich die Augen öffnete, erstarrte ich.

Jonas.

„Hallo …", grüßte er knapp. „Wie geht es dir?"

„Geht so." Unsere Blicke hafteten aufeinander, bis er meinem auswich.

„Hast du was gebrochen?"

„Angebrochen, fünf Rippen."

„Oh … aber, aber keine inneren Verletzungen?"

„Nee." Wieso fragte er das alles?

„Darf ich … mich setzen?"

„Tu dir keinen Zwang an."

Er wirkte nervös. Irgendwie tat er mir leid.

„Hast du starke Probleme mit den Augen?", fragte er.

„Wie man es nimmt. Was war das?"

„Cola …"

„Kannst ja mal nen Selbstversuch starten."

„Jemand hat es gefilmt", berichtete er zögerlich.

Mein Gehirn schwankte zwischen nicht Begreifen und heranfliegendem Entsetzen.

„Was?"

„Die Prügelei. Jemand hat es gefilmt."

„Wie pervers seid IHR denn?"

„Nein, keiner von uns. Aber es ist online. Übers Videoportal habe ich es heute gesehen. Die Gesichter sind übermalt, zensiert."

Mein Atem stockte. Das konnte nicht wahr sein.

„Da ist alles drauf … also auch … als wir schon weg waren." Er schaute mich an. „Ich hab noch nie jemanden … so leiden sehen." Er japste nach Luft. Seine Augen füllten sich mit Tränen. „Falk, so was hab ich noch nie gemacht. Was ist nur mit mir passiert?"

„Du hattest einen Kurzschluss", sagte ich leise.

Er schüttelte den Kopf, wischte sich über die Augen. „Wäre das Mädel nicht gewesen … ich …" Er brach ab. „Ich hab seit Sonntag nicht mehr geschlafen, mir immer wieder diese Frage gestellt. Was hab ich nur getan? Wie konnte das passieren?"

„Späte Rache."

„Ja, schon, aber diese Wut? Wie kann man so wütend sein?"

„Zu Recht."

Nun schüttelte er heftig den Kopf. „Nein. Ich lass dir meine Adresse hier, dann kannst du mich anzeigen. Oder … meinst du, es ist besser, wenn ich mich stelle?"

„Bist du bescheuert? Lass den Mist. Du bist hier, bereust die Sache, gut ist. Hör bloß auf, die Bullen einzuschalten, das gibt nur ein riesiges Theater."

„Aber ich bin es dir schuldig?"

„Wir sind quitt, mehr ist nicht."

„Ich habe auf dich eingetreten, als du völlig wehrlos warst!"

„Na und? Als ich dich damals verprügelt habe, warst du auch völlig wehrlos. Du warst Zehn und ..."

„Elf ..."

„Elf ... egal. Jedenfalls war ich Fünfzehn und bedeutend größer und stärker. Späte Rache ist besser, als wenn du mich nachträglich anzeigen würdest." Meine Stimme brach. „Ich will nicht mehr in den Bau ..."

„Das wird echt nie wieder vorkommen, heiliges Ehrenwort."

„Wir sind quitt, okay?" Ich legte meine Hand auf seine, er ergriff sie, drückte sie fest.

„Aber du hast Anspruch auf Schmerzensgeld ...", fuhr er fort.

„Verrechne es mit deinem Anspruch", winkte ich ab und schickte ihn weg.

Mein Bettnachbar meldete sich zu Wort. „Hat ER dich so zugerichtet?"

Das hatte mir gerade noch gefehlt! „Das geht niemanden was an, verstanden? Du hast dieses Gespräch niemals gehört, okay? KEIN WORT!" Ich erschrak bei dem drohenden Tonfall meiner Stimme, aber sie verfehlte ihre Wirkung nicht.

„Versprochen", kam leise von nebenan - ich hoffte es wirklich!

Bei der Visite erzählte der Doc etwas von ‚Donnerstag heimgehen'. Wie schön. Kurz überlegte ich. Was war heute für ein Tag? Mittwoch? Siedend heiß fiel mir ein: Ich musste den Termin bei Lothar absagen und durchsuchte meinen Schrank nach meinem Handy.

Danach dachte ich an Tommi, verschob einen Anruf aber auf später, denn Lia kam soeben strahlend zur Tür herein. Sie machte es sich auf dem Besucherstuhl gemütlich, lehnte sich mit den Ellbogen auf meine Matratze. Das Meer war blau und die Sonne schien. Ich legte meinen gesunden Arm um ihren Nacken. Sie schob sich langsam unter ihm hindurch, bis sie meinen Mund küssen konnte ... Honig und Pfeffer, sanft und doch ... so verlangend.

Tatsächlich durfte ich am nächsten Tag die Klinik verlassen. Lia holte mich ab, stützte mich vorsichtig. Unendlich langsam schleppte ich mich zum Fahrstuhl. Jede falsche Bewegung tat weh.

Auf dem Hof hing eine Girlande über der Terrassentür. *Willkommen daheim!* Ich vergaß vor Überraschung, die Füße zu setzen, doch Lia hielt mich fest.

Anne und Achim kamen heraus. Hatten sie beide heute frei? Extra wegen mir? Sie standen Spalier, als ich durch die Tür ging. So viel Aufmerksamkeit war mir wirklich peinlich.

Auf meinem Platz war gedeckt, mein Lieblingskuchen stand auf dem Tisch, Kakao duftete aus meiner Tasse. Vorsichtig verfrachtete Lia mich auf den Stuhl, setzte sich neben mich, drückte mir die Hand und einen Kuss auf die Wange.

Achim legte seinen Arm um Anne. „Tja, da wäre unsere Familie wohl wieder vollständig, was? Falk, du hast ganz schön gefehlt, und nicht wegen der Arbeit. DU hast gefehlt."

Das war alles zu schön, um wahr zu sein. Ich dachte immer noch, aus einem Traum aufzuwachen. Nur, dass es diesmal kein Albtraum war.

Später half Achim mir die Stiege hinauf und brachte mich in mein Zimmer. Ich starrte auf das große 1,40er Bett.

„Was ist denn hier passiert?"

Achim tat unschuldig: „Lia wars! Sie meinte, dein Bett wäre zu klein für zwei. Nur der Nachtschrank musste dafür weichen ..."

Mein ganzer Körper begann zu prickeln. Lia ... keine Nacht mehr würde ich alleine schlafen? Mir fehlten die Worte.

Unverhoffter Besuch

Lia kuschelte sich sofort zu mir ins Bett. „Es ist so schön, dass du schon hier bist", flüsterte sie und küsste mich sanft, doch voller Verlangen.

„Ich bin so froh, dass du bleibst." Diese Worte konnte ich nicht oft genug wiederholen und noch immer fing meine Stimme dabei an zu zittern.

„Wie gut, dass ich auf mein Herz gehört habe", bestätigte sie, schmiegte sich an mich und legte den Kopf an meine kranke Schulter.

Es klopfte zögerlich an der Tür, bestimmt Anne. Lia richtete sich reflexartig auf, kroch aus meinem Bettzeug und setzte sich mit dem Rücken an die Wand auf ihre Betthälfte. Wir lächelten uns unsicher an. Die Situation war noch zu neu.

„Komm rein", sagte ich Richtung Tür und blinzelte Lia an. Mir war klar, dass ab jetzt niemand mehr ohne anzuklopfen ins Zimmer kommen würde. Man konnte ja nie wissen.

„Du hast Besuch", verkündete Anne.

„Besuch?" Matthias? Mir stockte der Atem. Schon verfiel ich wieder in mein panisches Muster. Ich zwang mich, ruhig Luft zu holen.

In der Tür stand Tommi.

Ich saß kerzengerade im Bett und spürte im nächsten Moment 1200 Säbelstiche. Halb erstickt schrie ich auf, bekam keine Luft mehr, verkrampfte.

„Was machst DU denn hier?", presste ich mühevoll zwischen den zusammengebissenen Zähnen hervor.

„Ich wollte gerne wissen, wie es dir geht. Lothar hat vorhin angerufen, dass du gestern nicht bei ihm warst. Er meinte, du hättest ein paar Rippen angebrochen und dann war mir klar, dass ... dass es stimmt." Seine Stimme wurde immer leiser.

„Was stimmt?"

„Das Video, ich habs am Dienstag gesehen. Es war auf der Startseite unter meist gesehene Videos verlinkt."

„Warum ist das noch nicht aus dem Netz?", stöhnte ich. „Verdammter Mist. Woher weißt du, dass ... hast du mich darauf erkannt?"

„Welches Video?" Lias Stimme klang so weit weg, so dünn, so unwirklich.

„Ein Perverser hat gefilmt, wie Falk zusammengeschlagen wurde", antwortete Tommi.

„Mann!", grollte ich. „Warum kannst du nicht das Maul halten? Willst es an die große Glocke hängen oder was?"

Lia schaute mich wie versteinert an.

Eigentlich wollte ich nicht, dass irgendjemand aus dem Haus wusste, dass dieses Video existierte - zu spät.

„Hast du mich darauf erkannt?"

„Nein, es ist zensiert. Ich dachte nur, dass es aussieht wie die Fußgängerzone in Girreshausen, und als ich dann von Lothar erfuhr, dass du in der Klinik bist und angebrochene Rippen hast, klingelte es in meinem Kopf. Also musste ich mich unbedingt vergewissern. Mann Falk ... ich hatte echt eine Scheißangst, dass die dich halb tot geprügelt haben. Das Video war so grausam."

„Weißt du, wer gefilmt hat?", hörte ich Lias Stimme wie von fern.

„Nee."

„Bestimmt ein Kumpel von den zwei Typen, die dich zusammengeschlagen haben", meinte Tommi.

„Nee."

„Wieso nee?"

„Jonas wusste nichts von dem Video, war genauso entsetzt und sein Kumpel hat nicht auf mich eingeschlagen."

„Du ..." Lias Stimme war nur ein entsetztes Wispern. „Du weißt, wer das war?"

„Ja, da war noch eine alte Rechnung offen. Aber die ist jetzt beglichen. Er hat mich im Krankenhaus besucht, ist okay jetzt."

„Ich fass es nicht. Er hätte dich totgeschlagen, wenn ich nicht dazwischen gegangen wäre!"

„Wahrscheinlich, ja. Das ist auch das, worüber wir ziemlich lange gequatscht haben. Wird noch verdammt lang an ihm nagen."

Tommi warf mir auf einmal einen Blick zu, als hätte er das Gefühl, zu stören. „Ich geh dann mal wieder und ..."

Ich griff nach seinem Arm. „Tut mir echt leid wegen letztem Mittwoch. Ich ... war ein verdammtes Arschloch. Du tust alles für mich und ich ..."

Er grinste plötzlich ganz offen. „Hey, vergeben, okay? Wenn ich euch so sehe, denke ich, dass ich wohl auch übergeschnappt wäre." Er zwinkerte mir zu. „Hättest aber schon die Wahrheit sagen können."

„War es zu dem Zeitpunkt", gab ich leise zurück. „Und ...wenn ihr nochmal tanzen wollt ... ich steh euch nicht im Weg, gib ihr die Handynummer ruhig."

Lia blickte mich verständnislos an. „Jetzt sag nicht, ihr habt euch letzten Mittwoch wegen MIR in die Haare bekommen?"

Ich hob ergeben die Schultern. „Ich war eifersüchtig", gestand ich. „Ist total peinlich und kindisch, aber ich bin an dem Abend in der Unterwelt total ausgerastet, weil ich es nicht ertragen habe, dass er mit dir Lied für Lied tanzt, während in mir nur der eine Gedanke kreiste, dass du in zwei Wochen weg bist und ich ..." Ich stöhnte, wusste nicht weiter. „Gefühle sind manchmal echt der schlimmste Kopfterror", knurrte ich.

„Warum habe ich nichts bemerkt?", fragte Lia.

„Weil ich ihn auf dem Klo angegangen bin", gestand ich.

Sie dachte eine Weile nach. „Du bist echt ein Idiot", sagte sie dann leise. „Ein Wort und alles wäre geklärt gewesen."

„Bleib", fügte ich im Flüsterton an.

„Ja ... genau." Sie schaute mich verblüfft an.

„Achim hat mir von Sonntagabend erzählt", erklärte ich.

Sie schloss die Augen, atmete tief durch, schüttelte den Kopf. Nach einer Weile blickte sie von Tommi zu mir und fragte: „Wie lange kennt ihr zwei euch denn schon?"

Ich schwieg, was sollte ich sagen?

„Er hat mir ein Sideboard versprochen, wenn ich euren Wagen repariere", half er mir mit einer Halbwahrheit aus der Patsche.

„Du bist der mit dem Cappy von den Landmaschinen?"

„Ja." Er lachte.

Lia, blickte zwischen uns beiden hin und her. „Wisst ihr was?" Sie richtete sich auf. „Ich lass euch jetzt mal allein."

Weg war sie. Tommi angelte sich meinen Holzstuhl, setzte sich rittlings drauf, nickte nachdenklich und meinte: „Ich verstehe dich."

Einen Moment war Stille.

„Und in zwei Wochen geht sie wirklich nach Karlsruhe?"

Ich schüttelte langsam den Kopf. „Nein, sie hat dort abgesagt", seufzte ich beglückt. „Die Unifritzen sind total scharf auf sie, aber sie ..."

„Ist scharf auf dich", beendete Tommi den Satz völlig anders, als ich geplant hatte.

Er lachte. Ich konnte es mir gerade noch verkneifen - meine Rippen!

„Du möchtest mir also deine Liebe zum Tanzen überlassen?"

„Ich vertraue dir. Es wird nichts passieren."

„Ich mag dich wirklich, bist ein prima Kerl", meinte Tommi. „Und was war das für eine Rechnung mit diesem Typen?"

„Ich hatte ihn vor Jahren übel zugerichtet. Arm gebrochen, Klamotten geraubt. Er hat mich erkannt und … na ja … Sicherung durchgebrannt."

„Ist er einfach spontan über dich hergefallen oder hat er dir hinterherspioniert und aufgelauert?

„Er hat mich vor etlichen Wochen mal im Baumarkt gesehen, wusste also, dass ich irgendwo in der Gegend lebe und die Begegnung war im Endeffekt reiner Zufall, obwohl ich da in der Stadt das Gefühl hatte, dass ich beobachtet werde, dachte aber, es sei meine übliche Paranoia."

Er schüttelte ungläubig den Kopf. „OK, ich geh jetzt und kümmere mich darum, dass das Video von dieser Plattform verschwindet", versprach er und verschwand mit einem Winken.

Später lag Lia wieder neben mir. Sie fuhr mit ihren Händen unter mein Shirt. Ihre Finger tippelten die Bandage hinauf, fuhren über meine nackte Brust, sanft, hauchzart - erotisch.

Diese nie gehabten Gefühle überrollten mich, warme Schauer jagten über meiner Haut. Ich schloss die Augen, schwebte auf einer Wattewolke. Dieses Gefühl, diese sanften Berührungen, es war so unbeschreiblich. Ich konnte einfach nicht; ich musste die Luft anhalten … bis sich alles drehte.

„Falk? FALK!"

Ich riss erschrocken die Augen auf, bemerkte Lias besorgten Blick. Mir war schwindelig.

„Atmen verdammt!", zischte sie und hatte nun beide Hände an meinen Wangen liegen.

„Falk? FALK!" Sie verpasste mir ein paar leichte Ohrfeigen.

Ich atmete, sog die Luft ein. Ein jäher Schmerz durchschoss meinen Oberkörper und mir wurde schwarz vor Augen.

Lia war aufgestanden, kniete vor meinem Bett, leichenblass.

„Sorry", schnaufte ich und hatte alle Mühe, genügend Luft in so niedriger Dosis zu bekommen, wie meine Rippen vertragen konnten.

Lia küsste meine Hand. „Wann ist nochmal der MRT-Termin?", fragte sie leise.

„Am 27. September um halb zwölf", antwortete ich.

„Das ist ja schon am Montag! Endlich! Mensch, du machst mir mit deinen Aussetzern eine Riesenangst."

Der Vorwurf war nicht so böse gemeint, wie er rüber kam, das zeigte ihr panisches Gesicht.

„Tut mir leid."

„Wieso atmest du nicht?"

„Keine Ahnung."

Lia nahm mich in den Arm. „Mach mir bloß keinen Kummer, verstanden?"

Den Freitag verbrachte ich noch im Bett, aber am Samstag zog es mich zum Frühstück nach unten. Wir konnten draußen sitzen. Ein warmer sonniger Tag.

Eine gebuchte Planwagenfahrt war abgesagt worden, wie Achim berichtete. Von dem Alt-Herren-Kegelclub hatte einer über Nacht einen Herzanfall gehabt. Folglich hatten die anderen sieben keine große Lust - verständlich. Achim war so nett, hatte keine Stornierungsgebühren eingefordert, Anne nickte das wohlwollend ab.

Das Frühstück mutierte zum Spätstück, weil wir um halb eins immer noch zusammensaßen. Keiner hatte es eilig, am wenigsten ich ...

Auf einmal fuhr ein schwarzer Fiesta auf den Hof. Tommi. Seit seinem Besuch war es für mich plötzlich in Ordnung, dass er auf den Hof kam. Warum hatte ich mich nur so dumm angestellt?

Er stieg aus, winkte, und rief quer über den Innenhof: „Hey Falk, ich hab dir jemand mitgebracht!"

Auf der Beifahrerseite stieg Lothar aus.

Atmen, verdammt! Ich schloss die Augen kurz, rappelte mich mühsam von der Bank auf, während sie näher kamen.

Tommi, nahm mich vorsichtig in den Arm und flüsterte mir ins Ohr: „Das Video ist raus."

Eine gute Nachricht.

Lothar hatte seinen Arzt-Koffer dabei, klopfte mir vorsichtig auf die gesunde Schulter. „Wenn ich gewusst hätte, was passiert ist, hätte ich dir gleich einen Hausbesuch angeboten." Zusammen gingen wir an den Tisch, wo drei Fragezeichen saßen, beziehungsweise nun aufstanden.

„Falks Folterer", stellte Tommi seinen Onkel vor.

Lothar gab ihm einen Knuff. „Guten Tag, mein Neffe hat mich hier her zitiert. Lothar Lenz", nahm er die Vorstellung selbst in die Hand.

„Wo sind wir ungestört? In deinem Zimmer nehme ich an?"

„Wieder die Stiege hoch?", stöhnte ich.

„Geht doch in eines der Gästezimmer im ehemaligen Stall", bot Anne an.

Lothar beobachtete mich, während ich mich mühsam dahin schleppte.

„Wirklich ein toller Hof", sagte er schließlich, als wir in einem der Zimmer standen. „Und das war mal ein Stall? Respekt. Kein Wunder, dass deine Schulter das nicht überlebt hat." Lothar schnaubte, lächelte verschmitzt. Dann untersuchte er mich gewissenhaft und ich stellte fest, dass mir die angebrochenen Rippen eindeutig mehr Schmerzen bereiteten, als die lädierte Schulter.

„Die Entzündung ist schon gut zurückgegangen, das ist okay so, dafür ist die Bewegungsfähigkeit stark eingeschränkt. Fluch und Segen einer Immobilisationsbandage. Du kannst dein Shirt wieder anziehen. Die Bandage lassen wir ab jetzt weg. Aber du musst unbedingt längerfristig zum Physiotherapeuten."

Zum Glück gingen wir anschließend zurück auf die Terrasse. Es war zwar auf alle Fälle gut, dass Lothar die Behandlung weiterführte, aber es war mir unangenehm, Besuch auf dem Hof zu haben. Würden sie Tommi während meiner Abwesenheit ausfragen, woher wir uns kannten? Was würde er erzählen?

„Sie wollen doch nicht schon gehen?", fragte Anne höflich. Sie hatte in der Zwischenzeit noch zwei Gedecke geholt.

Lia brachte Tommi von einer Hofführung zurück an den Tisch.

„Wir bleiben gerne noch auf einen Kaffee", bestätigte der Doc.

Anne zauberte noch einige Muffins herbei.

„Ihr kennt euch ziemlich gut, was?" Achim fragte in die Runde und meinte damit wohl Tommi, Lothar und mich.

Genau solche Fragen hatte ich vermeiden wollen.

„Woher denn?", wollte Anne wissen.

Ich warf Tommi einen warnenden Blick zu.

„Wir haben einen Deal", begann er lachend zu erklären. „Falk fertigt mir ein Sideboard an und ich hab dafür eure Sissi unter die Lupe genommen. Das richtige Ersatzteil fehlt noch, dann habe ich meinen Teil erfüllt und warte noch mein Sideboard und so lange geh ich ihm gehörig auf den Keks", behauptete er scherzhaft. Anne und Achim waren sofort vom eigentlichen Thema abgelenkt. Es ging nun um Sissi und das Sideboard. Tommi versprach, den Wagen Montagmorgen nach der Reparatur zu bringen.

Weitere Fragen über Tommis und meine Vergangenheit blieben außen vor.

Abends in meinem Zimmer fragte ich Lia: „Fährst du mich Montag zur MRT?"

„Klar, ich kann ja die Sissi nehmen, wenn Tommi den Wagen tatsächlich früh genug bringt? Dann haben wir zwei Autos."

„Hast du Anne oder Achim von dem Termin erzählt?"

„Nein."

„Gut. Behalt es bitte weiterhin für dich."

Sie schüttelte den Kopf. „Tommi hat schon Recht, wenn er sagt, du seist ein schweigender Falke."

„Was? Wieso redet er mit dir über mich?" Im letzten Moment vermied ich eine ruckartige Bewegung, aber dennoch blieb mir schon wieder die Luft weg. Ich funkelte Lia böse an.

„Na weil du sein Freund bist und ich ... deine Freundin? Sie legte den Kopf schief. „Warum wirst du schon wieder panisch? Was sollte Tommi mir Schlimmes über dich erzählen können?"

Ich sagte nichts, aber meine Gedanken rasten durch unsere gemeinsame Vergangenheit in der JVA. Aber eigentlich hatte sie Recht. Im Knast hatte ich mir nichts zu Schulden kommen lassen und ... den Rest kannte sie.

„Hallo?"

„Sorry. Lass uns die Untersuchung am Montag abwarten. Dann wissen wir, ob ich ein echtes Problem habe oder nur eine Psychomacke."

„Die Frage ist, was von beidem schlimmer wäre."

„Das Erste. Das Zweite krieg ich in den Griff."

„Dein Leben?"

„Ja ... denke schon. Wenn Tommi jetzt sogar hier auf den Hof kann, ohne dass ich eine Attacke bekomme ..."

„Wieso wolltest du das denn nicht? Wegen mir...?"

„Nein, wegen ... ach weiß nicht ... ich hatte die Wahnvorstellung, ich müsse Knast und Freiheit trennen."

„Knast?" Das Fass war übergelaufen, Lia war nicht dumm. Aber Lia konnte ich vertrauen. Es war an der Zeit ...

„Tommi und ich waren zusammen im Bau. Aber er ist ein verdammt guter Kerl. Bitte behalt es für dich, okay?!"

„Schon gut", murmelte sie. „Alles im Lot."

Oder auch nicht. „Ach Lia, ich will ihn in nichts reinreiten. Will nicht, dass andere von unserer gemeinsamen Vergangenheit erfahren. Es ist vorbei."

„Ich kann es gut verstehen", gab sie zu und küsste mich. „Er tut dir gut."

„Ja, das stimmt."

Wie versprochen brachte Tommi den Wagen Montagfrüh, lud sein Rad aus, trank einen schnellen Kaffee und sauste davon Richtung Landmaschinen. Lia fuhr mich anschließend ins Krankenhaus und wartete auf mich. Achim und Anne waren beide arbeiten, so blieb die Sache unbemerkt.

Der Befund war negativ, also für mich positiv ... denn sie hatten nichts gefunden. Demnach war ich körperlich gesund. Für eine weitere Diagnose wegen der Aussetzer empfahlen sie mir einen Psychiater. Ich winkte dankend zum Abschied.

„Und?" Lia schaute mich erwartungsvoll und unruhig an.

„Hirnschaden."

„Was?"

„Psychowrack."

„Vielleicht ..." Sie atmete tief ein und legte ihren Arm um mich, „... solltest du mal einen Psychiater in Betracht ziehen?"

„Hat mir der Weißkittel da drinnen auch gerade gesagt."

„Und? Wirst du es tun?"

„Bin ich bescheuert?"

„Vielleicht bald, wenn du es nicht tust?", kam vorsichtig.

„Ich denk mal drüber nach, okay?"

„Das heißt, du wirst es nicht tun."

„Das heißt, ich habe es nicht gänzlich ausgeschlossen."

„Idiot!"

„Vermutlich."

„Falk, ich sage dir jetzt mal ein paar ganz ehrliche Worte, okay?" Sie drehte mich vorsichtig an den Schultern zu sich. „Wenn du das nächste Mal zusammenbrichst, dann melde ICH dich beim Psychiater an, verstanden?"

„Ist ein Deal", gab ich mich geschlagen.

Am nächsten Tag schrieb Tommi mir eine SMS und lud mich zum Essen und Schachspielen ein. Er wollte mich abholen. Freudig sagte ich zu, begeistert über einen Tapetenwechsel. Lia freute sich für mich.

Manches war einfach Schicksal. Hätte Achim nicht Kermit kaufen wollen, wäre ich Tommi bis heute nicht begegnet, denn ICH hätte mich nicht gemeldet und er hatte meine Daten nicht gehabt.

„Bis zum Essen mach ich dich locker nieder", meinte Tommi in seiner Bude und überließ mir - wie immer - den ersten Zug.

Abzocken und niedermachen, das war heute wohl nicht ganz so einfach wie sonst, denn es sah verdammt gut für mich aus, zumindest wenn man unser Spielniveau verglich: Ich hatte erst drei Bauern und den Läufer verloren, während ich Tommi schon den Turm und zwei Bauern hatte schlagen können. Er staunte nicht schlecht.

„Du bist heute in einer guten Verfassung", musste er gestehen, als das Festnetz-Telefon klingelte. „Wehe, du verschiebst eine Figur, ich weiß ganz genau, wie alle stehen!" Lachend nahm er das Gespräch an.

„Tach, Tommi hier, wer stört?"

Stille.

„Du? Du WAGST es, hier anzurufen? - Bist du betrunken? - Was? Ich glaubs nicht. Verlang jetzt nicht, dass ich Mitleid mit dir habe! - Nein, ganz bestimmt nicht. Das geschieht dir nur Recht! - Ja, das sag ich so einfach! - Du hast ja keine Ahnung! Du hast dich nie darum gekümmert!"

Mit jedem Wort wurde sein Ton härter. Mir standen die Nackenhaare zu Berge.

„Hör bloß auf, mir Vorhaltungen über mein beschissenes Leben zu machen! Du hast ganz andere Fehler gemacht! - Du bist so eine falsche verlogene blöde Hure! - Natürlich rede ich so mit dir! Du kannst mich mal! Kreuzweise! - Ach ja? Schlampe! - Vergiss es und wage ja nicht, hier noch einmal anzurufen oder jemals vorbeizukommen! Ich will von dir nichts mehr hören und will dich nie wieder sehen! Nie wieder! Du bist für mich gestorben! Aus, Schluss und vorbei! Ende der Durchsage!" Tommi knallte den Hörer auf die Gabel, riss ihn wieder hoch und schlug so lange mit dem Hörer auf das Telefon ein, bis es schließlich zerbrach. Dann nahm er den kaputten Apparat, hob ihn auf und schmiss ihn mit einer Wucht zu Boden, dass er in 1000 Teile zerschellte.

Mir war schlecht. Tommis unbändige Wut machte mir Angst! Mein Herz raste. Tommi stand mit dem Rücken zu mir. Er zitterte und jeder Muskel schien zum Bersten angespannt.

„Tut mir leid, dass du das mitbekommen musstest." Er ließ sich neben mich aufs Sofa fallen. „Ich fahr dich jetzt heim. Was für ein beschissener Abend. Wär ich doch nicht ans Telefon. Hab ich nicht mit gerechnet."
„Nein Tommi. Wir fahren jetzt nirgendwo hin. Entweder ich bleibe heute Nacht hier, oder ich rufe Anne oder Lia an, dass die uns beide auf den Hof holen. DU bleibst heute jedenfalls nicht allein. Nicht so, wie du drauf bist ..."
„Ich bin schon wieder runter von dem Trip", behauptete er, ging in die Küche, holte Handfeger und Schaufel, kehrte die Einzelteile des Telefons zusammen.
„Falk", stöhnte er erschöpft. „Ich will allein sein."
„Willst du nicht, das weiß ich ganz genau."
Er schaute mich an. „Woher willst du das wissen?", entgegnete er ruhig, aber genervt.
„Nach so einem Gespräch will man nicht allein sein."
„Du hast doch keine Ahnung."
„War das deine Ex?"
„Bist du bescheuert?", ranzte er mich an. „Das war meine Alte."
„Was? Du hast SO mit deiner Mutter gesprochen? Sie als Hure beschimpft?" Ich war entsetzt.
„Sie IST eine Hure", zischte er zwischen geschlossenen Zähnen hindurch.
Ich starrte ihn nur an. In meinem Kopf nur ein einziger dicker Knoten.
„Sie hat meinen Vater schon zu Lebzeiten betrogen", fuhr er gereizt fort. „Jahrelang." Er rollte mit den Augen. „Wieso hat die blöde Kuh meine Nummer?", grollte er. „Meinetwegen bleib hier. Ich geh rüber." Mit diesen Worten verschwand er.

Wie betäubt blieb ich sitzen. Ich kramte mein Handy hervor und schrieb Lia in einer SMS, dass ich bei Tommi übernachten würde.

Nebenan hörte ich ihn auf seiner Hantelbank stöhnen. 30 Minuten würde ich ihm zum Abreagieren geben. Er bekämpfte seine Wut mit Training. Das kannte ich von dem einen Montag, wo er total vergessen hatte, dass ich ihn besuchen wollte.

Wie sehr er seine Mutter hasste ... diese bösen Worte des Telefonats geisterten unaufhörlich in meinem Kopf herum.

Ein Blick auf die Wanduhr - die halbe Stunde war um. Ich rappelte mich mühsam auf, ging hinüber zum Schlafzimmer und ging, ohne anzuklopfen, hinein. Tommi lag keuchend auf seiner Bank, alle Viere von sich gestreckt und sein Brustkorb bebte in einer Geschwindigkeit, die mir Angst machte. Er war klatschnass und rang nach Luft. Völlig fertig, ebenso, wie an dem einen Montag, als er mir die Tür geöffnet hatte.

„Besser?", fragte ich leise.

Er nickte und richtete sich schwerfällig auf.

„Sorry ... musste sein." Er zog sich sein nasses Shirt vom Leib und wischte sich damit über das Gesicht.

„Willst wirklich hier bleiben heute Nacht?"

„Ich denke schon. Hab Lia bereits gesimst."

„Und was genau?" Er klang skeptisch.

„Natürlich dass du grad ausgeflippt bist", meinte ich sarkastisch und zog den Mund schief. „Ich hab geschrieben, wir spielen Schach."

„Danke mein Freund. Ich geh kurz duschen."

Meine Gedanken polterten in der Zwischenzeit munter durch meine Gehirnwindungen. Ob sein Vater von dem Fremdgehen wusste? War er deshalb tot? Hatte er Selbstmord begangen?

„Magst du reden?", fragte ich leise, als Tommi aus dem Bad kam.

„Worüber?"

„Wusste dein Vater das mit dem ..."

„Fremdficken?", schnaubte er. „Ja, wusste er. Wir wussten es beide, seit Jahren."

Er ging wie ein Tiger im Käfig im Wohnzimmer auf und ab.

„Als wir das erfahren haben, hat mein Vater mir eingebläut, dass wir weiterhin so tun müssten, als wäre nichts gewesen. Er selbst wusste, wie das ist, als Scheidungskind aufzuwachsen. Genau das wollte er vermei-

350

den: Weil er keine Trennung von mir wollte, haben wir das ganze Elend ertragen, jahrelang. War eine verdammt harte Zeit."

Er setzte sich, zog die Knie an und verbarg seine Stirn darauf.

‚Zusammenhalten', schoss mir durch den Kopf. JETZT verstand ich den tiefen Hintergrund.

„Woran ist er … ge …" Nein, die Frage wollte ich nicht stellen.

„Dienstunfall", antwortete Tommi tonlos. „Scheiße verdammt", murrte er dann und hob automatisch seine Hand, fummelte am dem Anhänger, wie er es immer tat, wenn es um seinen Vater ging.

„Du hast ihn sehr geliebt", stellte ich fest. ‚Idiot, streu Salz in seine Wunden.' „Sorry."

„Nee, schon richtig. Er war der wichtigste Mensch in meinem Leben." Tommi stand ruckartig auf und packte das Geschirr zusammen. Eine Übersprunghandlung, um möglichst schnell aus dem Zimmer zu kommen.

Ich ließ ihn gewähren. Mir war flau, weil ich immer gespürt hatte, dass Tommis Stärke nur äußerlich war. Ich hatte nicht vermutet, dass es so ein Drama in seiner Familie gab. Jetzt konnte ich auch seinen Hass nachvollziehen.

Es dauerte eine Weile, bis er wieder kam. Ich sah ihm an, wie nahe ihm das Gespräch ging.

„Tut mir leid, dass ich dir wehgetan habe", entschuldigte ich mich. „Wenn du mich nicht hier haben willst, geh ich sofort und lass mich abholen. Ist kein Problem."

„Nein, passt schon." Seine Stimme klang gefasst, aber etwas zittrig.

Kraftlos ließ er sich wieder neben mir nieder.

„Er war noch nicht einmal beerdigt, da zogen wir schon nach Olpe um. Kannst du dir das vorstellen? Als die Todesmeldung kam, hat sie ihren Macker angerufen. Der kam noch am gleichen Abend und hat Umzugskartons mitgebracht. Er kam auf die Beerdigung als guter Freund der Familie. Ich hätte kotzen können. Dieser schleimige Ekeltyp. Ich musste mit, war ja minderjährig." Ruckartig stand er auf, stürmte ins Bad und schloss sich ein.

Um halb eins weilte Tommi immer noch im Bad und ich war todmüde. Schwerfällig stand ich auf, klopfte zaghaft an die Badezimmertür. „Tommi?", fragte ich ängstlich.

Endlich ein Lebenszeichen. Er kam heraus, leichenblass, fix und fertig mit knallroten Augen.

„Tut mir leid, dass ich ...", stammelte ich.

Er schüttelte den Kopf. „Danke fürs Zuhören. Tat gut." Er lächelte matt. „Ab ins Bett?"

„Gern, bin sehr müde."

Tommi holte mir ein paar Decken, breitete sie auf der Couch aus.

„Du Tommi?", begann ich zögerlich. „Ach nee, vergiss."

„Frag schon."

„Nee, ist blöd."

„Blöd ists, wenn du nicht fragst."

„Warum ... ich meine ... warum hat sie angerufen? Was wollte sie?"

„Vergiss es." Er machte eine abwertende Handbewegung, ging Richtung Schlafzimmer. „Sie wollte sich allen Ernstes bei mir ausheulen, weil ihr Macker sie nun mit seiner blutjungen vollbusigen Sekretärin betrügt." Er schnaubte sarkastisch. „Die war so betrunken, konnte nur noch lallen. Sie ist es nicht wert, sich aufzuregen."

„Aber du tust es ..."

Er überlegte kurz, fasste an seinen Anhänger und flüsterte: „Ich hasse sie."

Wir quälten uns beide durch eine schlaflose Nacht.

Am Morgen hatte ich höllische Schmerzen, hatte mal wieder keine Tabletten mitgenommen. Über Nacht wegzubleiben hatte ich nicht geplant.

Tommi schüttelte den Kopf. „Du bist auch hart im Nehmen, was?"

„Früh übt sich", gab ich genervt als Antwort und bereute sie sofort. Eine Nachfrage kam natürlich prompt.

„Was genau meinst du mit dieser Aussage? Wer hat dir so wehgetan? Bist du als Kind geschlagen worden? Ich dachte, DU wärst der Schläger gewesen", provozierte Tommi. „Jetzt rück raus damit, sonst prügle ich es aus dir raus!"

Was scherzhaft gemeint war, verfehlte seine Wirkung.

Ich blickte Tommi eiskalt an. „Dann tu es meinetwegen", knurrte ich. „Ich bin so oft verprügelt worden, da käme es auf das eine Mal nicht mehr an." Ich konnte mir gerade noch verkneifen, ihn daran zu erinnern, dass er mich einmal, anfangs, im Gefängnis ebenfalls übel zugerichtet hatte. Und? Hatte ich Gegenwehr gezeigt? Nein, es war mir egal gewesen - damals.

„Wer?", blieb er hartnäckig.

Ich wurde laut. „Mein Erzeuger, zufrieden? Entweder er hat mich minutenlang verdroschen oder mit wenigen Hieben kurz und knapp zusammengeschlagen. Was mir davon im Endeffekt lieber war, weiß ich nicht!"

„Erzeuger."

Ich stöhnte. „Lass mich mit dem alten Mist in Ruhe, okay? Ist lange her."

Das Klingeln an der Haustür befreite mich. Tommi öffnete. Mir gefror das Blut in den Adern. War das seine Mutter? Ich mochte mir nicht ausmalen, was dann geschehen würde. Die Bilder des zerstörten Telefons leuchteten wie eine Alarmglocke in mir auf. Mein Puls schlug hart im Hals.

Es war eine Männerstimme. Ich war erleichtert. Ein kurzer ruhiger Wortwechsel, der nicht zu verstehen war, dann schlurfte Tommi zurück ins Wohnzimmer, ließ einen Brief gekonnt durch den Raum auf seinen Rechnertisch segeln, wo er vor dem Bildschirm landete.

Dann blickte er mich herausfordernd an. „Also los ... warum hat er dich verprügelt? Und wieso ... Erzeuger?"

Ich atmete tief ein. Er würde keine Ruhe geben. „Ich bin ein beschissener Silvesterpartyfick von zwei sturzbetrunkenen Minderjährigen. Von meinem Vater wusste ich rein gar nichts und als ich eines Tages von meiner Mutter vor seiner Wohnungstür abgeladen wurde, war mir klar, dass er bis dato auch nichts von mir wusste. Er hat direkt einen Vaterschaftstest machen lassen und mir den dann hasserfüllt um die Ohren geschlagen."

Tommi sah mich unverwandt an.

„In den ersten drei Wochen, die ich bei ihm gelebt habe, gab es kaum einen Abend, an dem er mir keine Ohrfeige verpasst hat, weil ich wieder irgendetwas nicht so gemacht hatte, wie er das wollte. Ich hab schnell gelernt, dass ich keine Rechte hatte, keine Fragen stellen durfte, keine Antworten zu erwarten hatte und Wünsche ... vergiss es. Ein eigenes Zimmer hatte ich nicht. Eine ausrangierte Matratze auf dem Fußboden war mein Bett. Hausaufgaben habe ich auf dem Teppich auf dem Bauch liegend gemacht. Und wenn ich aus der Schule kam, lag ein Zettel auf dem Tisch, was ich noch zu erledigen hatte. Putzen, Aufräumen, Abwasch und Einkauf. Als er seinen Job verloren hatte und daheim abgehangen hat, gab es dann ständig Prügel, weil er schlechte Laune hatte oder besoffen war. Wenn ich etwas nicht richtig gemacht hatte, gab es entsprechend Prügel. Meist hat er mich mit zwei Schlägen niedergestreckt. Der erste ging in den Magen, der zweite in die Rippen. Er konnte mit so einer Wucht zuschlagen, dass mich das meistens schon von den Füßen geholt hatte. Wenn ich dann aber doch noch stand, gab es wahlweise die Faust zwischen die Schulterblätter oder einen Tritt in die Kniekehlen, dass ich zusammenknickte. Danach hat er mich dann am Arm oder Bein gepackt und ins Schlafzimmer gezerrt, die Tür zugeschmissen."

Ich schloss die Augen. Alte Erinnerungen kamen hoch. Bilder, die ich lange verdrängt hatte und die ich keinesfalls wieder hervorgraben wollte, aber sie kamen ... ungebeten ... in voller Farbenpracht.

„Als er mir das allererste Mal seine Faust in den Magen rammte, musste ich kotzen, auf den Teppich. Er kniete sich auf mich, drückte mein Gesicht in das Erbrochene."

Tommi japste bei der widerlichen Vorstellung.

Mein Widerstand war wie weggeblasen. Erinnerungen sprudelten aus mir heraus.

„Schließlich habe ich gelernt, mich unsichtbar zu machen und er hat mich eine Weile wie Luft behandelt. Aber dann trank er jeden Abend und es wurde immer schlimmer. Das war dann auch die Zeit, wo ich mich mit Roger und Andreas zusammengetan habe, selbst zu prügeln anfing und Alk und Drogen konsumierte."

„Was hat denn deine Mutter dazu gesagt?", fragte Tommi.

„Von der hab ich nie wieder was gesehen, oder gehört. Die hat mich abgeschoben, als ich zehn war. Das hat sie sich selbst zu ihrem 28. Geburtstag geschenkt. Sie hat Klamotten gepackt, als würde es in den Urlaub gehen. Wir sind stundenlang gefahren und in einem Betonbunker an irgend einer der Wohnungstüren hat sie mich dann abgestellt, dem Typen, der aufgemacht hat, gesagt, er wäre mein Vater und er wäre ab jetzt für mich zuständig. Dann ist sie in Windeseile die Treppe runter und ich stand vor dem Kerl und er vor mir."

„Das ... ist unglaublich."

„Ich weiß nicht, WIE oft sie mir gesagt hatte, wie sehr sie die Entscheidung bereut hat, mich nicht abgetrieben zu haben."

„Dein Vater hat dich übelst misshandelt. Warum hast du dich nie ans Jugendamt gewendet?"

„Hallo? Die hätten mich in ein Kinderheim gesteckt."

„Besser als die Misshandlung."

„Schon als Kindergartenkind erzählte mir meine Mutter Horrorstorys übers Kinderheim, um mich zu erziehen. Ich hatte es geglaubt und dachte, ich komme nur vom Regen in die Traufe."

Ohne Worte schüttelte Tommi den Kopf und ich fuhr fort: „Mich hat nie jemand haben wollen. Ich war immer nur im Weg, störend, lästig, unnötiger Ballast, der Klotz am Bein.". Ich stöhnte laut. „Ja verdammt, und jetzt jammere ich dir die Ohren voll mit meinen Minderwertigkeitskomplexen! Ich will davon nichts mehr hören, will mich nicht mehr an die Zeit erinnern."

Tommi umarmte mich vorsichtig. Ich spürte seine starken Arme. Ich wusste nicht, wie mir geschah. Es war eine so tröstliche und beruhigende Geste.

„Nicht aufgeben", flüsterte er in mein Ohr. „Und sei nicht so hart zu dir. Du hast eine dermaßen beschissene Zeit hinter dir. Ein Wunder, dass du daran nicht krepiert bist. Du hast es so weit gebracht."

„Tja, es hatte nicht mehr viel gefehlt und ich wäre krepiert."

„Weiß Lia davon?"

„Nein."

„Sie sollte es wissen."

Ich nickte stumm und nahm mir fest vor, ihr davon zu erzählen. Zum ersten Mal in meinem Leben merkte ich, wie befreiend es war, darüber zu sprechen.

„Danke fürs Zuhören gestern, hat echt gut getan. Danke, dass du hiergeblieben bist."

„Gestern hast du mir von deinem Leid erzählt und ich hab heut nix besseres zu tun, als dir einen vorzujammern, anstatt dir weiterhin eine Stütze zu sein. Wie unfair ist das denn? Ich hätte besser die Fresse gehalten."

„Nein, definitiv nicht. Falk ... du bist mir sehr wichtig. Ich mag dich unheimlich gerne und ich vertraue dir. Du bist ein wahnsinnig guter Freund."

„Toller Freund", schnaubte ich. „Ein Psychopath."

„Ja, ein liebenswerter Pseiko, na und? Jetzt mach dich mal nicht so nieder! Du bist mir verdammt viel wert und den anderen auch."

Tommi fuhr einen Umweg zur Arbeit und setzte mich auf dem Hof ab. Dass er spät dran war, kümmerte ihn nicht. Sein Chef war ein guter Freund seines Vaters gewesen, wie er mir verriet.

Lia hatte uns gesehen und kam uns entgegen.

„Tommi, ich liebe dich", sagte ich zum Abschied und er warf mir einen Luftkuss zu. „Klar, Pseiko, ich dich auch." Er zwinkerte mir zu.

„Ich dachte, du liebst MICH?" Lia spielte die Eifersüchtige. „Alles klar?", fragte sie. „Nee, nix ist klar", gab sie sich selbst als Antwort.

Bevor ich es mir anders überlegen konnte, zog ich sie mit in den Stall und erzählte ihr auf einem Heuballen sitzend die Geschichte meiner Kindheit.

„Warum hast du das alles verschwiegen?" Sie saß mit dem Kopf an meine Brust gelehnt.

„Bitte erzähl Anne und Achim nichts", flüsterte ich.

Lia versprach es. „Ich liebe dich Falk, du bist mir wichtig, der wichtigste Mensch überhaupt in meinem Leben. Du bist mein Glück."

Tommi hatte völlig Recht gehabt. Es war gut, dass nun auch Lia Bescheid wusste. Sie verhielt sich ganz normal und damit half sie mir ungemein.

Zwei Wochen war es nun her, dass Jonas mich zusammengeschlagen hatte und die Rippen waren nun soweit in Ordnung, dass ich mich einigermaßen bewegen konnte, wenn ich aufpasste, keine ‚falsche' Bewegung zu machen.

Am Wochenende hatten wir eine Jugendgruppe mit sechs Mädchen auf dem Hof. Sie kamen mit einer Betreuerin und hatten zwei Halbtagesritte gebucht, die Anne mit ihnen durchführte. Am Samstag mit perfektem Wetter bei Sonnenschein, aber am Sonntag erlebten wir einen Wetterumschwung mit Kälteeinbruch. Draußen pfiff ein starker Wind. Die Truppe war am Vormittag mit Lia ins Gelände losgezogen und ich war nicht böse darüber, dass ich mich drinnen gemütlich mit Gemüse schnippeln für eine Pizza nützlich machen konnte.

Draußen ging ein heftiger Regenschauer nieder. Die Reiterinnen kamen bis auf die Haut durchnässt und völlig durchgefroren zurück.

Während ich den Pudding für die Nachspeise bewachen sollte - die Milch stand auf dem Herd - flitze Anne hinaus und versorgte die Ponys, damit unsere Gäste sich umziehen konnten.

Am Nachmittag sollte es noch einmal einen etwas kürzeren Ausritt mit einem Quizspiel geben, aber zum Reiten waren die Teenies nicht mehr zu bewegen.

Anne schlug stattdessen spontan eine Planwagenfahrt vor und alle johlten begeistert. Sie hatte allerdings nicht berücksichtigt, dass Achim zu einem Termin wegmusste. Er konnte die Percherons aber noch holen und beim Anschirren helfen. Fahren sollte ich. Na, es wurde Zeit, dass ich wieder mehr Aufgaben auf dem Hof übernahm. Mit Lia als Beifahrerin sollte es gehen, sobald ich es geschafft hatte, auf dem Bock zu sitzen.

„Die Elfe und der Krüppel", schäkerte ich und sie grinste mich an, legte mir eine Decke um die Schultern. Wenigstens hatte der Regen ein Einsehen und die Jugendlichen hatten ihren Spaß vor der Abreise.

Anne bat mich, mit in eines der Gästezimmer zu kommen. Es wurde schnell klar, dass sie nicht meine Hilfe brauchte, sondern mir unter vier Augen etwas sagen wollte.

Und tatsächlich, sie wollte mich schonend darauf vorbereiten, dass am Dienstag eine erste Schulklasse Ponyreiten gebucht hatte. Die Kinder mussten auf den Fjordis geführt werden und trotz, dass die Lehrerin und einige Eltern mitkommen wollten, bat mich Anne, Lia zu unterstützen. Sie selbst hatte darum gekämpft, frei zu bekommen, aber es wurde gestrichen, wie so oft in ihrer Praxis.

„Du kannst dich auf mich verlassen", meinte ich. „Das geht schon."

Kurzum, es wurde ein wirklich gelungener Tag. Nachdem ich mir keine Aussetzer mehr erlauben durfte, riss ich mich sehr zusammen und Lias Anwesenheit gab mir so viel positive Energie, dass ich die Kinder ringsherum fast vergessen konnte.

Von Tommi hatte ich bis auf zwei kurze SMS nichts gehört. Das fand ich nicht sehr beruhigend, aber ich harrte der Dinge. Er hatte versprochen, sich zu melden. Er würde es tun, wenn er Zeit hatte.

Am Donnerstag stand ich nachmittags am Reitplatzzaun, schaute zu, wie Lia mit Lenni arbeitete. Ein kalter Wind wehte, aber es war trocken.

Mit dem rechten Arm beugte ich mich vorsichtig über die oberste Latte. Die Schulter meldete sich warnend, aber vor zwei Wochen war diese Bewegung noch überhaupt nicht möglich gewesen. Mittlerweile konnte ich den kaputten Rippen also sogar etwas Positives abgewinnen, dadurch war ich endlich bewegungsunfähig und die Heilung der Schulter ging voran.

Leichtfüßig schwebte der Hengst über den Sand. Lia war eins mit ihm. Als sie mich bemerkte, ritt sie behände auf mich zu, ließ ihn vor mir stoppen und sprang seidenweich herunter. Während sie ihm die Zügel über die Ohren zog, kroch sie behände zwischen den Zaunlatten durch, stand nur Millimeter vor mir. Flauschige Wärme stieg in mir auf.

Ein sanfter Druck an meinem Nacken, Lia reckte sich ein kleines Stück und wir versanken in einen langen Kuss, unsere Hände vergruben sich in unsere Haare. Ich liebte ihre Dreads, wuselte sie durcheinander. Ich war besessen von ihren Küssen, ihrer Nähe.

Ihre rechte Hand fuhr mir vom Nacken über die Brust hinab bis zum Hosenbund, um Sekunden später sanft unter meinem T-Shirt wieder hinauf zu gleiten. Sie war kalt auf meinem heißen Körper. Ich spürte, wie sie meine Konturen nachmalte, hauchzart. Dann fuhr sie mit ihrer Hand mit deutlicherem Druck über meinen Oberkörper hinauf, um dann fest in meine Brustmuskulatur zu greifen, ein wahnsinnig starkes Gefühl zwischen Wohlgefallen und unwiderstehlichem erotischem Schmerz. Ich stöhnte behaglich, merkte eine unbändige Gier nach mehr.

Das Meer tobte in einem Sommersturm. Es war so extrem blau. Mit der nächsten kräftigen Welle gelangte ein sanfter Kuss auf meinen Mund, dann lächelte sie und verschwand durch den Zaun.

„Schon dich", zwinkerte sie mir zu.

„Wie denn, wenn du mich ständig bis in die Haarspitzen …"

„Was?" Sie grinste zuckersüß und schwang sich elfengleich aufs Pony, ließ Lenni im Schritt antreten, um in der nächsten Ecke butterweich anzugaloppieren. Ich verstand von der Reiterei ja nichts, aber das Bild, was sich mir bot, war einfach perfekt. Harmonisch. Es sorgte für eine leichte Gänsehaut, warum auch immer. Wahrscheinlich, weil es meine Lia war, die dort ritt. Meine Lia.

Als sie mit Reiten fertig war, winkte ich ihr zu. Sie kam außen am Zaun entlang zu mir.

„Ich hoffe, das Programm ist noch nicht beendet?", fragte ich und grinste frech.

„Nein", beschloss sie, verschwand mit dem Hengst, kam mit Nele wieder und ließ die Stute frei auf dem Reitplatz laufen, nur ein Halfter hatte sie noch an. Lia baute Pylone auf, die Brücke und die Gasse, einen kleinen Sprung aus Stangen. Cavalli oder wie die Dinger hießen. Dann lief sie mit Nele über den Platz, Schulter an Schulter, Schritt, Trab und auch Galopp. Lia konnte so schnell sprinten, die Dreads wirbelten. Ich hätte ihr ewig zusehen können. Es war ein köstlicher ganz leichter Schmerz im Herz, sie so zu sehen und zu wissen ... sie gehörte zu mir.

Anschließend kam sie mit den beiden grauen Fjordstuten wieder, ließ sie auf den Platz und kroch zu mir zwischen dem Zaun hindurch, setzte sich neben mich auf den anderen weißen Plastikstuhl.

„Magst du mir mit den Mädels helfen?"

„Wie denn?"

„Peitsche schwingen", grollte sie gespielt böse und lachte sofort wieder. „Los, auf mit dir, rauf auf den Platz, ich hol die Peitschen.

Derart ‚bewaffnet' stellten wir uns auf den Reitplatz und trieben die Stuten umher. Erst im Schritt, dann im Trab, wobei Ilka immer wieder ihre ‚zwei Minuten' bekam und wie bescheuert über den Platz fegte.

Ilva war viel ruhiger, sie trabte artig, egal was ihre Kumpanin gerade anstellte.

Bei den beiden anderen war es ähnlich ... Hera mit den hellen Augen war die Quirlige und Hanni die Ruhigere.

Ein paar Runden galoppierte Hera, schön rund und gleichmäßig, während Hanni schon begann, nur noch dann zu traben, wenn wir sie erneut anfeuerten.

„Falk, meinst du, du kannst ein Pferd longieren trotz der kaputten Rippen?", fragte Lia plötzlich. In ihrem Gesicht stand eine Idee.

„Bestimmt."

„Gut. Bringst du Hanni zurück auf die Weide? Hera bleibt da. Ich hole den Voltigiergurt."

Zurück auf dem Platz war Hera schon fertig ‚angezogen', Lia longierte die Stute bereits ein paar Runden.

„So, läuft prima, die Kleine ... dann übernimm sie mal", meinte Lia und übergab mir Longe und Peitsche. „Schön gleichmäßig galoppieren lassen bitte, okay?"

Ich nickte. Was hatte sie vor? Sie wollte mit dem Voll-Idiotengurt was machen ... soweit war mir die Sache klar. Bei den Kindern hatte ich ja gesehen, wie sie das machten: Sitzen, Hände hoch und so weiter.

Lia zog sich Jacke und Schuhe aus, lief nun auf Socken an der Longe entlang auf Hera zu, trat zwei Galoppsprünge mit und schwebte elegant auf das Pony. Sie saß wie eine Eins, breitete die Arme aus, als wären es ihre Flügel, legte den Kopf zurück und schloss die Augen. Ganz langsam ließ sie sich nach hinten sinken, bis sie mit ihrem Rücken auf dem Rücken des Ponys lag, die Arme nun spannungslos am Pferd baumelnd. So lag sie einige Runden lang.

Dann nahm sie die Arme nach vorne schräg in die Luft, als ob sie ein Seil gefasst hätte, und zog sich an dem imaginären Seil wieder in den richtigen Sitz, schwang ihre Beine, ihren Oberkörper, saß verkehrt herum auf dem Pferd, legte sich dann aufs Pferd, dass ihr Bauch auf Heras Rücken lag. Die Arme hatte Lia über der Kruppe gekreuzt, lehnte ihren Kopf drauf, ein paar Galoppsprünge lang, dann ließ sie die Arme am Pferd hinuntersinken, strich Hera über die Flanken. Ihre Augen hielt sie geschlossen. Runde für Runde.

Schließlich richtete Lia sich wieder auf, machte den gleichen Schwung wie vorhin und saß wieder richtig herum. Nach einem gekonnten Absprung stand sie wieder auf dem sandigen Boden, während Hera noch immer brav weiter galoppierte.

„Das reicht", beschloss Lia und parierte Hera mit ihrer Stimme zum Schritt durch, hielt die Stute an, klopfte ihren Hals. „Lassen wir sie noch ein bisschen Schritt gehen.

„Das sah gut aus", meinte ich anerkennend.

„Das fühlt sich auch gut an. Wenn du gesund bist, probierst du es aus. Das ist wie Seele baumeln lassen."

Lia nahm dem Pony den Gurt ab, hängte ihn sich über die Schulter. Damit klimpernd und schlackernd ging sie auf Socken zur Sattelkammer. Die Stiefel an den Schnürsenkeln zusammengeknotet trug sie obendrein noch um den Hals. Verrückte Lia. Ich liebte sie so sehr.

Hera brachte ich zur Weide, kam dann zurück und sah, wie Lia mit nackten nassen Füßen in ihre Stiefel schlüpfte. Ihre Socken lagen ausgewaschen auf dem Boden.

Sie fiel mir sachte um den Hals. „Ach Falk, ich bin so froh, dich zu haben. Wie lange habe ich mich nicht getraut, dich zu lieben? Wie lange war ich feige? Du bist doch das Beste, was mir je passiert ist." Sie drückte sich sanft an mich. Mir blieb es ein Rätsel, wie sie es schaffte, mir so nah zu sein, ohne dass meine Rippen schmerzten. Lia war so sanft und gleichzeitig so begehrend.

„Du bist auch das Beste, was mir je passiert ist", flüsterte ich. „Ich habe dich nie gebeten zu bleiben, weil ich wollte, dass du irgendwann glücklich wirst und der Job an der Uni schien deine Reise ins Glück zu sein."

Sie nickte, drückte mir einen gehauchten Kuss an den Hals. Es kribbelte wie ein Haufen Ameisen.

„Falk, nichts kann wichtiger sein als du." Sie lächelte mich an. „Ich fühle so eine große Liebe in mir ... es ist wie ein Meer, so groß, so tief, so unendlich."

„Und ich blicke in dieses Meer, so groß, so tief, so unendlich, so ... ultrablau. Deine Augen sind wunderschön. Ich habe sie schon immer faszinierend gefunden. DICH faszinierend gefunden."

Lange standen wir in dieser wunderbaren Umarmung, bis wir schließlich zum Haus gingen. Lia holte in der Waschküche die Wäsche aus der Maschine, stopfte sie in einen Korb.

„Kann ich dir helfen?", fragte ich und stand unschlüssig neben ihr.

„Ja klar, nimm mal den Korb und bring den auf die Terrasse. Dort kannst du die Wäsche auf den Ständer hängen."

Irritiert blickte ich sie an. Das war nicht ihr Ernst?! Ich konnte nichts heben. Weder den gefüllten Wäschekorb, noch konnte ich mich nach jedem einzelnen Socken und Slip runterbücken, um ihn aufzuhängen.

„Was ist?"

„Das ...", stöhnte ich. „Lia, das kann ich leider nicht machen. Der Korb ist momentan zu schwer für mich, und nach der Wäsche bücken ... kann ich mich leider auch nicht." Geknickt schaute ich sie an.

„Sehr gut." Sie kam auf mich zu, gab mir einen Kuss auf die Wange. „Super Falk! Therapielektion erfolgreich beendet: Lerne ‚nein' zu sagen!" Sie grinste, schnappte sich den Korb, winkte mir zu und ging zum Wäscheständer draußen.

Ich folgte ihr, holpernd in einem der 40 Güterwagons, die mir gerade wieder durch den Kopf rappelten.

Doch dann zogen sich die Gedanken wie Puzzleteile zusammen und ich begriff, was Lia erreicht hatte.

Depressionen

Der Freitag war total verregnet, wie der Wetterbericht bereits prophezeit hatte. Lia huschte arbeitend über den Hof, während sie mich dazu verdonnert hatte, einen Kuchen zu backen. Das Rezept hatte sie mir hingelegt, ein handschriftliches. Es war mit Sicherheit irgendwo aus dem Internet abgeschrieben. Ich hatte ja Zeit ... endlos Zeit. Hatte nichts anders zu tun, so als temporärer Krüppel, was mich mittlerweile extrem nervte. Also war ich dankbar, nun eine Aufgabe zu haben, und widmete mich den Zutaten.

„Hey Falk, ich hab Post für dich", meinte Achim, als er von der Arbeit kam und den Briefkasten geleert hatte. Er zögerte kurz, mir den Brief zu geben.

„Von wem sollte ich Post kriegen?", fragte ich kopfschüttelnd.

„Ist sicherlich ein Fragebogen, den du ausfüllen sollst, weil du zusammengeschlagen worden bist", gab er als Antwort und überreichte mir den Behördenbrief.

„Hatte gehofft, ich komm drum herum." Ich nahm den Umschlag an mich, faltete ihn und steckte ihn in die Hosentasche. Lesen und Ausfüllen wollte ich ihn dann oben alleine.

Missmutig setzte ich mich auf mein Bett, nachdem der Kuchen zubereitet und in der Backform im Ofen war. Im Krankenhaus hatten sich die Polizisten mit Amnesie abspeisen lassen. Was der Mist hier jetzt noch sollte ... ich hatte keinen Plan.

Ruppig riss ich den Brief auf, zog den Bogen hinaus, und starrte auf das Papier.

Eine Vorladung.

Nicht als Zeuge.

Ein gewisser Karsten Michalik hatte mich angezeigt wegen Körperverletzung! Einer von ‚damals'.

Das Datum meines Angriffs vor sechs Jahren sprang mir entgegen. SECHS JAHRE hatte er gewartet? Und ausgerechnet JETZT zeigte er mich an? Wieso?

Das Video! Auch wenn dieser Karsten mich nicht erkannt hatte, diese Situation des Zusammenschlagens hatten wahrscheinlich alte Erinnerungen geweckt und vermutlich waren bis zum Löschen des Videos unzählige Kommentare dazu geflossen. VERDAMMT! Wie viele solche Anzeigen würde es jetzt hageln? Es war das meist gesehene Video des Tages gewesen!

Der Termin war übernächste Woche.

Ich las weiter und spürte, wie meine Aufgewühltheit ganz plötzlich wie mit einem Knall umschlug. Ich hatte das Gefühl zu fallen, immer tiefer, immer weiter ... ohne an ein Ende zu gelangen. Wie ein Wasserstrudel zog es mich unendlich in die Tiefe.

Keine Ahnung, wie lange ich regungslos dagesessen hatte, irgendwann merkte ich, dass Lia neben mir saß, Anne vor mir. Den Brief hatte ich nicht mehr in der Hand, der lag auf dem Boden.

Erinnerungswahn, Zukunftsangst und Realität mischten sich zusammen. Ich hörte die Stimme von Lia, von Anne, und konnte nicht unterscheiden welche zu wem gehörte und was sie sagte.

Irgendwann kam Achim dazu. Es kam mir so unwirklich vor wie ein Film.

Später lag ich im Bett in Lias Armen. Ich wusste nicht, wie ich dorthin gekommen war. Kälte durchzog mich wie einen Eisklotz.

Die ganze Nacht lag ich wach und als Lia am nächsten Morgen aufstand, blieb ich regungslos liegen. Später redete sie mit mir. Ich sollte aufstehen und mich anziehen. Es war ihr Wille, nicht meiner. Dann nahm sie mich an die Hand, führte mich hinunter und schob mich an meinen Platz. Wenn Anne heute schwarze Haare gehabt hätte, mir wäre es nicht aufgefallen.

Ich hörte Worte, verstand sie nicht und gab mir auch keine Mühe. Das Brötchen vor mir auf dem Teller sollte mein Frühstück sein, aber ich regte mich nicht.

Ich blieb den ganzen Tag apathisch am Küchentisch sitzen. Das Leben rauschte an mir vorbei. So unwirklich, als wäre ich ein Außenstehender. Immer wieder fehlten mir zeitliche Abschnitte, was ich daran merkte, dass sich meine Umgebung sprunghaft änderte. Lia war plötzlich in der Küche, kochte etwas, dann war ich allein. Mehrmals saß sie plötzlich vor mir, versuchte, mit mir zu reden, aber ich konnte nicht. Einige Worte kamen bei mir an, machten aber überhaupt keinen Sinn, weil ich den Rest nicht gehört hatte.

Sie goss mir Kakao ein, ich trank ihn. Lange saß sie wohl bei mir, denn irgendwann kam Achim, setzte sich dazu. Er fragte mich etwas, aber was? Ich starrte ihn an, konnte ihn aber nur unklar erkennen. Meine Lider zitterten, dann schaute ich auf den Tisch. Eine braune Lache. Kakao? Meine Tasse lag auf dem Tisch. Wieso war sie umgefallen?

Lia wischte die Lache weg, umarmte mich. Lange, intensiv. Ich konnte keine Regung zeigen. Da war eine Glaswand um mich herum und irgendwer hatte ein Kühlaggregat eingeschaltet, das mich auf -10 Grad eingefrostet hatte. Entsprechend fahrig und unkoordiniert waren meine Bewegungen, Gedanken.

Achim zog mich vom Stuhl, stützte mich. Schwerfällig ging ich mit ihm. Er verfrachtete mich auf den Beifahrersitz von Kermit. Wir fuhren los. Alle saßen im Auto, alle vier. Wo kam Anne her? Irgendwo auf einem großen Parkplatz angekommen, brachte mich Achim in ein riesiges modernes Haus, wir saßen in einem hallenartigen Zimmer mit vielen Stühlen.

In einem Behandlungszimmer wurden mir Fragen gestellt, ich beantwortete keine. Hatte nur die Hälfte der Fragen akustisch verstanden und davon nur ein Viertel begriffen. Ich hatte keine Ahnung, was sie von mir wollten und es war mir auch egal. Ich wollte mich hinlegen. Wo war mein Bett?

Beim nächsten Frühstück kaute ich lustlos an einem Brötchen, irgendwann war meine Hand leer. Anne bückte sich, hob das restliche halbe Brötchen vom Fußboden auf. Wieso war es runtergefallen? Lia sagte etwas, aber ich registrierte es nicht. Ich war so müde. Anne zwang mich wieder zu einer Tablette. Es lag an ihrer fachmännischen Art und meinem ergebenen Verhalten, dass ich sie schluckte. Am Abend vorher, erinnerte ich mich, hatte es eine ähnliche Prozedur gegeben. Anschließend brachte Lia mich ins Bett.

Ich schlief nicht, sondern döste in einer Art Zwischenwelt. Ich war endlos erschöpft, lag wie leblos im Bett und irgendwie fühlte es sich gut an, einfach so zu liegen, ohne Gedanken an vorhin, gleich, jetzt, später. Immerhin spürte ich meine volle Blase. Im Bad blickte in den Spiegel - ein fremder Mensch sah mich an, dessen Gesicht ich noch nie gesehen hatte.

Im nächsten Moment war ich unten im Hof. War ich selbst runter gegangen? Blackout ... da fehlte wieder was. Ich stand im Innenhof herum, völlig desorientiert. Anne las mich auf, brachte mich ins Haus zurück und zog mir meine warme Jacke an. Dann nahm sie mich mit zu den Schafen. Sie mistete, ich stand teilnahmslos da, schaute zu. Molly, das dunkelbraune Schaf mit der Blesse kam an, leckte meine Finger. Ich realisierte es, aber reagieren konnte ich nicht.

Irgendwann saß ich am Küchentisch. Draußen war es dunkel. Anne gab mir wieder eine Tablette, flößte mir Wasser ein, dann stand ein Suppenteller vor mir. Ich löffelte, aß die Suppe, konnte nicht sagen, welche Sorte es war oder wie sie schmeckte.

Langsam stand ich auf, ging schwerfällig durch das Haus, landete irgendwie in meinem Zimmer und setzte mich aufs Bett, starrte vor mich hin, war müde, träge, erschöpft.

Ich wusste nicht, was das für Tabletten waren, die Anne mir morgens und abends reinzwang, aber ich vertraute ihr. Sie kümmerten sich alle so lieb um mich. Ich begriff das, aber ich konnte nichts ändern an diesem Zustand. Übermüdet, erschöpft und zu einem gewissen Grad genervt schlurfte ich durch die Tage.

Nicht einmal ein Besuch von Tommi konnte mich aus dieser Starre lösen. Jede Handlung spielte sich in einem Zeitraffer ab und mein Atem, mein Puls reagierten in Zeitlupe. Meine Augen brannten, weil ich sie so selten schloss.

Der Wecker piepste. Lia beugte sich über mich, brachte ihn zum Schweigen. Ein Kuss, ein Hauch von Honig. Ich wollte das Gefühl behalten, aber es flog weg wie Puderzuckerschnee im Sturm. Sie stand auf, schaute mich an. Ich sah sie verschwommen, weil sie viel zu nah stand. Nein, weil ich in die Ferne starrte und nicht scharfstellen konnte. Sie fasste mir vorsichtig an die Augen, ich wusste, was kam – Augentropfen, wie so oft in den letzten Tagen. Sie taten mir gut, nahmen das Brennen weg. Ich wollte was sagen, aber nichts geschah. Seit diesem Brief hatte ich nichts mehr gesagt. Ging nicht ... Der Befehl verirrte sich in meinem Nirwana im Kopf.

Ich stand neben mir, das wusste ich. Manchmal kam es mir so vor, als würde ich mich selbst sehen, wie ich zusammengesunken am Tisch saß, wie ich verloren auf dem Hof herumirrte, bis man mich wieder mitnahm.

Mir war klar, was geschehen war, aber ich konnte es nicht in Worte fassen.

Ich schaute in Lias traurige Augen. Was machte ich nur mit meiner lieben Lia? Ich musste ihr etwas sagen, aber … der Wille platzte, bevor ich ihn durchführen konnte.

Ich stieß mit dem Fuß gegen ein offenes Buch, hob es auf. Wo kam es her?

Der Weg aus der Depression - Ratgeber für Betroffene und Angehörige

Ich las den Titel mehrmals, immer wieder von Neuem. Es schlug in meinen Kopf ein wie ein Blitz und tat tierisch weh, als ob mich ein Vorschlaghammer am Kopf getroffen hätte.

Ich hörte mich stöhnen.

„FALK?" Lias Gesicht sah panisch aus.

„Sorry, Aussetzer", murmelte eine rostige Stimme.

Eine … Stimme?

MEINE!

„Ich … hab das Atmen vergessen", fügte diese Stimme hinzu.

Depression - das Wort schien an meine Zimmerwand geschrieben zu sein.

Depression … das Wort klang krank und ich wusste das Wort beschrieb meinen Zustand.

Während mir vor ein paar Tagen diese fehlenden Stücke egal waren, nervten sie mich jetzt.

Ein fremder Mann saß mit uns am Küchentisch. Ein Anwalt. Der Rest ging irgendwie unter. Er erzählte etwas. Ich schaute auf seinen Mund.

Es wurde Nacht, es wurde Tag. Lia nahm mich mit hinunter. Anne hatte die Tablette bereits auf dem Tisch gelegt wie jeden Morgen. Ich nahm sie, spülte sie mit Wasser hinunter.

„Wo ist die Tablette?", fragte Anne plötzlich, doch ich sah sie nur groß an.

Die musste ich doch nehmen? Sonst hatte sie mir die immer gegeben, jetzt war ich eben schneller gewesen. Schneller? War die Zeitlupe beschleunigt worden?

„Atmen." Ein Wort, eine Umarmung. Ich holte Luft. Die Tabletten halfen … ich bekam wieder Aussetzer … sarkastischerweise waren diese Fehlzündungen meines kranken Gehirnes die Rückkehr in den Alltag.

Die Tabletten waren Antidepressiva, das wusste ich nun.

366

Depressionen ... was genau war das eigentlich? Konnte Lia mir nicht aus ihrem Buch vorlesen? Konnten wir es nicht gemeinsam durcharbeiten?

„Atmen, FALK!"

„Iss auf, bitte." Annes Stimme. Wie lang saß ich schon auf dem Stuhl? Wieso fehlten schon wieder ein paar Minuten? Ich begriff das alles nicht, aber ich hatte den Willen, es begreifen zu wollen!

Der mich umgebende Eisklotz begann zu tauen.

Der fremde Mann, der Anwalt, kam nach dem Frühstück, stellte mir ein paar Fragen. Ich verstand sie dieses Mal, begriff sie, aber ich konnte nicht antworten. Er erzählte weiter und dann fing es wieder an, dass ich nur Bruchstücke mitbekam. Verdammt! Wieso wusste ich nicht mehr, wovon er geredet hatte? Schließlich stand er auf, schüttelte den Kopf und ging.

Ich stand auch auf. In der Küche traf ich auf Achim, der mir den Weg versperrte. Er stieß mich rücklings an die geschlossene Tür, drückte seine Hände auf meine Brust und starrte mir in die Augen.

„Verdammt nochmal Falk!", brüllte er mich an, drückte seine Hände noch fester an mich. „Falk, wach endlich auf!"

Es tat in den Ohren weh. Ich bekam Angst. Diese eiskalten Augen. Diese dicke Zornesfalte. Dieser böse Mund.

„Falk reagier endlich mal! VERDAMMT!"

Er griff mich ruppig, zog mich von der Tür weg, nur um mich im nächsten Moment wieder dagegen zu schlagen. Dumpf schlug ich mit dem Hinterkopf an das Türblatt.

„Wenn du nicht endlich das Maul aufmachst, dann brech' ich dir ein paar Rippen!"

Er war so sauer. Ich zitterte, hatte Angst, wollte was sagen, aber ich war wie gelähmt.

Im nächsten Moment stockte mir der Atem - er hatte es getan!

Achim hatte mir einen festen Boxhieb in die gesunden Rippen verpasst. Ich japste nach Luft.

„FALK!", schrie er. Seine Halsschlagader war dick wie mein Daumen. Er riss mich an sich, umarmte mich fest und schluchzte.

Er war durchgedreht ... er wollte mir nicht wehtun ... es waren einfach die zum Bersten angespannten Nerven, wegen mir.

„Es tut mir leid", wisperte er.

Ich konnte nichts sagen.

„Rede mit ihm!" Achim drückte mich sanft von sich weg. „Rede mit dem Anwalt. Falk! Ich flehe dich an, bitte!"

Ergeben nickte ich, versuchte Achims Blick zu erwidern, aber meine Lider flatterten ... ATMEN schoss es mir durch den Kopf. Ich tat es, ruhig, tief. Ich musste mich arg zusammenreißen, im ‚Diesseits' zu bleiben.

Er brachte mich hinaus an die Luft, dirigierte mich zum Campingtisch, lud mich an Annes Bank ab, setzte sich zu mir.

„Tut mir leid, dass ich ausgeflippt bin."

„Ich ...", flüsterte ich rostig. Was wollte ich sagen? Weg waren sie, die Worte, die ich sagen wollte ... stöhnend ließ ich meinen Kopf auf die aufgestellten Arme sinken, spürte, wie Achim mir über den Rücken strich.

„Hast du Lust, mich auf einer Planwagenfahrt zu begleiten? Um zwei ist eine. Du brauchst die Leinen nicht zu nehmen."

Ich nickte.

„Versöhnung?"

„Klar. Ich hätte mich an deiner Stelle bis aufs Blut zusammengeschlagen", seufzte ich leise und war im gleichen Moment überrascht, nach der langen Zeit des Schweigens einen kompletten Satz formuliert zu haben. Ich fühlte mich lebendiger als bisher.

Er umarmte mich statt einer Antwort.

In die Bockdecke eingewickelt ließ ich mich durch die Gegend schaukeln, sog den Geruch der Pferde in mich auf, roch den feuchten Waldboden, hörte die Vögel, das lustige Schnattern der Gäste, die großen Hufe dumpf auf dem Boden und eine Schwere legte sich über mich, nahm mich mit in einen tiefen Schlaf. Endlich einem erholsamen Schlaf.

Zurück auf dem Hof weckte mich Achim. Unbeholfen kroch ich vom Bock, als Lia anspurtete.

„Hey, da ist jemand für dich." Sie deutete auf den Terrasseneingang ‚ Tommi.

Er war schon ein paar Mal hier gewesen. Schemenhaft wusste ich das.

„Hey!"

Er sah beschissen aus.

„Hey", antwortete er, kam auf mich zu und umarmte mich. Gemeinsam gingen wir in die Küche. Er ließ sich auf einen der Stühle fallen.

„Wieder Ärger mit deiner Mutter?", fragte ich und erstarrte. Tagelang bekam ich keinen Ton raus und jetzt SO eine Frage?

„Nee", stöhnte er und starrte schweigend vor sich hin.

„Raus mit der Sprache", forderte ich irgendwann.

„Was?"

„Tommi, was ist los? Hattest du wieder Zoff mit deiner Mutter? Hat sie nochmal angerufen?"

„Mann Falk. Lass mich mit der blöden Hure in Ruhe. Nein, sie hat nicht angerufen!"

Einen Moment schwiegen wir. Ich blickte Tommi an, versuchte, ihn zu studieren. Das, was ihn so runterzog, war wirklich nichts mit seiner Mutter? Dann musste etwas anderes sein ...

„Ich muss wieder los!", verkündete er auf einmal und stieg im Düsteren auf sein Rad.

„Warte!", rief ich und er hielt inne. „Was ist los? Da ist doch was mit dir!"

„Ach Falk. Du bist derjenige, dem es mies geht, okay? Rede bitte mit dem Anwalt. Der kann dir helfen."

„Woher weißt ...?"

Er lächelte milde. „Ich hab eine Standleitung mit Lia und war öfter hier, aber bei dir war niemand zu Hause. Schön, dass es jetzt anders ist, dass wieder Leben in deinem Körper ist." Er ließ das Rad niedersinken, umarmte mich. „Alles wird gut, bei dir und bei mir, okay?"

Damit schwang er sich auf sein Rad und ließ mich mit einem Haufen Fragen zurück.

Alles wird gut, bei dir und bei mir. Das klang wie eine Bitte an uns beide ... jeder sollte dafür kämpfen.

Glaubst du an ein Leben nach dem Knast?

Ob Tommi diese Frage auch gestellt worden war?

„Hallo, Falk, halloooo?" Lia an meinem Ohr.

„Ich atme", sagte ich hastig.

Sie lächelte sanft. „Ja, aber trotzdem habe ich dich schon viermal angesprochen."

„Immerhin, die Aussetzer zeigen doch, dass ich wieder auf dem Weg in meine alte kranke Normalität bin."

Zwei Tage später war der Anwalt wieder da. Herr Schmitz hieß er. Ich gab mir alle Mühe, ihm zuzuhören und das zu verstehen, was er sagte.

Er wollte Antworten, ich wollte was sagen, aber immer wieder driftete ich ab, hatte etwas verpasst, wusste nicht mehr, wie sein Satz angefangen hatte. Irgendwann schwieg er. Hatte er eine Frage gestellt? Er stand auf.

„Sie müssen in psychiatrische Behandlung", beschloss er und ein Schwert durchstieß mich, als seine Worte zu mir durchgedrungen waren.

Ich schleppte mich zu meinem Zimmer, überlegte kurz und bog ab zu Lia ins Zimmer. Sie las. Ich legte mich neben sie, landete in ihren Armen und konnte tatsächlich einige Sekunden lang ein flauschig warmes Gefühl empfinden. Dann wurde ich wieder unruhig. Meine Augen blieben an ihrem Buch hängen. Es war das Buch über Depressionen.

„Liest du mir daraus vor?", bat ich. „Ich muss wissen, was in mir kaputt ist. Immerhin, ein Ratgeber für Angehörige UND Betroffene."

„Bist du sicher, dass du das alles wissen willst?", fragte Lia besorgt.

Ich nickte kaum sichtbar.

Sie begann, las Kapitel für Kapitel. Es tat weh und es tat gut. Es zog mich runter und es machte mir Mut ... ein Hin und Her der Gefühle und Gedanken.

„Wir sind hier!", hörte ich Lia plötzlich. Ich war so ins Zuhören vertieft gewesen, hatte nicht mitbekommen, dass Anne uns zum Essen gerufen hatte. Sie steckte den Kopf ins Zimmer, lächelte gütig aus einem Gesicht mit 1000 Sorgen. „Lia? Wie kannst du ihm das Buch zeigen?", fragte sie entsetzt.

„Ich hab es gefunden und sie darum gebeten. Ich will wissen, was los ist mit mir", stöhnte ich. „Ich weiß doch selbst, dass ich völlig neben der Spur bin. Da oben wird etwas falsch geschaltet und ich bin kein Elektriker fürs Gehirn", seufzte ich und griff mir wüst in die Haare.

„Es gibt Gehirn-Elektriker", meinte Anne langsam.

„JA", erwiderte ich gereizt. „In der Klapse, wie der Anwalt schon vorgeschlagen hatte."

„Dieser arrogante Typ", zischte Lia. „Er weiß ganz genau, dass du nicht gesund bist. Er hat sich nicht den Funken Mühe gegeben."

„Lass gut sein", meinte Anne beschwichtigend. „Ich habe mit Matthias ..." Der Rest des Satzes erstarb.

Ich schloss die Augen. Mir war klar, dass Anne spätestens seit dem verdammten Brief regelmäßig Kontakt zu Dr. Schindelwick hatte. Ich an ihrer Stelle hätte es genauso gemacht. Aber irgendetwas in mir drin wusste, dass Anne auch schon davor öfter mit ihm telefoniert hatte. Ich war mir 200%ig sicher, dass die zwei in all der Zeit, die ich hier auf dem Hof war, schon ziemlich viel miteinander gesprochen hatten.

Ob Anne ihm von Tommi erzählt hatte? Na und selbst wenn, Matthias kannte Tommi nicht, der kannte nur Georg. Und auch wenn Matthias wissen würde, dass ich mit Georg befreundet war ... eigentlich war das nicht verkehrt. Im Gegenteil. Immerhin hatte er mich zum Orthopäden geschleppt.

„Matthias hat uns einen anderen Anwalt empfohlen. Herrn Thalheim", fuhr Anne nun fort. Sie hatte etwas gebraucht, um ihre Fassung wieder zu erlangen. „Er würde gerne morgen kommen."

Morgen ... schon wieder ein Anwalt ... schon wieder konzentrieren ...

Herr Thalheim sah aus wie einer der sieben Zwerge. Zwar groß, aber mit einem spitzen grau melierten Bart. Er hatte lachende Augen mit vielen Fältchen.

„Hallo Falk, schon viel von dir gehört", begrüßte er mich und nickte.

„Verstehe", seufzte ich und mir war klar von wem. Von Matthias - Dr. Schindelwick.

„Ich finde, das ist ein guter Grundstein für unsere Zusammen-arbeit." Er lächelte. „Wir haben leider nicht mehr viel Zeit, außer wir lassen die Verhandlung verschieben."

„Bloß nicht!", schoss es wie aus einer Pistole aus mir heraus. „Ich will das hinter mir haben!"

„Verstehe, sehe ich genauso."

Wir saßen am Wohnzimmertisch und er las die Fakten vor. Ich hatte Karsten - laut der Anzeige - damals das Schlüsselbein gebrochen, die Hand verstaucht, ihm Prellungen zugeführt und die Nase blutig geschlagen.

Der Anwalt stellte mir Fragen, die ich beantwortete, aber ich wusste beim besten Willen nicht mehr, was ich Karsten angetan hatte. Ich hatte so viele Jungs vermöbelt, da konnte ich mir nicht alle Gesichter merken. Von manchen wusste ich nicht einmal die Namen.

Herr Thalheim hatte ein Foto dabei, das er mir zeigte. Das Gesicht war mir gänzlich fremd. Jonas Gesicht hatte ich mir gemerkt, aber Karsten ...

Herr Thalheim erklärte weiter: Es handelte sich tatsächlich um schwere Körperverletzung. Es würde also definitiv eine Verurteilung geben. Mir wurde schlecht. Nach seinen Unterlagen und Erfahrungen könnte das maximal bis zu zwei Jahren geben, mir wurde schwindelig.

„Alles in Ordnung?"

Ich schluckte, zwang mich, zu nicken.

Langsam fuhr er fort. Er war sich sicher, dass die Strafe auf Bewährung ausgesetzt würde. Immerhin hatte ich einen festen Wohnsitz und eine feste Arbeit und meine Haftstrafe hatte ich komplett verbüßt. Ich war nicht auf Bewährung draußen.

„Warum eigentlich nicht?", fragte er und brach ab.

Ich stöhnte. „Ich wollte gar nicht. Hatte Angst, wie es draußen weitergehen würde."

Er nahm es ohne Wertung zur Kenntnis.

Und jetzt hab ich eine Scheißangst, wieder eingebuchtet zu werden, fügte ich gedanklich hinzu. Eine Angst, die mich von ihnen auffraß, die an Depressionen und Apathie Schuld war, Panikattacken auslöste und wie ein Parasit in mir hauste.

Ich blinzelte, versuchte, zum Gespräch zurückzufinden, aber Herr Thalheim redete russisch.

„Moment", bat ich. „Mir wird das zu viel. Ich krieg nichts mehr mit, tut mir leid." Resigniert stand ich auf, wollte mich in mein Zimmer schleppen. Mein Kopf dröhnte und mir war seltsam flau.

Doch bevor ich ihn einfach sitzen lassen konnte, hielt er mich mit einer starken aber liebevollen Geste auf.

Er drückte mich auf den Stuhl zurück. „Bis wohin hast du alles mitbekommen?" Sein Ton blieb freundlich und verständnisvoll.

„Ich ... weiß nicht", stöhnte ich. „Es geht grad nicht mehr. Ich kann nicht mehr, bitte akzeptieren Sie das", flehte ich ihn an.

„OK, wir machen übermorgen weiter."

Bis zum Abendessen lag ich auf meinem Bett, driftete in meiner angenehmen Zwischenwelt dahin.

Lia sah nach mir, fasste meine Hand.

„Es ist eine endlose Erschöpfung in mir", flüsterte ich. „Ich kann einfach nicht. Ich würd so gern, aber ..."

„Und wenn wir ihn doch bitten, die Verhandlung zu verschieben?"

„NEIN!" Panisch setzte ich mich auf. „Nein, sie darf nicht verschoben werden!", zischte ich. „Bitte nicht, ich muss da so schnell wie möglich durch.

Ich saß im Verhandlungssaal, hörte das Urteil: „Zu fünf Jahren Freiheitsstrafe ohne Bewährung."

Zwei Uniformierte führten mich ab. Ruppig und zügig, obwohl mir schwindelig war und meine Gummibeine mich nicht tragen wollten. Kurz darauf wurde ich in eine kleine Zelle mit blassgelben Wänden gebracht, die Tür fiel hinter mir zu. Es hallte wie in einem Fußballstadion. Der Fußboden öffnete sich wie ein Haifischmaul und sog mich in ein riesiges schwarzes Loch. Mein Herz raste. Ich bekam keine Luft mehr.

Jemand fasste mir an die Rippen. Lia. Hatte ich geträumt? Ganz fachmännisch half sie mir mit der Atemübung über diesen Anfall hinweg.

Es dauerte lange, bis ich mich beruhigt hatte.

Sie legte sich neben mich, hielt mich im Arm, strich mir immer wieder über Brust und Bauch, über meine Haare und Wangen.

Leise erzählte ich, was geschehen war ... der Albtraum, der Sog in die Tiefe.

„Ich habe Angst, eine Scheißangst, ich ..."

Lia hielt mich fest und erneut ging ein Beben durch meinen Körper, erneut hatte ich Atemnot, weil ich einen Heulkrampf bekam, dessen Intensität sowohl Lia als auch mir mächtig Angst machte.

Am nächsten Morgen war mir klar, dass ich professionelle Hilfe brauchte. Das Drama der vergangenen Nacht hatte in mir einen Schalter umgelegt.

„Lia, ich sorg dafür, dass es besser wird, versprochen."

„Sonst stirbt etwas in dir", sagte sie leise und unendlich traurig.

„Ich weiß. Und ich weiß ... was ich tun kann."

„NEIN!" Sie sah mich entsetzt an.

„Nein, kein Suizid", seufzte ich. „Nee, aber ... bitte ... sag Anne und Achim nichts, okay?"

„Hallo? Du hast die ganze Nacht geheult und kein Auge zugemacht. Du bist total blass und absolut durch. Da muss ich nichts erzählen, sie sehen selbst, was los ist."

Ja, sie hatte völlig Recht.

„Ich schweige", schnaufte sie dann ergeben. „Aber Falk ... noch so eine Nacht und ich fahr dich höchstpersönlich in die Klinik. Das ist zu deinem eigenen Schutz. Ich ertrage es nicht, wenn du noch weiter abdrehst. Und ich verliere selbst bald den Verstand. Falk, ich habe Angst um dich."

Der Tag schleppte sich dahin. Nach Feierabend kam Tommi vorbei, hatte ein Reiseschachspiel mitgebracht.

Sarkastisch lachte ich auf. „Ich kann mich überhaupt nicht konzentrieren", protestierte ich, als er die Figuren aufstellte.

„Dann ist es doch genau die richtige Übung."

„Oder genau die Falsche. Wie war das mit der Schulter? Gegen den Schmerz arbeiten brachte keine Besserung."

„Falk, du solltest öfter mal auf das hören, was andere dir im Guten sagen."

„Also Schachspielen?"

„Würde ich vorschlagen."

„Was ist los?", fragte ich ihn schließlich, als er mir den zweiten Bauern geschlagen hatte.

„Der stand mir im Weg, den musste ich schlagen", antwortete er grinsend.

„Nein, mit dir", meinte ich.

„Vergiss es."

„Nein. Du presst aus mir auch immer heraus, was du wissen willst."

„Später", meinte er. „Los weiter."

„Dir geht es beschissen!", stellte ich fest.

„Richtig, aber ändert nichts daran, dass du jetzt wieder dran bist."

Ich zog mit dem Springer. Weiter, Figur um Figur. Auch Tommi verlor ein paar Bauern, seinen Turm, dann ging es wieder mir an den Kragen.

„Dieser Zug ist nicht erlaubt", kritisierte er.

Ich starrte auf die Spielfigur. „Aber der darf doch geradeaus laufen?"

„Wenn es der Turm wäre, dürfte er, aber es ist der Läufer."

„Verstehe." Ich rieb mir die Augen. „Okay, was wollte ich? Wollte ich mit dem Läufer ziehen, oder mit dem Turm?" Das Brett fixierend grübelte ich, doch in meinem Oberstübchen herrschte auf einmal nur große Leere. So sehr ich mich bemühte ...

„Na los, dein Zug", drängelte Tommi.

„Black-out", stöhnte ich. „Ich weiß grad nicht mal mehr, wie der Turm aussieht und was der Sinn des Spieles überhaupt ist."

Tommi schnaubte lachend auf.

„Das ist nicht lustig!", schrie ich und stand so abrupt auf, dass der Stuhl umfiel. „Sorry", meinte ich dann leise und gebrochen. „Mann, das geht mir jeden verdammten Tag so. Ich fresse diese Pillen wie Bonbons, aber mein Kopf macht einfach nicht mit. Weißt du, wie erniedrigend das ist, wenn du plötzlich irgendwo rum stehst und keine Ahnung hast, was du tun wolltest, wie du da hingekommen bist, weil die letzten paar Minuten in deinem kranken Kopf nicht mehr existieren?"

Er blickte mich entsetzt an, hatte jegliche Farbe verloren, wollte etwas sagen, doch die Worte fehlten ihm.

„Hau ab!", forderte ich und öffnete meine Zimmertür. Er sah mich mit einem Blick an, den ich nicht deuten konnte, ließ das Spiel liegen und verließ wortlos den Raum.

Ich schmiss mich aufs Bett, stöhnte laut. Eine ganze Weile brauchte ich, um das eben Geschehene zu verarbeiten.
Dann tippte ich eine SMS an Tommi.
Hey, sorry, bist nicht mein Blitzableiter, tut mir leid. Bin auf der Gratwanderung über dem Abgrund des Wahnsinns leider ins Straucheln geraten, ist nichts gegen dich. Komme mit mir selbst grad nicht klar, sorry. Nächste Partie bei dir?

Mein Handy piepte kurz - SMS von Tommi.
Sorry Kumpel, hab dir auf der Gratwanderung ein Bein gestellt, war mein Fehler. Partie bei dir. Besser ICH fahre. Safety first. Bis dann.

Stimmt. In meinem Zustand sollte ich besser nicht mit der 80er oder dem Rad fahren.

Das Telefonat

Am Abend lag ich in meinem Bett und starrte an die Decke. Was wollte ich ihm sagen? Wie sollte ich anfangen? Lange grübelte ich, stolperte immer über die gleichen Fragen, die ich nicht beantworten konnte.

Lia lag nicht neben mir. War sie in ihrem Zimmer? Wahrscheinlich guckte sie einen Film auf dem Laptop. Ich wollte zu ihr, aber sie würde mich definitiv fragen, ob ich angerufen hatte. Hatte ich nicht, ich Feigling.

Nach einer gefühlten Ewigkeit wühlte mich in meinem Portmonee den Zettel mit der Nummer und tippte sie ein.

„Schindelwick.“

„Ja hier ... hier ist ...“. Ich stöhnte. „... Falk Selbach.“

„Falk? Es ist gut, dass du anrufst.“

„Auch um die Uhrzeit?“

„Kein Problem, passt perfekt.“

„Perfekt“, knurrte ich. „Anne hat sicherlich schon seit Wochen eine Standleitung zu dir, was?“, griff ich ihn an - völlig ohne Grund, was konnte er dafür? Jetzt hatte ich Dr. Schindelwick auch noch geduzt. Ob das ok war? Ich hoffte es.

„Standleitung würde ich das nicht nennen. Wie fühlst du dich?“

„Beschissen.“

„Das ist eine große Umschreibung. Und ... im Detail?“

„Was für Details?“

„Na ja, ist dir vom Magen her schlecht, hast du Kopfschmerzen? Bist du traurig oder müde oder...“

„Ich hab Depressionen“, knurrte ich ihn an. „Das weißt du doch von Anne, erzähl mir nicht, dass sie nicht ständig mit dir telefoniert wegen mir!“

„Warum bist du so aufbrausend?“, kam ruhig von Dr. Schindelwick. „Ja, Anne hat ein paar Mal mit mir telefoniert. Stimmt.“

„Gestern Nacht ...“ Sollte ich davon erzählen?

„Falk?“

„Schnapsidee“, murrte ich und drückte das Gespräch weg. Dann schrie ich meinen Unmut hinaus.

Sofort stand Lia in meinem Zimmer. Zu Tode erschrocken.

Das Handy bimmelte.

„Was?", blaffte ich hinein.

„Matthias hier, nicht auflegen, bitte."

Ich legte nicht auf, sagte aber nichts.

„Falk? Hallo?"

„Ich weiß immer noch nicht, wie ich anfangen soll", stöhnte ich.

„Verdammt! ... Ähm, warte mal bitte eben." Ich hielt meine Hand übers Handy.

„Das dauert noch", richtete ich mich seufzend an Lia. „Aber es wäre schön, wenn du bei mir wärst, ich ... will nicht alleine sein. Brauchst dir das Gequatsche aber nicht anzuhören."

Sie lachte. „OK, ich hole meinen MP3-Player."

„Bist du noch dran?", wandte ich mich wieder an Matthias.

„Klar."

Lia kam herein, legte sich hinter mich, nahm mich in den Arm. Ich hörte leise die Musik, spürte ihren Kopf, den sie zwischen meine Schulterblätter legte, sanft und doch kraftvoll.

„Der Grund, warum ich jetzt doch endlich mal anrufe ... ich ... letzte Nacht ..."

Plötzlich begann ich zu erzählen, von dem Albtraum, von den vielen Anfällen mit Atemnot und als ich fertig war mit dem Bericht, stellte Matthias kurze, gezielte Fragen und ich stand Rede und Antwort. Er schaffte es, mit seinen Fragen das aus mir herauszulocken, was ich ihm eigentlich gern erzählen würde, aber nicht wusste, WIE ...

Je länger wir telefonierten, desto mehr spürte ich, wie gut er mir tat. Wie gut es war, mit IHM zu reden. Jemanden, der mich kannte und dem ich vertraute. Doch dann merkte ich, wie ich unaufmerksam wurde, immer wieder musste Matthias eine Frage wiederholen, weil ich sie nur halb mitbekommen hatte.

„Falk, bist du morgen auf dem Hof?", fragte er dann.

„Ja, wo ... soll ..." Ein starkes Gummi im Kiefer verhinderte, dass ich meinen Mund weiterhin beim Sprechen bewegte.

Es klopfte an der Tür. Ich ließ die Augen geschlossen, spürte Lia hinter mir. Wahrscheinlich träumte ich noch.

„Morgen", hörte ich Annes Stimme.

„Er hat die halbe Nacht telefoniert", erklärte Lia gähnend.

„Ich weiß", antwortete Anne.

Woher wusste SIE das? Ich schlug die Augen auf.

„Wir haben einen Frühstücksgast. Matthias."

Eilig begab ich mich ins Badezimmer. So schnell war ich die letzten Wochen nie mehr gewesen. Lia grinste.

„Du siehst verdammt schlecht aus", begrüßte er mich. Er hatte eine Tasse Kaffee vor sich stehen.

„Ich weiß", stöhnte ich. „Was erwartest du? Mein Kopf terrorisiert mich und meine Seele dreht durch ... vielleicht ist es auch andersherum. Matthias, ich ... kann nicht mehr."

„Wenigstens hast du endlich mal angerufen."

„Bedank dich bei ihr." Ich nickte zu Lia, die im Türrahmen stand. „Sie hat gedroht, mich in die Klapse zu bringen."

„Hab ich nicht. Ich hab gesagt, Klinik."

„Und was meinst du, in welche Abteilung die mich stecken?"

„Erst frühstücken, dann plauschen", schlug Matthias vor.

„Magst du uns nicht einmal vorstellen?"

Ach so, klar, Lia kannte Matthias nicht.

„Das ist mein Therapeut aus dem Knast", sagte ich. „Er hat mich hierher vermittelt, ist ein Bekannter von Anne."

Während des Frühstücks plauderte er ungezwungen mit Anne und bezog Lia geschickt mit ein. Ich schwieg und konzentrierte mich darauf, mein Frühstück runterzubringen.

„Lass uns einen Spaziergang machen", schlug er mir vor, als wir fertig waren.

Ich schlug die Planwagenroute ein. Da kannte ich mich aus. Eine Zeit lang gingen wir schweigend nebeneinander her. Jeder hatte seine Hände in den Jackentaschen vergraben. Schließlich stellte Matthias verdammt viele Fragen und ich ließ keine Antwort aus.

Der Wind frischte auf, uns wurde kalt. Matthias blickte in die düsteren Wolken. „Sieht nach Regen aus. Wollen wir umdrehen?"

Wir waren gerade wieder im Innenhof angelangt, als ein Fahrradfahrer um die Ecke bog. Tommi.

„Doc?"

Matthias brauchte ein paar Sekunden, bis er ihn erkannt hatte. „Georg. Na, das ist ja eine Überraschung." Er schüttelte Matthias die Hand.

„Tommi werde ich genannt. Kommt von Thomas, meinem Nachnamen."

„Tommi, soso." Matthias lächelte. „Ich bin Matthias, das steht zwischen Doktor und Schindelwick." Er grinste. „Hey, schön, dich zu sehen. Du siehst richtig gut aus!"

Sagte er das nur so? Ich fand das gar nicht.

„Ja, mir geht es gut. Wenigstens einem von uns beiden." Damit blickte er zu mir.

„Dir geht es überhaupt nicht gut", konterte ich und wurde von Tommis giftgrünen Augen erstochen.

Matthias blickte von Tommi zu mir und wieder zurück.

Tommi zuckte mit den Schultern. „Falk lenkt gern von sich ab."

Tommi blieb auch zum Essen. Danach setzten wir uns alle mit Kaffee und Kakao ins Wohnzimmer.

„Bald weiß ich mehr", stöhnte ich. „Das Schlimme ist derzeit die Ungewissheit."

„Sie werden dich auf Bewährung rauslassen", meinte Matthias.

„Wenn die mich einbuchten, krieg ich die Krise."

„Ich komm dich jeden Tag besuchen, dann geht das schnell rum", versicherte Lia und drückte meine Hand.

„Schön wärs." Tommi atmete tief durch. „So viel Besuchsrecht gibt es leider nicht. Du wirst dich aufs Briefchenschreiben beschränken müssen."

Anne blickte ihn verwirrt an. Ihre Gedanken kreisten, das sah ich. Sie konnte ja nicht ahnen, woher Tommi sein Wissen hatte ...

„Wenn die mich nochmal in den Bau schicken, verlier ich den Verstand endgültig."

„Das wäre gar nicht schlecht", murmelte Matthias.

„Was?" Lia und Anne gleichzeitig

„Na ja, sollte der Richter tatsächlich das Urteil fällen, dass Falk für ein bis zwei Jahre ins Gefängnis muss ...", grübelte er, „dann werde ich ihn in eine Nervenheilanstalt einweisen lassen. DA bist du bei Weitem besser aufgehoben als in der JVA!", wandte er sich an mich.

Meine Gedanken rasten. Nein! NEIN! Nicht in die Klapse!

„Besuchsrecht ist da jedenfalls besser", meinte Tommi und nickte. „Hey Falk, das ist auf jeden Fall besser als Knast!"

Ich starrte halb betäubt vor mich hin. Nervenheilanstalt ... also doch Gummizelle und Zwangsjacke.

Aber besser als Knast. Vielleicht gab es rosarote Pillen, die einem das Leben versüßten? Vielleicht würde ich dort bald so abdrehen, bis ich weiße Mäuse sah.

„FALK!" Tommi rüttelte mich sacht am Arm.

Ich versuchte, den Blick klar zu kriegen.

„Atmen, mein Freund", befahl er kameradschaftlich.

Ich holte tief Luft, sank nach vorne auf die Tischplatte, legte meinen Kopf in meine Arme, konzentrierte mich auf den nächsten Atemzug.

„Hast du diese Aussetzer regelmäßig?", fragte Matthias nun.

„Haben wir darüber nicht geredet letzte Nacht?", stöhnte ich. „Verdammt ja, ständig. Aber der Neurologe hat nichts gefunden, ist alles Paranoia, Wahnvorstellung, kranke Psyche. Am besten holst du die weißen Männchen JETZT schon!" Wütend stand ich auf, raste aus der Küche, die Stiege hinauf und in mein Zimmer, schmiss mich aufs Bett und zitterte vor Wut.

Meine Tür ging auf. Ich hatte vielleicht erwartet, dass Matthias oder Lia kommen würden, aber nicht Tommi.

„Hey ... halt durch. Du musst kämpfen."

„Kämpfen ... was weißt du schon von kämpfen?" Ich versuchte, mich zu beruhigen. „Den einzigen Kampf, den DU ausfechtest, ist, mir gegenüber möglichst nichts zu sagen. Stattdessen sorgst du dafür, dass du mich stets in die richtige Richtung drängen kannst. Du hilfst mir ständig, prügelst mich zum Doc ... aber dass DU dir helfen lässt ... nee ... der starke Tommi hat ja keine Schwächen. Ich weiß gar nicht, wie Matthias darauf kommt, zu sagen, du siehst gut aus? Ich finde das überhaupt nicht! Und die Heuchelei, dass es dir gut geht ... stimmt doch gar nicht! Zoff mit deiner Mutter, ja okay, ist ätzend, aber das ists doch nicht alleine?"

Er ließ sich vor meinem Kleiderschrank niedersinken. „Du hast schon Recht. Mir ists im Moment etwas zu viel", stöhnte er. „Meine Mieter haben zum ersten Januar gekündigt."

„Dir wurde die Wohnung gekündigt? Mist, warum haben sie dir gekündigt? Einfach so? Warum wollen sie dich denn raus haben? Weil du ... ein Knasti bist?"

Er schaute mich an. „Mieter, nicht Vermieter. Mir gehört das Haus. Die Mieter oben ziehen aus; ich bleibe drin, logischerweise."

„Das Haus gehört dir?" Ich pfiff durch die Zähne. „Cool!"

„Ja sehr cool." Er spielte an seinem Kettenanhänger. „Lieber wäre es mir, es gehörte noch meinem Vater."

Dieser Kommentar schlug mir voll in den Magen. „Mist, tut mir leid, ich bin so ein Idiot."

„Schon gut."

„Macht deine Mutter Stress wegen den Mietern? Gibt sie dir die Schuld, dass sie ausziehen?"

„MANN FALK!", schrie er mich an. „Lass ENDLICH mal meine ALTE aus dem Spiel, okay? Ich hasse sie, ich habe keinen Kontakt mehr zu ihr, ich ..." Er brach ab, schlug seinen Hinterkopf mehrmals an die Schrankwand, dass es knallte.

Mir standen die Haare zu Berge ...

„Falk", redete er mit gebrochener Stimme weiter. „Als mein Vater dahinter kam, dass meine Mutter fremdgeht, hat er mir sein Haus überschrieben und seine Lebensversicherung entsprechend geändert. Er hat also vorgesorgt, damit ich im Fall X die Darlehensraten weiter abzahlen kann, ohne dass ich das Haus verliere. Er hat sogar daran gedacht, den unverdienten Pflichtteil für das Erbe der Alten beiseitezulegen. Wir konnten ja nicht ahnen, dass der Fall X so schnell eintreten würde und ich zu dem Zeitpunkt noch minderjährig bin." Tommi starrte irgendwo fern oben an die Wand. Er spielte verloren mit dem Kettenanhänger und wischte sich dann kurz über die Augen. „Er war erst 35, Scheiße verdammt."

Er schwieg eine Weile und fuhr dann fort: „Als das Testament verlesen wurde, ist sie an die Decke gesprungen. Sie wusste nicht, dass das Haus bereits an mich überschrieben war, und hatte sich längst dazu entschlossen, das Haus zu verkaufen, und mit dem Geld weiß ich was zu machen. Das konnte sie jetzt vergessen, auch mit Anwalt kam sie da nicht ran. Mein Vater hatte sich damals gut erkundigt und alles irgendwie wasserdicht gemacht. Das Haus durfte nun nicht einfach so verkauft werden. Wir sind dann nach Olpe gezogen zu ihrem Kerl." Er seufzte.

„Unser - mein - Haus wurde nicht vermietet, ich war ja minderjährig, brauchte ihre Unterschriften als Erziehungsberechtigte. Das Vermieten hätte mir schließlich Geld gebracht. Sie hat das Ganze boykottiert. Ich habe meinen Hass unterdrückt, all die Sticheleien über mich ergehen lassen, na ja ... hab meist alles im Alkohol ertränkt. Das Abi hinter mich gebracht und als ich endlich volljährig war, bin ich zu Lothar gezogen, um

in Köln Zivildienst zu machen und dort zu studieren. Das Haus hab ich
bisschen renoviert, wo es nötig war und mir zwei Mieter gesucht ... aber
der ganze Druck hat mich fertiggemacht. Lothar hat versucht, mich vom
Alk wegzukriegen, aber ich hab es einfach nicht geschafft. Na ja ... die
Quittung kam ja dann", endete er resigniert.

„Kaum war ich verurteilt, sind meine Mieter ausgezogen, das Haus
stand wieder leer. Und jetzt ziehen die Mieter oben schon wieder aus,
kaum sind sie ein paar Monate drin gewesen. Mir wächst das über den
Kopf. Schon wieder renovieren, mich schon wieder um Nachmieter zu
kümmern, Anzeigen schalten, Termine vereinbaren, Hausführungen
machen, die Kaution ... ich könnt manchmal einfach kotzen."

Er stand auf.

„Danke fürs Zuhören. Ich glaub, ich lass dich mal mit Matthias allein
und radle heim", fügte er hinzu.

„Du kannst gerne hierbleiben."

„Nee ... aber hast du nicht am Mittwoch wieder einen Termin bei
Lothar?"

„Ja, um 17 Uhr."

„Da kann ich dich gerne fahren, wenn du willst."

„Super, gerne."

„Dann bis Mittwoch."

Beim Abendessen bemerkte ich Annes musternden Blick, der zwischen
mir und Matthias hin und her glitt. Mir wurde heiß und kalt zugleich ...
wusste sie es bereits oder ahnte sie es nur? Hoffentlich stellte sie keine
Fragen ...

Vergebens ...

Sie stellte die Frage ...

„Woher kennt ihr Tommi eigentlich?"

Ich starrte auf die Tischplatte. Matthias hatte ein Pokergesicht
aufgesetzt.

Anne schaute von einem zum anderen, konnte in meinem panischen
Blick wahrscheinlich alles lesen.

„Verstehe", meinte sie dann. „Ich hab nichts gefragt."

„Ich mag ihn jedenfalls, egal was war", sagte sie sanft.

Das Telefonat und der Besuch von Matthias hatten mir sehr gutgetan
und das Gespräch mit Herrn Thalheim am Folgetag war ebenfalls relativ

beruhigend. Er ging davon aus, dass ich wirklich auf eine Freiheitsstrafe auf Bewährung hoffen konnte. Er würde darauf zuarbeiten.

Am Samstag war wieder eine Planwagenfahrt. Ich saß zwar auf dem Bock, aber die Leinen hatte Achim in der Hand. Dennoch ging es mir inzwischen deutlich besser mit den Depressionen. Die Medikamente wirkten mittlerweile sehr gut und ich war nun den ganzen Tag ‚anwesend‘, auch wenn ich abends oft erschöpft ins Bett fiel, weil alles so anstrengend war. Schlafen konnte ich ohne Medikamente allerdings trotz dieser Erschöpfung nicht.

Lothar war am Mittwoch recht zufrieden mit der Schulter, und dem Heilungsprozess der Rippen, schaute mich aber besorgt an. Ob Tommi ihm erzählt hatte, was los war?
„Eine Zeit lang mit der Physiotherapie auszusetzen war schon in Ordnung. Aber es wäre gut, wenn du die Bewegungstherapie wieder aufnimmst. Meinst du, das geht, neben deinen anderen Terminen?"
Das klang sehr danach, dass er Bescheid wusste.

Für die Nacht gab es wieder Schlafmittel und morgens die Antidepressiva, immer der gleiche Mist, aber es brachte mich durch die Zeit, die ich noch durchstehen musste. Zwischenstation dieses Horrors war zunächst die Anhörung.
Der Termin war eigentlich bereits für Mitte Oktober angesetzt gewesen, aber aufgrund meines schlechten Gesundheitszustandes, verschoben worden. Die Verhandlung zum Glück nicht. Je eher ich die hinter mir hatte, desto besser.

Beim Verhör saßen mir zwei Polizisten gegenüber. Herr Thalheim saß rechts neben mir.
Die ersten Fragen beantwortete er für mich. Die Polizisten mochten das aber nicht. Sie wollten alles von mir hören und baten ihn, zu schweigen. Nun lag es an mir, die Fragen zu hören, zu verstehen, zu überdenken und die passende Antwort zu geben. Anfangs war es relativ einfach, dann fehlte mir wieder die Konzentration. Ich merkte, wie ich schwerfällig im Kopf wurde, wie die Abgrenzung der einzelnen Fragen verschwamm.

„Können Sie sich daran erinnern, ihn geschlagen zu haben?", fragte der Polizist erneut.

„Nein, kann ich nicht."

„Also haben Sie ihn nicht geschlagen?"

„Weiß ich nicht."

„Aber Sie müssen das wissen!"

„Ich muss gar nichts wissen. Ich habe zu der Zeit so viele verprügelt, da konnte ich mir echt nicht …" Der Anwalt berührte mich unauffällig unter dem Tisch, um mich auszubremsen, und fiel mir ins Wort.

„Mein Mandant muss sich nicht selbst belasten", wendete er ein.

„Versuchen Sie, sich zu erinnern", fuhr der eine Beamte penetrant fort.

„Keine Ahnung. Da ich nicht sagen kann, dass ich es NICHT war, werde ich es wohl gewesen sein", stöhnte ich.

Herr Thalheim stöhnte auch. Sie hatten es geschafft, mich mürbe gemacht.

„Du weißt, was du gerade gesagt hast?", fragte der andere Beamte nun seelenruhig.

„Was?".

„Das war sozusagen ein Geständnis."

„Ja und?! War es nicht das, was Ihr wolltet?! Ich hab keine Ahnung, ob ich das war oder nicht! Und wenn mir diese Frage noch 1000 Mal gestellt wird, werde ich es immer noch nicht wissen!" Ich schrie vor Zorn, wollte aufspringen, doch Herr Thalheim fasste unterm Tisch meine Hand, drückte sie fest. Ein unmissverständlicher Befehl, sitzen zu bleiben.

Mir war alles zu viel. Ich musste hier raus.

Die Beamten tuschelten, dann redeten sie mit meinem Anwalt. Ich hatte schon wieder Ohrensausen und den Tunnelblick. ‚Nur nicht zusammenklappen!' schoss es mir durch den Kopf und ich konzentrierte mich, bemühte mich, ‚dabei' zu bleiben.

Bis zum Auto schaffte ich es. Dort sackte mir kurz der Kreislauf weg. Lia hatte es gemerkt. Sie fing mich in ihren Armen auf. Matthias gab mir was zu trinken. Alle hatten draußen auf mich gewartet. In das Verhörzimmer durften sie nicht mit.

„Ich box ihn da irgendwie raus", hörte ich Herr Thalheim nun sagen. Was sonst gesprochen wurde, rauschte an mir vorbei. Lia streichelte mich vorsichtig, hielt mich fest in ihrem Arm. Anne und Achim blickten besorgt von der offenen Autotür aus zu mir. Wir waren mit zwei Autos gekommen, weil wir zu viele Leute waren. Tommi saß links neben mir auf der Rückbank. Er hatte sich für mich frei genommen.

Ich hatte das Falsche gesagt, mich falsch verhalten, das würde für die Verhandlung nicht besonders gut aussehen, aber Herr Thalheim machte mir lächelnd Hoffnung und Matthias hatte mir ja einen Ausweg ,angedroht', falls ich zu einer Freiheitsstrafe verurteilt werden würde. Nervenheilanstalt ... gruselig ... aber nicht so gruselig wie Knast.

Am nächsten Morgen saßen wir alle bis auf Tommi beim Frühstück. Matthias war über Nacht geblieben, was mich ein bisschen beruhigte. Sie waren alle so lieb mit mir.

Die nächsten Tage vergingen schleppend. Die Medikamente halfen gut, machten mich weiterhin ein bisschen munter, denn alles in allem war ich so dermaßen down, dass ich schon gar nicht mehr aus dem Bett wollte. Wie schön wäre es gewesen, nicht mehr aufzuwachen, einfach die nächsten Wochen zu verschlafen.

Ich arbeitete auf dem Hof, soweit es meine Rippen und die Schulter zuließen.
Tommi kam oft mit dem Rad vorbei, spielte mit mir Schach oder schaute sich mit mir im Wohnzimmer einen Film an.
Lia nahm mich täglich auf einen Schritt-Ausritt mit Vollidiotengurt auf einem Handpferd mit. Meine Rippen waren damit relativ einverstanden. Nur Auf- und Absitzen war schwierig.
Die Pferde, die ich ritt, wechselten ständig, manchmal hatte ich auch Lenni unter mir. Ich mochte alle Ponys, ich mochte die gemütlichen Ausritte. Jede Beschäftigung bot mir eine Ablenkung und half mir über die verbleibende quälende Zeit bis zur Verhandlung hinweg.

Matthias war nun jedes Wochenende bei uns, hatte sich in einem der Gästezimmer eingerichtet und half mir, weiterhin stark zu sein. An Tagen, wo er nicht auf dem Hof war, telefonierten wir abends. Meist redeten wir 10 bis 20 Minuten, mal war sein Part länger, mal meiner. Ich war ihm so dankbar, für das, was er für mich tat: Zuhören, Mut machen,

Vorschläge machen, beruhigen.

Überhaupt tat es gut, sie alle an meiner Seite zu haben: Achim, Anne, Lia, Tommi und eben auch Matthias. Sie alle stärkten mich und halfen mir. Ich wollte mir nicht ausmalen, was ich ohne sie getan hätte.

Annes neue Kollegin war ziemlich gut und relativ schnell einge-arbeitet, so dass Anne endlich wieder einen Teilzeitjob hatte.

An Tagen, wo irgendwelche Kinder auf dem Hof waren, blieb ich auf meinem Zimmer. Das war für mich besser. Wenn ich eins in dieser schweren Zeit nicht ertragen konnte, dann Nervenstress. Terror hatte ich genug im Kopf. Noch drei Tage bis zur Verhandlung ...

Ab dem ersten Dezember ging es mir schlagartig schlecht. Hatte ich mich bisher immer damit ablenken können, dass die Verhandlung ,erst im Dezember' war, gab es jetzt keinen Grund mehr, mich zu beruhigen.

Mir war ständig übel, ich konnte nichts mehr essen. Die Medikamente waren ein Placebo. Ich erlebte 24 Stunden Horror täglich.

Ich trank nur noch Tee, mein Puls war kaum spürbar oder raste. Ich verkroch mich mit drei Decken im Bett, fror trotzdem, nur um mir eine Stunde später alle Klamotten vom Leib zu reißen, weil ich in meinem Schweiß lag. Lia war ständig bei mir und leistete mir Beistand.

Herr Thalheim sprach mit mir noch einmal die Verhandlungsstrategie durch. Ich bekam Herzrasen und Atemnot. Anne spritzte mir danach in meinem Zimmer ein Beruhigungsmittel, sonst wäre ich ausgeflippt.

Am Samstagabend, als wir alle inklusive Matthias am Tisch saßen und ich mal wieder vehement meinen Teller wegschob, starrte Anne Matthias an.

„Tu was", meinte sie mit deutlichem Unterton, doch Matthias sagte nichts. „Du kannst ihn doch krankschreiben", bohrte sie weiter.

Ich verstand grad nicht genau, was sie meinte, aber Lia blickte entsetzt. „Nein tu´s nicht", bat sie Matthias und blickte Anne an.

„Es kann doch kein Gericht verlangen, dass er sich in dem Zustand zu dem Vorfall äußert. Matthias, du weißt genau, wie die Vernehmung letztens ausgegangen ist." Sie blickte ihn mit gerunzelter Stirn herausfordernd an.

„Nein", wisperte Lia. „Nein Anne ... ein psychologisches Gutachten zur Verhandlungsunfähigkeit wegen Depressionen haut ihn da nicht raus. Im Gegenteil, dann wird die Sache nur aufgeschoben, bis sich sein Zustand gebessert hat und dann steht Falk wieder am Anfang."

Matthias schaute sie verblüfft an. „Hast du Jura studiert?"

„Nein, das Internet", mischte ich mich seufzend ein. Obwohl sie mit mir niemals über diese Dinge sprach, war mir dennoch klar, dass sie sich bestens vorbereitet hatte.

„Falk muss die Verhandlung jetzt durchstehen", fuhr sie unbeirrt fort. „Er darf nicht im Gerichtssaal zusammenbrechen und er muss glaubwürdig rüberkommen. Wenn Herr Thalheim Recht behält, läuft es auf Bewährung raus und alles ist gegessen. Für den Fall X haben wir Plan B von Matthias."

„Stimmt das mit diesem Gutachten und dem Aufschub?" Achim warf die Frage in den Raum und Matthias nickte.

„Ja, das gibt nur Aufschub, damit ist Falk definitiv nicht geholfen. Sobald eine gesundheitliche Besserung eintritt, geht die Sache weiter."

„Kein Aufschub", jammerte ich. „Ich dreh durch, wenn das nicht in ein paar Tagen vorbei ist."

„Eben. Lia hat völlig Recht. Er muss durchhalten und je nach Urteil läuft es gut oder eben auf Plan B raus."

Mir fehlte die Kraft, über diese Vorstellung zu stöhnen.

In der Nacht von Sonntag auf Montag kotzte ich dreimal ins Bett, aber da ich schon seit ein paar Tagen nichts mehr gegessen hatte, war es nur Tee und Magensäure.

Lia weckte Anne und sie kam, setzte mir wieder eine Spritze.

Für ein paar Stunden hatten mein Körper und mein Geist Frieden. Dann fing das Desaster wieder an, wurde immer stärker.

Gedanken und Bilder blitzten durch meinen kranken Kopf. Das Leben kam mir unerträglich vor. Ich hörte Stimmen, tiefe, hohe, flüsternde, schimpfende, beschwörende Stimmen und Schreie. Ich konnte ihnen nicht entfliehen.

Es war noch dunkel, als ich aufstand. Um elf Uhr war die Verhandlung, noch 6 Stunden. Meine innere Unruhe war unerträglich. Ich tappte taumelnd in Lias Zimmer, suchte nach einem Stift. Ich fand irgendeinen ‚Permanent Marker' und öffnete ihn. Meine Hände zitterten, ich musste mich konzentrieren.

KEIN SUIZID
DURCHHALTEN
NICHT AUFGEBEN
ATMEN
HIERBLEIBEN

Diese Worte schrieb ich auf meinen Arm. Immer wieder von Neuem, wo noch Platz war, in völlig wirrer Reihenfolge, unzählige Male.

Dann tappte ich wieder ins Bett, fand etwas Ruhe, die Stimmen waren weg.

Als ich aufwachte, war es 8:57 Uhr. Schleunigst ging ich ins Bad, duschte und zog mich an.

In der Tür stieß ich mit Lia zusammen. Sie sah besorgt aus, nahm mein Gesicht in ihre Hände, küsste mich so unendlich sanft. Ich schlang meine Arme um sie, drückte sie an mich, alles andere als sanft. Ich presste sie an mich, so fest, dass es mir selbst wehtat. So fest, dass sie sich schließlich aus dieser Zwangs-Umarmung herauswand, weil sie den Schmerz nicht aushielt, den ich ihr zufügte. Sie sagte nichts, küsste mich. Nahm meine Hand, führte mich mit hinunter.

Am Frühstückstisch herrschte gedrückte Stimmung. Niemand sagte etwas. Mein Brötchen lag vor mir, sagte auch nichts ...

„Du musst was essen", meinte Lia schließlich langsam, als alle schon fertig waren.

„Alles wird gut", flüsterte Anne.

Ich schnaubte auf. „Ja, falls es auf Bewährung hinausläuft. Wenn ich nochmal in den Bau wandere ..." Den Rest schluckte ich hinunter.

„Dich wird niemand hinter Gitter bringen", meinte Achim beruhigend.

Wieder schnaubte ich sarkastisch auf.

„Falk, du musst die Verhandlung durchstehen. Du darfst nicht zusammenklappen", flüsterte Lia.

Ich nickte ergeben. „Wann fahren wir?"

„In zehn Minuten."

Verhandlung

Im Verhandlungssaal war es kalt, ich fror. Mühevoll versuchte ich, alles nachzuvollziehen, was gesagt, gefragt und geantwortet wurde. Es war verdammt schwierig. Ich musste mich dermaßen zusammenreißen.

Dann wurde ich befragt und gab mir alle Mühe, ‚dabei' zu bleiben und die Strategie von Herrn Thalheim durchzuziehen: Kurze knappe Antworten. NUR auf das antworten, was gefragt wird. Es klappte gut.

Anfangs …

Bis es wieder um die leidige Frage ging, was ich getan hatte und was nicht. Ich war kurz davor, herauszuschreien, dass ich mich nicht erinnerte, weil ich bestimmt noch 100 andere verprügelt hatte, aber sie ließen rechtzeitig von mir ab. Mein Kopf rauchte.

Herr Thalheim blickte mich an. Ich schlug die Augen nieder. Ja, es war ganz und gar nicht das, was er mir als Strategie mitgegeben hatte, aber ich war einfach fertig, fix und fertig.

Unbemerkt zog ich meine Ärmel ein Stück hoch, starrte auf meine Unterarme.

ATMEN … DURCHHALTEN …

Schließlich füllte sich der Saal, der Richter ging an sein Pult, wir mussten alle aufstehen.

Es ging los und ich kämpfte nur noch gegen die Ohnmacht.

‚Hierbleiben, nicht zusammenklappen', sagte ich mir ständig im Inneren vor. Wie oft hatte Lia mir eingeschärft, dass ich nicht während der Verhandlung zusammenklappen durfte!

Wie oft!

„Ba ba baba ba", hörte ich … versuchte zu verstehen, was der Richter sagte, aber es hörte sich an wie aus einem schlechten Comic.

„Ba baba."

ATMEN … DURCHHALTEN … HIERBLEIBEN … KEIN SUIZID … ATMEN … DURCHHALTEN … HIERBLEIBEN

In meinem Kopf hämmerten diese Worte, laut und deutlich.

„Ba ba bababa" … der Richter …

HIERBLEIBEN … ATMEN … DURCHHALTEN

Schließlich legte Herr Thalheim mir den Arm über die Schultern, nahm mich mit Richtung Ausgang. Ich bemühte mich, nicht zu stolpern. ‚Raus hier raus hier', rasselte es durch meinen Kopf.

Ein fester Griff, kräftige Arme. Ein Polizist? War das Urteil auf Freiheitsstrafe hinausgelaufen? Ich wusste es. ICH WUSSTE ES! Gehört hatte ich es nicht, nur „Ba ba baba ba." VERDAMMT

Fahrig schaute ich mich zu dem Polizisten um. Nein, es war Tommi, der mich fest gepackt hatte, dafür sorgte, dass ich hier rauskam.

Nicht mehr weit bis zur Tür. Dann waren wir draußen, vor dem Verhandlungssaal! Geschafft!

Die Welt drehte sich wie in einem Karussell. Ich hörte leise Worte von Lia. Alle standen um mich herum.

„Wie lautete das Urteil?" Eine ferne Stimme, und doch wusste ich, dass es meine war.

„Du hast es nicht mitbekommen?" Tommi klang verblüfft.

Er kniete sich vor mich hin. „Freispruch!"

Meine Gedanken überschlugen sich. „Nein! Dann geht der ganze Scheiß nochmal von vorne los! Der ist doch damit nicht zufrieden! Dann wird alles nochmal aufgerollt."

Warum hatten sie mir keine Bewährungsstrafe gegeben? Warum Freispruch?

„Nichts wird nochmal aufgerollt. Alles bleibt, wie es ist", erklärte Matthias. Er war ganz nah bei mir, strich mir beruhigend über die Arme. „Dir tut niemand mehr etwas. Es wird keine Verhandlungen mehr geben."

Mein Körper bebte, ich bekam kaum Luft, aber meine rasenden Gedanken mussten heraus aus meinem Kopf. Gehetzt sprach ich aus, welches Chaos in mir herumschwirrte.

„Es wird immer so weiter gehen, immer wird mich irgendjemand anzeigen, oder Karsten wird kommen und mich zusammenschlagen, so wie Jonas. Ich will nicht mehr. Ich kann nicht mehr. Es hat keinen Sinn, ich ..."

Mein Körper bebte. Lia hatte mich im Arm, strich mir beruhigend über die Schulter, auch Matthias streichelte mich weiter.

„ATMEN! FALK!" Er riss plötzlich an mir.

„Nein, hat doch alles keinen Sinn", kam monoton von mir.

„Durchhalten", flüsterte Lia tränenerstickt, „atmen, durchhalten, nicht aufgeben, kein ... kein Suizid." Sie schluchzte, strich mir über die Arme, auf denen sie diese Worte las.

„Keine Verhandlungen, nichts mehr. Ich pass auf dich auf, versprochen." Matthias rüttelte mich. „Atmen! ATMEN!" Er presste seine Hand auf meinen Bauch. Ich stöhnte auf, japste, atmete - endlich! Keuchte, hustete und vergrub mich in Lias Schoß, heulte.

Irgendjemand legte mir seine Jacke um.

1000 Volt zuckten durch mich hindurch. Ich hörte, was sie sagten, Lias Flüstern, die aufmunternden Worte von Matthias. Ich hörte Annes Schluchzen, undeutliche Stimmen im Hintergrund, fremde Stimmen. Satzfetzen, Wortfetzen. Arzt! Krankenwagen! Ich spürte, wie sie mich beruhigend streichelten, konnte mich aber nicht beruhigen.

„Alles in Ordnung?", fragte dann eine weitere fremde Stimme, die näher war als alle anderen fremden. Es war Karstens Vater.

„Herr Michalik ..." Lias Ton war bissig. „Ja, klar, alles okay. Das ist nur ein Nervenzusammenbruch, sowas haben wir dreimal im Monat. Von den zusätzlichen Panikattacken wöchentlich abgesehen. Aber nein, wirklich alles in Ordnung. Wir werden ihn nachher wieder mit Antidepressiva und Schlafmittel vollstopfen, dann ist er morgen wieder einigermaßen auf der Spur. Es ist wirklich alles in Ordnung."

„Das ... tut..."

„Schönen Tag noch Herr Michalik!"

Schritte entfernten sich, zögerlich, hielten inne, gingen weiter.

„Du bist ganz schön krass drauf", stellte Matthias fest. Anerkennung schwang in seinen Worten mit.

„Krass drauf?" Lia lachte bitter auf. „Es kann nicht krass genug sein", seufzte sie dann flüsternd. „Falk ist fertig mit den Nerven, mit der Welt, mit seinem Leben ... was könnte krasser sein? Schau dir das doch an!"

Sie griff meine Arme, die mehr schwarze Schrift als Hautfarbe zeigten.

KEIN SUIZID ... DURCHHALTEN ... NICHT AUFGEBEN ... ATMEN ... HIERBLEIBEN ...

„Nicht aufgeben", murmelte Tommi nun ebenfalls nah bei mir.

„Wir sollten ihn jetzt nach Hause bringen", meinte Matthias schließlich. „Ich fahr erst in ein paar Tagen zurück, mein Gästezimmer ist ja eingerichtet." Er fühlte sich auch ziemlich fertig.

„Ich komm schon wieder auf", keuchte ich tapfer.

„Ja, in ein paar Jahren vielleicht", schluchzte Lia.

Tommi hob mich kurzerhand hoch wie ein kleines Kind. Seine Kraft zu spürten tat mir gut.

„Heb nicht zu schwer", flüsterte ich und blickte in sein trauriges Gesicht.

Er schüttelte nur leicht den Kopf. Seine Augen waren blass vor Sorge.

„Du wiegst ja nichts." Seine raue Stimme verriet, dass ihm auch zum Heulen zu Mute war.

„Wie viele Mädels mich jetzt beneiden würden", scherzte ich.

„Keines, würde seine Seele mit dir deswegen tauschen wollen", antwortete Tommi und drückte mich an sich. Er kämpfte mit den Tränen.

Ich war zu erschöpft, hatte genug geheult, mein Körper war schlapp. Lia hatte Recht, ich war fertig ... mit allem.

Sie luden mich in meinem Bett ab. Dort blieb ich regungslos liegen, ließ mich ins Bettzeug einpacken und spürte Lias Umarmung. Sie hatte sich aufs Bett gesetzt und meinen Kopf in ihren Schoß gelegt, strich mir sanft durch die Haare. Mir war kalt und schlecht und ich fühlte mich endlos erschöpft. Ich wollte nichts mehr sehen nichts mehr spüren, aber so einfach war das Ganze nicht.

Anne machte Matthias Vorwürfe, er hätte mir ein Gutachten schreiben und mich damit aus dem Verkehr ziehen sollen. Warum fing sie denn schon wieder damit an? Lia vertrat abermals ihre Meinung, dass doch JETZT alles vorbei sei und es andernfalls alles nur aufgeschoben worden wäre, was mich an den Rand des Wahnsinns gebracht hätte. Anne schluchzte und Matthias seufzte laut auf.

„Ich hab das alles falsch eingeschätzt", gab er leise zu. „Und ich weiß auch nicht, ob es jetzt richtig ist, ihn wirklich hier zu halten oder ob er nicht doch besser in einer Fachklinik aufgehoben ist."

Seine Zweifel waren deutlich zu hören. Er war fertig und das tat mir sehr leid. Er schien überfordert mit der ganzen Situation. Sein erster Arbeitsplatz nach dem Studium war das Gefängnis. Krankheitsvertretung

392

für Dr. Monrath. Matthias war noch jung und sicherlich mit solch schweren Fällen wie mir definitiv überfordert, da es ihm an langjähriger praktischer Erfahrung fehlte.

Innerlich bäumte ich mich wegen seiner Aussage auf. Bloß keine Klinik, nein, ich wollte hierbleiben!

Lia kam mir zu Hilfe. „Matthias, lass ihn hier, bitte. Nimm ihn mir nicht weg. Wenn er aufwacht und einsam in einer fremden Umgebung ist ...“ Sie schniefte, drückte mich an sich. „Bitte lass ihn in meinen Armen aufwachen.“

Mein Inneres bettelte mit. Lasst mich hier, lasst mich bei Lia, schiebt mich nicht ab in eine unbekannte Fremde!

Achim stimmte dem zu. „Besser ist, er wacht bei uns auf als irgendwo, wo er nur wieder Angst hat und sich alleingelassen fühlt“, sagte er.

Sie dachten also, ich würde schlafen, aber ich bekam alles mit. Mein Kopf war noch halb wach, der Rest von mir lag quasi im Koma. Ich hätte mich nicht bewegen können, ich glaube, ich hätte nicht mal die Augen öffnen können.

Ein neuer Anfang

Das Nächste, was ich mitbekam, war, dass ich in Lias Armen lag. Draußen dämmerte es und ich wusste nicht, ob zum Abend oder zum Morgen. Es goss jedenfalls in Strömen. Ich mochte es gerne, wenn der Regen auf das Dach prasselte und versuchte, diese Situation mit allen Sinnen zu erfassen: Die Wärme des Bettzeugs, die innerliche Wärme, weil ich Lia fühlte. Ich pustete innerlich einen Luftballon auf, zwei, drei Stück, soweit es die Rippen zuließen.

„Falk?"

„Hm."

„Wir müssen dich aufpäppeln", flüsterte sie. Sanft hob sie meinen Kopf an. Was sollte das?

„Du musst was trinken", forderte sie und hielt mir eine kleine Flasche mit einem Mundstück an die Lippen.

Ich trank vorsichtig.

Lia küsste meine Schläfe und ich nuckelte weiter. Tat gut, schmeckte gut. Lias Anwesenheit war beruhigend.

Ich war so platt.

In ihren Armen schlief ich wieder ein, träumte von glücklichen Momenten hier auf dem Hof. Es würde alles gut werden, das spürte ich.

Immer wieder kam Lia mit der Trinkflasche an. Dazwischen fütterte sie mich mit Joghurt. Ich lag wie eine Puppe in ihren Armen.

Als ich aufwachte, war es dunkel. Allein in meinem Bett. Ich blieb regungslos liegen, genoss die Wärme und das flauschige Bettzeug. Ein starker Wind pfiff ums Dach, heulte gespenstisch. Der Regen hatte aufgehört.

Schließlich drehte ich mich um. Wie spät es wohl war? Der Wecker zeigte 18 Uhr und es war Mittwoch der 9. Dezember. Mir kam es vor, als hätte ich eine ganze Woche in diesem Dämmerzustand verbracht. Dabei waren es gerade zwei Tage gewesen.

Dann bemerkte ich, dass Lia an meinem Klapptisch saß. Sie saß mit dem Rücken zu mir: Füße auf der Tischkante, Arme um die Knie geschlungen. Sie war vertieft in ihren Laptop. Vielleicht las sie eines ihrer Bücher.

Jedenfalls tat es gut, dass sie hier war. Noch hatte sie nicht bemerkt, dass ich wach war, und eine Weile blieb ich noch ruhig liegen, schloss die

Augen wieder, pustete ein paar Luftballons auf und spürte, wie es mir besser ging.

Ich hörte, dass Lia sich bewegte, und schaute zu ihr hinüber. Unsere Blicke trafen sich. Sie lächelte matt.

„Hey, wie fühlst du dich?"

„Ich lebe", antwortete ich. „Wird schon", meinte ich zuversichtlich.

„Ja, wahrscheinlich." Stöhnend ließ sie sich vor dem Bett nieder auf die Knie, schaute mich an. Unsere Gesichter waren sich ganz nah. Sie strich mir über die Wange, kam noch näher. Wir küssten uns. Es war so schön.

Die Tür ging auf. Über Lias Schulter hinweg sah ich Matthias.

„Sorry, ich hätte anklopfen sollen."

„Nein, komm doch rein", bat Lia.

„Na? Wie sieht's aus?"

„Geht so", murmelte ich. „Ich fühle mich erschlagen und könnte noch tagelang hier faul rumliegen, aber ..." Mühsam rappelte ich mich auf. „Ich muss mal." Damit taumelte ich unsicher zum Bad, nahm versehentlich den Türrahmen mit und bevor ich wirklich straucheln konnte, hatte Matthias mich schon stabilisiert.

„Kreislauf?", fragte er besorgt. „Schließ bitte nicht ab, falls du umkippst ..."

Aus dem Spiegel starrte mich ein fremder Mensch an. Leichenblass, eingefallene Wangen, tiefe Ringe unter den Augen, die von völliger Erschöpfung sprachen.

Langsam zog ich meine Ärmel hoch. Die Beschriftung war noch gut zu sehen. Ich strich über die Worte und lächelte. Die Situation vor dem Gerichtssaal schien so weit weg und dennoch so nah. Es war, als stünde ich neben Anne und Achim und hätte selbst auf das Nervenbündel geblickt, das Lia in ihren Armen hielt, dem Matthias Mut zusprach.

Als ich schließlich wieder ins Zimmer kam, hatte Mattias sich den Stuhl aus Lias Zimmer geholt. Er hielt eine Broschüre in der Hand, die er mit Lia anschaute. Haus Regenbogen. Klapse!

Ich riss ihm das Faltblatt aus der Hand. „Ohne mich! Das kannst du mir nicht antun! Nicht nachdem, was ich durchgemacht habe!"

„Beruhige dich. Schau es dir mal in Ruhe an. Ich hab dort angerufen.

Sie würden dich nehmen.“

„Würden mich nehmen“, näselte ich. „Bin ich ein Stück Vieh oder was!“

„Und dann habe ich noch zwei Adressen und Termine für dich“, fuhr er ungerührt fort und nestelte in seiner Jackentasche herum.

Auf alles gefasst starrte ich die beiden Visitenkarten an, die er mir entgegenhielt.

„Du musst was tun, Falk. Ohne Hilfe kriegst du das nicht hin.“

Ich schnaubte.

„Frau Bielicki ist eine Therapeutin, die sich besonders um Angststörungen kümmert und das andere nennt sich Atemschule. Der Name ist Programm. Frau Kniewald hat einen ziemlich guten Ruf.“

Ich verdrehte die Augen. „Und wann soll ich anfangen?“

„Ich habe dir für Freitag einen Termin bei Frau Bielicki ausgemacht.“

„Jetzt am Freitag schon?“

„Je eher, desto besser und ab dann jeden Freitag. Die Atemschule beginnt erst nächste Woche: jeden Donnerstag um zwei Uhr.“

„Wenn die Termine wenigstens am gleichen Tag wären“, murrte ich.

„Ehrlich gesagt, ich bin davon überzeugt, dass es nicht gut ist, beides am gleichen Tag zu haben. Für die Atemschule brauchst du einen freien Kopf und den hast du nicht, wenn du vorher oder nachher noch einen Termin hast.“

Ich stöhnte. „Hallo, könnt ihr mich nicht einfach ein bisschen in Ruhe lassen?“

„Falk ... wenn ich früher gewusst hätte, dass du immer noch so stark unter dieser Angststörung leidest, hätte ich dir längst die Therapie aufgedrückt, aber du bist ja ein Meister des Verheimlichens. Anne hat mir nie etwas davon am Telefon erzählt. Wenigstens bist du mit Lia und Tommi so eng zusammen, dass sich der ein oder andere Aussetzer nicht mehr verheimlichen ließ. Und was DIE zwei mir inzwischen über deine Atemprobleme berichtet haben, ist haarsträubend.“

Ich schloss die Augen, bemühte mich, all das abprallen zu lassen und mich zu beruhigen. Therapie, gleich zwei Mal in einer Woche und übermorgen schon die erste Sitzung.

„Nimm beides an und sei unvoreingenommen. Man will dir dort nur helfen und du hast Hilfe bitter nötig.“

„Falk ... du zerbrichst, lass dir helfen, bitte.“

„Warum bleibst du nicht mein Therapeut, Matthias? Wir verstehen uns doch gut, warum lehnst du mich ab?"

Er schüttelte den Kopf. „Nein. Mein Telefon ist jederzeit für dich da, auch nachts. Aber ich bin kein guter Therapeut für dich."

„TOTALER UNSINN!" rief ich. „Warum?"

„Ich habe gerade mal ein Jahr Berufserfahrung."

„Und? Solche Psycho-Wracks, wie ich eines bin, sind dir eine Nummer zu groß?"

Er nickte, lächelte offen. „Frau Bilicki ist Spezialistin für Angststörungen. Ich bin nur so ein 0-8-15-Standard-Therapeut."

„Standard bist du überhaupt nicht. Das war mir im Bau schon klar. Du bist Individualist. Du gehst über deine Grenzen, du bist wirklich klasse."

Er wurde verlegen, druckste dann ein wenig herum. „Du Falk, da ist noch etwas." Er wusste nicht, wie er anfangen sollte. „Reg dich nicht auf, okay?"

Ich warf ihm einen skeptischen Blick zu.

„Ich habs getan."

„Was?"

„Ich hab dir ein Gutachten erstellt, nachdem du nach der Verhandlung zusammengebrochen bist. Der Richter hatte mich nochmal auf dich angesprochen. Also falls eine neue Anzeige kommen sollte, wird es keine Verhandlung mehr für dich geben. Ich lass dich dann für ein paar Wochen im Haus Regenbogen unterbringen und dann geht der Kelch an dir vorbei. Ich habe schon mit mehreren Therapeuten und auch dem Amtsarzt darüber gesprochen, die sehen das genauso. Das alles muss man dir nicht noch einmal antun."

„Ich dachte, dann wird der Rest nur aufgeschoben?"

„Hm … jein. In deinem Fall wird man das anderweitig regeln. Also sei dir sicher, dir blüht keine Verhandlung mehr. Nie wieder, versprochen."

„Du hast mich zum Krüppel geschrieben?" Ich schüttelte fassungslos den Kopf.

„Sei ehrlich, es ist nichts, was du nicht sowieso weißt", kam von ihm leise.

„Ja, aber schwarz auf weiß ists jetzt doch ziemlich bitter."

„Falk, willst du lieber die nächsten Jahre bis zur Verjährung deiner letzten Tat ständig mit der panischen Angst leben, dass es noch zu neuen Anzeigen kommen kann? Willst du nochmal das durchstehen, was die letzten Wochen abgelaufen ist?"

„Nee", stöhnte ich. „Du hast Recht." Ich blickte ihn an. „Danke. Deine Entscheidung war sicher richtig."

Am nächsten Tag bemerkte ich eine deutliche Besserung. Die Lebensgeister waren noch am Leben.

Meinem Kreislauf ging es ziemlich gut, also gönnte ich mir eine Dusche. Danach stellte ich mich vor den Spiegel. Der Nervenkrieg der letzten vielen Wochen hatte mich wirklich derb gezeichnet. Ich nickte dem Fremden im Spiegel zu und zog den mageren Kerl an.

Dann nahm ich die Schere und schnitt der traurigen Gestalt die Haare.

Irgendwann klopfte es an der Tür.

„Falk?"

„Ja, komm rein."

Lia starrte mich mit großen Augen an. Sie machte mich unsicher.

„Gefällt es dir nicht?"

„Doch! Sieht frech aus, obwohl du so abgewrackt bist!" Sie grinste, dann schlug sie sich vor den Mund. „Sorry", wisperte sie.

„Frech bist DU." Ich grinste, nahm sie in den Arm, zog sie an mich und küsste sie.

Draußen war es trocken, aber kalt: Es hatte einen Temperatursturz gegeben. Der Sturm hatte die Kälte mitgebracht.

Gut eingepackt half ich Lia beim Misten, wobei sie mich ständig ermahnte, ich solle ihr nur Gesellschaft leisten. Aber ich musste einfach mit anpacken, unnütz Rumstehen wollte ich nicht!

Nach dem Mittagessen fragte ich Lia: „Zeit und Lust auf einen Verdauungsspaziergang?" Ich sehnte mich so nach frischer Luft und schonender Bewegung.

Zu Fuß tingelten wir zu den Percherons. Das, was ich an Gewicht verloren hatte, hatte Frieda um ein Vielfaches zugelegt. Deutlich sah man ihr die Trächtigkeit an.

Die Tour war herrlich, strengte mich aber sehr an. Matt ließ ich mich, als wir zurück auf dem Hof waren, auf das Sofa sinken. Lia durchsuchte die DVDs von Achim, um einen Film auszuwählen, als wir Schritte auf der Stiege hörten.

Tommi kam herein. „Ah, ich sehe, ihr sitzt schon in Position.

398

Gedankenübertragung, was? Ich hab uns ein paar Filme mitgebracht." Er legte eine Tüte auf den Tisch und sofort nestelte Lia darin herum.

Er schaute mich an. „Cool! Wer hat dir denn den Schnitt verpasst?"

„Ich mir selbst."

„Respekt. Frech isset!" Er strubbelte mir durch die kurzen Haare.

An meinem ersten Therapie-Tag brachte mich Lia mit Sissi in die Stadt und wollte in der Zwischenzeit eine Runde Shoppen gehen.

Mein Hals war trocken und mein Magen ein einziger dicker Stein, als ich bei Frau Bielicki das Behandlungszimmer betrat. Es war steril weiß mit langen Vorhang-Schals, die für ein merkwürdiges Licht sorgten. Die hochmoderne, kantige Sitzecke aus weißem Leder fand ich unpersönlich. Frau Bielicki schien in ihren Schminkkasten gefallen zu sein. Ihre schwarz gefärbten Haare trug sie streng zurückgesteckt. Sie mochte um die 40 sein.

Sie lächelte, ließ mich Platz nehmen, öffnete ihren Laptop, trug meine Daten ein.

Um sich ein ‚Persönlichkeitsbild' machen zu können, baute sie sich eine Art Lebenslauf von mir auf und stellte mir gefühlte 500 Fragen, die ich beantworten musste. Als ich schon aufatmen wollte, kamen weitere Fragen.

Sie bohrte tief und unbarmherzig in meiner Kindheit herum und tat mir dabei sehr weh. Ich hatte das doch alles so schön verdrängt und kein Problem mehr damit.

Über Panikattacken sprachen wir überhaupt nicht. Wahrscheinlich kam das erst im zweiten Termin zur Debatte. Bis zum Ende der Sitzung hatte sie schließlich im Schnelldurchlauf, ähnlich wie man durch ein Fernsehprogramm zappt, alle meine Wunden bloßgelegt und darin herumgestochert.

Als ich den Raum endlich verlassen durfte, ging es mir miserabel.

Lia erwartete mich schon vor dem Hauseingang und schaute mich entsetzt an. „Was ist denn mit dir passiert?"

„Das nennt sich Therapie", schnaubte ich.

Sie nahm meine Hand, steuerte zum Wagen, zögerte. „Eigentlich wollte ich mit dir ein Eis essen gehen, aber ich glaub, das lassen wir lieber, oder?"

„Am Schluss sitzt da wieder irgendein Opfer von mir und ballert mir wieder eins über. Danke, nein."

Sie schaute mich komisch an, stieg ein, musterte mich. „Magst du über die Therapiestunde reden?", fragte sie sanft.

„Lia", stöhnte ich. „Frag mich das nächste Woche nochmal, okay?"

Daheim angekommen, verkroch ich mich in mein Bett. „Kannst mich ruhig allein lassen, ich penne gleich ein", beruhigte ich meine besorgte, liebe Freundin.

Doch schlafen konnte ich nicht. Mit aller Mühe versuchte ich, die aufgebrochenen alten Wunden zu verschließen, die Bilder nicht mehr zu sehen, die momentan so reell waren, wie seit Jahren nicht mehr.

Samstag erwachte ich bei wunderbarem Sonnenschein. Draußen hörte ich ein Wiehern und sah aus dem Fenster. Über Nacht war der erste Schnee gefallen, aber es taute schon wieder. Ich hatte bis zum Nachmittag durchgeschlafen. Unglaublich.

Ich schnappte mir in der Küche einen Muffin und steckte die Nase durch die Tür. Lisa versuchte, die Percherons zu schirren, war aber zu klein, um das Kummet überzustülpen. Das sah lustig aus.

„Na, kommst du mit?", hörte ich Achim rufen. Ich nickte, zog mir eine warme Jacke und Stiefel an. Lia begrüßte mich mit einer Umarmung. „Wie schön", meinte sie. „Ich hole noch ein paar Decken."

Achim musterte mich.

„Meinst du" ... begann ich zögerlich und lehnte meine Schulter gegen die des Wallachs. „Meinst du, ich werde wieder gesund?"

„Klar, spätestens nächstes Jahr um diese Zeit lachst du über diese Frage." Er zwinkerte mir zu.

„Ich sehe so erbärmlich aus." Es tat weh, darüber zu reden. Meine Stimme kippte.

„Ja, du siehst wirklich grottenschlecht aus. Aber das kriegen wir hin." Er klopfte mir vorsichtig auf die heile Schulter. „Wird schon! Versprochen! Nicht aufgeben, durchhal ..." Er erstarrte, wusste nicht, ob das falsch oder gut war, genau diese Worte zu benutzen, die ich mir quasi auf die Unterarme tätowiert hatte.

Ich nickte. „Ja, schon klar, ich weiß."

Achim nahm mich wortlos in den Arm, und ich merkte, dass er mit dem festen Druck vermeiden wollte, loszuheulen. Ich lehnte mich kraftlos in seine starke Umarmung. Als er mich losließ, schluckte er und wischte sich über die Augen.

„Rauf mit dir." Er klang noch etwas zittrig, aber dann hatte er sich gefangen.

Lia sah aus wie ein Fabelwesen, so mit mehreren Decken behangen. Eine Thermoskanne Tee hatte sie auch noch dabei.

Wenig später kamen unsere Gäste. Sie feierten einen 50. Geburtstag und wir fuhren los, vorne zu dritt, hinten mit 18 Leuten.

Während die Gäste lachten, scherzten und Gedichte rezitierten, saßen wir vorne in einträchtigem Schweigen und in die Decken gekuschelt zusammen.

Es tat mir gut. Mir war wohlig warm. Wegen der Decken, wegen Lia, wegen den wippenden Pferdekörpern vor uns, wegen Achim, der wie ein großer Bruder für mich war und wegen der schönen Stimmung hinten. Es war ein perfekter Moment.

Die innere Ruhe, die ich momentan fühlte, war weder die ‚Ruhe vorm Sturm', noch eine durch Medikamente vorgetäuschte Ruhe. Mir fiel kein Wort für das Gefühl ein. Ich war glücklich, zufrieden, endlos erschöpft, aber mit dem Wissen, dass es bergauf gehen würde und dass mir ein weiterer derartiger Zusammenbruch erspart bleiben würde - keine Verhöre, keine Verhandlungen mehr ...

Es gab hier so viele Leute, die zu mir gehalten hatten und weiterhin zu mir hielten:

Matthias, der mir nächtelang am Telefon zugehört hatte, Lia, die ständig bei mir war, egal, ob ich ihre Zuneigung erwiderte, egal, ob ich ihr den Schlaf raubte. Anne und Achim, die mich immer wieder an den richtigen Ort gebracht hatten, wenn ich mich nutzlos mitten im Hof wiedergefunden hatte und nicht zuletzt Tommi, der mir auch in der depressiven Zeit zur Seite gestanden hatte. Wie oft war er auf dem Hof gewesen? Gefühlt fast täglich. Bei der Verhandlung war er gewesen, hatte sich sicherlich freinehmen müssen. Hatte er getan, für mich.

„Ich bin froh, dass ich auf dem Hof bleiben kann und nicht irgendwo in eine Klinik gesteckt worden bin", sagte ich schließlich in unser Schweigen. Lia drückte mich intensiver, legte ihren Kopf an mein Ohr, küsste mich. „Es ist so wunderbar bei euch, mit euch ...", seufzte ich zufrieden. „Ich ... ich brauche euch ... eure Nähe ... euren Halt ...“. Ich sah von Achim zu Lia. „Klingt ganz schön fertig, was?“

Sie drückten mich beide. Spontan kam mir eine Idee. „Ich würde so gerne heute auf einen Sprung in die Unterwelt gehen. Hast du Lust?“, fragte ich Lia.

„Gute Idee“, flüsterte sie in mein Ohr, biss mich sanft am Ohrläppchen. Fordernd. In mir wurde es mehr als flauschig warm.

„Ruf Tommi mal an, ob er auch mitkommt“, schlug sie vor.

Ich grub nach meinem Handy, das ich in der Hosentasche hatte.

„Klasse!“, fand er die Idee. „Könnt ihr mich gegen 19 Uhr einsammeln?“

Halb Sieben. Ich wählte wie immer: schwarzes Shirt, blaue alte Jeans.

Lia kam herein, lehnte sich an den Türrahmen, trug wieder ihr sexy Outfit. „Darf ich das anziehen?“, fragte sie kokett.

„Warum nicht?“

„Nach dem Tanzen gehöre ich dir“, grinste sie frech.

„Treibs mit Tommi nicht zu bunt“, bat ich.

Sie schmiegte sich an mich, ließ ihre Hände unter mein Shirt gleiten und drückte mich vorsichtig mit dem Rücken an den Kleiderschrank, während sie sich an mich presste. Ich schob meine Hände unter dem lilaschwarzen Hemd hinauf zu ihrer nackten Taille, doch dann machte sie sich lachend von mir los.

„Wir sollten Tommi nicht warten lassen“, meinte sie.

In der Unterwelt war es rappelvoll. Den Samstagabend hatte ich nicht berücksichtigt.

Lia legte gleich ausgelassen mit Tommi auf der Tanzfläche los, während ich eine Weile genüsslich zuschaute. Dann holte ich mir einen alkoholfreien Cocktail bei Trixi am Tresen und rettete mich an einen verwaisten Stehtisch in einer Ecke, um dem Trubel zu entfliehen, und blickte von dort zu Lia und Tommi.

Die beiden sahen einfach gnadenlos gut zusammen aus. Bauchfrei stand ihr und ... heute Abend ... daheim ... würde ich ihren Bauch küssen. Bei dem Gedanken allein kam mir ein Schauer ... einer vor Verlangen und einer, weil ich Angst davor hatte, zu versagen.

Ich war ein Pseiko, Tommi hatte damit völlig Recht.

Mehr als ein bisschen rumknutschen hatte ich mich noch nicht getraut, schon gar nicht unter ihrem Shirt. Sie hatte mich ebenso noch nie unterm Shirt geküsst, nur gestreichelt und das nahm mir schon fast den Atem. Ich wollte noch viel mehr, aber wahrscheinlich würde sie für immer und ewig so zurückhaltend sein, wenn ich selbst nicht ihr gegenüber begehrender werden würde. Es war also mein Teil ... mein nächster Schritt. Und mal wieder erschauderte mich der Gedanke mit einer Mischung aus Gier und Sorge.

Noch ein Tanz und noch einer ... ich kannte das ja. Sowohl Tommi als auch Lia hatten richtig Kondition.

Beim nächsten Stück legte er Lia seine Arme um die Schultern. Sofort trafen mich vier Augen. Ich hob den Daumen, der Tanz ging weiter. Ich freute mich für sie, mit ihnen, das war gut.

Die rockigen Takte wurden leiser und wehmütig kamen die ersten Töne von U2s ‚With or without you'

Tommi und Lia trennten sich. Er ging zum Tresen und Lia kam zu mir.

„Partnerwechsel?", fragte sie mich und zog mich bereits auf die Tanzfläche. Ich konnte gar nichts dagegen machen.

‚With or without you', eines meiner Lieblingslieder ... und wir standen ultranah zusammen. Ich spürte ihre Wärme an meinem Bauch, ihren schnellen Herzschlag an meinem Brustkorb, ihren Kuss auf meinem Mund, ihre Hände auf meinem Rücken unter meinem Shirt, meine Hände unter dem schönen Hemd auf ihrer schweißnassen Haut unterhalb des bauchfreien Tops.

Das Lied war zu Ende und es folgte Frankie goes to Hollywood: ‚The Power of Love'.

Nahtlos schunkelten wir weiter. Ich war elektrisiert, zitterte und - brauchte Luft! Ich brach den wundervollen Kuss ab, legte meinen Kopf an Lias Hals, zog meine Hände weg, umarmte sie an den Schultern. Einatmen, ausatmen.

„Alles klar?", flüsterte sie und ich nickte. Ich musste nur ein kleines Gefühls-Chaos bändigen.

Noch ein Schmuselied, diesmal von Meat Loaf und wir blieben auf der Fläche.

Tommi und Trixi tanzten plötzlich nah bei uns, ebenso eng umschlungen. Ich bekam ein Zwinkern von ihm, ein Lächeln. ‚Gut so‘ sollte das heißen. Ja, es war ‚gut so‘ ... so nah bei Lia.

Dann küsste er Trixi auf die Stirn. Sie streichelte seine Wange. Ob da was lief?

Beim nächsten Liedwechsel stürmte Lia wieder mit Tommi davon und ich stellte mich an den Tresen. Trixi nahm ihre Arbeit auf, gab mir den nächsten bestellten alkoholfreien Cocktail, blickte über die Tanzfläche zu Lia und Tommi, das war mir klar.

„Seid ihr zusammen?“, fragte ich sie. „Mit Lia hat er nichts laufen, falls ...“

„Nein, wir sind längst nicht mehr zusammen, aber gute Freunde, vertraute Freunde“, sagte sie sanft.

„Wie lange warst du mit Tommi zusammen?“, fragte ich neugierig. Im Grunde wusste ich in manchen Dingen sehr wenig über Tommi.

Bereitwillig, als würde sie mich gut kennen, antwortete sie: „Keine Ahnung. Irgendwann hat es angefangen, dass man sagen konnte, wir waren ein Paar, aber bis zu dem Zeitpunkt kannten wir uns schon lange.“

„Und warum habt ihr euch getrennt?“

Sie schien zu überlegen, fand aber keine Antwort.

„Ist okay, blöde Frage. Tut mir leid, wollte dir nicht wehtun.“

Jetzt stand eine große Frage in ihrem Gesicht. „Wehtun? Hat er dir den Grund gesagt?“

„Was? Nee. Er redet nie über Beziehungen, er meidet sie. Beziehungen und Gespräche über Beziehungen.“

Trixi wirkte erleichtert. Das konnte ich ihr nicht verübeln. Wahrscheinlich waren sie ganz blöde auseinandergegangen und es tat beiden noch weh, aber wieder zusammenraufen wollten sie sich auch nicht ... Mein Kopfkino spulte schon wieder einen Film ab.

„Falk? Hallo?“ Trixi fasste mich am Unterarm.

„Mist“, stöhnte ich. „Ja, bin anwesend. Äh ... Themawechsel.“ Diese verdammten Aussetzer.

„Tommi ist ein ganz armer Kerl“, seufzte sie. „Und Tommi ist ein Guter. Wirklich Guter“, sagte sie langsam.

„Das hab ich nie bezweifelt, was denkst du von mir?“

Sie lächelte. „Ich weiß, dass du sein bester Freund bist.“ Sie sagte das ganz sanft. „Und dafür danke ich dir.“

„Bester Freund“, spottete ich. „Er hat mich durch eine schlimme

depressive Phase gebracht, da war ich überhaupt kein Freund, nur ein ...
keine Ahnung, Wrack."

„Du tust ihm gut. Er mag dich sehr gerne. Er vertraut dir und du bist
ihm sehr wichtig. Und das zählt."

Sie musste sich wieder um ihren Job kümmern. Trixi war mir sehr
sympathisch. Ihr lag offensichtlich viel an Tommi. Das war mehr als eine
verflossene Liebe, da war ich mir sicher. Die zwei verband noch etwas
anderes.

Es war ein schöner Abend gewesen und ich hatte lange ausgehalten.
Nun war ich platt, aber glücklich.

Die Nacht nach der Unterwelt

Leise schlichen wir durchs Haus. Eilig duschten wir, machten uns bettfertig und verschwanden. Kaum lag ich in Lias Arm, ging mein Kopfkino an ... Bilder vom heutigen Abend, meine Gedanken, dass ich mir noch etwas vorgenommen hatte.

Lia drehte sich zu mir, schmiegte sich enger an mich. „Was ist los?", fragte sie leise. „Kannst du nicht schlafen?"

„Nee", gab ich zu.

„Warum nicht?"

„Hab zu viele Gedanken im Kopf."

Stille. Ich wusste, sie wartete ... leise und geduldig. Wie immer wartete sie geduldig und nichts geschah.

Sie lag in meinen Armen. Zögerlich begann ich zu reden.

„Ich habe so viele Wünsche und gleichzeitig so viele Zweifel. Ich habe ein Verlangen und gleichzeitig solche Hemmungen", offenbarte ich. „In mir brennt ein Feuer, aber statt meiner Leidenschaft nachzugeben, laufe ich mit dem Feuerlöscher rum und ersticke es."

„Es ist in Ordnung, wie es ist", erwiderte sie sanft.

„Du hältst mich für einen Versager, hast mich schon abgestempelt, was?"

Sie richtete sich auf. „Nein Falk. Aber ich glaube, ich weiß, warum es so ist, wie es ist."

„Muss ich das verstehen?"

„Du bist kein Versager." Sie kuschelte sich wieder an mich. „Ich glaube, du hast uns noch nicht die ganze Wahrheit erzählt."

„Was meinst du damit? Welche Wahrheit?"

„Du ... dein ..." Sie überlegte, sammelte Worte. „Du bist nicht NUR misshandelt worden, stimmt's?"

Ich musste hart schlucken. DAS dachte sie also ... DAS war also ihre Erklärung für mein dämliches Verhalten?

„Nein, das hat er mir nicht angetan. Ich glaub ... wenn er mich missbraucht hätte, hätte ich mich wirklich umgebracht."

Stille. Ich spürte Lias Erleichterung.

„Deine ganze Geduld, dein Verständnis war also deswegen, weil du dachtest, ich wäre missbraucht worden? Nein, ich bin nur ein elender Versager. Ich kriege nichts geregelt."

„Scht, du erzählst Blödsinn. Du bist kein Versager. Du willst deine kranke Seele schützen, das ist völlig okay. Ob Missbrauch oder nicht, deine Seele ist schwer krank und jeder Tiefschlag macht sie noch kränker. Jedes Scheitern verletzt dich noch mehr. Bedräng dich nicht selbst. Ich liebe dich, egal ob es zwischen uns jetzt mehr wird oder nicht. Hab keine Angst."

„Ich habe mir heute, als ich dir beim Tanzen zugeschaut habe, so sehr vorgenommen, dass es heute passieren wird. Und jetzt kneif ich doch wieder."

Lia hielt mich eng umschlungen. Ich vertraute ihr blind, dass ich so offen mit ihr reden konnte.

„Du kannst keinen Fehler machen, Falk. Du bist krank und ich weiß das. Ich kann damit umgehen. Der Einzige, der damit noch nicht so richtig umgehen kann, bist DU. Wir sind müde, lass und jetzt schlafen", schlug sie vor.

„Ich kann nicht schlafen, wenn du kein Shirt anhast", seufzte ich. Sie lachte kurz auf.

„Falk, egal, ob ich ein Shirt an habe oder nicht, HEUTE kannst DU eh nicht schlafen. Mach dir da mal nichts vor. Deine Gedanken halten dich wach, ich kenne dich doch."

„Warum bin ich nur so ein Pseiko", stöhnte ich.

„Stört mich nicht. Das Einzige, was mich stört, ist, dass du dich selbst kaputtmachst und dich selbst unter Druck setzt. Hilf DU doch mal DEINER Seele, zur Ruhe zu kommen, indem du dir nicht ständig Vorwürfe machst."

Kurz darauf hörte ich ihre leisen, ruhigen Atemzüge. War sie eingeschlafen? Vorsichtig und schüchtern legte ich meine Hand auf ihren Bauch, erforschte mit hauchzarten Berührungen jeden Zentimeter ihrer Haut. Ein Zittern ging durch meinen Körper. Schauer um Schauer.

Ganz langsam fuhr ich mit meiner Hand weiter hinauf, spürte ihre weichen kleinen Brüste. Wie zart ihre Haut war.

Lia legte ihre Hand auf meine, drückte sanft. „Es ist alles gut", flüsterte sie, küsste mich und streichelte ebenfalls meinen nackten Oberkörper, drehte sich, legte mich damit auf den Rücken und begann mich zu küssen ... dort, wo sie gerade noch gestreichelt hatte.

Einatmen - ausatmen.

Ich bekam tierische Gänsehaut. Es war so unbeschreiblich schön.

Schauer um Schauer.

Sie fuhr küssend hinab, den Hals und meinen ausgemergelten Oberkörper hinunter bis zum Bauchnabel. Ich zuckte heftig zusammen.

„NEIN!" Mit einem viel zu harten Griff zerrte ich Lia an mich, presste sie panisch auf meine Brust.

„Schon okay, wir machen nicht zwei Schritte auf einmal, das hatte ich gar nicht vor", flüsterte sie sanft und streichelte mich seelenruhig weiter.

Ich wurde mutiger, sie gieriger, aber sie konnte sich zügeln.

Die Nacht war nicht mehr allzu lang, da hatte ich fast jede Stelle ihres Oberkörpers liebkost und hatte meine Scheu verloren. Diese Nacht öffnete mir einige innere Grenzen.

Wir lagen eng umschlungen, als der Wecker piepste. Ich öffnete die Augen, mein Mund war nur zwei Zentimeter entfernt von einem zarten, weichen, begehrten Kussobjekt entfernt. Ich küsste, biss vorsichtig, Lia stöhnte leise und genüsslich, räkelte sich über mich hinweg und brachte somit schließlich den nervenden Wecker zum Schweigen.

Wir brauchten eine Weile, bis wir uns von einander losreißen konnten.

Sie ging zuerst ins Bad, ich blieb im Bett, raufte mir durch die Haare, stöhnte vor Wohlgefallen, fühlte mich erlöst ... erlöst von einer inneren Blockade.

„Wow, so schöne Sonne. Wir könnten zusammen ausreiten. Es wird Zeit, dass du richtig reiten lernst", forderte Lia und sah mich herausfordernd an.

Ich war zu allem bereit, was auch immer sie vorhatte ...

Nach dem Frühstück erhielt ich von Lia meine erste Voltigier-Grundkurs-Stunde. Ich rollte mit den Augen, als sie mich einwies, wie ich auf das Pferd aufzuspringen hatte.

Zum Glück hatte Lia mir das kleinste Pony zugeteilt. Ilva war nur 1,40 groß. Und ein weiteres Glück war, dass ich offensichtlich Talent hatte, denn schon beim zweiten Versuch saß ich ohne ihre Hilfe auf dem brav stehenden Pony. Lia meckerte zwar über die B-Note, beließ es aber dabei.

Im Schritt zog Ilva ihre Runden. Ich sollte meine Arme kreisen lassen und stellte fest, dass das mit offenen Augen deutlich einfacher war, als mit geschlossenen.

Insgeheim bewunderte ich die Kinder, bei denen sogar das Traben so spielerisch wirkte. Ich dagegen musste immer wieder an den Gurt greifen, um mich zu sichern.

Lia war unendlich geduldig, aber auch gnadenlos. Meine Weigerung, mich rücklings auf die Pferdekruppe zu legen, duldete sie nicht. Sie gab mir Hilfestellung, damit diese Übung zu einem Erfolgserlebnis wurde.

Während das Pony im Schritt am Zaun entlang ging, blieb Lia bei mir und ich lag völlig frei auf dem Ponyrücken. Augen zu oder Blick in die Wolken. „Es ist herrlich und - irgendwie - befreiend", gab ich zu und war verblüfft, dass sowohl Schulter als auch die Rippen das ziemlich gut verkrafteten..

„Und jetzt zeig ich dir mal, was wirklich befreiend ist. Setz dich mal wieder auf", forderte sie. ,Dann ließ sie Ilva wieder antraben. Ich sollte entspannt sitzen, mich aber festhalten. Ich ahnte, was sie vor hatte und Ilva galoppierte auf Lias Kommando an.

Ich fühlte mich wie von Meereswogen getragen. Ilva schaukelte mich sanft dahin. Ich wagte sogar, die Griffe loszulassen, und breitete meine Arme aus. Schweben, Fliegen, Wind in den Haaren. Freiheit. Innere Freiheit.

„Jetzt GUT festhalten!", rief Lia irgendwann. „Wenn ich Ilva zum Trab durchpariere, wird es etwas holprig."

Ich gehorchte. In der Tat brauchte ich die Griffe, um die stoßenden Bewegungen abzufangen. Aber dann fiel die Stute schon Schritt und ich fühlte wieder die sanfte Bewegung des Pferdes.

„So, und zum Abschluss kannst du dich nochmal nach hinten legen", kommandierte Lia. Diesmal wagte ich es, ohne nachzudenken.

Die Woche plätscherte munter dahin, Kinder hatten wir längst keine mehr zu Besuch. Das Wetter war zu unberechenbar, zu kalt, zu windig.

„Für das nächste Jahr brauchen wir eine Reithalle", beschloss Achim. „Ich bin schon dabei, mir die entsprechenden Genehmigungen zu besorgen und mich über die Statik zu informieren. Im April fangen wir damit an. Bis dahin bist du auch wieder voll einsatzfähig", grinste er.

Donnerstag war dann Atemschule. Lia fuhr mich hin. Ich hatte ein komisches Gefühl, aber das völlig unberechtigt. Frau Kniewald war Mitte 50, eine junggebliebene drahtige Frau mit lieben Augen und einem langen grauweißen lockigen Pferdeschwanz. Ihr Pony reichte fast in die Augen. Ihre Brille war dunkel umrandet und verlieh ihrem Gesicht ein putziges Aussehen.

Sie schaffte es, mir meine Scheu zu nehmen, stellte einfühlsam Fragen, in welchen Situationen ich Probleme hatte und nach dem ersten Gespräch sollte ich mich auf eine Liege legen. Bei leiser Musik und Licht von Lavalampen, gelang es mir, mich zu entspannen.

Wenn ich wollte, durfte ich die Augen schließen. Sie legte eine Hand auf meinen Bauch, eine auf meine Brust. Ich atmete so, wie sie es anwies. Ich versank in diesem Zauber, dem magischen Licht. Die Zeit verging sehr schnell. Vor was hatte ich nur Angst gehabt?

„Vielen Dank." Zum Abschied schüttelte ich Frau Kniewald die Hand. „Bis nächste Woche."

„Es gibt ein nächstes Mal?"

„Ja auf jeden Fall! Das war ... unbeschreiblich."

„Schön, dass du es so annehmen kannst. Ich wünsche dir eine gute Woche."

Draußen wartete Lia, schaute mich erst skeptisch an, aber das verlor sich sofort, als sie meinen Blick sah.

„Hey, du schwebst ja?"

„Es war toll." Ich fiel ihr um den Hals, schunkelte mit ihr ein paar Pirouetten. „Es war genial, so befreiend, so ... hey, gehen wir ein Eis essen?", schlug ich übermütig vor.

Kurz darauf saßen wir an genau dem gleichen Tisch wie ‚damals'.

„Hier ist keiner mit einem Baseballschläger." Lia prüfte die fünf weiteren besetzten Tische. Wir lachten albern, verspeisten die gleichen Eisbecher wie beim ersten Mal.

„Ich liebe dich", säuselte ich und streckte ihr meine Hände über den Tisch entgegen. „Wie lange ist das her, dass wir hier waren und beide nicht wussten, was wir sagen sollten?", fragte ich sie.

„Gefühlte Jahre."

„Ja, in der Tat", antwortete ich nüchtern. „So unendlich viel ist inzwischen passiert."

So gut es mir am Donnerstag ging, so beschissen erging es mir am Freitag: Ich war dieses Mal mit der 80er gefahren, wettermäßig war das völlig okay. Noch hatten wir keinen erneuten Schnee. Im Gegenteil, es war wieder etwas wärmer geworden. Ich war mit guten Hoffnungen unterwegs zur Therapie und hatte mir selbst prophezeit, dass sicherlich nur die erste Stunde so hart und unangenehm war ... dass es nur besser werden konnte. Doch das war nicht der Fall.

Die zweite Stunde bei Frau Bielicki zertrümmerte alles, was es an guter Laune, Hoffnungen und Fröhlichkeit in mir gab.

Gebrochen und zerstört stakste ich nach der Therapiesitzung unbeholfen hinaus auf den Bürgersteig, setzte mich erst einmal auf den Rand des großen Blumenkübels vor der Tür, um mich zusammen-zureißen, zu sammeln.

Der Heimweg kam mir ewig lange vor und mit jedem Meter wurde er beschwerlicher.

Endlich war ich auf dem Hof und ohne mich darum zu kümmern, wo Lia war, verschwand ich in meinem Zimmer, fiel fast leblos ins Bett, bekämpfte meine Gedanken, bekämpfte den Gefühlsschmerz, versuchte, alles unter eine Falltür zu stopfen.

Innerlich blutend wund, so kam es mir vor. Ich sah meine Mutter so deutlich wie ewig nicht mehr, hörte ihre Worte, es tat so weh. Ich spürte die Schläge von meinem Vater. Mein Körper zuckte bei diesen Gedanken zusammen, als würde er in diesem Moment tatsächlich auf mich einschlagen.

Ich warf mir drei Schlaftabletten auf einmal ein und versank bis zum nächsten Morgen wie im Koma.

Lia sah mich voller Sorge an und fragte vorsichtig nach, wie es mir ging. Ich gab ihr keine ausführliche Antwort, tröstete mich und sie aber damit, dass es sicherlich von Sitzung zu Sitzung besser werden würde. Sie zweifelte, aber beließ es dabei.

Karstens Brief

Zum Mittagessen lag ein Brief auf meinem Platz. Ohne Absender. Ich befürchtete das Schlimmste und konnte ihn unmöglich öffnen. Auch auf meinem Zimmer brachte ich es nicht über mich und fuhr damit am Abend zu Tommi. Der letzte Brief hatte mich zerstört ... es war die Anzeige gewesen.

Kreidebleich sah ich zu, wie Tommi einen weißen Briefbogen aus dem Kuvert zog und die Zeilen las, die am PC geschrieben waren, aber handschriftlich unterschrieben. Mehrmals nickte Tommi, dann grinste er und übergab mir den Schrieb.

„Wird dir gefallen", meinte er.

Hallo Falk,

ich möchte mich bei dir für meine Feigheit entschuldigen und dafür, dass ich dich so krank gemacht habe. Es tut mir sehr leid.

War ich bei der Anzeigestellung noch euphorisch der Hoffnung, dass man dich für mindestens ein Jahr verknackt, habe ich während der Verhandlung, als du deine Aussage gemacht hast, schon Zweifel gehabt, ob ich das wirklich noch will.

Dass es ein Freispruch wird, hat mich dann sehr gefreut, vor allem, als ich gesehen habe, wie deine Leute dich hinausgebracht haben. Als ich dich dann draußen gesehen habe, war ich entsetzt. Ich wusste nicht, was ich dir mit dieser Verhandlung antun würde.

Ich schäme mich dafür, dass ich sechs Jahre lang so feige gewesen war, es niemals jemandem gesagt habe und dann plötzlich den irren Gedanken hatte, dich nachträglich anzuzeigen. Nach sechs Jahren wo ich die Sache eigentlich schon fast komplett verdrängt hatte.

Fast ... es gab leider einen Auslöser für meine Anzeige und das war ein Video im Internet.

Dabei wurde jemand auf brutalste Weise zusammengeschlagen. Mir tat der Kerl unheimlich leid, der da zusammengetreten wurde. Ich hatte eine Wut auf den Peiniger, eine Wut auf den Kameratypen und all die alten Bilder kamen wieder hervor, wie DU mich damals vertrimmt hast und mir meine Sachen abgezockt hast.

Dein Freund hat mir nach der Verhandlung erzählt, dass du es warst, der auf dem Video zusammengetreten wurde und dass dein Kontrahent ebenso wie ich eine ‚späte Rache' vollzogen hat.

412

Ich hab lange versucht, mich in deine Lage zu versetzen. Die Freiheitsstrafe abgebüßt, ein neues Leben begonnen ... und dann kommen noch zwei fast verjährte Rechnungen.

Ich bin mit dem Urteil 150%ig zufrieden, werde dich niemals irgendwie tätlich angreifen, noch sonst irgendetwas gegen dich unternehmen. Vielleicht kannst du aber auch nachvollziehen, dass es für mich persönlich wichtig gewesen war, meinen alten Schmerz zur Anzeige zu bringen.

Gute Besserung!

Karsten

Zwei Mal las ich den Brief durch, einmal schnell und gehetzt, und danach, als ich wusste, was mich erwartete, noch einmal langsam, um wirklich jedes Wort zu begreifen.

Ich lächelte, ließ den Brief fallen, legte mich rücklings aufs Sofa, machte Übungen von der Atemschule, mir ging es gut. Die Wunden bluteten nicht mehr so stark und Kartens Brief war Balsam gewesen, baute mich etwas auf.

Dann stand ich auf, umarmte ich Tommi fest und innig. „Du bist mein bester Freund", flüsterte ich.

„Du meiner auch", antwortet er.

Eine Weile standen wir uns lächelnd gegenüber.

„Darf ich dich was fragen?", meinte ich dann.

„Klar, was?"

„Geht es dir auch wieder besser?"

Tommi schaute mich verblüfft und fragend an. „Wieso sollte es mir nicht gut gehen?"

„Na ... wegen deinem Haus ... Hast du schon Mieter ...?"

„Ach so". Er lächelte befreit. „Ja, sieht sehr gut aus. Ein Pärchen. Allerdings erst ab Februar."

Schon wechselte er wieder das Thema. „Hey, ich habe übrigens noch was für dich. Ein Thera-Band. Ab sofort werde ich dein persönlicher Trainer sein." Übertrieben spannte er seinen mächtigen Bizeps an. Ich musste grinsen.

„Was grinst du so dämlich?", fragte er und gab mir eines der Bänder.

„Du und dein Körper." Ich strich ihm über seine Muskeln; von der Schulter über den Oberarm bis hinunter zum Handgelenk und schnaubte dann.

„Tägliche, wohl dosierte Arbeit." Er zog eine freche Grimasse. „Kannst du Hungerhaken auch haben."

„Was? Nee. Ich mag mich eher drahtig und kernig."

Tommi lachte.

Ich zog mein Shirt und die Bandage aus.

Er musterte mich. „Du weißt schon, dass du mal richtig gut ausgesehen hast, oder?", fragte er leise und ernst.

Ich gab ihm darauf keine Antwort.

„Als ich dich das erste Mal ohne Shirt gesehen habe ... Drahtig und kernig, ja, das warst du mal. Aber ich verspreche dir: Da kommen wir wieder hin."

Dann zeigte er mir zahlreiche Übungen mit diesem Band, die ich trotz der lädierten Schulter und Rippen machen konnte.

Für den nächsten Freitagabend verabredeten wir uns wieder in der Unterwelt.

Obwohl mittags heftiger Schneefall eingesetzt hatte und die Temperaturen gegen Abend rasant fielen, setzten wir unser Vorhaben in die Tat um. Lia fuhr vorsichtig.

Die Musik war fetzig und ging unter die Haut. Ich spürte, wie sehr Lia tanzen wollte und schickte sie auf die Fläche. Ich wollte nicht mitrocken, hatte keinen Mut. Irgendwie steckte in mir die Angst, mich lächerlich zu machen, da half auch Lias Betteln nichts. Sie verschwand alleine. Schließlich kam Tommi und dann rockten sie zusammen.

Drei Lieder später erschien Hanna und gesellte sich zu mir.

„Falk! Schön, dass du hier bist." Sie umarmte mich spontan und ich wusste gar nicht wieso. Wir hatten uns nur einmal gesehen und kurz unterhalten, als Tommi mit Trixi ein paar Schmusesongs getanzt hatte. Damals, bei meinem ersten Besuch in der Unterwelt. Danach waren wir uns nicht mehr begegnet.

Wir bestellten beide einen alkoholfreien Cocktail, prosteten uns zu. Hanna schaute über die Tanzfläche. Ihr Blick blieb an Lia und Tommi hängen.

„Ist alles in Ordnung bei dir?", fragte ich schließlich.

„Ja klar. Bin nur ein bisschen melancholisch drauf, ansonsten alles in Butter."

„Und wieso bist du so drauf?"

„Ach", seufzte sie.

„Rücks raus."

Hanna begann zu berichten, dass ihre Familie über Weihnachten wie immer nach Norwegen gefahren sei und beschrieb Norwegen als das Land des Schnees, der Elche und schwärmte von Langlaufskitouren bei Vollmond. Schnee, der im Mondlicht silbern funkelt wie Millionen Diamanten und von Polarlichtern, die in mystischem Grün über den Sternenhimmel wabern.

Ihr Urgroßvater hatte dort ein Holzhaus, eine große Wochenendhütte mit drei Schlafzimmern. Gemütlich mit Kamin und Blick auf einen großen See.

Sie verbrachte dort jedes Jahr mit ihren Eltern und Großeltern Weihnachten und Ostern. Aber dieses Jahr konnte sie keinen Urlaub nehmen.

„Oh, also alle von deiner Familie sind weg? Was machst du dann Weihnachten?" Saublöde Frage, ich hätte sie gerne zurückgenommen.

Sie zuckte mit den Schultern. „Ich hab noch keinen Plan. Wahrscheinlich auf der Couch abhängen, gemütlich in drei Decken verbuddelt und lesen, bis mir die Buchstaben vor den Augen verschwimmen."

„Das klingt verdammt einsam", bestätigte ich.

„Tja, geht nicht anders, aber nächstes Jahr will ich wieder mit. In der Nachbarschaft dort gibt es einen Bauern, der zwei Dölepferde hat. Die ziehen so einen Märchenschlitten, auf den fünf bis sechs Leute passen. Mitzufahren ist immer super schön."

„Wenn du magst, komm doch Heilig Abend zu uns auf den Hof. Meine Leute werden sicherlich nichts dagegen haben", schlug ich vor und nannte ihr die Adresse.

Sie lächelte selig, gab mir einen Kuss auf die Wange. „Danke, du bist so lieb." Sie blickte erneut auf die Tanzfläche, beobachtete Tommi und drehte sich dann wieder um, trank zügig ihren Cocktail aus. „Ich glaub, ich geh besser", meinte sie.

„Halt warum? Lia ist meine Freundin. Tommi tanzt mit ihr, weil ich nicht tanzen mag. Ich kann ..."

„Mit Tommi ist der Ofen aus", sagte sie knapp.

„Was? Wieso? Wart ihr zusammen?" Hatte ich das also doch richtig interpretiert damals? War das der Grund, warum ich sie seither nicht mehr gesehen hatte?

415

„Ich glaube, man kann mit Tommi nicht zusammen sein." Sie schüttelte den Kopf. „Er hat immer fadenscheinige Ausreden, warum er mich nicht besucht, ich ihn nicht besuchen soll und sich immer nur in der Unterwelt zu treffen hinterlässt bei mir den Eindruck, dass ich eine gute Tanzmaus bin, er aber ansonsten nichts von mir will. Und dabei sagt er: Ich liebe dich. Blödsinn."

„Tommi hat ein Beziehungsproblem", versuchte ich, zu erklären.

„Ja ganz sicher und nicht nur das, sondern noch mehr Probleme", schnaubte sie. „Er kann genial tanzen, aber zwischenmenschlich ist er nicht zu gebrauchen. Nicht Fisch, nicht Fleisch, was soll das denn? Entweder er steht zu mir oder er lässt es bleiben. Nur als Tanzmaus bin ich mir zu schade. Ach Falk ..." Sie dachte einen Augenblick nach. „Woher kennst du Tommi eigentlich?", schwenkte sie um. „Er sagte etwas von WG? Aber nichts Genaueres. Typisch Tommi, immer nur so halbe Sachen."

Sie bestellte sich noch einen Cocktail. „Du auch?"

„Ja, aber alkoholfrei bitte."

Nun sah sie mich prüfend an. „Wart ihr zusammen beim Entzug? Ist es das?"

Ich war völlig aufgeschmissen in dieser Situation. Was sollte ich sagen? Mir war heiß und kalt zugleich. Ich spürte, wie Panik in mir aufstieg.

„Aha, also ehemalige Alkoholiker, na das hätte er wirklich sagen können. Waren auch Drogen im Spiel?"

„Nein." Meine Stimme war nur ein Hauchen. „Die WG ... wir ... Tommi und ich ... wir waren beide im Gefängnis. Und das ist es, was ihn fertigmacht. Er möchte, dass seine Freundin das weiß, aber er hat keine Ahnung, wie er das sagen soll. Ex-Knasti klingt doch schlimm."

Sie sah mich mit großen Augen an.

„Kein Alkoholiker, kein Junkie. Ein Fehler mit Folgen. Daher rührt er jetzt keinen Tropfen mehr an. Er hat daraus gelernt. Er ist ein Guter!"

Die gleichen Worte hatte Trixi letztes Mal verwendet und meinte sie ebenso ernst wie ich jetzt.

„Okay ... und warum kann er das nicht sagen? Wieso macht er dann Schluss mit den Worten: Aber ich liebe dich?"

Ein langsames Lied begann. Ich sah Lia und Tommi in den Augenwinkeln auf uns zukommen.

Hanna hatte es ebenfalls bemerkt, legte hastig ein paar Geldstücke auf den Tresen, griff nach ihrer Jacke und eilte davon.

„Hanna!", rief ich ihr hinterher, aber sie konnte mich bei dem Trubel nicht hören.

„Tommi, lauf bitte sofort hinter Hanna her!", forderte ich, als er in Hörweite war. „Ihr müsst dringend miteinander reden!", bat ich eindringlich.

„Wieso?"

„Weil du nicht immer Schlussmachen kannst, wenn es eng für dich wird."

„Bitte? Worüber habt ihr euch unterhalten?" Er war fassungslos.

„Darüber, dass du nie reinen Wein einschenkst, sondern feige den Schwanz einklemmst. Dabei ist das doch gar nicht so schwer, eine Beziehung einzugehen."

„Sagt ausgerechnet der Oberpseiko!"

„Hör mir mal gut zu, Sportsfreund … DU trittst MICH ständig in den Arsch, dass ich mein Leben auf die Kette kriegen soll und hältst mir Vorträge über mein falsches Verhalten. Jetzt lass dir mal eins gesagt sein: Du bist ein absoluter Hornochse, wenn du jetzt nicht sofort zu Hanna fährst und sie aufklärst! Und am besten nimmst du direkt von der nächsten Tanke, die noch offen hat, nen Strauß Blumen mit und zeigst ihr, dass sie dir wichtig ist, verstanden? Du musst endlich mal zu dem stehen, was war!", fauchte ich ihn an.

„Du hast kein Recht, mich so anzugehen!", grollte er und fasste an meinen Kragen.

Trixi kam sofort hinter dem Tresen hervor. „Tommi, raus hier! Jetzt sofort und keine Widerrede!", befahl sie und griff ihm furchtlos an die breiten Schultern. „Bitte, Abmarsch, du weißt genau warum", flehte sie ihn an. Er würdigte sie keines Blickes, ließ meinen Kragen mit einem unsanften Ruck los und stapfte Richtung Ausgang.

Ich wollte ihm folgen, aber Trixi hielt mich am Oberarm zurück.

„Gib ihm fünf Minuten zum Runterkommen, okay?" Sie schaute mich an - sorgenvoll. „Bitte mach ihn nicht wütend", fügte sie leise hinzu.

Ich nickte mechanisch, blickte Richtung Ausgang. Spontan kam mir die Szene mit dem Telefon in den Sinn … vor meinem inneren Auge sah ich mich in der Lage des Telefons und seinen starken Arm über mir, immer in mein Gesicht dreschend. ‚Mach ihn nicht wütend', hieß wohl so viel wie ‚Bring ihn nicht zur Weißglut' ...

„Falk?" Lia, ganz besorgt. Aussetzer - MIST!
„Alles okay. Ich muss das aber klären." Ohne sie anzusehen ging ich hinaus, machte mich auf ein Drama gefasst ...
Draußen lehnte Tommi an der Mauer, hatte die Augen geschlossen.
„Tommi ...", begann ich. ‚Mach ihn bloß nicht wütend' ... schoss es mir durch den Kopf. Diese intensive Bitte von Trixi. Sie kannte Tommi.
Er öffnete die Augen und funkelte mich wütend an.
„Du erzählst mir jetzt sofort von vorne bis hinten, wie war das mit Hanna! Was hast du ihr ganz genau erzählt?"
Die Frage klang eher sachlich. Hatte er sich beruhigt? Hatte er sich wieder im Griff? Ich zögerte. Wie sollte ich anfangen?
„Schieß los ...", drängelte Tommi unbarmherzig.
„Sie weiß es", meinte ich leise.
„Was weiß sie?" Seine Augen glitzerten gefährlich.
„Sie weiß, dass du im Knast warst."
„Was?" Seine Halsschlagader schwoll bedrohlich an.
„Verdammt ja, aber ich habe ihr nur gesagt, dass es wegen Alkohol am Steuer war, dass es ein Fehler war."
„Sag mal TICKST DU NOCH RICHTIG!" Er baute sich vor mir auf. Ich machte mich auf eine Prügelei gefasst. Das lief alles gewaltig aus dem Ruder. Jetzt würde mich gleich mein bester Freund zusammenschlagen. Ich hatte ihm nichts entgegenzusetzen.
„WER hat ihr denn von der blöden WG erzählt?", verteidigte ich mich. „Das warst du! Du Hornochse! Hättest du nicht sagen können, wir kennen uns aus der Schule? WG ... wie blöd. Was hätte ich ihr denn sagen sollen? Sie hat mich ausgequetscht. Mit diesem WG-Zeugs hast DU dich fein rausgeredet aber MICH dermaßen reingerissen! Sie hat gedacht, wir wären gemeinsam beim Alkoholentzug gewesen, wäre dir DAS DENKEN von Hanna LIEBER gewesen? Sie hat daraus geschlossen, dass du Alkoholiker bist und hat mich gefragt, ob du auch Drogen genommen hast. Das konnte ich beides abstreiten und bitteschön, wie popelig ist stattdessen ein bisschen Knast wegen eines Fehlers: Alkohol am Steuer, MEIN GOTT, das ist doch läppisch. Sie wird damit keine falschen

Verbindungen ziehen, also mach dich auf und fahr zu ihr! Du bist so ein Feigling ihr gegenüber."

„Du Mistkerl! Du hast mich echt verraten?! Ich dachte, du wärst mein Freund", zischte er so schneidend, dass mir das Blut in den Adern gefror.

„Aber so kann man sich irren." Ruckartig sprintete er los, stieg in sein Auto ein und startete.

In mir brach alles zusammen. Diese Worte ... das war das Ende ... ich wusste es, wollte hinterher, aber der Fiesta schleuderte schon über den Parkplatz, so rasant fuhr Tommi los.

Ich stand nur da wie betäubt, blickte ihm bewegungsunfähig hinterher, taumelte schließlich irgendwann rückwärts an die Wand, ließ mich dran herunter sinken. Betäubt von der Gewissheit, dass unsere wunderbare Freundschaft soeben zerstört worden war. Von mir.

Fahrig nestelte ich mein Handy aus der Tasche, rief ihn an. Er drückte das Gespräch weg. Ich schrieb eine SMS.

Tommi, tut mir leid, mach keinen Fehler, der Hornochse bin ICH ... tut mir echt leid, bitte ... pass auf dich auf!

Warten, warten, aber keine Antwort. Wieder rief ich ihn an, ließ endlos klingeln. Entweder er saß es einfach aus oder er hatte auf lautlos gestellt. Wieder eine SMS ... keine Reaktion.

Lia las mich vor der Unterwelt irgendwann auf, schleifte mich zum Wagen, fuhr vorsichtig mit mir nach Hause, denn die Straßen waren stellenweise vereist. Sie stellte Fragen. Ich wiegelte alles ab, wollte nicht darüber reden, vertröstete sie auf morgen. Sie ließ nicht locker, fragte nach, aber ich ignorierte sie, blickte stur in aus dem Beifahrerfenster in die schwarze Nacht und wünschte mir ein großes schwarze Loch, das mich auffressen möge.

Auf dem Hof versuchte Lia erneut, etwas über den Vorfall zu erfahren, aber ich schüttelte nur den Kopf und schwieg.

Im Bett fand ich keinen Schlaf. Bilder zuckten durch meinen Kopf: sein Telefon, der zerbrochene Hörer, sein Blick, die anschwellende Schlagader, seine Wut. Seine Worte, die böse Stimme, und Trixis Worte:

„Mach ihn nicht wütend." - Ein Baum, ein dunkles Auto, Reifen-quietschen, ein Knall, so realitätsnah, als wäre ich dabei. Kopfkino der Superlative. Wahnvorstellungen de Lux.

Und es war spiegelglatt draußen!

Ich stand auf, packte mich gut ein, schaute auf mein Handy - keine Nachricht. Wieder ein Anruf - endloses Klingeln, wieder eine SMS.

„Falk?" Lia war aufgewacht.

„Ich muss los. Ich dreh sonst durch", erklärte eine mir fremde Stimme. „Wenn ich nichts tue, falle ich wieder in eine Depression. Es fühlt sich zumindest so an", fügte ich mit zähen Worten hinzu. Ich hörte, dass sie schluchzte, hätte mich gerne noch einmal umgedreht, aber mein innerer Zwang ließ das nicht zu: Ich musste los! So schnell wie möglich! Viel zu viel Zeit war bereits verplempert!

Draußen stieg ich auf meine Achtziger. Es war ätzend kalt und wirklich übelst glatt. Definitiv kein Wetter für eine Mopedtour, aber ich musste Tommi suchen.

„Falk!", rief Lia, rannte im Schlafanzug über den Hof. Bevor sie mich erreichen konnte, startete ich vorsichtig. Sie gestikulierte. Ich ignorierte es, bog auf der Landstraße nach links, fuhr zuerst zu Tommi nach Hause. Der Fiesta stand nicht vor der Tür. Ob er wirklich zu Hanna gefahren war? Wo wohnte sie überhaupt? Nein, er würde nicht zu ihr fahren. Aber wohin dann?

Zur Unterwelt? Nein - dort war bereits alles dunkel. Der Schuppen hatte längst zu. Ich geisterte mit der Maschine über den rutschigen Parkplatz, durch das Industriegebiet. Nirgendwo war Tommis Fiesta zu sehen.

Ich zog mein Handy aus der Jackentasche, stellte fest, dass ich zwei Anrufe und zwei SMS verpasst hatte, aber leider nicht von Tommi, nur von Lia. Ich kümmerte mich nicht darum, dafür hatte ich jetzt keinen Kopf. Stattdessen rief ich im Krankenhaus an, ob jemand nach einem Autounfall eingeliefert worden wäre, rief bei der Polizei an, ob sie von einem Unfall wüssten und fuhr noch einmal zu Tommi nach Hause - nichts.

Lothar. Vielleicht war er dorthin gefahren? Ich wählte die Praxisnummer an, erwartete eine Bandansage, die vielleicht eine private
Handynummer für Notfälle preisgab.

Bandansage gab es: Betriebsferien bis zum 03. Januar. In Notfällen Dr.
Seifenfeld. Es war zum Ausrasten!

Ich rief die Auskunft an. Dr. Lothar Lenz in Köln - gab es nur als
Praxisnummer.

Krankenhaus Girreshausen. Keine Einlieferung eines Verkehrsunfalles
oder eines Verletzten mit Namen Georg Thomas.

Vielleicht wusste Hanna, wo er steckte ... aber ich hatte keine Nummer
von ihr und wusste ihren Nachnamen nicht - MIST!

Wieder ein Anruf an Tommi - nix. Und noch eine SMS.

*Bitte sag mir nur Bescheid, ob du heil angekommen bist. Ich lass dich auch in
Ruhe. Aber bitte sag doch kurz Bescheid!*

Wenn er doch wenigstens antworten würde! Ein ‚Du Arsch, mir geht
es gut‘ hätte mir vollkommen gereicht.

Stattdessen hatte ich eine weitere SMS von Lia und soeben rief sie an.
Ergeben nahm ich das Gespräch an: „Ich pass auf mich auf, versprochen,
mach dir keine Sorgen“, sprach ich als Erster los. „Vertrau mir.“ Dann
drückte ich Lia weg. ‚Vertrau mir' ... Tommi hatte mir vertraut und was
war? Ich hatte ihn verraten. Verdammt.

Ich dachte nach: Von der Unterwelt aus war er links abgebogen,
Richtung Heimat. Aber vielleicht hatte er sich unterwegs überlegt, dass
ich ihn dort aufsuchen würde, und war zurückgefahren? Also fuhr ich
nach rechts. In der einen, noch offenen Tankstelle fragte ich an der Kasse
nach Tommi, doch der Mitarbeiter hatte niemanden gesehen, auf den
meine Beschreibung passte.

Für eine Suchaktion der Polizei wurde Tommi noch nicht lange genug
vermisst - das wusste ich. Aber bei der Kälte? Ich fragte flehend nach, ob
ich wegen der Witterung doch schon eine Vermisstenmeldung machen
konnte. Das Autokennzeichen hatte ich nicht, aber der Halter war Georg
Thomas aus Rasdorf, der Wagen, ein schwarzer Fiesta, das musste die
Polizei doch ausfindig machen können.

„Georg Thomas?“, fragte der Beamte plötzlich.

Ich bestätigte.

„Moment bitte.“

„Schwarz? Hallo?"

„Falk Selbach hier, N'abend. Hat ihr Kollege schon irgendwas erzählt?" Langsam wurde ich mürbe. Mir war kalt, obwohl ich in meinen Klamotten kochte. Aus Panik, dass Tommi etwas zugestoßen war.

„Nein, mein Kollege sagte nur, ich solle übernehmen."

„Gut", stöhnte ich. „Also nochmal: Ich will eine Vermisstenanzeige für meinen Freund machen, der mit seinem Auto unterwegs ist und ich habe keinen Plan wohin. Wir haben uns gezofft und ich habe Angst, dass er irgendwelchen Scheiß macht, also ..." Wieder stöhnte ich. „... dass er die Karre gezielt vor einen Baum setzt", brach ich ab.

„Seit wann ist er unterwegs?"

„Seit Mitternacht ungefähr. Schwarzer Fiesta, Kennzeichen weiß ich nicht, aber er heißt Georg Thomas, das müsste doch rauszukriegen sein. Bitte ..."

„Tommis Sohn?", hörte ich den Beamten total entsetzt am anderen Ende.

„Sohn? Was? Georg Thomas." Ich verstand nur Bahnhof.

„Mein Gott ..." Stille am anderen Ende.

„Es kann auch sein, dass er zu seinem Onkel gefahren ist, aber ich habe weder Anschrift noch Telefonnummer. Lothar Lenz heißt er und hat eine Praxis in Köln, aber wo er wohnt ..."

„In Overath", kam direkt von dem Polizisten. „Lothar wohnt in Overath. Ich schick eine Streife dort vorbei. Du warst schon bei ihm daheim? Also bei Klein-Tommi?"

Klein-Tommi? Tommis Sohn? Was bedeutete das? Warum wusste der Polizist, wo Lothar wohnte? Mir war das alles zu verwirrend.

„Hallo? Falk, bist du noch dran?"

„Ja ..." Ich sortierte meine Gedanken. Klein-Tommi war ‚mein' Tommi und sein Vater hatte auch Tommi geheißen?

„Falk?"

„Ja, nein, ich war bei ihm, aber er ist nicht da, geht nicht ans Handy, wir haben uns verdammt nochmal gezofft und ..."

„Ich gebe dir meine Handynummer. Deine hab ich notiert. Kannst du mir noch die von Klein-Tommi geben?"

Wir tauschten die Nummern.

„Ich mache mich auf die Suche und halte dich auf dem Laufenden."

Ich drückte das Gespräch weg, stellte auf Vibration, in der Hoffnung, das würde ich in meiner Brusttasche spüren. Das Klingeln und Piepsen von Lias Nachrichten hatte ich mehrmals überhört. Vorsichtig fuhr ich weiter durch die dunklen Straßen. Die Achtziger war nicht das perfekte Gerät für die aktuellen Wetterverhältnisse.

Es begann zu allem Übel noch zu schneien. Ich sah mit dem Helm kaum noch was. Aber mich hochgeklapptem Visier flogen mir die Flocken in die Augen, da sah ich noch weniger. Also Klappe wieder runter. Sie beschlug. Verdammt! VERDAMMT!

Mein Handy vibrierte. Ich hielt am Straßenrand an, hoffte, es war endlich Tommi. Nein, aber der Polizist.

„Also bei Lothar ist er nicht, da ist alles dunkel und verwaist. Tommi geht auch bei mir nicht ans Telefon und reagiert nicht auf SMS. Worüber habt ihr gestritten?"

„Ich hab ihn angemacht, er soll das mit seinem Mädel auf die Reihe kriegen."

„Verstehe. Ich weiß nicht, wie gut du seine Vergangenheit kennst, aber ..."

„Wir waren zusammen im Knast. Ich weiß, dass er ein Problem mit Beziehungen hat."

„Gut." Er zog das Wort in die Länge.

„Es war saublöd von mir, ich weiß."

„Geht so, irgendwie hast du ja schon Recht, ihm da mal nen Tritt zu verpassen."

„Woher ... kennen Sie Tommi? Klein-Tommi?" Die Frage brannte in mir.

„Tommi, also Lutz, er ist, war Georgs Vater. Er war zehn Jahre mein Kollege, bis er ... erschossen wurde."

Mir fiel das Handy aus der Hand.

Sein Vater war tot, das wusste ich. Dass sein Vater ein Guter war, hatte Tommi erwähnt. Und daher auch der Name Tommi ... weil sein Vater auch so genannt wurde ... und er als Kind schon so genannt wurde und ... Verdammt, mir wurde schwindelig.

Irgendetwas quäkte nervtötend. Was war das? Ich schaute mich um - mein Handy. Ich angelte danach.

„Bist du noch da? Falk?"

„Ja. ... Tommis Vater wurde erschossen?", fragte ich stammelnd.

„Im Dienst, ja. Von einem Einbrecher. Klein-Tommi hat das nie verkraftet, zumal seine Mutter ja ..." Er brach ab. „Ich fahr weiter, melde mich, wenn ich ihn finde."

„Ich melde mich auch, wenn ich was erfahre."

Jeden Weg, auf dem ich Reifenspuren erkennen konnte, inspizierte ich. Wenigstens war das Auto schwarz und der Schnee weiß. In einer Kurve schlingerte ich, riss den Lenker herum - zu schnell. Ich bretterte in den Schneehaufen am Straßenrand hinein. Zum Glück war ich mutterseelenallein auf der Straße. Mühsam kämpfte ich mich mit der Maschine aus dem Schneeberg und fuhr weiter, noch vorsichtiger und mit gespreizten Beinen, falls die Kiste noch einmal ins Schlingern geraten würde. Es war der Wahnsinn hier jetzt mit einem Zweirad unterwegs zu sein, dessen war ich mir bewusst.

Ich folgte einem Schild zu einem Wanderparkplatz. Dort stand ein kleiner dunkler Wagen. Ich dachte, mein Herz setzt aus. Es war Tommis Fiesta.

Ich stellte die Maschine ab, spähte durch die Scheibe des Autos, konnte aber nichts erkennen. Dann öffnete ich die Tür. Das Innenlicht flackerte auf. - Tommi!

Er saß stock und starr da, schien aber unverletzt. Schlief er?

„Tommi?", fragte ich panisch, rüttelte an ihm - keine Reaktion. Hastig zog ich den Helm und meine Handschuhe aus, suchte nach dem Puls an seinem kalten Handgelenk und fand ihn nicht. Nein! Er hatte keine Jacke an, nur das schweißnasse Hemd, das er in der Unterwelt trug. Nun war der Stoff gefroren. Ich öffnete hastig die Knöpfe. Tommi war eiskalt. Schlug sein Herz noch?

Ja, ich fühlte das Pochen bis zu meinem eigenen Herzen, riss mein Handy heraus und rief den Notarzt. Faselte was von Unterkühlung, schwachem Puls, bekam Fragen, die ich beantwortete und Tipps, wie ich Tommi bis zum Eintreffen der Rettung helfen konnte.

„Wo stehen Sie?"

„Keine Ahnung. Verdammt, ich habe keine Ahnung, ich bin die ganze Nacht rumgefahren, ich habe keinen Schimmer." Ich stand kurz vorm Nervenzusammenbruch, musste mich stark zusammenreißen! Ich hatte wirklich absolut keinen Plan. „Irgendwo zwischen Rasdorf und Altenbach. Ein Rastplatz, dunkel, versteckt, von der Landstraße aus zu erreichen."

„Hat der Rastplatz einen Namen? Schauen sie mal nach einem Schild."

Verzweifelt rannte ich los, rutschte aus, prallte schmerzhaft auf, rappelte mich hoch. Ein Schild! Ein Schild mit einem Namen! „Drei

Linden", schnaufte ich ins Handy. Man versprach mir Hilfe innerhalb von 15 Minuten und ich solle am Handy bleiben für weitere Instruktionen.

So zog ich Tommi das Hemd aus, legte ihm meine warme Jacke um, wickelte mich selbst in die silberne Decke aus dem Erste-Hilfe-Kasten ein, startete den Motor und stellte die Heizung auf volle Kraft. Tommi rührte sich nicht.

Immer wieder musste ich Puls und Atmung kontrollieren. Ich hatte ihm meine Handschuhe übergestreift, aber es war einfach lausig kalt. Die Heizung brachte kaum Leistung.

Endlich kam der Rettungswagen. Sie würden Tommi sofort in die Klinik bringen! Hoffnung!

Ein paar starke Hände zogen mich an den Schultern aus dem Auto. Ich konnte kaum stehen, so zitterte ich, aber das bemerkte ich erst jetzt und ließ mich völlig erschöpft wieder auf den Beifahrersitz sinken. Tommi wurde von zwei Leuten aus dem Auto auf eine Trage gehoben. Ich saß wie betäubt in dem Fiesta, sah den Sanis zu und war handlungsunfähig. Jemand legte mir Decken um, gab mir warmen Tee. Ich zitterte so stark, dass ich die Hälfte verschüttete. Die paar Schlucke, die ich runter bekam, taten ungemein gut.

Tommi wurde schon im Krankenwagen entsprechend versorgt.

„Ich denke, es ist besser, wenn Sie mitkommen", sagte einer der Sanitäter und half mir aus dem Fiesta. Ich schloss geistesgegenwärtig das Auto ab und fand mich dann auf einem Notsitz im Krankenwagen wieder, sah auf Tommi und dem für mich wilden Treiben. Irgendeine Stimme raunte etwas von ‚starker Unterkühlung'.

In der Klinik angekommen, brachte mich einer der Sanitäter in den Wartebereich der Notaufnahme, während Tommi auf der Trage rasch durch irgendwelche weiteren Türen des Notaufnahmebereichs fortgeschoben wurde.

Mein Handy vibrierte, ich schreckte auf.
Lia rief an.
„Wo bist du?"

„Bei Tommi in der Klinik." Meine Stimme war rau. „Ich ... kannst du ... ich melde mich gleich bei dir." Der Arzt kam zu mir, sah mich an und bat mich, im in ein Behandlungszimmer zu folgen. Er diagnostizierte leichte Erfrierungen in meinem Gesicht, an Füßen und Beinen. In der Eile hatte ich viel zu dünne Klamotten angezogen. Ich hatte Fieber, was aber von der ganzen Aufregung kommen konnte. Mein geschwollenes blaues Knie war nicht der Rede wert.

Eine SMS von Anne traf ein. Wahrscheinlich hockten sie alle drei zusammen und sorgten sich.
Alles gut bei mir, warte noch auf Infos, dann melde ich mich, schrieb ich.
Dass niemand verstehen konnte, was diese SMS bedeutete, war mir nicht bewusst.

Die Infos dauerten ... ich wartete ... inzwischen war es schon weit nach 7 Uhr.

SMS von Lia. Ich rief zurück. Wo sollte ich zu erzählen anfangen? Mir fehlten die Worte und ich fing zu heulen an.
„Wo bist du? In Girreshausen im Krankenhaus?"
„Ja", jammerte ich.
„Alles klar?" Der Arzt fasste mich an der Schulter. Ich hatte nicht bemerkt, dass er noch einmal zu mir gekommen war und drückte das Telefongespräch ohne nachzudenken weg.
„Was ist mit meinem Freund?"
„Du bist nicht verwandt mit ihm?", begann der Arzt zögerlich.
„Nein verdammt, aber ich hab ihm gerade das Leben gerettet! Sein Vater ist tot, mit seiner Mutter kann er nicht. Ich bin sein bester Freund!"
Ich rasselte diese Worte hinunter, böse, gehetzt, wütend, nur, um dann innezuhalten. ‚Ich dachte, du wärst mein Freund ...'
Sein bester Freund gewesen, kam mir schlagartig in den Sinn.
„Keine Sorge, es ist nicht lebensbedrohlich", beruhigte mich der Arzt. „Wir behalten ihn heute auf der Intensiv. Er ist unterkühlt und daraus kann sich unter Umständen eine Lungenentzündung entwickeln, darauf müssen wir achten. Du kannst im Moment nichts für ihn tun. Er ist bei uns in guten Händen."
„Auf Intensiv ...", wiederholte ich ungläubig.

„Zur Beobachtung. Wir haben hier viel mehr Überwachungs-möglichkeiten. Wenn sich sein Zustand nicht verschlimmert, kommt er morgen auf Station 8b, da kannst du ihn besuchen."

Lia, Achim und Anne platzten in den Wartebereich. Ich musste lächeln, obwohl es mir beschissen ging. Lia rannte auf mich zu, umarmte mich.

„Tommi ...", schniefte ich in Lias Jacke.

„Hatte er einen Unfall?"

„Nein, ich ..." Ich war nicht imstande, jetzt die ganze Geschichte zu erzählen. Ich wollte nur noch nach Hause, ins Bett, in Lias Arme.

„Wo ist deine Achtziger?", fragte Achim. „Ich fahr sie dir heim."

„Auf dem Rastplatz ‚Drei Linden'", antwortete ich.

„Wo ist das?"

„Irgendwo zwischen hier und Altenbach. Wir kommen auf dem Heimweg daran vorbei."

Stumm fuhren wir in die angegebene Richtung, keiner stellte mir eine weitere Frage, keiner sprach.

„Da hinten links", sagte ich schließlich in das Schweigen.

„Das ist ja Tommis Wagen", stellte Lia fest.

Ich nickte, zog die Schlüssel aus meiner Jackentasche. „Fährst du ihn heim? Besser, er steht bei Tommi als hier", bat ich Lia.

„Fährst du mit mir mit?"

Ich nickte.

Im Konvoi fuhren wir zurück, parkten Tommis Wagen vor seinem Haus und stiegen wieder in Kermit um. Achim war auf direktem Weg zum Hof gefahren und kam uns in der Einfahrt mit seiner Maschine entgegen, hob die Hand und fuhr zur Arbeit los.

Eigentlich wollte ich sofort ins Bett, aber das Adrenalin in meinem Körper putschte mich hoch. Mir fiel ein, dass ich auf Tommis Arbeitsstelle Bescheid sagen musste. Es war mittlerweile nach acht Uhr.

Lia machte mir einen herrlichen heißen Kakao, Anne schob mir einen Muffin hin. Sie musste gleich los in die Praxis, aber ihr und Lia stand eine Frage im Gesicht: Was war passiert?

Ich erzählte es, so gut ich in meiner Verfassung konnte. Aber ich verschwieg, dass ich ihn verraten hatte und unsere Freundschaft aus war. Das konnte ich nicht in Worte fassen, das tat viel zu sehr weh.

Dann endlich fiel ich ins Bett. Alles drehte sich. Meine Gedanken rotierten im Kopf. Was war alles geschehen und warum hatte ich Tommi so in die Ecke gedrängt? Was war in ihm vorgegangen, dass er auf dem Parkplatz angehalten hatte? Wieso war er nicht zu sich nach Hause gefahren? Wahrscheinlich weil er geahnt hatte, das sich kommen würde. Wieso war er nicht nach Overath zu Lothar gefahren? Er wollte wohl alleine sein. Irgendwo im Nirgendwo. Hatte er nicht gefroren? Er hätte doch heimfahren können ... hätte mir doch die Tür nicht aufmachen müssen. Das Handy ignorierte er doch auch. Wieso war er in der Kälte sitzen geblieben? Wollte er absichtlich erfrieren? Wollte ... nein, so schätzte ich ihn nicht ein! Er war kein Typ für einen Suizid. Tommi wusste, was er wollte und wie er es bekam.

Er wollte keinen Kontakt mehr mit mir - das war angekommen...

Aber warum ... war er bei Minus 15 Grad im Auto irgendwo in der Wildnis geblieben? Er musste doch wissen, dass ...

Am Nachmittag erwachte ich in Lias Armen.

„Du hast keinen Fehler gemacht", bestätigte sie leise. „Du hast völlig Recht gehabt. Und das weiß Tommi Er ist vielleicht arg verletzt, aber er ist definitiv nicht doof. Und daher, wenn er über seine Verletztheit hinweg gekommen ist, wird er wissen, dass du es nur gut gemeint hast."

Ich nickte, mechanisch, konnte dem Ganzen nicht 100%ig Glauben schenken. Es war schon richtig, aber definitiv war ich Tommi zu hart angegangen. Seine Beziehungsangelegenheiten gingen mich einen Dreck an.

„Hey, er wird einsehen, dass du ihm was Gutes wolltest. Er hat dich zum Arzt getreten, er hat dich auf den Hof zurück verbannt. Und jetzt hast DU ihm halt auch mal DEINE Meinung gesagt."

Ich wühlte mich aus ihren Armen und stand auf. „Ich muss zu ihm", meinte ich und zog mich warm an.

„ICH fahr dich!" Lia stand direkt neben mir. „Du solltest heute nicht fahren und bei der Witterung schon dreimal nicht mit deiner Maschine."

Ergeben nickte ich. Wir fuhren in die Stadt.

„Nee, rechts", sagte ich, als Lia links abbiegen wollte.

„Aber links geht es zum Krankenhaus."

„Ich weiß, aber Tommi will mich mit Sicherheit nicht sehen. Fahr rechts zum Einkaufscenter."

„Wieso will Tommi dich nicht sehen?" Lias Frage war fassungslos, ich gab ihr keine Antwort. Sie ließ mir meinen Willen.

Ich kaufte Getränke, was zu essen, Dinge, die man schnell zubereiten konnte: Nudeln, fertige Soßen, Reis und fertige Reisgerichte mit Gemüse. Tiefkühlpizza, Tiefkühl-Lasagne, Pommes, Wurstaufschnitt, Käseaufschnitt. Brötchen zum Aufbacken, Kaffee, Tee und achtete auf ein langes Haltbarkeitsdatum, da aktuell keiner sagen konnte, wann er entlassen werden könnte. Der Wagen war gut gefüllt. Es würde locker für eine Woche als Vorrat reichen.

Ohne weiter zu fragen, fuhr Lia auf meine Bitte hin zu Tommis Haus. Sie stieg mit mir aus, aber ich schüttelte den Kopf. „Warte im Auto, ich brauche nicht lange", bat ich und trug die Sachen alleine rein.

Wie ich erwartet hatte, waren Tommis Küchenschränke leer. Eine Tüte Brot war da, noch zwei Scheiben. Ich nahm sie mit, sie würden eh nur schlecht werden. Im Kühlschrank lag eine Packung Wurst - geschlossen, noch haltbar, und Ketschup. Marmelade. Das war es. Nichts weiter. Ich schüttelte den Kopf. Tommi war ein grausamer Single.

Seine Schränke füllte ich auf, spülte seinen Teller und die Tasse ab, sammelte seine Klamotten zusammen, brachte sie ins Bad, stapelte die CDs und DVDs, die unordentlich auf dem Sofa herumlagen sauber auf den Wohnzimmertisch, nahm das Altpapier und den Mülleimer, leerte alles draußen in die großen Tonnen.

Seine Haustür schloss ich ab, nahm den Schlüssel mit.

Irgendwie musste ich den Tommi zuspielen. Vielleicht über Trixi? Ich könnte Hanna einen Brief schreiben, den Schlüssel beifügen und den Brief Trixi zum Weiterleiten geben ... wahrscheinlich die sinnvollste Variante.

Wenn Hanna übers Handy anrief, würde er sicherlich rangehen. Bei mir nicht, das war mir schmerzhaft klar.

Wir fuhren zurück auf den Hof und Lia machte sich an die Stallarbeit.

Ich taperte ins Haus, holte Achims Schreibsachen raus, verfasste einen kurzen Brief.

Hey Hanna,
Tommi ist im Krankenhaus - meine Schuld - und würde sich über deinen Besuch
wirklich sehr freuen!
BITTE besuche ihn!
Der Schlüssel ist von seinem Haus, bitte gib ihm den!
Mach es gut und sei geduldig mit ihm. Er braucht Zeit.
Tommi ist ein Guter, der Beste.
Falk

Ich steckte den Zettel mit dem Schlüssel in einem Umschlag, schrieb ‚Hanna' und ‚EILT' drauf und steckte den kleinen weißen Umschlag in einen großen Braunen, schrieb ‚EILT SEHR' drauf und ‚Trixi für Hanna' dazu. Alles blöd, aber ich hatte absolut keinen Kopf.
„Fährst du mich eben zur Unterwelt?", bat ich Lia. Sie stellte keine Fragen, nickte und fuhr mich hin.

Trixi war nicht da. Ich ließ den Brief für sie hinterlegen und verschwand wieder. Lia sah mich fragend an, fragte aber nicht.
Zurück auf dem Hof widmete ich mich dem Sattelzeug. Das konnte einfetten immer gut gebrauchen. Meine Gedanken kreisten im Einklang mit dem Lappen und sagten mir immer wieder: Es ist vorbei. Es ist endgültig. Und es tat weh.

Die Nacht schlief ich nicht, hatte ständig Bilder im Kopf, was Tommi und ich alles gemacht hatten. Regungslos lag ich da, wollte Lia nicht wecken, wollte keine Nachfragen.
Doch ihre Nachfrage kam am Donnerstag, während wir misteten: „Hast du was von Tommi gehört?"
Ich schüttelte den Kopf.
„Dann besuch ihn doch mal im Krankenhaus."
Ich schüttelte wieder den Kopf.
„Ihr habt euch gezofft, na und, das gehört dazu. Nun vertragt euch wieder."
Ich schüttelte wieder den Kopf.
Lia stöhnte, mistete jedoch weiter.

Den ganzen Tag über schaute ich immer wieder auf mein Handy - die Hoffnung stirbt bekanntlich zuletzt, aber er schrieb keine Nachricht. War mir klar, so klar.

Am späten Nachmittag schauten wir uns eine DVD an. Das fliegende Klassenzimmer. Ein uralter Schinken, den Lia so gerne mochte. Ich kannte den Film noch nicht und gab mir Mühe, mich ablenken zu lassen.

Als wir abends im Bett lagen, nahm Lia mich in den Arm, zog mich zu sich.

„Warum bist du so stur? Mach den ersten Schritt auf Tommi zu. Besuch ihn!"

„Geht nicht", meinte ich halberstickt.

„Wieso nicht?"

„Er will mich nicht mehr sehen."

„Sagst du."

„Sagt er. Er hat mir die Freundschaft gekündigt." Ich musste hart schlucken.

„Das glaub ich nicht."

„Doch. Ich habe ihn verraten. Er hat sich in mir getäuscht, hat er gesagt und nun ist es aus. Die wunderbare Freundschaft ... wie ein Luftballon geplatzt, das war es ...". Ich krallte mich an Lia und begann hemmungslos zu heulen.

„Es tut so weh, ihn verloren zu haben", schniefte ich. „Ich hätte nie gedacht, dass es so weh tut. Lia ... und es ist so eine Schande, das zu sagen, weil ... ich liebe dich doch und du bedeutest mir so viel und ich heule rum wegen Tommi. Dabei bist doch du das Wichtigste."

Lia strich mir über den Rücken, beruhigte mich. Sie redete leise auf mich ein. „Dass es so wehtut, zeigt nur, wie stark eure Freundschaft war."

24. Dezember - Geboren um zu leben

Es fällt mir schwer, ohne dich zu leben,
jeden Tag zu jeder Zeit, einfach alles zu geben.
Ich denk' so oft zurück an das, was war,
an jenem so geliebten vergangenen Tag.

Ich stell' mir vor, dass du zu mir stehst,
und jeden meiner Wege an meiner Seite gehst.

Ich denke an so vieles, seit dem du nicht mehr bist,
denn du hast mir gezeigt, wie wertvoll das Leben ist.

Der Liedtext von ‚Unheilig' spukte mir auf einmal im Kopf herum.

Der Graf hatte seine Frau verloren ... ich hatte die Freundschaft zu Tommi verloren ...

Du hast mir gezeigt, wie wertvoll das Leben ist ...

Ja in der Tat. Er hatte mir beigestanden, mir Mut gemacht, mir gezeigt, dass das Leben lebenswert war ...

Ich denke an so vieles, seit dem du nicht mehr bist ...

10.000 Gedanken, die mich nun schon fast die ganze Nacht wach gehalten hatten ...

Ich stell mir vor, dass du zu mir stehst ...

... hätte ICH mal zu Tommi gestanden ... wie kam ich dazu, ihn zu verraten, ihn so anzublöken? Ihn so runterzuputzen für eine Situation, wo ich ganz genau wusste, dass er damit nicht umgehen konnte?
Meine Augen brannten. Ich lag auf dem Rücken, Lia in meinem Arm. Ihr Atem ging ruhig.

Ein anderer Liedtext von ‚Wolfsheim' fiel mir ein:

Was getan ist, ist getan ... Es geht kein Weg zurück.

Es gab keinen Weg zurück.
Ich strich ihr über Lias Dreads.

Es fällt mir schwer, ohne dich zu leben,

Wenn Tommis Verlust schon so schmerzhaft war, wie viel schmerzhafter wäre es, Lia zu verlieren? Ich würde es nicht überleben ...

jeden Tag zu jeder Zeit, einfach alles zu geben.

Genau ... das musste ich jetzt. Alles geben, um nicht wieder in Depressionen zu verfallen. Das Leben ging weiter ... irgendwie ... auch ohne Tommi, obwohl ich das nicht wollte.

Ich stöhnte, reckte mich nach dem Wecker - halb sieben!
Sanft kroch ich unter Lia hinweg, ging lange duschen ...

Lia klopfte irgendwann an. Ich rief sie herein.
„Geht es dir besser?", fragte sie besorgt.
„Muss", stöhnte ich, angelte mein Badetuch und schlang es mir um die Lenden, stakste aus der Dusche.
„Oh Falk", seufzte sie, strich mir vorsichtig über die Augen. „Du hast schon wieder nicht geschlafen, oder?"
Ich zuckte mit den Schultern, doch, etwas Schlaf hatte ich wohl, wenn auch nicht viel.
„Wird schon, muss ... irgendwie", murmelte ich, stöhnte, verließ das Bad, schmiss mich aufs Bett, nur um kurz darauf dann doch meine Klamotten anzuziehen. Ich kramte mein Handy hervor – keine Nachricht ... ich wusste es, dennoch war die Hoffnung da gewesen ... obwohl es längst klar war, dass es keine Hoffnung mehr gab.

Beim Frühstück, riss ich mich zusammen, so gut es ging, versuchte mir nicht anmerken zulassen, wie schwer mir das alles fiel und würgte sogar mein Brötchen erfolgreich hinunter, damit niemand nachfragte.

Lia erzählte munter, dass sie noch fix in die Stadt müsse, scherzte über den zu erwartenden Weihnachtstrubel, den Endstress der herumhetzenden Leute und so weiter. Sie fragte, ob ich mit wollte.

NEVER! Bloß nicht in den Trubel! Bloß keine allzu fröhliche Weihnachtsstimmung!

„Nee, lass mal, ist mir zu viel los", meinte ich nur und rang mir ein halbwegs ehrliches Lächeln ab, ging stattdessen mit Achim in die Ställe. Er hatte heute frei, ebenso wie Anne, die sich im Haus zu schaffen machte.

Am späten Vormittag hatte Anne einen Weihnachtsbaum geschmückt und die lange Tafel gedeckt, tat geheimnisvoll, verschloss den dekorierten Raum, schob mich in die Küche, wo ich eingespannt wurde:

Ich bekam einen großen Topf mit winzigen Kartoffeln zum Putzen. Die würde es mit Schale zu essen geben.

Anne schnippelte diverses Gemüse, Lia mengte nach ihrer Rückkehr aus der Stadt verschiedene Teige zusammen.

Kurz hatte ich einen Blick auf den Weihnachtsbaum erhaschen können. Er war dezent geschmückt, kein knatschbunter amerikanischer Baum, der vor Kugeln und Kram fast zusammenbrach. Nein, Annes Baum war in Weiß und Silber gehalten mit weißer Lichterkette.

Mein Erzeuger hatte nie einen Baum geschmückt, der war Weihnachten eh nicht daheim. Keine Ahnung, wo er abhing, aber wenn er dann wieder kam, hatte er meist gut einen in der Krone. Ein Zeichen, mich unsichtbar zu machen ... betrunken oder verkatert war er nicht zu ertragen. Und Weihnachten im Knast war so trist, das hätte man sich sparen können.

Tja und jetzt dieses Weihnachten hier. Wir hatten ausgemacht, uns nicht zu beschenken. Das war mir nur Recht. Stattdessen kochten wir ein leckeres mehrgängiges Menü und planten danach einen Spiele-Nachmittag, gemütlich und familiär. Ein Familienfest im Kreise der familienlosen ...

Es klingelte an der Haustür. Schlagartig fiel mir Hanna ein! Ich hatte sie doch eingeladen! Und hier niemandem etwas davon erzählt ... Mist!

Flink stellte ich die Schüssel mit den Kartoffeln beiseite, wischte mir die nassen Hände an der Jeans ab und ging zu Tür. Ich würde Hanna einfach mit in die Küche bringen und sagen, sie hätte dieses Jahr auch niemanden zum Weihnachten feiern ... sie würden kein Drama daraus machen.

Ich öffnete.

Mir blieb die Luft weg.

Er lächelte nicht. Er sah einfach nur fertig aus. Blass, krank, fiebrig, schlapp ... mitgenommen. Ich starrte ihn einen Moment an. Unsere Blicke verhakten sich, dann fielen wir uns gleichzeitig um den Hals. Er roch nach Krankheit, verschwitzt und nach Menthol. Wir drückten uns fest aneinander, keiner sagte einen Ton.

Ich zog ihn in dieser Umarmung in den Flur, drückte mit meinem Rücken die Haustür zu und lehnte mich dagegen.

Ewig lange standen wir zwei stumm in dieser intensiven Umarmung. Keiner wollte den anderen loslassen.

Das große Loch in meinem Inneren verlor sich und ich atmete tief und gleichmäßig.

Tommi ... er war hier, war mir nicht mehr böse. Im Gegenteil. Ihm hatte diese blöde Situation sicherlich genauso wehgetan, wie mir.

„Du bist mein bester Freund", kam schließlich von ihm, fast unhörbar. Der Druck seiner Umarmung verstärkte sich.

„Du meiner auch", flüsterte ich.

„Vergib mir bitte", bat er.

„Du mir auch, bitte."

Dann schwiegen wir wieder.

Wie auf ein geheimes Zeichen lockerten wir irgendwann beide gleichzeitig den Griff. Ich sah in sein blasses Gesicht, in seine grünen Augen.

„Ich hab in der Schule gelernt", begann er nun leise, „zu jedem Krippenspiel gehört ein Ochse. Einen Hornochsen könnte ich dir bieten." Er lächelte schief.

„Du fehlst noch, ja, das andere Rindvieh ist so einsam hier. Du gehörst ins Bett", murmelte ich.

„Ich weiß." Er nickte matt. „Ich will auch gleich in drei Decken eingepackt mit Tee an eurer Festtafel sitzen. Lia versprach da so etwas und hat mir anschließend ihr Bett empfohlen."

„Lia?"

Er nickte und erzählte langsam, dass er Mittwoch und Donnerstag ziemlich fertig im Krankenbett gelegen hatte und froh war, dass keiner was von ihm wollte.

Heute Morgen war dann Hanna in sein Krankenzimmer gekommen, berichtete von dem Brief und Sekunden später hatte er Magenschmerzen gehabt, weil er sich daran erinnerte, was er mir in seiner Wut an den Kopf beziehungsweise vor die Füße geschmissen hatte - unsere Freundschaft.

Er wollte mich anrufen, aber dann kam schon Lia ins Zimmer und es war es wie ein Schock für ihn, dass ich nicht dabei war. Als Lia ihm dann gesagt habe, ich würde nicht kommen, weil ich der Meinung war, er habe unsere Freundschaft gekündigt, war ihm so schlecht geworden, dass er eine Gastritis befürchtete.

Er drehte sich kurz von mir weg, hustete, schaute mich dann wieder an, legte seine Arme auf meine Schultern.

„Danke, dass du so intensiv nach mir gesucht und mich gefunden hast ... ohne dich, wäre ich ..."

„Ohne mich hättest du nicht ins Krankenhaus gemusst, sondern es wäre einfach ein netter Abend gewesen, tut mir echt leid, ich bin so ein Rindvieh."

„Du hast meine Bude aufgeräumt, du hast Hans-Gerd gesagt, dass ich nicht arbeiten kommen kann, weil ich krank bin, hast meine Vorräte daheim aufgefüllt. Falk, wenn es etwas gibt, das das Wort Freundschaft verdient, dann dein Verhalten."

Ich nickte. „Ja, deins auch ... Du hast meine Schulter gerettet, mir mit den Kindern geholfen, mir beigestanden, warst nach dem Zusammenbruch für mich da."

„Falk, ich muss noch was aufklären", begann Tommi. „Ich hatte dir gesagt, ich hätte mich damals mit meiner Ex so sehr gezofft. Es war nicht nur das. Ich habe ihr im betrunkenen Zustand in meiner maßlosen Wut die Wohnung auseinandergenommen und bin dann mit dem Auto losgejagt, bis ein Baum meine Irrfahrt beendet hat. Genau das wollte ich nach unserem Streit in der Unterwelt nicht: dass ein Baum meine Fahrt oder vielleicht dieses Mal mein Leben beendet. Deswegen habe ich auf dem Rastplatz angehalten und versucht, ruhig zu werden. Meine Ex ... das ist übrigens Trixi. Sie hat mich damals zu Recht ins Gefängnis und damit in den Entzug und in die Therapie gegen meinen Jähzorn gebracht. Ich bin ihr sehr dankbar dafür."

Ich brauchte ein paar Sekunden, um zu begreifen, was er mir gerade berichtet hatte. Nun konnte ich sein Beziehungsproblem verstehen und auch Trixis Aussagen waren nun völlig schlüssig und ich konnte sehr gut nachvollziehen, warum er an dem Abend so übergeschnappt war.

Arm in Arm schlenderten wir in die Küche, wo Lia Tommi innig umarmte.

Ich war so unfassbar erleichtert und glücklich. Anne und Achim zwinkerten mir zu. Sie waren eingeweiht und jetzt sah ich auch Hanna in der Küche stehen.

„Hallo Falk", grüßte sie mich mit einer Umarmung. „Ich hab Tommi aus dem Krankenhaus mitgebracht. Lia meinte, ich solle mich durch den Hintereingang hereinschleichen", lachte sie.

„Du bist einfach nur phänomenal", flüsterte ich Lia zu und schaute in das ultrablaue Meer. Sie lächelte, so breit wie immer.

Tommi zwinkerte mir zu. Ich fühlte mich leicht und frei, denn ich wusste, es stand nichts mehr zwischen uns, außer unserer alten, guten Freundschaft.

Schuldig!

Die Schattenseiten des Hofes Sólfari

Heidi König

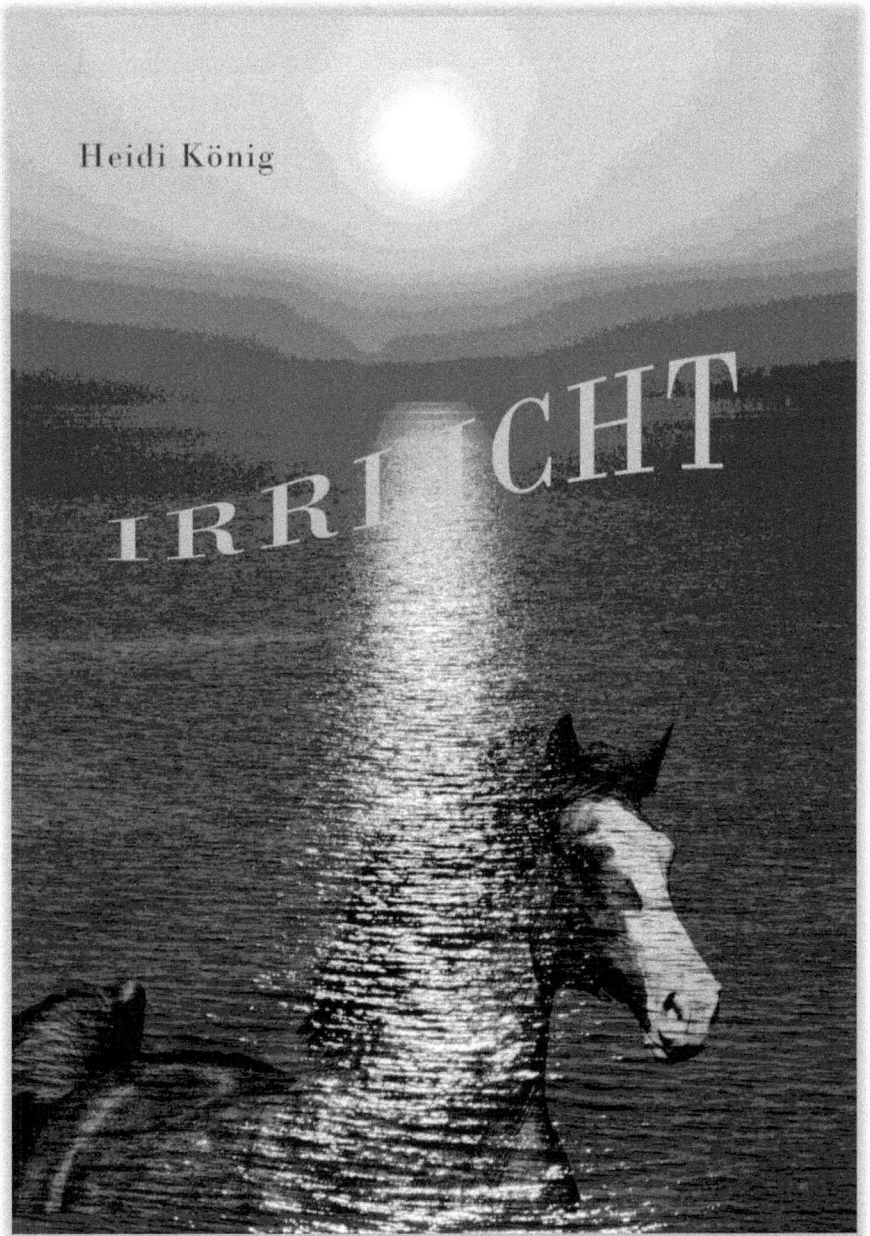

Heidi König

IRRLICHT

Heidi König

Jule

... nur die Möwen
kennen meine Einsamkeit

Helena Iko Blom

So tickt Island
Kurzgeschichten aus Island

PFERDEDUFT UND HUFGETRAPPEL

GESCHICHTEN FÜR PFERDEFREUNDE

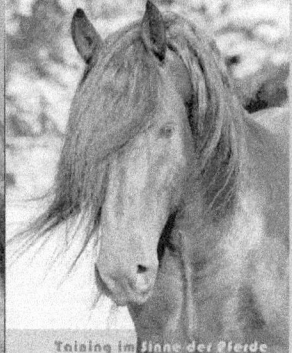

Stephanie Orlendorf

Training im Sinne der Pferde

Irene Hohe
Islandfieber

Irene Hohe

Skratti und Gnyfari

Islandfieber II

Irene Hohe

Take it easy, Isi!

Islandfieber III

Antje Diewerge

Wo
Hufe sind,
ist auch
ein
Pferd

Antje Diewerge
Tölter bevorzugt

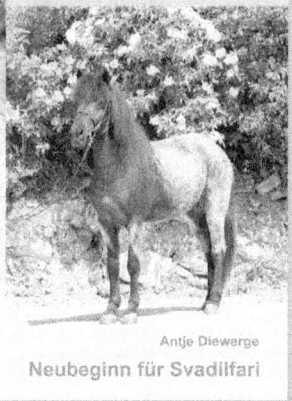

Antje Diewerge

Neubeginn für Svadilfari

441

Margit Heumann

fabelhafte
Islandpferde

Roman

Lebenslänglich
Islandpferde

Ein Hobby mit Konsequenzen

Margit Heumann

Wir sind die
ISI-KIDS

Eine Reitlehre für Kinder

Margit Heumann

Noi

Erfahrungen mit einem Islandpferd

Kerstin Kehl

Henriette Arriens

Farben und
Farbvererbung
beim Pferd

- Islandpferde -

Donia und die
Islandpferde
Antje Diewerge

Donia auf
dem Islandhof

Donia, Island
und die Folgen

Sammelband

Ruhe sanft
im
HOTZENWALD
Reiterkrimi

Der Farbensammler
KERSTIN WAAS
HISTORISCHER KRIMINALROMAN

Die Ponys
von Löwenstein

Conny Döring

Lightning Source UK Ltd.
Milton Keynes UK
UKHW020637230421
382498UK00009B/539

9 783944 464503